HEYNE BÜCHER

SCIENCE FICTION

Herausgegeben
von Wolfgang Jeschke

Von **Nancy Kress** erschien in der Reihe
HEYNE SCIENCE FICTION & FANTASY:

Schädelrose · 06/5154
Fremdes Licht · 06/5328
Verico Targets · 06/5930
Geklonte Gesichter · (in Vorb.)

BETTLER-ZYKLUS:

Bettler in Spanien · 06/5881
Bettler und Sucher · 06/5882
Bettlers Ritt · 06/5883

Nancy Kress

Bettlers Ritt

Dritter Roman
des
BETTLER-ZYKLUS

Aus dem Amerikanischen von
BIGGY WINTER

Deutsche Erstausgabe

WILHELM HEYNE VERLAG
MÜNCHEN

HEYNE SCIENCE FICTION & FANTASY
Band 06/5883

Titel der amerikanischen Originalausgabe
BEGGARS RIDE
Deutsche Übersetzung von Biggy Winter
Das Umschlagbild ist von doMANSKI

Umwelthinweis:
Dieses Buch wurde auf chlor- und
säurefreiem Papier gedruckt

Redaktion: Wolfgang Jeschke

Erstausgabe 1996 by TOR Books,
published by Tom Doherty Associates, Inc., New York
Mit freundlicher Genehmigung der Autorin
und Paul & Peter Fritz, Literarische Agentur, Zürich
(# 54 922)

http://www.heyne.de
Printed in Germany Januar 1999
Umschlaggestaltung: Atelier Ingrid Schütz, München
Technische Betreuung: M. Spinola
Satz: Schaber Satz- und Datentechnik, Wels
Druck und Bindung: Ebner Ulm

ISBN 3-453-14005-6

Inhalt

Für Diplomkrankenschwester
Jill Beves,
die niemals durch einen
PflegeRob ersetzt werden könnte

PROLOG

Das Gefängnistor schwang auf, und sie trat hindurch.

Der Flugwagen stand in dreißig Metern Entfernung auf dem Parkplatz. Darum hatte sie ihren Ehemann gebeten: *Komm mich nicht holen. Laß mich zu dir kommen.* Will Sandaleros hatte verstanden. Er wartete allein im Wagen.

Jennifer Sharifi stand still und betrachtete die Freiheit. Gras. Bäume. Blumen – GenMod-Ringel-Lilien, Silberrosen, Federnelken und Mondkraut. Es war Hochsommer. Der Aufseher neben ihr sagte etwas. Sie hörte ihn nicht.

Siebenundzwanzig Jahre.

Alles hatte sich verändert. Nichts hatte sich verändert. Siebenundzwanzig Jahre, seit man ihr den Prozeß gemacht, sie verurteilt und eingesperrt hatte wegen eines Verbrechens, das sie zweifellos begangen hatte: Hochverrat an den Vereinigten Staaten von Amerika. Nur war es kein Verbrechen gewesen, sondern eine Revolution, ein Kampf darum, sich von Schläfern zu befreien, die versuchten, Jennifer und ihre Leute zu berauben und zu vernichten. Die Regierung hatte dabei ruinöse Steuern, die jedes produktive Leben um seine Früchte brachten, als moderne Vernichtungswaffe benutzt; Jennifer ihrerseits hatte eine noch modernere in Stellung gebracht: gentechnischen Terrorismus. Jennifer Sharifi und ihre elf Schlaflosen-Bundesgenossen hatten fünf amerikanische Städte mit GenMod-Retroviren bedroht, bis die Schläfer sie und ihre Leute ziehen ließen.

Doch das hatten sie nicht getan. Nicht, weil die Schläfer-Regierung etwa Schlaflose hätte überlisten können, nein, Jennifers Niederlage war aus einer anderen Richtung gekommen. Und Jennifer und die anderen waren mit verschieden hohen Freiheitsstrafen ins Gefängnis gewandert. Jennifers Strafe war die höchste: siebenundzwanzig Jahre.

Ein Straßenwagen schob sich neben Will. Reporter? Vielleicht doch nicht, in dieser veränderten Welt. Eine alte Frau stieg aus und ging in die andere Richtung. Jennifer sah ihr unbewegt nach. Die alte Frau – ihrem Gesicht nach zu urteilen, mußte sie über achtzig sein – bewegte sich mit locker schwingenden Armen und federnden Schritten voran, so wie alle Menschen jetzt. Seit der *Umstellung*. Aber die Frau war dennoch unverkennbar alt: verbraucht, nahezu am Ende angekommen.

Jennifer Sharifi war einhundertvierzehn Jahre alt. Sie sah aus wie fünfunddreißig und würde auch weiterhin aussehen wie fünfunddreißig. Aber siebenundzwanzig Jahre waren verloren. Und ihre Welt.

Der Aufseher redete immer noch. Jennifer ignorierte ihn. Sie konzentrierte sich auf ihren Zorn: massiv und rotglühend quoll er in ihr hoch wie ein langsamer dicker Lavastrom aus dem Herzen des Planeten. Leidenschaftslos dämmte sie ihn ein, bändigte ihn und gab ihm eine Richtung. Richtungsloser Zorn war etwas Gefährliches; gezielter Zorn war ein unerschöpflicher Kraftquell. Es war ein technisches Problem.

Nicht ein Muskel ihres schönen Gesichts bewegte sich.

Als sie bereit war, ging Jennifer weg von dem plappernden Aufseher, weg vom Hochsicherheitsgefängnis Allendale, wo sie siebenundzwanzig Jahre verbracht hatte als Buße für den Hochverrat an einem Staat, der jetzt kaum noch als solcher existierte.

Will küßte sie nicht, umarmte sie nicht. Aber er griff

nach ihrer Hand und blieb einen Moment lang reglos so sitzen, ehe er den Wagen startete.

»Hallo, Will.«

»Hallo, Jenny.«

Alles andere wäre überflüssig gewesen.

Der Wagen hob sich in die Luft. Unten wurde der Aufseher immer kleiner und verschwand; und dann verschwand auch das Gefängnis. Jennifer sagte zum ComLink: »Botschaften?«

»Keine Botschaften«, antwortete es, was Jennifer nicht überraschte: Das ComLink war nicht abgeschirmt. Alle Nachrichten an sie würden auf Wills ComLink gespeichert sein, dort, wo auch immer er vorübergehend wohnte. Es würden viele Botschaften sein, und noch mehr sollten in den nächsten Tagen eintreffen, wenn Jennifer die Fäden ihres riesigen, verflochtenen Firmennetzes und ihrer Finanzen wieder aufnahm. Aber nicht in den Vereinigten Staaten. Nie wieder in den Vereinigten Staaten. Doch ein Gespräch konnte sie auch über ein nicht abgeschirmtes ComLink erledigen.

»Verbindung mit *Sanctuary*, öffentliche Frequenz.«

»Rufe *Sanctuary*, öffentliche Frequenz«, sagte das ComLink. Will warf ihr einen kurzen Seitenblick zu.

Auf Jennifers Bildschirm leuchteten die Zugriffscodes auf und wurden augenblicklich vom Gesicht ihrer Enkelin ersetzt. Also hatte Miranda bereits gewartet, hatte die Stunde und die Minute von Jennifers Entlassung gewußt. Selbstverständlich.

»Hallo, Großmutter«, sagte Miranda Sharifi dreihundert Kilometer über der Erde. Sie und die anderen Schlaflosen der dritten Generation waren nun schon seit Jahren im Besitz von *Sanctuary*, der Orbitalstation, die Jennifer gebaut hatte, um den Schlaflosen Sicherheit zu gewährleisten. Jennifer hatte nichts übrig für Ironie.

Miranda sagte nicht *willkommen daheim*, und kein Lächeln durchzog ihre unscheinbaren Gesichtszüge, die umrahmt waren von dem übergroßen Schädel mit dem widerspenstigen schwarzen Haar. Jennifer sah ihre Enkelin an und erinnerte sich – und hielt ihren Zorn im Zaum. Es war Miranda gewesen, die Jennifer Sharifi ins Gefängnis gebracht hatte.

Mit ihrer klaren Stimme sagte Jennifer: »Ab sofort nehme ich *Sanctuary* wieder in Besitz. Nach dem Gesetz ist es immer noch mein Eigentum. Die Vollmacht deines Vaters, als mein Sachwalter zu fungieren, ist durch meine Freilassung hinfällig geworden. Innerhalb von vierundzwanzig Stunden werdet ihr beide die Orbitalstation verlassen, zusammen mit den sechsundzwanzig anderen SuperSchlaflosen und all denen, deren geschäftliche Interessen eng mit den euren verknüpft sind. Andernfalls werde ich die ganze rechtliche Bandbreite jener korrupten Staatsmacht gegen euch einsetzen, die ihr gegen mich eingesetzt habt.«

Mit ausdruckslosem Gesicht sagte Miranda: »Wir werden *Sanctuary* verlassen.« Der Bildschirm war leer.

Will griff nach Jennifers Hand.

Der Wagen näherte sich einer Sicherheitskuppel aus Y-Energie im Zentrum einer Hochebene in den Appalachen. Alte, verwitterte Hügel mit abgerundeten Gipfeln senkten sich hinab ins dunkle, blättrige Grün – nichts davon GenMod. Will signalisierte ihr Kommen, und der Sicherheitsschild öffnete sich. Der Wagen landete auf dem Dach eines aus Stein in Nanotechnik gebauten Hauses, das auf einer kleinen Erhebung stand. Sie stiegen aus.

Unter Jennifer erstreckte sich ein Wiesenhang mit Klee und Löwenzahn und Bienen hinab zu einem glitzernden Flüßchen, das am Nordende der Wiese zu einem Wasserfall wurde. Im Hintergrund standen die Berge in blauen Dunst gehüllt wie Kathedralen im

Nebel. Darüber spannte sich ein milchweißer Himmel, der im Westen schwach golden leuchtete.

»Du bist daheim«, sagte Will leise.

Jennifer betrachtete es – alles rundum: das Haus, die Wiese, die Berge, den Himmel, das Land. Ihre Gesichtszüge veränderten sich nicht, sie schloß nur die Augen, um den sorgsam genährten Zorn besser zu sehen. »Das – ein Daheim? Niemals. Das ist nur ein Kriegsschauplatz.«

Will nickte langsam und lächelte, und dann traten sie ins Haus.

Buch I

NOVEMBER 2120 – JANUAR 2121

Wenn Wünsche Pferde wären, könnten Bettler reiten.

– John Ray,
Englische Sprichwörter, 1670

1

Da lag sie. Auf dem Gehsteig der Madison Avenue in der Enklave Manhattan-Ost. Sie sah fast aus wie ein dürrer Zweig, den ein defekter WartungsRob übersehen hatte. Aber es war kein außergewöhnlich gerade gewachsener Zweig und auch kein verlorenes Lasermesser und auch nicht der Rest einer schwarzen Linie, die jemand auf dem Nanobelag des Betons gezogen hatte. Es war eine *Umstellungsspritze.*

Doktor Jackson Aranow hob sie auf.

Sie war leer, und niemand konnte sagen, vor wie langer Zeit man sie benutzt hatte. Das schwarze Metall, aus dem sie bestand, rostete nicht, zerfiel nicht und widerstand allen Versuchen, es zu beschädigen. Jackson konnte sich nicht erinnern, wann er das letzte Mal eine solche Spritze draußen hatte herumliegen sehen. Vor drei oder vier Jahren vielleicht. Er drehte sie zwischen den Fingern wie ein Stöckchen, blickte daran entlang wie durch ein Teleskop, zielte damit auf ein Gebäude und sagte: »Peng!«

»Willkommen!« sagte das Gebäude. Jacksons ausgestreckter Arm hatte ihn in die Reichweite des Sensors gebracht. Er steckte die Spritze in die Tasche und betrat den Sicherheitsvorbau.

»Doktor Jackson Aranow. Zu Miss Ellie Lester, bitte.«

»Ein klitzekleines Momentchen nur, Sir ... So, bitte schön, treten Sie ein, Sir! Immer gern zu Diensten, Sir!«

»Danke«, sagte Jackson steif. Er konnte Häuser mit einem affektierten Akzent nicht leiden.

Die Eingangshalle wirkte rundum teuer und grotesk. Auf dem Boden war eine Straße aus gelben Klinkersteinen programmiert, die alle dreißig Sekunden eine neue Richtung nahm und immerzu vor leeren

Wänden endete. Eine neongrüne Venus mit einer Digitaluhr im Bauch stand auf einem wunderschönen antiken Sheraton-Tisch neben dem Lift. Der Lift sprach in einem hohen Singsang.

»Bitte sein willkommen, Sahib. Wie schön Sie besuchen Memsahib Lester. Bitte gucken diese Richtung, Sahib, gestatten mir ergebenst Netzhaut-Scan... Tausend Dank, Sahib. Wünsche respektvoll was ist angenehm.«

Jackson glaubte nicht, daß ihm Ellie Lester sehr ans Herz wachsen würde.

Vor der Apartmenttür materialisierte das Hologramm eines barfüßigen Schwarzen im verwaschenen Baumwollhemd. »Is' ehrlich nett von Ihnen, daß Sie uns besuchen kommen, Sir. Ehrlich, Sir. Miss Ellie, die nimmt Sie gleich da drinnen im Empfang, Sir.« Das Holo stieg von einem Fuß auf den anderen, grinste und legte eine durchscheinende Hand an die aufklappende Tür.

Das Apartment war das Gegenstück zur Eingangshalle – ein sorgfältig arrangierter Mischmasch aus teuren Antiquitäten und grauenhaftem Kitsch: eine Ratte, die auf einer erlesenen Anrichte aus dem achtzehnten Jahrhundert ihr Junges fraß; ein auf Hochglanz poliertes antikes Fernsehgerät unter einer dick mit Staub bedeckten Diamantfaser-Skulptur; falsche Stühle, die nur aus gefährlichen Winkeln und sonderbaren Auswüchsen zu bestehen schienen – unmöglich, darauf zu sitzen. Aber wie stand doch in der letzten Ausgabe des *Design*-Magazines? »In einem Zeitalter der Nanotechnik – selbst primitiver Nanotechnik – wird die materielle Präsenz von Objekten zu etwas Vulgärem, ja sogar Irrelevantem; nur ihre originelle Zusammenstellung ist noch von Bedeutung.« Die beiden Goldfische im Atrium trieben kunstvoll tot neben einem kleinen Holo der sinkenden *Pequod*.

Ellie Lester trat aus einer Seitentür. GenMod, was Körpergröße betraf, und das verriet Jackson ihr Alter: weibliche Kinder, denen man mehr als einsachtzig auf den Lebensweg mitgab, waren in den späten achtziger Jahren kurzzeitig in Mode gekommen – damals, als materielle Präsenz noch nicht irrelevant gewesen war. Jetzt, da *Design* entschieden hatte, sie irrelevant zu machen, kompensierte Ellie ihre Größe mit Originalität. Auf den nackten Brüsten trug sie eine Halskette, die abwechselnd aus leuchtenden Laserperlen und nanoüberzogener Wildlosung bestand. Der in dekorative Falten gelegte Rock war rot, weiß und blau. Jackson fiel ein, daß ja Wahlabend war.

»Doktor, wo, um alles in der Welt, *bleiben* Sie denn? Ich habe doch schon vor zehn Minuten angerufen!«

»Vier davon habe ich gebraucht, um einen LaufRob zu finden«, entgegnete Jackson milde. »Und Sie sagten doch, Ihr Großvater wäre schon tot.«

»Urgroßvater«, grollte sie. »Hier entlang.«

Sie ging fünf Schritte vor ihm, was Jackson Gelegenheit gab, ihre langen, langen Beine zu betrachten, ihren perfekten Hintern und das asymmetrisch geschnittene rote Haar. Er dachte daran, die *Umstellungs*-Spritze auf sie zu richten und »peng!« zu machen. Aber dann ließ er die Spritze doch in der Tasche. Zur Schau gestellte Parodien waren nur halb so originell oder interessant wie *Design* meinte.

Feigling! höhnte Cazie in seinem Hinterkopf.

Sie kamen durch ein bizarres Zimmer nach dem anderen. Das Apartment war noch größer als Jacksons eigenes auf der Fifth Avenue. An den Wänden hingen kunstvoll gerahmte programmierte Persiflagen: die Mona Lisa, lachend wie eine Hyäne. *Ein Sonntagnachmittag auf der Grande Jatte* in hysterischer, zerfließender Bewegung.

Das Schlafzimmer des Toten war völlig anders; es

hatte weiße Wände und war absolut schmucklos, wenn man von einigen kleinen vor-digitalen Photos an einer Wand absah. Ein PflegeRob stand reglos neben dem Bett. Die Lippen und Wangenmuskeln des alten Mannes hingen schlaff herab. Keine sichtbaren Gen-Mods, aber der Tote mochte dennoch einst ein gutaussehender Mann gewesen sein. Er hatte zwar tiefe Falten im Gesicht, aber seine Haut wirkte so gesund wie die aller Menschen, welche die *Umstellungs*-Spritze erhalten hatten: keine bräunlichen Flecken oder Knötchen oder rauhen Stellen, verursacht von abnormalen Zellen oder Toxinen im Körper. Weder das eine noch das andere existierte mehr.

Ebensowenig wie Krankheiten. Darum kümmerte sich der Zellreiniger – die eine Hälfte des *Umstellungs*-Wunders. Nanomaschinen, hergestellt aus gentechnisch verändertem, selbstreproduzierendem Protein okkupierten ein Prozent der Zellen des Menschen. So wie weiße Blutkörperchen hatten auch diese winzigen Computer die Fähigkeit, sich frei durch das Körpergewebe zu bewegen. Doch im Unterschied zu weißen Blutkörperchen besaßen die Zellreiniger auch die Fähigkeit, körpereigene DNA mit vom Standard abweichenden Variationen zu vergleichen und nicht nur körperfremde Substanzen zu zerstören, sondern auch abweichende DNA-Variationen. Viren. Toxine. Krebs. Irreguläre Knochenzellen. Dessen ungeachtet war der Zellreiniger in der Lage, eine lange Liste festgelegter Substanzen zu erkennen und zu verschonen, die in den Körper gehörten, wie essentielle Mineralien und symbiotische Bakterien. Seit der *Umstellung* mußte kein Arzt mehr Antibiotika oder Antivirale bereithalten. Kein Arzt beobachtete mehr einen Patienten auf Symptome für Komplikationen nach Infektionen. Kein Arzt benötigte mehr diagnostisches Urteilsvermögen. Jackson Aranow, der im selben Jahr, als Miranda Sharifi die ganze Welt mit den *Umstellungs*-Spritzen ausgestattet hatte, mit seinem Doktortitel die medizinische Fakultät der Universität Harvard verließ, war kein Spezialist. Er war Mechaniker.

Jacksons »Behandlungen« bestanden aus der Versorgung der Folgen von Gewalteinwirkungen, aus *Umstellungs*-Injektionen für die Neugeborenen und aus der Ausstellung von Totenscheinen. Als Arzt war er so passé wie eine neongrüne Venus. Eine zur Schau gestellte Parodie.

Aber nicht in diesem Augenblick.

Jackson packte seine Arzttasche aus und schaltete das offizielle medizinische ComLink ein. Ellie Lester ließ sich im einzigen Sessel des Zimmers nieder.

»Name des Verstorbenen?«

»Harold Winthrop Wayland.«

Jackson griff nach dem Zerebralmonitor und umkreiste damit den Kopf des alten Mannes. Keine elektrische Aktivität, keine Blutzirkulation im Gehirn. »Identitätsnummer und Geburtsdatum des Verstorbenen?«

»AKM-92-4681-374. 3. August 2026. Er war *vierundneunzig*!« Sie spuckte fast aus bei der Erwähnung seines Alters.

Jackson legte den Dermalyser auf Waylands Hals. Sofort breitete er sich aus und bedeckte das Gesicht des alten Mannes mit einem Netz feiner synthetischer Neuronen, verschwand unter dem Kragen seines Seidenpyjamas und erschien wieder an seinen Füßen. Ein kriechender, gründlich untersuchender Kokon. Ellie Lester schaute weg. Der Monitor zeigte keine Unterbrechung oder irgendeinen anderen Hinweis auf eine Wunde, nicht einmal den winzigsten Stich. Und alle Kanälchen zur Nahrungsaufnahme waren frei und funktionsfähig.

»Wann haben Sie Mister Wayland tot aufgefunden?«

»Unmittelbar bevor ich bei Ihnen anrief. Ich habe nach ihm gesehen, und da war er schon tot.«

»Und Sie haben ihn so aufgefunden, wie er jetzt vor uns liegt?«

»Ja. Ich habe ihn nicht berührt. Und auch sonst nichts im Zimmer.«

Das Netz des Dermalysers zog sich wieder zusammen. Jackson führte den Lungenschlauch in Waylands linkes Nasenloch ein. Als er die Schleimhaut erreichte, machte sich der Schlauch selbständig und verschwand durch den Bronchialbaum in die Lunge.

»Letzte Lungentätigkeit um 6 Uhr 42 östliche Standardzeit«, sagte Jackson. »Kein Hinweis auf Tod durch Ertrinken. Gewebeproben vorhanden. Und nun, Miss Lester, erzählen Sie mir für das Protokoll alles, was Ihnen vom Verhalten des Verstorbenen während der letzten Tage in Erinnerung ist.«

»Nichts Außergewöhnliches«, sagte sie lustlos. »Er hat dieses Zimmer kaum je verlassen; meist nur, um sich in den Nährraum führen zu lassen. Sie können sich in die Aufzeichnungen des PflegeRobs einklinken oder den ganzen Rob mitnehmen, wenn Sie wollen. Ich habe mich bemüht, alle paar Tage nach ihm zu sehen. Als ich heute abend nach Hause kam, war er tot und der Rob in Bereitschaftsstellung.«

»Ohne Notsignale an das Haussystem zu senden? Das ist unüblich.«

»Er hat gesendet. Sie können auf alle Hausaufzeichnungen zugreifen und sich selbst davon überzeugen. Aber ich war nicht zu Hause, und die Verbindung zum ComLink funktionierte nicht. Sie funktioniert immer noch nicht – ich habe es nicht angerührt, Sie können nachsehen.«

»Wie haben Sie mich dann angerufen?« erkundigte sich Jackson.

»Auf meinem MobiLink. Ich habe auch bei der

Firma angerufen, die die Reparaturkonzession hat. Sie können sich gerne Zugriff …«

»Ich will keinen Einblick in Ihre Aufzeichnungen«, sagte Jackson. Er hörte seinen eigenen verächtlichen Tonfall und bemühte sich, ihn zu neutralisieren; die offizielle Aufzeichnung war immer noch im Gange. »Aber möglicherweise interessiert sich die Polizei dafür. Ich attestiere nur den Tod, Miss Lester. Ich stelle keine Nachforschungen über die Hintergründe an.«

»Aber … soll das heißen, daß Sie die Behörden davon benachrichtigen? Ich verstehe das nicht, mein Urgroßvater ist doch sichtlich an Altersschwäche gestorben! Er war *vierundneunzig*!«

»Es gibt jetzt viele Vierundneunzigjährige.« Jackson wandte den Blick von ihren Augen ab. Warmes GenMod-Braun, aber ausdruckslos und glänzend wie die eines Vogels. »Miss Lester, was meinten Sie damit, als Sie sagten, daß Mister Wayland sein Zimmer nur verließ, wenn ihn der PflegeRob zum Nährraum führte?«

Ihre glänzenden Augen weiteten sich, und dann warf sie einen pfeilschnellen Blick schlauen Triumphs auf das ComLink. »Wie, Doktor Aranow – haben Sie auf dem Weg hierher nicht die Datei Ihres Patienten aufgerufen? Ich sagte Ihnen doch von Anfang an, der Zugriff steht Ihnen offen!«

»Der Transport mit dem LaufRob dauerte nicht so lange. Ich wohne nur drei Blocks entfernt.«

»Aber Sie mußten doch vier Minuten lang auf einen LaufRob warten, sagten Sie!« Aus ihrem Sessel starrte sie ihn mit unverhohlener Bosheit an. Jackson hätte seine rechte Hand verwettet, daß ein erhöhter IQ nicht auf der Liste ihrer GenMods stand.

Ruhig sagte er: »Ich habe Mister Waylands medizinische Unterlagen nicht aufgerufen. Warum mußte der Pfleger ihn zum Nährraum führen?«

»Weil er an Alzheimer litt, Doktor Aranow! Schon seit fünfzehn Jahren, lange vor der *Umstellung*. Und Ihr vielgerühmter Zellreiniger kann ja beschädigte Gehirnzellen nicht reparieren, nicht wahr, Herr Doktor? Er kann nur abnorme Zellen zerstören! Und so blieben bei meinem Urgroßvater von Jahr zu Jahr immer weniger übrig. Er konnte den Nährraum nicht *finden*, geschweige denn, sich selbst entkleiden, um Nahrung aufzunehmen. Weil sein Hirn nicht mehr vorhanden und er selbst eine sabbernde, debile leere Hülse war! Deren kaputtes Gehirn schließlich aufgab und seinen Körper umbrachte, auch wenn er sinnloserweise *umgestellt* war!«

Sie atmete schwer. Jackson merkte, daß sie ihn bewußt reizte und dazu herausforderte, ihr ins Gesicht zu sagen: *Sie haben ihn getötet!* Damit sie ihn hinterher verklagen konnte.

Er ließ sich nicht provozieren. Nach einer Ehe mit – und einer Scheidung von – Cazie Sanders wirkte Ellie Lester wie eine lächerliche Amateurin. »Nach Vornahme einer Autopsie wird die Todesursache vom Totenbeschauer der Stadt New York festgestellt werden«, sagte Jackson mit amtlicher Stimme. »Hiermit endet dieser vorläufige Bericht. ComLink aus.« Er steckte es in seine Tasche zurück.

Ellie Lester stand auf; sie war um drei Zentimeter größer als Jackson. Er nahm an, bei der Autopsie würde man auf einen der chinesischen oder südamerikanischen Inhibitoren stoßen, die das Stammhirn einfach vergessen ließen, was es zu tun hatte, die es dazu brachten, die Signale zum Schlagen an das Herz und zum Atmen an die Lunge einzustellen. Vielleicht würde die Autopsie aber auch gar nichts zeigen, wenn das Präparat den Nachweismethoden zu seiner Aufspürung weit genug voraus war. Wie hatte Ellie Lester es verabreicht?

»Kann sein, daß sich unsere Pfade wieder einmal kreuzen, Herr Doktor.«

Er dachte gar nicht daran, ihr eine Antwort darauf zu geben. Auf seinem MobiLink erledigte er den Anruf an die Bullen und warf einen letzten Blick auf Harold Winthrop Wayland. Der in die Wand integrierte Bildschirm ging an. Das Haussystem mußte vorprogrammiert worden sein.

»... endgültigen Wahlresultate. Präsident Stephen Stanley Garrison wurde mit knapper Mehrheit wiedergewählt. Bestürzend an dieser Wahl war jedoch die geringe Zahl von Amerikanern, die daran teilnahmen. Von neunzig Millionen Wahlberechtigten gaben nur acht Prozent ihre Stimme ab. Dies stellt im Vergleich zur letzten Wahl ein Minus von ...«

Ellie Lester stieß ein kurzes hartes Lachen aus. »›Bestürzend‹ – meine Güte, der Mann ist eine Pest! Weshalb sollte sich denn noch *irgend jemand* die Mühe machen zu wählen?«

»Vielleicht als einen Akt origineller Parodie«, sagte Jackson und wußte im selben Moment, daß sie, weil er es sagte, schließlich doch gewonnen hatte. Und es war ihm kein Trost, daß sie zu dumm war, um es zu erkennen.

Sie begleitete ihn nicht hinaus. Vielleicht hatte *Design* entschieden, daß auch Höflichkeit zu den Irrelevanzen gehörte. Doch als Jackson das Schlafzimmer des Toten verließ, sah er zum erstenmal die kleinen gerahmten Fotos an der Wand genauer an. Außer dem letzten waren alle vor-digitale Aufnahmen, verblaßt und ungleichmäßig in der Farbe. Edward Jenner. Ignaz Semmelweis. Jonas Salk. Stephen Clark Andrews. Und Miranda Sharifi.

»Ja, er war auch Arzt«, stellte Ellie Lester maliziös fest. »Damals, als ihr Leute wirklich noch gebraucht wurdet. Und das waren seine Helden – vier Nutzer und eine Schlaflose. War doch zu erwarten, nicht?« Sie lachte.

Jackson schloß die Tür hinter sich. Das Holo des Schwarzen war nun einem nackten römischen Sklaven gewichen – muskulös, männlich-schön, aber sichtlich nicht genmodifiziert. Ein Nutzer. Der Sklave ließ sich auf ein Knie nieder, als Jackson vorbeiging, senkte den Blick und öffnete den Mund. Durchscheinende Handschellen aus holographischem Gold fesselten ihn an Ellie Lesters Türknauf.

»Sie ist das Ende einer glockenförmigen Kurve, ich weiß«, sagte Jackson zu seiner Schwester Theresa. »Also sollte es mich nicht ärgern. Und eigentlich ärgert es mich ohnehin nicht.«

»Es ärgert dich«, widersprach Theresa mit ihrer sanften Stimme. »Und das sollte es auch.«

Sie saßen im Atrium ihres Apartments und nahmen den Aperitif vor dem Abendessen – altmodische Nahrung, die man über den Mund zu sich nahm. Jene Wand, die zum Park hinaus ging, bestand aus einem transparenten Y-Schild. Vier Stockwerke weiter unten schwelgte der Central Park in Herbstfarben unter seiner unsichtbaren Kuppel aus Energie. Die Enklaven in Manhattan hatten sich kürzlich mit knapper Mehrheit dafür entschieden, wiederum Jahreszeiten – wenngleich in gemäßigter Form – einzuführen. Über dem Schild hatte der Novemberhimmel die Farbe von Asche.

Theresa trug ein loses geblümtes Kleid, das in eleganten Falten bis an ihre Knöchel reichte; Jackson hatte das vage Gefühl, daß es völlig außer Mode war. Ihr Gesicht, ohne jedes Make-up, bildete ein blasses Oval unter dem silberblonden Haar. Sie war achtzehn, zwölf Jahre jünger als Jackson.

Theresa war labil. Nicht körperlich, sondern geistig.

Insgeheim war Jackson der Überzeugung, daß während der Veränderungen an ihrem Embryo irgend etwas schief gelaufen sein mußte; Genmodifizierung war ein komplizierter Vorgang, und sobald aus der Zygote, der befruchteten Eizelle, einmal Blastomeren entstanden, waren keine weiteren permanenten Veränderungen mehr möglich. Zumindest durch niemanden auf dieser Erde.

Als Kind hatte Theresa die Schule gehaßt und sich still und hoffnungslos schluchzend an ihre ratlose Mutter geklammert. Sie wollte auch nicht mit anderen Kindern spielen. Sie blieb tagelang in ihrem Zimmer, zeichnete oder hörte Musik. Manchmal sagte sie, sie würde sich gern in die Musik einhüllen und darin aufgehen, bis es keine Theresa mehr gab. Medizinische Tests zeigten eine starke Reaktionsbereitschaft auf Veränderungen ihres Stresshormonhaushalts: einen hohen Kortisolspiegel, vergrößerte Nebennierendrüsen und dazu Herzfrequenz, Eingeweidemotilität und Abbau von Ganglienzellen, die gemeinhin mit präsuizidaler Depresssion Hand in Hand gehen. Ihre Schwelle für limbisch-hypothalamische Erregung war sehr niedrig; sie empfand alles Neue in erster Linie als enorm bedrohlich.

Im Zeitalter maßgeschneiderter biogener Amine mußte niemand für immer labil bleiben. Ihre ganze Mädchenzeit hindurch war Theresa mit Neuropharmaka behandelt worden, um die Biochemie ihres Gehirns ins Gleichgewicht zu bringen. Der Zellreiniger hätte dies problematisch gemacht, da er alles im Körper zerstörte, das er für fremd erachtete, weil es weder dem DNA-Muster entsprach noch jenen genehmigten Molekülen, die in seinen in und zwischen den Körperzellen angesiedelten, unvorstellbar winzigen Biocomputern auf Proteinbasis aufgelistet waren. Doch zu der Zeit, als die *Umstellung* den Zellreiniger brachte, hatte das keine Bedeutung mehr, denn mit dreizehn Jahren hatte Theresa verkündet – nein, das war ein zu starker Ausdruck: Theresa »verkündete« nie etwas –, hatte Theresa gemeint, mit Neuropharms wäre sie »ein für allemal« fertig.

Zu diesem Zeitpunkt waren ihre Eltern bereits bei einem Luftwagenabsturz ums Leben gekommen, und Jackson war der Vormund seiner Schwester. Er hatte protestiert, argumentiert, insistiert. Ohne Erfolg. Theresa wollte sich nicht helfen lassen. Sie brachte keine Gegenargumente vor; intellektuelle Diskussionen machten sie ganz konfus. Sie weigerte sich einfach, eine medizinische Lösung für ihre medizinischen Probleme zuzulassen.

Doch wenigstens machte sie – Jacksons heimliche Befürchtung – keinen Selbstmordversuch. Sie wurde noch schwerer faßbar, noch zurückgezogener – eine dieser sanften, bleichen Frauen aus einem längst vergangenen Jahrhundert. Theresa stickte. Sie studierte Musik. Sie schrieb, unter allen belanglosen Beschäftigungen, die Lebensgeschichte dieser zur Märtyrerin gewordenen Schlaflosen Leisha Camden – noch eine Frau, die von einer völlig andersartigen nächsten Generation weitaus skrupelloserer Frauen überstrahlt wurde.

Als die *Umstellung* geschah, war Theresa von allen Menschen, die Jackson kannte, der einzige, der die Spritze verweigerte. Daher konnte sie keine Nahrung aus dem Erdreich aufnehmen. Sie konnte von Viren und Bakterien infiziert werden. Sie konnte von Toxinen vergiftet werden. Sie konnte Krebs bekommen.

Manchmal, in schwermütiger Stimmung, meinte Jackson, daß die von ihrer einsichtsvollen Sanftmütigkeit so losgelösten, schwer definierbaren neurologischen Schwächen seiner Schwester den Grund dafür darstellten, daß er Arzt geworden war. Und erst kürzlich war ihm klargeworden, Theresas Schwächen waren auch der Grund dafür gewesen, daß er jemanden wie Cazie geheiratet hatte.

Jackson sah seiner Schwester zu, wie sie sich Fruchtsaft nachgoß – sie trank niemals Alkohol, Sonnenschein oder irgend ein anderes der zahlreichen synthetischen Endorphingetränke wie Endorkiss –, und dachte, daß es falsch war, sich von einer jüngeren Schwester, die leise, standhaft und völlig unnötigerweise verrückt war, sein Leben so formen zu lassen. Daß es von seiner eigenen Schwäche zeugte, daß er es hatte geschehen lassen. Und daß das, was er in Theresas Nähe fühlte, stark war – vermutlich nur vergleichsweise, was an sich eine kraftlose Betrachtungsweise darstellte.

»Menschen wie Ellie Lester«, sagte Theresa, »sind nicht ganz.«

»Was meinst du damit?« Eigentlich wollte er es gar nicht wissen – es konnte wiederum zu einer von Theresas qualvoll zaghaften Vorträgen über Spiritualität führen –, aber der Sonnenschein in seinem Drink stieg ihm gerade angenehm zu Kopf. Sein Knochengerüst fing an, sich zu lockern, seine Muskeln entspannten sich, und die Bäume unten im Park summten dazu einen anspruchslosen harmonischen Hintergrund. Er wollte nicht sprechen. Ganz sicher nicht über Ellie Lesters Daten, die er abgerufen hatte, nachdem er zu Hause eingetroffen war, und die mit der Überraschung aufwarteten, daß sie die Kontrolle über das enorme Vermögen ihres Urgroßvaters erben würde. Sollte Tessie brabbeln, soviel sie wollte. Er würde in der summenden Dämmerung dasitzen und nicht zuhören.

Aber alles, was Theresa sagte, war: »Ich weiß nicht, was ich damit meine. Ich weiß nur, daß sie nicht ganz sind. Alle. Wir alle.«

»Mmmm.«

»Irgend etwas da drinnen in uns ist nicht in Ordnung. Das glaube ich, Jackson. Wirklich.«

Sie klang nicht so, als würde sie es glauben. Sie klang so unsicher wie immer, mit ihrer zögernden, weichen Sprechweise in ihrem losen geblümten Kleid. Plötzlich fiel Jackson auf, daß er in einer Enklave, in der Parties des öfteren in allgemeiner Nacktheit zum Zweck gemeinsamer Nahrungsaufnahme endeten, die Körperform seiner Schwester seit Jahren nicht gesehen hatte.

Doch dann brach es mit einemmal aus Theresa hervor: »Ich habe heute etwas Schlimmes gelesen. Etwas wirklich *Böses*! Ich habe Thomas in die Bibliotheks-DeBes geschickt, für mein Buch. Wegen etwas, das Leisha Camden 2045 schrieb.«

Jackson wappnete sich. Theresa ließ Thomas, ihr persönliches Computersystem, häufig in historischen Datenbanken fischen und ebenso häufig interpretierte sie das, was sich in seinem Netz fing, falsch. Oder sie empörte sich darüber. Oder sie weinte.

»Thomas brachte mir den Satz eines berühmten Arztes, der Leisha persönlich kannte, eines Hans Dietrich Lowering. Der sagte: ›So etwas wie Verstand gibt es nicht. Es gibt nur eine Anhäufung elektrischer und physiologischer Vorgänge, die wir mit dem Ausdruck Gehirn zusammenfassen.‹ Das sagte er!«

Mitleid durchflutete Jackson. Sie sah so erschüttert aus, so kläglich entrüstet über diesen Fetzen alter, ausgelutschter Nicht-Neuigkeit! Aber sein Mitleid war mit einer plötzlichen Unruhe durchmischt, denn als Theresa das Wort »böse« ausgesprochen hatte, war vor Jacksons innerem Auge kurz das Bild von Ellie Lester erschienen – von Ellie Lester, größer als er, die Zähne gebleckt in einer lodernden Wut, die sie nicht in das offizielle medizinische ComLink einfließen lassen konnte. Sie hatte böse ausgesehen – eine böse, schöne

Riesin –, und jetzt, unter der enthüllenden Einwirkung des Sonnenscheins, konnte Jackson sich eingestehen, was er zuvor geleugnet hätte: er hatte sie begehrt. Obwohl sie nicht wirklich böse war, nur habgierig. Nicht wirklich schön, nur auffällig. Und um kein Jota mehr eine Riesin als das Miniaturholo der sinkenden *Pequod* neben den toten Goldfischen im Wasserbecken des Atriums.

Unbehaglich rutschte er auf seinem Stuhl herum und nahm noch einen Schluck.

»Es ist böse, die Existenz des Verstandes zu leugnen«, sagte Theresa, »ganz zu schweigen von der Seele.«

»Tessie …«

Sie beugte sich vor, ihr Gesicht ein bleicher, substanzloser Klecks in der Dämmerung, ihre Stimme den Tränen nahe. »Es *ist* böse, Jackson. Wir sind nicht nur eine Ansammlung von Sensoren und Chips und Drähten, wie Robs. Wir sind Menschen, wir alle!«

»Beruhige dich, Kleines. Es ist doch nur ein Satz, der vor langer Zeit niedergeschrieben wurde! Verstaubte Daten in einer alten Datei.«

»Dann glauben die Menschen nicht mehr, daß der Satz wahr ist? Die Ärzte auch nicht?«

Natürlich glaubten sie es. Und nur Theresa konnte sich so aufregen über ein fünfundsiebzig Jahre altes Klischee, das auf anderen Klischees basierte, die zweihundert Jahre alt waren.

»Tessie, Liebes …«

»Wir haben *Seelen*, Jackson!«

Eine andere Stimme: »Lieber Himmel, doch nicht schon wieder dieses Gebabbel über unsere unsterblichen Seelen!«

Spöttisch lächelnd trat sie ein und erfüllte den gewaltigen Raum mit ihrer noch gewaltigeren, einssechzig großen, durch und durch lebenssprühenden Präsenz. Cazie Sanders, seine Ex-Frau. Die sich weigerte, aus seinem Leben zu treten, weil die von ihr gewollte Scheidung für sie nur eines jener zahlreichen Dinge war, die sie ignorierte, sobald sie sie bekommen hatte. Unter dem Vorwand, daß sie ja weiterhin Theresas Freundin war, ging sie bei den Aranows aus und ein, wie es ihr gefiel, nahm die Aranows in Besitz oder ließ sie fallen, wie es ihr gefiel – und gefiel sich immerzu selbst.

Sie war in Begleitung zweier Männer, die Jackson nicht kannte – war einer von ihnen ihr aktueller Liebhaber? Beide? Ein Blick auf den älteren der beiden, und Jackson wußte, daß er etwas Stärkeres als Sonnenschein oder Endorkiss intus hatte. Schlank, hochgewachsen und unmuskulös, wie er war, hatte er den gewollt androgynen Körper eines Vid-Stars; seine rauhe braune Baumwolltunika, die aussah wie ein Kissenüberzug, war von den winzigen, zur Nahrungsaufnahme bestimmten Röhrchen in seiner Haut bereits löchrig gefressen. Der Jüngere, dessen GenMod-Perfektion Jackson unangenehm an Ellie Lesters Holo-Sklaven erinnerte, trug einen undurchsichtigen Holo-Anzug, der so aussah, als bestünde er aus Tausenden wildgewordenen, krabbelnden Bienen. Er hatte die Mundwinkel zu einem permanenten maliziösen Grinsen herabgezogen. Würde Cazie tatsächlich mit einer dieser beiden Pestbeulen schlafen? Jackson konnte es nicht sagen.

Es war schwer zu erklären, weshalb er Cazie geheiratet hatte, aber nicht *sehr* schwer. Sie war schön mit ihren kurzen dunklen Locken, der honigfarbenen Haut und den mandelförmigen goldenen Augen mit den grünen Sprenkeln darin. Aber so gesehen waren alle GenMod-Frauen schön. Ganz gewiß war Cazie nicht von einer solchen Lieblichkeit und Sanftmut und Redlichkeit wie Theresa – die neben ihrer Ex-Schwägerin dennoch verblaßte. Schwach flackerte und sich beinahe verflüchtigte wie ein schlechtes Holo.

In Cazie brannte eine – nicht GenMod-fabrizierte – geheimnisvoll dunkle Vitalkraft, so ursprünglich und erotisch wie stürmischer Regen. Bei jeder ihrer Berührungen – erregt, träge oder zärtlich, bei Cazie wußte man das nie – hatte er gespürt, wie etwas metallisch Kaltes in seinem Innern zerfloß – etwas, das er gar nicht in sich vermutet hatte. Er hatte sich namenlosen, übermächtigen, sehr alten Sehnsüchten verbunden gefühlt. Manchmal beim Sex mit Cazie, wenn ihre Nägel über seinen Rücken kratzten und sein Penis blind in ihr wühlte wie ein heißes, lebendig gewordenes Projektil, hatte er sich verblüfft schluchzen, schreien oder ihren Namen rufen hören. In diesem Moment war er ein völlig anderer Mensch gewesen, was ihm peinlich war, wenn er hinterher daran dachte. Cazie war nie etwas peinlich. Gar nichts. Nach zwei Jahren Ehe hatte sie die Scheidung beantragt, weil Jackson ihr ›zu passiv‹ sei.

In den gräßlichen Wochen ihres Auszugs aus dem Apartment hatte er gefürchtet, daß nichts in seinem Leben mehr so gut sein würde wie diese beiden Jahre.

Und wenn er sie jetzt ansah, in ihrem kurzen grüngoldenen, dekorativen Kleid, das eine Schulter entblößte, verspürte Jackson das vertraute Zusammenziehen in seinem Hals, seiner Brust, seinem Skrotum – ein Gemisch von Verlangen, Wut, Aufbegehren und Demütigung, weil er nicht stark genug gewesen war, um in den dunklen Strömungen von Cazies stürmischer innerer See zu schwimmen. Er stellte sein Glas hin. Er brauchte einen klaren Kopf.

»Wie geht's dir denn, Tess?« fragte Cazie herzlich. Sie setzte sich ungebeten neben Theresa, die ein wenig zurückzuckte, zugleich aber eine Hand ausstreckte, als wollte sie sich an Cazies Glut wärmen. Jackson war diese Freundschaft unbegreiflich; die beiden waren einfach zu verschieden. Aber wenn einmal jemand in Theresas Leben trat, dann hing sie für immer an diesem Menschen. Und sie brachte die fürsorgliche, zärtliche Seite an Cazie zum Vorschein wie ein hilfloses Kätzchen. Jackson wandte die Augen von seiner Ex-Frau ab, versagte sich diese Schwäche, und sah wieder hin.

»Ganz gut«, flüsterte Theresa. Sie warf einen Blick zur Tür; Fremde steigerten ihre Unruhe.

»Tess, das sind meine Freunde, Landau Carson und Irv Kanzler. Jackson und Theresa Aranow. Wir sind unterwegs zu einem Exorzismus.«

»Zu einem – *was*?« platzte Jackson dazwischen und wünschte sich augenblicklich, er hätte es unterlassen. Irv holte einen Inhalator aus der Tasche seiner konsumierbaren Tunika und zog sich mehr von dem Stoff in die Nase, der so offensichtlich die Chemie seines Nervensystems umgestaltete. Das war das Problem mit den toxischeren Entspannungsdrogen: geschäftig begann der Zellreiniger, sie zu beseitigen, sobald sie in den Körper eindrangen, und so mußten die Benutzer alle paar Minuten für Nachschub sorgen.

»Einem Ex-or-zisss-mus«, sagte Landau mit einem falschen, schleppenden Akzent. Er raffte sein Gewand aus holografischen Bienen. »Haben Sie noch nichts davon *gehört*? Sie müssen doch schon davon *gehört* haben!«

»Jackson hört nie von etwas«, sagte Cazie. »Er verläßt die Enklave nie, um sich nicht in die Niederungen der Nutzer begeben zu müssen.«

»Manchmal verlasse ich die Enklave«, stellte Jackson gelassen richtig.

»Freut mich, das zu hören«, sagte Cazie und goß sich ein Glas Sonnenschein ein. Der Nagel ihres rechten Ringfingers war in das Holo eines winzigen Schmetterlings gehüllt, der hektisch mit den Flügeln schlug.

»Ein Ex-or-zisss-mus«, erklärte Landau mit übertriebener Geduld, »ist einfach nova! Ein echter Gehirntrab! Sie würden vor Lachen sterben!«

»Das bezweifle ich«, entgegnete Jackson und schwor sich, daß dies das Letzte war, was er zu diesem Magengeschwür sagen würde. Er verschränkte die Arme über der Brust, merkte, daß ihn gerade das wahrscheinlich so steif wirken ließ, wie Cazie den beiden Männern vorausgesagt hatte, und faltete sie wieder auf.

Landau sagte: »Sie haben aber doch sicher schon vom Mutter-Miranda-Kult gehört, oder? So eine Art Nutzer-Religion – ganz typisch. Miranda als Jungfrau Maria und Fürsprecherin bei den Himmelsmächten. Und *worum* bitten sie? Nicht um Erlösung oder Gnade oder Weltfrieden oder um irgendein anderes dieser ewigen öden Schlagworte! Nein! Mutter Mirandas Jünger bitten um *Unsterblichkeit*! Um eine weitere *Umstellung*! Wenn die SuperSchlaflosen die ersten Spritzen liefern konnten, lautet diese lachhafte Theologie, dann können sie ebensogut ein weiteres Wunder vollbringen, das all die schmierigen kleinen Nutzer für immer und ewig am Leben läßt!«

Irv lachte – ein plötzliches Bellen, das klang, als würde Eis brechen – und schnüffelte erneut an seinem Inhalator. Direkte Stimulierung des Lustzentrums, nahm Jackson an, mit halluzinogenen Zusätzen und einem selektiven Depressivum, um die Hemmschwelle abzusenken.

Cazie sagte: »Meine Güte, Landau, was für ein unorigineller Snob du bist! Es sind doch nicht nur Nutzer am Mutter-Miranda-Kult beteiligt, da sind auch ein paar Macher dabei.«

Theresa ruckte auf ihrem Stuhl – eine kleine, nervöse Bewegung, die das kinetische Äquivalent zu einem Wimmern war. Jackson nahm ihre Hand.

»Aber *in erster Linie* sind es Nutzer«, sagte Landau. »Unsere neuerdings autarken, von fremder Hilfe unabhängigen achtzig Prozent. Und Nutzer sind die einzigen, die Exorzismen vornehmen.«

So leise, daß Jackson dachte, keiner hätte sie gehört, fragte Theresa: »Und was treiben sie aus? Dämonen?«

»Nein, natürlich nicht«, antwortete Landau. Seine Bienen summten lauter. »Unreine Gedanken.«

Cazie lachte. »Nein, das ist nicht ganz richtig. Es sollte eher ›ideologisch inkorrekte Gedanken‹ heißen. Eigentlich ist es nichts anderes als eine Kontrollhandlung, um sicherzugehen, daß all die braven kleinen Mutter-Miranditen von ihrem halbgöttlichen Wesen überzeugt sind. Sie nennen es nur deshalb Exorzismus, weil sie falsche Ideen austreiben. Und dann verfassen sie alle zusammen die nächste Sendung, die zu *Sanctuary* hochgestrahlt werden soll.«

»Ein wahrer Gehirntrab zur Unterhaltung!« warf Landau ein.

Jackson konnte sich nicht zurückhalten. »Und dieses Ritual ist der Öffentlichkeit zugänglich?«

»Selbstverständlich nicht«, sagte Landau. »Wir sind sozusagen ungeladene Gäste. Neubekehrte, demütig auf der Suche nach etwas Glauben in unserem sinnlosen und überprivilegierten Leben.«

Theresas stille Erregung steigerte sich. Cazie sagte: »Was ist los, Tess?«

»Das dürft ihr nicht!« platzte Theresa heraus. Doch sofort sank sie wieder in sich zusammen, um gleich darauf unsicher von ihrem Stuhl hochzuschwanken. Jackson, der immer noch ihre Hand hielt, spürte, wie ihre Finger zitterten. »Gute Nacht«, flüsterte sie und zog ihre Hand aus der seinen.

»Warte, Tessie!« rief Cazie. »Geh nicht!« Aber Theresa lief schon in ihr Zimmer.

»Gratuliere«, sagte Jackson.

»Tut mir leid, Jack. Ich hätte nicht gedacht, daß sie so reagieren würde. Es handelt sich ja nicht um echte Religion.«

»Oh, sie ist religiös? Mein innigstes Beileid«, sagte Landau. »Und noch dazu in der engsten Familie ...«

»Halt den Mund«, sagte Cazie. »Gott, wie du mir manchmal auf die Nerven gehst, Landau! Wird dir denn deine affektierte Herablassung nie langweilig?«

»Nie! Was hat man denn sonst schon vom Leben? Und darf ich dich erinnern, liebste Cassandra, daß auch du auf dem Weg zu diesem Ex-or-zisss-mus bist – hmmmm?«

»Nein!« erwiderte Cazie heftig. »Bin ich nicht. Hau ab!«

»Ein plötzlicher Stimmungsumschwung! Wie aufregend!«

Jackson stand auf. Landau berührte eine Stelle auf seiner Brust, und die Bienen summten lauter. Zum erstenmal fragte sich Jackson, ob sie alle Holos waren oder einige von ihnen in Wirklichkeit Waffen. Ganz sicher würde ein Typ wie Landau einen Personenschild tragen ...

»Raus!« schrie Cazie. »Hast du nicht gehört, du Geschwür? Raus!« Ihre grün-goldenen Augen schossen Blitze; sie sah ebenso lächerlich aus wie Landau. War es auch bei ihr nur Pose, Freude am Dramatischen? Jackson merkte, daß er es nicht mehr sicher sagen konnte.

Landau streckte sich träge, gähnte ostentativ und schlenderte zur Tür. Irv folgte ihm, heftig am Inhalator schnüffelnd. Er hatte kein einziges Wort von sich gegeben.

Als Cazie vom Zuknallen der Apartmenttür zurückkam, sagte Jackson ruhig: »Nette Freunde hast du.«

»Es sind nicht meine Freunde.« Sie atmete schwer.

»Du hast sie aber als solche vorgestellt.«

»Na ja, du weißt, wie das ist … Es tut mir leid wegen Tessie, Jack. Ich wußte wirklich nicht, daß Landau so blöd ist.«

Falls diese Zerknirschtheit Pose war, dann war es eine neue. Jackson traute der Einsicht nicht – er traute Cazie an sich nicht. Er enthielt sich einer Antwort.

»Soll ich nach Tessie sehen?« fragte Cazie.

»Nein. Laß ihr ein bißchen Zeit.«

Doch hinter ihm sagte Theresas sanfte Stimme: »Sind sie weg?« Sie mußte das Zuschlagen der Tür gehört haben und leise aus ihrem Zimmer gekommen sein.

»Ja, Liebes«, sagte Cazie. »Tut mir leid, daß ich sie mitbrachte. Ich hatte mir nichts dabei gedacht. Sind echte Ärsche, alle beide. Nein, nicht einmal Ärsche. Bloß Arschlöcher. Teilstücke. Fragmentarische Menschen.«

»Aber genau das habe ich vorhin zu Jackson gesagt!« pflichtete Theresa eifrig bei. »Die Menschen sind alle … irgendwie nicht vollständig! Und heute nachmittag hat Jackson gesehen …«

»Ich kann über einen der Vertraulichkeit unterliegenden medizinischen Fall nicht sprechen«, unterbrach Jackson sie schroff, obwohl er das natürlich bereits getan hatte. Theresa biß sich auf die Lippe, und Cazie lächelte; ihre Zerknirschung war bereits dem gewohnten spöttischen Gesichtsausdruck gewichen.

»Ein Mord, Jack? Sonst fällt mir nichts ein, wofür sie dich brauchen könnten und über das du nicht reden darfst. Eine kleine Abwechslung vom monatlichen Unfall und der *Umstellung* eines Neugeborenen alle zwei Wochen?«

»Hör auf zu sticheln, Cazie«, sagte er beherrscht.

»Ach, Jackson, Liebling, warum warst du nie so

streng, als wir noch verheiratet waren? Obwohl ich wirklich der Meinung bin, als Freunde sind wir beide besser dran. Aber, Tess, Kleines …« – urplötzlich wieder freundlich, wandte sie sich an seine Schwester, während Jackson mit seinem heftigen Bedürfnis, sie zu schlagen, zu überzeugen oder zu vergewaltigen, alleingelassen wurde – »… da hast du nicht unrecht. Seit der *Umstellung* gehen wir Macher irgendwie aus dem Leim. Entweder treten wir Nutzersekten bei oder wir nageln uns das Hirn mit Neuropharms zu oder wir heiraten ein Computerprogramm … Hast du auch davon gehört? Wegen der Verläßlichkeit! ›Dein Partner, die künstliche Intelligenz, wird dich nie verlassen!‹« Sie warf den Kopf zurück und lachte auf. Ihre dunklen Locken tanzten, und die Mandelaugen wurden zu Schlitzen.

»Ja, aber … wir müssen doch nicht so sein«, warf Theresa ein.

»O doch«, sagte Cazie. »Wir sind dazu gezüchtet, in erster Linie uns selbst zu dienen. Auch die Besten unter uns. Jackson, hast du heute gewählt?«

Hatte er nicht. Er bemühte sich, herablassend dreinzusehen.

»Und du, Tess? Schon gut, ich wußte es ohnehin. Aber das ganze politische System ist ja so und so tot, weil jeder weiß, daß dort nicht mehr die Macht sitzt. Die *Umstellung* hat das bewirkt. Die Nutzer brauchen uns nicht mehr, die kommen ganz gut zurecht in ihren eigenen kleinen gesetzlosen Pseudoenklaven mit der nahrhaften Erde. Zumindest denken sie das. Was, nebenbei gesagt, der Grund für mein Kommen ist. Wir haben eine Krise.«

Cazies Augen strahlten; sie liebte Krisen. Theresa sah verängstigt drein, und Jackson sagte: »Theresa, hat Cazie schon dein neues Vögelchen gesehen?«

»Nein, ich hole es!« hauchte Theresa und lief davon.

»Wer hat eine Krise?« fragte Jackson.

»Wir. TenTech. Wir haben einen Einbruch in der Fabrik.«

»Unmöglich«, sagte Jackson. Und dann, weil Cazie für gewöhnlich ihre Behauptungen auf das Fundament harter Fakten stellte: »In welcher Fabrik?«

»Das Werk in Willoughby, Pennsylvania. Also, es hat noch kein effektiver Einbruch stattgefunden, aber irgend jemand mit bioelektrischen und Kristallgeräten war heute nachmittag direkt am Y-Schild. Die Sensoren haben es gemeldet. Und wenn du das Firmennetz regelmäßig verfolgen würdest, Jack, wüßtest du es. Oh, aber wie konnte ich das vergessen – du warst ja damit beschäftigt, einen Mord aufzuklären!«

Jackson hielt sich zurück. Bei der Scheidungsvereinbarung hatte Cazie ein Drittel von TenTech erhalten, weil ihr Geld das Unternehmen während jenes katastrophalen Jahres, in dem die allgegenwärtige Legierung Duragem einem Nanospalter zum Opfer fiel und Firmen so zahlreich starben wie Nutzer, über Wasser gehalten hatte. »Aber niemand ist hineingekommen, nicht wahr?« sagte er gleichmütig. »Niemand kann die Sicherheitsbarrieren an einem Y-Schild durchbrechen. Jedenfalls kein …«

»Kein Nutzer, willst du sagen, und wer sonst sollte sich in der Wildnis Pennsylvanias aufhalten? Ich denke, du hast wahrscheinlich recht. Aber gerade deswegen sollten wir Nachschau halten. Wenn es keine Nutzer sind, wer ist es dann? Junge Leute von Carnegie-Mellon, die ihre Hackerqualitäten ausprobieren? Industriespione von CanCo? SuperSchlaflose wie Miranda Sharifi, die sich heimlich für unser kleines Familienunternehmen interessieren? Was denkst du, Jack? Wer macht sich an unserer Fabrik zu schaffen?«

»Vielleicht sind die Biosensoren defekt. Eine Schwachstelle, wie damals das Duragem.«

»Vielleicht. Aber ich habe mich umgehört. Niemand sonst hat Sensorausfälle. Nur wir. Also finde ich, wir sollten mal nachsehen. Okay, Jackson? Morgen früh?«

»Ich habe viel zu tun.«

»Und was? Du hast nichts zu tun, das ist ja das Problem, keiner von uns hat genug zu tun. Und hier haben wir etwas – etwas, das Auswirkungen auf unsere Finanzen haben könnte, etwas wirklich Wesentliches! Komm mit!«

Sie bedachte ihn mit einer geballten Ladung ihres Lächelns, und das lange Oval ihrer Augen lieferte ihm die inständige Bitte, die ihre geradlinigen, schroffen Worte vermissen ließen. Jackson wußte, daß er später, wenn er im Bett liegen und immer wieder dieses Gespräch vor seinem geistigen Auge ablaufen lassen würde, nicht fähig sein würde, die Unwiderstehlichkeit heraufzubeschwören, die jetzt von ihr ausging. Von ihren Augen, ihrer Körpersprache, ihrem Tonfall. Er würde sich nur an die Worte selbst – ohne ihren verwirrenden Reiz, ihre unterschwelligen Nuancen – erinnern und sich verwünschen, weil er ja gesagt hatte.

Cazie lachte. »Also um neun. Ich fahre. Und jetzt bin ich am Verhungern. Ah, Tessie, da bist du ja. Was für ein hübscher kleiner GenMod-Vogel! Kannst du auch sprechen, Käfigvögelchen? Kannst du sagen: ›Zerfall der Gesellschaft‹?«

Theresa hielt den Käfig aus Y-Energie hoch. »Er singt nur.«

»Wie die meisten von uns auch«, sagte Cazie und nickte. »Verzweifelte Dissonanzen. Jackson, ich bin *wirklich* hungrig! Ich denke, wir leisten Tessie Gesellschaft, während sie ißt, und dann solltest du mich zum Abendessen auf deinen so unendlich geschmackvollen Nährplatz einladen.«

»Ich gehe aus«, sagte Jackson hastig. Theresa sah ihn mit einem überraschten Ausdruck an, der sofort wieder aus ihrem Gesicht verschwand. Jackson wußte nie genau, wieviel sie von seinen Gefühlen für Cazie wußte oder ahnte. Theresa war so feinfühlig, wenn es um Kummer und Bedrängnis ging. Sie mußte intuitiv spüren, daß es Jackson unmöglich war, einfach so mit Cazie in den Speiseraum zu gehen, den Großteil seiner Kleider abzulegen und zusammen mit ihr auf dem mit Nährstoffen angereicherten Erdreich zu liegen, während sein Körper durch die winzigen Kanäle in der Haut in ausgewogenem Verhältnis all das absorbierte, was er davon benötigte. Jackson konnte das einfach nicht tun! Obwohl die Verlockung groß war. Dort zu liegen unter den warmen Lichtern, deren wechselnde Wellenlängen sorgfältig nach ihrer entspannenden Wirkung auf den Geist zusammengestellt waren ... die parfümierte Luft zu atmen, sich auf einen Ellbogen zu stützen, um beiläufig mit Cazie zu sprechen, Cazie bei der Nahrungsaufnahme zuzusehen, wie sie auf dem Bauch lag, die nackten kleinen, festen Brüste ans Erdreich gepreßt ...

Unmöglich.

Er wartete, bis seine Erektion nachgelassen hatte, ehe er aufstand und sich mit kunstvoller Nonchalance streckte. »Also dann ... ich werde erwartet. Gute Nacht, Cazie. Ich werde nicht spät heimkommen, Theresa.«

»Gib acht auf dich, Jackson«, sagte Theresa, wie immer. Als ob innerhalb der Enklave Manhattan-Ost, deren Y-Schild sie alle selbst vor unerwünschtem Wetter schützte, irgendeine Gefahr lauern könnte. Theresa hatte das Apartment seit über einem Jahr nicht mehr verlassen.

»Ja, gib acht auf dich, Jack«, wiederholte Cazie mit zärtlichem Spott, und Jacksons Herz tat einen Extraschlag, als er aus dem weichen Tonfall eine Spur von Bedauern herauszuhören vermeinte. Aber als er zurückblickte, drehte sich alles wieder um Theresas Vögelchen, und Cazie sah ihn nicht einmal an.

Aber morgen …

Zum Teufel mit morgen! Es würde eine rein geschäftliche Sache sein, nur um herauszufinden, was im Werk Willoughby los war. Ihm gehörte die verdammte Firma – zumindest ein Drittel davon! Er sollte doch die Werksberichte häufiger studieren, der Künstlichen Intelligenz, die die Fabriken leitete, gelegentlich Befehle geben, sich beim Chefingenieur von TenTech öfter mal einklinken und sich um die Schwierigkeiten kümmern. Er sollte verantwortungsbewußter handeln, wenn es um sein und Theresas Geld ging. Er sollte …

Er sollte eine Menge Dinge tun.

Als er hinaustrat in die kalte Novembernacht, die sich unter der Kuppel anfühlte wie ein warmer Septemberabend, versuchte er, sich einen Ort zum Abendessen einfallen zu lassen, wo er lieber wäre als zu Hause.

2

Lizzie Francy blieb im harten Gras des dunklen Feldes stehen und legte warnend eine Hand auf Vicki Turners Arm. Ein kalter Wind blies über Pennsylvania. Dreißig Meter vor den beiden ragte die Y-Energiekegelfabrik TenTech im Mondschein auf, ein fensterloser Quader aus SchaumStein, glatt und gesichtslos wie ein Gefängnis.

»Keinen Schritt weiter«, sagte Lizzie. »Ein Meter bis zum Sicherheitsschild. Siehst du, wie sich das Gras dort verändert?«

»Natürlich nicht!« rief Vicki. »Ich kann überhaupt nichts sehen! Wie machst du das?«

»Ich war bei Tageslicht schon hier«, erklärte Lizzie. »Wir müssen ein Stück nach links … Ich habe eine Markierung zurückgelassen. Du zitterst ja, Vicki! Ist dir kalt?«

»Ich bin am Erfrieren. Wir sind alle am Erfrieren! Darum unternehmen wir ja auch diese nächtliche Einbruchstour, oder? Mein Gott, ich muß verrückt sein, daß ich da mitmache … Wie weit nach links?«

»Genau bis hierher. Geh nicht weiter ran, sonst erfassen uns die Infrarotdetektoren.«

»Also mich nicht. Ich bin so durchfroren, mich würden sie für einen Felsblock halten. Nein, ich will deinen Umhang nicht, den brauchst du selbst.«

»Mir ist nicht kalt«, sagte Lizzie.

Sie öffnete ihren Jutesack und holte ihr Rüstzeug heraus.

»Das sind deine überschießenden Hormone. Die kleinen Y-Kegel der Schwangerschaft. Na gut, dann nehme ich halt den Umhang … Wie kommt es, daß deine Haut die Kleider nicht so schnell frißt wie die meine? Oder kommt mir das nur so vor … Lizzie, Kleines, freu dich nicht zu früh, das wird nicht funktionieren. Niemand, und wenn er ein noch so tüchtiger Datenfischer ist, kann in eine Y-Energie-Fabrik einbrechen.«

»Ich schon«, stellte Lizzie klar. Sie grinste Vicki zu. Vicki hatte keine Ahnung. Vicki war klug, gebildet, sie war eine Macherin, eine von diesen Leuten, die früher mal die ganze Welt in Gang gehalten hatten. Vicki hatte Lizzie ihr erstes Terminal geschenkt und ihr beigebracht, es zu benutzen. Lizzie verdankte Vicki alles. Aber Vicki hatte keine *Ahnung*. Vicki war alt, vielleicht sogar schon vierzig, und sie war vor der *Umstellung* groß geworden, damals, als alles anders war. Lizzie hatte sich die letzten fünf Jahre mit nichts anderem als den Datennetzen beschäftigt, und sie wußte, wie gut sie war. Es gab nichts, worin sie nicht fischen konnte (*Sanctuary* natürlich ausgenommen, was aber nicht zählte). Es war jetzt Lizzies Welt, und sie konnte alles. Sie war siebzehn.

Die beiden Frauen packten Lizzies Geräte aus dem grob gewebten Sackleinen: die Kristallbibliothek, das Terminal, den Laser-Transmitter, die Ganzkörper-Holoanzüge. Manche Teile der Ausrüstung waren gestohlen, andere improvisiert, alle waren alt. Lizzies gewaltiger Bauch wölbte das lose fallende Hemd, in das ihre Haut unzählige Löcher gefressen hatte, während sie alles zusammenbaute und sodann auf das Gebäude zielte.

Vicki, in Lizzies Umhang gewickelt, lachte plötzlich leise auf. »Ich habe Jackson Aranow einmal persönlich getroffen.«

»Wer ist Jackson Aranow?«

»Der Eigentümer der Fabrik, die wir gleich ausrauben werden. Also, er und seine Familie sind die Eigentümer; man sollte seine unwissentlichen und unwillentlichen Gönner immer kennen, finde ich. Die

Aranows sind Konservative vom alten Schlag, steif, langweilig. Und reich wie *Sanctuary*.«

Lizzie sah auf von den Entschlüsselungscodes auf dem Bildschirm. »Ehrlich?«

»Nein, natürlich nicht. Himmel, nimm nicht alles so wörtlich! Niemand ist so reich wie *Sanctuary*.«

»Okay, ich bin soweit.« Lizzie grinste, ein Aufblitzen weißer Zähne in der Dunkelheit. »Hast du deinen Sack? Also, denk daran, der Schild wird nur zehn Sekunden lang unten sein, ehe das System neu startet. Du hast deine Waffe?«

»Wenn du das ›Waffe‹ nennen willst«, sagte Vicki und hob das Eisenrohr, das sie in der rechten Hand hielt. »Mußtest du das denn so schwer machen? Wenn ich mich schon auf die ewige Reise begebe, so möchte ich es wenigstens mit leichtem Gepäck tun!«

»Du wirst nicht sterben. Und du bist fast nackt, ist das nicht leicht genug?« Lizzie gab ein leises, unbekümmertes Kichern von sich, und ihre Finger flogen über die Tasten ihrer Geräte. »Okay – *jetzt*!«

Ein Laserstrahl stach in die Finsternis, so gerade und hart wie ein Diamantfaserstab. Er schoß durch den unsichtbaren Energieschild zu einer ganz bestimmten, kaum wahrnehmbaren Stelle hoch oben an dem Gebäude. Ein zweiter Strahl folgte. Die bioelektrischen Moleküle an mehreren Speicheradressen, die von der ersten Laserentladung angeregt worden waren, absorbierten nun zusätzliche Energie vom zweiten Laserstrahl in einem anderen Spektralbereich. Die absorbierte Energie löste eine Welle von einzelnen Photonen in einem vorgegebenen Muster aus – eine Serie von Frequenzschlüsseln, die zu einem Chromophor-Schloß aus Bakterienprotein paßten. Die Nacht füllte sich mit unsichtbaren Informationen, die zu anderen Empfängern geschickt wurden, zu entfernten Relais, zu Terminals in anderen Bundesstaaten. Das konnte Lizzie nicht verhindern; es lag in der Natur von Sicherheitssystemen, daß sie andere Systeme alarmierten. Aber die Luft schimmerte kurz, und der Sicherheitsschild aus Y-Energie brach zusammen.

Zehn Sekunden später startete das System mit abgewandelten Codes, geänderten Mustern neu, aber Lizzie und Vicki waren mit ihren Säcken schon über das harte Gras gerannt.

Es geschah absolut leise. Keine Flutlichter flammten auf, keine Warnsirenen heulten. Alle Fabriken arbeiteten jetzt vollautomatisch, geleitet von in fernen Enklaven stationierten Systemen, die unter der Aufsicht der Eigentümer standen und von ihnen ihre Anweisungen erhielten. Oder auch nicht.

Doch dann glitt der erste SicherheitsRob auf die beiden Frauen zu – ein lautloser metallener Schatten, der furchterregend schnell über das Gras strich. Vicki zielte mit ihrem elektromagnetischen Frequenzdisrupter auf den Rob, und er blieb abrupt stehen und kippte um. Vicki lachte, ein bißchen zu übermütig. »Stirb, unverschämter Emporkömmling!«

»So komm schon!« drängte Lizzie. Sie schaltete einen zweiten SicherheitsRob aus und rannte zum Fabrikstor.

Es hatte sich natürlich verriegelt, als der Y-Schild niedergegangen war. Lizzie drückte den manuellen Überbrückungscode ein und hielt den Atem an. Es hatte sie Monate gekostet, in die Sicherheitsdaten von TenTech einzudringen, doch obwohl sie einfach *alles* konnte, war es ihr aus unerfindlichen Gründen nie gelungen, die Codes für die manuelle Betätigung des Tors zu finden, sollte eine Durchbrechung der Sicherheitsvorkehrungen das System automatisch neu starten. Sie hoffte, das hieß, daß es keine neuen Codes für das Tor gab, daß die Entwerfer der Anlage so arrogant oder so knausrig gewesen waren, sich darauf zu verlassen, daß das komplexe Y-System ausreichen würde und niemand es durchbrechen könnte. Ausgenommen *Sanctuary*, natürlich, das keinen Anlaß dazu hatte.

Sanctuary und Lizzie Francy.

Das Tor öffnete sich, und Lizzie nahm sich eine kostbare Sekunde lang Zeit, die Augen zu schließen und ein Dankgebet an einen Gott zu schicken, an den sie nicht glaubte. Billys Gott, der Gott ihrer Mutter – sie brauchte Ihn nicht. Sie hatte es geschafft.

Sie hatte es *geschafft*! In eine Macher-Fabrik einzubrechen, wo Energiekegel hergestellt wurden, um so viele davon zu stehlen, daß ihr Stamm damit durch den Winter kam! Alles andere hatten sie, seit der *Umstellung*. Eine Polymer-Plane für den Futterplatz. Wasser, das nicht mehr unbedingt sauber sein mußte. Eine aufgelassene Sojaverarbeitungs-Fabrik, die noch aus der Zeit vor der *Umstellung* stammte und mehr als genug Platz bot für den ganzen Stamm. Einen Web-Rob, der reichlich Kleider und Decken für alle produzieren konnte, auch für die jungen Leute, deren Körper die Kleider noch rascher auffraßen als die der älteren. Aber sie hatten keine Y-Kegel, und die Winter im Hügelland von Pennsylvania waren kalt. Jetzt, da die Macher nicht mehr Dinge wie Decken oder Kegel im Tausch gegen Wählerstimmen schickten, mußten die Stämme für sich selbst sorgen. Denn sonst tat es niemand.

Lizzie öffnete die Augen. Wieder schwebte ein SicherheitsRob aus einer Nische auf sie zu, und sie hob ihren Disrupter und schaltete den Rob aus. Natürlich wurde ihr Eindringen von versteckten Überwachungsgeräten aufgezeichnet, aber die beiden Frauen waren von Kopf bis Fuß in Holoanzüge gehüllt. Für die Monitore erschien Lizzie als blonde Zwölfjährige, die im achten Monat schwanger war, Vicki hingegen als rothaariger Macher im Straßenanzug. Und alles, was die Infrarotdetektoren bekamen, waren die Wärmemuster zweier menschlicher Gestalten weiblichen Geschlechts mit einer bestimmten Körpergröße und Masse und dem dazugehörigen Metabolismus. Aber keine Identität.

Es war so leicht! Reinflitzen, sieben oder acht Kegel vom Ende des Fließbandes nehmen und in den Säkken verstauen, raus aus dem Gebäude und warten, bis Lizzies Gerät einen zweiten Laserpuls abfeuerte, um den Sicherheitsschild noch mal für zehn Sekunden zu senken, und wieder rausflitzen. Nicht schlecht für eine Nutzergöre! Sie rannte den kurzen Gang entlang, der zur Montagehalle führte, wobei ihr Bauch im Rhythmus von Bongotrommeln hin und her wakkelte.

Und dann blieb sie schlagartig stehen; der Raum vor ihr war ein Irrenhaus. Zwei Gabelstapler rollten durch die Halle, von denen einer Stöße leerer Luft aufhob, sortierte, stapelte und wieder davontrug. Der andere transportierte eine einzelne Packkiste ans Ende des Robot-Fließbandes, stellte sie ab, wo sie mit leeren Energiekegeln gefüllt wurde, beförderte sie zur Mitte der Halle und kippte die Kegel heraus. Dann rollte der Stapler mitten durch die Kegel, die in alle Himmelsrichtungen davonklapperten, und brachte die Kiste wieder zum Fließband zurück. Die Kiste war an hundert Stellen durchlöchert, eine Ecke war eingedrückt, und die Verschlußklappen fehlten. Sie sah aus, als hätte sie einen Krieg überstanden. Auf dem Fließband selbst hoben Roboterarme die empfindlichen Innereien der Kegel, die aus dem versiegelten Kalte-Fusion-Reaktor angeliefert wurden, um sie in die Kegelhüllen einzupassen – und verfehlten dabei ihr Ziel um gute fünfzehn Zentimeter. Die zerquetschten Energiespeicher schoben sich an den Rand des Fließbandes; die leeren Gehäuse segelten weiter bis zu dem übergeschnappten Gabelstapler, der am Ende des Bandes schon darauf wartete, daß sie in seine Kiste gepackt wurden, um sie zu jener Stelle zu transportieren, wo er sie immer auf den Boden warf, ehe er Nachschub holte.

Vicki sagte: »Was …?«

»Die Algorithmen zur Distanzabstimmung sind durcheinandergeraten«, stellte Lizzie mit Abscheu in der Stimme fest. »Mein Gott, was für eine *Verschwendung*! Deine Freunde, die Bosse, kontrollieren offenbar nur die Produktionszahlen und weder die Qualität, noch den … Vicki! Das ist nicht lustig!«

»Aber natürlich ist es das!« Vicki bog sich vor Lachen und brachte kaum die Worte heraus. »Urkomisch! Die High-Tech-Welt der Macher! Und dann sieht es aus wie der Heilige Krieg von Robs, die zuviel Endorkiss intus haben … und … dieser ausgestopfte Spießer … Jackson … Aranow …!«

»Wir haben nur noch wenige Minuten, Vicki, und wir brauchen Kegel! Hilf mir, welche zu finden, die verpackt wurden, bevor hier die Hölle losbrach! Sehr lange kann das noch nicht so gegangen sein …«

»Nein? Dann schau dir doch … die Staubschicht an!« Und wieder fing sie an zu lachen, kicherte wie die Verrückte aus dem Tollhaus-Holo. Manchmal schien es Lizzie, als wäre sie selbst die Erwachsene und Vicki, mit ihrem schrägen Macher-Humor, der Teenager. Doch dann wurde Vicki wieder zu der Frau, die Lizzie aus ihrer Kindheit kannte: beängstigend, gescheit, gelassen – ein Wesen aus dieser anderen Welt, die die Welt dirigierte. Warum konnte man nicht in Menschen so leicht fischen wie in Computersystemen? Lizzie stieß Vicki den Finger in die Schulter. »Komm schon! Hilf mir suchen!«

Endlich riß Vicki sich zusammen. Die beiden Frauen rannten zu den Kistenreihen, die einer der Gabelstapler aufgebaut haben mußte, bevor sie beide durchdrehten. Glücklicherweise hatte auch der KlebeRob den Geist aufgegeben, denn keine der Verschlußklappen an den Kisten war festgemacht, was das Öffnen vereinfachte. Die erste Kiste der obersten Reihe war leer. Die zweite auch. Die dritte war vollgestopft mit zerquetschten Energiespeichern, die sich um die Kegelgehäuse schmierten wie zerplatzte Eidotter um ganz gebliebene Schalen. Lizzie stand vor einem Rätsel: Was konnte die Programme derart durcheinandergebracht haben?

»Vicki, wir haben keine Zeit mehr! Unser Laser feuert nur noch einmal! Die Neustartsequenzen sind paarweise gekoppelt, aber das nächste Paar wird durch einen Zufallsgenerator codiert, und das konnte ich bei der Programmierung nicht…«

»Hier!« rief Vicki; jetzt lachte sie nicht mehr. »Diese Kiste ist in Ordnung! Schnapp dir drei oder vier Kegel, los, los!«

Sie stopften die Kegel in ihre Säcke und rannten zurück zum Korridor, wobei sie Mühe hatten, den herumliegenden leeren Kegelgehäusen auszuweichen.

Das Tor am Ende des Korridors war zu.

»Was… Lizzie! Es hat sich automatisch geschlossen!«

Lizzie krallte sich an das Tastenfeld der Handbedienung und drückte verschiedene Standardcodes für den Befehl ›Tür auf‹ ein. Nichts geschah. Das Sicherheitssystem hatte die Tür geschlossen, aber keinen Code zur Öffnung vorgesehen – eine sinnvolle Maßnahme: Wenn jemand den Schild durchbricht, laß ihn nur rein – aber nicht mehr raus.

Vicki sagte: »Kannst du ins System hinein und das Öffnen des Tors programmieren?«

»Nicht, bevor der Schild zusammenbricht. Und das geschieht genau ... jetzt!«

Lizzie ließ sich gegen das Tor fallen, und langsam sank sie daran entlang zu Boden wie ein Stoffpüppchen; den Sack mit den kostbaren Y-Kegeln hielt sie immer noch fest an sich gedrückt. Also hatte sie es doch nicht geschafft! Sie hatte versagt – sie, Lizzie Francy! –, und jetzt saßen sie und Vicki in der Falle in einer Kegelfabrik aus undurchdringlichem Schaum-Stein. Aber selbst wenn es ihnen gelänge, aus dem Gebäude hinauszukommen, wären sie in einem Y-Energie-Schild gefangen, den kein Molekül, das größer war als Luft, durchdringen konnte. Sie saßen in der Falle.

»Vicki!« flüsterte sie, und jetzt war sie nicht mehr das kleine Hackergenie, sondern nur mehr eine verschreckte Siebzehnjährige, die sich an einen Erwachsenen klammerte. »Vicki, du, was sollen wir jetz' bloß tun, wir beide?«

»Wir werden warten«, stellte Vicki sachlich fest. Sie setzte sich neben Lizzie auf den Boden und lehnte sich auch an das Tor. »Bis jemand kommt.«

Lizzie strich mit dem Finger über ein Stück Boden direkt vor dem Tor. Die Fingerkuppe war voller Staub. »Un' wie lang is' es her, seit zum letztenmal wer da war? Was denkst'n du?« Sie merkte, daß sie in den Nutzer-Slang verfiel, wie immer, wenn sie aufgeregt war. Sie haßte das.

»Es wird sicher jemand kommen, um das Durchbrechen der Sicherheitsbarrieren zu untersuchen. Irgendein Prüfer im Auftrag von TenTech. Der Staub hat nichts zu sagen, das heißt nicht unbedingt, daß nie jemand herkommt. Das ganze Luftfiltersystem könnte aus demselben Grund wie die Robs verrückt spielen. Vielleicht hat es den angesammelten Staub nur wieder hereingeblasen.«

Lizzie runzelte die Stirn. Eine ernsthafte Diskussion

nahm ihr ein wenig von ihrer Hoffnungslosigkeit. »Aber die Robs, die sin' doch schon 'ne ganze Weile defekt, schau dir bloß die vielen kaputtgemachten Kegel an …«

»Also *so* lange auch wieder nicht! Wir haben die guten Kegel in der obersten Reihe gefunden, erinnerst du dich?«

»Un' wie wollen wir wissen, ob die auch ordentlich funktionieren?« erkundigte sich Lizzie. Sie setzte sich gerade auf, holte einen Kegel aus dem Sack und schaltete ihn ein. Augenblicklich strahlte er Hitze ab. Sie schaltete auf Licht und dann auf beides. »Funktioniert.«

»Na, siehst du.«

»Vielleicht läßt uns der, wo kommt, die Kegel behalten.«

Vicki sah sie nur an, und das Gefühl der Hoffnungslosigkeit überfiel Lizzie erneut. Nein, natürlich würden sie die Kegel nicht behalten dürfen. Waren ja alles Macher, diese Leute. Sie würden sie und Vicki wegen des Einbruchs und des Diebstahls und, weiß Gott, weswegen noch, festnehmen und ins Gefängnis werfen. Ihr Baby würde im Knast auf die Welt kommen! Und der Stamm würde keine Heizung für den Winter haben und nach Süden wandern müssen, wie die meisten anderen Stämme, die schon dorthin unterwegs waren. Also gut, das würde nicht so schlimm sein, denn im Süden war es warm, und es gab auch keinen Platzmangel dort, denn nach den schrecklichen *Umstellungs*-Kriegen waren nicht mehr so viele Menschen übriggeblieben … Aber Lizzies Mutter und Billy würden nicht mitgehen. Nicht, wenn Lizzie hier im Norden im Gefängnis saß. Würde sie überhaupt hier im Gefängnis sein? Manchmal schickte man die Leute in weit entfernte Haftanstalten. Die Macher-Bullen konnten Lizzie überallhin schicken …

»Die, die haben uns immer noch in der Hand, stimmt's? Trotz der *Umstellung*. Un' dem Zellreiniger. Und … allem.«

Vicki antwortete nicht; sie selbst, eine abtrünnige Macherin, die bei den Nutzern lebte, saß nur da und sah dem verrückten Gabelstapler dabei zu, wie er leere Luft hob, transportierte und aufstapelte, während ruinierte Kegel klappernd davonrollten.

Sie warteten die ganze Nacht und schliefen ein paar Stunden auf dem Boden. Gegen Morgen stieß ein verirrter Kegel Lizzie an und holte sie aus bruchstückhaften Träumen in einen bruchstückhaften Wachzustand. Sie schob den Kegel weg und fragte sich, ob sie den Gabelstapler ruhigstellen sollte. Aber wozu sich die Mühe machen? Sie rollte sich wieder um die Masse ihres immer noch ungewohnten Bauches herum ein. Der Boden war kalt. Neben ihr schnarchte Vicki leise, aber Lizzie konnte keinen Schlaf mehr finden.

Sie setzte sich auf. Während der Nacht war wiederum ein gutes Stück ihres losen Hemdes verschwunden. Der Gürtel, den sie darunter trug und der nun hoch über ihrem Bauch saß, bestand aus einem nichtorganischen Synthetikmaterial, das noch aus der Zeit vor der *Umstellung* stammte. An diesem Gürtel hing ein Beutel aus dem gleichen Material, in dem sich Lizzies Werkzeug befand. Wenn sie nur eine Lasersäge hätte! Eine Lasersäge würde sie beide im Handumdrehen hier herausbringen! Aber nur Macher besaßen Lasersägen. Das war schon während der *Umstellungs*-Kriege so gewesen, als es zu Plünderungen von Lagerhäusern gekommen war, zu Kämpfen und zu dem, was Vicki »den monumentalen gesellschaftlichen Umbruch einer sterbenden Ordnung« nannte. Und jetzt blieben die Macher in ihren undurchdringlichen Enklaven, und mit ihnen ihre Lasersägen. Außerdem würde eine Lasersäge beim äußeren Sicherheitsschild keine Hilfe sein; nur eine Atomwaffe konnte einen solchen Y-Schild aufbrechen.

Die Lichter in der Fabrik blieben die ganze Nacht an. Vermutlich waren sie darauf programmiert, hell zu bleiben, wann immer das Gebäude die Anwesenheit von Menschen erfaßte. In ihrem weichen Schein waren die Robs geschäftig am Werk und machten alles falsch. Dumme Maschinen.

Aber nicht so dumm wie sie, Lizzie …

Solange sie sich zurückerinnern konnte, hatte es ihrem Gefühl nach zwei Lizzies gegeben. Eine davon hatte nichts als Fragen gestellt, war damit ihrer Mutter und Billy und später Vicki auf die Nerven gegangen; hatte sich in kürzester Zeit durch die jämmerliche Schulsoftware durchgearbeitet und Robs auseinandergenommen, wann immer sich die Gelegenheit dazu bot, und zugehört, zugehört, zugehört. Es gab so unendlich viel, was sie wissen wollte – und vor Vicki und der *Umstellung* keine Möglichkeit, Antworten zu bekommen. Doch als Vicki Turner die Enklaven verlassen hatte, um fortan bei den Nutzern zu leben, und Lizzie ein ordentliches Terminal und eine Kristallbibliothek geschenkt hatte, da gab es plötzlich die Voraussetzungen, an alle Antworten heranzukommen. Lizzie – eine der beiden Lizzies – war beinahe hysterisch in ihrem Drang, jede wache Minute vor dem Terminal zu sitzen und die verlorene Zeit aufzuholen. Und als es soweit war – als sie gelernt hatte, das Netz zu benutzen und zu beherrschen und schließlich darin zu fischen nach jeder wie immer gearteten Information, an die sie herankommen wollte – als sie all das gelernt hatte, überkam sie ein Gefühl, als wäre sie betrunken. Trunken von all der Macht, trunken von Tatendrang. Sie hatte den WebRob für den Stamm entworfen und in den Computern von Lagerhäusern ohne Sicherheitsschild nach allen notwendigen Bestandteilen gefischt; dann hatte sie die aufgelassene Fabrik als Winterquartier für den Stamm lokalisiert; und dann hatte sie sich von einem Jungen schwängern lassen, den sie nie wieder sehen würde und wollte. So wie sie zu dem Entschluß gekommen war, daß sie einen WebRob bauen sollte, war Lizzie Francy zu dem Entschluß gekommen, daß sie ein Baby haben sollte. Und so verschaffte sie sich eines. Sie konnte das tun, sie konnte alles tun, und keiner sollte je was anderes behaupten, keiner!

Aber in jeder Sekunde gab es darunter diese andere Lizzie, die niemand sah. Die sich immerzu fürchtete. Die wußte, daß sie früher oder später Murks bauen würde – es war nur eine Frage der Zeit. Und dann würden alle wissen, daß sie nur eine Angeberin war, daß sie nichts richtig machen konnte und daß sie nicht dazugehörte. Diese zweite Lizzie hatte Angst, bei angesehenen Firmen wie TenTech auf Datenfang zu gehen, hatte Angst davor, daß sie unfähig sein könnte, sich gut genug um ihr Baby zu kümmern, hatte entsetzliche Angst, daß Vicki, Billy und ihre Mutter plötzlich weggehen und sie allein lassen könnten. Allein mit einem Kind. Was zwei gleichaltrige Mädchen im Stamm, Tasha und Sharon, bestens schafften, was aber Lizzie Francy nicht schaffen würde. Weil Lizzie – diese andere Lizzie – sich nur immer zusammenrollen und aufhören wollte, diejenige zu sein, an die sich der ganze Stamm um Antworten wandte, die sie aus einem Netz stahl, das letzten Endes doch nicht ihr gehörte. Es gehörte den Machern. Wie immer schon.

Plötzlich, als sie so dasaß, mit dem Rücken an die SchaumSteinwand gelehnt, und zusah, wie Robs Y-Kegel ruinierten, konnte sie die beiden Lizzies in sich nicht mehr ertragen. Beide preßten ihr die Kehle zusammen und verursachten ihr Kopfweh. *Ich kann alles machen! Ich kann nichts richtig machen!* Beide lasteten auf ihrer Brust. Sie mußte aufstehen und von beiden wegkommen.

Sie ließ Vicki schlafen. Vicki sah so schön aus, wenn sie schlief – Vicki sah immer schön aus. GenMod. Lizzie würde nie so aussehen. Sie war zu klein, und ihr Kinn wirkte irgendwie komisch, und das drahtige schwarze Haar stand in allen Richtungen vom Kopf ab, weil sie unentwegt daran zog und es drehte, wenn sie nach Daten fischte. Aber Vicki schlief, und Lizzie war wach, also lag es an ihr, etwas zu unternehmen. Irgend etwas.

Rastlos strich sie an den Außenwänden der riesigen Halle entlang, dort, wo weniger Kegel herumrollten, über die man stolpern konnte. Am Haupttor vorbei, an dem sie in der Nacht eine volle Stunde verbracht hatte in dem vergeblichen Versuch, an seine Codes heranzukommen. An den dünnen Rohren des Luftfilters vorbei, den Vicki aufgebrochen hatte. Das Luftfiltersystem war tatsächlich zusammen mit dem Rest der Programmierung abgestürzt. Lizzies nackte Füße hinterließen verschmierte Spuren im Schmutz auf dem Boden.

Doch dann bemerkte sie etwas an der gegenüberliegenden Wand, das ihr in ihrer Erschöpfung und Mutlosigkeit nachts entgangen war: zweieinhalb Meter über dem Boden befand sich eine etwa ein Quadratmeter große Metallplatte, die exakt die gleiche Farbe hatte wie die graue SchaumSteinwand, die sie umgab.

Kein Lagerraum, nicht da oben. Nicht das versiegelte Gehäuse der Y-Energie; das war immer deutlich markiert und immer unzugänglich. Diese Platte sah durchaus zugänglich aus, zumindest von da, wo Lizzie stand. An den Ecken der Platte befanden sich kleine Schrauben.

Lizzie schlich sich von hinten an den Gabelstapler

heran, der so eifrig Luft stapelte, und als er am Fließband stehenblieb, um eine weitere nichtvorhandene Ladung aufzunehmen, kletterte sie auf das flache robuste Gehäuse seines Motors. Sie brauchte nicht länger als drei Minuten, um die Maschine so umzuprogrammieren, daß sie sie zu jener Wand trug, in der sich die Metallplatte befand, sie zwei Meter hochhob und reglos stehenblieb, während Lizzie die Platte abschraubte. Die Schrauben steckte sie ein, und die Platte, die aus einer leichten Legierung bestand, stellte sie vorsichtig hinter sich auf ihr metallenes Podest.

Hinter der Platte befand sich eine etwas mehr als einen Meter tiefe Ausnehmung, die sich nach hinten zu trichterförmig verengte und zu einem Quadrat von nicht mehr als zwanzig, fünfundzwanzig Zentimeter Seitenlänge zusammenlief. Die Ausnehmung war nicht in den Bauplänen eingezeichnet gewesen, nach denen Lizzie bei der Planung des Unternehmens gefischt hatte. Das Ende des Trichters war wiederum mit einer angeschraubten Platte verschlossen.

Lizzie beugte sich in die Nische, konnte aber die kleine Platte nicht erreichen, weil ihr der Bauch im Weg war. Also stieg sie in die Öffnung und kroch nach hinten.

Diese Schrauben ließen sich nicht drehen. Wenn sie nur eine Lasersäge hätte! Hartnäckig bearbeitete sie die Schrauben, aber sie lockerten sich nicht. Doch sie waren nicht nano-eingepaßt, denn das Gebäude war sechzehn Jahre alt, viel zu alt für die meisten Nano-Verfahren.

Schließlich feuerte Lizzie frustriert den Schraubenzieher gegen die Platte. »Fahr zur Hölle, du gottverdammtes stinkendes Miststück!« Billys Lieblingsfluch.

»Erbitte weitere Instruktionen«, sagte die Platte.

Sie erstarrte. Nie hätte sie die Möglichkeit in Betracht gezogen, daß das Ding ein Bildschirm und sprachaktiviert sein könnte! Wie dumm, wie dumm! Und wenn sie es nun durch den Schlag beschädigt hatte?

»Erbitte weitere Instruktionen«, wiederholte die Platte.

»Starte Testprogramm!«

Die Beleuchtung der Halle ging aus. Fünf Sekunden, zehn, und dann ging sie wieder an. Als nächstes verstummte der Lärm der Roboter am Fließband – eine Stille, so erschreckend wie eine Explosion. Bevor der Krach wieder anfing, hörte sie Vicki schreien: »He! Lizzie?«

Doch Lizzie, die dabei war, den kleinen Bildschirm eingehend zu studieren, antwortete nicht. Freudige Erregung stieg in ihr auf. Das Testprogramm lief – in voller Länge, einschließlich des äußeren Sicherheitsschildes. Jetzt wußte Lizzie, was es war: ein Teil des Reservesystems, zur Sicherheitsüberprüfung von außerhalb des Gebäudes minimal zugänglich, doch unerreichbar für die Robs in der Montagehalle – die, wie Lizzie soeben bewiesen hatte, nur allzuleicht umzuprogrammieren waren. Bei den Fabrikssystemen alten Stils hatte man manchmal mit allerlei seltsamen Absicherungen experimentiert, um möglichen Missetätern die physische Kontrolle wieder zu entreißen; wenn es Lizzie gelang, in dieses Hilfssystem hineinzukommen, konnte sie den Y-Schild von hier aus steuern.

Und es *würde* ihr gelingen, in das System hineinzukommen! Sie war die unübertreffliche Lizzie Francy!

»Testsequenz wiederholen«, sagte sie und nahm sich vor, bei der nächsten Unterbrechung des Programms Vicki zu beruhigen. Aber sofort nach der Überprüfung der Beleuchtung wurde der kleine Bildschirm leer, und dann erschien darauf ohne Sprachausgabe die Schrift: TESTSEQUENZ ABGEBROCHEN. 65-B.

65-B. Ein industrieller Standardcode für einen Mikrowellenimpuls, der die Kontrolle des gesamten Systems an eine außerhalb des Systems befindliche, unabhängige Quelle übertrug. Eine geläufige Sicherheitsmaßnahme für jeden Prozeß, bei dem Strahlung frei wurde. Der ganze Vorgang konnte aus nächster Nähe mittels des richtigen Signals aus einer kleinen, tragbaren Fernbedienung angehalten werden. Macher waren bei der Fabrik eingelangt!

Mühsam zog Lizzie sich aus ihrem engen Loch, zweieinhalb Meter über dem Hallenboden, zurück. Ihre Füße tasteten nach der metallenen Plattform des Gabelstaplers. Sie war nicht mehr da.

Hastig drehte sie ihren unförmigen Körper herum, bis sie in die Halle sehen konnte. Der Gabelstapler war etwa einen Meter von der Wand weggerollt, wahrscheinlich als Teil des Maschinen-Testprogramms. Hart an der Kante der Wandnische angelangt, streckte Lizzie beide Arme so weit aus wie möglich; sie konnte gerade eben den Rand der Metallplatte erreichen, die sie abgeschraubt und auf den Stapler gelegt hatte, aber die Platte lehnte nur da, und so konnte Lizzie sie nicht dazu benutzen, den Stapler zu sich heranzuziehen. Doch ganz plötzlich erwachte die Maschine zu neuem Leben und begann auf das Fließband zuzurollen, um ihre gewohnte Arbeit wieder aufzunehmen, und Lizzie lag hilflos da, zweieinhalb Meter über dem Hallenboden, die Metallplatte in den Händen.

Unten ging die sinnlose Nicht-Arbeit weiter: Robs montierten das Y-Energie erzeugende Innere der Kegel und ruinierten es beim Versuch, es in schlecht ausgerichtete Gehäuse einzupassen; leere Kegelhülsen rollten über den Boden; Gabelstapler stapelten Luft. Hinter einem Stoß Packkisten raste Vicki hervor und brüllte etwas, das sich in dem Getöse verlor. Vermutlich Lizzies Namen. Und dann klappte in der Wand neben ihr das Haupttor auf, und zwei Macher, ein

Mann und eine Frau, schritten mit gezogenen Waffen in die Halle.

Augenblicklich und ohne einen bewußten Gedanken daran zu verschwenden, hob Lizzie die Metallplatte zurück an ihren Platz und hielt sie von innen mit den Fingernägeln fest. Mit klopfendem Herzen kauerte sie in der Ausnehmung hoch oben in der SchaumSteinwand.

SENDEDATUM: 4. November 2120
GEHT AN: Mondbasis Selene
VIA: Bodenstation Enklave Toledo, GEO-Satellit C-1494 (USA), Satellit E-398 (Frankreich)
NACHRICHT - ART: nicht verschlüsselt
NACHRICHT - KLASSE: Klasse D, allgemein zugänglich laut Kongreßverordnung 4892-18 vom Mai 2118
AUSGEHEND VON: ›Roy L. Spath-Stamm‹, Ohio
NACHRICHT LAUTET:

Mutter Miranda! Selig sind die Armen im Geiste, denn ihrer ist das Himmelreich! Wir sind die Armen, und wir bitten Dich um Gnade! Mit den Spritzen hast Du uns Gottes Gabe geschickt, und wir ehren Dich dafür! Du bist gebenedeit unter den Frauen! Du hast uns befreit von Hungersnot und Pestilenz, und so bitten wir Dich jetzt um Befreiung vom Tod! Gib uns heute unser unsterbliches Leben und schicke uns Spritzen, die uns so *umstellen*, daß wir leben können wie Du, für immer und ewig bis ans Ende der Welt, amen! Bitte für uns, damit wir keine Stunde unseres Todes haben! Herzlichen Dank!

BESTÄTIGUNG: keine

3

Achtzig Kilometer vor Willoughby sagte Cazie: »Der Sicherheitsschild des Werks ist unten.«

Jackson warf einen Seitenblick auf seine Ex-Frau; ihre Augen waren unverwandt auf den Schirm ihres MobiLinks gerichtet. Der Luftwagen flog auf Automatik, und Jackson hatte vor sich hingedöst – erfreut darüber, daß ihm dies in Cazies Gegenwart gelingen konnte. Das hieß, daß die Wirkung, die sie auf ihn hatte, langsam nachließ – oder? Aber vielleicht hieß das auch nur, daß er es nicht gewöhnt war, um 6 Uhr 29 morgens wach und in der Luft zu sein. Im Osten wurde der Himmel schon heller, und in dem perlweißen Licht wirkte Cazies Profil klar und rein. Theresa würde sagen, Cazie sah aus wie eine Heilige; bei dem Gedanken schnaubte Jackson leise und verächtlich.

»Du glaubst mir nicht?« fragte Cazie. »Schau es dir doch selbst an!« Sie warf ihm das ComLink hin.

Er warf es zurück. »Ich glaube dir ja. Das Programm muß gestört sein. Niemand kann in eine Fabrik mit Y-Abschirmung einbrechen.«

»Mein Gott, Jackson, dein Vertrauen in die Technik ist rührend! Besonders für einen gebildeten Menschen. Das Programm ist *nicht* gestört! Der Schild hat sich für eine manuell eingeleitete Dreißigsekunden-Testsequenz abgesenkt. Nicht nur das. Er öffnete sich auch letzte Nacht, und dies wurde von einem fremden System mittels werkseigenem Luftwagensignal ausgelöst! Ich frage mich, warum derjenige den Schild komplett abgesenkt hat, anstatt nur eine Durchflugspassage zu öffnen.«

»Niemand hat das werkseigene Signal außer dir, mir

und dem Chef-Tech! Der doch, wie du mir sagtest, diese Woche in der Anlage in Mexiko ist!«

»Ist er auch. Jemand muß in den Datenbanken gefischt haben. Himmel, muß dieser Fischer gut sein! Vielleicht können wir ihn anstellen. Er ist jetzt gerade drinnen.«

»Jetzt drinnen?«

»Die Infrarotaufzeichnung zeigt zwei menschliche Körper«, sagte Cazie. Sie lächelte, vermutlich aus Freude an der Spannung. Jackson schämte sich feststellen zu müssen, daß er gar nicht darauf versessen war, zwei möglicherweise bewaffneten Eindringlingen gegenüberzutreten. Die dazu vielleicht noch verrückt waren. Was konnte irgend jemand in einer Kegelfabrik suchen wollen? Kegel waren billig; TenTech versorgte den ganzen Nordosten damit (zumindest behauptete Cazie das); kein Macher würde zum Spaß dort einbrechen. Nun ja, junge Leute vielleicht. Kleine Teufelskerle, die um die Wette auf Datenfischzug gingen.

»Was machen sie da drinnen?« fragte er.

»Jackson, Infrarotscans sind nicht scharf genug, um zu zeigen, was Leute *tun*! Ich dachte, Ärzte würden sich mit technischen Dingen auskennen!«

»Ich kenne mich mit den technischen Dingen aus, mit denen ich mich auskennen muß! Fabrikautomatisation zählt nicht dazu!«

»Nun ja«, sagte Cazie zuckersüß, »dann solltest du gelegentlich deine Kenntnisse erweitern!«

Jackson verschränkte die Arme und entschloß sich, nichts darauf zu sagen. Cazie schaffte es immer noch, ihn zum Narren zu machen. Ach was, das war ihre Aktion; sollte sie doch machen, was sie wollte.

Cazie öffnete eine Passage im Schild, und der Luftwagen flog hindurch. Jacksons Lasersignal schaltete den bioelektronischen Empfänger hoch oben an der

Fassade der Fabrik ein. Der Wagen landete direkt vor dem Haupttor auf dem Boden.

»Verriegelt«, sagte Cazie mit großem Behagen in der Stimme. »Wir haben ein unabhängiges Reservesystem für die Sicherheitsmaßnahmen. *So gut* sind unsere Datenfischer wohl auch wieder nicht!«

»Mmmmmmm«, machte Jackson unverbindlich.

Sie griff in die Innentasche ihrer nichtverzehrbaren Synthetikjacke und holte zwei Pistolen heraus. Grinsend hielt sie Jackson eine davon hin, und er nahm sie – mit, wie er hoffte, offensichtlichem Gleichmut. Er konnte Waffen nicht leiden. Erinnerte Cazie sich nicht daran? Natürlich erinnerte sie sich, mit ihrem GenMod-IQ. Sie vergaß nur selten etwas.

»Okay«, sagte sie. »Wollen wir den Alamo zurückerobern!«

»Wenn du jemanden erschießt, zeige ich dich persönlich an, ich schwöre es, Cazie!«

»Der gute alte Jackson. Der Kämpfer für die Unterprivilegierten. Auch wenn es sich bei den Unterprivilegierten um überprivilegierte Rangen handelt, die widerrechtlich in fremden Besitz eindringen. Komm, gehen wir.«

Sie schloß das Tor auf und schritt den Korridor entlang ins Innere des Gebäudes. Jackson beeilte sich, mit ihr Schritt zu halten, damit es nicht so aussah, als würde er hinter ihr Deckung suchen. In der Montagehalle blieb er stehen. Das reinste Irrenhaus ... Fehlfunktionen, wohin man blickte, der Boden voll mit verstreuten Trümmern ... Wie lange ging das schon so? Wieso hatte der Chef-Tech es nicht entdeckt?

Cazie lachte. »Du meine Güte! Schau dir das an! Schau dir *das an*!«

»Das ist nicht ...«

»Komisch? Natürlich ist es komisch! Warte ... schau mal, da drüben!«

Ein Mann rannte auf sie beide zu. Jacksons Finger schlossen sich fester um die Pistole, bis er sah, daß der Mann unbewaffnet war. Und dann sah er, daß es nicht einmal ein Mann war, sondern eine Frau oder ein Junge, gekleidet in das Ganzkörperholo eines Mannes im braunen Straßenanzug. Die Gestalt erblickte Jackson und Cazie und blieb stehen.

Cazie hob die Waffe. »Hier herüber. Langsam. Und die Hände ganz hoch! Sofort!«

Die Gestalt hob die Hände über den Kopf und kam langsam auf sie zu.

»Und jetzt den Holoanzug abschalten«, sagte Cazie. »Mit einer Hand! Und langsam!«

Der Schalter befand sich in Höhe der Taille; der Holoanzug verschwand, und Jackson sah nicht den Collegejungen, den er erwartet hatte, sondern eine Frau mit GenMods, Mitte dreißig, gekleidet in ein knapp bemessenes, grob gewebtes Gewand, das bereits von frisch aussehenden Löchern übersät war. Hochgewachsen, violette Augen, kleine Nase … Jackson merkte sich jedes Gesicht, das er einmal sah.

»Ich kenne Sie! Wir haben uns vor Jahren irgendwo getroffen! Bei einer Party … Diana – und wie noch?«

»Nicht mehr«, sagte die Frau mit säuerlicher Miene. »Hören Sie, Jackson, das ist alles sehr nett und gesellschaftlich sicher von Bedeutung, aber Sie müssen mich jetzt entschuldigen, ich bin im Augenblick ein wenig in Schwierigkeiten.«

Cazie lachte. Ihre dunklen Augen glitzerten vor hämischem Vergnügen. »Allerdings«, sagte sie. »Unbefugtes Betreten und Besitzstörung. Wie haben Sie denn das zuwege gebracht? Sie sehen nicht so aus, als würden Sie nach fremden Daten fischen!«

»Das mache ich auch nicht. Aber meine Freundin tut es, und sie muß irgendwo hier sein … Sie ist noch ein Kind.«

»Ah, ein Kind«, sagte Cazie. »Nun, dann wollen wir sie suchen.« Sie tat etwas mit ihrem ComLink, und sämtliche Aktivitäten in der Halle stoppten. Roboter erstarrten mitten in der Bewegung, und der Lärm war schlagartig vorbei. In die Stille schrie Cazie: »Ju-huu-uu! Dianas kleine Freundin! Zeig dich! Komm raus, wo du auch bist! Halli-hallo! Halli-hallo!«

Diana lächelte; Jackson hatte den Eindruck, es geschah ungewollt. Keine Antwort.

»Ist Ihre kleine Freundin bewaffnet?« fragte Cazie leichthin.

»Nur mit enorm übersteigerter Selbsteinschätzung«, sagte Diana, und sekundenlang wußte Jackson nicht, wer von beiden gesprochen hatte. Es war etwas, das genausogut von Cazie hätte stammen können. Dann rief Diana: »Lizzie! Wo bist du? Es ist alles in Ordnung, Lizzie, du kannst rauskommen! Es bringt nichts, wenn wir das Unvermeidliche hinauszögern! Lizzie?«

Keine Antwort.

»Lizzie!« rief Diana erneut, und diesmal hörte Jackson die Angst aus ihrer Stimme heraus. »Antworte Vicki doch! Komm raus, Kleines!«

Hinter ihnen fiel klappernd etwas auf den Boden. Jackson fuhr herum. In zwei, drei Meter Höhe war ein Loch erschienen, das ein verschrecktes braunes Gesicht über einem zusammengekauerten Körper umrahmte. Das Mädchen hatte drahtiges schwarzes Haar, das ihr wild vom Kopf abstand, und sah aus wie fünfzehn. Und sie war keineswegs eine von den Datenfischern aus den Macher-Colleges; sie war eine Nutzerin.

»Du guter Gott«, murmelte Cazie.

Diana/Vicki – wie hieß sie denn nun wirklich? – rief: »Lizzie? Wie bist du denn da raufgekommen?«

»Hab den Gabelstapler umprogrammiert«, sagte das Mädchen. Ihre Stimme klang weniger verängstigt, als ihr Gesicht vermuten ließ. Gespielte Tapferkeit? Sie funkelte die Untenstehenden an. »Schickt ihn wieder rüber!«

Niemand rührte sich. Jackson merkte, daß keiner von ihnen wußte, wie man das bewerkstelligte – selbst Cazie konnte nur die Befehle eingeben, die sie kannte, und nicht vom Fleck weg umprogrammieren. Wie kam es, daß dieses Mädchen es konnte? Eine Nutzerin?

Cazie steckte das MobiLink und die Pistole ein, ging zum nächstbesten reglosen Gabelstapler und lehnte sich dagegen, bis ihr Gesicht rot anlief; das Gerät rührte sich nicht vom Fleck. Diana/Vicki und Jackson liefen zu ihr und halfen ihr, und zu dritt gelang es ihnen, das Ding unter das Loch in der Wand zu schieben. Niemand sprach. Durch seine Verdrießlichkeit hindurch kam Jackson das Kuriose der Situation zu Bewußtsein: drei Macher, die sich in einer stillstehenden Fabrikshalle abplagten, um eine kriminelle Nutzerin zu retten. Irgendwie surreal.

Plötzlich fiel ihm etwas ein, das Theresa einst zu ihm gesagt hatte: *Ich habe nie das Gefühl, daß es irgendwo normal zugeht.*

»Okay«, sagte Diana/Vicki, als der Gabelstapler an der Wand stand, »komm runter, Lizzie. Und gib acht dabei, um Himmels willen!«

Das Mädchen kauerte mit dem Gesicht zur Halle, und nun drehte sie sich in der engen Nische vorsichtig herum. Als ihr Hinterteil auftauchte, sah Jackson, daß es fast nackt war. Aber Nutzer schien es ganz allgemein kaum je zu stören, daß ihre Körper die Kleider auffraßen – zumindest nicht jene Nutzer, die nach der *Umstellung* aufgewachsen waren. Wenn sie nicht synthetische Overalls aus der Zeit davor trugen, dann gingen sie zusammen mit ihren herumwandernden ›Stämmen‹ eben halbnackt durchs Leben. Manchmal schien es Jackson, daß Miranda Sharifi die Evolution umgekehrt hatte, indem sie aus einer seßhaften Bevölkerung des Industriezeitalters wiederum nomadisierende Jäger und Sammler machte. Die weder jagten noch sammelten – zumindest nicht für Nahrungszwecke.

Das Mädchen in der Wand streckte die Beine aus und tastete mit den Füßen nach dem Gabelstapler hinter sich. Sie rollte aus der Wandnische wie ein Computerausdruck, und als ihr Bauch zum Vorschein kam, sah Jackson, daß sie hochschwanger war.

»Gib acht!« wiederholte Diana/Vicki.

Als die Zehen des Mädchens den Gabelstapler berührten, begann er, von der Wand wegzufahren. Kein anderes Gerät in der Halle nahm seine Tätigkeit wieder auf.

Cazie sprang auf den Stapler zu und versuchte, ihn zurückzuschieben, und nach einem kurzen Moment des Schreckens stürzten auch die anderen beiden hinzu. Aber es war zu spät. Der Stapler rollte weiter und kehrte zu seinen sinnlosen Tätigkeiten zurück, als ob die Menschen gar nicht da wären. Das Mädchen schrie auf und fiel auf den SchaumSteinboden.

Sie landete auf dem rechten Arm. Jackson ließ sich neben ihr auf die Knie fallen und zwang sie stillzuliegen. Seine Stimme klang ruhig und sachlich. »Cazie, hol meine Tasche aus dem Wagen. Schnell.«

Sie lief sofort hinaus. Jackson sagte: »Beweg dich nicht. Ich bin Arzt.«

»Mein Arm!« jammerte das Mädchen und begann zu weinen.

Jackson prüfte ihre Pupillenreaktion: beide Pupillen rund, gleiche Größe, gleiche Reaktion auf Licht. Er nahm nicht an, daß ihr Kopf einen Schlag abbekommen hatte. Bei der Armverletzung handelte es sich um einen komplizierten offenen Speichenbruch; der Knochen ragte weiß aus ihrer dunklen Haut.

»Tut mir weh, der …«

»Bleib nur ruhig liegen, es wird schon wieder«, sagte Jackson zuversichtlicher, als er sich fühlte. Er legte eine Hand auf ihren Bauch. Der Fötus strampelte dagegen, und Jackson seufzte erleichtert.

Cazie kam mit seiner Tasche zurück, und Jackson klebte dem Mädchen ein schmerzstillendes Pflaster auf den Hals. Sofort entspannten sich ihre verzerrten Gesichtszüge. Das Pflaster bestand aus einem starken Gemisch aus Mitteln zur Blockierung schmerzleitender Nervenbahnen, Endorphinen und der höchsten gesetzlich erlaubten Dosis von Stimulatoren des Lustzentrums. Lizzie begann zu grinsen wie ein Idiot.

Er tastete ihren Arm ab und bat sie, eine Reihe von Schulterbewegungen auszuführen. Das war ihr möglich. Ihre anderen Gliedmaßen waren unverletzt geblieben. Danach untersuchte er Nacken, Rückgrat und innere Organe mit dem Bioscanner: keine Schäden. Das tragbare Traumagerät stellte den Bruch bildlich dar, richtete die beiden Enden ein und besprühte den Arm vom Ellbogen bis zum Handgelenk und als Verankerung weiter zwischen zwei Fingern hindurch mit InstaGips. Jackson richtete sich auf.

Das war es. Der Gips, der Zellreiniger und der Körper des jungen Mädchens würden den Rest besorgen.

»Lizzie …«, sagte Diana/Vicki, und erst jetzt erinnerte sich Jackson wieder an ihre Anwesenheit. Er sah sie an; er hatte keine Ahnung, wie die beiden zueinander standen, aber das Gesicht der Frau verriet Zuneigung und nackte Angst. Das verursachte ihm einen kleinen Schock: konnte es sein, daß das Mädchen ihre Tochter war? Eine Nutzerin ohne GenMods? Aus einer Zeit vor der *Umstellung*? Es erschien ihm nicht sehr wahrscheinlich.

»Lizzie, bist du okay?«

»Natürlich ist sie nicht okay! Ihr Arm ist gebrochen!« warf Cazie bissig ein, und zwar im selben Moment, als Jackson mit professionell beschwichtigendem Tonfall sagte: »Wir haben alles unter Kontrolle.«

Diana/Vicki bedachte sie beide mit einem Blick eisiger Verachtung. »Lizzie? Liebes?«

»Diana, Liebes«, ätzte Cazie spöttisch, »Sie haben eine Menge zu erklären! Aus den amtlichen Personenregistern geht hervor, daß Sie Ihren Namen auf Victoria Turner geändert haben. Dort steht aber nichts davon, was Sie bewogen haben könnte, in meine Fabrik einzusteigen!«

Vicki, die neben dem leicht betäubt wirkenden Mädchen kniete, stand auf und starrte Cazie ins Gesicht. Vicki war größer und älter als Cazie und sah in ihrem halb zerfressenen Nutzerhemdchen und mit ihrem kurz geschnittenen, zerrauften Haar ziemlich wild aus. Ihre Kiefer bewegten sich, und Jackson hatte plötzlich den Eindruck, daß diese Frau in ihrem Leben schon Situationen begegnet war, deren Bedrohlichkeit sich seiner Vorstellungskraft entzog. In der Art, wie sie die Brauen hob, als sie sich mit Cazie maß, lag eine gefährliche Übellaunigkeit.

Es sah so aus, als würden zwei ebenbürtige Gegner gegeneinander antreten, fand Jackson.

»Was mich bewogen hat, in Ihre Fabrik einzusteigen«, erklärte Vicki langsam und deutlich, »ist die Sorge, daß ein ganzer Stamm in diesem Winter erfrieren könnte! Aber ich erwarte nicht, daß Sie das kratzt.«

»Sie haben keine Ahnung davon, was mich kratzt und was nicht«, erwiderte Cazie kalt. »Was *Sie* hingegen kratzen sollte, ist die Anzeige wegen widerrechtlichen Eindringens in fremdes Eigentum.«

»Oh, ich fürchte mich fast zu Tode! Hören Sie, Cazie Sanders, wie lange werden Leute wie Sie …«

»Leute wie ›ich‹? Zu denen Sie ja nicht gehören, oder?«

»… die Augen verschließen vor dem, was rundum vorgeht? Die einfachen Antworten gibt es schon lange nicht mehr! Keine Tauschgeschäfte mehr, keine bunten Glasperlen und Energiekegel mehr gegen Wählerstimmen, um Leute wie Sie an den Schalthebeln der Macht zu halten!«

»Ach du meine Güte, aufgewärmter Marxismus!« rief Cazie höhnisch. »Die Aneignung der Produktionsmittel seitens der Proletarier, richtig? Und Sie beide sind der Voraustrupp.«

»Ich denke nicht …«

»Ganz offensichtlich. Wer sind Sie eigentlich? Eine abtrünnige Macherin, die sich unter das niedere Volk mischt, um ihr Ego aufzublasen? Die weiße Göttin unter den Wilden, hmmm? – Rührend.«

Vicki sah Cazie lange an, während sich ihr Gesichtsausdruck nach und nach veränderte. Dann sagte sie mit ruhiger Stimme: »Wer ich bin? Ich bin diejenige, der die Aufsichtsbehörde für die Einhaltung genetischer Standards die Ergreifung Miranda Sharifis verdankt. Und diejenige, die daraufhin den juristischen Kampf der Bürger um Mirandas Freilassung anführte.«

Zum erstenmal erlebte Jackson Cazie sprachlos vor Verblüffung. Ihr kleines, lebhaftes Gesicht drückte Überraschung aus, Ungläubigkeit und zögernde Akzeptanz. Vicki Turner hatte etwas an sich, das einen geradezu zwang, ihren Worten Glauben zu schenken – die Art, wie sie mit lässig gespreizten Beinen dastand, als wäre sie daran gewöhnt, den Stürmen des Lebens zu trotzen, oder die Art, wie sie über Lizzie wachte, die selig und benommen von Jacksons Schmerzmitteln auf dem Boden lag. Oder es war einfach nur ihr Gesicht, in dem ein schwer zu deutendes Bedauern geschrieben stand – kein Ausdruck, den Jackson erwartet haben würde.

Leidenschaftslos fuhr Vicki fort: »Wir brauchen die Y-Energie immer noch. Es ist das einzige, was wir tatsächlich noch von euch brauchen, und wir werden alles daransetzen, es uns zu nehmen. Versucht, uns daran zu hindern, und es wird einen großen Verlust an Menschenleben geben. Genau wie bei den *Umstellungs*-Kriegen. Menschenleben, die mit dem Zellreiniger noch hundert Jahre weitergegangen wären. Ihr habt die Waffen, die Enklaven, die raffinierten elektronischen Sicherheitssysteme, deren Funktionsweise ihr vor den Nutzern immer geheimgehalten habt. Aber sie fangen an zu lernen, Cazie Sanders. Nicht *ich* habe euer System geknackt – *Lizzie* war das! Da draußen gibt es eine Menge Lizzies, die mit jedem Tag mehr lernen. Und wir sind zahlenmäßig im Vorteil. Es gibt zehn von uns für jeden von euch.«

Sie hatte es ausgesprochen – den Alptraum jedes Machers. Die ewige Angst, die unter dem hektischen Partygetümmel, der arroganten Lebensart und den dummen, zeitaufwendigen gesellschaftlichen Rivalitäten lag: *Schau nicht zurück! Sie könnten schon dicht hinter uns sein! Und sie sind viel zahlreicher als wir!*

»Und wissen Sie, was am schlimmsten ist?« sagte Vicki, immer noch mit dieser unbarmherzig ruhigen Stimme. »Ihr seht das nicht einmal. Weiß Gott, nicht aus Dummheit! Nein, aus eigensinniger Verblendung, für die ihr genau den Preis verdient, den ihr schließlich zahlen werdet.«

»Himmel, ersparen Sie mir doch diesen melodramatischen Schwulst!« rief Cazie. Sie hatte sich von Vickis unvermuteter Attacke offenbar erholt. »Das Gesetz ist ganz klar. Und Sie haben es übertreten.«

Zu Jacksons Überraschung lächelte Vicki. »Das Gesetz funktioniert nur dann, wenn die Mehrheit dafür ist, es funktionieren zu lassen. Wußten Sie das? Nein, natürlich nicht. Sie sind ein simpler Binärcode: ›ein‹ für Ihre eigenen Interessen, ›aus‹ für die der anderen. Ein Kind könnte Sie knacken. Und genauso ist es auch geschehen.«

»An den menschlichen Affekt appellierende Spitzfindigkeiten sind kein Argument!« brauste Cazie böse auf.

»Sie sind doch kein Mensch! Sie sind nicht einmal ein Synonym dafür. Sie sind ein redundanter Code in der menschlichen Erbinformation, und Sie sind bereits obsolet!«

Diese Frau *spielte*! Stand da und lachte seine Ex-Frau aus! Diese zerlumpte Überläuferin spielte mit Cazie, mit der ganzen Situation! Wieviel Selbstsicherheit brauchte man eigentlich für dieses Spiel? Oder war es nicht Selbstsicherheit, sondern Selbstgerechtigkeit? Plötzlich war Jackson nicht sicher, ob er den Unterschied erkennen könnte.

»Freche Worte. Nicht Stärke.« Cazie tippte etwas ins MobiLink ein, und ein SicherheitsRob erwachte zum Leben. Er erhob sich von dem trümmerübersäten Hallenboden und eilte auf die Menschengruppe zu. Ein schwaches Schimmern markierte den Rand der Energieblase, die er über Vicki warf.

»Sie sind widerrechtlich in das Firmengelände von TenTech eingedrungen«, leierte er. »Sie werden bis zum Eintreffen weiterer Instruktionen festgehalten.«

Vicki fuhr fort zu lächeln. Jackson sah, wie Cazies Gesicht sich verfinsterte.

»Sie sind in das Firmengelände von TenTech eingedrungen. Sie werden …«

»Stell ihn ab«, sagte Jackson, ohne es zu wollen.

Beide Frauen sahen ihn an, und da wurde ihm klar, daß die beiden im Eifer des Gefechts ihn völlig vergessen hatten. Cazie lächelte und ließ die Finger über die Tasten des MobiLinks tanzen. Der Rob hörte auf mit dem Geleier.

»Nein«, sagte Jackson. »Ich meinte – schalte ihn komplett ab. Wir werden sie nicht verhaften lassen.«

»O doch, das werden wir!« widersprach Cazie.

Die Reaktion wallte in ihn hoch, eine unverdünnte Hormoneruption, die er nicht einordnen konnte. Oder nicht wollte. Sie schoß in einem einzigen Satz aus ihm heraus, der – das war Jackson klar in dem Moment, als er ihn hervorstieß – nicht das bedeutete, was die Worte aussagten: »Du hast nicht die Aufsicht bei TenTech!«

»Doch, die habe ich. Wer sonst? Du? Du schaust dir nicht einmal die finanziellen Tagesberichte an, geschweige denn die betrieblichen Daten! Überlaß mir das, Jack. Bleib du bei deinem medizinischen Wissen.«

Sie meinte wohl sein medizinisches Wissen, das längst passé war... Sie piesackte ihn schon wieder, aber diesmal nicht liebevoll-gutmütig, was bedeutete, daß sie sich in die Enge getrieben fühlte. Cazie in die Enge getrieben! Die Vorstellung hatte plötzlich etwas sehr Reizvolles an sich.

»Ich überlasse dir das keineswegs, Cazie. Ich stimme dich nieder. Stell den Sicherheitsballon ab!«

Sie tippte etwas ein, und der Rob setzte sich Richtung Tor in Bewegung, und Vicki, die in dem schimmernden hohlen Energiefeld wie in einer durchsichtigen Hülle steckte, wurde mitgetragen.

»Cazie! Stell den Rob ab!«

»Bring dieses weggetretene Mädel raus, Jack. Wir gehen.«

»Schalt ihn ab! TenTech gehört mir, nicht dir!«

»Jedem von uns gehört ein Drittel von TenTech«, sagte sie gleichmütig. Der Rob strebte weiter mit Vicki auf das Tor zu.

»Ich übe das Stimmrecht für Theresa aus«, wandte Jackson ein. Und dann streckte er einfach den Arm aus und nahm das MobiLink aus Cazies Hand, ehe sie überhaupt merkte, was er tun wollte. Oder konnte.

»Gib mir das zurück!«

»Nein«, sagte er, starrte sie unverwandt an und sah den Sturm kommen. Unwillkürlich geriet auch sein eigenes Blut in Wallung. Gott, war sie schön …! Die begehrenswerteste Frau, die er je gesehen hatte. Sie griff nach dem MobiLink in seiner Rechten, und er umschloß ihren Oberarm mit der Linken und hielt sie sich mühelos vom Leib. Wieso hatte er noch nie daran gedacht, daß er doch viel kräftiger war als Cazie? Er hätte schon vor Jahren physisch aggressiver reagieren sollen! Sein Penis regte sich.

»Ich. Sagte. Gib. Mir. Das. Und zwar sofort!«

»Nein«, sagte Jackson und lächelte. Verdammt, er kannte die Codes nicht, sonst hätte er das Ding selbst abgestellt! Nun, er konnte sie herausfinden. Oder – komischer Gedanke – Lizzie fragen.

Cazie stand reglos da und wehrte sich nicht gegen seinen festen Griff, aber ihre goldene Haut war zornesrot, und die grüngesprenkelten Augen funkelten.

Noch nie hatte er eine solche Macht über sie verspürt.

Plötzlich beugte Cazie sich über seine linke Hand, die ihren Oberarm umfaßt hielt, und ein heftiger Schmerz durchfuhr ihn. Der Schmerz kam so überraschend, daß er seine Finger öffnete; Blut lief darüber. Sie hatte ihn gebissen! Das Mädchen unten auf dem Boden sagte etwas.

»Genau das ist dein Problem, Jackson«, bemerkte Cazie, »du bist nie auf einen Gegenangriff vorbereitet.«

Zwei lange Schnitte verliefen schräg über seinen Handrücken. Saubere, gerade Schnitte, nicht zerfetzt von Cazies Zähnen. Sie hatte sich ausfahrbare Klingen zwischen die Zähne implantieren lassen!

Venöses Blut bildete dunkelrote Pfützchen neben Lizzie auf dem Boden, die wiederum etwas sagte, was Jackson nicht verstand. Befand er sich in einem Schockzustand? Nein, kein Schwindelgefühl, keine Übelkeit, und die Wunden waren nichts Ernstes. Cazie mußte in der Lage sein, die Höhe der Klingen zwischen ihren Zähnen zu beeinflussen! Sein Schock war ein rein emotionaler; aber keiner hier benahm sich vernünftig.

Einschließlich des Mädchens auf dem Boden. Sie sah herauf zu ihm – mit verschwommenem Blick und in einem fröhlichen Schleier aus Neuropharmaka – und kicherte, während sich zwischen ihren Beinen eine Pfütze Wasser ausbreitete: »Das Baby kommt!«

»Ach du lieber Himmel!« rief Cazie. »Also gut, du fliegst das Mädchen zurück zu ihrem Stamm, und ich bleibe hier bei der Fürsprecherin der Unterdrückten, bis die Bullen kommen. In dem Nutzer-Lager muß es ja jemanden geben, der weiß, was bei einer Entbindung zu tun ist.«

»Dieser jemand, das bin ich«, stellte Vicki fest, die jetzt neben Lizzie kniete und ihre beiden Hände festhielt.

Etwas in ihrem Tonfall rührte an Jacksons Herz – oder vielleicht nur an seinen Drang, sich Cazie auf seinem ureigensten Fachgebiet, seiner einzigen Domäne, entgegenzustellen. »Miss Turner hat recht, Cazie. Sie sollte bei dem Mädchen bleiben.«

»Diese bezaubernde mütterliche Fürsorglichkeit!« bemerkte Cazie. »Was soll ich also tun, Jackson? Sie beide verhaften lassen?«

»Nein. Nicht, bevor das nicht alles vorbei ist.«

»Und du wirst einfach hier auf dem Boden einer Fabrikhalle ein Baby entbinden.«

»Selbstverständlich nicht! Es wird noch Stunden dauern, bis es soweit ist!« Jacksons Hände nahmen ihre Suche auf und fanden heraus, daß das Baby eine Steißlage war.

Die *Umstellung*, sann er erbittert, hatte gegen gewisse Schlüsselaspekte der menschlichen Evolution nichts ausrichten können. Der Geburtskanal war nach wie vor beträchtlich enger als der Kopf eines Kindes, und der Gebärmutterhals immer noch nicht für etwas anderes gemacht als für eine Geburtslage mit dem Kopf voran. Und Lizzie, zum erstenmal schwanger, war erst im achten Monat.

Doch es hätte schlimmer kommen können. Jacksons Fötaldermalyser zeigte eine reine Steißlage – Becken voran, Knie gestreckt, die Beine an der Bauchseite des Kindes nach oben geschlagen – und nicht die gefährlichere vollkommene oder unvollkommene Steißfußlage. Der Kopf war nach vorn gebeugt und lag auf dem Gebärmuttergrund. Der Fötus, ein Junge, war mit 2800 Gramm durchaus lebensfähig; sein Puls lag bei steten 160 Schlägen, die Körperlänge war normal. Die Nabelschnur war frei, und die Plazenta lag nicht praevia, sondern würde, wie es sich gehörte, der Geburt folgen, die nach Jacksons Einschätzung noch ein paar Stunden auf sich warten lassen würde. Obwohl der Geburtskanal bereits fünf Zentimeter offen war.

Es hätte weitaus schlimmer kommen können.

»Lizzie«, sagte Jackson. »Ich werde dich jetzt hochheben. Wir werden dich an einen bequemeren Platz bringen.«

»Und wohin?« erkundigte sich Cazie. »Du wirst sie – die beiden – doch nicht in die Enklave bringen!«

Ohne Dringlichkeit sagte Lizzie: »Ich will heim.« Sie wirkte ganz und gar nicht wie eine werdende Mutter, sondern eher wie ein verschlafen lächelndes, gelangweiltes Kind.

Jackson seufzte. »Also gut, wir bringen dich nach Hause. Aber, Lizzie, hör zu, ich werde bei dir bleiben. Das Baby liegt verkehrt, verstehst du? Ich bleibe bei dir, damit ich es zum richtigen Zeitpunkt umdrehen kann.«

Das Mädchen sah hoch zu ihm. In ihren schwarzen, von der Medikation verschleierten Augen sah Jackson ein klares, verständiges Aufblitzen der Erleichterung. Was ihn überraschte. Er hatte mit einem – wenngleich matten – Protest gerechnet dagegen, daß ein Macher-Doktor sie behandeln wollte. War sie nicht mit mechanischen RoboAmbulanzen groß geworden, damals, als diese noch von den Politikern zur Verfügung gestellt wurden? Aber vielleicht war Lizzie dank des Einflusses dieser Vicki Turner anders als die meisten Nutzer. Oder vielleicht wußte Jackson einfach nicht soviel über Nutzer, wie er dachte.

»Du hast doch nicht vor, so mir nichts, dir nichts in ein Nutzer-Lager hineinzuspazieren – mit nichts als einer einzigen Pistole bewaffnet?« fragte Cazie. »Als Beistand für eine Kriminelle, die ich verhaften lassen werde?«

Jackson erhob sich, Lizzie auf den Armen. Sie konnte selbst gehen, aber sie aufzurichten hätte eine Beschleunigung des Geburtsvorgangs zur Folge gehabt. Er wollte eine Steißlage – auch wenn es sich um eine einfache handelte – nicht in einem Luftwagen holen. Er sah Cazie an. »Ja. Genau das habe ich vor. Und du kannst mitkommen oder nicht, ganz wie du willst.«

Cazie zögerte. In diesem Moment ihres Zögerns verspürte Jackson eine Welle der Hoffnung. War das tatsächlich Respekt, was er in ihren Augen sah? Vor ihm? Doch was es auch war, es verschwand.

»Es ist ein zweisitziger Wagen, Jackson.«

Das hatte er ganz vergessen. »Na gut … Ich bringe die beiden zu ihrem Lager. Drei können sich zur Not in den Wagen reinquetschen. Du bleibst hier und läßt dir einen anderen Wagen kommen.«

»Ich lasse die Bullen kommen, das werde ich tun!«

»Fein. Ruf die Bullen. Sie können auch ins Lager kommen. Wir veranstalten eine gigantische Party.«

Er trug Lizzie aus der Werkshalle, in der nun wieder

alles erstarrt war – bis auf den Gabelstapler, den Lizzie umprogrammiert hatte und der geschäftig fortfuhr, nichts zu stapeln. War er zu seiner Arbeit zurückgekehrt, weil Lizzie einen Fehler gemacht hatte? War sie vielleicht doch keine solche Leuchte, wie Vicki behauptete? Vielleicht hatte aber auch Cazies Signal aus dem Luftwagen irgendeine Art Interferenz oder Überbrückung bewirkt ... Jackson kannte sich bei industriellen Systemen nicht gut genug aus, um darüber Vermutungen anzustellen. Hinter sich hörte er Cazie an ihrem MobiLink: »Polizei! Ein Notruf! Code 655, verdammt, Robert, melde dich ...!«

Vicki saß auf dem Beifahrersitz und hielt Lizzie auf dem Schoß: Zwei halbnackte Frauen mit verfilztem Haar in zerfetzten Kleidern, die naß waren von Lizzies Fruchtwasser und nach Blut, Schweiß, Dreck und geplatzter Fruchtblase stanken. Es war sehr eng im Luftwagen.

Vicki besaß das unangenehme Talent, seine Gedanken zu erraten. Als der Luftwagen abhob, sagte sie: »Und wann haben Sie das letzte Mal für Nutzer den Onkel Doktor gespielt, Herr Doktor?«

Er antwortete nicht. Der Wagen flog soeben durch die Passage hindurch, die er im Sicherheitsschild geöffnet hatte. Lizzie sagte traumverloren: »Da kommt schon wieder eine ... Es ist so komisch, ich spüre sie, aber es tut nicht ...«

Jackson warf einen Blick auf das eingebaute Diagnosegerät des Luftwagens. Das Intervall zwischen den Kontraktionen hatte sich auf zehn Minuten verkürzt. Nur noch *zehn Minuten*! Er legte Tempo zu. »Fliegen Sie nach Westen«, sagte Vicki. »Diesen Fluß entlang ...«

Das ›Lager‹ stellte sich als aufgelassene Fabrik heraus, die einst Soja verarbeitet hatte. Nur Nutzer hatten Soja gegessen; jetzt aß es keiner mehr, und alle Soja-Konzessionen waren bankrott. Das Gebäude bestand aus grauem SchaumStein, verwittert und notdürftig geflickt. Rundum erstreckten sich einstige Felder, die von Unkraut, Buschwerk und Ahorn- und Platanenschößlingen übersät waren. Das magere Astwerk trug keine Blätter. Jackson hatte ganz vergessen, wie häßlich Natur ohne GenMods im November sein konnte, ganz besonders in diesem hochliegenden Hügelland – oder niedrigem Bergland, wie auch immer.

Er landete den Luftwagen vor dem Haupttor des Gebäudes, das aus den Angeln gefallen – oder gerissen – war und das man dann mit Draht wieder daran befestigt hatte. Die Maschinen in seinem Innern waren ohne Zweifel schon vor langem weggebracht worden, um sie einem neuen Verwendungszweck zuzuführen; oder sie waren in den *Umstellungs*-Kriegen geplündert worden. Oder zerstört. Nichts war jetzt so überflüssig wie Landwirtschaft in großem Umfang.

Im selben Moment, als der Luftwagen auf dem Boden aufsetzte, waren sie bereits umringt. Die Horde – sie wirkten wie eine Horde, obwohl Jackson nur elf Personen zählte – preßte die Gesichter an die Wagenfenster. Obwohl sie in wärmere Kleider als Vicki und Lizzie gehüllt waren, sahen diese Leute dennoch primitiv aus: sie trugen synthetische Overalls in grauenhaften Farben über oder unter gewebten Hemden; ihre Gesichter zeigten all das, was die Genmodifikation verhinderte: ein fliehendes Kinn oder eine niedrige Stirn, eine zu breite Nase oder zu kleine Schielaugen. Einem älteren Mann fehlte doch tatsächlich ein Vorderzahn! Und das nach der *Umstellung*! Wie hatten diese Leute vor dem Zellreiniger ausgesehen?

»Lizzie!«

»Es sin' Lizzie un' Vicki!«

»Die sin' zurück, die beiden!«

»Lizzie un' Vicki ...!«

»Entriegeln Sie die Tür, Jackson«, sagte Vicki. Wie kam es, daß sie diejenige war, die hier das Sagen hatte?

Die Horde drohte in den Wagen zu drängen. Vicki reichte Lizzie nach draußen, und das Mädchen grinste benommen, als sich ihr fast nackter Bauch wiederum in einer Kontraktion zusammenzog. Jackson zwang sich, aus der anderen Tür zu klettern. Ein jüngerer Mann – groß, breit, kräftig – starrte ihn bösartig an. Ein Junge mit einem finsteren Gesicht hob die Faust und schüttelte sie in Jacksons Richtung.

Vicki sagte: »Das ist ein Doktor, laß ihn in Ruhe, Scott. Shockey, trag Lizzie. Aber vorsichtig, sie liegt in den Wehen.«

»Is' mir wurscht, ob er 'n Doktor is' oder nich'«, murrte der Junge. »Was hast'n einen von denen mitgebracht, Vicki? Un' wo sin' die Dinger, die Kegel?«

»Ich habe ihn mitgebracht, weil Lizzie ihn braucht. Und wir haben keine Kegel.«

Ein kehliger Laut, den Jackson nicht interpretieren konnte, ging von der Meute aus.

Im Innern des Gebäudes war es dunkel; Jackson merkte, daß die Beleuchtung nicht mehr funktionierte und daß das einzige Licht durch die Plastikfenster kam. Es dauerte eine Minute, bis seine Augen sich an das Halbdunkel gewöhnt hatten. Es war ein großer Raum, jedoch nicht so groß wie die Montagehalle des Willoughby-Werkes. Drei Seiten des Raums hatte man mit Hilfe von Vorhängen, Brettern, alten Möbeln, SchaumSteinstücken, Maschinenteilen und sogar roh zubehauenen Holzstämmen zu kleinen Einzelverschlägen abgeteilt, in denen Strohsäcke und die mageren Habseligkeiten ihrer Bewohner zu sehen waren. Durch das Südfenster konnte Jackson eine – vermutlich gestohlene – Zeltplane aus durchsichtigem Plastik sehen, die einen guten Meter über der aufgewühlten Erde aufgespannt war. Ein Nährplatz mit natürlicher Beleuchtung.

In der Mitte der Halle standen schäbige Sofas, Stühle und Tische rund um einen kleinen tragbaren Y-Energiekegel von der Sorte, die man auf Campingausflüge mitnahm. In diesem Gemeinschaftsraum war die Temperatur zwar höher als im Freien, aber nicht annähernd auf jenem Stand, den Jackson als Raumtemperatur betrachtete.

»Das ist der einzige Kegel im Lager, der noch funktioniert«, erklärte Vicki, »und er ist nicht für einen so großen Raum gedacht. Feuer ist problematisch, weil die Ventilation bei SchaumStein Schwierigkeiten bereitet. Obwohl wir schon den Entwurf für einen freistehenden Kamin haben, als Notmaßnahme, falls wir nicht an TenTech-Kegel herankommen. Inzwischen teilen wir uns alle den einen Kegel, den wir haben. Bei euch hätte ihn natürlich die reichste Familie mit Beschlag belegt.«

»Ihr hättet doch nach Süden ziehen können«, erwiderte Jackson.

»Hier ist es sicherer. Alle ziehen nach Süden, und wir sind nicht ausreichend bewaffnet.«

»Oooooohhh«, machte Lizzie in verschwommenem Erkennen der Tatsachen, »oooohhhh ... ich spüre wieder eine kommen ...«

Eine hübsche Schwarze mittleren Alters rannte herbei. »Lizzie! Lizzie!«

»Alles in Ordnung, Annie«, sagte Vicki zu ihr. »Herr Doktor, das ist Lizzies Mutter.«

Lizzies Mutter würdigte ihn keines Blickes. Sie griff nach dem erstbesten Teil von Lizzie, die immer noch in den Armen des gewaltigen jungen Mannes lag, und hielt es fest. »Du bringst sie da rein, Shockey – gib acht, du! Die is' kein Packen Stroh nich', hörst du!« Jackson sah Vicki lächeln, aber es war ein freudloses Lächeln mit hängenden Mundwinkeln. Irgendeine Geschichte zwischen den beiden Frauen. Den drei Frauen. Shockey konzentrierte sich darauf, seine aufgedunsene, schlaffe, friedlich grinsende Last in einen der Schlafwinkel zu manövrieren.

Annie blockierte den schmalen Zugang mit ihrem ausladenden Hinterteil. »Danke, Doktor, aber Sie können jetz' gehen. Wir brauchen keine Hilfe nich' bei unseren eigenen Leuten. Tag.«

»O doch, die brauchen Sie, Frau … Die brauchen Sie! Es ist eine Steißgeburt! Zu gegebener Zeit muß ich den Fötus umdrehen …«

»Is' kein Fötus nich'! Is'n Baby, das!«

Vicki trat hinzu. »Um Himmels willen, Annie, geh aus dem Weg! Er ist Arzt!«

»Er is'n Macher, der.«

»Wenn du dich nicht gleich bewegst, dann schaffe ich dich aus dem Weg!«

Der Junge mit dem finsteren Gesichtsausdruck hatte sich näher an ihn herangemacht. Jackson spürte unwillige Gereiztheit in sich aufsteigen; drohten Nutzer *immerzu* mit physischer Gewalt? Es war ermüdend. »Madam«, sagte er entschieden, *»ich* schaffe Sie aus dem Weg, wenn Sie mich nicht sofort zu meiner Patientin lassen!«

»Na so was, Jackson!« warf Vicki ein, »ich ahnte gar nicht, daß Sie das Zeug dazu haben!«

Ihr Tonfall, der so sehr dem von Cazie glich, machte ihn wütend. Er stieß Lizzies Mutter zur Seite und kniete sich neben Lizzie hin, die lächelnd auf ihrem Bett lag. Eine dünne Matratze aus Plastik, Decken aus wiederverwerteten Kunststoffoveralls. Die einzige andere Einrichtung bestand aus einer zerschrammten Kommode und einem Stuhl aus Preßplastik, der aussah, als hätte man ihn zuvor als Zielscheibe für Schießübungen benutzt. An den Wänden hingen die Ergebnisse künstlerischer Betätigung, wie sie bei den Nutzern so beliebt waren: grellfarbige Metallobjekte auf falschem Holz und das Bild eines Rollerrennens auf flockigen Garnwolken. Auf der Kommode lagen Terminal und Kristallbibliothek von Jansen-Sagura, und zwar von der Sorte, wie sie von den meisten gutsituierten Wissenschaftlern benutzt wurden. Jackson blinzelte ungläubig, als sein Blick auf die Dinge fiel.

Lizzies dunkle Augen blickten trügerisch fröhlich, trotz ihrer Schmerzen. »Tut gar nich' weh, das. Als Sharon ihr Kind kriegte, da brüllte sie ...«

»Keine Medikamente für Sharon«, bemerkte Vicki. »Zahlt sich nicht aus für Macher.«

»Ihr Leute hättet die Lagerhäuser nicht zerstören sollen«, sagte Jackson.

»Warum nicht? Ihr Leute hattet ohnedies aufgehört, sie zu bestücken.«

Er war nicht hergekommen, um mit einer abtrünnigen Macherin über Politik zu streiten. Jackson griff in seine Tasche.

»Was ist das?« fragte Annie. Sie stand über dem Bett wie ein Racheengel. Ein starker Geruch ging von ihr aus, sehr weiblich, schwer und seltsam erotisch. Jackson dachte daran, wie es wohl gewesen sein mußte, sich unter solchen Bedingungen um ein steriles Umfeld zu bemühen. Früher einmal. Vor dem Zellreiniger.

»Es ist ein Hautpflaster zur lokalen Muskelentspannung. Um die Vagina so weit wie möglich zu öffnen und ein Einreißen zu verhindern, bevor ich den Dammschnitt durchführe.«

»Kein Messer!« rief Annie. »Lizzie macht das schon. Un' Sie, Sie verduften jetz'!«

Jackson ignorierte sie. Eine Hand packte seine Schulter und riß ihn nach hinten, gerade als er das Pflaster auflegte. Dann packte Vicki Annie, und die beiden Frauen balgten sich, bis Jackson eine Stimme hinter sich hörte: »Annie! Hör auf damit, Liebes.«

Lizzie lächelte Jackson immer noch heiter und verträumt an, während ihr Bauch bebte, sich verzog und streckte. Sie hielt seine Hand fest, als er sich umdrehte und einen stattlichen Schwarzen erblickte, der mindestens achtzig Jahre alt war – achtzig kraftvolle, gesunde Jahre, wie jetzt normalerweise der Fall; er führte Annie mit festem Griff von Lizzies Kämmerchen weg. Hinter Annie stand eine ganze Ansammlung von Nutzern herum, schweigend und feindselig.

Jackson drehte sich wieder zu Lizzie zurück.

»Was kann ich tun?« erkundigte sich Vicki mit energischer Stimme.

»Nichts. Stehen Sie mir nicht im Weg herum. Lizzie, dreh dich auf die linke Seite ... gut.«

Es dauerte noch eine Stunde, bis er den Dammschnitt setzen mußte. Während des raschen, langen Schnittes – das Baby würde sich nicht mit dem Kopf voran den Weg frei machen – lächelte Lizzie und summte leise vor sich hin. Der alte Mann, Billy, vollbrachte das Wunder, Annie ruhig zu halten. Anwesend, aber ruhig.

»Okay, Lizzie, und jetzt pressen!« Das war der Haken an den Neuropharms, die in ihrem Organismus kreisten: sie waren zwar so konzipiert, daß sie die Barriere der Plazenta nicht überwinden konnten, aber sie reduzierten Lizzies Drang oder Wunsch, sich auf irgend etwas so Spezielles wie Pressen zu konzentrieren, ganz gehörig. »Komm, Lizzie! Pressen! Stell dir vor, du mußt einen Kürbis scheißen!«

Lizzie kicherte. Durch das Blut seiner Mutter kam der kleine Hintern des Babies zum Vorschein. Jackson wartete, bis der Nabel des Kindes den Damm passiert hatte, ergriff dann die Hüften des Babies und zog nach unten, bis die Schulterblätter erschienen. Dann drehte er das Baby vorsichtig so herum, daß eine Schulter nach vorn, die andere nach hinten gerichtet war. Als die Schultern heraus waren, drehte er den zappelnden kleinen Körper zurück, so daß der Kopf mit dem Gesicht nach unten geboren wurde – die Position, die das geringste Risiko eines Schädeltraumas barg.

»Fester pressen, Lizzie! *Fester …!*«

Sie gehorchte, und schließlich war auch der Kopf des Kindes da. Kein sichtbares Schädeltrauma, guter Muskeltonus, minimale subkutane Blutungen und Ödeme. Als er die weichen, nassen Hinterbäckchen des Babies in seiner Hand hielt, wurde es Jackson eine Sekunde lang eng in der Kehle. Er untersuchte das Kind mit seinem Monitor und legte es dann, blutig und schmierig, wie es war, auf die Brust seiner Mutter. Wieder war der Verschlag voller Menschen; bei den Nutzern gab es so was wie eine Intimsphäre offenbar nicht. Er holte die Plazenta, schnitt die Nabelschnur durch. Und zog eine *Umstellungs*-Spritze aus der Tasche.

Ein kollektives »Aaaahhhhhh« ging durch die Zuschauer. Überrascht sah Jackson hoch.

Mit einer Stimme, die völlig anders klang als alles, was er zuvor von ihr gehört hatte, sagte Vicki: »Sie *haben* eine!«

»Eine *Umstellungs*-Spritze? Natürlich …« Und da traf es ihn plötzlich wie ein Blitzschlag: »Ihr habt keine. Außerhalb der Enklaven.«

»Unsere Geburtenrate ist höher als die eure«, erklärte Vicki bitter. »Und unsere Vorräte waren geringer. Als es vor ein paar Jahren plötzlich keine Spritzen mehr gab, habt ihr Macher so viele gehortet, wie nur möglich.«

»Dann können eure Kinder also …«

»Krank werden. Manche, jedenfalls. Sie können sterben. Wissen Sie denn nicht, daß es regelrechte bewaffnete Kämpfe um die noch vorhandenen Spritzen gibt?«

Natürlich wußte er das. Aber es im InfoNetz zu sehen

war etwas anderes, als diesem jämmerlichen Haufen Menschen, die die Spritze mit hungrigen Augen anstarrten, von Angesicht zu Angesicht gegenüberzustehen, ihre Anspannung zu spüren, ihre verzweifelte Gier zu riechen. Rasch sagte er: »Wie viele nicht *umgestellte* Kinder gibt es in eurer … eurem Stamm?«

»Noch keines. Aber wir haben nur noch eine Spritze; sie war für Lizzies Kind vorgesehen. Doch nach der nächsten Schwangerschaft … Und wie viele haben Sie noch, Jackson?«

»Noch drei …« Beinahe hätte er hinzugefügt: *bei mir*, hielt aber rechtzeitig inne. »Ihr könnt sie haben.«

Er gab dem Baby die Injektion, und es fing wie erwartet an zu schreien. Von irgendwo außerhalb Lizzies Kämmerchen rief eine rauhe Männerstimme: »Macher-Bullen kommen!«

Vicki lächelte Jackson zu. Das Lächeln überraschte ihn: offen, müde und doch irgendwie kameradschaftlich, als ob die Entbindung von Lizzies Baby und das Übergeben der übrigen Spritzen das Verhältnis zwischen Jackson und dem Nutzer-Stamm völlig verändert hätte. Er brauchte eine Minute, um zu erkennen, daß das Lächeln nur aufgesetzt war. Aber sie sagte mit leiser Stimme: »Sie werden zusehen, wie dieses Luder Ihre Patientin festnehmen läßt, Jackson?«

Lizzie lag da und lachte hysterisch über ihr Baby – entweder hatte die Herstellerfirma des Neuropharms zuviel Stimmungsaufheller auf die Pflaster getan, oder Lizzie war ein extrem mütterlicher Typ. Das Kleine jaulte kräftig. Die Umstehenden schrien und diskutierten in dem beengten Raum, einige gratulierten Lizzie, andere warfen mit verbalen Drohgebärden gegen die einlangenden Polizisten um sich (lächerlich – die Beamten würden bewaffnet und abgeschirmt wie Festungen sein!), und der Rest erkundigte sich immer noch hartnäckig, warum es keine neuen Y-Kegel gab. Der Geruch der zusammengepferchten Menschen war überwältigend. Jackson sah Vicki lächeln und dachte an Cazies Wut und ihren Spott, der sich immer über ihn ergoß.

Im Schutz des Lärmes sagte Vicki: »Sie haben vorhin erwähnt, daß Sie über zwei Drittel von TenTech stimmberechtigt sind – über Ihr Drittel und das Ihrer Schwester. Sie könnten die Anzeige auch fallenlassen.«

»Und warum sollte ich das tun?«

Mit einer einzigen Handbewegung antwortete sie ihm: auf das Baby, auf den kalten Verschlag, die zerlumpten Nutzer, das Durcheinander und die Polizisten, die bereits hinter der Mauer von Menschen stehen mußten, die zwar biologisch unempfindlich waren gegen Krankheiten und Hunger, aber nicht gegen Kälte oder Gewalt oder die Habgier anderer Menschen. Plötzlich dachte er an Ellie Lester, die fand, daß Eingeborene, zweitklassige Menschen, Sklaven – Nutzer – so furchtbar komisch waren. Die meinte, Machtlosigkeit wäre etwas Lustiges. Im Unterschied zu Cazie, die das nur einfach für langweilig hielt.

»Ja«, sagte er, »ich lasse die Anzeige fallen.«

»Ja«, nickte Vicki und hörte auf zu lächeln. Sie kniff die Augen zusammen und sah ihm so eindringlich ins Gesicht, als würde sie überlegen, welchen Nutzen er als nächstes für sie alle haben konnte.

4

Heute, dachte Theresa. *Heute ist der Tag!* Sie lag im Bett an diesem frühen Morgen und spürte, wie sich die vertraute dunkle Wolke über ihr Gemüt herabsenkte. Schwer, ekelhaft, hoffnungslos. »Der schwarze Hund, der nach dir schnappt und dich nicht losläßt«, hatte es einst, in alter Zeit, jemand genannt. »Die dunklen Wälder, beinah' so bitter wie der Tod.« Das war Dante – an den Namen erinnerte sie sich. »Die nagende Bestie im Hirn.« Wer das gesagt hatte, daran erinnerte sie sich nicht. Thomas, ihr persönliches System, hatte die Zitate in irgendeiner DeBe gefunden, und jetzt konnte Theresa sie nicht mehr vergessen. Hunde, Bestien, Wälder, Wolken – sie hatte so lange mit der Finsternis gelebt, daß sie keine Namen mehr dafür brauchte, und doch hatte sie sie. Genau wie die Angst.

Aber heute würde die ekelhafte Angst sie nicht zurückhalten. Theresa würde es nicht *zulassen*! Heute war der Tag!

»Nimm ein Neuropharm«, drängte Jackson sie immerzu. »Ich kann dir etwas verschreiben ... Tessie, es ist eine Unausgewogenheit in der Biochemie des Gehirns. Nicht viel anders als Diabetes oder Anämie. Man muß eben die Chemie wieder ins Gleichgewicht bringen. Man *repariert* sie.« Und Theresa fand nie die richtigen Worte, um es ihm so zu erklären, daß er es verstand.

Weil Worte nicht wichtig waren. Taten waren wichtig. Sie hatte das erst kürzlich erkannt. Und als sie es erkannt hatte, war eine tiefe Scham über sie hinweggefegt. Wie hatte sie so selbstsüchtig sein und nur an ihre eigene gehätschelte schwache Seele denken können? Es war mehr als ein Jahr her, daß sie zum letzten

Mal das Apartment verlassen hatte! Und die Enklave Manhattan-Ost hatte sie überhaupt noch nie verlassen. Noch nie in ihrem ganzen Leben. Kein Wunder, daß sie ›Klinisch depressiv‹ war, wie Jackson es nannte.

Heute. Jackson war sehr früh aufgebrochen, um zusammen mit Cazie irgendwo eine Fabrik zu inspizieren. Theresa hatte ihn weggehen gehört. Sie war immer unruhig, wenn er das Apartment verließ, aber sie bemühte sich sehr, ihn das nicht wissen zu lassen. Es wäre nicht fair gewesen. Jackson blieb ihretwegen ohnedies schon viel zu viel daheim. Kümmerte sich um sie, sorgte sich um sie… *Ich kann dir etwas verschreiben…* Er sorgte sich um sie, aber er begriff nicht. Er verstand nicht, was das, was er ›Unausgewogenheit in der Biochemie des Gehirns‹ nannte, wirklich war. Nur Theresa wußte es.

Es war eine Gabe. Die Art und Weise, wie ihre Seele ihr sagte, daß es besser wäre, sich zu ändern und auf das zu achten, was wahrhaftig von Bedeutung war.

Theresa schwang die Füße aus dem Bett und wartete darauf, daß der tägliche Angstzustand nachließ. Wenn sie es sich nicht versagt hätte, wäre sie den ganzen Tag im Bett geblieben. Sie fühlte sich so sicher und geborgen dort… So hingegen trat sie entschlossen in die Sonardusche, blieb dreißig Sekunden lang drinnen und trat wieder hinaus. In ihrem Schlafzimmer warf sie einen Blick auf ihr nacktes Bild in dem langen Spiegel an der Westwand und hielt inne.

Sie sah nicht einmal aus wie die anderen. Ihr Körper war wohl schön – aber alle Leute waren schön. Doch sie wirkte irgendwie… unwirklich. Helles Haar und helle Augen, blasses kleines Gesicht, blasse Haut – woran hatten ihre Eltern nur gedacht? An eine Fee? Einen Geist? An ein substanzloses Holo, das an den Rändern ausfranste? Kein Wunder, daß sie nirgendwo dazugehörte, daß sie keinen einzigen Menschen kannte, der verstand, worum es bei ihrem ewigen Kampf tatsächlich ging. Nicht einmal Jackson, obwohl er ein so liebevoller Bruder war.

Selbst Jackson meinte, daß bei Theresa von Anfang an etwas schiefgelaufen war. Daß sie während der In-vitro-Genmodifikation Schaden genommen hatte. Selbst Jackson erkannte nicht das Wesen der Gabe, die Theresa mitbekommen hatte. Denn es *war* eine Gabe, egal, was die anderen sagten. Das war der Schmerz immer.

Schmerz bedeutete, daß man etwas ändern mußte, daß man lernen mußte, die Welt anders zu betrachten. Pflanzentriebe etwa, so glaubte Theresa, mußten enorme Schmerzen verspüren, wenn sie da unten in der kalten, finsteren Erde die Schale des Samenkorns sprengten und anfingen, sich blind einem Licht entgegenzurecken, das sie nie zuvor gesehen hatten. Schmerz war es, das einen wachsen ließ. Niemand schien das zu begreifen. Sämtliche Leute, die Theresa kannte, taten alles in ihrer Macht Stehende, um einen Schmerz, den sie verspürten, so rasch wie möglich zu vertreiben: Medikamente. Drogen. Sex. Hektische Parties. Was, im Grunde genommen, alles auf das gleiche hinauslief: auf Ablenkung vom Schmerz. Wie kam es nur, daß niemand in diesem Jahrhundert so dachte? Nur sie?

»Jedes Umfeld«, hatte Jackson in dieser langsamen, sorgfältigen Diktion, in der er stets zu ihr sprach, einmal erklärt, »jedes Umfeld schafft andere Persönlichkeitsprofile. Unseres erzeugt Vitalität, Aggressivität gepaart mit dem Anschein der Gleichgültigkeit und eine gewisse unbekümmerte Grausamkeit... Du hingegen bist nicht so, Tess. Du bist vom Charakter her völlig anders. Nicht schlechter, nur anders. Und daran ist nichts auszusetzen.«

Ja, so sah sie das auch. Aber nur weil sie zu der Ansicht gekommen war, daß ihre Andersartigkeit Sinn und Zweck hatte. Die schwarze Wolke in ihrem Hirn, die Angst vor allem Neuen, die Angstattacken, die manchmal so heftig waren, daß sie kaum atmen konnte ... ihr Sinn und Zweck war es, Theresa die träge Hülle ihres Samenkorns sprengen zu lassen und sie blind zum Licht zu drängen. Das glaubte sie. Auch wenn sie das Licht nie zuvor gesehen hatte und nicht genau wußte, was es eigentlich war, dem sie sich da entgegenreckte. Auch wenn sie manchmal daran zweifelte, daß das Licht überhaupt existierte. Aber das war auch Teil der Gabe. Es ließ sie alles in Frage stellen, was rund um sie vorging, für den Fall, daß ihr ein wesentlicher Fingerzeig auf das, was sie als nächstes tun sollte, entgehen mochte.

Darüber hatte sie mit Jackson jedoch nicht gesprochen. Er machte sich ohnehin schon genug Sorgen um sie, und er hätte es ohnehin nicht verstanden. Eigentlich komisch – Jackson war der Kluge in der Familie und Theresa diejenige, deren IQ-Modifikation nicht ganz geklappt hatte. Jedenfalls hatte sie einige Schwierigkeiten mit der Schul-Software gehabt. Aber Jackson hätte nicht verstanden, daß er – auch wenn er darin recht gehabt hatte, daß jede Kultur andere Charaktereigenschaften hervorbringt und schätzt – nicht weit genug gegangen war mit diesem Gedanken.

Theresa hatte es getan. Sie hatte Tausende Stunden an ihrem Terminal verbracht und Thomas langsam und mühselig in den Geschichts-DeBes auf die Suche geschickt. Und da hatte sie das Umfeld entdeckt, das eine Persönlichkeit wie die ihre geschätzt hätte: das Zeitalter des Glaubens.

Sie hätte als Katholikin auf die Welt kommen sollen. Im späten Mittelalter, als Männer und Frauen geehrt wurden, wenn sie ihr Leben dem Schmerz als sicherem Weg zu spirituellem Wachstum weihten. Damals hätte sie dazugehört. In ein Kloster einzutreten, einen Grund zu haben für ein weltabgeschiedenes Leben, mit anderen in unablässigem Gebet vereint ... Aber sie war in ein Zeitalter hineingeboren worden, in dem niemand, den sie kannte, auch nur an Gott glaubte. Sie selbst eingeschlossen.

Theresas Augen füllten sich mit Tränen. Ärgerlich wischte sie sie weg und wandte sich ab vom Anblick ihres nackten Körpers im Spiegel. Wie dumm von ihr, zu weinen; sie war eben jetzt geboren worden und nicht damals, und auch das mußte Teil der Gabe sein. Sie war dazu bestimmt, einen anderen Weg zu finden, einen anderen Pfad zum Licht, auch wenn sie nicht wußte, ob sie es je erreichen würde. Und nach Monaten – Jahren! – der Meditation und der falschen Anfänge hatte sie endlich erkannt, welches der Weg war.

Sie mußte hinaus.

Hinaus aus dem Apartment, hinaus aus der Enklave. Jackson hielt sie normalerweise davon ab, die Nachrichtensendungen zu sehen, weil sie sich danach noch schlechter fühlte, und bis vor ein paar Monaten hatte Theresa willig befolgt, was Jackson vorschlug. Aber in letzter Zeit hatte sie Holovids gesehen, wann immer Jackson nicht zu Hause war, und obwohl die meisten Nachrichten klarerweise Macher betrafen, hatte es auch kurze Einblicke ins Leben der Nutzer gegeben – zwischen den Börseberichten, der Enklavepolitik und sogar einem gelegentlichen Blick auf die Washingtoner Bundespolitik, die anscheinend niemand mehr für auch nur annähernd so wichtig hielt wie die internen Angelegenheiten der Enklaven. Es waren nur kurze Einblicke, aber sie zeigten, daß die Nutzer litten. Keinen Hunger – davor waren sie für immer gefeit. Aber sie litten unter einem Mangel an vielen Dingen: an Energiekegeln, ordentlicher Kleidung und Ersatzteilen für Terminals. Während Menschen wie Theresa,

Jackson und Cazie und diese widerlichen Freunde, die Cazie am vergangenen Abend hergeschleppt hatte, solche Dinge im Überfluß besaßen. Als sie das erkannte, hatte sie sich zutiefst geschämt.

Und dann hatte Theresa etwas auf Holovid gesehen, das ihr sagte, daß es ihre *Bestimmung* war hinauszugehen. Dort draußen gab es Nutzer, die tatsächlich den Versuch machten, sich zu spirituellen Gruppen zu organisieren! Und der InfoKanal hatte gezeigt, wo eine dieser Gruppen überwinterte – mit einem spöttisch gefärbten Kommentar, selbstverständlich, aber er hatte die genauen Koordinaten angegeben.

Sie schlüpfte in eines ihrer langen, losen, geblümten Kleider, die sie selbst entwarf; die Zeichnung und ihre Maße sandte sie an eine Schneiderei, die noch bereit war, mit Baumwolle zu arbeiten. Dann wählte sie einen warmen Mantel – dort draußen gab es keine Wetterwahl wie hier in der Enklave – und alte Stiefel. Doch dann hielt sie inne.

Was sollte sie mitnehmen, um es diesen Leuten zu schenken? Energiekegel, ja – sie hatte ein Dutzend über das Privatkonto bei TenTech bestellt, und der PostRob hatte sie letzte Woche zugestellt. Theresa war mit dem Konto nicht ganz klaglos zurechtgekommen; üblicherweise kümmerte sich Jackson um solche Dinge. Sie hatte das ›Eigentümer-Paßwort‹ benutzt, das er ihr einst gegeben hatte, aber es mußte das falsche Wort gewesen sein, denn das System dachte, sie wollte Zugriff auf die Werksunterlagen. Dort trieb sie sich eine Weile herum, ehe sie ihren Fehler bemerkte; sie hoffte nur, daß dadurch keine Fehlfunktionen in irgendeinem anderen System ausgelöst worden waren. Doch nachdem sie die Haushaltskonten gefunden hatte, gelang es ihr, das zu bestellen, was sie haben wollte. Der Vorgang verlieh ihr ein sonderbares Gefühl der Macht, dem sie augenblicklich mißtraute.

»Hochmut kommt vor dem Fall.« Ihre Mutter hatte das immer gesagt.

Kleidung. Sie sollte ihnen ordentliche Kleidung mitbringen. In dem Holovid trugen die Nutzer diese gräßlichen selbstgewebten Sachen oder Overalls in wirklich grauenhaften Farben… aber Theresas Kleider waren alle aus Baumwolle oder Seide. Völlig ungeeignet, denn die Nutzer waren natürlich alle *umgestellt*. Sie brauchten Sachen, die ihr Körper nicht aufaß.

Sie ging in Jacksons Zimmer und plünderte seinen Kleiderschrank. Hemden, lange Hosen, Hausanzüge, Jacken, Schuhe. Er konnte neue Sachen bestellen. Und bei ihrem nächsten Besuch würde sie nichtabsorbierbare Frauenkleidung mitbringen.

Was noch? Oh! Geld natürlich. Aber wie funktionierte das bei den Nutzern? Die verwendeten ja kein Geld – vor der *Umstellung* zumindest hatten sie keines benutzt. Sie waren mit Essenchips und Identitätsausweisen versorgt, und die Politiker hatten ihnen im Tausch gegen ihre Wählerstimmen alles gratis gegeben. Jetzt wählte niemand mehr, außer bei den Enklavenwahlen. Natürlich nicht! Das war ja der Grund, daß die Nutzer in dieser mißlichen Lage waren. Sie hatten kein Geld, um sich das Lebensnotwendige zu kaufen. Also zogen die meisten von ihnen in den Süden, wo sie weder Heizung noch Kleider benötigten und sich im Freien ernährten, und dort fochten sie dumme Kriege und vergaßen jegliche Zivilisation. Aber nicht alle. Diejenigen, die Theresa besuchen wollte, würden Geld sicher gut gebrauchen können. Doch wie übertrug man Gutschriften an Leute, die kein Konto hatten?

Sie würde ein tragbares Terminal mitnehmen. Ein MobiLink. Vielleicht verfügten sie über eine Art Gruppenkonto für die ganze Organisation oder etwas ähnliches. Oder vielleicht konnte sie herausfinden, wie man eines in deren Namen eröffnete. Das sollte doch nicht so schwer sein! Gewiß eröffneten die Leute andauernd Konten über das Netz! Theresa konnte ihnen dann das MobiLink dortlassen.

Das würde sie tun. Das würde sie wirklich tun! Zum erstenmal in ihrem Leben und nach so vielen Fehlstarts konnte sie – Theresa Katherine Aranow – tatsächlich zu etwas nützlich sein, was nicht ihre eigene Person betraf.

Die schwarze Wolke in ihrem Kopf hob sich nicht. Aber sie wog nicht mehr so schwer, und Theresa lächelte.

Auf dem Weg hinaus kam sie an ihrem Hauptterminal vorbei. Es war eingeschaltet, und der Schirm zeigte eine Passage aus ihrem Buch über Leisha Camden, eine der ersten Schlaflosen. Auch einer von ihren Fehlstarts: Theresa wußte, daß keine große Schriftstellerin aus ihr werden würde, und das Buch war auch nicht sonderlich gut. Aber sie hatte über Leisha schreiben wollen, über diese Außenseiterin ihrer eigenen Gruppe, diese Frau, die so hart darum gekämpft hatte, daß sich Schlaflose und Macher nicht in zwei verfeindete Lager aufsplitterten. Leisha hatte auch versucht, die Schlaflosen davon abzuhalten, sich hinter den Schutzschild ihres Schlupfwinkels namens *Sanctuary* zurückzuziehen; sie hatte versucht, die Schläfer davon abzuhalten, alle Firmen zu boykottieren, an denen Schlaflose beteiligt waren; sie hatte versucht, Miranda Sharifi von der gleichen Art Isolationismus abzuhalten, der ihre Großmutter zum Verrat an ihrem Land getrieben hatte.

Nichts von alldem war Leisha gelungen. Und dann hatten die Schlaflosen die SuperSchlaflosen geschaffen, und alles war noch schlimmer geworden. Aber Leisha hatte es zumindest versucht. Was hatte Leisha wohl motiviert, ehe sie von gesetzlosen Nutzern in einem gottverlassenen Sumpf in Georgia ermordet wurde?

fragte sich Theresa oft. Etwas mußte Leisha vorangetrieben haben – irgendein Licht, das sie klarer erkennen konnte als Theresa das ihre.

Vor dem Lift zum Dach, die Arme beladen mit Jacksons teuren, perfekt geschnittenen Kleidern, zauderte Theresa. Es war so schwer, nach draußen zu gehen. So viele neue Dinge … Und was war, wenn sie einen Anfall bekam? Vielleicht sollte sie sich zuerst eine Drew-Arlen-Komposition ansehen, vielleicht diejenige über das Eingehen von Risiken …

Drew Arlen, der Lichte Träumer. Es hatte einmal eine Zeit gegeben, in der Theresa über mehrere Monate hinweg täglich zwei oder drei Arlen-Konzerte sah. Sie hatte sich von Arlen mit seinen Unterschwelligkeiten und den programmierten graphischen Formen, die das Unbewußte vereinnahmten, zu einer anderen Art von Träumen hypnotisieren lassen: zu tiefgehenden Träumen, ganz persönlichen, die von Drews Kunst der Massenhypnose und der allgemeingültigen Symbolik, zu denen er so leicht Zugang zu haben schien, subtil geformt wurden. Der Traum wurde zu dem, was der Zuhörer daraus machen wollte, was er brauchte, und der Träumer erwachte gereinigt und gestärkt. Wie nach einer anderen gängigen Droge.

Nein. Heute nicht. Sie würde heute kein Drew-Arlen-Konzert sehen, es nicht benutzen wie irgendein Neuropharm. Sie konnte alles aus eigener Kraft tun. Ja, das konnte sie. Heute war der Tag.

»Guten Morgen, Miss Aranow«, sagte der Lift.

Sie ließ sich von ihm schlucken.

»Un' wieso machst'n das, du?«

»Ich wollte … ich habe euch im InfoNetz gesehen. Eure … die Versuche, die ihr macht …« Theresa holte tief Atem. Der Mann war nicht groß, aber dick und bärtig und sonnenverbrannt und finster dreinblikkend. Außerdem rückte er zu nahe an sie heran. Drei von ihnen, zwei Männer und eine Frau, waren auf den Wagen zugerannt, als er in respektvoller Distanz zu ihrem Gebäude landete. Theresa hoffte, daß es sich um eine respektvolle Distanz handelte. Ihr Herz raste, und der Atem steckte ihr in der Kehle fest und wollte nicht weiterströmen. O nein, nicht jetzt! Sie zwang sich, tief Luft zu holen. Es war kälter hier draußen, als sie erwartet hatte, und viel grauer. Alles hier – Luft, Bäume, Boden und Gesichter – sah grau und kalt und hart aus.

Theresa wandte sich an die Frau. Vielleicht würde es mit einer Frau einfacher sein. »Ich weiß, daß ihr auf der Suche … nach … In dem Bericht hieß es, das hier wäre ein ›spirituelles Experiment‹.« Tatsächlich hatte es geheißen: »Quasi-spiritueller Anlauf zu einer absolut belanglosen menschlichen Selbsttäuschung.«

Die Miene des zweiten Mannes besänftigte sich. Er war jünger, etwa in Theresas Alter, bartlos und dünner als der andere. »Un' du, du interessierst dich für unsere Gewohnheiten?«

»Fall nich' auf sie rein, Josh!« fuhr die Frau scharf dazwischen. »Die is'ne Macherin!«

»Woll'n mal sehen, wer sie wirklich is'«, sagte der dicke Mann. Er zog ein MobiLink aus der Tasche – durften die Nutzer eigentlich MobiLinks haben? »Ein. Identitätsprüfung. Luftwagen Nummer 475-9886«, gefolgt von den Autorisierungscodes. Wie konnte er die kennen?

Das Terminal sagte: »Wagen zugelassen für Jackson William Aranow, Enklave Manhattan-Ost.« Es fügte Jacksons Identitätsnummer und genaue Adresse hinzu. Theresa hatte nicht gewußt, daß diese der Öffentlichkeit zugänglich waren.

»Ich bin Theresa Aranow … Jacksons … Schwester.« Sie bemühte sich, normal zu atmen.

»Un' du bringst uns Sachen hier raus«, sagte die Frau. »Weil du so 'n gutes Herz hast.«

»Ja«, flüsterte Theresa. »Ich meine, nein, ich... ich denke nicht, daß... ich so... gut...«

»He, was is'n los mit dir, du?« sagte der jüngere der beiden Männer. Josh.

Theresa wankte und lehnte sich an den Wagen.

Josh berührte sie am Arm. Sie zuckte zurück. »Alles... in Ordnung.«

»Josh, lad die Sachen aus, du!« sagte der andere Mann. »Können sie grad' so gut nehmen, wo sie schon da sin'.«

Theresa dachte daran, regelmäßig zu atmen. Soweit war ja alles gutgegangen. »Könnte ich... bitte sehen, was Sie hier tun? Nicht als Bedingung für die Dinge im Wagen, sondern nur weil ich... daran interessiert bin.«

»Brauchen keine Schnüffler hier«, sagte die Frau im selben Moment, als Josh fragte: »Das interessiert dich ehrlich? Unsere Bindungen?«

»Halt's Maul!« schnauzte ihn die Frau an.

Die beiden starrten einander böse an. Theresa erinnerte sich nicht, irgend etwas über ›Bindungen‹ in der Nachrichtensendung gehört zu haben. Sie erschauerte in einem plötzlichen Windstoß. Es war so kalt hier!

Der ältere Mann kam plötzlich zu einem Entschluß. »Sie kann's ruhig wissen. Is' an der Zeit, daß die Leute es erfahren. Wir, wir machen das, was richtig is', un' es funktioniert, un' wir wissen es. Un' die anderen sollten es auch wissen.«

»Mike...«, begann die Frau aufgebracht.

»Ne, is' höchste Zeit. Un' wenn da 'ne Macherin daherkommt un' sich ehrlich dafür interessiert...« Er beäugte Theresa abwägend.

»Also ich, ich sag' nein!« sagte die Frau.

»Un' ich, ich sag' ja!« sagte Josh. »Du, Patty, schnapp dir 'n paar von den Kegeln.«

Ohne viel Federlesens schnappte Patty sich welche. Theresa holte einiges von Jacksons Kleidern aus dem Wagen und ging mit Josh auf das Gebäude zu, wobei sie soviel Abstand von Patty und Mike hielt wie nur möglich.

Das Gebäude war ein riesiger flacher fensterloser Quader. Wahrscheinlich ein früheres Lagerhaus. Einer nach dem anderen duckten sich die drei durch eine Tür, um ihre Ladung Kegel und Kleider abzulegen, während Theresa draußen blieb. Dann führten sie sie rundum zur Rückseite des Gebäudes. Etliche der Leute folgten ihnen, bis eine kleine Versammlung beisammen war.

Hinter dem Gebäude stand ein Zelt aus durchsichtigem Plastik über aufgewühltem Erdreich. Das Zelt wurde in der Mitte von dünnen, hohen Stangen hochgehalten und war am Rand mit provisorisch wirkenden Stöckchen im Untergrund befestigt. Im Innern des Zeltes war ein Y-Kegel zu sehen und ein Nährplatz, auf dem in zwei Grüppchen zu je drei Leuten sechs Nackte lagen.

»Siehste?« sagte Josh, keineswegs unfreundlich. »Sin' verbunden miteinander, die. Essen friedlich un' in Eintracht. Un' vor sechs Monaten waren die noch spinnefeind.«

»Nich' spinnefeind«, brauste Patty auf.

»Na, Busenfreunde auch nich'«, konterte Josh. »Gab viel Zoff bei uns. Genau wie bei den meisten anderen Stämmen auch. Hätte unseren Haufen fast zerrissen, un' jeder wollte in 'ne andere Richtung davon. Wollte allein sein un' seine Ruhe haben.«

»Un' das, das wär' so, als würden wir unser Menschsein verleugnen«, erklärte Mike. »Menschen sin' dazu gemacht, beisammen zu bleiben. Einzeln sin' wir einfach keine kompletten Menschen nich'.«

»Oh«, sagte Theresa. Hatte er recht, dieser zerlumpte, kerngesunde Nutzer? War das der Grund dafür, daß ihr das Leben immer so leer vorgekommen war? Weil sie sich isolierte von den anderen? Sie spürte leise Enttäuschung. Es schien zu einfach, allzu… leicht. Diese ekstatischen Mystiker, über die sie in ihrer Bibliothek gelesen hatte, die als Einsiedler lebten, Visionen hatten und Qualen litten für die Wahrheit – sie alle hatten doch nach mehr verlangt als bloß nach mehr menschlicher Gesellschaft!

Theresa suchte nach Worten, die ihre Gastgeber nicht beleidigen würden. »Wie ist es euch gelungen, den Unfrieden zu beenden und … zu einer solchen Harmonie zu kommen?«

»Bindungen!« rief Josh triumphierend. »Mutter Miranda hat uns die geschickt, un' wir, wir haben sie genommen, un' jetz', jetz' kannste sehen, wie's läuft!«

»Mutter Miranda?« fragte Theresa. »Seid ihr die Leute, die Miranda Sharifi so beharrlich dazu drängen, eine Unsterblichkeitsdroge zu entwickeln?«

»Ne«, sagte Mike. »Wir, wir drängen nich'. Keinen. Wir betteln nich'. Aber das Geschenk, das nahmen wir schon, als wir's fanden.«

Das Geschenk! »Was für ein Geschenk?«

Josh antwortete mit leidenschaftlichem Eifer. »Erst dachten wir, es wären wiederum *Umstellungs*-Spritzen. Aber die neuen Spritzen, die waren rot un' nich' schwarz, un' 'n Holo war dabei, wo wir auf unserm Terminal abspielen sollten. In dem Holo sagte Miranda Sharifi, daß es 'n Geschenk für uns wäre un' daß wir es als erste kriegten, un' später, da sollten es alle andern auch kriegen. Das Geschenk der Bindungen. Um uns aus der Isolation der *Umstellung* herauszuführen.«

»Ein Holo von Miranda Sharifi!« wiederholte Theresa.

Von Jackson wußte sie, daß Miranda und ihre SuperS sich mittels Nanotech eine Mondbasis namens

Selene errichtet hatten, nachdem Jennifer Sharifi aus dem Gefängnis entlassen worden war und Miranda aus *Sanctuary* hinausgeworfen hatte. Das war länger als ein Jahr her. Wie stellte Miranda es an, Spritzen vom Mond zu schicken?

»Mit 'ner *neuen* Umstellung!« sagte Mike. »Mit Bindungen! Damit wir nie mehr allein sein können, wir alle. So *müssen* wir den spirituellen Aspekt unseres Seins entwickeln un' miteinander auskommen. In Dreierbindungen, wie der Vater un' der Sohn un' der Heilige Geist.«

Theresa blickte wieder hinüber auf den Nährplatz unter dem Zelt: drei Personen auf einer Seite – zwei Frauen, ein Mann; drei auf der anderen – ein Mann, eine Frau und ein kleiner Junge. Rund um Theresa standen die Menschen in Gruppen zu dritt, einige der Gruppen Hand in Hand. Patty, Mike und Josh waren wieder zusammengerückt und standen jetzt aneinandergedrängt Theresa gegenüber.

»Eine Spritze«, sagte sie. »Sie enthielt eine neue Substanz, und ihr habt sie genommen, und ...«

Patty sah Theresa ins Gesicht, lächelte brutal und sagte: »Und dadurch wurden wir eins. Wir *können* uns gar nich' weit voneinander entfernen, weil wir ein Leben un' ein Blut sin'!«

Plötzlich begannen die Umstehenden im Chor zu intonieren: »Wir sin' das Leben un' der Weg! Wir sin' das Leben un' das Blut! Wir sin' das Leben un' die Auserwählten!«

Eifrig fuhr Josh fort: »Siehste nu? Wir sin' jetz' 'ne echte Gemeinschaft, das sin' wir. Die *Umstellungs*-Spritzen, die haben die Leute entzweit, weil sie alle ganz gut allein zurechtkamen, die hatten zu essen un' waren gesund un' brauchten keinen andern nich' zum Leben. Die brauchten gar keinen nich'. Aber die Bindungsspritze, die vereint die Leute. Wenn einer von uns dreien – Mike oder Patty oder ich – zu weit von den anderen beiden weggeht, dann stirbt er.«

»Er stirbt?« stammelte Theresa. »Er stirbt wirklich?«

»Er stirbt wirklich!« bestätigte Patty triumphierend. »Un' das hab ich selbst gesehen! Hab ich! In 'nem anderen Stamm. Da starb 'ne Dreierbindung. Die Idioten, die haben Mutter Miranda nich' geglaubt, un' der Heilige Geist hat sie verlassen, un' in derselben Nacht, da starben auch die andern beiden.«

»Aber… was geschieht, wenn ein Kind zur Welt kommt. Muß das Baby…«

»Wir haben noch jede Menge roter Spritzen«, sagte Josh. »'n Baby is' kein Problem nich'. Bleibt einfach bei der Mutter, das Kleine, bis es alt genug is' für 'ne Bindung mit zwei andern.«

Theresa wurde übel. Diese Leute wünschten sich so sehr, einen Grund zu haben, einander zu brauchen, eine Gemeinschaft zu sein… aber *das*? Es mußten Pheromone sein. Jackson hatte ihr die Pheromone erklärt. Es waren chemische Stoffe, die in die Luft abgegeben und von anderen Leuten gerochen wurden, auch wenn die es gar nicht merkten. Und die chemischen Stoffe beeinflußten das Verhalten dieser Leute… Vielleicht wurde ohne den neuen Geruch irgendein Gift im Körper der miteinander Verbundenen freigesetzt? Aber würde nicht der Zellreiniger jegliches Gift neutralisieren? War der Zellreiniger nicht dafür da? Natürlich, wenn Miranda Sharifi wirklich beides geschaffen hatte… Würde Miranda Sharifi so etwas tun? Und warum?

Etwas in Theresa sagte leise: *Weil sie den Leib des Menschen nach ihrem eigenen Abbild neu schufen. Und jetzt wollen die SuperS auch das Hirn des Menschen besitzen.* Nein. Das war Theresas eigenes Hirn – jener Teil davon, der so große Angst hatte vor neuen Erfahrungen und neuen Dingen, jener Teil, der sich wünschte, nie das Apartment verlassen zu müssen. Xenophobie. Hemmungen. Agoraphobie. Die Angst vor Veränderungen. Jackson hatte ihr die Begriffe erklärt. Es war sie, die sich irrte, die blind war und den Weg zum Licht hinauf nicht erkannte, wenn sie ihn vor Augen hatte …

Nein. Nicht sie war es, die sich irrte. Was diese Leute taten, war *falsch*.

Ihr Atem ging stockend, ihr Herz raste. Sie spürte den Anfall kommen – Übelkeit, Schwindel, die tödliche Angst, nicht atmen zu können – und stieß mit der Hand ins Leere, als könnte sie ihn so abwehren.

Patty mißverstand die Bewegung. »Glaubst mir wohl nich', du – wie? Na, dann komm doch mit un' schau dir das Holo an!«

»Nein … ich … bitte, lassen Sie …«

Aber Patty hatte sie schon am Arm gepackt und zerrte sie um das Gebäude herum und durch die Tür ins Innere.

Eine Unzahl von Nutzern befand sich darin, alle in Dreiergruppen, die Theresa den Atem ins Gesicht bliesen, und dunkel war es auch, und sie würde sich gleich übergeben …

»Zeit für Mutter Miranda!«

Die Holobühne wurde lebendig. Ein hübscher, bedeutungsloser Farbwirbel, und dann erschien Miranda Sharifi; nur Kopf und Schultern waren zu sehen vor dem Hintergrund einer Aufnahmekabine, die aus Gründen der Anonymität glatt und dunkel gehalten war. Miranda trug ein weißes, ärmelloses Kleid. Ein rotes Band hielt ihre widerspenstigen Haare zusammen.

»Ich bin Miranda Sharifi und ich spreche zu euch von der Mondbasis Selene. Ihr werdet wissen wollen, wozu diese neue Spritze dienen soll. Sie ist ein wunderbares Geschenk, speziell für euch gemacht. Ein Geschenk, das noch großartiger ist als die *Umstellungs*-Spritzen, die euch zwar biologisch unabhängig machen, doch auch in die menschliche Isolation führen, weil ihr nicht mehr aufeinander angewiesen seid für die Nahrungsbeschaffung und das Überleben im allgemeinen. Es ist jedoch nicht gut, daß der Mensch allein sei. Also wird euch diese Spritze, diese verheißungsvolle Gabe …«

In einem Winkel des Lagerhauses hinter der Holobühne erblickte Theresa ein *nicht umgestelltes* Kind.

Es war etwa zwei Jahre alt und saß in seine Ecke gelehnt still da, die schlaffen, dünnen Beinchen von sich gestreckt; eine Seite seines Kopfes war völlig haarlos, und die Haut bedeckt mit runden Flecken, aus denen Eiter sickerte. Eine schleimige Flüssigkeit quoll ihm aus den Winkeln der trüben Augen.

Der Anblick schnürte Theresa die Kehle endgültig zu.

»Ihr, mein auserwähltes Volk, ihr werdet die ersten sein, das Leben kennenzulernen, wie …«

Das Kind wimmerte. Ein Mädchen, das nicht älter war als Theresa, schoß hin und nahm es hoch. Ein starkes, gesundes Nutzer-Mädchen, frei von Hunger und Krankheit, die auf eigenen Beinen stehen und aus klaren Augen die Welt sehen konnte … Hatte das Kind … war es möglich, daß das *nicht umgestellte* Kind tatsächlich *Schmerzen* hatte?

»… spirituelle Gabe, die das Leben und die Natur …«

Theresa konnte nicht mehr atmen. Wie sehr sie sich auch bemühte, es ging nicht …

»… aufgebaut auf der Funktionsweise der *Umstellungs*-Spritzen, die ich euch vor Jahren gab, als …«

Sie konnte nicht atmen und sie würde sterben, diesmal würde sie wirklich sterben …

»He, was is'n los mit der Macherin, was hat'n die?«

»He, was is'n los, du?«

»Macht 'n bißchen Platz da, ihr!«

»Die stirbt!«

»Wer stirbt'n heutzutage, du Arsch! He, das Holo is' vorbei! Gebt ihr 'ne Spritze!«

»Is' ja niemand da, der wo 'ne Gruppe mit ihr machen …«

»Doch! Die zwei Neuen! Cathy un' Earl!«

»Gebt ihnen 'ne Spritze, allen dreien! Schnell, gebt ihnen 'ne Spritze!«

Der Raum begann sich zu drehen. Er wurde schwarz in einer hohen Woge, einer Sturzflut, als hätte jemand die Mauer gegenüber eingerissen und die Flut eingelassen, so daß sie nun auf Theresa zuraste und sie jeden Moment erreichen würde … *Leg den Kopf auf die Knie,* sagte Jacksons Stimme in ihrem Kopf. *Atme tief. Nimm ein Neuropharm …* Theresa krümmte sich nach vorn, aber zwei Personen rissen sie links und rechts wieder hoch – ihre Partner für die neue Bindung … In dem kreisenden Raum erschien eine Spritze in einer Hand, hellrot …

»Nein!« schrie Theresa. »Nein … n-n-nicht!«

»Is' ja gut, Kleines«, sagte die Stimme einer Frau beschwichtigend, während Theresa der Mantel vom Leib gerissen wurde. »Tut gar nich' weh. Is' nich' anders als wie 'ne *Umstellungs*-Spritze. Wirst es gar nich' spüren, du. Mutter Miranda, die sagt, daß es aufbaut auf der *Umstellung* …«

Die rote Injektionsspritze schwankte näher an ihren Arm heran. Der Raum wirbelte um Theresa herum, und die dunkle Woge schwappte über sie hinweg … benommen … ohnmächtig … sie würde sich gleich übergeben … Mit letzter Kraft riß sie die Worte aus sich heraus: »Ich … bin … nicht … *umgestellt*!«

Und dann wurde es schwarz um sie.

Im Freien. Sie lag draußen im Freien auf dem Boden, und es war kalt. Sie hatte den Mantel nicht an. Als sie die Augen öffnete, schmerzte sie das Sonnenlicht. Rundum standen die Leute in Grüppchen beieinander, und ihre häßlichen Gesichter starrten herab auf sie. In Gruppen … Cathy und Earl und Theresa … Die Bindung war vollzogen!

»Kommt wieder zu sich, die!«

»Laßt ihr doch 'n bißchen Platz, zum Geier!«

»Wir lassen ihr gar nix, der Schlampe.«

»Theresa … du has' noch keine Bindungs-Spritze gekriegt, du. Wir haben's gelassen.« Josh hockte neben ihr, ohne sie zu berühren. Theresa konzentrierte sich aufs Atmen, denn manchmal wiederholten sich die Anfälle innerhalb kurzer Zeit, gelegentlich auch zweimal … Schon der Gedanke daran brachte ihr Herz zum Rasen und ihren Atem zum Stocken.

»Sagte, ich, daß du keine Spritze nich' gekriegt hast.«

Joshs Gesicht wirkte freundlich. Wie war das möglich – Freundlichkeit von einem Nutzer? Er konnte doch nicht verstehen, was mit ihr geschah – das verstand nicht einmal Jackson! Theresa bemühte sich, tief zu atmen.

»Muß wirklich stimmen, das«, sagte Patty. »Was wir gehört haben. Daß es nich' mal mehr in den Enklaven genug *Umstellungs*-Spritzen gibt.« Unterdrückte Schadenfreude schwang in ihren Worten mit.

Theresa setzte sich auf. Nach Hause. Sie mußte nach Hause. Würden diese Leute sie heimgehen lassen? Was würden sie ihr antun? Tränen stiegen ihr in die Augen.

»Meine Güte, die heult ja!« stellte Patty fest. »Laßt das Mädel doch abhauen.«

»Nee, wartet mal«, sagte Mike. »Die hat 'n Mobi-Link. Die kennt sicher Zugangscodes, wo ganz nützlich wären für uns.«

»Die, die weiß gar nix! Schau sie bloß an! Die is' doch nich' mal *umgestellt*!«

»Na und? Die hat aber Grips in der Birne, die is' 'ne echte Macherin …«

Josh beugte sich zu ihr, und Theresa zuckte zurück. Sein Atem war warm und roch angenehm, aber irgendwie fremdartig. Er sagte sehr leise: »Steh auf, du, solange die streiten. Setz dich in den Wagen un' hau ab!«

Sie sah ihn mit aufgerissenen Augen an, und er nickte einmal, zog sie hoch und flüsterte ihr etwas ins Ohr.

Mit verzerrten Gesichtern hatten Mike und Patty begonnen, einander zu schubsen und zu stoßen; ihre Worte stießen sie unter einem Sprühregen von Speichel aus, der sich in ihren Mundwinkeln sammelte. Theresa rannte zu ihrem Wagen.

»Haltet sie auf!« rief Mike. »He! Bleib stehen, du!«

Theresa strauchelte und fiel hin. Ihr Atem ging in harten Stößen, die Erde unter ihr schien zu beben und nach ihr zu fassen … *nicht noch einmal!* Nicht noch ein Anfall! Sie zwang sich hoch und warf einen Blick zurück.

Patty und Mike wollten Theresa nachsetzen, doch jedesmal, wenn sie ein paar Schritte von Josh wegmachten, blieben sie stehen, rannten zurück und versuchten, ihn mit sich zu ziehen. Josh jedoch machte sich schwer und schlaff. Und ohne ihn konnten Mike und Patty Theresa nicht verfolgen.

Sie stolperte weiter bis zum Wagen und ließ sich hineinfallen. »Türverriegelung. Automatischer Abflug … Heimkoordinaten …« Der Wagen hob sich.

Unten sah sie Patty auf Josh einschlagen.

Theresa ließ sich zurücksinken, versuchte, ihren Atem unter Kontrolle zu bekommen, versuchte, die Welt da unten daran zu hindern, sich zu einer weiteren übelkeitserregenden schwarzen Woge zu drehen. Nach Hause. Sie mußte nach Hause. Sie hätte nie von daheim weggehen, nie die Enklave verlassen sollen – sich nie für stark genug halten sollen, tatsächlich den Weg zum Licht finden zu können… Sie war nichts als eine schadhafte überprivilegierte Macherin… Nein, *diese Leute* hatten unrecht; mit der Alternative des Todes die Menschen in eine Gemeinschaft zu pressen, das war nicht der rechte Weg, nein, nein, nein! Das war keine Lösung!

Sie schloß die Augen, und die wirbelnde Welt verschwand; doch was nicht verschwand, war etwas, das noch schrecklicher war – das Beängstigendste, was sie an einem Nachmittag voll Beängstigendem erlebt hatte: Joshs Gesicht dicht an ihrem, und seinen letzten geflüsterten Satz. Freundlich, bedauernd, beängstigend. Seine Worte:

»Du bis' noch nich' soweit. Noch nich'.«

Theresa erschauerte. Dafür würde sie nie bereit sein. Mit einer drei Meter langen unsichtbaren Kette für immer an zwei Nutzer gefesselt und den sicheren Tod vor Augen, wenn sie sich von ihnen entfernte. Nein, das war der falsche Weg. Eine Sackgasse.

Aber was hatte Miranda Sharifi damit vor?

Und was hatte Theresa vor?

Sie war wiederum allein mit ihrem leeren Leben.

SENDEDATUM: 1.Dezember 2120
GEHT AN: Mondbasis Selene
VIA: Bodenstation San Diego, GEO-Satellit C-988 (USA), Holsat IV, (Ägypten)
NACHRICHT - ART: nicht verschlüsselt
NACHRICHT - KLASSE: Klasse B, privat bezahlte Übermittlung
AUSGEHEND VON: Elternvereinigung San Diego
NACHRICHT LAUTET:

Doktor Miranda Sharifi und Kollegen!

Im Bewußtsein, daß Sie das Prinzip vertreten, der Mensch wäre nie mehr er selbst als in jenem Augenblick, da er Entscheidungen für andere treffen muß, treten wir mit einer Bitte an Sie heran. Ihr Geschenk der *Umstellungs*-Spritzen hat unser Leben von Grund auf verändert. Dank Ihrer Bemühungen sind unsere Kinder jetzt gesund und stark. Aber der Vorrat dieser Spritzen geht in unserer Enklave - ebenso wie in den anderen - zur Neige, und sehr bald wird er aufgebraucht sein. Die Kinder, die danach zur Welt kommen, werden anfällig für Krankheiten, Vergiftungen und andere gesundheitliche Gefahren sein.

Frau Doktor Sharifi, bitte lassen Sie nicht zu, daß das geschieht! Unsere Kinder sind etwas sehr Kostbares für uns, sie sind unsere Zukunft. Sie, Frau Doktor Sharifi, haben sich stets als so mitfühlend und wohltätig Ihren Mitmenschen gegenüber gezeigt, daß wir, die Elternschaft der Enklave San Diego, Sie nun darum ersuchen, es wieder zu sein. Wir ersuchen Sie um *Umstellungs*-Spritzen für Kinder, die uns noch nicht geboren sind. Bitte lassen Sie das -

aus Ihrer tiefen Einsicht in das Wesen der Menschheit heraus – Ihre höchste Zielsetzung sein, denn wir bitten nicht für uns selbst, sondern für unsere ungeborenen Kinder.

BESTÄTIGUNG: keine

5

Seit weniger als einer halben Stunde flogen sie über Afrika, und schon begann das Flugzeug zu sinken. Jennifer Sharifi sah aus dem Fenster. Im Rosarot des jungen Morgens flimmerte die Silhouette einer Stadt, und man hätte nicht sagen können, ob die Gebäude nun tatsächlich existierten oder nicht. Die Heisenbergsche Unschärferelation, dachte Jennifer, ohne zu lächeln.

»Atar«, sagte Will Sandaleros und streckte sich, soweit es die Enge der viersitzigen Mitsu-Boeing zuließ. Zwei Tage zuvor waren Jennifer und er von *Sanctuary* heruntergekommen – zum erstenmal seit jenem Tag vor vier Monaten, als sie von der Erde zur Orbitalstation der Schlaflosen zurückgekehrt waren. Mittlerweile hatte man auf *Sanctuary* alle Spuren von Miranda und den anderen SuperS getilgt. Auch die Freunde, die zusammen mit Jennifer verurteilt worden waren, hatten sich wieder in *Sanctuary* eingefunden; ihre kürzeren Freiheitsstrafen waren seit langem abgesessen: Caroline Renleigh, Paul Aleone, Cassie Blumenthal und die anderen. Sie waren zurückgekehrt, um den Kampf um die Freiheit zu Ende zu führen.

Doch nur Jennifer und Will hatten diese Reise hinunter zum internationalen Raumpendler-Hafen auf Madeira unternommen. Sie hatten sich direkt ins Hotel Machado begeben, das vor langem über eine kompliziert verschachtelte Konstruktion verdeckter Unternehmen im Eigentum von *Sanctuary* errichtet worden war und Geschäftsreisenden von den Orbitalstationen und der Erde unübertroffene Sicherheit garantierte. Zwei Tage lang waren Will und Jennifer in ihrem mit Y-Energie abgeschirmten Zimmer geblieben, während das Hotelpersonal – zur Hälfte Schlaflose, zur Hälfte gut bezahlte Normalos – die Identität aller Agenten, Reporter, Terroristen und Verrückten feststellte, die sich unweigerlich an Jennifers Fersen hefteten, wann immer sie sich zeigte. Und am Vorabend hatten Jennifer und Will das Machado durch einen unterirdischen Gang verlassen, der zusammen mit dem Hotel gebaut und so geheim gehalten worden war, daß nur zehn Personen auf der ganzen Welt von seiner Existenz wußten. Ein Wagen hatte sie zur Küste und zur Mitsu-Boeing gebracht. Und nun war Will, an regelmäßiges Körpertraining gewohnt, bereits unruhig nach diesen drei Tagen in Fahrzeugen oder abgeschirmten Räumen.

Jennifer war nie unruhig. Sie hatte gelernt, stundenlang, tagelang – monatelang – vollkommen ruhig dazusitzen und sich in ihre Gedanken zurückzuziehen. Will würde das auch lernen müssen. Diese Selbstdisziplin war notwendig, um alles in sich zu sammeln und auf einen Punkt zu bringen, so wie die Strahlen der Sonne, die durch ein unbewegtes Vergrößerungsglas gebündelt und auf einen einzigen Punkt gerichtet wurden. Auf den Brennpunkt.

»Man wird uns erwarten?« fragte sie den Piloten über die Sitzlehne hinweg. Er nickte. Sein braunes Haar, die grauen Augen und seine gleichmütigen Gesichtszüge konnten aus allen fünf Kontinenten stammen. Er sprach nie. Neben ihm überprüfte der Leibwächter, ein Schlafloser namens Gunnar Gralnick, seine Waffen.

Das Flugzeug landete auf einer staubigen, nicht gekennzeichneten Piste in der Wüste, von wo aus Atar, am morgenroten Horizont, gerade noch zu erkennen war. Das einzige Gebäude, ein fensterloser Quader aus SchaumStein – seltsam frisch und staubfrei unter seinem Y-Schild – hätte überall auf der Welt stehen können. So nah am Äquator war es draußen im Freien überraschend kühl – kühler jedenfalls als in Jennifers Erinnerung; doch die Sonne war noch nicht aufgegangen. Später würde die Luft flirren vor Hitze.

Drei Männer in leichten arabischen Gewändern warteten bereits. Jennifer sah, daß die Gewänder aus nicht konsumierbarem Synthetikmaterial bestanden. Die Männer waren alle *umgestellt*. In Afrika war das nicht immer selbstverständlich. Sie hatten dunkle, sonnenverbrannte Haut, aber helle Augen: zwei von ihnen grüne, einer blaue. Derjenige mit den blauen Augen hatte rotes Haar, nichts davon GenMod. Es waren Berber.

»Willkommen in Mauretanien«, sagte der älteste der drei in fast akzentfreiem Englisch zu Will. Jennifer gönnte er keinen Blick. Sie hatte nichts anderes erwartet und schwieg. »Ich bin Karim. Das ist Ali und das Beschir. Hatten Sie einen guten Flug?«

»Ja, vielen Dank«, sagte Will.

»Keine Komplikationen?«

»Niemand ist uns gefolgt.«

»Auch wir konnten nichts dergleichen wahrnehmen«, sagte Karim. »Aber dennoch wäre es nicht ratsam, hier länger zu verweilen. Bitte folgen Sie mir.«

Der Pilot blieb beim Flugzeug. Die anderen sechs kletterten in einen großen Luftwagen, Will und Jennifer auf die Rücksitze, Gunnar dazwischen. Im Tiefflug ging es weiter in die Sahara hinein, die unter den ersten Sonnenstrahlen mit jeder Minute heller wurde. Felsen, struppiges Buschwerk und eine gelegentliche Oase, deren Grün zusammen mit dem Bewässerungssystem so abrupt endete, als hätte man es mit einer gewaltigen Schere abgeschnitten. Und dann wiederum keinerlei Vegetation mehr, nur Felsen und Sand. Sie gingen neben einem kleinen SchaumStein-Gebäude nieder, dessen kuppelförmiger Schild halb im Sand begraben war.

Die Araber landeten den Wagen auf hartem, sandfreiem Boden innerhalb der Kuppel. Die Tür zu dem Gebäude, bemerkte Jennifer, öffnete sich mittels Netzhaut-Scan; eine deutsche Untergrundfirma hatte kürzlich Software entwickelt, die in der Lage war, Netzhaut-Codes zu kopieren. Die Berber würden ihr Sicherheitssystem auf den neuesten Stand bringen müssen.

Der Lift sagte kurz etwas auf arabisch. Will ließ sich nicht anmerken, daß er kein Arabisch verstand; Jennifer verstand Arabisch, doch das ließ sie sich auch nicht anmerken. Natürlich wußten die Berber, welche Sprachen Jennifer sprach oder verstand; sie wußten alles von ihren drei schlaflosen Besuchern – alles, was in den Datenbanken der ganzen Welt aufschien. Doch das waren nie die wirklich wichtigen Informationen; Schläfer wollten das einfach nicht verstehen.

Jennifer stand dicht neben ihnen – aus Gründen der Selbstdisziplin –, konzentrierte ihren Haß auf einen Brennpunkt und ließ ihn kontrolliert aufflammen. Aus Gründen der Selbstdisziplin. Die Grußprogrammierung des Lifts – *»Allahs Friede sei mit euch!«* – mochte satirisch gemeint sein oder auch nicht. Falls es sich um Satire handelte, dann bedeutete es Schwäche, denn Satire war ein Hinweis auf die Fähigkeit, sich außerhalb des eigenen Strebens zu stellen und es zu verspotten. Falls es keine Satire war, dann war es ein Hinweis auf das Gewicht der Tradition.

Mauretanien hatte eine Menge Traditionen. Stolze Berber-Nomaden. Islam. Koloniale Unterdrückung. Zusammenbruch und Dürre und Seuchen und Kriege und Brutalität – wie ganz Afrika, nur ein wenig mehr von allem. Mauretanien war der letzte afrikanische Staat gewesen, der vor weniger als zweihundert Jahren die Sklaverei verboten hatte, doch die Sklaverei hatte weiterbestanden, zusammen mit neueren Banditen und neueren genetischen und technischen Sklaven. Mauretanien hatte keine Regierung mehr, die man als solche hätte bezeichnen können; und das, was noch davon existierte, konnte ganz leicht und billig gekauft werden.

Der Lift hielt tief unter der Erde an. Er öffnete sich geradewegs in einen Konferenzraum – spiegelglatte nano-gebaute weiße Wände und der Duft starken Kaffees. Die Türen, die davon ausgingen, führten vermutlich zu den Labors und Wohneinheiten. Auf dem glänzenden Tisch aus Teakholz, der von bequemen Stühlen umgeben war, stand ein silbernes Kaffeeservice. An den Wänden reihten sich weitere Stühle. Auf einem niedrigen Tischchen befand sich eine Holobühne.

Jennifer ging zu einem der Stühle an der Wand, setzte sich und schlug die Augen nieder. Dies war das Resultat von zähen Verhandlungen, die Will geführt hatte. Die Berber, seit drei Jahrtausenden gewiefte Geschäftsleute in ihrem feindseligen Lebensraum, hatten sich mühelos darauf eingestellt, Vermittler für den internationalen Untergrund zu sein. Weit weniger mühelos konnten sie sich darauf einstellen, mit weiblichen Unternehmern zu verhandeln. Und wäre Jennifer irgendeine andere Frau gewesen, hätte man ihr nicht einmal Zutritt zu diesem Raum gewährt.

Irgendeine andere Frau – mit Ausnahme von einer. Miranda, die die Ihren verraten und den Kontakt mit diesem Schläfer-Abschaum dadurch erst notwendig gemacht hatte.

Will und die Berber ließen sich an dem Teakholztisch nieder. Gunnar blieb zwischen Jennifer und dem Lift an der Wand stehen, so daß er alles überblicken konnte.

»Kaffee?« fragte Karim.

»Ja, bitte«, sagte Will. »Wo ist Doktor Strukow?«

»Er wird sich in einigen Minuten zu uns gesellen. Wir sind ein wenig zu früh dran.«

Der Kaffee sah schwarz aus, dick, bitter … Jennifer wurde der Mund wäßrig, aber sie zwang den Speichelfluß zum Innehalten. Die drei Berber tranken ihren Kaffee ohne Hast; sie sprachen nicht und schienen völlig unbefangen. Doch selbst Karim erstarrte ein wenig, als eine Tür aufging und Serge Michailowitsch Strukow eintrat.

Das legendäre russische Genie war ein Riese – und seine Körpergröße sichtlich das Ergebnis von GenMods. Seine Hautfarbe spiegelte die charakteristische Gesundheit aller *Umgestellten* wider. Die Spritzen waren natürlich über der Ukraine ebenso abgeworfen worden wie über dem Rest der Welt, aber inwieweit man sie dort auch benutzt hatte, war nicht bekannt. Nicht nur daß die Ukraine alle ihre Landesgrenzen hermetisch geschlossen hatte, war durch die verrückten Antitechnikkults, die dort seit den regionalen Atomkriegen blühten, jeder Gebrauch des Nets stark eingeschränkt. Und was nicht im Net war, konnte auch nicht herausgeholt werden. Ein Großteil Osteuropas und Westasiens war daher selbst für *Sanctuary* ein unbekannter weißer Fleck.

Aber nicht Strukow. Den kannte man überall – und sah ihn nirgends.

Mit siebzehn war er aus der Ukraine geflohen. Damals hatte er noch keine Ahnung von Mikrobiologie gehabt, brachte aber einen GenMod-angehobenen, beachtlichen IQ mit. Nie erwähnte er seine Eltern, seine Vergangenheit, seine Jugend oder wie es kam, daß er nicht nur Russisch sprach, sondern auch korrektes Chinesisch und flüssiges Französisch – letzteres mit einem starken Akzent. Mit zweiundzwanzig hatte er bereits seinen Doktor in Mikrobiologie vom Centre d' Étude du Polymorphisme Humain in Paris. Mit einunddreißig erhielt er den Nobelpreis für Medizin für seine Arbeit über gentechnisch modifizierte Exzitotoxine in neuralen Mitochondrien. Er kam jedoch nicht nach Stockholm, um seinen Preis entgegenzunehmen, und drei Monate später spazierte er aus seinem Labor in Paris und verschwand von der Bildfläche.

In den darauffolgenden zehn Jahren tauchten merkwürdige Berichte über Strukow im Untergrund-Net auf: Andeutungen, daß er angeblich für die Chinesen arbeitete, für Ägypten, für Brasilien – und stets auf dem Gebiet der biologischen Kriegsführung, stets an GenMod-Projekten; es waren Gerüchte, die es nie so richtig in die Schlagzeilen schafften – aber auch nie so richtig aufhörten. Ein Mikrobiologe in der Enklave San Francisco Bay erklärte, daß er an einem bösen Stück GenMod, das ihm ein Arzt aus den chilenischen Kämpfen hatte zukommen lassen, Strukows Handschrift erkannt hätte: einem tödlichen Retrovirus, das die Erinnerungsfunktion im Hippokampus zerstörte. Eine Woche darauf ertrank der Mikrobiologe in der Bucht von San Francisco.

Strukow setzte sich an das Kopfende des Tisches und drehte, Will demonstrativ ignorierend, seinen Stuhl so, daß er Jennifer ins Gesicht sehen konnte. Sie hob den Blick nicht, aber er fuhr fort, sie zu betrachten: fünf Sekunden lang, zehn. Fünfzehn Sekunden. Jennifer spürte, wie die nervöse Spannung im Raum rasant anstieg.

Schließlich drehte Strukow sich zurück zu den Männern am Tisch. Er lächelte leicht. »Was ist es, was *Sanctuary* wünscht von mir als nächstes?« Er hatte einen starken russischen Akzent, aber die Satzstruktur war nicht russisch; im Geist aus dem Französischen übersetzt, vermutete Jennifer.

Will wirkte nicht so gelassen wie Strukow. »Sie wurden doch schon informiert über unsere Wünsche.«

»Ich will es in Ihren Worten hören.«

»Wir möchten«, sagte Will ein bißchen zu scharf, »daß Sie das GenMod-Virus, das Sie bereits entwickelt haben, modifizieren. Die Proben, die wir erhielten, sind nicht zufriedenstellend ausgefallen.«

»Und warum ist es, daß *Sanctuary*, im Besitz der besten wissenschaftlichen Laboratorien des ganzen Sonnensystems, nicht kann selbst modifizieren dieses Virus?«

»Wir haben unsere Gründe«, sagte Will, »es nicht selbst zu tun.«

»Vielleicht ich kann erraten. *Sanctuary* wird geleitet durch gemeinschaftliche Beschlüsse, ist das nicht so? Und viele Ihrer Leute lehnen wohl ab das, was immer Sie planen. Gewiß viele andere kennen nicht Ihre Pläne. Außerdem Ihre Laboratorien auf *Sanctuary* sind eingerichtet für gentechnische Veränderungen an Embryos und für Forschungen auf diesem Gebiet. Sie sind nicht eingerichtet, das tödliche Virus zu erzeugen und in Umlauf zu bringen.«

Will sagte nichts. Strukow warf den Kopf zurück und lachte – ein mächtiges, ehrliches Lachen, das den Raum erfüllte. Karim lächelte. Jennifer Sharifi und Will Sandaleros hatten im Gefängnis gesessen, weil sie den Versuch gemacht hatten, fünf amerikanische Städte mit der Drohung zu erpressen, auf ihrem Gebiet ein tödliches GenMod-Virus freizusetzen.

»Achtundzwanzig Jahre verändern viel, ist das nicht so?« fuhr Strukow fort. »Und nicht nur in der Mikrobiologie. Doch wie dem auch sei, *plus ça change, plus c'est la même chose*. Sie wünschen zu wiederholen diesen Angriff auf den amerikanischen Staat?«

»Nein«, sagte Will. »Doch was wir mit dem Virus tun, ist allein unsere Sache. Die Ihre ist es, das Virus wie vereinbart zu liefern.«

»Ein Kinderspiel.« Sichtlich genießerisch ließ Strukow das Wort auf der Zunge zergehen. Karim lachte auf.

»Möglicherweise doch nicht«, sagte Will. »Sie kennen noch nicht die genauen Spezifikationen der von uns gewünschten Modifizierung.«

»Erlauben Sie mir, Ihnen zu zeigen die modifizierten Formen, die ich bereits geschaffen habe«, sagte Strukow. »Angélique, *commence. Le programme de démontrer.*«

»*Oui*«, sagte der Computer.

Die Holobühne schaltete sich ein. Ein dreidimensionales Modell des menschlichen Gehirns in hellem Grau, umgeben von einem schemenhaften Umriß des Schädels. Zwei mandelförmige Stellen hinter den Ohren, so groß wie der Daumennagel eines Babies, leuchteten plötzlich rot auf.

»Die rechte und die linke Amygdala«, erklärte Strukow, »mit Sitz an der inneren Unterseite der Schläfenlappen. Beide Amygdalae sind essentiell identisch. Angélique, *ça va.*«

Die linke Amygdala dehnte sich aus, füllte die ganze Bühne und trat an die Stelle des Gehirns. Sie wurde zu einem komplizierten Gewirr dicht gepackter Neuronen, von dem verästelte Nerven ausgingen.

»Der dominante Neurotransmitter in den Amygdalae ist Glutaminsäure. Dies ist eine interessante Aminosäure. Feine Veränderungen des Stoffwechsels können verwandeln Glutaminsäure in ein Exzitotoxin, welches tötet Neuronen im Hypothalamus, einem Teil des Gehirns, der benötigt wird zur Bildung von Erinnerungen. Schlechter Transport von Glutaminsäure kann töten Neuronen im Gehirn und im Rükkenmark. Überstimulation der Glutaminproduktion führt zu vielen chronischen Degenerationskrankheiten.«

Jennifer verzog keine Miene. Das waren grundlegende, allgemein bekannte Informationen; Strukow unterschätzte ihr Wissen. Ein Irrtum? Oder eine Beleidigung?

Will sagte: »Aber jede metabolische Veränderung, die ein Toxin hervorbringt, würde vom Zellreiniger in Ordnung gebracht werden. Er würde Toxine schneller zerstören, als sie entstehen können. Und Überproduktion ist das Resultat fehlerhafter DNA-Codierung, die der Zellreiniger augenblicklich korrigieren würde.«

»Richtig.« Strukow nickte. »Das ist der Grund, weshalb verschwunden sind Krankheiten wie Chorea Huntington, genannt Veitstanz, und ALS, die amyotrophische Lateralsklerose. Und auch Vergiftungen. Aber die Amygdala tut mehr. Angélique, *ça va*.«

Das Holomodell ging über in die Großaufnahme eines Dutzends geballter Zellen mit verschlungenen langen Axonen und Dendriten. Strukturen in und auf der Zellmembran leuchteten gelb und orange.

»Die gelben Bindungsstellen werden AMPA-Rezeptoren genannt, die orangefarbenen sind NMDA-Rezeptoren. AMPA-Rezeptoren werden durch die Reaktion auf Glutaminsäure aktiviert und rufen die Schreckreaktion hervor.«

Plötzlich verschwand das Zell-Hologramm. An seiner Stelle erschien eine Laserkanone, wirbelte herum und feuerte direkt auf Will, begleitet vom ohrenbetäubenden Geräusch eines Schusses. Gunnar reagierte augenblicklich; er warf einen Y-Schild über Will und Jennifer und zog seine eigene Waffe. Doch die Laserkanone war nur ein Holo.

Strukow warf den Kopf zurück und brüllte sein mächtiges Lachen in die Runde. »Genau so! Sie reagieren mit Angst: rascher Puls, erhöhter Blutdruck, Adrenalinstoß – ist es nicht so? Ihre AMPA-Rezeptoren flammen auf wie Beleuchtung von Straßen.«

»Ich liebe es nicht, zu einem Teil der Demonstration

gemacht zu werden«, erklärte Will steif. Jennifer sah nur zu.

»Aber es beweist die Sache, ist es nicht so? Doch es gibt noch mehr hier. Die AMPA-Rezeptoren, die erzeugt haben Ihre Angstreaktion, normalisieren sich schnell, wenn die Angst ist vorbei. Die Nervenreaktion ist nur temporär. Sie hatten keine Angst mehr, als Sie bemerkten, daß die Kanone nicht ist real. Und Ihre NMDA-Rezeptoren aktivierten sich nicht. Diese Rezeptoren sind anders, was sie aktiviert, ist die Angstreaktion auf hohen und prolongierten Stress. Und dann die NMDA-Rezeptoren verbinden die Erfahrungen miteinander. Die Nervenbahnen, geschaffen auf diese Weise, sind permanent.«

»Was meinen Sie mit ›verbinden Erfahrungen miteinander‹?«

»Sehen Sie zu. Angélique, *ça va.*«

Die Laserkanone wurde durch einen großen, transparenten Käfig aus Y-Energie ersetzt, der durch dünne schwarze Plastikstreben umrissen war und in dem sich zwei weiße Mäuse befanden. Eine Seite des Schildes fiel zusammen, und eine Katze mit einem hellroten Halsband schoß in den Käfig. Die Katze stürzte sich auf eine der beiden Mäuse, die ein verängstigtes Quieken von sich gab. Die Katze biß zu, und Blut spritzte hoch, während die Maus fortfuhr, in so hohen Tönen zu quieken, daß Jennifers Ohren schmerzten. Dann hob die Katze eine Pfote und riß gleichgültig, beinahe lässig, mit den ausgestreckten Krallen den Rücken der zweiten Maus auf, die in einem transparenten Winkel kauerte.

»Und jetzt«, sagte Strukow, »eine Woche später.«

Derselbe Käfig, dieselbe Maus. Ihr Rücken zeigte frisch verheilte Wunden. Dieselbe Katze mit demselben roten Halsband kam in den Käfig. Die Maus zeigte sofort große Angst, duckte sich und bleckte die Zähne.

Offenbar teilte ein unsichtbarer Y-Schild den Käfig in zwei Teile; die Katze konnte nicht weiter als bis zur Hälfte der Distanz an die Maus herankommen, die weiterhin große Angst erkennen ließ.

»Drei Monate später«, sagte Strukow.

Dieselbe Maus, die Narben sichtbar, aber verheilt. Eine Hand streckte sich von oben in den Käfig, ein hellrotes Halsband in den Fingern. Augenblicklich zeigte die Maus heftige Angstreaktionen.

»Nun, dies ist nur der Pawlowsche Reflex, ja? Die Maus assoziiert das Halsband mit Gefahr. Das gleiche wie bei dem Soldaten, der Jahre nach dem Krieg hört ein lautes Geräusch und sich wirft flach auf den Boden. Das laute Geräusch und die tödliche Gefahr sind verbunden in seinem Gehirn, und die Amygdala ist jene Stelle, wo das passiert. Doch nun es wird interessant. Die Amygdalae der Maus wurden beide entfernt.«

Dieselbe Maus. Die Katze kam in den Käfig. Die Maus sah auf, erblickte die Katze und fuhr fort, ziellos auf dem Käfigboden herumzuschnüffeln. Dabei näherte sie sich der Katze, die sich umgehend auf ihr Opfer stürzte und es tötete.

»Keine Amygdala, keine Angst«, bemerkte Will.

»Keine Erinnerung an die Angst«, erklärte Strukow. »Instinktive Angst kann immer noch ausgelöst werden, wenn man zum Beispiel die Maus wirft von großer Höhe herab und verfolgt ihre Reaktionen, man kann erkennen, daß die Furcht vor dem Fall ist instinktiv. Die Angst hingegen, an die man sich erinnert, hängt ab von den NMDA-Rezeptoren in den Amygdalae. Sie bilden permanente Nervenbahnen, genau wie manche Drogen, und das wiederum verändert permanent die Reaktion. Der Organismus kann nicht anders als zu fühlen Angst beim entsprechenden Stimulus. Angélique, *ça va*.«

Die zusammengeballten Amygdala-Neuronen erschienen wieder. Jetzt verbanden leuchtende Linien verschiedene gelbe und orangefarbene Punkte, an denen die Rezeptoren saßen.

»Hiezu kommt«, fuhr Strukow fort, »daß ich kann ablaufen lassen diesen Prozeß in die andere Richtung. Mit der korrekten Virusmodifikation als Auslöser, welche injiziert wird in das Blut oder die zerebrospinale Flüssigkeit, können die natürlichen erregungsübertragenden Substanzen wie – unter anderem – Glutaminsäure verwandelt werden zu Exzitotoxinen. So man schafft Angstbahnen auch ohne vorhergehende Erfahrung. Natürlich sie sind nicht erinnerungsspezifisch, da keine Erinnerung hat existiert. Es gibt keine Anregung vom Hippokampus. Doch die Angstbahnen sind permanent, weil sie nicht abhängen von den Molekülen, welche bleiben im Gehirn. Der Zellreiniger kann zwei Minuten nach der Injektion ankommen, aber *voilà*! die NMDA-Bahnen sind bereits geschmiedet.

Außerdem der Stoffwechselvorgang, welcher verändert die Nervenstruktur, ist wunderbar komplex, und so die möglichen Variationen sind wunderbar zahlreich. Ich bin in der Lage, zu erzeugen die permanenten Reaktionen auf spezifische Ängste, wenn die grundlegende instinktive Reaktion ist genetisch festgelegt. Angélique, *ça va*.«

Eine neuerliche Realzeit-Aufnahme; Jennifer erkannte es an der Qualität des Holos. Ein Araberjunge im Teenageralter, keine GenMods der äußeren Erscheinung: pickelig, schlaksig, unruhig mit den Füßen scharrend. Er saß in einem kleinen, nichtssagenden Zimmer und spielte auf dem Holoterminal. Strukow betrat das Zimmer und drückte auf einen Knopf neben der Tür. Eine ganze Wand löste sich auf und verband den Raum mit einem Garten, durch den ein einladender Bach floß, an dem hohe Dattelpalmen standen. Der

Junge wurde aschfahl im Gesicht. Er schnappte nach Luft, und seine Brust hob und senkte sich heftig. In panischer Angst wirbelte er herum, um den Anblick des Gartens nicht mehr ertragen zu müssen, und preßte zitternd und stöhnend das Gesicht an die Wand gegenüber. »Nein, nein, nein, nein …«

»Die Platzangst«, sagte Strukow.

»Permanent?« fragte Will.

»Wahrscheinlich. Wenn er nicht sich unterzieht starker persönlicher Verhaltensmodifikation oder der korrekten Medikation. Welche selbstverständlich der Zellreiniger wird zerstören, wenn sie nicht wird konstant nachgeliefert. Man würde entweder brauchen ein anderes GenMod-Virus oder viele, viele Arzneimittel in Form von Hautpflastern jede Woche.«

»Und wie schwierig wäre eine solche Medikation herzustellen?«

Strukow hob die Schultern. »Für wen? Für einen normalen Arzt? Unmöglich. Für ein gutes pharmakologisches Forschungslabor? Schwierig, aber nicht unmöglich. Für Ihre Enkelin Miranda Sharifi und ihre SuperSchlaflosen? Wer kann das sagen? Angélique, *ça va*.«

Das Display zeigte ein junges Mädchen, elf oder zwölf Jahre alt, keine Araberin, ungekämmt und mager, und eine Frau zwischen sechzig und siebzig, die auf einem Stuhl saß und las. Ruhelos streifte das Mädchen durch das Zimmer, betastete die Wände, die Fenster, das Terminal und die herumliegenden Spielsachen, ohne jedoch an irgendeinem Gegenstand länger zu verweilen oder ihn zu benutzen. Alle paar Sekunden ging sie zu der Frau und berührte sie, wie um sich zu überzeugen, daß die Frau immer noch da war. Das Gesicht des Mädchens, ohne GenMods, aber hübsch, verzog sich dazu ängstlich.

»Die Furcht vor dem Verlassenwerden«, stellte Strukow zufrieden fest. »Sie kann es nicht ertragen, allein zu sein. Sehen Sie!«

Die ältere Frau erhob sich vom Stuhl, legte das Buch hin und sagte: »*Natalie, je vais aux cabinets.*«

»*Non! Non, Émilie! S'il vous plaît!*«

»*Une minute seulement, chérie!*«

»*Non! Ne sortez pas!*«

Verzweifelt hielt das Mädchen Émilie fest, und die Frau löste sich sanft aus ihrer Umarmung. Doch Natalie warf sich zu Boden, schlang die Arme um Émilies Beine und begann zu weinen. Émilie befreite sich, betrat rasch die Toilette, schloß die Tür und verriegelte sie. Natalie brach in lautes Schluchzen aus und rollte sich zu einer Fetalposition ein. Jennifer blickte in das Gesicht des Mädchens; es war eine Maske aus Angst und Entsetzen.

Nach einer Minute kam Émilie wieder aus der Toilette; Natalie krabbelte zu ihr und schlang erneut die Arme um die Knie der Frau.

Strukow sagte: »Die Angst vor dem Alleinsein.«

»Muß sie mit dieser konkreten Person zusammensein?« erkundigte sich Will.

»Aber nein«, erklärte Strukow lächelnd. »Sie benimmt sich so bei jedem, der im Zimmer ist. Sie nur fühlt sich wohl und frei von Ängsten, wenn viele Leute im Raum sind und alle so wirken, als würden sie bleiben für viele Stunden. Dann und nur dann die Furcht vor dem Alleingelassenwerden läßt nach. Angélique, *ça va* – aber dies hier Sie haben bereits gesehen, ist es nicht so? Sie haben sich schon entschieden dagegen.«

Eine amerikanische Nutzerstadt im Frühherbst: überall Bäume in leuchtendem Flammendrot. Drei zerlumpte Gestalten standen dicht beieinander auf einer Straße mit Nano-Belag. Aus ihren verzerrten Gesichtszügen und den fuchtelnden Handbewegungen zu schließen, hatten die drei gerade einen wilden Streit. Ein Mann stieß den anderen vor die Brust, worauf die Frau sich umdrehte und davonging; über die Schulter hinweg schrie sie den beiden Schimpfworte zu, während sie ihre Schritte zu einem nahen Wald lenkte. Es folgte eine Großaufnahme ihres erschrockenen Gesichts, als zwei Männer in Holoanzügen sie packten und in einen kleinen Luftwagen verfrachteten.

»Sie nennen es ›die Bindung‹«, erklärte Strukow spöttisch. »Aber das Sie wissen besser als ich, ist es nicht so? Sie selbst haben gemacht das Holo, das diese Bauern betrachteten. Nachdem sie es hatten gesehen, benutzten sie die roten Injektionsspritzen und waren fortan aneinandergefesselt. Nun ja. Doch hier ist die Frau drei Stunden, nachdem man sie hat fortgebracht.«

Die entführte Frau saß allein in einem komfortablen Zimmer. Nach einer Weile schnappte sie plötzlich nach Luft, griff sich an die Brust und glitt vom Stuhl. Ihr Blick war todesstarr. Das Holo überlagerte das Bild mit einer RoboKamera-Aufnahme der beiden Männer, mit denen sie verbunden gewesen war; auch sie waren tot.

»Ein elektrischer Vorgang im Herzen«, erklärte Strukow und nickte. »Ein sehr sauberer Mechanismus, sehr elegant. Sie gefällt mir, diese Technik, um Ihre Bauern zu kontrollieren. Mach sie abhängig voneinander, und ihre Aktivitäten können sich beschränken nur auf einen sehr eng begrenzten Raum, ja? Ein gutes Modell. Aber dennoch Sie wählen nicht dieses Modell. Sie sagen mir, lassen Sie den Versuch und geben Sie mir etwas anderes!«

Will gab keine direkte Antwort. »Diese Vielfalt von Ängsten, die Sie auf Dauer hervorrufen können – müssen sie, von der Biochemie her, alle gezwungenermaßen so ausgeprägt sein wie bei diesen beiden Beispielen?«

»Aber nein! Diese NMDA-Rezeptoren wurden sehr

nachdrücklich aktiviert. Sie haben geschaffen die Nervenbahnen von großer Stärke. Es ist möglich, schwächere Effekte zu schaffen.«

»Ist es *Ihnen* möglich, sie zu schaffen?« erkundigte sich Will.

»Aber selbstverständlich. Angélique, *ça va*.«

Die Holobühne schaltete auf Bildschirm-Modus um. Bildschirm auf Bildschirm mit Kurven, Gleichungen, Molekulardiagrammen, chemischem Formeln, Tabellen mit Variablen und schematischen Darstellungen der Ionenreaktionen flogen vorbei – auf ihre Art so bösartig komplex, wie die vorangegangenen Demonstrationen simplifizierend gewesen waren.

»In erster Linie«, fuhr Strukow fort, »man beschäftigte sich bei der Erforschung menschlicher Ängste bisher mit den Synapsen, den Neurotransmittern und den verschiedenen Typen von Rezeptoren. Ich hingegen beschäftige mich mehr mit den Belastungsvorgängen im Innern der Nervenzellen, wo die Neuropeptide werden gebildet. Hier ist es, wo die chemischen Reaktionen ihren Anfang nehmen und zum Abschluß kommen. Jede Pyramidenzelle erhält bis zu hunderttausend Kontaktierungen von jenen Neuronen, mit denen sie in Verbindung steht. Daher man beginnt mit den Modellen der Reizleitung.

Und mit noch etwas anderem. Da gibt es die Peptide, die sich nur bilden unter den pathologischen Bedingungen. Es ist möglich, in Gang zu setzen eine Kettenreaktion der komplexen Aminosäuren, beginnend im Innern einer Zelle. Manche Aminosäuren in der Kette sind krankhafter Natur; andere sind normal; wieder andere sind die endogenen exzitatorischen Aminosäuren, transformiert in Exzitotoxine. Diese Kette, sie hat ihren Anfang in den veränderten Nervenbahnen der Amygdalae.

Von dort sie erstreckt sich über das Zentralnervensystem zum Innern der Zellen an vielen anderen Orten – im Gehirn, in den Muskeln, in den Drüsen und in den inneren Organen. Die Kette beeinflußt viele Bioamine, einschließlich des Azetylcholins – blicken Sie auf diese Graphik bitte –, des Norepinephrins, des CRF, des Glutamins, des kritischen Gamma-C – viele, viele Aminosäuren.

Dazu kommt, daß diese Kettenreaktion nie endet, sobald sie wurde in Gang gesetzt vom Auslösevirus. Und da die Kette besteht ausschließlich aus Substanzen, welche das Gehirn selbst produziert, werden diese nicht attackiert von dem dummen Zellreiniger. Er wird zerstören das Virus, aber zu diesem Zeitpunkt es ist zu spät. Die Kettenreaktion hat bereits begonnen. Und der dumme Zellreiniger findet, daß sie hingehört, wo sie ist. Der dumme Zellreiniger findet, daß die Kette *körpereigen* ist.« Strukow lachte auf. »So einfach.«

»Und alle menschlichen Gehirne reagieren auf die gleiche Weise auf das Auslösevirus?« fragte Will.

Strukow hob die Schultern. »Natürlich nicht. Die Reaktion auf etwas, das die Aminosäuren beeinflußt, ist bei jedem Menschen anders. Der eine wird krank davon. Der andere reagiert zu heftig. Einige wenige reagieren überhaupt nicht. Aber bei den meisten zeigt sich, worum Sie mich ersucht haben: Hemmungen, Furcht vor allem Neuen, Angst vor jeder Veränderung des Vertrauten. Wie bei den kleinen Kindern mit der Furcht vor Fremden. Einfach gesagt, bringt meine Kettenreaktion zum Tragen eine primitivere Funktion des Gehirns, die der Mensch mit steigendem Alter unterdrückt, um komplexeren Funktionen den Vortritt zu lassen. Ich drehe diesen Vorgang um.« Strukow blickte Jennifer direkt an und lächelte. »Und wenn er beendet sein wird, habe ich damit Ihre Zielpopulation zu verängstigten Kindern gemacht.«

Jennifer starrte zurück. Sie mußte sich beherrschen, um nicht ihren Abscheu vor diesem bärtigen Riesen zu zeigen, der völlig gefangengenommen war von seiner eigenen Genialität und der in aller Gemütsruhe demonstrierte, wie er diese Genialität gegen seine eigenen Leute einzusetzen gedachte. Er bewies, was Jennifer immer schon gewußt hatte: daß Schläfer keine Loyalität, keine moralischen Hemmungen gegenüber ihresgleichen kannten. Es gibt nichts, was sie einander nicht antäten, dachte sie, wenn es nur um entsprechend viel Geld ging. Und sie waren auch nicht fähig zu unterscheiden zwischen der Haftstrafe, die Jennifer verbüßt hatte – einer Strafe, entsprungen der Angst der Schläfer vor ihrer Person und ihrem Gefühl für die moralische Verpflichtung, die Ihren zu schützen –, und den vielen Jahren im Gefängnis, die dieses brillante Ungeziefer hier abzusitzen hätte, falls den Schläferbehörden je seine Spielereien mit dem menschlichen Gehirn zu Ohren kämen. Strukow war eine Krankheit. Wenn nötig, würde Jennifer eine solche Krankheit einsetzen, um ihre eigenen Leute zu schützen, aber sie würde dieser Krankheit nicht die Höflichkeitsgeste des Einhaltens von Traditionen erweisen.

Also erhob sie sich, wobei ihr Blick den Strukows festhielt. »Und das genmodifizierte Auslösevirus kann in Injektionsform verabreicht werden, ohne Spuren zu hinterlassen?«

»Das sagte ich schon«, erwiderte Strukow und nickte amüsiert, während die drei Araber ärgerlich aufsprangen. »Das Überträgervirus enthält sechzehn verschiedene Proteine, von denen fünf nie zuvor existiert haben. Der Zellreiniger wird sie alle vernichten, lange bevor wissenschaftliche Untersuchungen ihre Isolierung und Kultivation ermöglichen.«

Karim sagte zu Will: »Wir hatten eine Vereinbarung, wer bei dieser Zusammenkunft sprechen wird!«

»Aber die Verabreichung in Injektionsform kommt für uns nicht in Frage«, sagte Jennifer zu Strukow.

Lächelnd antwortete er: »Ihre Enkelin hat den menschlichen Körper verändert, und Sie wollen den menschlichen Geist verändern, nicht wahr?«

»Was wir wollen, geht Sie nichts an«, sagte Jennifer im selben Moment, als Bashir Will anschrie: »Weisen Sie Ihre Frau in die Schranken!«

Strukow sagte: »Sprechen Sie von sich immer in der ersten Person Plural, Madame Sharifi? Welche Verabreichungsform des Virus wünschen Sie? Und zu welchem Zeitpunkt?«

»Zwei unterschiedliche Formen der Verabreichung. Eine davon so rasch wie möglich entwickelt und getestet, die andere einen Monat später.«

»Und die beiden Formen der Verabreichung sind...?«

Sie sagte es ihm.

6

Jackson erwachte mit der absoluten Gewißheit, daß sich im Dunkel seines Schlafzimmers etwas regte.

Ein Traum? Nein. Der Eindringling war real. Und kein Rob. Eine verschwommene menschliche Silhouette drüben vor der halb verdunkelten Fensterscheibe. Theresa?

Er blieb reglos liegen, simulierte die tiefen Atemzüge des Schlafes und überlegte seine Alternativen. Er konnte das Sicherheitssystem des Gebäudes aktivieren, aber selbst die Neuropharmaka-Option würde erst wirken, nachdem der Eindringling Jackson beim Klang seiner Stimme niedergeschossen hatte. Er konnte sich zu Boden gleiten lassen, so daß er das Bett zwischen sich und dem Fenster hatte, und versuchen, an seinen Personenschild in der untersten Schublade der Kommode heranzukommen. War der Sicherheitsschild überhaupt in der untersten Lade? Er stellte sich vor, wie er nackt in seinen Socken und der Unterwäsche wühlte, während der Eindringling höflich wartete. Ja, klar. Er konnte aber auch vom Bett springen und versuchen, den Gegner anzugreifen, wobei ihm das Überraschungsmoment zu Hilfe kommen sollte.

In den Sekunden, die er brauchte, um zu einer Entscheidung zu kommen, sagte der Eindringling: »Licht an!«, und der Raum wurde hell. »Hallo, Jackson, Liebling!« sagte Cazie lächelnd.

Sie war nackt und mit Schlamm bedeckt. Der Schlamm trocknete auf ihrem Schamhaar, schmierte sich über ihre vollen Brüste und fiel in nassen Klumpen auf seinen weißen Teppich. Augenblicklich spürte Jackson, wie sein Penis hart wurde. Und wenn er nach dem Sicherheitssystem gerufen hätte wie ein verdammter Idiot …?

»Zum Teufel, Cazie, was denkst du dir eigentlich so?«

»Es wird dir gefallen, was ich mir so denke, Jack. Wir gehen zu einer Party. Ich bin nur weg von dort, um dich zu holen.«

Sie kam näher ans Bett heran, und er blickte in ihre grüngesprenkelten Augen. Sie hatte irgend etwas genommen, und zwar etwas, das um einiges stärker war als Endorkiss. Sie bemerkte seine gerunzelte Stirn und hielt ihm den Inhalator hin. »Einen Zug?«

»Nein!«

»Dann wollen wir los.« Sie riß die Decke von Jacksons Bett, und Schlamm von ihren Händen schmierte sich in das nichtkonsumierbare Gewebe. »Schau mal an, alles klar zum Gefecht! Du konntest ihn immer schon flott hochbringen, Jack. Gefällt mir. Komm, gehen wir. Sie warten auf uns.«

Er riß ihr die Decke aus den Händen und fühlte sich nun wirklich wie ein verdammter Idiot. »Ich gehe nirgendwohin.«

»O doch, du gehst!« schnurrte sie. Sie ließ das heißumkämpfte Objekt Decke los, warf sich auf ihn und küßte ihn wild.

Er war machtlos dagegen. Seine Arme legten sich ganz von allein um sie, und seine Zunge schoß in ihren geöffneten Mund. Sein Schwanz fühlte sich an, als würde er jeden Moment platzen. Cazie lachte, den Mund immer noch auf dem seinen, und stieß ihn weg. Sie war kräftiger als in seiner Erinnerung.

Lachend rollte sie sich vom Bett und steuerte auf die Tür zu. »Nicht hier, Jack! Komm jetzt, sonst versäumen wir die Party.«

»Cazie! Warte!« Er hörte, wie sie leichtfüßig durch das Apartment lief und der Eingangstür befahl, sich zu öffnen. Er packte seine Hosen und zog sie an. Barfuß und mit nacktem Oberkörper rannte er ihr nach und hoffte, Theresa würde nicht aufwachen. Cazie war verschwunden. Jackson riß die Eingangstür auf.

»Einen schönen Abend, Doktor Aranow«, sagte die Tür. »Soll ich Ihren Weckruf löschen?«

»Ja!« rief Jackson. »Nein! Cazie!«

Sie war bereits im Lift, und er schloß sich gerade. Als Jackson ohnmächtig zusah, ging die Tür plötzlich wieder auf, und Cazie stand da, nackt, lächelnd und voller Schlamm, und ließ soeben den Inhalator sinken. »Komm rein ins Wasser, Jack, es ist herrlich warm!«

»Soll ich warten, Doktor Aranow?« fragte der Lift. »Oder bleiben Sie auf dieser Etage?«

Jackson stolperte in den Lift.

Cazie lachte. »Sechste Etage, bitte.«

»Cazie, du bist nackt!«

»Und du nicht. Aber das können wir ändern. Was für ein Glück, daß die Party direkt hier im Gebäude stattfindet, nicht wahr?« Sie streckte eine Hand aus, hakte sie in seinen Hosenbund und zog ihn zu sich. Sie öffnete die eine Spange, die er in der Schnelligkeit hatte schließen können, als der Lift stehenblieb und die Tür aufging.

»Sechste Etage, Miss Sanders«, sagte der Lift. »Einen schönen Abend.«

»Cazie ...!«

»Los, Jack! Wir sind schon spät dran!« Schlammspuren hinterlassend rannte sie den Korridor entlang.

Jackson folgte ihr fluchend. Er sollte auf der Stelle nach Hause gehen!

Ihre schlammverschmierten Hinterbacken leuchteten bei jedem Schritt auf – *links rechts links rechts ...* Ihr Arsch war fest, jedoch nicht so fest, daß er nicht beim Laufen wippte. Jackson folgte ihr.

Die Party fand bei Terry Amory statt. Jackson kannte Terry, aber nicht gut. Die Tür stand offen. Cazie führte ihn durch ein pseudoasiatisches minimalistisches Dekor zum Speisezimmer. »Er ist da! Jetzt können die Spiele beginnen!«

»Höchste Zeit«, lallte Terry. »Wollten gerade ohne euch anfangen. Hallo, Jackson. Willkommen auf der Psychobank.«

Sechs Personen, drei Männer und drei Frauen, räkelten sich auf einem Nährplatz so groß wie Jacksons Schlafzimmer. Man hatte Wasser in die maßgeschneiderte Mischung organischen Lehms gesprudelt, und der sich daraus ergebende Schlamm war dick, nahrhaft und leicht parfümiert. Das Wandprogramm zeigte Erdtöne – Grau, Hellbraun, Ocker – mit Höhlenmalereien, die sich formten und wieder auflösten. Stalaktiten – vermutlich Holos – hingen von der Decke. Zwei der Frauen lagen lässig hingestreckt über einem der Männer, bei dem es sich, wie Jackson erst jetzt bemerkte, um Landau Carsen handelte; er war nackt, trug keine Bienen. Landau und Terry waren die einzigen Personen, die Jackson kannte.

Die Frau, die nicht auf Landau lag, eine große schlanke Rothaarige mit hellblauen Augen, sagte zu Jackson: »Also zieh schon die Hosen aus, Schätzchen. Sie sehen nicht sehr eßbar aus.«

Jackson dachte daran zu gehen, aber Cazie nahm wiederum einen tiefen Zug von dem Zeug, von dem sie sich das Gehirn vernebeln ließ. Diese Ignorantin! Wußte sie überhaupt, was sich in dem Inhalator befand? Und wußte sie nicht, daß es Straßendrogen gab, die zu dauernden Gehirnschäden führten, weil sie Nervenbahnen veränderten, bevor der Zellreiniger eine Chance hatte, die Drogen zu zerstören?

»Gib mir den Inhalator, Cazie.«

Zu seiner Überraschung hielt sie ihn Jackson folgsam hin. Doch als er danach griff, stieß sie Jackson in den Nährschlamm.

Lodernde Wut durchfuhr ihn. Sollte sie sich doch

das Hirn zu Rührei manschen lassen, wenn sie wollte! Sollte sie doch jeden einzelnen dieser Kotzbrocken beiderlei Geschlechts vögeln! Sie war krank, von geringerer geistiger Gesundheit als Theresa und mit weitaus weniger Verstand gesegnet. Sollte sie doch zur Hölle gehen… Er hatte sich gerade aus dem Schlamm gestemmt, als er die Messer sah.

Zwölf Messer, ordentlich in einer Reihe mit den Klingen nach unten in einem Messerblock. Die Griffe waren alle unterschiedlich geformt, verziert mit primitiv geschnitzten Tieren, die die Höhlenmalereien des Wandprogrammes nachahmten. Wurfmesser, nicht gut ausbalanciert. Absichtlich.

»Ich hab die Farbe«, sagte die Rothaarige. Sie schnüffelte an einem Inhalator. »Wer ist der erste?«

»Die Neulinge zuerst«, sagte Cazie. »Erst ich und dann Jackson.«

»Immer gern zu Diensten, sagte der Cromagnonmensch zum Neandertaler«, säuselte Terry, tauchte die Hand in den Topf und schmierte Farbe, die aussah wie getrocknetes Blut, auf Cazies Brustwarzen. »Ummmmmm, hübsch!« Und dann ausgiebig auf den krausen Hügel zwischen Cazies Schenkeln. Cazie lächelte.

Die Rothaarige reichte ihr einen Gürtel mit einem kleinen dunklen Knopf an der Vorderseite. Lachend und ungeschickt schlang ihn Cazie um ihre Mitte und drückte den Knopf. Jackson sah den schwachen Schimmer eines Y-Schildes rund um sie aufleuchten.

Cazie watete durch den Schlamm zur anderen Seite des Raums, preßte sich unter einem Stalaktiten flach an die Wand und streckte die Arme seitlich aus, nachdem sie noch einen Zug aus ihrem Inhalator genommen hatte.

Terry sagte: »Das Privileg des Gastgebers, meine

Damen und Herren!« und wandte sich dem Messerblock zu.

Jackson überlegte rasch. Wenn es sich um einen Standardschild handelte – und er sah ganz danach aus –, dann würde das Messer ihn nicht durchdringen. Terry mochte zwar auf die gefärbten Stellen auf Cazies bloßem Körper zielen – aber die Blöße war nicht real. Es war nur So-tun-als-ob, ein falscher Nervenkitzel, die Simulation von Gefahr.

»Lust oder Pein?« sinnierte Terry theatralisch. Seine Hand zögerte über den einzelnen Messern. »Pein oder Lust? Und das für einen so schönen Körper … so voll und reif … Lust oder Pein?« Er wählte ein Messer.

Als es Terry aus dem Gestell zog, sah Jackson, daß auch die Klinge in einen schimmernden Y-Schild gehüllt war. Mit einemmal prickelte Kälte über sein Rückgrat.

Die Rothaarige ließ sich bäuchlings in den Schlamm sinken, schaukelte ein wenig hin und her und drehte sich auf den Rücken. Dann stützte sie sich auf den Ellbogen, um eine bessere Sicht auf Cazie zu haben. Ihre spitzen Brüste hoben und senkten sich mit den Atemzügen.

Terry warf das Messer, und Cazie schrie auf.

Jackson kämpfte sich auf allen vieren durch den Schlamm zu ihr hinüber, aber Cazie war nicht verletzt. Das Messer steckte in der Wand, und Cazie lachte hinunter auf Jackson. »Reingefallen, Liebling!«

Bevor er noch reagieren konnte, warf Terry ein zweites Messer. Jackson sah es durch die Luft fliegen – es war tatsächlich nicht ausbalanciert, diese Messer waren absichtlich so gefertigt, daß ein Zielen äußerst schwierig wurde – und Cazies Brust treffen, links von der rotgefärbten Warze. Die Klinge prallte von ihrem Schild ab und fiel in den Schlamm.

»Keine Punkte!« rief die Rothaarige. »Schlecht, schlecht, schlecht, Terry, Liebling.«

»Einen Wurf noch«, sagte der Mann, den Jackson nicht kannte. »Cazies Freund, gehen Sie bitte aus dem Weg. Wir können nichts sehen, und ein paar von uns sind zu sehr ineinander verheddert, um sich zu bewegen.«

»Vielleicht bewege ich mich nie mehr«, sagte eine der beiden Frauen, die sich um Landau Carson schlangen. »Ooh, mach das noch mal, Landau!«

Ein drittes Messer flog durch die Luft, verfehlte Cazie und bohrte sich in die Wand.

»Das war der dritte Streich, Terry«, sagte Landau. »Du bist draußen. Ich bin der nächste.«

»Als Werfer?«

»Vergiß es. Als Zielobjekt natürlich!« Landau nahm Cazies Platz an der Wand ein.

Cazie ließ sich bäuchlings in den Schlamm fallen und benutzte den Inhalator. Jackson sah zu, wie die grünäugige Rothaarige mit dramatischer Bedachtsamkeit ein Messer auswählte und damit auf Landaus Genitalien zielte. Es traf, prallte ab und fiel in den Schlamm.

»Uuummmmmmmm«, machte Landau. »Schön!«

Cazie sagte: »Wir wissen alle, daß du es durch den Schild nicht spüren kannst, Landau! Irina, drei Punkte.« Sie hob erneut den Inhalator. Ihre Augen glänzten.

Irina warf ein zweites Messer, das sein Ziel verfehlte.

»He, nicht nachlassen!« rief Landau. »Triff mich, Geliebte!«

Und das tat sie. Die dritte Klinge traf direkt über Landaus erigiertem Penis auf. Alle lachten und applaudierten.

»Sechs Punkte!« rief Terry. »Irina, was wählst du?«

Irina warf Landau einen Blick zu und lächelte. Er sah sie erwartungsvoll an. Jackson spürte eine subtile Spannung im Raum, eine andere Art von Erwartung, härter und heißer.

»Ich entscheide mich für das Messer«, sagte Irina.

Landau wirkte enttäuscht. Aber in dieser Enttäuschung verbarg sich noch etwas, etwas Widersinniges. Erleichterung? Jackson betrachtete die Messer in dem Block, eingehüllt in ihre schimmernden Schilde. Wozu Schilde?

»Warte!« sagte Cazie. »Warte mit deiner Wahl, Irina. Terry, hilf mir, du Schnecke!«

Cazie und Terry sammelten die sechs Messer von der Wand und aus dem Schlamm ein, und als sie durch den dicken Matsch wateten, schmierte Terry besitzergreifend einen dicken Klumpen über Cazies Rükken. Plötzlich wußte Jackson, daß die beiden es schon zuvor miteinander getrieben hatten. Als Teil des allgemeinen Schlammsuhlens und als Vorspiel zum Messerwerfen. In Jacksons Brust zog sich alles zusammen und brannte wie Feuer.

»Okay, das sind alle«, sagte Terry. »Irina, triff deine Wahl.«

Zwölf Messer, teils sauber, teils schlammig, steckten phallusartig in ihrem Gestell, und Irina kniete mit geschürzten Lippen davor und kostete den Moment der Wahl aus. Die anderen sahen zu. Schlamm überzog ihre perfekten GenMod-Körper, ihre Gesichter glühten, und die Augen glänzten. Landau rieb sich mit dem Finger über das Schlüsselbein. Eine der Frauen biß sich auf die Unterlippe.

»Dieses«, sagte Irina.

Sie zog ein sauberes Messer, in dessen Griff ein Mammutschädel geschnitzt war, aus seiner Halterung, und ihr Daumen machte eine schnelle Bewegung über den Griff. Das Schimmern des Y-Schildes verschwand.

»Lust oder Pein, Pein oder Lust«, flötete Landau halblaut. »Lust oder Pein …«

Irina sah lächelnd von einem zum anderen. Dann zog sie die Klinge über das weiche, schlammverkrustete Fleisch ihres Oberarmes. Blut quoll hervor. Eine der Frauen zuckte zusammen. Landau bleckte die Zähne.

Einen Augenblick lang regte sich keiner der Anwesenden. Dann fiel Irina mit dem Gesicht nach unten in den Schlamm und wand sich. Cazie packte sie und richtete sie in sitzende Stellung auf.

»Lust!« krähte Landau.

Irinas Gesicht verwandelte sich. Sie kippte den Kopf zurück, bog den Rücken durch, und ihr ganzer Körper bebte. Dann fiel sie zitternd gegen Cazie, und ihre Augen schlossen sich.

»Eine starke Dosis«, bemerkte Terry. »Die Glückliche.«

Cazie lachte. Jackson konnte nicht hinsehen; er wandte sich ab, knöcheltief im Schlamm.

Es mußte sich um einen selektiven Nervenstimulator handeln, der direkt auf das Lustzentrum abzielte. Süchtig machend, degenerativ, illegal. Immer noch floß Blut aus Irinas Arm, aber der Zellreiniger würde sich der Sache annehmen: den Schnitt schneller reparieren, als es der Körper ohne ihn vermocht hätte, alle infektiösen Bakterien zerstören, den Schlamm in der Wunde absorbieren. Kein Risiko.

»Und was ist auf den ›Pein‹-Klingen?« fragte Jackson.

»Genau das: Pein«, sagte Terry. »Der Stimulator wirkt direkt im Gehirn.«

»*Äußerst* unangenehm«, erklärte Landau. »Und man meint, es dauert ewig.«

»Ihr seid ja krank«, sagte Jackson. »Alle miteinander.«

»O je«, seufzte Landau. »Moralin.«

»Jackson, das ist eine *Party*!« rief Cazie. »Sei doch nicht so griesgrämig!«

Er warf ihr einen harten Blick zu. Sie lächelte zurück, während sie Irina in den Armen hielt.

Diese Leute waren biologisch untererregt. Mangel an Erregung – Langeweile – führte zu einer ununterbrochenen Suche nach neuen Nervenkitzeln. Jackson konnte die Neurochemie zitieren: zu niedriger Monoaminoxidase-, Serotonin- und Kortisol-Spiegel, langsamer Puls, schwache Leitfähigkeit der Haut, eine hohe Schwelle für Nervenreaktionen. Zuviel Dopamin, Unausgewogenheit bei Norepinephrin und Alintylomase. Und dazu kamen natürlich jene Unausgewogenheiten, die sie mit ihren Inhalatoren verursachten.

Sein Verständnis für die Biochemie änderte nichts an Jacksons Ekel. »Komm, Cazie. Wir gehen. Wir beide. Sofort.«

Sie lächelte ihn unentwegt an, nackt und schlammbedeckt, die komatöse Irina im Arm. Klarerweise würde sie nicht mit ihm gehen; sie hatte immer noch alles abgelehnt, was er verlangte. Plötzlich schlug seine Stimmung um und wurde zu unendlicher Erleichterung. Sie würde sich weigern mitzukommen. Doch dann, nachdem er sie so gesehen hatte, zusammen mit diesen gelangweilten Kreaturen ... danach würde er befreit sein von ihr. Endlich! Es würde vorbei sein. Er würde frei sein!

»Also gut, Jackson«, sagte Cazie. »Ich komme.« Sie legte Irina sanft zurück und stand auf, wobei sie sich einen dicken Schlammbatzen vom Handgelenk schüttelte.

»He, Caz, du kannst doch jetzt nicht gehen!« rief Terry. »Die Party fängt doch erst an!«

»Und ich bin dran«, sagte eine der Frauen. »Wer möchte werfen?«

»Das Vorrecht des Verlierers«, sagte Landau. »Weil Irina nicht mich für das Messer ausgewählt hat.«

»Cazie! Bleib da!«

»Gute Nacht«, sagte Cazie. »Sagt Irina, ich rufe sie morgen an.« Sie griff nach Jacksons Hand, aber er ließ die ihre fallen: kalt, wütend, ein Gefangener seiner Liebe.

Sie folgte ihm brav über den Korridor zum Lift – sie begegneten niemandem, schließlich war es drei Uhr morgens –, zum Apartment, in die Dusche. Jackson bemerkte, daß sie ihren Inhalator zurückgelassen hatte.

»Tut mir leid, Jack«, sagte Cazie nach der gemeinsamen Dusche. »Es war gedankenlos von mir. Hätte mir klar sein müssen, daß dir eine solche Party widerstrebt. Es ist nur ... du hast mir gefehlt.«

Er starrte sie an, bemühte sich, seinen Ekel nicht zu vergessen, und wußte, daß es ihm mißlang. »Ich habe dir nicht gefehlt. Du wolltest ganz einfach noch mehr Nervenkitzel. Die einzigen Erfahrungen, an denen dir je lag, waren nervenaufpeitschende Erlebnisse!«

»Ich weiß.«

»Das ist aber nicht normal, Cazie! Normale Menschen brauchen nicht unentwegt lebensgefährliche Stimuli, um glücklich und zufrieden zu sein!«

»Dann gibt es aber eine Unmenge von Machern, die nicht normal sind. Jedenfalls nicht mehr. Halt mich fest, Jack.«

Er stand hölzern da und rührte sich nicht. Sie legte die Arme um ihn und preßte sich an ihn. Sein harter Schwanz ragte steil auf und drückte gegen ihren Bauch. Ihre warme, feste Brust hob und senkte sich an der seinen.

»Oh, Cazie ...« Es war ein Stöhnen, halb Begehren, halb Niederlage. »Nein ...!«

Sie kletterte an ihm hoch, dann ergriff sie sein Glied und ließ es in sich hineingleiten.

»Ich werde lieb sein«, murmelte sie an seinem Hals. »Du gibst schon acht auf mich ...«

Sie war wirklich lieb. Und sanft und zärtlich – eine verwundbare Cazie, die alles gab, was sie hatte. Hinterher schlief sie an seiner Schulter, eingerollt wie ein Kind. Die Laken waren naß von ihren Körpern, die sie nach dem Duschen nicht abgetrocknet hatten, und von den süßen Säften der Liebe.

Jackson lag in der Dunkelheit wach, hielt sie fest und wünschte, sie wäre von der Party nicht mit ihm gekommen, wünschte, sie würde sein Schlafzimmer nie verlassen, wünschte, daß er ein anderer wäre. Resoluter. Herr seiner Wut. Fähig, Cazie ein für allemal abzuhaken.

Es gab Neuropharms, die das schafften. Die seine Neurochemie modifizieren konnten, die Transmitter, Hormone und Enzyme wieder ins Lot brachten. Weniger CRF. Mehr Testosteron. Weniger Serotonin. Weniger Dopaminanhebungsinhibitoren. Mehr ADL.

Wie die Leute bei der Party. Terry und Irina und Landau.

Nein.

Er konnte nicht einschlafen. Nachdem er sich eine Stunde lang hin und her gewälzt hatte, schob er sich sachte aus dem Bett. Er küßte Cazie auf die Wange, zog einen Morgenmantel an und trottete in die Bibliothek.

»Caroline, bitte die Botschaften.«

»Ja, Jackson«, sagte sein persönliches System mit der sachlichen Stimme, die er bevorzugte. »Es sind vier Botschaften da. Soll ich sie in der Reihenfolge ihres Eintreffens vorlesen?«

»Warum nicht.« Er nahm die Whiskyflasche von der Anrichte und goß sich ein.

»Botschaft von Kenneth Bishop aus Wichita. Betrifft: das Werk in Willoughby.« Der Chefingenieur von TenTech. Hatte er sich doch endlich bequemt, im Werk Willoughby nach dem Rechten zu sehen. Eine Woche zu spät. Vielleicht brauchte TenTech einen neuen Chefingenieur. Herr im Himmel, wie Jackson es haßte, sich mit all diesem Mist herumschlagen zu müssen!

»Botschaft von Tamara Gould aus Manhattan. Betrifft: Party.« Das letzte, was Jackson heute brauchte, war noch eine Party! Würde Cazie hingehen wollen? Wenn er mit ihr hinging, würde sie dann noch ein bißchen bei ihm bleiben?

»Botschaft von Brandon Hileker aus Yale. Betrifft: Klassentreffen.« O Gott, war es schon zehn Jahre her, daß er sein Diplom erhalten hatte? Ein Klassentreffen. *Und was machst du so, Jackson? Als Arzt?? Ist das nicht ein wenig … überflüssig?*

»Botschaft von Lizzie Francy. Betrifft: Babyprojekt.« *Baby? Projekt?* Was sollte das heißen? War dem Baby etwas zugestoßen, das Jackson letzte Woche geholt hatte? Warum die Sache ›Projekt‹ nennen? Doch andererseits – was wußte Jackson schon davon, wie die Nutzer etwas nannten?

»Caroline, gib mir die ganze Botschaft.«

Lizzies Gesicht formte sich auf dem in die Wand integrierten Bildschirm. Im Unterschied zum letztenmal wirkten Lizzies Züge diesmal hellwach, ihre schwarzen Augen funkelten, und ihr Haar war ordentlich gekämmt. Ihre Sprache, bemerkte er, klang nach Machern und nicht nach Nutzern. Victoria Turners Verdienst?

»Lizzie Francy an Doktor Jackson Aranow: Herr Doktor Aranow, ich rufe an, weil ich Ihre Hilfe brauche. Es handelt sich um ein Projekt, das im Zusammenhang mit der Gesundheit der Babies steht – nicht nur der meines Babies, dem Sie auf die Welt geholfen haben, sondern mit der Gesundheit aller Kinder des

Stammes. Und vielleicht auch jener anderer Stämme.« Sie zögerte und fuhr mit veränderter Stimme fort: »Bitte rufen Sie zurück, es ist wirklich wichtig.« Wieder ein Zögern und dann eine sonderbar steife kleine Verbeugung. »Vielen Dank.«

»Ende der Botschaft«, sagte Caroline. »Möchten Sie antworten?«

»Nein. Ja.« Wenn das Baby einen Unfall gehabt hatte… ein ›Projekt‹? »Aufzeichnung der Antwort.«

»Wird aufgezeichnet.«

»Doktor Jackson Aranow an Lizzie Francy. Bitte gib mir mehr Einzelheiten deines Problemes. Benötigt das Baby medizinische Hilfe? Wenn ja, dann …«

Zu seiner Überraschung unterbrach Lizzies Realzeit-Gesicht seine Aufnahme. Es war 4 Uhr 30 morgens. Was machte sie denn da? Überging ganz einfach sein persönliches System! Und *wie* machte sie es?

»Doktor Aranow! Danke, daß Sie zurückrufen! Ich… wir brauchen dringend Ihre Hilfe. Könnten Sie …«

»Ist das Baby gesund?«

»Vollkommen. Sehen Sie?« Sie vergrößerte den Blickwinkel der Kamera, und Jackson sah, daß sie ihrem kleinen Sohn gerade die Brust gab.

»Warum sagtest du dann, es handle sich um ein Projekt für die Gesundheit des Babies?«

»Das stimmt auch. Aber es ist eine langfristige Sache. Ich wußte nicht, wen ich sonst hätte fragen können. Es ist ein wirklich wichtiges Projekt.«

Jackson hatte das Gefühl, er sollte das Gespräch beenden. Nutzer. Es war immer ein Fehler, sich mit ihnen einzulassen. Sie aus Menschlichkeit mit dem Lebenswichtigsten zu versorgen: ja. Die Macher hatten das immer gewollt; es war gewiß nicht die Schuld der Macher, wenn die Nutzer den Gesellschaftsvertrag – Warengüter gegen Wählerstimmen –, der ihnen ihre Versorgung garantiert hatte, nicht mehr haben wollten.

Darüber hinaus war der Umgang mit Nutzern schwierig. Sie waren ungebildet, unbescheiden, undankbar und gefährlich. Und der Anblick von Lizzies praller Brust im Mund ihres Kindes verursachte ihm ein merkwürdig peinliches Gefühl. Er dachte an Cazie, die in seinem Bett schlief.

Lizzie sagte: »Haben Sie schon einmal von einer Frau namens Ellie Sandra Lester gehört?«

Jackson holte tief Luft. »Ja«, sagte er, »sprich weiter.«

SENDEDATUM: 28. November 2120
GEHT AN: Mondbasis Selene
VIA: Bodenstation Boston, GEO-Satellit 1453-L (USA), Luna City, Bodenstation
NACHRICHT - ART: verschlüsselt
NACHRICHT - KLASSE: Klasse B, privat bezahlte Übermittlung
AUSGEHEND VON: GeneModern, Inc., Boston, Massachusetts
NACHRICHT LAUTET:

Miss Sharifi! Wie bereits aus unseren beiden vorangegangenen Übermittlungen hervorgeht, wäre GeneModern an einer kommerziellen Partnerschaft mit der Mondbasis Selene im Hinblick auf eine fruchtbare Weiterentwicklung Ihres patentierten Produktes ›Zellreiniger‹ interessiert. Wir glauben, daß es unseren Forschungseinrichtungen - welche zu den besten der Welt gehören - bereits gelungen ist, einige der nicht patentierten Details Ihrer bahnbrechenden Arbeit auf dem Gebiet der Zellbiologie zu duplizieren. (Siehe auch beiliegende Dokumente.) Der Rest steht nicht nur unter dem Schutz des Patentgesetzes, sondern übersteigt - um ganz offen zu sein - auch unsere gegenwärtigen Möglichkeiten. Was wir jedoch in eine Partnerschaft mit Selene einbringen könnten, wären erstklassige Produktionsstätten, ein ausgezeichnetes internationales Vertriebsnetz und eine hohe Ertragslage - wobei wir meinen, daß ersteres und zweiteres Ihnen auf Grund Ihrer Umsiedlung nach Selene nicht ungelegen kommen dürfte, und letzteres Sie aus der angespannten finanziellen Situation befreien würde, in welche Ihr erstes großes Unternehmen Sie zweifellos gebracht hat. Bemerken wollen wir noch, daß unser Datensicherheitssystem von Kevin Baker entworfen wurde und einen Platz unter den hervorragendsten Systemen der Welt einnimmt. (Siehe auch beiliegende Dokumente.)

Wir sind überzeugt davon, daß eine Partnerschaft GeneModern/Selene für beide Teile von äußerstem Vorteil wäre, und laden Sie ein, uns ehebaldigst Ihre Stellungnahme zukommen zu lassen.

Mit freundlichen Grüßen
Gordon Keller Browne
Direktor - GeneModern, Inc.

BESTÄTIGUNG: keine

7

»Warum hast du nicht mich gefragt?« sagte Vicki. »Ich hätte dir mit dieser Sache genauso helfen können wie *Jackson Aranow*!«

»Er is'n Macher«, entgegnete Lizzie. Sie konnte es nicht leiden, wenn Vicki böse war auf sie. Vicki hatte Lizzies große Meisterin zu sein; das war ihr Programm.

»Lizzie, ich bin *auch* eine Macherin!«

»Aber du, du lebst nich' bei den Machern. Kennst doch keinen mehr bei denen. Aber der Doktor Aranow, der kennt andere Macher.« Lizzie hörte genau, wie ihre Sprache in den Nutzer-Slang zurückglitt, was nur passierte, wenn sie aufgeregt oder verärgert war. Sie rollte sich auf den Rücken und verschränkte die Arme auf der Brust.

Die beiden Frauen lagen unter der Nährkuppel und hatten ein spätes Frühstück. Sie waren allein, wenn man von Dirk absah, der neben ihnen auf dem warmen, trockenen Erdreich schlief. Anderthalb Meter über ihren Köpfen wurde die schwache Novembersonne von dem speziellen Plastikmaterial des Zeltes optisch so vergrößert, daß die neuen Energiekegel, die Doktor Aranow von TenTech geschickt hatte, noch gar nicht eingeschaltet worden waren. Sonnenlicht sickerte in Lizzies Haut; es schien ihr fast, als könnte sie spüren, wie ihr Körper sich seine Nährstoffe aus dem Untergrund und Energie aus der Luft zog. Sie nahm es Vicki übel, daß sie nun dieses für gewöhnlich herrliche Gefühl störte.

»Ich dachte«, sagte Lizzie, »daß Doktor Aranow vielleicht auch Harold Winthrop Wayland und Ellie Lester kennen könnte. Und er kennt sie tatsächlich.«

Vicki schob sich das Haar aus dem Gesicht und

runzelte die Stirn. »Okay – was hat Jackson über Wayland gesagt? Welche Informationen hat er dir gegeben, die ich nicht ebensogut hätte herausfinden können?«

»Daß Distriktsleiter Wayland tot ist, und so…«

»Das wußten wir doch schon!«

»… und daß die Person, an der es gelegen hätte, die Regierung seines Bundesstaates von seinem Tod zu benachrichtigen, seine Urgroßenkelin war. Ellie Lester.«

»Urgroßenkelin? Wie alt war der Distriktsleiter eigentlich?«

»Keine Ahnung. Aber sie ist seine nächste Angehörige, und sie hätte den Staat Pennsylvania benachrichtigen müssen, damit alle Vorbereitungen für die Wahl eines Nachfolgers getroffen werden. Und das hat sie nicht getan.«

»Natürlich hat sie es nicht getan«, sagte Vicki. »Wozu auch, wenn keiner mehr wählt, weil die Nutzer im Land umherziehen wie Nomaden! Nomaden haben eben keinen Platz im Wählerverzeichnis. Und sie haben auch keine Distriktslagerhäuser. Keine Stimmen, keine Lagerhäuser, kein Bedarf für einen Distriktsleiter. Aber es war ohnedies nie ein Amt, das unter den Machern selbst irgendeine Machtposition bedeutete.«

»Trotzdem hätte sie der Hauptstadt melden müssen, daß es einen Sonderwahlgang geben muß«, beharrte Lizzie dickköpfig.

Vicki lächelte. »Ich bin immer wieder erstaunt darüber, welche Vorschriften du akzeptierst und welche du willens wärst zu übertreten.«

»Wie?«

»Vergiß es. Obwohl… es ist tatsächlich merkwürdig, daß das System nicht darauf programmiert ist, der Regierung automatisch Todesfälle gewählter Funktionäre zu melden. Aber vielleicht hat es Harrisburg ohnehin benachrichtigt. Was hat Jackson Aranow sonst noch über Ellie Lester gesagt?«

»Nicht allzu viel. Er klang … komisch, als er von ihr sprach.«

»Komisch?«

»Ich weiß nicht. Aber er sagte auch, er würde uns helfen.«

»Wir brauchen ihn nicht«, erklärte Vicki.

»Er kommt trotzdem. Heute nachmittag.«

»Und bringt er wiederum Cazie Sanders, die Grimmige, zu seinem Schutz mit?«

»Keine Ahnung.«

»Ich glaube«, sagte Vicki, »daß du dir etwas Besseres als Jackson Aranow hättest aussuchen können, wenn du schon ein so überwältigendes Bedürfnis hattest, dir einen zweiten Lehrmeister unter den Machern zuzulegen.«

Lizzie antwortete nicht. Sie hielt Dirk im Arm und hoffte, er würde aufwachen und trinken. Dirk kritisierte sie nie. Und er war ein unerschöpflicher Quell der Freude für sie: ein ruhiges, nie quengelndes Baby, das bereits anfing zu lächeln. Mama sagte zwar, das wären bloß Blähungen, aber es waren keine – niemand hatte heutzutage mehr Blähungen! Das war nur typisch Mama: immerzu in Lizzies Freuden herumstochern, gerade so wie Vicki eben jetzt. Sie, Lizzie, würde Dirk das nie antun.

Sie würde ihm nie sagen, daß er unrecht hatte, nie an ihm herummäkeln, nie den scharfen Haken in der Stimme haben, der ein Kind einfing und all seine Pläne aufrollte. Lizzie würde eine perfekte Mutter sein. Sie würde bei ihrem kostbaren Sohn keinen einzigen Fehler machen. Wenn Dirk trank, saugten sich seine dunkelblauen Augen an Lizzies Gesicht fest, sein kräftiger kleiner Körper lag reglos in ihren Armen, und Lizzie hatte das Gefühl, sie würde gleich sterben vor Glückseligkeit.

Sie wickelte ihn stets in nicht konsumierbare Tücher, damit sein Körper nicht anderswo Nahrung aufnahm und so die Zeit verkürzte, die er an ihrer Brust verbrachte. Sie würde Dirk nie enttäuschen. Und sie hatte vor, die Welt für Dirk sicherer zu machen – ganz egal, wie sehr Vicki in ihren Plänen herumstocherte!

»Wenn man vom Teufel spricht«, sagte Vicki. »Da kommt ein Luftwagen.«

Doktor Aranow landete hinter dem Gebäude neben dem Nährplatz. Lizzie und Vicki schlüpften in ihre Overalls – nicht konsumierbar, Jahre alt und ein bißchen zerfranst, aber immer noch warm und leuchtend bunt. Overalls verblichen nie. Der von Lizzie war ringelblumengelb, der von Vicki türkis. Vicki lächelte, als sie ihr Hemd überzog – ein Lächeln, das auf Lizzie amüsiert und überlegen wirkte. Manchmal dachte Lizzie, sie mochte Vicki nicht mehr so sehr wie damals, als sie noch ein Kind gewesen war.

»Lizzie! Miss Turner!« Doktor Aranow stand in der Türklappe des Nährzeltes.

»Ah, der freundliche Onkel Doktor«, sagte Vicki, immer noch lächelnd, und Doktor Aranow wurde rot. Lizzie hatte das Gefühl, daß ihr da irgend etwas entging. Also kam sie direkt zur Sache.

»Doktor Aranow, wir brauchen Ihre Hilfe! Wir haben einen Plan, aber wir brauchen Sie, um ihn ausführen zu können.«

»Das sagtest du schon am ComLink. Wie geht's dem Kleinen?«

»Dem? Der is'n ganz Süßer.« Lizzie hörte, wie ihre Aussprache sich veränderte, und bemerkte, wie sanft und gefühlvoll die beiden Macher sie ansahen. Vickis Sympathiewerte stiegen wiederum. »Er trinkt wie eine Vakuumpumpe.«

»Gut«, sagte Doktor Aranow. »Ich möchte ihn gern ein wenig untersuchen.«

»Wozu?« fragte Vicki. »Nach Infektionen? Wundsein? Krampfadern?«

»Endokrine und strukturelle Mängel existieren immer noch«, entgegnete Doktor Aranow etwas steif. »Der Zellreiniger eliminiert nur Funktionsstörungen, er kann nicht etwas aufbauen, das fehlt.«

»Aber Dirk, der hat keine Mängel nich'!« warf Lizzie ein.

»Nein, gewiß nicht«, sagte Aranow beschwichtigend. »Eine reine Routinemaßnahme. Aber zuerst einmal: Was ist das für ein Plan, bei dem du meine Hilfe brauchst?«

»Es ist… Nein, kommen Sie mit, gehen wir woanders hin.« Eine kleine Ansammlung von Nutzern bewegte sich auf sie zu – Tasha, Kim und George Renfrew und der alte Mister Plocynski, während Scott und Shockey den Luftwagen inspizierten. Bisher hatte Lizzie nur mit Vicki über ihren Plan gesprochen. Und wenn ihre Mutter rauskam? Lizzie wollte keine Fragen von Annie beantworten müssen.

»Wohin?« fragte Vicki und lächelte wieder.

»Steigen wir in den Luftwagen und heben wir ab«, sagte Doktor Aranow.

»Nervös, Jackson?« fragte Vicki. »Wir sind keine Maschinenstürmer, Herr Doktor! Was Sie auf Shockeys Gesicht sehen, ist nicht Wut sondern Neid.«

»Ja, der Luftwagen, das isses«, nickte Lizzie. Würde irgend jemand sie davon abhalten, zusammen mit Doktor Aranow einzusteigen?

Niemand versuchte es. Und es war ein größerer Wagen als beim letzten Mal; dieser hatte vier Sitze. Lizzie kletterte mit dem Baby vorn hinein, Vicki auf die Rückbank. Schweigend startete Doktor Aranow den Wagen, flog ihn die anderthalb Kilometer zum Fluß – so schnell! – und setzte am Ufer auf. Verdorrtes Gras und die dicken Stengel toter Astern. Graue Steine und kaltes Wasser. Auf dem anderen Ufer schoß ein mageres Kaninchen davon. Lizzie wünschte, der Wagen wäre woanders gelandet, aber sie scheute sich, etwas zu sagen. Diese Gehemmtheit machte sie wütend auf sich selbst, und sie hörte selbst, wie ihre Worte zu laut und rechthaberisch und zu sehr nach Nutzer klangen: »Distriktsleiter Wayland, der is' tot. Wir haben vor 'ner Zeit in seinem Büro angerufen un' verlangten, daß er 'n Lagerhaus für uns aufmacht, weil wir den ganzen Winter über an ein un' demselben Platz bleiben wollen. Aber das Programm sagte, wir sin' keine registrierten Wähler nich' für den Distrikt Willoughby, un' ohne Registrierung können wir keine Lagerhaus-Chips nich' kriegen. Un' dann sagte das Programm, daß man für die Registrierung drei Monate im Distrikt seßhaft sein muß. Also haben wir uns eintragen lassen un' drei Monate gewartet. Die waren gestern um. Da riefen wir wiederum an, un' das Programm sagte, der Distriktsleiter Wayland, der is' nich' erreichbar.«

»Kann man wohl sagen, daß ›tot‹ nicht erreichbar ist«, bemerkte Vicki auf dem Rücksitz.

Lizzie ignorierte sie. »Also fischte ich 'n bißchen im Netz rum, um rauszufinden, wo der Distriktsleiter steckte. War nirgendwo zu finden. Schließlich nahm ich mir die Todesfälle-Daten vor. Er starb vor 'nem Monat. Un' Sie waren als der Arzt angeführt, der den eingetretenen Tod bestätigt hat.«

»Ja«, sagte Doktor Aranow. Sein Gesicht war ausdruckslos.

»Also stöberte ich weiter, um rauszufinden, warum Harrisburg keine Sonderwahl ansetzte, wie sie's eigentlich tun müssen, wenn 'n gewählter Funktionär abkratzt. Un' da stellte sich heraus, daß die Regierung von Pennsylvania gar nich' wußte, daß der Distriktsleiter tot war.«

»Ich habe das nach deinem Anruf überprüft«, sagte Aranow. »Alle reden sich auf einen Fehler im Computersystem hinaus.«

»Ach ja, ganz sicher!« rief Vicki. »Lassen Sie mich raten, Jackson. Während der unerklärlichen Abwesenheit von Wayland wurden keine Distriktsleistungen autorisiert, was niemanden Geld kostete. Waylands Urenkelin hat die Kontrolle über sein ganzes nicht unbeträchtliches Vermögen, und das ist ein seltsamer Zufall, nicht wahr, wenn man bedenkt, daß es ihr Haussystem war, das die Kommunikation mit dem Harrisburger System unterlassen hat!«

Doktor Aranow drehte sich auf seinem Sitz herum, um Vicki ansehen zu können. »Kennen Sie Ellie Lester persönlich?«

»Nein, aber ich kenne die Macher.«

»Vom Standpunkt eines Machers, der die anderen verlassen hat? So wie Lord Jim die Handelsmarine kannte?«

»Mehr so wie Horaz die römischen Legionen kannte.«

Was redeten sie nur daher? Lizzie hatte den Überblick über das Gespräch verloren. Laut sagte sie: »Also hab ich denen in Harrisburg gesagt, daß sie 'ne Sonderwahl abhalten müssen, un' die sagten, das hätten sie auch vor. Am ersten April. Es gibt zwei Kandidaten, die beiden Wahlansprachen kann man auf Kanal 63 abrufen. Aber ...«

»Und natürlich«, unterbrach Vicki sie, »geben beide die alten müden Versprechungen ab, die alten feierlichen Gelöbnisse, für stetige und zuverlässige Dienste zu sorgen. Mittlerweile gibt es genau zweihundertsechzig registrierte Wähler im Distrikt Willoughby für Nicht-Enklave-Wahlen: Unser Stamm hier plus ein paar Macher in den Bergenklaven, die sich während der *Umstellungs*-Kriege aus Manhattan in ihre Sommerhäuser verzogen haben und immer noch dort leben. Die vor der Revolution geflüchtet sind. Werktätige aller Länder vereinigt euch, ihr habt nichts zu verlieren als eure Lagerhäuser.«

Lizzie sagte: »Also haben wir ...«

»Der Gedanke hier ist«, fuhr Vicki fort, »daß Sie und Ihre makellosen Macher-Referenzen herausfinden könnten, wie es intern um die wahre Politik der beiden Kandidaten bestellt ist. Wegen der ...«

»Ich rede jetzt!« rief Lizzie so laut, daß Dirk aufwachte und blinzelte. »Vicki ... ich erzähle es. Es ist meine Idee. Es gehört mir.«

»Tut mir leid, Kind«, sagte Vicki und legte ihr eine Hand auf die Schulter.

Das war ebenso schlecht. »Ich bin kein Kind! Das sagte ich dir schon mal!«

Und dann tauschten Vicki und Doktor Aranow einen Blick, aus dem Lizzie ersah, daß sich die beiden über sie amüsierten, und das machte sie so wütend, daß ihr der Umstand einer offenbar allerersten Übereinstimmung zwischen den beiden völlig egal war. Es war ihr sogar egal, daß dieser Umstand gut für den Plan sein sollte. Diese beiden hielten sie immer noch für ein Kind. Aber darin wollte Lizzie sie eines Besseren belehren! Sie war Lizzie Francy, die beste Hackerin im Land, sie war eine Mutter, und sie würde die Welt besser machen für ihr Kind! Ganz allein, wenn es sein mußte! Und *das* würde ihnen recht geschehen! Denn ihr Plan mußte aufgehen, und diesmal konnten nicht einmal Macher-Gesetze sie aufhalten!

Eisig sagte sie: »Wir werden unseren eigenen Kandidaten aufstellen. Für den Distriktsleiterposten. Jemand aus dem Stamm. Einen Nutzer.«

So, das war schon besser. Doktor Aranow glotzte sie an, als hätte sie ihn wirklich überrascht. Als wäre sie jemand, von dem sogar ein Macher Notiz nehmen mußte!

Doch dann veränderte sich sein Gesichtsausdruck wieder. Er sagte sanft – zu sanft: »Aber, Lizzie – auch wenn ihr das durchziehen könnt … auch wenn ihr es schafft, einen Nutzer zum Distriktsleiter zu wählen: Wißt ihr denn nicht, daß die Macher Steuern entrichten, indem sie eure Versorgung aus ihrer eigenen Tasche zahlen? Im Austausch für Wählerstimmen? Auf diese Weise bekommen – oder bekamen – *sie* die Macht, Gesetze zu entwerfen, die ihnen passen, und *ihr* bekommt alles, was ihr zum Lebensunterhalt braucht. Doch wenn ein Nutzer gewählt würde – wie sollte er denn ein Lagerhaus füllen? Ihr habt dazu doch nicht das Geld! Du siehst, Kleines …«

»Reden Sie zu mir nich' wie zu 'nem Schwachsinnigen, Sie Mistkerl Sie!«

Doktor Aranows Augen weiteten sich. Hinter sich hörte sie Vicki beben vor unterdrücktem Lachen. In diesem Moment haßte Lizzie beide, aber zumindest hatte sie Doktor Aranows Aufmerksamkeit errungen. Dirk regte sich in ihren Armen und wimmerte leise. Lizzie sprach mit gedämpfter Stimme weiter, und der Kleine schlief wieder ein.

»Ich … ich weiß mehr da drüber als ihr beide zusammen! Die Lieferungen an die Lagerhäuser, die kamen nich' alle von den Politikern. Es gibt 'nen Fonds aus Steuergeldern, in den sie alle einzahlen, un' der wird dann unter den Distrikten von Pennsylvania aufgeteilt, un' man kann ihn für alles verwenden, was grade gebraucht wird. Dieses Geld – das will ich haben.«

»Da haben Sie's, Jackson. Sie sind nicht auf dem letzten Stand der Informationen, was staatliche Bestimmungen betrifft«, murmelte Vicki. »Tja, die Medizin ist eine Geliebte, die einen völlig vereinnahmt.«

»Ich will dieses Geld haben!« wiederholte Lizzie, weil Doktor Aranow zum ersten Mal beeindruckt wirkte. Oder verblüfft. War er verblüfft? War es ehrlich so hoffnungslos für einen Nutzer, gewählt zu werden? Wiederum überkamen Lizzie heftige Zweifel. Vielleicht konnte das wirklich nicht funktionieren ... Doch. Es konnte. Sie würde es zum Funktionieren bringen.

Doktor Aranow sagte: »Du? Du persönlich? Du möchtest dich der Wahl zum Distriktsleiter stellen?«

»Nich' ich«, sagte Lizzie. »Bin nich' alt genug, ich. Dazu muß man achtzehn sein.«

Doktor Aranow blickte über die Schulter nach hinten. »Miss Turner?«

»Na klar!« sagte Vicki. »Eine Macherin, die sich auf die Seite der Eingeborenen geschlagen hat! Weder aus dem einen noch aus dem anderen Lager würde jemand für mich stimmen! Schauen Sie mich nicht so entsetzt an, Jackson. Wir werden Sie nicht bitten, unser Kandidat zu sein.«

»Natürlich nich'«, sagte Lizzie. »Billy Washington wird der Kandidat sein. Bloß weiß er's noch nich'.«

»Billy Washington?« wiederholte Doktor Aranow. »Der ältere Schwarze, der mir bei der Entbindung deine Mutter vom Leib halten mußte?«

»Sie haben ein gutes Namensgedächtnis«, stellte Vicki fest, »das Wichtigste für einen Politiker.«

»Ja, das war der Billy!« rief Lizzie eifrig. »Mein Stiefvater. Der macht es, wenn ich ihn darum bitte. Der würde alles tun für mich und Dirk.«

»Das ›Projekt für die Gesundheit der Kinder‹«, sagte Doktor Aranow. Seine Mundwinkel zuckten – es war kein richtiges Lächeln. »Ich verstehe. Nun, eure Wahlkampagne sollte recht interessant werden. Was habt ihr vor? Alle nomadisierenden Nutzer im Distrikt Willoughby zumindest drei Monate vor der Wahl zu registrieren, ihnen den Zugang zu Lagerhäusern versprechen, wenn sie für Mister Washington stimmen, und die untereinander entzweiten Macherkandidaten durch die schiere Überzahl von Wählerstimmen besiegen?«

»Ja!« rief Lizzie voller Tatendrang. »Ich weiß, daß wir das können!«

»Da wäre ich nicht so sicher. Auch die beiden etablierten Macherparteien werden ihre eigenen Wähler mobilisieren, weißt du.«

»Darüber haben wir schon nachgedacht. Wir werden alle Wähler organisieren, aber keiner von ihnen wird sich vor dem einunddreißigsten Dezember, 23 Uhr 30, eintragen lassen. Das ist der letzte Tag vor der Dreimonatsfrist. Den Macher-Kandidaten wird es unmöglich sein, noch mehr Leute auf die Beine zu stellen. Die werden nicht wissen, wie ihnen geschieht.«

»Und wird euer Wählerpotential …«

»Es gibt nur vier kleine Enklaven im Distrikt Willoughby«, erklärte Lizzie. Ihre Selbstsicherheit kehrte wieder zurück; hier handelte es sich um harte Fakten. »Und das sind reine Sommerenklaven. Selbst für die internen Enklavewahlen beträgt die Zahl der Wähler, die dort registriert sind, nur viertausendundachtzig. Das ist *alles*! Wir wissen nicht, wie viele Nutzer sich jetzt im Distrikt aufhalten, aber vermutlich mehr, als wir denken – in den verlassenen Städten und Farmen und in den alten Fabriksgebäuden, so wie wir. Die den Winter über hierbleiben. Sie können sich hier registrieren lassen. Oder *erneut* registrieren lassen.«

»Weil sie in ihrem enormen Bürgerstolz ganz wild sind darauf!« kommentierte Vicki. Aber Lizzie sah, daß sie nicht lächelte.

»Na ja«, sagte Doktor Aranow. »Viel Glück. Aber eine Frage noch: Wie wollt ihr wissen, daß ich nicht herumerzähle, was ihr vorhabt, und auf diese Weise mehr Macher dazu bringe, sich vor dem einunddreißigsten Dezember im Distrikt Willoughby registrieren zu lassen?«

»Das tun Sie nich'«, stellte Lizzie fest. »Sie nich'.« Das Baby rührte sich, und sie legte seinen festen kleinen Körper auf den anderen Arm. »Wir brauchen Sie doch.«

»Wozu?« Er sah nervös aus, und wiederum fühlte Lizzie eine Woge des Selbstvertrauens. Sie konnte einen Macher *nervös* machen!

»Zwei Dinge. Wir brauchen Sie, um etwas über diese beiden Kandidaten herauszufinden. Susannah Wells Livingston und Donald Thomas Serrano. Wie sich die Wählerstimmen auf die beiden verteilen und so.«

»Denn«, erläuterte Vicki, »falls einer der beiden Kandidaten hundert Prozent des Wählerpotentials hinter sich vereinigen kann, braucht Lizzie mehr registrierte Wähler, als wenn sie sich darauf verlassen kann, daß die Wählerschaft gleichmäßig zwischen den beiden aufgeteilt ist. Oder wenn zum Beispiel einer der Kandidaten zufällig so tot ist wie Harold Wayland.«

Doktor Aranow drehte sich um und sah ihr ins Gesicht. »Sie nehmen das alles nicht sehr ernst, nicht wahr?«

»Ganz im Gegenteil«, sagte Vicki. »So klinge ich, wenn ich ernst bin. Wenn ich leichtsinnig bin, dann halte ich hochgestochene Vorträge von großer Distinktion. Wie etwa diesen: Es existiert eine Betrachtensweise der Geschichte, nach der alle im historischen Kontext großen Ereignisse auf das Wesen und den Charakter von Schlüsselfiguren zurückzuführen sind, die durch ein sehr limitiertes Umfeld geformt wurden. Nach dieser Theorie veränderten Persönlichkeiten wie Napoleon, Hitler, Einstein und Ballieri gerade deshalb die Welt von Grund auf, weil ihre Kindheit so von Not und Härte geprägt war.«

»Wer ist Napoleon?« erkundigte sich Lizzie. »Oder… wie war der Name? Ballieri?«

»Du weißt nicht, wer Ballieri war?«

»Nein.«

»*Lewis* Ballieri? Letztes Jahrhundert?«

»Nein! Un' es is' mir auch wurscht!« Warum konnte Vicki sich bloß nie wie ein normaler Mensch benehmen? Aber würde sie sich benehmen wie ein normaler Mensch, wäre sie wohl nicht zu den Nutzern gekommen, um mit ihnen zu leben, und Lizzie hätte nie… Sie schob den Gedanken weit weg.

»Sie verstehen, was ich meine?« fragte Vicki Doktor Aranow.

Lizzie hielt Dirk fester und beugte sich zu Aranow. »Un' noch was gibt's, für das wir Sie brauchen.«

»Und was?«

Sie konnte seinen Gesichtsausdruck nicht deuten; seine Miene schien sich nie zu verändern. Lizzie holte tief Atem. »Wir brauchen Ihren Luftwagen.«

»Meinen *Luftwagen*?«

»Bloß ausleihen. Wir müssen die anderen Nutzer suchen, un' wir können sie nich' mit dem ComLink kontaktieren, weil das Link abgehört werden kann. Unser Plan muß geheim bleiben. Also müssen wir den Distrikt aus der Luft absuchen, die Stämme in den Bergen ausfindig machen un' sie dann aufsuchen. Vicki kann ihn fliegen. Die kann das, ehrlich. Bitte. Wir brauchen ihn, für 'n paar Wochen nur. Un' wenn Billy gewählt is', dann benutzen wir das Steuergeld dazu, *Umstellungs*-Spritzen un' Y-Kegel zu kaufen. Für die *Babies*!«

Doktor Aranow schwieg. Draußen hob sich der Wind wieder und peitschte die Oberfläche des kalten Flusses zu kleinen schaumgekrönten Wellen. Schreiend landete eine Krähe auf einem grauen Stein. Schließlich sagte Doktor Aranow mit sanfter Stimme:

»Lizzie ... vom Lagerhaus könnt ihr keine Spritzen bekommen. Die wenigen, die es noch gibt, sind unverkäuflich, egal, wieviel man dafür bezahlen würde. Jede Macher-Organisation im Land versucht seit langem, Miranda Sharifi zu erreichen, um sie um Nachschub zu bitten ... wußtest du das nicht? Aber Selene antwortet nie. Und Billy Washington zum Distriktsleiter zu wählen, würde daran gar nichts ändern.«

»Dann werden wir wenigstens die altmodischen MedRobs für die Babies kriegen«, sagte Lizzie. Ihre Arme schlossen sich fester um Dirk. Was wäre gewesen, wenn der Doktor ihn nicht *umgestellt* hätte? Wenn sie sich andauernd Sorgen machen müßte um Infektionen, schlechtes Wasser und Würmer ...? Zum erstenmal bekam Lizzie eine leise Ahnung davon, was das Muttersein für ihre eigene Mutter bedeutet haben mußte – Annie hatte wohl jede Minute Angst davor gehabt, daß Lizzie irgend etwas zustoßen könnte! Wie konnten die Eltern damals bloß damit leben? Lizzie erschauerte.

Doktor Aranow sagte: »Ich denke nicht ...«

»O doch, das tun Sie!« unterbrach ihn Vicki, und ihre Stimme klang jetzt wieder anders, nach etwas, das Lizzie seit langem nicht mehr vernommen hatte. Vicki redete zum Doktor, wie sie früher mal zu Lizzie geredet hatte – wie zu einem Kind, einem kleinen, kranken Kind. »Ganz im Gegenteil, Sie denken vermutlich zuviel, Jackson. Aber diesmal – tun Sie's nicht. Handeln Sie ganz einfach. Sie werden sich besser fühlen, nachdem Sie diese eine Sache für die Nutzer getan haben. Ohne sich darüber erst mal den Kopf zu zermartern. Und es würde Sie so wenig kosten.«

»Versuchen Sie nicht, mich zu bedrängen, Miss Turner.«

»Mach' ich doch nicht. Ich versuche nur, unseren – Lizzies – Fall von allen Seiten zu beleuchten. Eine dieser Seiten sind jetzt Sie. Sie haben nicht darum gebeten, aber so ist es jetzt nun mal. Wenn Sie nein sagen, dann ist das ebenso eine Antwort wie es ein Ja gewesen wäre, aber einen dritten Weg gibt es nicht. Sie haben die Wahl. Und ich will nichts anderes als Ihnen das klarmachen.«

Vickis Blick hielt den von Doktor Aranow fest, und Lizzie fragte sich, ob Vicki jetzt wohl gleich Mrs. Aranow ins Gespräch bringen würde – oder wie die Frau auch hieß, von der Vicki sagte, es handle sich um die Ex des Doktors. Sie hätte den Doktor immer noch fest im Griff, behauptete Vicki. Lizzie konnte nicht verstehen, wie es das geben konnte: Die eigene Familie konnte einen fest im Griff haben, oder der eigene Stamm – aber nicht jemand, der sich dazu entschlossen hatte, den Stamm zu verlassen. Das wäre ja so, fand Lizzie, als könnte Harvey ihre Entschlüsse beeinflussen, nur weil er Dirks Vater war! So ging es aber nicht zu auf der Welt. Wie auch immer – sollte die Erwähnung von Mrs. Aranow es dem Doktor erleichtern, sich gegen die Macher zu entscheiden … aber vermutlich war es besser, das Vicki zu überlassen. Schließlich war Vicki die Macherin. Obwohl kein einziges Mitglied des Stammes ihr auch nur im Traum diesen Umstand ankreiden würde.

»Wünschen Sie sich nie, Jackson«, fuhr Vicki fort, »daß der Klassenkrieg anders ausgegangen wäre? Daß beide Seiten den Preis zahlen würden, den jetzt nur wir zahlen?«

Für Lizzie ergab das keinen Sinn. Welchen Preis zahlten denn die Macher? Macher standen im Dienst des Volkes und waren für die öffentliche Versorgung zuständig, damit die Nutzer ein schönes Leben hatten – oder, besser, das taten sie früher einmal, dachte Lizzie. Jetzt hatten sie so viel weniger Arbeit damit. Gefiel ihnen das nicht? Wieso zahlten sie einen Preis, wenn sie nicht mehr für wohlgefüllte Lagerhäuser, MedRobs und Fließbandessen und für all die anderen Dinge sorgen mußten? Es ersparte ihnen Geld und Arbeit. Vickis Worte ergaben keinen Sinn.

Doktor Aranow starrte geradeaus durch das Fenster des Flugwagens, aber Lizzie hatte das Gefühl, als würde er den Fluß und die Felder und Wälder nicht sehen. Er sah einen anderen Ort vor sich mit vielleicht anderen Menschen als ihr und Vicki. Mit wem?

»Also gut«, sagte er. »Unter einer Bedingung. Nicht diesen Wagen. Ich will nicht, daß man ihn identifiziert und seine Spur verfolgt und daß mein System daraufhin mit wütenden Botschaften von Leuten bombardiert wird, die einst meine Freunde waren. Ich verschaffe euch einen Luftwagen, der auf eine nichtexistente Firma in einem anderen Staat zugelassen ist.«

»Danke, Herr Doktor!« rief Lizzie. Sie beugte sich hinüber und küßte Doktor Aranow auf die Wange. Die Bewegung drückte ihre Brust in Dirks Gesicht, und schläfrig begann er daran zu saugen. Als er entdeckte, daß sich zwischen seinem Mund und Lizzies Brustwarze Gewebe befand, verzog er das Mäulchen und begann zu quengeln. Rasch öffnete Lizzie die Bluse und gab ihm die Brust.

Sie hatte es geschafft! Sie hatte einem Macher einen Luftwagen abgeschwatzt! … »Un' Sie werden auch die Sachen über die anderen Kandidaten rausfinden, ja? Bitte!«

»Na gut.« Er klang nicht so glücklich, wie Lizzie gehofft hatte.

»Kopf hoch, Jackson!« sagte Vicki. »Komplizenschaft tut nur weh, solange das Seil hochgezogen wird.«

»Was für eine Pastoralphilosophin Sie doch sind! Könnten wir bei unserem Handel nicht vereinbaren, daß Sie als kleine Gegenleistung aufhören, mir gute Ratschläge zu erteilen?«

»Aber das mögen Sie doch so gern! Sehen Sie mal Cazie an!«

»Vicki!« zischte Lizzie. Aber der Doktor lächelte. Es war kein sehr freundliches Lächeln, aber es war ein Lächeln. Er war Vicki wegen ihres bissigen Kommentars nicht böse. Warum nicht? Lizzie würde diese Macher nie verstehen.

Aber das mußte sie auch nicht. Er hatte versprochen, es zu tun. Lizzie hatte *gewonnen*!

Jetzt blieb ihr nur noch, Billy zu überreden. Aber das würde einfach sein. Billy hatte ihr noch nie etwas abgeschlagen, noch nie in ihrem ganzen Leben.

»Nein«, sagte Billy.

»Nein? *Nein?*«

»Ne. Mach ich nich'. Ich nich'.«

»Aber ... aber es is' doch für Dirk!«

Billy antwortete nicht. Er und Lizzie saßen auf einem umgestürzten Baumstamm im Wald, die Jacken geöffnet, weil der Novembernachmittag plötzlich recht warm geworden war. Billy liebte den Wald. Vor der *Umstellung* war er in East Oleanta der einzige gewesen, der regelmäßig in den Wald ging, nur um dort allein zu sein mit den Bäumen. Jetzt machten das mehr Leute, aber Billy war immer noch der einzige, der selbst im Winter tagelang unterwegs war. Oder zumindest so lange, wie Annie es erlaubte. Und grade wenn Annie anfing zu murren und über sein langes Ausbleiben zu jammern – genau in diesem Moment, so schien es Lizzie –, da tauchte er wieder daheim auf. Marschierte mit diesem entschlossenen Schritt ins Lager, den er seit der *Umstellung* hatte – und nicht mit dem schleppenden Altmännergang aus der Zeit davor. Da klebten dann nasse Blätter an seinem Overall, und kleine Ästchen hingen in seinem Haar, und Annie quietschte, wenn Billy sie an sich drückte, weil er sich so lange nicht rasiert hatte. Aber sie drückte ungestüm zurück, bevor sie wieder zu grollen und zu schelten begann.

Lizzie hatte gewußt, daß Billy im Wald sein würde, um seine Karnickelfallen zu kontrollieren, und sie war seinen Spuren in dem nassen Erdreich gefolgt. Wenn Billy es darauf anlegte, ungestört zu sein, dann konnte ihm niemand folgen, aber diesmal war es ihm wohl gleichgültig. Lizzie hatte Dirk bei Annie gelassen, und jetzt wünschte sie sich, sie hätte das Baby mitgebracht. Vielleicht hätte Dirk Billys alten Dickkopf zur Einsicht gebracht.

Billy, der war einfach zu alt. Das war der Haken. Auch wenn die alten Leute seit der *Umstellung* gesund und kräftig waren, hatten sie doch alte Hirne. Sie *dachten* alt. Lizzie zwang sich zur Ruhe, um vernünftig mit Billy zu reden.

»Warum willst du nich' kandidieren, du? Siehste nich' ein, daß uns das helfen würde, alle Sachen zu kriegen, wo wir brauchen – mehr Robs un' MedRobs für die Babies un' besseres Schuhwerk? Siehste das nich' ein?«

»Doch, seh' ich ein.«

»Also, was willst du dann nich' für die Wahl zum Distriktsleiter kandidieren? Du, das wird funktionieren!«

»Ne, nich' wenn ich kandidiere.«

Lizzie starrte ihn an. Der Alte brach einen Zweig von einem toten Ahornbaum ab und kratzte damit im Erdreich herum.

»Lizzie, schau mal, siehste die Erde da? Sollte jetz', im November, schon gefroren sein.«

»Was hat das denn zu tun mit …«

»Hör mal zu. Daß der Boden noch nich' gefroren is', kommt daher, daß wir 'nen warmen Herbst hatten. Keiner konnte das vorhersehen. Is' einfach so passiert.

Aber wir wußten ja nich', daß es passieren würde, un' so haben wir uns alle gefaßt gemacht auf 'nen harten Winter. Organisierten alle Decken un' warme Sachen, die wir kriegen konnten, dichteten das Gemeinschaftshaus ab, so gut es ging, un' du un' Vicki, ihr seid zur TenTech, um für uns alle die Kegel zu klauen.«

Lizzie wartete. Es hatte keinen Sinn, Billy anzutreiben. Der machte zwar immer, was sie wollte, aber manchmal brauchte er 'ne ganze Weile, bis es soweit war.

»Wir haben uns eben auf 'ne harte Zeit vorbereitet; die haben wir erwartet, auch wenn sie noch nich' gleich kam. Alles andere wär' ja auch dumm gewesen, nich' wahr, Herzchen?«

»Richtig«, sagte Lizzie und nickte.

Billy fuhr fort, mit dem Ast im Boden herumzustochern. »Wenn du un' Vicki diese Wahl macht, dann müßt ihr auf alles gefaßt sein, was kommen kann. Die Macher, die sin' nich' blöd, un' die spielen nich' nach fairen Regeln. Wenn's um uns Nutzer geht, dann sin' die Macher gefühllos.«

Nicht Vicki oder Doktor Aranow, hätte Lizzie gern eingeworfen, aber sie wollte Billy nicht unterbrechen.

»Wenn ich mich um den Distriktsleiter bewerbe, dann werden wir verlieren. Keiner wird für mich stimmen, keiner. Nich' bloß keine Macher, auch keine Nutzer, wo nich' zu unserem Stamm gehören. Genau so, wie sie nich' für dich oder für Annie stimmen würden. Wir waren die ersten, wo *umgestellt* wurden. Die wo Miranda Sharifi in ihrem unterirdischen Labor aufgestöbert haben un' ihr zusetzten, dir zu helfen, wo du doch so krank warst. Die wo Miranda mit eigenen Augen sahen un' mit ihr reden durften.«

»Aber das sin' doch alles gute Dinge, oder?«

»Doch, ja. Aber das sin' auch alles *besondere* Dinge – Sachen, die wo mächtig anders sin' als bei den meisten übrigen Leuten. Un' die meisten Leute mögen es eben nich', wenn wer anders is' als sie. Da fühlen sie sich dann unbehaglich. Schaltest du denn nie nich' die Sprechkanäle vom Distrikt ein, du?«

Das machte Lizzie tatsächlich nie. Sie hatte viel zu viele DeBes zu erforschen, die wichtiger und interessanter waren, als dem endlosen Geschwätz von einem Stamm zum anderen zu lauschen, das über die lokalen ComLinks nichts als Tratsch und Gerüchte verbreitete. *Da sagte wer, daß 'n Kumpel von ihm auf 'nem Macherkanal in New York gehört hat, daß 'n paar Leute in Baltimore 'ne Rollerbahn aufgemotzt haben, un' dort geht's jetz' rund … Also wenn du aus Glenn's Falls bis', du, dann kennste sicher meine Cousine Pamela Cantrell, die is' so – warte mal, so einsfünfundsechzig groß un' hat … Also wir, wir haben da 'nen Nährplatz, der is' so groß wie 'n …*

»Die Leute, die schwätzen nu mal«, fuhr Billy fort, »un' mitsamt der ganzen *Umstellung* haben die Leute kein Zutrauen zu solchen Ideen un' Plänen, die wo zu verschieden sin' von dem, was sie gewohnt sin'. Vielleicht is' grade die *Umstellung* dran schuld, was weiß ich. Vielleicht hatten wir alle einfach schon unser Teil an Neuem un' Ungewohntem. Un' da kommst du mit noch 'ner neuen Idee daher, vielleicht mit 'ner gefährlichen Idee, wenn die Macher fuchtig werden deswegen. Un' wenn sich dann noch so ganz andere Leute als bisher um 'n öffentliches Amt bewerben – also dann werden sich alle dermaßen unbehaglich fühlen, daß keiner mich wählt.«

»Aber …«

»Außerdem«, fuhr Billy mit seiner sanften Stimme fort, »sin' grade wir doch die Familie, die wo dran schuld is', daß Miranda von der Aufsichtsbehörde für die Einhaltung genetischer Standards verhaftet wurde. Auch wenn wir's nich' wollten un' die sie dann gehen ließen. *Miranda Sharifi!* Nee, Lizzie, Herzchen, in 'ner

Macherwahl wird keiner nich' für mich stimmen. Oder für Annie oder für dich oder für Vicki. Kein Schwanz nich'.«

»Für wen dann?« rief Lizzie. »Für wen würden sie dann stimmen?«

»Für irgendwen, der ihnen nich' allzu fremd is'.« Billy stand auf. »Für wen, der wo vielleicht mal 'n Bürgermeister gewesen is'. Bürgermeister sin' 'ne ganz normale Sache für uns Nutzer, an die sin' wir gewöhnt. Die sin' für uns so 'ne Art Ausläufer der Regierung.«

Das stimmte. Lizzie überlegte. Die Bürgermeister der Nutzer-Orte waren – früher, als es noch dauernd besiedelte Ortschaften und Städte gegeben hatte – stets Nutzer gewesen, die sich mit den Machern verständigen konnten. Sie waren diejenigen, die über das Com-Link mit den Machern redeten – damals vor den *Umstellungs*-Kriegen, als jeder Ort bloß eines hatte. Die Bürgermeister waren ganz allgemein das Ziel des Gespötts gewesen, weil sie, während alle anderen einfach das Leben genossen, arbeiteten wie die Macher – obwohl sie damals vielleicht nicht so hart gearbeitet hatten wie jedermann jetzt. Dennoch – der Bürgermeister war in den Augen der anderen immer eine Art Trottel gewesen, weil er überhaupt etwas tat: ein wahrer Aristo-Nutzer diente nicht den anderen – er ließ sich bedienen. Von den Machern. Zumindest hatten das damals alle diejenigen, die Lizzie kannte, so gesehen.

Wie auch immer, ein Bürgermeister, der mit Machern verhandelte, war ein gewohnter Anblick für alle Nutzer; er meldete es, wenn etwa Geräte schadhaft waren oder nicht funktionierten, er legte neu gewählten Funktionären die Forderungen der Wähler vor, er ließ die Polizei kommen oder den WildhüterRob oder Techs, wenn sie gebraucht wurden. Vielleicht hatte Billy recht. Vielleicht würden die Nutzer des Distrikts

Willoughby lieber jemanden wählen, der früher mal Bürgermeister gewesen war. Aber würde ein Bürgermeister sich als Kandidat für diese Wahl aufstellen lassen?

»Kennst du irgendwelche übriggebliebenen Bürgermeister, Billy? In unserem Stamm, da haben wir jedenfalls keine nich'.«

Billy lächelte hinab auf Lizzie, die immer noch auf dem Baumstamm saß. »O doch, haben wir. Weißte das denn nich'? Das kommt davon, weil du nix anderes im Kopf hast, als bloß immer nach deinen närrischen Daten zu fischen, statt mal 'n bißchen mit den Leuten zu schwatzen!«

Ein kleines Flämmchen erwärmte Lizzie. Billy war stolz auf ihre Fähigkeiten. Billy war immer stolz auf sie gewesen, schon damals, als sie als kleines Mädchen kaputte Robs zusammengebaut und sich ihre Kenntnisse ohne System, einfach nur aus der Praxis angeeignet hatte.

»Wer von uns is'n Bürgermeister, Billy?«

»Wer *war* 'n Bürgermeister.«

»Okay – wer *war* 'n Bürgermeister?«

»Shockey«, sagte Billy, und Lizzie spürte, wie sich ihre Lippen zu einem runden ›O‹ formten. Billy lächelte. »Isses nich' verwunderlich, Herzchen, was für Leute an was für Orten auftauchen? Das is' das Wichtigste, was mir die *Umstellung* gezeigt hat, Herzchen. Das Allerwichtigste: Man kann's nie wissen. Man kann's einfach nie wissen.«

»Das ist gar nicht verwunderlich«, sagte Vicki. »Hier, nimm Dirk. Er will trinken.«

Lizzie nahm das Baby. Die vertraute Wärme durchrieselte sie, schon als sie die Arme um ihn legte. Sie ließ sich an der SchaumSteinwand ihres Kabäuschens entlang in sitzende Stellung gleiten und öffnete das

Oberteil ihres goldgelben Overalls. Dirks hungriger kleiner Mund schoß auf ihre Brustwarze zu wie eine Rakete. Die Welle der Erregung – halb mütterlich-freudig, halb sexy – durchlief ihren Körper von der Brustwarze durch den Bauch bis tief hinab zwischen ihre Beine. Lizzie schämte sich immer noch ein wenig dieser Erregung: Es durfte doch nicht sein, daß einen das eigene Baby in Hitze versetzte! Aber es geschah jedesmal, und Lizzie entschloß sich schließlich, die Sache bei sich zu behalten. Aber es steigerte ihre Gereiztheit Vicki gegenüber, daß die so neben ihr auf der Matratze hockte und dreinsah, als würde sie das alles kennen. *Vicki* hatte doch noch nie ein Kind geboren und gestillt!

Lizzie sagte: »Also, *ich* fand's verwunderlich, und Billy auch. Shockey! Der sieht doch gar nicht nach einem Typen aus, der irgendwo Bürgermeister gewesen sein könnte!«

Vicki lächelte. »Und was für ein Typ, denkst du, würde in die Politik gehen?«

»Jemand wie Jack Sawicki. Der nur daran interessiert ist, seinem Dorf zu helfen, und dem es egal ist, wenn die Leute ihn deswegen manchmal auf die Schippe nehmen. Shockey wird doch schon wütend, wenn man ihn bloß ein klein wenig aufzieht, und ich denke nicht, daß er je in seinem Leben anderen Leuten helfen wollte.«

»Ah, das ist wohl der Grund, daß du dich so für dieses kühne politische Unternehmen einsetzt!« bemerkte Vicki mit unschuldsvoller Miene. »Weil du den glühenden Drang verspürst, anderen Stämmen im Distrikt Willoughby zu helfen!«

»Natürlich will ich …«, begann Lizzie und verstummte.

Vicki lächelte wieder. »Lizzie, Schätzchen, die Leute, die in die Politik gehen, sind zu neunundneunzig Prozent genau wie Shockey. Sie wollen einen persönlichen Vorteil, sie wollen Macht und sie wollen, daß die ganze Welt nach ihrer Façon mit dem Schwanz wedelt. Genau so, wie du ein Lagerhaus zur Verfügung haben willst und die Kontrolle über Steuergeld für dich und deinen Stamm. Der einzige Unterschied zwischen …«

»Aber ich will es doch gar nicht für mich selbst! Ich will es für Dirk und Billy und Mama und …«

»Wirklich? Wenn Billy und Annie morgen nach Süden gehen und der so ungemein wohltätige Jackson Aranow alle Dinge, die du haben möchtest, persönlich an deiner Haustür abliefert und dazu noch ein Konto auf Dirks Namen einrichtet – würdest du dann sofort diese ganze Königmacher-Nummer fallenlassen? Hmmmm?«

Lizzie sagte nichts darauf.

»Ich glaube nicht. Daran ist nichts Schlechtes, Lizzie, wenn du auf deine eigene Interessen schaust. Solange es nicht alles ist, worauf du schaust. Jemand, den ich früher mal kannte, behauptete …«

Da wären wir wieder mal, seufzte Lizzie innerlich und schob Dirk, der gierig trank, in eine bequemere Lage.

»… daß es fünf Stadien für zwischenmenschliche Beziehungen gäbe. Gültig für alle Beziehungen – von der internationalen Politkonferenz über die Ehe bis zu einem Polizeidezernat. Nur fünf mögliche Stadien. Erstens: gesunde Verhandlungen von einer im Grunde verwandten Position aus. Zweitens: völlige Gleichgültigkeit ohne gegenseitige Unterstützungserklärungen oder signifikante Wechselwirkungen. Drittens: ein Dominanz- und Abhängigkeitsverhältnis wie früher zwischen Machern und Nutzern. Viertens das heimliche Ringen um die Dominanz ohne Ausbruch regelrechter Kämpfe. Oder, fünftens, der offene Krieg. Solange du dich bemühst, dich innerhalb des Wahlrechts zu bewegen, befindest du dich in einem heimlichen Ringen um deine eigenen Interessen. Nichts dagegen zu sagen. Aber das gleiche trifft auch auf Shockey zu, nur ungehobelter als bei den meisten Politikern. Ich wette, er war nur kurz Bürgermeister in seinem früheren Dorf.«

»Das weiß ich nicht.«

»Jede Wette. Wie John Locke einst predigte …«

»Gibt's eigentlich irgendwas, von dem du nicht glaubst, du wüßtest es? Du!«

Vicki sah sie an. Lizzie senkte den Blick auf ihr Baby, und hob ihn wiederum mit einem wütenden Ausdruck darin. Na, es stimmte doch auch! Immerzu *erklärte* Vicki ihr irgend etwas! Als wüßte Vicki rein alles, und Lizzie wäre nichts als eine datenbekloppte … Nutzerin.

»Im Grunde genommen«, fuhr Vicki mit ruhiger Stimme fort, »weiß ich sehr wenig, was insofern bemerkenswert ist, als ich noch vor ein paar Jahren dachte, ich würde alles verstehen.«

»Tut mir leid«, murmelte Lizzie. Tat es ihr wirklich leid? Lizzie wußte es nicht. In letzter Zeit weckte Vicki in ihr wirre Gefühle, und früher hatte sie Vicki für eine so wundervolle Person gehalten … Nichts war mehr wie früher, rein gar nichts.

»Das braucht es nicht«, sagte Vicki; sie stand auf und streckte die Krämpfe aus den Beinen. »Ich schau dir in die Augen, Karl Marx.«

»Wie?«

»Nichts, Schätzchen. Wir sehen uns dann beim Abendessen, ja?«

»Okay«, murmelte Lizzie. Sie sah zu, wie Vicki ihren Verschlag verließ und um den gekippten Plastiktisch herumging, der eine seiner Wände bildete. Vicki blickte nicht zurück.

Lizzie drückte Dirk an sich und wünschte, sie hätte die Bemerkung unterlassen, daß Vicki alles zu wissen glaubte. Vicki hatte ihr soviel Gutes getan, als sie noch ein Kind gewesen war. Aber … Vicki benahm sich tatsächlich so, als würde sie alles wissen! Jede Idee, die aufkam, jeder Plan oder … Warum war Vicki bloß so? Weil sie eine Macherin war?

Lizzie hob den Arm, ohne das Baby zu stören, tastete hinter ihrem Kopf nach der obersten Schublade ihrer Kommode und holte ihr Terminal heraus. »Bibliothek öffnen.«

»Bereit«, sagte das System.

»Dreisatzdefinitionen von zwei Dingen. Erstens: ›Ich schau dir in die Augen.‹ Zweitens: ›Carl Marks.‹«

»›Ich schau dir in die Augen‹ ist ein berühmt gewordener Ausspruch aus einem Vor-Holo-Spielfilm mit dem Titel *Casablanca.* Er wurde vom männlichen Hauptdarsteller gegenüber der weiblichen Hauptdarstellerin als Trinkspruch gebraucht. In den 90er Jahren des 21. Jahrhunderts kam die Phrase erneut in Mode, und zwar als ironische Redewendung mit der ungefähren Bedeutung: ›Ich denke, diesen Disput hast du gewonnen‹.

›Karl Marx‹ war ein politischer Theoretiker, dessen Schriften von zahlreichen Revolutionären des zwanzigsten Jahrhunderts als Grundlage für ihre Revolutionen benutzt wurden. Er trat für einen Sozialismus ein, der das kollektive Eigentum an den Produktionsmitteln einschloß. Als Mechanismus, mit Hilfe dessen dies erreicht werden sollte, sah er den Klassenkampf voraus.«

»System aus«, sagte Lizzie.

»System aus.«

Ein Kampf der Klassen. War es das, was sie haben wollte? Hatte Vicki in Wahrheit das Gefühl, daß Lizzie das wollte? Und Billy und Annie und … Dirk?

Ein saurer Geschmack erfüllte Lizzies Mund. Sie schluckte, aber der Geschmack verging nicht. Sie hatte vorgehabt, Vicki zu bitten, mit ihr zu Shockey zu gehen, um ihm den Plan zu erklären, doch vielleicht würde sie das jetzt lassen. Vielleicht sollte sie lieber allein gehen, wenn Vicki diesen Eindruck von ihr hatte.

Der Kleine hatte aufgehört zu trinken und war wieder eingeschlafen. Lizzie drückte ihn an sich und beugte sich über den süßen sauberen Babyduft. Doch selbst da wollte der saure Geschmack in Mund und Nase nicht verschwinden.

Sie fand Shockey bei Sharon und ihrem Baby, der neun Monate alten Callie, am Fluß, wo sie angelten. Sie trugen alle drei Wintersachen, doch bei dem warmen Wetter hatten Sharon und Shockey die Jacken aufgeknöpft. Lizzie merkte, daß auch Sharons Bluse aufgeknöpft war. So stand die Sache also.

Callie saß in einem blauen Plastikwäschekorb am Flußufer und drehte eine dreckige Plastikente in den dicken Händchen. Sie war ein hübsches Kind und hatte Sharons weiches braunes Haar und die großen Augen geerbt, doch als sie Lizzie erblickte, verzog sie das Gesicht zum Weinen und sah sich angstvoll nach ihrer Mutter um. Annie sagte, bei Kindern in Callies Alter wäre das immer so, sie hätten Angst vor Fremden und allem Neuen. Das würde sich schon geben, sagte Annie. Nun, Lizzie verbrachte zwar nicht viel Zeit zusammen mit Sharon und ihrem Baby, aber sie war auch nicht unbedingt eine Fremde; sie gehörten doch alle demselben *Stamm* an! Lizzie hoffte, bei Dirk würde das anders sein, wenn er in dieses Alter kam. Sie schlug einen Haken, so daß sie aus Callies Blickrichtung kam.

Sharon und Shockey waren über ihre Angelruten gebeugt; Sharon kicherte und führte Shockeys Hand von seiner Angel an ihre offene Bluse.

»Hallo!« rief Lizzie laut.

»Hallo, Liz!« sagte Shockey und streckte sich. »Willst

mit uns mal zur Abwechslung 'n richtigen Fraß haben, wenn wir was fangen?«

An seinen Worten war nichts auszusetzen. Der Stamm nahm oft Mundnahrung zu sich: Beeren oder Nüsse, gebratenes Kaninchen, wilde Äpfel. Manchmal spürte Lizzie eine Sehnsucht in ihrem Mund, den sie einzig und allein mit wilden Zwiebeln stillen konnte. Die *Umstellung* bedeutete nur, daß niemand sich mehr mit der Nahrungssuche abmühen mußte; sie hieß nicht, daß man sich nicht mehr auf herkömmliche Weise das Maul stopfen konnte. Es war nichts auszusetzen an Shockeys Angebot – nur an der Art, *wie* er es vorbrachte: die Augen anmaßend auf Lizzie gerichtet, den Mund zu einem herablassenden Grinsen verzogen, die Hand immer noch auf Sharons entblößtem Busen. Und die sexuelle Nacktheit war etwas völlig anderes als die Nacktheit bei der Nahrungsaufnahme; sie sollte besser auf den Privatbereich beschränkt bleiben.

Aber Lizzie zwang sich zu einem Lächeln. »Klar du, wennste was fängst! Aber deswegen bin ich nich' hier. Hab 'n Angebot für dich.«

Shockeys Grinsen wurde breiter, und seine dunklen Augen blinzelten träge. Lizzie sagte rasch: »Billy, der hat mir erzählt, du wärst mal irgendwo Bürgermeister gewesen, richtig?«

Shockeys Lächeln erlosch. »So? Na un'? Mußte ja irgendwer den Bürgermeister machen!«

»Hast ganz recht, du«, sagte Lizzie. Sie sah Shockey unverwandt in die Augen. »Un' irgendwer muß das immer noch.«

»Brauchen keine Bürgermeister nich' mehr, wir«, mischte sich Sharon ein.

»Aber wir brauchen 'nen Distriktsleiter. Harold Winthrop Wayland is' abgekratzt.«

Sharons Stimme kletterte höher: »Shockey is' kein

Macher nich', Lizzie Francy! Vergiß das bloß nich', du!«

»Klar is' er das nich'«, entgegnete Lizzie. »Der is'n Nutzer. Das is' ja der springende Punkt.«

»Was für 'n springender Punkt?« erkundigte sich Sharon so hitzig, daß Callie ängstlich von ihrer Plastikente hochsah. »Nutzer, die arbeiten nich', un' schon gar nich' geben die 'nen Distriktsleiter ab!«

»Der Distriktsleiter, der überwacht die Belieferung der Lagerhäuser. Wir hier im Distrikt Willoughby, wir haben keinen Leiter, un' so haben wir auch nichts im Lagerhaus. Aber wenn wir uns 'nen eigenen wählen...«

»Dann haben wir immer noch nix im Lagerhaus! Fisch doch mal 'n bißchen in deinem eigenen Hirn, du, statt bloß immer nur in den Macher-Netzen rumzustöbern! Shockey, der kann keine Waren in kein Lagerhaus nich' zaubern!«

»O doch, das könnte er«, widersprach Lizzie. Plötzlich hatte sie es satt, das Nutzer-Gequatsche mit dieser dummen Gans. Sie kannte Sharon schon ihr ganzes Leben, und Sharon war immer dumm gewesen. »Es existiert ein staatlicher Kapitalfonds, gespeist aus Unternehmenssteuern, der unter allen Distrikten aufgeteilt wird. Als eine Kreditbasis, zu der noch die Macher-Steuern hinzukommen. Aber wenn wir es schaffen, genügend Nutzer in die Wählerlisten eintragen zu lassen und Shockey zu wählen, dann kann er den Anteil von Willoughby dazu benutzen, ein Lagerhaus für uns alle bis obenhin anzufüllen!«

»Aber wenn er...«

»Halt's Maul, Sharon, und laß Shockey reden!« Lizzie hoffte, das würde Shockey wütend machen – die Andeutung, daß Sharon ihn unter ihrer Fuchtel hatte. Aber Shockey war nicht wütend. Seine dreisten Augen unter den dicken Brauen hatten plötzlich einen entrückten Ausdruck, und seine Hand wanderte von

Sharons Busen an seinen dunklen Bart und strich langsam daran entlang. Die beiden Frauen starrten ihn an.

Schließlich sagte er: »Okay.«

»Okay?« kreischte Sharon.

»Maul halten, Sharon! Okay, ich mach's, Liz.« Abrupt bückte er sich nach dem Kind und hob es hoch über den Kopf. »Was sagst'n du dazu, Callie – willste sehen, wie dein großer Kumpel 'n Distriktsleiter wird, he?«

Die Kleine quiekte glücklich; offenbar betrachtete sie Shockey nicht als ›Fremden‹. Sharon schmollte.

Aber Lizzie, die schweigend zusah, hatte das Gefühl, daß Shockey sie alle nicht wahrnahm; seine Augen starrten irgendwohin in die Ferne, und er hatte das gleiche halbe Grinsen um den Mund wie vorhin, als er Lizzie eine Fischmahlzeit in Aussicht gestellt hatte. Wie hatte Vicki es ausgedrückt? In ihrer Liste zwischenmenschlicher Beziehungen? *Ein heimliches Ringen um die Dominanz ohne Ausbruch regelrechter Kämpfe …*

»Liz, du sagst mir einfach, was ich tun muß. Bin bereit, ich, kannst mit mir rechnen.«

8

Als der Sicherheitsalarm ertönte, saß Theresa in ihrem neuen Arbeitszimmer vor dem Terminal.

Das Arbeitszimmer war früher ein Dienerzimmer in der Mitte des Oberstocks gewesen, das vermutlich schon lange, bevor es HausRobs gab, leergestanden hatte. Theresa hatte es gewählt, weil es fensterlos war; nur ein kleines Oberlicht hoch oben in der Schräge des Luftschachtes gab den Blick auf ein Eckchen künstlichen Himmels frei. Sie beauftragte den GebäudeRob mit der Reinigung des Zimmers, ließ es weiß tünchen und mit einem Terminal und einem altmodischen, nichtflexiblen Stuhl ausstatten. Ansonsten befand sich nichts in dem Raum – mit Ausnahme der Drucke.

Sie hingen an jeder Wand – vielfarbige flache Ausdrucke von Holoszenen, die sie aus den Nachrichtensendungen auswählte. Auf einem dieser Bilder sah man drei verlassene tote Nutzer-Kinder in einer Schneeverwehung; ihre erfrorenen, wohlgenährten Gesichter strotzten vor Zellreiniger-Gesundheit.

Auf einem anderen Bild lag ein Baby in den Armen seiner gramerfüllten Mutter. Die Mutter, die aussah wie fünfzehn, war sichtlich *umgestellt.* Das Gesichtchen des Babies war von irgendeiner Krankheit deformiert, die Haut wirkte schwammig und war voller Flecken, und Blut sickerte aus den geschlossenen Augen. Die Kamera hatte die Mutter mit ausgestreckter, offener Hand aufgenommen: keine *Umstellungs*-Spritze lag darin.

Bei einer Weitwinkelaufnahme aus der Luft umschloß ein schimmernder Y-Schild eine wunderschöne Tallandschaft in den Ozarks. Das ganze Tal. Ein reicher

Macher lebte dort, ein früherer Finanzhai, den niemand mehr zu Gesicht bekommen hatte, seit der Pressekonferenz, die er nach seiner *Umstellung* gab und in der er begeistert feststellte, daß er von nun an nie mehr Kontakt mit einem anderen menschlichen Wesen zu haben brauchte.

Ein anderer kleiner Ausdruck zeigte vier abgemagerte Erwachsene mit Ellbogen, so hart und kantig wie Meißel, die Schüsseln hielten, in denen sich ein wenig Brei befand; sie standen unter einem Holzkreuz, in dem die Worte DAS TÄGLICH' BROT, DAS ER UNS GIBT eingebrannt waren. Unterernährung sprach aus ihren krummen Beinen und dem dünnen Haar. Alle vier lächelten selig in die Kamera und zeigten ihre Zahnlücken und das geschwollene Zahnfleisch.

Ein großformatiger Druck hinter dem Terminalpult zeigte Miranda Sharifis Gesicht, überlegt mit einem blauen Schleier, drei Lilien und einem offenen Gebetbuch. Daneben hing ein ebenso großer Druck mit dem Bild desselben Holos, doch diesmal überlegt mit Grabsteinen, Särgen, schwarzen Kerzen und Folterwerkzeugen, zusammen mit den Worten: UND WANN DIE UNSTERBLICHKEIT, DU BIEST?

Weiter gingen die Bilder. Zwei Macher-Kinder, die sich nackt und lachend auf einem von der Brust bis zum Schwanz aufgeschlitzten Hirschkadaver wälzten, um sich direkt vom Blut und vom Fleisch des Tieres zu nähren. Ein totes Nutzer-Kind in einer französischen Stadt, in der es seit vier Jahren keine *Umstellungs*-Spritzen mehr gab. Eine Werbeaufnahme für Endorkiss in leuchtenden, verführerischen Farben, bei der drei unglaublich perfekte Macher-Körper schweigend auf dem Nährplatz lagen; ihre Gesichter verrieten vollkommene Glückseligkeit, ohne einander anzusehen – das war offensichtlich auch nicht notwendig.

Jackson hatte das Zimmer noch nicht gesehen. Theresa betrat es nur, wenn er nicht daheim war, und sie hatte Jones, dem Haussystem, aufgetragen, niemanden außer ihr einzulassen. Wahrscheinlich wußte Jackson genau, wie man einen solchen Befehl überbrücken konnte, aber selbst wenn er dazu in der Lage war, würde er es vermutlich nicht tun. Jackson hätte das Zimmer ohnehin nicht verstanden. Er hätte es für ein medizinisches Problem gehalten – wie das, was er Theresas ›neurochemische Angstzustände‹ nannte. Er würde nie einsehen, wie notwendig dieser Raum war.

Das Computersystem vor Theresa war auf Bildschirmmodus geschaltet, seine flache Energie-›Oberfläche‹ senkrecht durch eine dicke schwarze Linie in zwei Hälften geteilt. Über der Linie stand in harten, dunkelblauen Buchstaben:

> *Selbst ein Tier kann in ungewohntem Terrain die Orientierung verlieren, aber nur Männer und Frauen können sich selbst verlieren.*
>
> – Christopher Caan-Agee, 2067

Darunter befand sich das jüngste Kapitel des Buches, das Theresa gerade über Leisha Camden verfaßte:

> *Leisha hatte einen Freund. Sein Name war Tony Indivino. Sehr viele Dinge machten Tony weitaus zorniger als Leisha. So erschien es etwa Tony nicht richtig, daß einige Leute so viel Geld hatten und andere so wenig. Darüber hatte Leisha zuvor noch nie nachgedacht. Später schrieb Leisha, daß Tony zu ihr gesagt hatte: »Angenommen, du gehst in einem armen Land wie Spanien durch eine Straße und du siehst einen Bettler. Gibst du ihm einen Dollar? Doch dann siehst du hundert Bettler, tausend Bettler und du hast nicht Leisha Camdens Geld. Was tust du? Was sollst du tun?« Leisha wußte keine Antwort auf Tonys Fragen.*

Theresa studierte den Absatz. Dann sagte sie zu Thomas, ihrem persönlichen System: »Vor ›Freund‹ füge ›wichtigen‹ ein.« Das System tat, wie ihm geheißen. Theresa studierte den Satz noch mal. Dann fiel ihr Blick auf den Satz, der darüber stand: *Selbst ein Tier kann in ungewohntem Terrain die Orientierung verlieren, aber nur Männer und Frauen können sich selbst verlieren.* Sie sagte: »Thomas, das zweite Zitat meiner Liste.«

Thomas ließ die Worte auf dem Bildschirm erscheinen und las sie laut mit seiner vollen, männlichen Stimme:

Doch der Mensch, der eitle Mensch, gehüllt in seine kurze Macht, der keine Ahnung hat von dem, was er zu kennen glaubt: von seinem eig'nen Wesen, seinem Kern – wie ein zorn'ger Affe spielt er dem Himmel seine Gaukelspiele vor, so daß selbst die Engel weinen.

– William Shakespeare, 1564–1616

»Das nächste Zitat.«

Des Menschen Unglück kommt, wie mir dünkt, aus seiner Größe; es ist ein Unendliches in ihm, das er, mit all seiner Schläue, nicht ganz unter dem Endlichen begraben kann.

– Thomas Carlyle, 1795–1881

Wieder las Theresa den Absatz, wo nun ›wichtigen‹ vor ›Freund‹ stand. Und dann hörte sie sich nochmals Carlyles Ausspruch an.

Warum war es so schwer, ein Buch zu schreiben? Sie sah so klar vor sich, was sie über Leisha Camden sagen mußte, konnte es so deutlich spüren. Sie konnte sogar darüber sprechen, zumindest mit Jackson. Aber wenn sie dann vor dem Terminal saß, klangen die Worte, die sie sprach, steif und kalt, und dann schien ihr, daß es besser wäre, der Welt nie vor Augen zu führen, warum Leisha Camden so bedeutsam war, warum ein Leben, das etwas so Großem wie dem Bewahren der Zusammengehörigkeit zwischen Schlaflosen und Schläfern gewidmet war, eine solche Bedeutsamkeit hatte. Auch wenn Leisha gescheitert war. Trotz Leishas Bemühungen waren die Schlaflosen nach *Sanctuary* gegangen, und das Land hatte eine lange, bittere Spaltung erfahren. Jennifer Sharifi war ins Gefängnis gewandert. Und Leisha hatte in einem Sumpf in Georgia den Tod gefunden, ermordet von Nutzern, die die Schlaflosen noch mehr verabscheuten als Theresa sich selbst verabscheute.

Aber Leisha hatte es wenigstens versucht. Und sich so vor dem bewahrt, was aus den anderen geworden war. Nein, Theresa mußte dieses Buch über Leisha schreiben! Sie *mußte* ganz einfach! Aber warum war es so schwer, solch wunderbare Worte zu finden wie diejenigen, die Thomas ihr brachte, wenn sie ihn auf Zitatensuche schickte?

Theresa wischte sich die Tränen von den Wangen und betrachtete wieder die Drucke an den Wänden. ... *keine Ahnung ... wie ein zorn'ger Affe spielt er dem Himmel seine Gaukelspiele vor, so daß selbst die Engel weinen.*

»Nimm ein Neuropharm«, würde Jackson sagen. »Ich kann dir ein maßgeschneidertes ordern ...«

»Die gebäudeinternen Sicherheitsanlagen wurden durchbrochen«, sagte das Haussystem laut über Theresas Terminal. »Dies ist keine Übung, Miss Aranow. Ich wiederhole: die gebäudeinternen Sicherheitsanlagen wurden durchbrochen, und dies ist keine Übung! Was soll ich unternehmen?«

Durchbrochen? Wie konnten die gebäudeinternen Sicherheitsanlagen durchbrochen werden? Es gab Y-Schilde, es gab Sperren ... Was sollte sie tun? Jackson war mit Cazie irgendwohin gegangen. Theresa wußte nicht, was sie dem System auftragen sollte. Ein Durchbrechen der Sicherheitsanlagen sollte es doch gar nicht geben!

Sie sagte: »Alle Türen versperren.«

»Die Türen sind immer versperrt, Miss Aranow.«

Natürlich sind sie das! dachte Theresa verstört. »Zeig mir den Bruch.«

Alle Prosa – ihre und Carlyles – verschwand vom Schirm. Er schaltete auf Holo und zeigte eine Weitwinkelaufnahme des Foyers. Menschen – Nutzer! – drängten zum Lift, der sagte: »Verzeihung, dieser Lift öffnet sich nur für autorisierte Bewohner des Gebäudes und Gäste.« Ein Mann mit einem Handterminal machte etwas damit, und die Lifttür öffnete sich.

Theresa sprang auf, wobei der Stuhl umfiel. Ihr Herz raste. Fünf Nutzer, vier Männer und eine Frau – Leute mit fliehender Stirn, brutalem Kinn, behaarten Ohren und dickem Hals, gekleidet in alte Winterjacken. In *ihrem* Wohnhaus! Die Gesichter wirkten zielstrebig und konzentriert, und einer von ihnen hatte ein MobiLink. Woher hatte er es? Aus den *Umstellungs*-Kriegen? Aber die waren doch seit Jahren schon vorbei … oder? Was sollte sie nur *machen*?

»Was … was soll ich machen, Jones? Gibt es Standardrichtlinien für die Vorgangsweise in so einem Fall?«

»Es existiert eine Standardsequenz stufenweiser Schritte zur Abwehr von nicht autorisierten Eindringlingen. Soll ich damit beginnen? Oder wünschen Sie zuerst mit den nicht autorisierten Eindringlingen zu sprechen?«

»Nein! Nein … ich … was wollen sie?«

»Soll ich Video und Audio des Foyers auf Thomas schalten?«

»Nein … ja. Und beginne mit der Standardsequenz für nicht autorisierte Eindringlinge!«

»Alle Stufen? Automatisierter Ablauf?«

»Ja!«

Die Übersichtsaufnahme zeigte den Korridor vor der Tür zum Apartment. Drei der Leute – einschließlich der Frau – hielten Waffen in der Hand. Theresa fühlte, wie es ihr die Kehle zuschnürte, und sie schnappte nach Luft. Nein, nicht jetzt! Nicht jetzt …! Die Nutzer schrien nicht; derjenige, der das MobiLink hatte, sprach mit lauter, aber ruhiger Stimme in typischer Nutzer-Sprechweise: »… noch *Umstellungs*-Spritzen kriegen, für unsere Kinder nämlich. Das is' alles, was wir wollen. Wir wollen keinem was Böses. Ich sag's noch mal: wir möchten bloß noch *Umstellungs*-Spritzen kriegen für unsere Kleinen. Wir wissen, daß Sie welche haben. Doktor Aranow, sie sin' doch 'n Arzt, Sie …«

»Geht weg!« rief Theresa. Die Worte drangen mühsam aus ihrer Kehle, nachdem sie sich durch Theresas Panikanfall hindurchgekämpft hatten. Sie versuchte es erneut: »Geht weg! Hier gibt es keine *Umstellungs*-Spritzen! Mein Bruder bewahrt sie nicht zu Hause auf!« Was nicht stimmte. Im Safe lagen sechzehn Spritzen.

»Wie? Sin' Sie Doktor Aranow? Machen Sie auf, Sie!«

»Nein!« wimmerte Theresa. Sie konnte nicht mehr atmen.

»Dann kommen wir eben rein.«

Die Apartmenttür sprang auf. Die Sicherungsmaßnahmen … warum reagierte Jones nicht? Was konnten diese Leute in der kurzen Zeit mit Jones angestellt haben … und wieso konnten sie wissen, wie man das fertigbrachte? Theresa schlang die Arme um sich und schaukelte vor und zurück. Jones sagte: »Sie alle sind nicht autorisierte Eindringlinge. Wenn Sie nicht augenblicklich das Gebäude verlassen, wird dieses System seine biologischen Abwehrmechanismen aktivieren.«

»Hör auf, Elwood ...!«

»Hab die Abwehr außer Gefecht gesetzt, ich. Kommt schon!«

»Aber du ...«

»Die Spritzen ...«

»Ich aktiviere«, sagte Jones, und mit einemmal füllte sich die Holobühne mit dunkelgelbem Gas, das von überall zugleich kam. Und es *war* überall! Theresa rang nach Luft und sog das Gas in ihre Lunge ...

Und da fielen ihr Arme und Beine ab.

Sie sank zu Boden, wo sie inmitten ihrer glatt abgetrennten Arme und Beine liegenblieb. Aber nein ... das konnten nicht die ihren sein, denn nirgendwo war ein Tropfen Blut zu sehen! Die Gliedmaßen gehörten jemand anderem ... den Eindringlingen? Aber wie waren die Eindringlinge ohne Beine in Theresas Arbeitszimmer im Oberstock gelangt? Wie sonderbar! Aber eigentlich interessant. Obwohl es sich vielleicht gar nicht um die Arme und Beine der Eindringlinge handelte ... Doch wem gehörten sie dann?

Sie schob das Bein, das dicht neben ihr lag, zur Seite. Also wirklich, dieses garstige Ding sollte einfach nicht so auf dem Boden herumliegen! Wo blieb nur der PutzRob? Vielleicht war er schadhaft ...

Als sie heftig gegen das herrenlose Bein trat, spürte Theresa erstaunt, wie ihr eigener Körper zusammenzuckte. Also was sollte das alles? Heute schien überhaupt nichts mehr normal zu sein! Obwohl Jackson immer sagte, ›normal‹ wäre ein riesiger Selbstbedienungsladen ... So gesehen hatte er wohl recht, wenn die Auswahl sogar Arme und Beine einschloß, die gar nicht ihr gehörten – und die ihr Arbeitszimmer verunzierten.

Theresa packte einen abgetrennten Arm und versuchte, ihn auf die andere Seite des Zimmers zu werfen. Wieder zuckte ihr Torso, und Schmerz durchfuhr ihre Schulter, was alles keinen Sinn ergab. Und wie hatte es der Eindringling bewerkstelligt, seinen Arm in einen von Theresas geblümten Ärmeln zu stecken? Er mußte zuerst in ihr Schlafzimmer gegangen sein, sich dort umgezogen haben und dann erst hergekommen sein, um hier auseinanderzufallen. Vielleicht hatte Leisha ihn geschickt. Ja, das konnte eine Erklärung sein – Leisha war den Nutzern stets mit Mitgefühl begegnet. Mit Mitgefühl und ohne Angst.

»Theresa!« rief jemand. *»Tess!«*

Obwohl – wenn sie es jetzt so betrachtete, hatte sie auch keine Angst vor ihnen. Ehrlich, sie war ganz ruhig. Jackson wäre stolz auf sie! Sie blieb ruhig und überlegte, was zu tun war. Erstmal mußte sie den PutzRob holen und ihn diese verstreuten Arme und Beine vom Boden aufsammeln lassen. Dann mußte sie die Enklavepolizei von den Eindringlingen in Kenntnis setzen. Drittens mußte sie draufkommen, woran es lag, daß Thomas Carlyles Sätze so gut klangen, damit sie, Theresa – oder ihr persönliches System – dann selbst welche schreiben konnte, die ebensogut klangen. Ja, das war es! Sie würde ihr System beauftragen, Carlyles Prosa zu kopieren. Schließlich hießen sie beide Thomas.

»Tess! Wo bist … o mein Gott!«

Theresa blickte auf. Cazie stand über ihr; sie trug einen Helm mit Y-Schild und Luftfilter. Cazie schien noch alle ihre Arme und Beine zu haben. Interessant … Wie hatte Cazie es geschafft, ihre Gliedmaßen zu behalten, wenn sowohl Theresa als auch die Eindringlinge die ihren verloren hatten? Punkt vier auf ihrer Liste würde sein, Jackson deswegen zu fragen. Vielleicht handelte es sich um ein medizinisches Problem.

»Hier, atme tief … halt still, Tessie! Atme bloß ein, so tief du kannst, das Gas braucht ein paar Minuten, um wieder herauszukommen aus deinem Körper … Atme nur …«

Da war etwas über ihrem Kopf – etwas, das aus Y-Energie bestehen mußte, denn Theresa konnte Cazie immer noch sehen. Cazie sah so besorgt aus … aber das brauchte sie doch nicht! Wirklich nicht! Theresa ging es ja gut! Jackson würde stolz darauf sein, wie gut es ihr ging, wie ruhig sie in einem Notfall blieb, wie normal und tief sie atmete und was für eine zweckmäßige Liste sie angefertigt hatte von dem, was zu tun war und in welcher Reihenfolge … Aber sie sollte Thomas die Liste diktieren. Auf diese Weise würde sie sicherstellen, nichts darauf zu vergessen. Thomas konnte alles aufschreiben.

Sie kroch auf ihr Terminal zu, um die Sache gleich in Angriff zu nehmen. »Tief atmen«, sagte Cazie wieder, aber noch ehe Theresa das tun konnte, wurde alles schwarz um sie.

Sie erwachte auf dem Sofa im Wohnzimmer. Jackson und Cazie standen über sie gebeugt. Cazie sagte: »Wie geht's denn jetzt, Tessie?«

»Ich … da waren Nutzer …«

»Sind schon weg. Nein, reg dich nicht auf, Tess, es ist alles in Ordnung! Die Enklavenwache hat sie alle gefaßt, und niemandem ist etwas geschehen. Es wird nicht wieder vorkommen.«

»Aber wie … was …?«

Jackson setzte sich neben sie und nahm ihre Hand. »Sie haben den Gebäudecode aus dem Netz gefischt, Theresa. Niemand weiß, wie sie in die Enklave gekommen sind. Aber alle unsere Systeme wurden neu programmiert – das Gebäude, der Lift und Jones. Cazie hat recht, es wird nicht wieder vorkommen.«

Seine Stimme klang hohl. Er log sie an.

Cazie sagte: »Nichts wurde gestohlen. Vielleicht hatten sie gar nicht vor, außer den *Umstellungs*-Spritzen etwas zu stehlen. Sie wußten, daß Jackson Arzt ist. Bei anderen Medizinern wurde auch eingebrochen. Die Polizei wird sich um die Sache kümmern. Niemand kam zu Schaden.«

»Aber überall auf dem Boden lagen Arme und Beine herum!« rief Theresa. Sie hatte sie noch vor Augen, diese gräßlichen abgetrennten Gliedmaßen... Sie erschauerte und schnappte erschrocken nach Luft: »Und was ist mit meinen Armen und Beinen?«

»Ganz ruhig, Tess«, sagte Cazie. »Es ist alles in Ordnung. Es lagen keine Arme und Beine auf dem Boden, und du hast die deinen auch noch. Es war nur die Bioabwehr des Systems. Warum hast du denn vor der Aktivierung nicht deine Maske aufgesetzt?«

»Du regst sie nur auf«, sagte Jackson. »Sie wußte das nicht. Tess, es ist alles gut, wir sind bei dir. Du brauchst dir keine Gedanken mehr darüber zu machen.«

»Aber...« Ihre Finger schlossen und öffneten sich um Jacksons Hand, schlossen sich und öffneten sich. »Aber sag mir, was habe ich da eingeatmet? Bitte, sag's mir, Jackson!«

Widerstrebend sagte er: »Es war ein Gas, das direkt auf die parietalen Cortices einwirkt und Anosognosie verursacht. Die parietalen Cortices regeln die Art und Weise, wie der Verstand die Gefühle und Bewegungen des Körpers wahrnimmt. Bei der Anosognosie ist der Verstand unfähig, die körpereigenen Funktionsausfälle, zum Beispiel der Gliedmaßen zu erkennen, und auch unfähig zu erkennen, daß irgend etwas damit nicht stimmt. Also erfindet das Opfer komplizierte Szenarien, um die wahrgenommene Lahmlegung der Gliedmaßen zu erklären. Das ist eine gute Methode für eine Sicherheitsmaßnahme, die eine Person außer Gefecht setzt, ohne bei ihr Wut oder Panik hervorzurufen, was beides zu Überreaktionen führen könnte. Und es ist absolut harmlos.«

Also ein Neuropharm. Sie hatte ein Neuropharm eingeatmet und war zu einem anderen Menschen geworden. Zu einem Menschen ohne Arme und Beine, zu einem Menschen, der dachte, die Arme und Beine anderer Menschen würden auf dem Boden herumliegen, zu einem Menschen, den das überhaupt nicht aufgeregt, sondern der seelenruhig überlegt hatte, wie er damit fertigwerden sollte. Nicht Theresa. Jemand ganz anderer.

Sie blickte auf zu Jackson, und zum erstenmal in ihrem Leben wollte sie ihn nicht in ihrer Nähe haben. »Du… du hast mich zu etwas ganz anderem gemacht!«

»Nein, nicht ich, das war das Haussystem …«

»Aber du willst doch immer, daß ich Neuropharms nehme. Damit ich zu jemand anderem werde.«

»Theresa, das kannst du doch nicht vergleichen …«, begann er, aber sie unterbrach ihn.

»Das ist nicht die Antwort. Ich kenne sie auch nicht, aber das ist sie jedenfalls nicht.« Sie ließ Jacksons Hand los und stand mühsam auf.

Cazie sagte: »Tess, Kleines, du bist wirklich nicht fair zu Jack. Er will nur einfach …«

»Ich weiß, was er nur einfach will«, sagte Theresa und ließ die beiden dort stehen. Jackson sah unglücklich aus und Cazie mitleidig. Sie stolperte zu ihrem Zimmer; ihr Gang war unsicher, in den Armen und Beinen kribbelte es, und einmal dachte sie schon, die Knie würden unter ihr nachgeben.

Aber wenigstens waren es ihre eigenen.

Das Gebäude stand auf einem Berghang hoch oben in den Adirondacks. Theresa landete den Wagen, der selbstverständlich auf Automatik flog, auf einem künstlich abgeflachten Stück nanobeschichtetem Untergrund, bei dem es sich, wie sie annahm, um einen Parkplatz handelte, obwohl keine anderen Wagen zu sehen waren. Dann stand sie lange Zeit in der Kälte und starrte nur hinauf zum Kloster der Schwestern des Barmherzigen Himmels.

Das Nonnenkloster – nicht aus SchaumStein, sondern aus echtem Stein gebaut – schmiegte sich unauffällig in den Berg: graues Felsgestein, spärlich bewachsen mit welken Efeuranken, deren mattes Braungrün sich in dem kargen Winterbewuchs in den Spalten des steilen Berghangs fortsetzte. Es war das erste Macher-Gebäude ohne schwach schimmernde Kuppel eines Y-Schildes, das Theresa je gesehen hatte – sowohl in Wirklichkeit als auch in allen Sendungen, an die sie sich erinnern konnte. Nur Schnee in sauberen Wächten umgab das Kloster. Leichter Wind wirbelte die pulvrigen Stäubchen um Theresas Beine, und erschauernd machte sie sich auf den Weg zum Tor.

Eine Frau mittleren Alters öffnete – kein Sicherheitssystem und auch kein Rob. Eine Frau – eine Schwester? –, gekleidet in ein glattes graues Gewand aus einem Stoff, der aussah wie Baumwolle. *Baumwolle.* Ein konsumierbares Gewebe. Bei seinem Anblick vergaß Theresa beinahe wie üblich vor Fremden zurückzuzucken. Sie verschränkte die Finger fest ineinander und zwang sich, keinen Schritt zurückzuweichen.

»Ich bin … Theresa Aranow. Ich habe angerufen …«

»Kommen Sie herein, Miss Aranow. Ich bin Schwester Anne.«

Sie lächelte, aber Theresa schaffte es nicht zurückzulächeln. Ihre Gesichtszüge fühlten sich an wie erstarrt. »Sie haben mit mir übers ComLink gesprochen. Kommen Sie, wir wollen uns ein Plätzchen suchen, wo wir ungestört plaudern können.«

Sie führte Theresa durch ein dämmriges Foyer mit

Steinwänden und öffnete eine schwere Holztür. Ein voller Wohlklang drang ihnen entgegen.

»Oh! Was ... was *ist* das?«

»Die Schwestern. Sie singen die Vesper.«

Fasziniert blieb Theresa stehen. Sie hatte noch nie zuvor einen Gesang wie diesen gehört. Aus keinem Klangsystem, niemals! Es war eine strahlende, herrliche Woge aus Tönen, ohne Instrumente, hervorgerufen nur durch menschliche Stimmen, von denen jeder einzelnen durch die entsprechenden GenMods die Musikalität mitgegeben worden war und die jetzt in glühender Inbrunst erstrahlten. Theresa konnte die einzelnen Worte nicht ausmachen, aber Worte waren ohnehin nebensächlich. Es war die Leidenschaft, auf die es ankam. Die Leidenschaft für etwas Ungesehenes, aber ... aber was? Für etwas Gefühltes. Die Leidenschaft ...

»Sie sagten am ComLink«, bemerkte Schwester Anne leise, »daß Sie keine katholische Erziehung hatten. Haben Sie noch nie den Vespergesang gehört?«

»Noch nie!«

»Nun, das haben die meisten Katholiken auch nicht. Oder das, was man jetzt als Katholiken bezeichnet. Kommen Sie hier herein. Hier können wir sprechen.«

Theresa folgte ihr in einen kleinen weißgetünchten Raum, in dem nur ein Schreibtisch mit dem Terminal und drei Stühle standen. Holzstühle. »Sie sind nicht *umgestellt*«, platzte Theresa heraus. »Keine von Ihnen.«

»Nein«, bestätigte Schwester Anne lächelnd. »Wir müssen essen und trinken und sind daher für unser tägliches Brot abhängig von unseren eigenen Anstrengungen und Seiner Gnade.«

»Ist das ... ist das ...« Theresa zitterte. Aber sie zwang sich, die Worte hervorzubringen, denn sie waren so wichtig für sie. »Ist das eine spirituelle Übung?«

»Das ist es. Aber vielleicht sollten wir damit beginnen, daß Sie mir verraten, weshalb Sie hier sind, Miss Aranow.«

»Warum ich hier bin ...« Theresa sah die Nonne an.

Sie hatte Thomas Hintergrundinformationen einholen lassen. Schwester Anne war einundfünfzig Jahre alt, war mit siebzehn in diesen halbklösterlichen Orden eingetreten und eine von nur noch achthundertneunundvierzig Schwestern des Barmherzigen Himmels auf der ganzen Welt. Geboren als Anne Grenville Hart in Wichita, Kansas, hatte sie von ihrer Mutter, einer Mitbegründerin von ›Prousts Madeleines‹, einer Kette von Lizenzbäckereien, drei Millionen Dollar geerbt und dem Orden geschenkt. Warum war Anne Grenville Hart hier? Aber das konnte Theresa nicht gut fragen. Gehorsam bemühte sie sich daher, die Frage der Nonne zu beantworten, obwohl sie von vornherein wußte, daß dieser Versuch scheitern mußte, denn die Antwort würde nicht das ausdrücken können, wofür Theresa selbst keine Worte fand.

»Ich bin hier, weil ich ... nach etwas suche«, begann sie und wartete darauf, gefragt zu werden, wonach. Die nicht zu beantwortende Frage, die nur zum Stammeln wirrer Worte und zu verwunderten Blicken und wachsender Ungeduld seitens der Schwester führen mußte, bis Theresa schließlich in hilfloses Schweigen verfallen würde ...

Aber Schwester Anne sagte: »Und Sie haben schon überall nachgesehen, wo Sie dachten, Sie könnten es finden, fanden es nicht und nun versuchen Sie es hier als letzte Möglichkeit. Obwohl Sie nicht in der Lage sind, das zu definieren, was Sie suchen und fürchten, es könnte sich gar nicht um das katholische Konzept von Gott handeln.«

»Ja!« stieß Theresa hervor. »Wie ... wieso wissen Sie das?«

»Sie sind nicht die erste, die zu uns kommt«, erwiderte Schwester Anne freundlich, »und Sie werden nicht die letzte sein. Aber ich denke, Sie könnten anders sein als die anderen. Miss Aranow, warum sind Sie nicht *umgestellt*?«

»Es geht nicht.«

»Es geht nicht? Sie meinen, es besteht ein physischer Grund dafür?«

»Nein, nein, es ist nur … daß ich nicht kann.«

»Sie fürchten, damit Ihr Leben zu vollautomatisch zu machen. Mit den körperlichen Bedürfnissen und Nöten, meinen Sie, beginnt die spirituelle Suche. Darin wurzelt und entspringt unser geistiges Streben.«

»Ja!« rief Theresa und schnappte nach Luft. »O ja! Nur …«

»Nur – was, Miss Aranow?« Schwester Anne beugte sich vor auf ihrem Stuhl, der aus hartem, lange abgelagertem natürlichem Holz bestand, das von ihrem nicht *umgestellten* Körper nicht Molekül für Molekül konsumiert werden würde, bis er zu einem dürren Skelett seiner selbst geschrumpft war. Dieser Stuhl würde ein Stuhl bleiben. Schwester Annes Gesichtsausdruck war so herzlich wie der von Jackson und Cazie, aber doch irgendwie anders, nicht … nicht *was*? Nicht behutsam, nicht mitleidig, nicht gönnerhaft Theresa gegenüber; Schwester Anne hielt Theresa Aranow weder für schwach noch für übergeschnappt.

Als sie in dieses ruhige, verständnisvolle Antlitz blickte, verflüchtigte sich Theresas Angst vor Fremden plötzlich, und die Worte sprudelten nur so aus ihr heraus – eine Flutwelle, der nicht Einhalt zu bieten war. »Immer habe ich etwas gewollt, etwas gesucht, mein ganzes Leben lang … bloß habe ich keine Ahnung, was es ist! Und niemand außer mir schien es je zu brauchen oder auch nur zu wissen, worüber ich rede, selbst gute Menschen, von denen ich weiß, daß sie gut sind. Menschen, die ich liebe. Aber sie schauen mich an, als wäre ich verrückt ... und eigentlich bin ich ja verrückt. Ich habe Depressionen, Platzangst und schwere neurologische Inhibitionen. Bis auf ein einzigesmal habe ich unser Apartment seit einem Jahr nicht verlassen, und das war ... Niemand sonst, den ich kenne, denkt und fühlt so wie ich. Ich will, daß es etwas gibt, etwas ... Großes. Etwas, das größer ist als ich. Etwas im Universum, an das ich mich klammern kann, das meinem Leben irgendeinen Sinn gibt ... Ich habe geschwindelt, wissen Sie, als Sie meinten, ich würde nicht zulassen wollen, daß alles zu vollautomatisch für mich wird, und ich ja sagte. Es *ist* alles schon vollautomatisch für mich. Ich bin reich und ich habe einen liebenden Bruder, der zwischen mir und der übrigen Welt steht und ich muß mir nie Sorgen machen oder um etwas kämpfen – und ganz gewiß nicht um mein täglich' Brot, das von Robs angeliefert und zubereitet und serviert wird, während ... während die meisten Menschen in diesem Land da draußen ohne Schutz oder Y-Kegel oder medizinische Versorgung für ihre Kinder auskommen müssen, für die es noch dazu nicht genügend *Umstellungs*-Spritzen gibt ... Nicht, daß ich die *Umstellung* für etwas Gutes halte – ich weiß nicht, was ich davon halten soll. Aber der Grund, weshalb ich immer anders war, ist, daß ich etwas will, das niemand haben kann – Jackson sagt, niemand kann es haben, weil es nicht existiert. Ich will die Wahrheit! Die Wahrheit, die real und greifbar ist und einem hilft bei der Entscheidung, wie man sein Leben leben will und was für eine Bedeutung dieses Leben haben sollte. Oh, ich weiß, daß es so eine Art von Wahrheit nicht gibt – die absolute Wahrheit – und daß es dumm und naiv ist, sich auf die Suche danach zu machen, aber das tue ich nun mal. Zumindest versuche ich es. Ich ließ mir von Thomas helfen, Christentum und Zen und Yagaiismus und Hinduismus und die *Grundlagen der wissenschaftlichen Umstellung* durchzugehen... Ich bin nicht besonders klug, Schwester, weil bei meiner In-vitro-Zeugung vermutlich etwas schiefgegangen ist, und sehr viel habe ich nicht verstanden von dem, was Thomas für mich zusammengetragen hat. Aber ich habe es versucht. Und mir kommt es so vor, als würden alle diese Überzeugungen einander widersprechen, alle behaupten etwas anderes, und wenn das stimmt, so frage ich mich, wie können sie dann die Wahrheit sein? Und dann widersprechen sie sich selbst, weil ein Teil des Glaubens mit einem anderen Teil nicht zusammenpaßt oder nicht zu dem paßt, was ich rundum in der Welt sehe, also wie kann dann *irgend etwas davon* wahr sein? Es ist es nicht! Doch was bleibt mir dann noch – außer diesem seltsamen Verlangen, das anscheinend niemand außer mir kennt? Und so fühle ich mich so einsam, daß ich glaube, ich sterbe. Ich habe schon ernsthaft an Selbstmord gedacht. Aber was würde ich damit Jackson antun, der sich ohnehin schon so verantwortlich fühlt für mich? Ich kann es nicht. Ich kann es nicht. Es wäre nicht richtig. Nur... wie soll ich wissen, was ›richtig‹ ist, wenn ich nicht herausfinde, was wahr ist? Und so lebe ich immerzu in diesem... diesem *Vakuum,* und manchmal ist die Leere so groß und dunkel und dick, daß ich das Gefühl habe, darin zu ersticken oder mich darin so sehr zu verirren, daß niemand mich mehr finden kann. Daß ich mich nicht einmal selbst finden kann, das heißt, ich selbst bin ja gar nicht das, was ich finden will! Es ist so unbedeutend, nichts zu finden außer mir selbst!«

Theresa hielt inne und rang nach Luft. Was redete sie da nur daher? Breitete es aus wie ein greinendes Kind vor einer Fremden, vor dieser gelassenen, in sich ruhenden Frau, die sie nicht einmal kannte...

»Sie haben recht mit Ihrer Suche«, sagte Schwester

Anne, »aber unrecht, was Ihre Schlußfolgerungen betrifft.«

Sie sprach mit absoluter Überzeugung, und doch fühlte Theresa sich verwirrt; sie vermeinte nicht, irgendwelche Schlußfolgerungen gezogen zu haben – sie war gar nicht fähig, welche zu ziehen. War nicht genau das ihr Problem?

»Ich verstehe nicht, Schwester.«

»Wie alt sind Sie, Miss Aranow?«

»Achtzehn«, sagte sie und wartete auf das Lächeln. Es kam nicht.

»Sie meinen, die Glaubensrichtungen – von Yagaiismus bis Zen –, mit denen Sie sich beschäftigt haben, widersprechen nicht nur einander, sondern sie sind auch in sich widersprüchlich oder widersprechen Ihren persönlichen Erfahrungen und können somit nicht die Wahrheit verkörpern. Das ist ein Irrtum Ihrerseits.«

»Wie?« rief Theresa. »Wo soll da mein Irrtum liegen?«

»Sie verkörpern alle die Wahrheit. Jede einzelne der Glaubensrichtungen, die Sie erwähnt haben, ebenso wie Atheismus, Druidismus und Teufelsanbetung.«

Theresa starrte ihr Gegenüber sprachlos an.

»Tatsache ist, mein liebes verlorenes Kind, daß die Wahrheit nichts so Einfaches ist. Sie ist gediegen und umfassend und leuchtet hell genug, um die Finsternis zu durchdringen. Aber sie ist nicht einfach.«

»Das verstehe ich nicht.« Theresa sank in sich zusammen. Sie hatte die plötzliche Vorstellung, wie Cazie Schwester Anne aus einem Winkel des weißgetünchten Zimmerchens beobachtete: Cazie, den Kopf schiefgelegt, die golden gesprenkelten Augen spöttisch glitzernd, das Lächeln wandernd von einem zum anderen. *Ironie, Tessie! Verlier nie deine Ironie!*

»Alles ist wahr – unter den entsprechenden Umständen. Die Menschen sind gut, und die Menschen sind sündig. Gott ist allmächtig, aber Gott kann nicht für jede einzelne Seele entscheiden. Liebe ist erhabener als Gerechtigkeit, und Gerechtigkeit erhabener als Liebe. Wie sonst hätte sich die Kirche über zwei Jahrtausende hinweg immerfort ändern und doch die Kirche bleiben können? Manchmal müssen Ketzer ausgemerzt und vernichtet werden, und manchmal müssen Ketzer bereitwillig akzeptiert werden, und manchmal sind die Ketzer wir selbst. Alles davon ist wahr. Aber die Menschheit kann nicht die ganze Wahrheit auf einmal sehen, und so sehen wir zu jeder Zeit soviel wir können. Wie alles andere unterliegt auch die Wahrheit der Mode. Doch unter der jeweiligen Mode bleibt die Gediegenheit bestehen.«

»Aber, Schwester … wenn rein alles wahr ist …«

»Dann ist es die Aufgabe des Suchenden, den Egoismus persönlicher Wahrnehmung auszuklammern und soviel von Gott zu sehen, wie er kann.«

Den Egoismus persönlicher Wahrnehmung. Theresa hatte ihre liebe Not mit diesem Konzept. »Sie meinen … wir können nicht alles sehen, und so müssen wir einfach darauf vertrauen, daß auch der Rest da ist? Vertrauen auf unseren Glauben?«

»Das ist ein Teil davon. Aber es gibt noch mehr. Wir müssen die Beschränktheit unseres persönlichen Wahrnehmungsvermögens – die Grenzen unseres persönlichen Wahrnehmungsvermögens – öffnen und das sehen, was uns bislang verborgen blieb.«

»Aber *wie*?« rief Theresa und fügte stiller hinzu: »Wie?«

Schwester Anne stand auf und ging zur Tür. Sie öffnete sie, und der herrliche Wohlklang wogte in den Raum: dreißig, vierzig, fünfzig Stimmen, die sich im Gesang erhoben, inbrünstig und rein – ein Schwall von Tönen, so schwer und süß wie der Duft einer Sommernacht. Theresa schloß die Augen und beugte sich vor, als wäre der Gesang ein lauer Fluß, in den sie sich langsam hineingleiten ließ.

»So«, sagte Schwester Anne.

Ironie ist immer die beste Waffe gegen Selbsttäuschungen, behauptete Cazie.

»Sie ist auch die beste Waffe gegen das Risiko echter Gefühle«, sagte Schwester Anne leise, und Theresa riß die Augen auf und ihr Herz begann wild zu rasen, bis sie erkannte, daß sie Cazies Worte laut ausgesprochen haben mußte.

Sie stand auf, ohne zu wissen, weshalb. Der Vespergesang hob und senkte sich rund um sie wie ein Meer aus goldenen Tönen, fühlbar und machtvoll wie ein Schwall frischen Wassers. Wieder raste ihr Herz, aber diesmal ohne Gefahr eines Anfalls. Ihr Atem ging tief und gleichmäßig. *Ja!* sagte etwas in den Tiefen ihres Bewußtseins. *Ja ja ja!*

Die Nonne ließ sie nicht aus den Augen. »Es sind nur sehr wenige Menschen, die wirklich für diesen Orden gemacht sind, Miss Aranow.«

»Ich gehöre dazu«, sagte Theresa, und ihr schien, als habe sie noch nie in ihrem ganzen Leben etwas mit einer solchen inneren Überzeugung ausgesprochen. In diesem Moment lag alles hinter ihr: die Unsicherheit, die Verlorenheit, die entsetzlichen Ängste. Vor allem die Ängste. Vor dem Fremden, dem Ausgefallenen, dem Andersartigen. Es war vorbei. Sie war daheim.

Schwester Anne lächelte; für Theresa verschmolz das Lächeln mit der Herrlichkeit der Musik – *war* die Musik. »Ich denke, Sie könnten recht haben. Möchten Sie die Blut- und Zerebralspinaltests gleich jetzt machen lassen?«

Theresa lächelte zurück. »Tests?«

»Als eventuelle Grundlage für die für Sie maßgefertigten Neuropharms.«

»Die ... *was?*«

»Wir fertigen die Mischung natürlich für jede Bewerberin speziell an. Unser Labor, das wir in Saranac Lake gemeinsam mit den Jesuiten betreiben, ist auf dem allerneuesten Stand der Forschung wie kaum ein anderes auf der Welt. Ihre persönliche Mischung wird den Vergleich mit allem, was in Boston oder Kopenhagen oder Brasilia zu bekommen ist, in keiner Hinsicht zu scheuen haben.«

»Ich nehme keine Neuropharmaka«, sagte Theresa hölzern.

»Ganz gewiß haben Sie noch nie welche wie die unseren genommen. Für diesen Zweck, mit diesen Resultaten. Noch nie.«

»Ich nehme überhaupt keine.« Ein Schwindelgefühl erfaßte sie und verdrängte die Musik. Mit beiden Händen griff sie nach der Stuhllehne.

»Ich verstehe.« Schwester Anne nickte. »Aus demselben Grund, aus dem Sie nicht *umgestellt* sind. Aber, Theresa, das ist nicht das gleiche. Neuropharms zur höheren Ehre Gottes ... Was glaubten Sie denn, was ich meinte, als ich sagte, wir klammern den Egoismus der persönlichen Wahrnehmung aus? Das ist eine kortikalthalamische Funktion!«

»Ich weiß nicht, was ich glaubte«, murmelte Theresa. Das Schwindelgefühl verstärkte sich. Sie hielt sich an der Stuhllehne fest.

»Unsere Neuropharms modifizieren die Aktivitäten des Corpus mamillare, der kortikalen Assoziationsfelder und des dorsomedialen Nukleus – nicht viel anders als die Modifizierung der Körperchemie durch Fasten oder ekstatische Gebete in früherer Zeit. Wir durchbrechen einfach die neuralen Barrieren, um das Niveau für Aufmerksamkeit, Wahrnehmung und die Integration verschiedener Stadien des Bewußtseins zu steigern. Um Gott besser kennenzulernen und zu ehren.«

»Ich muß jetzt gehen«, keuchte Theresa. Das Zimmer drehte sich um sie, und ihre Kehle schnürte sich zu. Sie konnte nicht mehr atmen. Es war keine Luft da…

»Aber, mein Kind…«

»Ich muß… jetzt gehen! Tut… mir leid!«

Sie stolperte durch die offene Tür, und der Vespergesang brandete auf, immer heftiger, während sie blind durch den Korridor taumelte: glorreich, leidenschaftlich, herzzerbrechend. Theresa riß am Tor, aber es ging nicht auf, und diesem Tor konnte sie nicht befehlen, sich zu öffnen. Keuchend schlug sie gegen das Holz, bis jemand, den sie durch die schwankenden Wirbel nicht sah, die Hand an ihr vorbei ausstreckte, das Tor öffnete und sie hinausstürzte.

Hinter ihr schloß sich das Tor wieder und schnitt abrupt den Gesang ab.

Als sie wieder atmen konnte, blieb Theresa lange in ihrem Wagen sitzen, ehe sie ihn abheben und Richtung Süden fliegen ließ.

Der erste Stamm, den sie unter sich sah, hatte sein Winterquartier in den Überresten einer Nutzer-Stadt aus der Zeit vor den *Umstellungs*-Kriegen aufgeschlagen. Die drei nicht zerstörten Gebäude leuchteten in typischen Nutzer-Farben: fuchsienrosa, grasgrün und hellrot. Hinter dem roten Gebäude lag ein riesiges Stück Plastikfolie über aufgewühlter Erde: ein Nährplatz. Daneben häuften sich die Trümmer alter Maschinen, Roller und Robs und etwas, das aussah wie Wasserrohre. Menschen, klein und unbedrohlich gemacht durch die Flughöhe, blieben stehen und blickten nach oben, wobei sie mit den Händen die Augen vor der kalten Wintersonne beschirmten. Theresa konnte ihre Gesichter nicht sehen.

Sie machte keinen Versuch zu landen oder auch nur die Flughöhe zu verringern. Statt dessen senkte sie das

Fenster ab und ließ die Packung mit den *Umstellungs*-Spritzen hinausfallen. Sechzehn Stück, alles, was Jackson noch im Safe gehabt hatte. Die Spritzen waren in nicht konsumierbaren geblümten Kleiderstoff gewickelt, der möglicherweise beim Aufprall zerreißen würde, aber nichts konnte Miranda Sharifis *Umstellungs*-Spritzen zerbrechen.

Sogleich nachdem das Paket auf dem Boden aufgetroffen war, rannten die Nutzer hin. Theresa wartete nicht. Sie flog weiter nach Süden, zurück nach Manhattan-Ost, und wußte, sie war eine Heuchlerin: Sie glaubte nicht, daß *Umstellungs*-Spritzen gut für die Menschheit waren, und dennoch gab sie sie den Nutzern für ihre Kinder. Sie glaubte nicht, daß Neuropharms der Weg zum Lebenssinn waren, aber die Schwestern des Barmherzigen Himmels hatten das Gefühl, daß ihr Leben Sinn hatte, während sie, Theresa, das Gefühl hatte, ihr Leben wäre Scheiße. Sie glaubte daran, daß Schmerz eine Gabe wäre, ein Wegweiser zur Seele, und dennoch ließ sie sich von Robs füttern und von Jackson hätscheln und von Biowaffensystemen schützen, damit sie keine Angst zu haben brauchte vor zu viel Schmerz.

Und immerzu saß Cazie neben ihr im Flugwagen, spöttisch, besorgt, ungeduldig, liebevoll und gefährlich, und sagte: *Ironie, Tessie. Verlier deine Ironie nicht!*

Ich hatte nie welche zu verlieren, dachte Tess und verdunkelte die Scheiben der Wagenfenster, damit sie nicht das Draußen sehen mußte. Damit sie das Gesicht in den Händen vergraben und sich fragen konnte, was es noch gab, um es als nächstes zu versuchen. Falls es überhaupt noch etwas gab.

»Du hast *was* getan?« fragte Jackson. Er sprach sehr langsam, so als wären seine Worte glitschig und er müßte sie mit den Zähnen festhalten.

»Ich habe sie einem Nutzer-Stamm geschenkt«, sagte Theresa.

»Du hast den ganzen Rest meiner *Umstellungs*-Spritzen einem Nutzerstamm gegeben? Welchem Stamm?«

»Ich weiß es nicht. Dem erstbesten.«

»Wo?«

»Weiß ich nicht mehr.«

Jackson verschränkte die Finger, bis sie weiß wurden. *»Warum?«*

»Weil sie sie brauchen. Sonst werden ihre Kinder krank und sterben.«

»Aber Tessie, ich brauche sie auch! Für die Babies meiner Patienten! Wußtest du, daß es die letzten Spritzen waren, die ich hatte?«

»Ja«, flüsterte sie. Noch nie hatte sie ihren Bruder so gesehen. So ruhig. Nein, das stimmte nicht ganz, Jackson war üblicherweise immer ruhig. Aber nicht so.

»Theresa. Ich brauche mein Handwerkszeug, um den Menschen helfen zu können. Ich brauche die Spritzen. Und Miranda Sharifi versorgt uns nicht mehr damit... das weißt du! Jedem Arzt in diesem Land gehen die *Umstellungs*-Spritzen aus, und keiner kann neue bekommen! Wie soll ich den Neugeborenen helfen, wenn ich keine Spritzen habe?«

»Du kannst sie behandeln, Jackson.« Sie hatte Zeit gehabt, um über diese Sache nachzudenken; jetzt war sie ruhiger als bei ihrer Rückkehr. Ein wenig ruhiger. »Die Menschen in der Enklave haben dich. Aber diese Nutzer-Babies da draußen haben gar nichts. Und ich wollte...« Sie hielt inne.

Jackson sagte mit einem würgenden Geräusch in der Kehle: »Du wolltest ihnen irgend etwas geben.«

»Ich muß irgend jemandem irgend etwas geben!« rief Theresa.

Jackson wandte sich ab, zum Fenster. Er stand mit dem Rücken zu Theresa und blickte hinaus in den

Park. Theresa machte einen Schritt auf ihn zu und blieb stehen. »Siehst du das nicht ein, Jackson?«

»Doch, ich sehe es ein«, sagte er, und sie fühlte sich ein wenig besser, auch wenn er sich nicht umdrehte.

»Und du kannst den Leuten in unserer Enklave wirklich helfen«, sagte sie. »Du kannst ihnen so helfen, wie du es gelernt hast. Schließlich bist du doch Arzt, oder?«

Doch diesmal antwortete Jackson überhaupt nicht.

INTERMEZZO

SENDEDATUM: 5. Januar 2121
GEHT AN: Mondbasis Selene
VIA: AT&T-ComLink-Satellit 4, Holsat 643-K (China)
NACHRICHT - ART: nicht verschlüsselt
NACHRICHT - KLASSE: unklassifiziert;
Übermittlung nicht legal
AUSGEHEND VON: keine Identifikation
NACHRICHT LAUTET:

Erst gibst du uns *Umstellungs*-Spritzen, damit wir von euch Nicht-Menschen abhängig werden. Dann hörst du auf, uns die Spritzen zu liefern, damit wir krank werden und verhungern. Was ist das anderes als Völkermord? Du denkst, keiner weiß, was ihr im Sinn habt. Stimmt nicht, du Miststück. Überall in Amerika gibt es Gruppen, die genau wissen, was da wirklich im Gange ist! Was ihr wirklich vorhabt. Nämlich, uns zu kontrollieren und zu schwächen und dann zum Angriff überzugehen. Das wird nicht funktionieren! Ein paar von uns, die sich nichts vormachen lassen von den beschissenen Feiglingen, die sich Regierung nennen, warten nur darauf, daß du endlich runterkommst von deinem Schlupfwinkel. Wir Schläfer sind stärker, als ihr denkt, und wir schätzen die Freiheiten, die uns Gott und die Verfassung gegeben haben! Zu viele Amerikaner sind in den letzten 350 Jahren gestorben, als daß wir uns diese Freiheiten nehmen lassen, ohne uns zu wehren.

Vergiß das nicht.

BESTÄTIGUNG: keine

9

Am 31. Dezember saß Jackson in seinem Apartment, sah sich Aktualitätenschauen an, die er eigentlich gar nicht sehen wollte, und widerstand dem Gedanken, sich an diesem letzten Tag der Eintragungsfrist für die Sonderwahl im April nach Willoughby aufzumachen.

»Die blutigen Auseinandersetzungen in der Bay-Enklave von San Francisco haben zwar kaum eine Stunde gedauert«, sagte der gutaussehende GenMod-Journalist vor den Holos des Angriffs, »aber die Folgen sind anhaltender. Stephanie Brunell, die Polizeichefin der Enklave, drückte Empörung und Verwunderung über die Attacke der Terroristengruppe aus, die sich selbst ›Nutzer an die Macht‹ nennt und deren Motiv angeblich die Suche nach *Umstellungs*-Spritzen war. Die Ermittlungen der Polizei konzentrieren sich nun auf die Frage, wie sowohl der Y-Schild als auch die Bioschutzsysteme von der Untergrundorganisation überbrückt werden konnten …«

Durchs Fischen in euren Datenbanken, ihr Blindgänger, dachte Jackson, aber das will ja keiner glauben, weil es bedeuten würde, daß die Nutzer fähig wären, sowohl das Manipulieren kompliziertester Computersysteme zu erlernen, als auch – in der Folge – die Macht an sich zu reißen. Und so viel harte Macher-Arbeit – Jahrzehnte harter Macher-Arbeit! – war investiert worden, um das zu verhindern: miese Unterrichtssoftware, üppige Almosen in Form von materiellen Gütern, simple, von der Regierung finanzierte Unterhaltungen, die die Leute vom Denken abhielten. Ein politisches System, das die unterste Schicht davon überzeugte, in Wahrheit an der Spitze zu stehen, nur weil sie nicht zu arbeiten brauchte. Jackson wechselte den Kanal.

»... Silvesterfeiern der Mall-Enklave in der Hauptstadt der Nation. Erwärmt auf sommerliche zweiundzwanzig Grad mit Rücksicht auf die phantastischen Abendkleider der Damen, die entsprechend der heurigen Mode die Brust freilassen, bot die Mall zu Ehren der luxuriösesten Gala des Landes einen völlig ungewohnten Anblick. Präsident Garrison und seine Frau werden verschiedentlich Gelegenheit zu einem Tanz...« Jackson wechselte den Kanal.

»... des Spiels. Der internationale Schachmeister Wladimir Woitinuik, der hier seinen vierten Zug gegen den Herausforderer Guillaume überlegt...« Er wechselte den Kanal.

»... nähert sich rasch der Küste von Florida, wo gegenwärtig unglücklicherweise eine große Anzahl sogenannter Nutzer-Stämme ihr Winterquartier aufgeschlagen haben. Obwohl er zu einem späten Zeitpunkt der tropischen Hurrikansaison auftritt, könnte Hurrikan Kate eine Geschwindigkeit von mehr als zweihundert Stundenkilometern erreichen...«

RoboKameras zeigten verängstigte, zumeist fast nackte Nutzer, die versuchten, mit Schaufeln, Stöcken, ja selbst Metalltrümmern, die aussahen wie Reste kaputtgegangener Robs, Schutzgräben auszuheben. Die Nahaufnahme eines Kindes, das vom Sturm den Armen seiner kreischenden Mutter entrissen wird...

»Jackson?« sagte Theresa. Er hatte sie nicht eintreten hören, als sie barfuß durch die Tür tappte. Schnell schaltete er die Nachrichten ab.

»Jackson, ich muß dich etwas fragen.«

»Und was, Theresa?«

Sie sah schrecklich aus, war noch dünner geworden. Anorexia nervosa kam seit der *Umstellung* praktisch nicht mehr vor – da er seine Nahrung direkt aufnahm, wußte der Körper genau, wann er genug hatte –, aber Jackson dachte, daß Theresa, die ja nicht *umgestellt* war, knapp davor stand. Unter dem Saum ihres losen geblümten Kleides sah er die langen knöchernen Silhouetten ihrer Schienbeine, und über dem Halsausschnitt hoben sich die Schlüsselbeine gegen die Masse dunklen Haares ab wie Zweige gegen eine Wolke. Ohnmächtig stellte er sich vor, was eine gründliche Untersuchung alles zutage fördern mochte: zu geringe Knochendichte, Defizite bei den roten und weißen Blutkörperchen, bei den zerebrospinalen Transmittern, den metabolischen Prozessen – nichts im Gleichgewicht. Die sämtliche Grenzwerte übersteigende Belastung auf kardialem, kortikalem, ja selbst zellulärem Niveau. Dazu biogene Aminosäuren, die der Körper nur unter pathologischen Bedingungen produzierte – jene Sorte, die das Absterben von Nervenzellen und permanente Veränderungen in der Neuralstruktur anzeigte.

»Tessie … du mußt mehr essen. Du hast es mir versprochen!«

»Ich weiß. Ich werde es auch tun, aber ich bin manchmal so vertieft in mein Buch … Damit geht es jetzt ein wenig besser voran, glaube ich. Manche Abschnitte drücken schon beinahe das aus, was ich sagen will. Was Leisha sagen will. Sagen wollte. Aber jetzt möchte ich wissen, ob du mir ein gutes Programm über Abraham Lincoln empfehlen könntest. Etwas, das nicht allzu schwer zu verstehen ist, aber sein Leben und seine Politik klar erläutert.«

»Abraham Lincoln? Warum?« Aber in der nächsten Sekunde wußte er es ohnehin.

»Leisha Camden hat ein Buch über Lincoln geschrieben. Aus dem, was Thomas mir darüber gesagt hat, geht hervor, daß es als bedeutendes Werk angesehen wurde. Und ich weiß fast gar nichts über Präsident Lincoln.«

Theresa hatte sich noch nie für Geschichte interessiert – eigentlich war sie nie über die Grundschulsoftware hinausgekommen. »Warum benutzt du denn nicht einfach das Camden-Buch?« fragte Jackson.

Seine Schwester errötete. »Es ist nicht adaptiert. Und als ich es Thomas vorlesen ließ … also, ich denke, ich brauche etwas Einfacheres. Wirst du mir helfen?«

»Natürlich«, sagte er zärtlich. Und fügte dann hinzu, weil es ihn dazu drängte: »Wie läuft es mit dem Buch über Leisha?«

»Ach, du weißt schon.« Sie machte eine vage ausholende Geste mit der Hand. »Da klafft immer so ein tiefer Spalt zwischen dem Buch im Kopf und dem auf dem Bildschirm.«

Es klang wie etwas, das Thomas ihr aus einem Zitatenprogramm herausgesucht hatte. Theresa liebte Zitate. Gaben sie ihr die Illusion eigener Weisheit? Das Herz tat ihm weh vor Mitleid. »Versuch es mit Clear-and-Present-Software. Der Hypertext führt dich zu allen Informationen, die du haben willst. Ich erinnere mich nicht an den genauen Titel, den du brauchst, aber Thomas kann ihn für dich suchen.«

»Danke, Jackson.« Sie lächelte und sah dabei so zerbrechlich aus wie gesponnenes Glas. »Thomas kann ihn suchen. Clear-and-Here-Software?«

»Clear-and-Present.«

Er konnte das knotige, von keinem Gramm Fleisch gepolsterte Fersenbein an ihrem nackten Fuß sehen, als sie hinausging.

Minutenlang saß Jackson vor dem leeren Wandschirm. Der Kampf um Spritzen. Die Attacken auf Enklaven. Verzweifelte Nutzer. Theresa. Abraham Lincoln. Eine Rede Lincolns kam ihm in den Sinn, tauchte auf aus dem mentalen Strandgut seiner eigenen Schulzeit: *Die Wahlurne ist stärker als Kanonen.*

Niemand glaubte mehr daran. Niemand, den er kannte.

Außer Lizzie Francy.

Er landete sechzig Meter vom Gebäude des Stammes entfernt und dachte daran, wie sich vor beinahe zwei Monaten dreckige Nutzer-Jungen neugierig auf den Flugwagen gestürzt hatten. Und jetzt war einer dieser dreckigen Nutzer-Jungen der Kandidat für ein öffentliches Amt.

Jemand schlenderte auf den Wagen zu. Vicki Turner. Jackson ließ das Fenster hinab, und ein Schwall kalter Winterluft stürzte herein.

»Doktor Jackson Aranow. Was für eine Ehre. Ich hätte angenommen, Sie würden sich irgendwo auf einer Silvesterparty amüsieren. Sind sie gekommen, um unsere Offensive in Richtung einer demokratischen Wählerregistrierung zu unterstützen? Oder sich davon zu überzeugen, daß wir die Sache tatsächlich durchgezogen haben, statt in typischer Nutzer-Manier aufzugeben, nachdem das erste Feuer unseres kurzlebigen Enthusiasmus erloschen ist?«

Jackson runzelte die Stirn. »Ich bin hier, um nachzusehen, wie es mit dem Projekt steht.«

»Welch eine wertfreie Ausdrucksweise! Ihr Psychologieprofessor von der medizinischen Fakultät wäre stolz auf Sie. Um die Wahrheit zu sagen, wir sind gerade auf dem Weg zu einer besonders uneinsichtigen Gruppe, um sie in einem letzten Versuch dazu zu bewegen, sich eintragen zu lassen. Vielleicht könnten Sie uns ein Transportmittel zur Verfügung stellen?«

»Miss Turner – ich habe den Status Ihrer Kreditwürdigkeit überprüft. Er ist miserabel, vermutlich als Konsequenz Ihrer Festnahme durch die AEGS und die darauffolgenden … Widrigkeiten. Aber ich glaube keine Sekunde lang, daß Sie nicht über finanzielle Mittel verfügen, die Sie sich unter anderem Namen rechtzeitig beiseitegeschafft haben. Warum kaufen Sie Ihrem … Stamm nicht einfach einen Luftwagen?«

»Sie irren sich, Jackson. Ich habe keinen Geheimvorrat an Geld. Ich habe alles ausgegeben.«

»Wofür?«

Sie antwortete nicht, lächelte nur vage – und da wußte Jackson es plötzlich: bei den *Umstellungs*-Kriegen. Welche Rolle auch immer Vicki Turner bei diesem Kampf gespielt hatte, die Amerikaner davon zu überzeugen, daß die Spritzen kein Komplott der Schlaflosen zur Versklavung der Nutzer waren, sie soweit zu bringen, daß sie aufhörten, einander wegen der radikalen Veränderungen in ihrer Biologie umzubringen, sie davon abzuhalten, Washington zu attackieren, bloß weil sie es jetzt *konnten* – welche Rolle auch immer Vicki Turner dabei zugekommen war, es hatte sie ihre ganzen Ersparnisse gekostet. Und sie bereute es nicht.

»Jetzt haben Sie mich soweit, daß ich mich schäme«, platzte Jackson heraus.

Für einen kurzen Augenblick wurden ihre Gesichtszüge weich, und Jackson sah etwas hinter der spröden Maske – etwas Wehmütiges, ein bißchen Einsames. Dann lächelte sie wie zuvor. »Na also, dann können Sie Ihre tiefe staatsbürgerliche Scham dazu benutzen, uns eine Luftbrücke zu diesen widerspenstigen Wählern zu liefern.«

Jackson antwortete nicht. In diesem Moment unbewußter Verletzlichkeit hatte sie ihn wieder einmal an Cazie gemahnt. Und er selbst hatte sich wieder einmal an einen aufgeblasenen Trottel gemahnt.

Lizzie und Shockey kamen auf den Wagen zu. Lizzie hatte Dirk im Arm, gut eingepackt gegen die Kälte. Shockey trug grellgelbe Latzhosen, darüber eine limettengrüne Jacke und antike Limodosenschmuck in den Ohren. Auf der rechten Schulter hatte er eine merkwürdige Beule, und beim Näherkommen sah Jackson, daß es eine rot-weiß-blaue Blume war, gemacht aus Lagen von grobem, mit Pflanzenfarben gefärbtem Stoff, die man mit Draht zu einer Rosette gedreht hatte.

»... und dabei haben sie noch nie von den Jakobinern gehört«, murmelte Vicki. Aber der liebevolle Blick, mit dem sie Lizzie bedachte, war unübersehbar.

»He, Doktor!« rief Shockey. »Kommen Sie mit, Sie, als Verstärkung fürs allerletzte Aufgebot? Da könnten Sie noch was lernen.«

»Wie wahr, Doktor«, sagte Vicki. »Schließlich machen wir hier aufregende politische Geschichte mit unserer bodenständigen Demokratiebewegung.«

»Verdammt richtig.« Shockey nickte. Der junge Mann schien um einen Kopf größer zu werden, was die Rosette an seiner ausladenden Schulter eine Handbreit hob. *Nichts als heiße Luft,* dachte Jackson.

Lizzie tanzte geradezu vor freudiger Erregung. Ihr schwarzes Haar stand in Richtungen vom Kopf ab, deren schiere Anzahl Jackson nicht für möglich gehalten hätte. »Wenn wir diese Leute dazu kriegen, sich heute noch eintragen zu lassen, dann haben wir dreiundneunzig Prozent Nutzer-Beteiligung, Doktor Aranow! Viertausendvierhundertelf Nutzer-Wähler überwintern im Distrikt. Und Sie sagten doch, daß Susannah Wells Livingston eigentlich keine echte Kandidatin ist, sondern einfach jemand, der gegen Donald Thomas Serrano antreten soll, und Serrano würde die Stimmen von fast jedem eingetragenen Macher bekommen. Das wären viertausendundzweiundachtzig Stimmen. Auch wenn wir diesen Stamm nicht dazu überreden können, sich eintragen zu lassen, sollten wir gewinnen!«

»Sollte *ich* gewinnen«, korrigierte Shockey.

»Also gut – solltest *du* gewinnen«, sagte Lizzie. Jackson merkte, daß sie in zu gehobener Stimmung war, um sich mit Shockey herumzustreiten. »Wir werden es schaffen!«

Jackson sah Vicki an; sie nickte. »Sagen Sie es ihr. Vielleicht hört sie auf *Sie*.«

»Lizzie…«, begann Jackson und hielt inne. Es widerstrebte ihm, ihr einen Dämpfer aufzusetzen. Wie lange war es her, seit er zum letztenmal echte Begeisterung gesehen hatte – Enthusiasmus für etwas Konstruktives? »Lizzie, eine Mehrheit bei den Eintragungen ins Wählerregister garantiert euch noch keinen Sieg. Es sind drei Monate bis zur Wahl am ersten April, und in diesen drei Monaten wird Donald Serrano alles in seiner beträchtlichen Macht Stehende tun, um die Nutzer zu überzeugen, für ihn zu stimmen. Und jeder einzelne Macher-Politiker wird ihn unterstützen, einschließlich Sue Livingston. Denn wenn ihr siegt, dann könnte das einen katastrophalen Präzedenzfall für die Wahl von Außenseitern in die Regierung schaffen.«

»Wir sind keine Außenseiter nich'!« wandte Shockey hitzig ein.

»Für das politische Establishment der Macher seid ihr es. Diese Leute wollen nicht, daß ihr und euresgleichen Entscheidungen treffen, die sie und ihresgleichen berühren. Nicht einmal die kleinen, relativ unwichtigen Entscheidungen, die ein Distriktsleiter zu treffen hat. Sie wollen euch draußen halten. Und das werden sie zu erreichen versuchen, indem sie die Stimme jedes einzelnen registrierten Wählers im Distrikt Willoughby kaufen. Mit Y-Kegeln, Musiksystemen, MedRobs, Genußmitteln, Rollern und mit jedem anderen materiellen Vergnügen, das sie im Moment bieten können – und das *ihr* für die Zukunft nur versprechen könnt.«

Lizzie senkte ihre finstere Miene über das Baby. »Und Sie meinen, daß wir darauf hereinfallen? So einfach gekauft zu werden?«

»So einfach kauft man euch seit nahezu hundert Jahren«, erwiderte Jackson mit ruhiger Stimme.

»Aber jetz' nich' mehr! Jetz' sin' wir anders als früher! Seit der *Umstellung*! Wir brauchen euch jetz' nich' mehr!«

»Und darum möchten wir, daß Sie uns jetzt in Ihrem Flugwagen transportieren«, warf Vicki ein. »Verdienen Sie sich Ihr Brot, Jackson. Lizzie, Shockey, rein in den Wagen.«

Sie gehorchten. Vicki wies Jackson den Weg, und die vier flogen minutenlang schweigend über das rauhe Land, das mit den Spuren des Winters übersät war: vom Wind abgebrochene Äste, verdorrtes Gestrüpp, abgestorbene, nasse Blätter, Mulden, in denen tiefer Schnee lag. Schließlich sagte Jackson: »Wollt ihr, daß ich direkt bei ihrem ... Lager lande? Oder sollten sie besser nicht sehen, daß ein Macher an diesem Nutzer-Projekt beteiligt ist?«

»Sie kommen auch mit«, entschied Lizzie zu seiner Überraschung. »Grade diese Leute, die sollten Sie sehen.«

Der Stamm verbrachte wie so viele andere den Winter in einer aufgelassenen Nahrungsmittelfabrik. Jackson nahm an, daß diese hier einst die Äpfel aus den inzwischen verwilderten Obstplantagen verarbeitet hatte, die sich über die nahen Hügel hinwegzogen. Niemand kam heraus, um die Ankömmlinge zu begrüßen. Lizzie, den immer noch schlafenden Dirk auf dem Arm, führte die anderen um das Gebäude herum, wo auf dem Nährplatz unter dem üblichen Plastikzelt das Mittagsmahl gerade in vollem Gange war.

Sechzig oder siebzig Nutzer lagen oder saßen nackt auf dem aufgewühlten Erdreich und absorbierten Nährstoffe und Sonnenlicht. Eine Sekunde lang dachte Jackson an Terry Amorys Party, zu der Cazie ihn mitgeschleppt hatte. Aber die Gefahr, die beiden miteinander zu verwechseln, bestand nicht. Diese Nutzer hier gehörten – nun, Jackson war es peinlich, sich seine

Gefühle eingestehen zu müssen, denn in seinen Augen handelte es sich dabei um die schlimmste Art seelenloser Menschenverachtung –, diese Nutzer gehörten in die Kategorie einer Ellie Lester. Und das war die Wahrheit: die Nutzer waren abstoßend.

Haarige Rücken, Hängebrüste, schlabbrige Bäuche und Hüften, plumpe Proportionen, Gesichter, deren Details entweder zu eng beieinander standen oder zu weit auseinander oder nicht zueinander paßten. Völlig unerheblich, daß die Haut dieser Leute dank des Zellreinigers glatt, gesund und fleckenlos war. Seit seiner Zeit als Praktikant an der Klinik hatte Jackson in erster Linie GenMod-perfekte Körper zu Gesicht bekommen. Und jetzt erinnerte er sich wieder, wie grundlegend häßlich der Großteil der Menschheit vergleichsweise war.

»Ein schlimmer Schock, wie?« murmelte Vicki in sein Ohr. »Sogar für einen Arzt. Homo sapiens heißt Sie willkommen. ›Der Aristokrat unter den Ticren‹, wie Heinrich Heine bemerkte.«

Ohne sich lange mit Vorreden aufzuhalten, sagte Lizzie: »Sin' wieder da, wir, weil wir noch über diese Wahl mit euch reden müssen. Janet, Arly, Bill, Farla – he, hört zu, ihr!«

»Haben wir denn 'ne andere Wahl?« erwiderte eine schlaffe, nackte Frau mittleren Alters feixend. Sie hatte Hinterbacken wie geschrumpfte Luftballons. »Lizzie, komm, gib mir mal den kleinen Wonneproppen da!«

Lizzie reichte ihr Dirk und stieg aus ihren Kleidern. Shockey und Vicki folgten ihrem Beispiel ohne die geringste Verlegenheit. Grinsend sah Vicki Jackson an: »Wenn du in Rom bist ...«

Er hatte nicht vor, sich von ihr – oder von irgend jemand anderem hier – einschüchtern zu lassen. Er zog sich Jacke und Hemd aus.

»Oooooh, hübsch!« kommentierte die Frau, die jetzt Dirk hielt, und lachte über Jacksons Verlegenheit. »Aber sag mal, Lizzie, wofür hast'n mitsamt deinem sogenannten Kandidaten auch noch das Macher-Pärchen da angeschleppt?«

»Da gibt's kein *sogenannt* nich', Farla«, sagte Shockey gutmütig. »Bin der nächste Distriktsleiter von Willoughby, ich!«

Farla grinste. »Klar biste das.«

Jackson hatte ein Problem. Er stand da und öffnete langsam den Verschluß seiner Hose … so langsam es nur ging. Die Nutzer waren gewöhnt an die allgemeine Nacktheit auf dem Nährplatz – genau wie die Macher auch, aber dort hatte die Aufnahme von Nahrung auf sanft erleuchteten und parfümierten privaten Nährböden sehr oft einen sexuellen Anstrich. Hier waren junge Männer wie Shockey in nacktem Zustand völlig entspannt. Gelassen. Schlaff. Jackson hingegen hatte ohne jeden ersichtlichen Grund eine Erektion.

»Nur weiter, Jackson«, sagte Vicki leise hinter ihm, »lüften Sie schon den Schleier vom GenMod-Familienschmuck.«

Ärgerlich fuhr er herum – warum versuchte sie immer, alles noch schlimmer zu machen? –, und augenblicklich war alles noch schlimmer. Ihr nackter Körper war so schön, daß ihm fast schwindlig wurde: kleinere Brüste als Cazie, aber höher; eine schmalere Taille, schlanke Hüften, lange Beine … Ihr Schamhaar war rötlich blond, ein hübscher, leichter Flaum, ein Schleier über …

»Meine Güte«, sagte Vicki, »da hat die Familie aber einiges ausgelegt dafür.« Und dann, einen Augenblick später mit ganz anderer Stimme: »Kommen Sie schon, Jack, lachen Sie! Es ist komisch, merken Sie nicht einmal das?«

Er lachte übertrieben hohl und langsam und gab sich Mühe, ironisch zu wirken. Er wußte, daß es ihm nicht gelang.

Lizzie spulte ihre Werbekampagne ab. »Wenn ihr euch alle heut nacht zwischen 23 Uhr 15 un' 23 Uhr 50 eintragen laßt wie wir's euch gesagt haben, dann können sich keine Macher nich' mehr eintragen lassen. Un' wir, wir haben genug Nutzer für die Mehrheit. Un' wenn wir siegen, dann können wir das Steuergeld kriegen un' das Lagerhaus am Regierungssitz des Distrikts auffüllen lassen. Mit allem, wo wir nötig haben. Un' sagt mir bloß nich', es gibt keine Sachen, die wo ihr nötig habt!«

»Klar haben wir Sachen nötig«, sagte ein kleiner älterer Mann mit finsterem Gesicht. »Un' Teufel noch mal, ich würd' für dich stimmen, Shockey. Warst ja doch schon mal Bürgermeister, du. Kann mich außerdem entsinnen, ich, daß nich' alle Kandidaten immer bloß Macher waren, damals, lange eh' ihr Jungen auf der Welt wart. Aber was ich wissen will, das is', was für 'nen Preis wir alle dafür zahlen müssen, wenn wir einen von uns wählen.«

»Gar keinen«, sagte Shockey.

»Ah, 's gibt immer 'nen Preis zu zahlen, Junge. Die lassen uns immer bezahlen, die Macher.«

Shockey wurde böse. »Un' wie, Max? Was können uns die Macher schon tun, he?«

»Was können sie nich' tun? Die haben Waffen, Polizei, die können sogar das gottverdammte Klima verändern, wie ich höre – wenigstens 'n klein wenig. Wir sin' besser dran, wir alle, so, wie's jetz' is'. Was wir wirklich brauchen, das haben wir, un' sonst is' es besser, keine Wellen zu schlagen.«

»Aber auf diese Weise wird sich nie was ändern!« rief Lizzie. »Da kommen wir nie auf 'nen grünen Zweig!«

Der Alte sagte: »Na und? Wennste immer bloß zum Himmel blickst, dann wirste über 'n Stein stolpern.«

»Aber ...«

»Aber die haben Macher dabei«, sagte ein anderer Mann plötzlich. »Die sin' nich' bloß einfache Nutzer, die wo mit uns über 'nen Stein stolpern!«

»Vicki un' Doktor Aranow sin' ...«, begann Lizzie, aber Vicki unterbrach sie und blickte den Mann unverwandt an.

»Ganz recht. Sie haben Macher dabei. Ich bin Victoria Turner, früheres Mitglied bei der AEGS. Und das ist Doktor Jackson Aranow, Arzt und Eigentümer von TenTech, einer großen Firma. Lizzie kämpft nicht allein. Denn wenn die Macher versuchen, es euch irgendwie heimzuzahlen, solltet ihr die Wahl gewinnen, dann haben Doktor Aranow und ich die Möglichkeiten, das zu verhindern.«

Jackson starrte sie sprachlos an.

»Un' warum?« fragte der Mann. »Warum biste auf Lizzies Seite, du?«

»Auf *meiner* Seite«, korrigierte Shockey mit gerunzelter Stirn.

»Weil ich«, erklärte Vicki, »an dieses Land glaube!« Sie bückte sich nach Shockeys abgestreiften Sachen, die in einem Häuflein zu ihren Füßen lagen, zog die rot-weiß-blaue Rosette von seiner Jacke und streckte sie dem Mann entgegen – in offenkundiger Aufrichtigkeit? – in zynischer Ironie? – Jackson entschied sich schließlich dafür, daß es eine schützende Tarnung ihrer ehrlichen Überzeugung war. Aber Vicki glaubte nicht daran, daß diese Wahl zu einem Erfolg führen konnte, das hatte sie selbst gesagt. Also mußte sie an irgendein tieferes politisches Engagement glauben, bei dem dies hier nur eine erste notwendige Niederlage war.

Der Mann schnaubte verächtlich, aber er nahm die Rosette. Der Ältere, Max, grinste.

Abrupt sagte Farla: »Also gut, dann laß mal hören, Shockey, was du so alles tun wirst, wenn wir dich wählen.«

Irgend jemand kicherte. »Ja, Shockey! Halt 'ne Wahlrede, du!«

»Mach ich auch! He, jetz' hört mal zu, alle! Alle!«

»Mögen die Waffen schweigen, wenn die Toga spricht«, seufzte Vicki. »Jackson, machen Sie es sich bequem. Sie hören die Stimme des Volkes.«

Es war schon dunkel, als sie Farlas Stamm verließen. Die Debatte hatte den ganzen Nachmittag gedauert – mindestens ebensosehr aus Freude am Streiten, wie Jackson argwöhnte, wie aus dem Wunsch nach Information. Die Leute brüllten herum, spuckten große Töne und beleidigten und bedrohten einander. Nach der Nahrungsaufnahme gingen alle hinein in ihre dunkle warme Höhle mit den klapprigen Stühlen, verhängten Schlafkämmerchen, halbfertigen Handwerksarbeiten und abgehäuteten Kaninchen – und zu einem teuren Terminal mit dem Firmenschild eines Tochterunternehmens von TenTech. Gestohlen? Vicki sah Jackson grinsend an. Y-Kegel hielten die riesige deprimierende Halle warm – waren die Kegel Teil der Lieferung, die er Lizzies Stamm von TenTech aus geschickt hatte? Vielleicht übte auch Shockey sich schon in der Kunst des Stimmenfangs durch Wählerbestechung.

Bei Sonnenuntergang wurde Dirk unruhig. »Er sollte schon heim«, erklärte Lizzie schließlich. »Oma Annie, die wird sich schon Sorgen machen. Doktor Aranow, bitte fliegen Sie uns jetz' heim.«

Jackson merkte deutlich, wie beeindruckt die anderen davon waren, daß Lizzie ihn herumkommandierte. Er war zu einem Aktivposten der Wahlkampagne geworden. Und zu einem öffentlichen Verkehrsmittel – ohne seinen Luftwagen hätten diese Leute einen langen kalten Marsch über die Berge vor sich gehabt. Nein… ohne seinen Luftwagen wären sie nicht so lange geblieben und hätten ihre Diskussion abgekürzt. Vicki grinste ihn an.

»Ich bin so aufgeregt«, sagte Lizzie im Wagen. »Bloß noch ein paar Stunden! Schsch, Dirk, schsch, mein Herzchen. Ein paar Stunden, und viertausendvierhundertelf – oder noch mehr! – Nutzer im Distrikt Willoughby werden sich alle auf einmal eintragen lassen!«

»Biste sicher, du«, erkundigte sich Shockey, »daß diese Saftsäcke auch alle wissen, wie das on-line gemacht wird?«

»Sam Bartlett und Tasha Herbert haben es allen Stämmen zweimal erklärt. Alle wissen, was zu tun ist. Es wird funktionieren!«

Und zu Jacksons Überraschung funktionierte es tatsächlich. Um 23 Uhr versammelten sich mit Ausnahme der kleinen Kinder, die schon schliefen, alle rund um Lizzies Terminal. Sie hatte einen fortlaufenden Zählbogen programmiert: WÄHLER – DISTRIKT WILLOUGHBY, geteilt in zwei Kolonnen: NUTZER und MACHER. Die Zahl unter MACHER in leuchtender, dreidimensionaler Frakturschrift, blieb konstant. Jedesmal, wenn sich die andere Summe um hundert Wähler erhöhte, wehte eine amerikanische Flagge, Musik spielte, und eine winzige Figur drückte einen Knopf auf einer winzigen Wahlmaschine. Flatternde Holo-Bänder, die in simulierten Feuerwerken endeten, strömten von dem Display aus.

Hinter Jacksons linker Schulter bemerkte Vicki: »Sieht aus wie eine Mischung von Silvester, den Roller-All-Stars und Tammany Hall!«

»Aufpassen, alle!« schrie Shockey. »Es is' 23 Uhr 48!«

Jackson starrte auf den Bildschirm. Plötzlich schoß die NUTZER-Zahl nach oben, schoß noch einmal nach oben und überstieg die MACHER-Zahl. Die Flaggen flatterten wie wild, und die Anwesenden johlten so laut, daß die Melodie von ›Sometimes a Great Nation‹ kaum zu hören war. Annie Francy sagte: »Du gütiger Himmel!«, und die Zahl lief erneut nach oben, und wiederum und so rasch, daß die Ziffern ein Eigenleben zu entwickeln schienen, während das Holo-Feuerwerk explodierte und rundum Nutzer brüllten, einander umarmtem und voller Freude Luftsprünge taten.

Mitternacht. NUTZER: 4450. MACHER: 4082.

»Wir haben's geschafft!« schrie Shockey.

»Ein Hoch auf den nächsten Distriktsleiter von Willoughby!«

»Shock-ey! Shock-ey!«

Shockey wurde an den Füßen gepackt, hochgehoben und auf den Händen gehend durch die Halle geführt – irgendein Triumphritual der Nutzer, nahm Jackson an. Mit einemmal fühlte er sich sehr müde. Sein MobiLink klingelte.

»Jackson melde dich. Sofort.«

Cazie. Wie konnte sie so rasch von dem hier erfahren haben? Es war erst sechs Minuten nach Mitternacht! Verfolgte sie rein zufällig obskure Wählerregistrierungen oder hatte sie eine Suchroutine in ihrem System, das sie auch auf die kleinsten außergewöhnlichen politischen Bewegungen aufmerksam machte? Plötzlich hatte Jackson den Wunsch, mit ihr zu reden. Er würde es richtiggehend genießen. Er suchte einen möglichst ruhigen Winkel auf, drehte sich mit dem Gesicht zur Wand und hielt den kleinen Bildschirm so, daß Cazie den ganzen Raum sehen konnte.

»Cazie! Was machst du so früh am Morgen?«

»Wo bist du, Jackson?«

»Bei Freunden. Warum?«

»Im Distrikt Willoughby, Pennsylvania, ließen sich soeben ein paar Minuten vor dem Ende der Eintragungsfrist viertausendvierhundertfünfzig Wähler registrieren. Alles Nutzer. Außerdem wurde ein Antrag eingebracht, einen dritten Kandidaten für Ellie Lesters unbesetzte Position eines Distriktsleiters aufzustellen.«

»Du meinst wohl Harold Winthrop Waylands Position?« sagte Jackson.

»Er war senil, seine Enkelin hat die Geschäfte geführt. Zu TenTechs beträchtlichem Vorteil, möchte ich anmerken. Ein Distriktsleiter sieht nicht nur zu, daß die Lagerhäuser gefüllt sind, wie du sicher weißt, sondern hinter den Kulissen kontrolliert sein Amt… nein, wahrscheinlich weißt du es nicht. Aber Jackson, dies ist eine ernste Angelegenheit. Gewisse Leute haben so etwas ähnliches erwartet, und das ist auch der Grund dafür, daß ich das sofort erfahren habe. Man kann nicht zulassen, daß daraus ein Trend wird! Nutzer in öffentlichen Ämtern! Was für eine beschissene Vorstellung!«

»Die Wählerregistrierung war doch rechtlich in Ordnung, oder?«

Cazie fuhr sich mit den Fingern durch ihre dunklen Locken. »Das ist ja das Problem. Sie *geht* rechtlich in Ordnung. Es ist zu spät, noch mehr Macher zu mobilisieren – und wir können das Programm nicht direkt manipulieren, weil die Medien sich sofort darauf stürzen würden. Weil es eben eine gute Story abgibt. Ich habe Sue Livingston angerufen und Don Serrano und auch ihre Kampagne-Manager und ich denke, du solltest bei unserem Treffen dabeisein. Wenn auch nur aus dem Grund, daß TenTech durch diese Sache möglicherweise tangiert wird. Hast du eine Ahnung, wieviel wir in Distrikts- und Staatsanleihen investiert haben – um nur einen Aspekt der Situation anzusprechen?«

»Nein«, sagte Jackson langsam. »Habe ich nicht.«

»Na gut, dann werde ich dich bei Gelegenheit aufklären. Normalerweise würde ich dich in die politische

Seite der Firma nicht hineinziehen, aber diesmal... Jackson, du hast dir einfach noch nie vor Augen gehalten, wie wichtig die politische Seite ist! TenTech *besteht* aus politischen Verbindungen!«

»Und ich dachte, TenTech besteht aus Fabriken, die Güter des täglichen Bedarfs herstellen.«

Cazie seufzte. »Hätte ich mir gleich denken können. Also jedenfalls findet das Treffen morgen früh um neun statt. Bei mir.«

Jackson erwiderte nichts darauf. Hinter ihm hatte sich das Gebrüll zu einem glücklichen Gebrabbel reduziert. Er spürte, daß jemand die Augen auf ihn richtete, und drehte sich um. Vicki Turner stand drei Schritte von ihm entfernt und lauschte mit schamloser Offenheit.

»Jack?« sagte Cazies Bild auf dem kleinen Schirm des MobiLinks.

Vicki flüsterte ihm zu: »Wenn Sie ihr nicht sagen, daß Sie uns geholfen haben, wird sie es vermutlich nie erfahren!«

»Jack? Bist du noch da?«

»Sie können ganz einfach wiederum für die andere Seite weiterarbeiten«, fuhr Vicki fort, »und TenTechs politische Tentakel absichern. Und nichts dabei verlieren... oder? Glauben Sie, Sie würden etwas verlieren, Jackson?«

»Jack!«

Jackson hob das MobiLink und hielt die Linse in einem Winkel, daß Cazie das Innere des Gebäudes sehen konnte, dann Vicki und dann wieder ihn selbst. »Ich bin hier in Willoughby, Cazie. Ja, ich komme morgen zu dem Treffen, um die Interessen von TenTech fein säuberlich von den kommenden Wahlen zu trennen. Aber nicht, um die Resultate der Wählereintragung ungeschehen zu machen.«

Cazie schnappte nach Luft. Jackson unterbrach die

Verbindung, bevor sie Worte fand, und instruierte das MobiLink, die nächsten sechs Stunden alle Anrufe zu ignorieren. Dann wandte er sich an Vicki. »Aber ich möchte Sie davon in Kenntnis setzen, daß ich noch lange kein politischer Reformer bin, nur weil ich nicht zulasse, daß mit Wählerzahlen jongliert wird. Ich bin *Arzt.*«

»In dieser Situation nutzt uns kein Arzt«, sagte sie.

»Und Sie? Werden *Sie* immer zu dem, was in einer bestimmten Situation nutzt? Keine persönlichen Präferenzen?«

»Sie haben ganz recht. Ich bin bloß das, was ein Haufen chemischer Botenstoffe im Hirn aus mir macht, wenn sie auf gewisse Stimuli reagieren.«

»Das glauben Sie doch selbst nicht.«

»Nein. Glaube ich nicht. Aber Sie tun es«, sagte sie und ging davon.

Und damit hatte sie das letzte Wort, fiel Jackson auf.

Jetzt saßen die Nutzer auf Reihen schlachtenerprobter Stühle und unterbrachen Lizzie und Shockey und Billy Washington, während diese laut über ihre Pläne nachdachten. Jackson ließ den Blick über die hingelümmelten Körper wandern – unproportioniert, plump, ungebildet, streitsüchtig, grob. Gekleidet – wenngleich nicht sehr – in geschmacklose, grellfarbige Plastiksachen und selbstgewebte Lumpen. Einander Dummheiten an den Kopf werfend, motiviert von Habgier, unrealistischen Erwartungen, Uneinsichtigkeit und absoluter Ahnungslosigkeit, was staatliche Strukturen betraf.

Er verließ die politische Versammlung und flog nach Hause.

BUCH II

MÄRZ – APRIL 2121

Zugehörigkeit verlangt nach Abgrenzungen; ein wir *muß nach gewissen Gesichtspunkten definiert werden, wenn es Verpflichtungen dem* wir *gegenüber geben soll; und in dem Moment, da es ein* wir *gibt, wird es auch ein* sie *geben.*

James Q. Wilson,
Das moralische Empfinden, 1993

10

Jennifer saß an ihrem Schreibtisch in *Sanctuary* und zeichnete mit einer schwarzen Schönschreibfeder. Erstaunlich, wie entspannend sie diese Trivialkunst fand, bei der sie kein Zeichenprogramm, sondern echte Tinte und Papier verwendete. Zweimal am Tag gestattete sie sich zwanzig Minuten, um zu zeichnen, wozu sie gerade Lust hatte, was immer ihr in den Sinn kam. *Ein Mittel, um deine Aufmerksamkeit zu konzentrieren?* hatte Caroline Renleigh, die Kommunikationschefin von *Sanctuary*, gefragt, was nur aufzeigte, wie wenig Caroline sie verstand. Jennifers Aufmerksamkeit brauchte kein Mittel zur Konzentration. Das Zeichnen war eine erfrischende Unterbrechung ihrer niemals nachlassenden Aufmerksamkeit.

Jennifers Büro, im willkürlich bestimmten ›südlichen‹ Ende der zylindrischen Orbitalstation, teilte sich den Raum unter der Kuppel mit dem Hohen Rat von *Sanctuary*. Im ›Norden‹ bildeten Farmen und Wohnkuppeln, Labors und Parks einen hübschen, ordentlichen Anblick, der sich sanft in den Himmel schwang. Im ›Süden‹ grenzte das Büro an die transparente, superharte Plastikmasse, die die Orbitalstation abschloß. Jennifers Schreibtisch blickte hinaus in den Weltraum.

Als sie noch jünger gewesen war, hatte sie ihre Konsole von dieser Schwärze abgewandt. In ihrem Büro und bei den Ratsversammlungen hatte Jennifer stets *Sanctuary* und das weiche Licht seiner künstlichen Sonne vor Augen gehabt. Doch in den langen Jahren der Haft auf der Erde war ihr klargeworden, daß dies eine unzulässige Schwäche darstellte. Und nun drehte sie ihren Stuhl immer so, daß sie in den Weltraum blickte. Manchmal sah sie in eine Leere, in der die

Sterne selbst für die Technik von *Sanctuary* zu weit weg waren: der unerreichbare Zufluchtsort. Manchmal sah sie die Erde, die bedrückend das Fenster erfüllte und Jennifer daran erinnerte, warum ihre Leute einen Zufluchtsort brauchten. Jennifer betrachtete beide Bilder nachdenklich. Aus Gründen der Selbstdisziplin.

Sie konnte ihre Leute nicht weiter vom Feind wegbringen. Zum Mond, ja – aber dorthin hatte sich Miranda mit ihren Verrätern zurückgezogen. Mit jener GenMod-Generation, die angeblich die genetische Regression zum Mittelmaß hin überwunden und damit sichergestellt hatte, daß die Schlaflosen ihre Überlegenheit über die Schläfer auch weiterhin ausbauen würden. Und die ihre Schöpfer und liebenden Eltern verraten und ins Gefängnis gebracht hatten.

Der Mars wurde von verschiedenen Nationen kolonisiert – am ambitioniertesten vom Neuen Kaiserreich China, mächtig und gefährlich. Schlaflose, die sich dort blicken ließen, bekamen eine Kugel in den Kopf.

Der Titan gehörte den Japanern, die sich nach und nach auch der anderen Monde im Sonnensystem bemächtigten. Obwohl umgänglicher als das Neue Kaiserreich waren sie auf ethnische Außenseiter dennoch nicht gut zu sprechen. Möglicherweise würden sie sich in einer Generation – oder in zwei oder in drei – einem *Sanctuary* im Orbit um Saturn oder Jupiter entgegenstellen, genauso wie die Vereinigten Staaten sich dem ursprünglichen *Sanctuary* entgegengestellt hatten. Und dann müßten Jennifers Ururenkel die ganze verdammte Geschichte noch einmal durchmachen.

Nein, sie konnte ihre Leute nirgendwohin bringen als auf diese Orbitalstation, diese zerbrechliche Zufluchtsstätte aus Titan und Stahl, die gebaut worden war, als es noch keine Nanotechnik gab. Und man konnte die Erde auch nicht direkt herausfordern. Das hatte Jennifer bereits versucht, es war fehlgeschlagen, und sie hatte siebenundzwanzig Jahre im Gefängnis verbracht. Und so blieb bei einem Feind, der Jennifers Leute hetzte, schmähte und ermordete, einem Feind, dem man weder entfliehen noch entgegentreten konnte, nur die Arbeit im Untergrund. Dann setzte man Arglist ein und Heimtücke: Setz die Schwächen des Feindes gegen ihn ein – und zwar so, daß er sich nie darüber klar wird, was ihm seine Kampfkraft geraubt hat. Ein solches Vorgehen gestattete zwar keinen offenen Triumph, aber Jennifer hatte gelernt, ohne offenen Triumph auszukommen. Vorausgesetzt, sie bekam statt dessen, was am allerwichtigsten war: Sicherheit für ihre Leute. Dafür trug sie die Verantwortung.

Verantwortungsgefühl, Selbstkontrolle, Pflichtbewußtsein. Die moralischen Tugenden, ohne die es keine Vervollkommnung gab und keine Größe. Diese Tugenden waren auf der Erde längst vergessen. Strukow, der klassische Söldner, beging Verrat an seinen Leuten, so oft er für Geld pathologische Viren schuf. Die Aristokraten des Neuen Kaiserreiches China besiedelten den Mars und ließen ihre eigenen Armen in der GenMod-Viren-Hölle zurück, zu der einander mit allen Mitteln bekriegende Kasten Westchina gemacht hatten. Und die amerikanischen Macher, die *Sanctuary* wegen der Unsummen an Steuern, die die Orbitalstation ablieferte, rechtlich und finanziell an die Vereinigten Staaten fesselten, hatten ihre eigene Moral längst abgelegt, um in ihren versiegelten Enklaven leeren Vergnügungen nachzujagen.

Da blieb nur der Weltraum.

Die Orbitalstation *Sanctuary* – die letzte Bastion von Verantwortungsgefühl gegenüber den eigenen Leuten. Von Verantwortungsgefühl, Selbstkontrolle, Pflichtbewußtsein. Einer moralischen Stärke, die fähig war, über die Freuden des Augenblicks hinauszusehen, über die individuellen Bedürfnisse einer einzelnen

Person und hin zu den Bedürfnissen der Gemeinschaft. Der Rest der Welt hatte vergessen, daß ›Gemeinschaft‹ nicht nur eine soziale Basis bedeutete, sondern auch eine biologische. Der Mensch gehörte nicht nur jenen Gemeinschaften an, die er sich frei wählte – etwa in beruflicher oder geographischer Hinsicht –, sondern auch jener, in die er hineingeboren wurde. Und seine oberste Verpflichtung mußte Loyalität gegenüber jener Gemeinschaft sein, die von klein auf für ihn sorgte, andernfalls würde die ganze Kette sorgender Generationen abreißen. Und diese Loyalität mußte eine bewußte Entscheidung sein, kein sinnentleertes Dogma. Das war es doch, was es hieß, wahrhaft Mensch zu sein: nicht die Rudelloyalität von Wölfen zu zeigen, sondern die Möglichkeit zu haben, sich für ein *anderes* Rudel als das eigene zu entscheiden – und genau das nicht zu tun. Die moralische Entscheidung.

Die Schläfer, geblendet von einer Technik, die Diener sein sollte und nicht Herr, hatten diese Art von Moral vergessen. Wie bedauerlich für die Schläfer; sie würden sich selbst zerstören. Und es war Jennifers Aufgabe, sicherzustellen, daß sie nicht in der Lage waren, zuvor auch noch *Sanctuary* zu zerstören.

Sie vollendete ihre Tintenzeichnung, eine kompliziert verschlungene geometrische Figur, deren Gerade und Winkel so präzise gezogen waren, als hätte sie ein Lineal benutzt. Sie zeichnete immer geometrische Figuren. Doch diesmal waren noch vier Minuten ihrer Zeichenzeit übrig; sie begann eine neue Figur neben der alten.

»Jennifer? Das solltest du sehen.« Paul Aleone, Vizepräsident von Sharifi-Enterprises, stand in der Tür. Wie Caroline Renleigh war auch Paul einer der zwölf Schlaflosen, die hinter dem Plan gestanden hatten, die Vereinigten Staaten zur Freigabe *Sanctuarys* zu zwingen. Und auch er war von seinen eigenen Enkelkindern verraten worden und hatte zehn Jahre im Bundesgefängnis von Allendale verbracht. Er war verläßlich. Jennifer drehte den Stuhl herum, um ihn ansehen zu können und lächelte.

»Sieh mal«, sagte Paul und reichte ihr einen Stapel Ausdrucke. Mit dem makellosen Äußeren ausgestattet, das seine GenMods ihm verliehen hatten, bewegte er sich immer noch mit der Leichtigkeit und Eleganz eines jungen Mannes. Doch er war ja auch erst siebzig. »Carolines Suchprogramm hat dies hier aus den aktuellen Meldungen der Erdkanäle herausgeholt. Das Suchwort lautete ›Billy Washington‹. Das ist der Nutzer, der …«

»Ich erinnere mich«, sagte Jennifer. *Sanctuary* verfolgte natürlich dauernd die Datenbanken der Aufsichtsbehörde für die Einhaltung genetischer Standards, ebenso wie jene der meisten anderen staatlichen Behörden. Billy Washington, seine Frau Annie Francy und ihre Tochter hatten die ersten Versuchskaninchen für Mirandas biologische Experimente abgegeben. Zusammen mit einem Macher-Agenten der AEGS in so perfekter Tarnung, daß nicht einmal *Sanctuary* in der Lage gewesen war festzustellen, wer er oder sie war.

Paul sagte: »Das Programm hat auch eine Suchroutine für ›Lizzie Francy‹, der Stieftochter von Washington. Sie ist jetzt siebzehn. Sie und ihr sogenannter Stamm versuchen, einen eigenen Kandidaten in ein staatliches Amt wählen zu lassen.«

»Einen Nutzer-Kandidaten?« Jennifer überflog die Ausdrucke. Obwohl sie die übliche Schläfer-Sensationsmache widerspiegelten, gelang es Jennifer, die Fakten unter all dem Bombast zu erkennen. Nutzer im Distrikt Willoughby in Pennsylvania hatten sich ins Wählerverzeichnis eintragen lassen – etwas, das die Nutzer früher eifrig und gewissenhaft taten, jetzt jedoch unterließen, seit Miranda Sharifi achtzig Prozent der Zivilisation wiederum zu Nomaden gemacht hatte, die weder dem Zug der Wildtiere noch ihren eigenen Viehherden, sondern nur der Sonne folgten. Und diese Wähler aus Pennsylvania hatten vor, bei einer Sonderwahl am 1. April ihren eigenen Kandidaten in ein Distriktsamt zu wählen. Einen Nutzer-Kandidaten.

Jennifer saß reglos da und überlegte.

Paul sagte: »Im Hinblick auf unsere eigenen Interessen ergeben sich zwei Gesichtspunkte. Der positive: je mehr Zwist unter den Schläfern, desto mehr Aufmerksamkeit müssen sie dem Kampf untereinander widmen und desto weniger Aufmerksamkeit können sie für uns erübrigen – egal, was wir tun. Der negative: Nutzer in Machtpositionen schaffen einen zweiten Block, gegen den wir uns schützen müssen, und noch dazu einen unbekannteren und weniger vorhersehbaren als die Schläfer-Aristokratie. Diese Meldungen jedenfalls scheinen darauf hinzudeuten, daß Nutzer an den Schalthebeln der Macht eine reale Möglichkeit darstellen. Selbst wenn man die hysterischen Übertreibungen berücksichtigt.«

Jennifer überflog noch einmal die Überschriften der Ausdrucke:

WIRKSAME REGIERUNGSTÄTIGKEIT
GEFÄHRDET:
»WIR WOLLEN ZUR ABWECHSLUNG
MAL DIE SACHE AUF NUTZER-ART
IN DIE HAND NEHMEN!«
SAGT KANDIDAT FÜR DISTRIKTS-
LEITERAMT IN PENNSYLVANIA

WOLLEN NUN DIE KINDER DAS
WAISENHAUS LEITEN?
EINE UMKEHRUNG DER PRIORITÄTEN
DES VIERZEHNTEN ZUSATZARTIKELS
ZUR VERFASSUNG

DIE LEGALE OLIGARCHIE – LÄUFT DIE BIOLOGISCHE UHR DIESER REGIERUNGSFORM SCHLIESSLICH AB?

WIE WAR DAS MÖGLICH? UNABHÄNGIGE KOMMISSION UNTERSUCHT EMPÖRENDE VORGÄNGE BEI DER KAMPAGNE IN PENNSYLVANIA

»LASS MEIN VOLK ZIEHEN!« – EINE UNGEEIGNETE FORMEL, UM REGIERUNGSDESASTER ZU MASKIEREN

»HÖCHSTE ZEIT, DIE VORAUSSETZUNGEN FÜR DIE EINTRAGUNG IN DIE WÄHLERLISTE ZU ÜBERDENKEN«, ERKLÄRT MEHRHEITSFÜHRER BENNETT

»Ich habe die Wahrscheinlichkeiten in ein Eisler-Signifikanzprogramm eingegeben«, sagte Paul. »Falls dieser Nutzer-Kandidat die Wahl gewinnt, wären die Auswirkungen weitreichend und distriktsübergreifend. Wir haben hier einen Faktor von 4,71 für das Zutreffen des Ereignisses. Ein Nutzer-Sieg würde eine Wahrscheinlichkeit von siebenundachtzig Prozent bedeuten, daß daraus die Keimzelle eines fundamental transformierten Systems wird.«

»Kann er siegen?« fragte Jennifer.

»Nein.«

»Geld?«

»Natürlich. Die Macher-Kandidaten werden die Wähler kaufen.«

»Dann ist unsere Sorge ...«

»Ein Testgelände.« Paul fuhr sich mit der Hand über das Haar, das immer noch dicht und glänzend braun war. Die Männer auf *Sanctuary* trugen das Haar kurz geschnitten und glatt, und die Frauen hielten es ebenso. Jennifers langes schwarzes Haar war eine Ausnahme. Sie trug es in einem Knoten im Nacken. Will sagte, damit sähe sie aus wie eine Hausmutter aus dem alten Rom. Es war eines der wenigen Dinge aus Wills Mund, die ihr in letzter Zeit gefallen hatten.

»Mir ist klar«, fuhr Paul fort, »daß wir vorhatten, Strukows Substanz an einer Macher-Enklave zu testen. Schließlich sind sie die Zielpopulation. Aber diesen Nutzer-Stamm zu verwenden könnte noch günstiger sein. Wir haben mit dieser Wahl nichts zu schaffen, weder mit dem früheren Amtsinhaber noch mit dem Nutzer-Kandidaten. Niemand hätte Grund anzunehmen, daß wir etwas damit zu tun haben.«

»Aber überwintern die Nutzer-Wähler nicht in weitverstreuten Gebieten? Der Einsatz der Substanz würde sich als deutlich schwieriger erweisen.«

»Das glaube ich nicht«, sagte Paul. »Der Distrikt Willoughby besteht zum Großteil aus hügeligem Gelände und Mittelgebirge. Das Klima im Winter ist öde. Es gibt nur einundzwanzig Nutzer-Lager im Distrikt. Alle haben zeltüberdachte Nährplätze, die von ferngesteuerten Flugkörpern leicht zu verseuchen wären. Und kein einziges Lager verfügt über irgendeine Art von Radar – im Gegensatz zu den Macher-Enklaven. Auf dem letzten Blatt der Ausdrucke befindet sich eine Landkarte.«

Jennifer studierte die Karte und dann die Seite mit den Eisler-Berechnungen. Sie nickte. »Ja. Ich verstehe. Wenn die Nutzer diese Wahl verlieren, gibt es keine Auswirkungen auf das System.«

»Alles ist so wie vorher. Und dann können wir mit den Enklaven weitermachen.«

»Ja. Weitermachen. Und dies hier wird ein interessanter kleiner Test sein, der zugleich eine tiefgreifende Veränderung des Systems verhindert.«

Paul nickte. »Für den großen Einsatz wollen wir so wenige Variablen wie nur möglich. Ich werde Robert dahingehend unterrichten. Er führt die Verhandlungen über die Freisetzung. Er wird Ende der Woche einen Bericht für dich haben.«

»Keine Araber, Russen, Franzosen oder Chinesen. Und niemanden, von dem bekannt ist, daß er einmal mit Strukow zusammengearbeitet hat – wie lose auch immer.«

»Diese Männer sind Peruaner.«

»Gut. Von La Guerra de Dios?«

»Nein. Keiner Gruppierung zugehörig.«

»Und Strukow hat sich einverstanden erklärt, mit ihnen zusammenzuarbeiten?«

»Ja, aber nur was die Abwicklung, die Örtlichkeiten und sein Sicherheitsteam betrifft.«

»Selbstverständlich«, sagte Jennifer. »Setz den Termin für eine Besprechung mit Robert an.«

»Du, ich und Caroline?«

»Auch Barbara, Raymond, Charles und Eileen. Ich möchte, daß jeder einzelne weiß, was die anderen tun.«

Paul nickte, nicht sehr glücklich, und ging.

Er versteht es nicht, dachte Jennifer. Paul hätte das Wissen lieber entsprechend dem Beitrag jedes einzelnen Individuums aufgeteilt, als handelte es sich um Geld. Warum nur war es so schwer für einige von ihnen – für Paul, ja selbst für Will –, das moralische Prinzip zu verstehen, das dahinter stand? *Sanctuary* war eine Gemeinschaft. Das Handeln derjenigen, die die Gemeinschaft anführten, mußte aus dem Sinn für Verantwortung, für Verpflichtungen und für Loyalität entspringen. Und niemand konnte der Gemeinschaft um ein Drittel weniger Loyalität oder Pflichten schulden als die anderen. Und deshalb mußten alle zwölf Personen, die *Sanctuary* vor den Vereinigten Staaten sicher machen würden, die Risiken, die Planung und das Wissen gemeinsam tragen. Alles andere hätte eine

Handlungsweise dargestellt, die nicht moralischer Gesinnung, sondern dem Wunsch nach Höherrangigkeit entsprang. Auf diese Weise handelten die Schläfer. Die Unmoralischen.

Jennifer drehte den Stuhl zurück, so daß sie das Fenster vor Augen hatte. Es war voller Sterne: Rigel, Aldebaran, die Plejaden. Plötzlich erinnerte sie sich an etwas, das sie einst, vor langer Zeit, zu Miranda gesagt hatte, als Miri noch ein kleines Mädchen gewesen war. Jennifer hatte Miri zum Fenster des Ratssaales von *Sanctuary* hochgehoben, und ein Meteor war vorbeigezogen. Miri hatte gelacht und die dicken kleinen Ärmchen ausgestreckt, um nach dem wunderbaren Licht am Himmel zu greifen. »Sie sind zu weit weg für deine Hände. Aber nicht für deinen Geist. Erinnere dich immer daran, Miranda.«

Miranda hatte sich nicht daran erinnert. Sie hatte ihren Geist verwendet, o ja, aber nicht, um hinauszugreifen, nach oben. Statt dessen hatte sie ihre gesteigerte Intelligenz – welche Jennifer Sharifi ihr geschenkt hatte – dazu benutzt, um im Schmutz der Schläferbiologie zu waten. Zum Nutzen der Schläfer, die *Sanctuary* verraten hatten. Genau wie Miranda selbst.

»Der Freund meines Feindes ist auch mein Feind«, rezitierte Jennifer laut. Jenseits des Fensters kam die Erde in Sicht. *Sanctuary* umkreiste die Erde über Afrika – einem weiteren Ort, den die Schläfer verwüstet hatten.

Der Bildschirm wurde hell. Wieder Caroline. Doch diesmal wirkte die Kommunikationschefin erschüttert. »Jennifer?«

»Ja, Caroline?«

»Wir haben … neue Daten.«

»Ja? Und?«

»Nicht über Link«, sagte Caroline. »Ich komme zu dir. Gleich jetzt.«

Jennifer gestattete sich nicht, die Haltung zu verlieren. »Wie du möchtest. Kannst du mir sagen, worum sich die neuen Daten drehen?«

»Um Selene.«

Der Bildschirm war leer.

Während sie auf Caroline wartete, reinigte Jennifer die Spitze ihrer Feder. Die zwanzig Minuten waren lange schon um. Als sie auf das Blatt blickte, sah sie, daß sie, ohne sich dessen bewußt zu sein, weitergezeichnet hatte, während sie an Miranda dachte. Auf dem dicken weißen Papier befanden sich – in Umrissen und schraffiert – Stirn-, Schläfen- und Scheitellappen des menschlichen Gehirns.

SENDEDATUM: 12. Feber 2121
GEHT AN: Mondbasis Selene
VIA: Bodenstation Lyon, Satellit E-398 (Frankreich), GLO- Satellit 62 (USA)
NACHRICHT - ART: nicht verschlüsselt
NACHRICHT - KLASSE: entfällt; ausländische Übermittlung
AUSGEHEND VON: nicht genannte Gruppierung; Ste. Jeanne, Frankreich
NACHRICHT LAUTET:

Nous sommes les gens d'une petite ville en France qui s'appelle Ste. Jeanne. Nous n'avons plus des seringues de la santé. Maintenant, içi, il n'y a pas beaucoup d'enfants qui ne sont changés, mais que ferons-nous demain? S'il vous plaît, Mademoisele Sharifi, donnez-nous plus de seringues de la santé! Que sommes-nous obligés faire pour vous persuader? Nous sommes pauvres, mais vous aurez nos remerciements. Commes les riches, nous aimons nos enfants et nous avons peur de l'avenir.

N'oubliez-nous pas, s'il vous plaît!

BESTÄTIGUNG: keine

11

»Das *kannst* du nicht!« sagte Lizzie zu dem mürrischen Nutzer.

Jackson stand siebzig Meter entfernt unter einer Gruppe von Eichen, an deren Ästen immer noch einige dürre Blätter vom letzten Jahr hingen; er trug Zoom-Linsen und einen Empfänger in der Größe einer Erbse und sah zu, wie Lizzies Gesichtszüge dagegen ankämpften, sich zu einer mißbilligenden Miene zu verziehen. Sie zeigte dem Nutzer das leerste Lächeln, das er je gesehen hatte.

Störrisch beharrte der Mann: »Shockey, der sagte, ich kann.«

»*Shockey* sagte, daß du kannst?«

»Mhm.«

»Warte mal 'n Moment.« Lizzie wandte sich von dem Mann ab, der direkt vor dem Nährplatz seines Stammes stand, dem üblichen Plastikzelt. Darunter lagen zwanzig nackte Nutzer und nahmen ihr Mittagmahl ein. Gelegentlich schien es Jackson, daß er jedesmal, wenn er nach Lizzies Stamm sah, am Ende irgendwo ein paar nackten Nutzern beim Mittagmahl zusehen mußte. Diesmal jedoch standen drei komplett bekleidete Macher-Reporter mit Kameras außerhalb des Areals und zeichneten das Mahl auf. Weitere RoboKameras schwebten durch das Innere des Zeltes. Im Gegensatz zu anderen Stämmen im Distrikt Willoughby genoß diese spezielle Gruppe von Nutzern ihre zeitweilige Berühmtheit richtiggehend. Jackson fiel auf, daß zwei der Frauen goldene Spangen im Haar hatten. Und eine dritte, merkte er plötzlich, trug eine Halskette mit einem Stein, der durch die Zoom-Linse wie ein Brillant aussah! Probleme über Probleme …

Lizzie kam auf Jackson zu, der als Nutzer getarnt war. Seit drei Wochen ließ er sich einen ruppigen Vollbart wachsen; er trug formlose blaue Latzhosen, einen verbeulten Hut, den er tief in die Stirn zog, und die schwersten Stiefel, die er je im Leben angehabt hatte. Sie waren völlig verdreckt, denn der Boden war ein Meer aus Schlamm; es hatte zwei Tage durchgeregnet – ein scharfer Märzregen, der wiederzukehren drohte. Jackson war mit Lizzie über einen Berg zu diesem Stamm gewandert; Nutzer reisten nicht mit dem Flugwagen, und er trat ja als Nutzer auf. Bisher hatte ihn keiner der überall herumschwirrenden Reporter wahrgenommen. Er fühlte sich lächerlich.

Lizzie beugte sich zu ihm und flüsterte ärgerlich: »Er behauptet, Shockey hätte gesagt, es wäre in Ordnung, wenn sie die Roller annehmen!«

»Und glaubst du auch, daß Shockey das gesagt hat?« fragte Jackson. Seine eigene Antwort hätte ›ja‹ gelautet. Shockey schien Lizzies Vorstellung, daß die Nutzer, wenn sie am 1. April für ihren eigenen Kandidaten stimmen wollten, am 25. März keine materiellen Geschenke von den anderen beiden Kandidaten annehmen konnten, einfach nicht zu begreifen. ›Reparationsleistungen‹ nannte Shockey das – wo hatte er bloß das Wort her? ›Bestechungen‹ sagte Lizzie dazu, und sie hatte recht.

Sie kaute an der Unterlippe. »Harry Jenner sagt, Shockey hätte ihm aufgetragen, die Geschenke zu akzeptieren, keine Versprechungen abzugeben und dann doch für Shockey zu stimmen.«

So hielten es die Macher seit Jahrzehnten. Jackson sprach seinen Gedanken laut aus.

»Aber es ist nicht richtig!« beharrte sie, und plötzlich verlor er die Geduld – mit ihr, weil sie sich so in diese naive, zum Scheitern verurteilte legale Revolution hineinlebte, und mit sich selbst, weil er hier im schützenden Schatten von Bäumen stand, die jetzt im März nicht viel Schatten spendeten, und weil ihn alles juckte in diesen nichtporösen synthetischen Kleidern, die vor Dreck ganz steif waren.

»Wichtig ist einzig und allein die Frage«, sagte er, »ob Harry und sein Stamm wirklich für Shockey stimmen werden, nachdem sie Roller und tolle Kleider und parfümierte Seife und Diamanthalsbänder angenommen haben. Oder werden sie für den Kandidaten stimmen, der ihnen den ganzen Schatz geschenkt hat?«

»Diamantenhalsbänder?« fragte Lizzie verständnislos.

»Dieses Mädchen mit dem langen braunen Haar dort, direkt neben dem Zelt, trägt ein Diamanthalsband. Von Tiffany, würde ich sagen.«

»Ach, du gütiger Himmel!«

Jackson lächelte. Lizzie wäre wütend gewesen, hätte sie gewußt, daß sie in Augenblicken der Nervosität – auch wenn sie nicht in den Nutzer-Jargon verfiel – klang wie ihre Mutter. Die formidable Annie. Jackson verriet es ihr nicht. In den letzten drei Monaten, als dauernder Zuseher bei dieser hirnrissigen Wahlkampagne, war ihm Lizzie richtiggehend ans Herz gewachsen. Sie war eine sonderbare Kombination aus Härte und Verletzlichkeit. Manchmal erinnerte sie ihn geradezu an Theresa.

Was bei weitem kein ausreichender Grund war, sich in dieses weltfremd-idealistische Projekt einspannen zu lassen. Weshalb also dann?

»Hör zu, Lizzie, in sechs Tagen ist die Wahl. Du wirst schon darauf vertrauen müssen, daß Harry Jenner und der Rest trotz der … Geschenke für Shockey stimmen.«

Geschenke. Bestechungsgaben. Reparationsleistungen.

»Glauben *Sie* denn, daß sie für Shockey stimmen werden?« Ihre schwarzen Augen bekamen einen flehentlichen Ausdruck.

»Eigentlich«, sagte er zögernd, »ja. Ich glaube, daß der Haß der Nutzer, der von den *Umstellungs*-Kriegen noch übrig blieb, stärker ist als ihre Habgier.« Oder ihre Dankbarkeit. Die Nutzer waren ganz genau jene Opportunisten, zu denen die Macher sie erzogen hatten.

»Das sagt Vicki auch.«

Jackson wollte nicht über Vicki reden, die man zurückgelassen hatte, um im ›Wahlkampf-Hauptquartier‹ für Ordnung zu sorgen, und die so sehr Teil von Shockeys Stamm war, daß sie nicht hier im Dreck stehen mußte, um das zu beweisen – in der Aufmachung von jemandem, der sie nicht war. *»Wir können den nachteiligen Effekt Ihrer offenen Anwesenheit nicht brauchen«*, hatte sie zu Jackson gesagt, *»und Sie können den nachteiligen Effekt für Ihre … ääh … medizinische Karriere auch nicht brauchen.«* Ja. Ganz recht.

»Okay«, seufzte Lizzie. »Ich sage ihnen nicht, daß sie die Roller und alles andere zurückgeben müssen. Aber ich werde ihnen *noch mal* sagen, daß sie unbedingt für Shockey stimmen müssen!«

»Dann tu das bitte gleich. Dieser Reporter dort fängt grade wieder an, sich für dich zu interessieren. Und für mich.«

»Dann sehen wir uns später im Lager.«

»Gut.« Jackson nickte und machte sich auf den Weg zurück durch den Wald.

Nach ein paar Kilometern Fußmarsch war ihm warm genug, um die Jacke aufzumachen und sie dann ganz auszuziehen. Den Hut ließ er auf; Reporter, die keine bessere Story zu verfolgen hatten, waren in Luftwagen und mit ZoomKams unterwegs, um diesen Wahlfeldzug zu dokumentieren. Der, je nachdem welchen Nachrichtenkanal man einschaltete, entweder ein Anschlag auf den gesunden Menschenverstand, eine Bedrohung dessen, was von der zivilen Ordnung noch übrigblieb, eine bedeutungslose Fußnote politischer Geschichte oder ein monumentaler Scherz war. Gelegentlich von allem etwas.

Selbst für Susannah Wells Livingston und Donald Thomas Serrano. Letzte Woche hatte Jackson, der Spion im Lager des Feindes, eine Wahlveranstaltung von Don Serrano besucht. Er hatte dabei erfahren, daß der Macher-Kandidat sich nicht wirklich Sorgen um sein Abschneiden machte. »Ich habe eine Reihe von ›Zuwendungen‹ aller Art unter meiner Wählerschaft verteilt«, hatte Serano ihm verraten. »Seit wann soll man denn einen Nutzer nicht kaufen können?« Jackson hatte nur genickt. War das nicht ganz genau das, was auch er selbst gedacht hatte, bis Lizzie Francy aus einem Loch in zweieinhalb Metern Höhe in sein Leben gepurzelt war?

Für Cazie hingegen war die Wahl kein monumentaler Scherz. Um ihr aus dem Weg zu gehen, war Jackson vorübergehend aus seinem Apartment unter einem anderen Namen in ein Hotel in der Enklave Pittsburg gezogen. Es war kein Luxushotel, sondern in erster Linie eine Unterkunft für Techs, jene Randerscheinungen der Macher-Gesellschaft, deren Eltern ihren Kindern nur begrenzte GenMods hatten kaufen können – fast durchwegs für das Aussehen. Techs arbeiteten für ihren Lebensunterhalt, hatten aber nirgendwo das Sagen. Jackson bewegte sich unauffällig zwischen ihnen. Er sprach täglich mit Theresa, der einzigen Person, die seinen Aufenthaltsort kannte, über ein, wie er hoffte, ausreichend gesichertes MobiLink. Daß Cazie ihn nicht finden konnte, verschaffte ihm ein seltsames Gefühl der Befriedigung; es war fast ebenso großartig wie das Wissen, daß sie nach ihm suchte.

Er brauchte drei Stunden, um zu Lizzies Stamm zurückzukehren. Die Spätnachmittagssonne schien schräg über die Berggipfel, deren Kieferngrün immer noch mit dem Weiß von altem Schnee durchsetzt war. Die anderen Teams zur ›Wählerkontrolle‹ würden nach anstrengenden Märschen zu den diversen Stämmen, um sich deren Loyalität zu versichern, auch bald eintrudeln.

Warum also war er in all das verstrickt? Weil Cazie es verabscheute? Kein ausreichender Grund. Bei weitem nicht.

Weil er sein Leben, seine Klasse, seine sinnlosen Aktivitäten über hatte? Kein ausreichender Grund.

Weil kleine Kinder ohne *Umstellungs*-Spritzen im ganzen Land starben? Diese Wahl würde den kranken Kindern nicht helfen. Selbst wenn die Nutzer jede gottverdammte Wahl der nächsten sechs Jahre gewannen und jedes öffentliche Amt vom Präsidenten abwärts besetzten – politische Abenteurer ohne GenMods in ihren eigenen schreckstarren Hauptstädten –, so schuf das immer noch keine einzige *Umstellungs*-Spritze. Nur Miranda Sharifi und die SuperS konnten das. Und sie taten es nicht. Sie beantworteten die Übermittlungen nach Selene, ihrem Exilort unter der Mondoberfläche, nicht einmal.

Im Schatten einer riesigen duftenden Kiefer blieb Jackson stehen, wischte sich den Schweiß von der Stirn und machte sich auf die halluzinogen-holographische Realität des ›Wahlkampfhauptquartieres‹ gefaßt.

Diese Realität begann vierhundert Meter vor dem Lager – mit dem Kandidaten.

»Wer sind denn Sie, zum Geier?« rief das Mädchen. Sie hob das Gesicht von Shockeys Mund, der, ganz Kavalier, die untere Position gewählt hatte und nur durch eine grell orangefarbene Decke von all dem Matsch darunter getrennt war. Das Mädchen, nackt von der Mitte bis zu den teuren Stiefelchen, saß rittlings auf ihm und dachte gar nicht daran, in ihren Bewegungen innezuhalten, geschweige denn, ihre Stellung zu verlassen, als Jackson über eine Unebenheit zwischen den Bäumen in das kaum versteckte Liebesnest stolperte.

Jackson wandte die Augen ab – nicht, um ihren Anblick zu vermeiden, sondern, ganz im Gegenteil, weil er sie bereits gesehen hatte: etwa siebzehn, grüne GenMod-Augen und langes schwarzes Haar. Ein Macher-Mädchen, das sich gern in den Slums herumtrieb.

Jackson war ein Nutzer – wie würde ein Nutzer jetzt reagieren? Er trat verlegen von einem Fuß auf den anderen und hielt die Augen auf ihre Stiefel gerichtet. Sie endeten eine Handbreit unter dem Knie und waren aus italienischem Leder – zweifellos nano-beschichtet, damit ihre Füße sie nicht konsumierten – und völlig verdreckt. Auf den perfekten Oberschenkeln des Mädchens zeigte sich Gänsehaut. Die Märzluft war kühl.

»Sind Sie ein Reporter?« fragte sie listig und hielt für einen Moment inne.

Sichtlich keine IQ-GenMods. »Ne, bin ich nich'«, murmelte Jackson.

Shockey hatte ihn erkannt. Er zog das Mädchen ungeduldig wieder hinab auf sich. »Bloß 'n blöder Glotzer, der. Komm, glotz du lieber mich an, Alexandra.«

Sie kicherte. »In dieser Stellung?« Aber sie küßte ihn. Shockey rammelte weiter und starrte Jackson dabei an: *»Hau ab!«* grunzte er.

Jackson tat ihm den Gefallen und fragte sich, ob Alexandra eine abenteuerlustige junge Dame war, ein politisches Ablenkungsmanöver, ein professionelles Bestechungsgeschenk oder der Inszenierungsversuch eines Skandales. Jackson hatte keine RoboKameras gesehen. Aber hatte Vicki Turner Shockey nicht gewarnt? Seine potentielle Wählerschaft würde wohl nicht sehr erfreut sein, ihren Nutzer-Kandidaten, das Gegenmittel für die Macher-Korruption, sich zusammen mit einer Macherin, die aussah wie Alexandra, im Sumpf der Begierde wälzen zu sehen.

Jackson drehte sich um, legte die Hände um den Mund und schrie: »He, Shockey! Kriegst Besuch, du! Sharon mit'm Baby!« Vielleicht wirkte das.

Nur zwei Reporter trieben sich im Lager herum. Einer interviewte gerade Scott Morrison, einen von Shockeys Kumpeln. »Un' wir werden diese Wahl gewinnen, sag ich! Un' nächstes Jahr macht einer von uns den gottverdammten Präsidenten!«

»Ich sehe, Sie tragen ein goldenes Kettchen«, stellte der Reporter aalglatt fest. »Eine Spende von den ›Bürgern für Serrano‹?«

»Is'n Erbstück, das«, sagte Morrison feierlich. »Von meiner Urgroßmutter. War 'ne Schauspielerin. Noch auf'm Flachschirm.«

»Und der Roller hier neben Ihnen?« Die RoboKamera surrte; der Reporter machte sich nicht die Mühe, sein spöttisches Grinsen zu unterdrücken.

»Is' auch 'n Nachlaßstück von meiner Uroma.«

Wo war bloß Vicki geblieben?

Eine Gruppe Nutzer, die Jackson noch nie gesehen hatte, lümmelte mit mürrischem Gesichtsausdruck vor dem plastiküberdachten Nährplatz. Müde und schmutzig. Etliche solcher Gruppen fanden sich jede Woche bei Lizzies Stamm ein; sie kamen von außerhalb des Distrikts Willoughby und wußten aus den Nachrichten von dem Wirbel hier. Manche Gruppen wirkten nachdenklich interessiert, andere verachteten die Nutzer, die willens waren, sich mit der Macher-Arbeit Politik zu besudeln. Einige hatten nur von den Rollern, Schmuckstücken und dem Wein gehört, den man von den ›kandidatenunabhängigen Bürgergruppen für Serrano‹ bekam. Ein Roller war bereits gestohlen worden. Daher blieben die Mitglieder des Stammes jetzt in Grüppchen beisammen, und das war auch der Grund, daß sie sich alle in unmittelbarer, gut zu filmender Nähe des Nährplatzes aufhielten. Ausgenommen natürlich der Kandidat, der im Wald auf dem Rücken liegend die Früchte seines Ruhmes genoß.

Wo, zum Teufel, war Vicki?

Annie lief geschäftig aus dem Stammesgebäude, Dirk auf dem Arm. Sie sah Jackson und machte ein schrecklich finsteres Gesicht, bis ihr einfiel, daß sie ihn ja gar nicht kannte. Angewidert wandte sie den Blick ab wie eine verwöhnte Gräfin von einem toten Fisch. Der Blick landete auf einer Runde jugendlicher Macher auf Slum-Tour, die aus dem sicheren Schutz eines protzigen Luftwagens hervorgrinsten. Zwei der jungen Leute trugen Inhalatoren. Sie wurden gerade vom zweiten Reporter interviewt, doch Jackson befand sich glücklicherweise schon außer Hörweite.

Und dann landete ein zweiter Luftwagen, aus dem Cazie sprang; in ihrer Begleitung befand sich der neue Chefingenieur von TenTech.

Jackson drehte sich rasch um, schritt entschlossen auf das Gebäude zu und huschte hinein.

Was wollte sie hier? Nach dem Treffen vor ein paar Monaten, bei dem es um die politischen Verbindungen der Firma gegangen war, von denen Jackson kaum die Hälfte begriff, hatte er Caroline, sein persönliches System, ein paar Nachforschungen anstellen lassen. TenTech hatte breit gestreute Geschäftsinteressen, aber etliches davon konnte Caroline über offizielle Datenleitungen nicht verfolgen, selbst mit Jacksons Zugriffscodes. Er hatte TenTech nie viel Aufmerksamkeit geschenkt. Bis zu seinem Tod hatte sein Vater das getan, und danach, während Jacksons Medizinstudium, hatte Vaters Anwalt sich um die Firma gekümmert. Nach Jacksons Heirat hatte Cazie allmählich alles übernommen, und Jackson war froh darüber gewesen. Und nun fragte er sich, wo TenTechs ganzes Geld eigentlich steckte – und warum war anscheinend so viel davon mit dem Staat Pennsylvania verknüpft, wo doch TenTech in New York amtlich eingetragen war? Cazie schien in den verschiedensten Firmen und Behörden in Pennsylvania eine Menge persönlicher Freunde zu haben... So hatte

Jackson schließlich einen unabhängigen Wirtschaftsprüfer engagiert, ohne es Cazie zu sagen. Der Bericht des Mannes stand noch aus. Vielleicht war Cazie den Nachforschungen des Wirtschaftspüfers auf die Spur gekommen.

Oder vielleicht kam sie ganz einfach nur, um ihn zu suchen.

Er öffnete die Tür einen Spalt und lugte aus dem Halbdunkel ins helle Sonnenlicht. Cazie stand vor Billy Washington, Lizzies Stiefvater, und sprach mit ihm. Wenigstens war es Billy, der Vernünftigste des ganzen Stammes! Das Stammesgebäude konnte Cazie nicht betreten, um dort nach Jackson zu suchen, denn Vicki hatte darauf bestanden, daß keinerlei Außenstehende, unter welchen Umständen auch immer, Zutritt erhielten, und hatte ein einfaches Scannersystem installiert; wenn jemand versuchte, ohne einen programmierten Chip die Tür zu passieren, ertönte ein Alarmsignal. Das System war ganz einfach auszutricksen, aber bislang hatte sich niemand die Mühe gemacht. Jackson griff nach dem Chip in seiner Tasche.

Cazies dunkle Locken glänzten in der Frühjahrssonne. Ihre hohen weißen Stiefel und das strenge schwarze Kostüm sahen frisch und hübsch aus, und als sie vor Billy gestikulierte, warf sie einen Arm hoch, und ihre volle rechte Brust hob sich, bebte ein wenig und senkte sich.

Was wollte sie bloß hier? Was wollte *er* bloß hier! Durch den Spalt in der Tür erblickte er Shockey, der aus dem Wald geschlendert kam. Die Macher-Schönheit war nicht bei ihm. Mit wütender Miene stürmte ihm Sharon über das braune Gras entgegen. Annie brüllte einen Reporter an. Billy wandte sich von Cazie ab, wollte auf Annie zugehen und wurde von einem grinsenden Macher-Jungen abgefangen, der sich gerade lange genug von seinem Luftwagen wegwagte, um

Billy seinen Inhalator unter die Nase zu halten. Billy wankte. Scott Morrison machte einen Satz auf den Macher-Jungen zu und bekam ihn zu fassen. Sofort setzten sich RoboKams surrend Richtung Kampfgeschehen in Bewegung. Der Kandidat stürzte sich auf einen zweiten Macher-Teenager, und Sharon kreischte. Annie, immer noch Dirk im Arm, rannte zu Billy, der jetzt ein seltsam hohles Lächeln aufgesetzt hatte. Dirk begann zu schreien. Sharon fuhr fort zu kreischen. Cazie warf den Kopf zurück und lachte – ein häßliches Geräusch, das sich irgendwie gegenüber dem restlichen Krach behaupten konnte. Sie sandte dem TenTech-Ingenieur eine Botschaft, indem sie mit den Lippen tonlose Worte formte, und Jackson las sie mit: »Hier wird aktive amerikanische Politik gemacht!«

Jackson schloß die übel zugerichtete Eingangstür.

Lauter Narren. Es hatte Jackson ein wenig überrascht, als er entdeckte, daß so viele Nutzer zäh entschlossen waren, für Shockey zu stimmen, obwohl sie jede Menge Geschenke von der Gegenseite annahmen. Shockey würde die Wahl klar gewinnen, aber Jackson fürchtete, daß es auf lange Sicht keinen wie immer gearteten Unterschied machen dürfte. Shockey würde nicht deshalb siegen, weil die Nutzer auf dem Weg zur Macht waren, sondern weil die Macher die Wahl nicht ganz ernst genommen hatten. Sie hatten das Zuckerbrot verwendet, aber nicht die Peitsche, hatten ihren Tand in alle Windrichtungen verstreut und angenommen, damit das Problem gelöst zu haben. Wenn sie am Wahltag erkannten, daß es nicht gelöst war, würden sie das Zuckerbrot in den Ruhestand schicken. Nutzer-Lager waren ungeschützt, unbewaffnet und ohne Technik. Der nächste Nutzer-Kandidat für irgendein öffentliches Amt würde verlieren. Jackson wohnte hier einem historischen Glückstreffer bei, einer unwiederholbaren Unwahrscheinlichkeit, für die er sein ganzes Prestige bei seinen eigenen Leuten aufs Spiel setzte. Was ihn zum größten Narren von allen machte.

Irgendwo im Gebäude weinte jemand.

Er suchte sich einen Weg durch das Halbdunkel, an den zerfallenden gemeinschaftlichen Möbeln vorbei, durch das Labyrinth aus wackligen Bretterwänden, aufgestellten Sofas, kaputten Regalen und selbstgewebten Vorhängen. Das Schluchzen wurde lauter. Jackson kam am WebRob vorbei, der aus jedwedem organischem Material, das in seinen Fülltrichter geschmissen wurde, geduldig Meter um Meter häßlichen schwärzlichbraunen Stoffes fabrizierte. Der Rob summte leise, und dahinter, am Ende der abgeteilten Verschläge, stieß Jackson auf die Quelle des Weinens.

Ein Junge. Er stand vornübergekrümmt mit dem Rücken zu Jackson da; durch die Löcher in seinem Hemd sah man die Sommersprossen auf seiner Haut. Vicki stand neben dem Jungen, einen Arm um seine schmalen Schultern gelegt, womit sie ihn augenfällig vor dem Zusammensinken bewahrte. Als die beiden sich umdrehten, sah Jackson, daß der Junge über ein Baby in seinen Armen gebeugt war.

»Ich wollte Sie gerade holen«, sagte Vicki ernst.

Jackson griff nach dem Baby. Er hatte sofort gesehen, daß es im Sterben lag, vermutlich durch irgendeinen mutierten Mikroorganismus, der bereits das Immunsystem zerstört hatte. Candidose hatte den Mund des Babies mit weißlichen Flecken überzogen, und seine Haut war übersät mit subkutanen Hämatomen. Die Wangenknochen traten beinahe durch die gelbliche Haut. Jackson hörte, wie die Lunge des Kindes sich anstrengen mußte, um zu atmen. An seinem Hals klebten zwei Pflaster, ein blaues und ein gelbes: Breitbandantibiotika und Antivirale. Vicki hatte sie immer bei sich. Sie würden nicht mehr helfen; es war viel zu spät dazu.

»Sin' Sie der Doktor?« keuchte der Junge. »Das da,

das is' meine Tochter. Können sie ihr 'ne *Umstellungs*-Spritze geben? In meinem Stamm, da gibt's keine mehr… woanders auch nich'. Hab gehört, von euch hier…«

»Nein«, sagte Jackson, »ich habe keine Spritzen mehr.«

Vicki starrte ihn an wie vor den Kopf geschlagen. Sie hatte offenbar eine andere Antwort erwartet, denn sie wußte natürlich nicht, daß Theresa seine mageren Vorräte ausgeräumt hatte.

»Sie haben keine Spritzen nich'?« sagte der Junge, »Ehrlich?«

»Ehrlich«, sagte Jackson.

»Aber Sie sin' doch 'n Doktor, oder?… 'n Macher-Doktor?«

Jackson antwortete nicht. Keiner sprach. Qualvoll zog sich das Schweigen hin. Schließlich nickte Jackson kläglich und schüttelte dann den Kopf. Er ertrug es nicht, dem jungen Vater in die Augen sehen zu müssen.

Der Junge begehrte nicht auf, explodierte nicht – er begann nicht einmal wieder zu weinen. Aus dem Zusammensacken seiner Schultern sprach nur Resignation: der Junge hatte nicht wirklich auf Hilfe gehofft. Er hatte sie nie irgendwo gefunden. Er war hergekommen, weil er nicht wußte, was er sonst hätte tun können.

»Werden Sie trotzdem Ihr Möglichstes tun, Jackson?« fragte Vicki mit gepreßter Stimme.

Sie hatte bereits seine Tasche aus ihrem Winkel inmitten des Stammesgerümpels geholt, und so ging Jackson alle notwendigen, vergeblichen Handgriffe durch. Als er fertig war, sagte der Junge: »Vielen Dank, Herr Doktor«, und damit war Jacksons Frustration komplett.

»Kommen Sie mit mir«, sagte Vicki, und er folgte ihr, in erster Linie, um wegzukommen, ganz egal, wohin.

Nutzer waren von draußen hereingekommen und

saßen lebhaft schwatzend in den gemeinschaftlichen Sesseln. Vicki führte Jackson um das Labyrinth aus Verschlägen herum und durch einen Vorhang, der zwischen einer Wand und einem langen, gekippten Tisch gespannt war. »Hier kommt niemand her, Jackson.«

»Wo ist die Mutter dieses Kindes?«

Vicki hob die Schultern. »Sie wissen doch, wie es ist. Sie werden so leicht schwanger, nichts kann schief gehen in ihrem Körper, alle Kinder werden praktisch vom ganzen Stamm aufgezogen. Wenn jemand sich nicht kümmern will um sein Kind, dann braucht er es auch nicht zu tun.«

»Das ist aber nicht richtig! Diese neue soziale Organisation, bewirkt von der *Umstellung*, sie ist ganz einfach falsch!«

»Ich weiß.«

»Sie *wissen* es? Ich dachte, Sie wären die größte Befürworterin dessen, was Miranda Sharifi der Welt geschenkt hat!«

»Ich bin die größte Befürworterin einer Anpassung daran. Denn bis jetzt haben wir das nicht getan.«

Er hatte sie noch nie so gesehen: ernst, gerade heraus, nicht versteckt hinter amüsierter, distanzierter Gleichgültigkeit. Aber so mochte er sie nicht; sie versetzte ihn in Unruhe damit. Um ihrem Blick zu entgehen, sah er sich in dem Verschlag um und merkte, daß es der ihre sein mußte. Der kleine Raum unterschied sich in nichts von denen der anderen Stammesmitglieder: Strohsack auf dem Boden, zerkratzte Kommode, auf der selbstgemachter Schmuck herumlag, Kleider auf Haken. Nichts so Wertvolles oder Unpassendes wie das Jansen-Sagura-Terminal und die Kristallbibliothek in Lizzies Winkel. Und doch gehörte der kleine Raum unverkennbar einem Macher und nicht einem Nutzer: das verrieten die Farben, die gedämpft und harmonisch waren; das Arrangement der Möbel; der einzelne Weidenzweig, der mit fernöstlicher Schlichtheit und Eleganz in einer schwarzen Tonvase steckte.

»Haben Sie eigentlich bemerkt, daß Sie weinten, als Sie das Baby hielten?« fragte Vicki.

Er hatte es nicht bemerkt, und jetzt fuhr er sich über die nassen Wangen und verabscheute Vicki, weil *sie* es bemerkt hatte. Doch zugleich war er dankbar dafür, daß sie die Nutzer, die lärmend und lachend im Zentrum des Gebäudes herumhockten, nicht auf seine Tränen aufmerksam gemacht hatte.

Er sagte – weil er sich bemüßigt fühlte, irgend etwas zu sagen: »Sie leiden. Nicht hier, in diesem Stamm, aber anderswo, an Orten, wo es noch weniger Mittel gibt, dort leben sie …«

»Die Armen haben immer in einem anderen Land gelebt als die Reichen. In jedem Zeitalter. Ganz egal, wie nahe ihre Häuser beieinander standen.«

»Bitte halten Sie mir keine Vorträge über …«

»Sehen Sie sich das hier an, Jackson.« Sie öffnete die oberste Schublade der Kommode, zog einen Holo-Recorder hervor und sagte zu ihm: »Aufnahme drei abspielen.« Sie streckte ihn Jackson hin, und er nahm ihn.

Auf der Miniaturbühne lief der Zweiminutenausschnitt einer Nachrichtensendung eines Macher-Kanals; der Tonfall des Interviewers bewegte sich irgendwo zwischen Amüsement und Verachtung, als er den Sprecher einer texanischen Ärztegruppe, die direkt vor der Enklave Austin eine Y-geschützte Klinik eingerichtet hatten, in der sie *nicht umgestellte* Nutzer-Kinder behandelten, befragte. »Es ist notwendig«, sagte der müde aussehende junge Arzt, der dringend einen Haarschnitt brauchte, »sie haben Schmerzen. Was Miranda Sharifi hier geschehen läßt, ist einfach kriminell.« Die Holobühne erlosch.

Vicki schnaubte verächtlich. »Was *Miranda* geschehen

läßt! Wir übernehmen immer noch nicht die Verantwortung!«

»Wer ist ›wir‹?« fuhr Jackson sie erbost an. »Manchmal verwenden Sie ›wir‹ für Nutzer, dann wieder für Macher!«

»Na und? Jackson, es gibt immer mehr *nicht umgestellte* Kinder! Die brauchen Ärzte!«

Wieder sah er im Geist das erschöpfte Gesicht des Arztes im Holo, den Sicherheitsschild rund um die Klinik und die Nutzer, die Jacksons Wohnhaus attackiert hatten, als Theresa allein daheim war. Trotz seiner Schwäche für die unbezähmbare Lizzie hatte er persönlich keineswegs den Wunsch, unter Nutzern zu praktizieren. Dafür hatte er nicht studiert.

»Aus Mitleid zu handeln ist deutlich schwieriger, als es nur zu verspüren, nicht wahr?« sagte Vicki. »Aber auch viel befriedigender, auf lange Sicht. Glauben Sie mir, ich weiß es.«

»Bisher habe ich noch nicht erlebt, daß Sie dachten, Sie würden etwas nicht wissen«, warf er trocken ein.

Vicki lachte. »Sie haben recht.« Sie beugte sich zu ihm und küßte ihn.

Das traf Jackson völlig unerwartet. Was machte sie da? Gewiß küßte sie ihn nicht nur deshalb, weil er wegen eines Nutzer-Kindes Tränen vergossen hatte … oder doch? Sie schien gar nicht dieser … doch dann verließ ihn jeder vernünftige Gedanke. Ihre Lippen waren weich, zarter als Cazies Lippen, und sie war größer und weniger gepolstert rundum als Cazie. Ihr Mund legte sich kurz auf den seinen, zog sich zurück und kehrte wieder. Jackson zog sie an sich, und ein elektrischer Schlag durchfuhr seinen Torso, ein Blitzschlag, der von seinem Mund ausging, durch die Brust hinabfuhr und mit einem scharfen, genußreichen Stoß in seinem Penis endete. Er drückte sie fester an sich.

Vicki befreite sich aus seinen Armen. »Machen Sie

sich ein paar Gedanken wegen der Klinik«, sagte sie. »Zwischen Ihren anderen Verpflichtungen natürlich. Da kommt sie.«

Jackson wurde sich gewahr, daß eine Alarmklingel schrillte – schon die ganze Zeit, ohne jedoch seine Aufmerksamkeit zu erwecken. Und über das Geräusch hinweg hörte er Cazie schreien: »Jackson! Ich weiß, daß du hier irgendwo bist! Jack, zur Hölle, ich will mit dir reden!«

Vicki lächelte. Sehr bedächtig zog sie den Vorhang zur Seite und rief: »Hier herüben, Cazie! Hier sind wir!«

Cazie schritt aufrecht durch das lächerliche Gewirr schäbiger Möbel. Mit einem Blick erfaßte sie die Situation: Jackson neben Vickis Bett, Vicki, die mit einer Hand elegant den Vorhang zur Seite hielt, Jacksons erhitztes Gesicht und Vickis listige Miene. Wie erstarrt blieb Cazie stehen.

»Wir sind hier fertig«, gurrte Vicki. »Wir sehen uns später, Jackson.« Sie zwinkerte ihm zu.

Jackson hatte Angst, Cazie in die Augen zu sehen.

1. April. Wahltag. Ein nasser Tag. Als Jackson in einem stickigen Verschlag des Stammesgebäudes im Distrikt Willoughby erwachte, hörte er den Regen auf das Dach trommeln.

Er hatte nicht vorgehabt hierzubleiben. Doch am Vortag war er in ein Sperrfeuer aus RoboKameras und Reportern geraten, von denen zwei versucht hatten, ihn gegen die Hauswand zu drücken, um ihn zu identifizieren. Sie waren nahe genug gewesen, um seine GenMod-Augen zu bemerken. Er hatte sie abgeschüttelt und sich ins Gebäude geflüchtet, wo Lizzie darauf beharrte, daß er die Nacht beim Stamm verbringen sollte, wenn er nicht erkannt werden wollte. Vicki war zu einem anderen Stamm unterwegs. Das war Jackson ganz recht so.

Er lag auf der harten Matratze aus nicht konsumierbarem Material und starrte in dem Halbdunkel auf zwei Wände aus SchaumStein, eine aus altem Blech mit Stützen aus abgebrochenen Stuhlbeinen und eine aus einem selbstgewebten graubraunen Vorhang. An der Blechwand hing ein Stoffbild, auf dem in lavendelblauem und scharlachrotem Garn die handgestickten Worte WILLKOMMEN, FREMDER standen. Daraus schloß Jackson, daß man ihn im Gästezimmer des Stammes untergebracht hatte.

Er stand auf, streckte sich, schlüpfte in seine Hose und folgte dem allgemeinen Morgenlärm zum Zentrum des riesigen Gebäudes.

»Morgen!« trällerte Lizzie. Ihre schwarzen Augen funkelten. Sie war zum Ausgehen gerüstet und trug Wanderstiefel. Dirk lag in einem türkisfarbenen Plastikkasten, der auf dem Boden stand, und versuchte mit seinen dicken kleinen Fäusten seine Zehen zu erreichen. »Heute ist der große Tag!«

»Wo ist Shockey?« fragte Jackson. Er wünschte sich inständig eine Tasse Kaffee, die er nicht bekommen würde.

»Beim Frühstück. Wie alle anderen, die sich nackt in den Nachrichten sehen möchten. Sind Sie hungrig?«

»Nein«, log Jackson.

»Gut. Jetzt wäre nämlich ein günstiger Zeitpunkt, Sie von hier wegzubringen, ehe die Reporter eintrudeln. Die meisten von ihnen sind für die Nacht nach Hause zurückgekehrt, und der Rest ist beim Nährplatz. Die Wahllokale sind von neun bis zwölf Uhr mittag offen. Ich verschwinde durch die Hintertür und treffe Vicki bei Ihrem Wagen. Dann wollen wir beide nach dem Wellsville-Stamm sehen. Wollen Sie mitkommen?«

»Wenn ihr euch ohnehin beim Wagen trefft, dann kann ich ja mit dir gehen. Hast du gegessen, Lizzie?«

»Ich kann nicht. Bin viel zu aufgeregt. Oh, Mama! Hier ist Dirk, ich habe ihn schon gestillt.«

Annie tauchte aus ihrem Verschlag auf, zeigte Jackson ein finsteres Gesicht und hob ihren Enkelsohn vom Boden auf. Das finstere Gesicht war nichts Ernstes. Annie fühlte sich in Gegenwart von Machern nicht wohl, aber sie war Jackson gegenüber schon merkbar freundlicher geworden, seit ihr klar war, daß er Vicki nicht mochte. Mochte er Vicki wirklich nicht? Er hatte sie seit einer Woche nicht gesehen, seit dem Kuß. Er wollte sie auch nicht sehen. Oder Cazie. Oder Lizzie. Er wollte zu seinem Wagen, nach Hause fliegen und eine Tasse Kaffee trinken.

Er wußte, daß er sich selbst belog.

»Morgen, Annie«, sagte er. »Sind Sie auf dem Weg zum Frühstück?«

»Ne, ich nich', nich' mit dem Haufen Kameras da draußen«, schniefte sie naserümpfend. »Billy, der is' raus, um uns 'n bißchen gute Erde reinzubringen. Weil wir, wir nehmen unsere Nahrung nämlich in anständiger Form un' allein zu uns.«

Lizzie unterdrückte ein Grinsen. Sie packte Jackson an der Hand und führte ihn zu einer kleinen Tür, die von den RoboKams bisher verschont geblieben war, weil Billy sie an einer Stelle in die Rückwand des Gebäudes geschnitten hatte, die hinter Unkraut und Gebüsch verborgen lag. Das Türchen war so niedrig, daß Lizzie und Jackson auf Händen und Knien hindurchkriechen mußten. SchaumStein war eben nicht leicht zu schneiden.

»Lizzie, woher hat Billy die abstimmbare Lasersäge, die er brauchte, um diese Tür hier herauszuschneiden?«

Lizzie grinste über die Schulter zurück. »Ich hab rausgefunden, woher ich eine organisieren kann. Aber ich werde Ihnen nicht erklären, wie.«

Sie liefen hinaus in den Regen, der sich nun zu einem Nieseln reduziert hatte. Dennoch war Jackson durchnäßt und durchfroren, als sie beim Luftwagen ankamen, der in einiger Entfernung unter einem undurchsichtigen Y-Schild verborgen war. Vicki saß auf dem Schild und hinterließ mit ihrem schlammbeschmierten Hosenboden jede Menge Schmutzspuren.

»Morgen, Lizzie. Jackson.«

»Vicki! Wie sieht's aus in Max und Farlas Lager?«

»Bestens. Alle sind auf, tragen ihre schönsten Kleider und kostbarsten Juwelen, scharen sich um das Terminal und sind reif für die politische Unsterblichkeit.« Sie lächelte Jackson an, der gezwungen zurücklächelte.

»Fünfzehn Minuten bis zum Beginn der Wahl«, stellte Lizzie fest. »Ich glaube, ich werde in Wellsville wählen.«

»Erledigen wir's doch hier«, sagte Vicki.

»Hier? Und wie?«

»Ich bin sicher, Jackson hat im Wagen ein ComLink, das Zugriff auf offizielle Kanäle hat. Nicht wahr, Jackson? Wir können einfach hier in dem Macher-Wagen sitzen und den ersten Nutzer-Politiker in Jahrzehnten wählen.«

Lizzie lachte. »O ja, das machen wir!«

Vicki sagte: »Jackson?«

Er sah von einer zur anderen in ihren verdreckten, regendurchweichten Kleidern und kam zu dem Schluß, daß er verrückt sein mußte. »Klar, warum nicht?«

»Mann, bin ich aufgeregt!« sprudelte Lizzie.

Er schloß den Wagen auf, und sie drängten sich hinein. Jackson aktivierte das ComLink, verlangte den offiziellen Regierungskanal und verschaffte sich Zugriff auf das Wahlprogramm. Um neun Uhr sah er Lizzie an.

Ernst beugte sie sich vor. »Lizzie Francy, Identitätsnummer CLM-03-9645-957, Stimmabgabe zur Sonderwahl des Distriktsleiters für den Distrikt Willoughby, Pennsylvania.«

»Identitätsnummer verifiziert. Bitte bringen Sie Ihr rechtes Auge vor den Netzhautscanner.« Sie tat es. »Verifiziert. Die registrierten Kandidaten für das Amt des

Distriktsleiters im Distrikt Willoughby sind Susannah Wells Livingston, Donald Thomas Serrano und Shockey Toor. Welchem Kandidaten geben Sie Ihre Stimme?«

»Shockey Toor«, sagte Lizzie mit klarer Stimme.

»Eine Stimme für Shockey Toor. Amtlich aufgezeichnet.«

»Ich hab's geschafft!« hauchte Lizzie. »Vicki, du als nächste!«

Vicki gab ihre Stimme ab.

Jackson, der im Distrikt Willoughby nicht registriert war, spürte, wie es ihm eng wurde in der Brust. Lizzie würde ihren Wahlsieg bekommen, aber es würde der einzige bleiben, den die Nutzer je erringen sollten. Sie hatte keine Ahnung, welche Kräfte die etablierte Machtstruktur einsetzen konnte, sobald sie eine Drohung einmal ernstnahm. Er sah hinaus auf das düstere, regendurchweichte Waldland. Ein durchnäßtes Eichhörnchen flitzte vorbei.

»Schnell!« rief Lizzie. »Ruf den aktuellen Stand ab!«

»Lizzie, es ist 9 Uhr 3!«

»Okay, dann wechsle zu einem Nachrichtenkanal.«

Vicki suchte. Kanal 14 hatte die Story. Jackson sah den Blick einer RoboKamera auf den Familiennährplatz des hiesigen Stammes, der jetzt leer war. Offenbar waren alle ins Haus gegangen, um zu wählen.

Eine Stimme sagte: »Hier im Distrikt Willoughby, Pennsylvania, schreiten die Menschen zu einer ungewöhnlichen Wahl. Einer der drei Kandidaten für das Amt des Distriktsleiters hat noch nie im öffentlichen Dienst gestanden – und ist möglicherweise dafür auch nicht geeignet. Dies ist eine Wahl, die eine landesweite Diskussion über die Fragen ausgelöst hat, wer am besten geeignet ist, der Öffentlichkeit zu dienen; ob die Eintragung in die Wählerlisten in der jetzt gehandhabten Art und Weise noch tragbar ist; und welche Vorkehrungen die politisch Unerfahrenen erwarten dürfen, um sie vor politischen Opportunisten zu schützen. Zum erstenmal ist es unserer Kamera gestattet, in der offenen Tür dieser ... ›Gemeinde‹ ... zu schweben, um zu beobachten, wie ihre Mitglieder zur Stimmabgabe Schlange stehen.«

Die RoboKamera surrte auf das Tor des Gebäudes zu und paßte sich an das Halbdunkel in seinem Inneren an. Eine Weitwinkelaufnahme zeigte das Terminal des Stammes an einem Ende des großen gemeinschaftlich benutzten Areals, wo es auf einem Tisch stand, der mit einem rot-weiß-blauen Tuch bedeckt war. Am anderen Ende standen die Stammesangehörigen in einer Reihe, um einer nach dem anderen seine Stimme abzugeben. Hundertzweiundsechzig Nutzer rückten langsam vor, Babies auf dem Arm, Hand in Hand.

»Dort ist Mama mit Dirk!« quiekte Lizzie. »Und Billy! Und Sharon mit Callie. Shockey muß schon gewählt haben, er wollte als erster gehen.« Und nach einem Moment: »Warum schauen sie alle so ... komisch drein?«

Jackson beugte sich näher zum Schirm.

»Warum schauen sie alle so komisch drein?« wiederholte Lizzie.

Die RoboKam schaltete auf Zoom. Sharon Nugent, Franklin Caterino, Norma Kroll, Scott Morrison – Gesicht nach Gesicht, und alle wirkten angespannt, unsicher: zusammengezogene Brauen, niedergeschlagene Augen, beschleunigter Atem, wenn sie in die Kamera blickten. Sharon drückte sich enger an ihre ältliche Mutter, und dann rückte Sam Webster näher an die beiden heran.

»Was geht da vor?« rief Lizzie. »Wo ist Shockey?«

Die Kamera entdeckte ihn zusammengekrümmt auf einem alten Liegestuhl in einer dunklen Ecke. Seine Hände lagen mit ineinander verkrampften Fingern in seinem Schoß. Als er das Gesicht hob und die Schlange der Wähler anstarrte, preßte er die Lippen zusammen. Jackson hätte schwören können, daß Shockey zitterte.

Jemand schlug die Tür von innen zu.

»Entgegen ihrer zuvor abgegebenen Zusage haben die Nutzer unserer Kamera soeben die Sicht verwehrt«, erklärte der Sprecher mit hörbarer Ungehaltenheit. »Wir schalten um zu einem anderen Wahlschauplatz im Distrikt... Nein, dieses Gebäude scheint uns auch verschlossen zu bleiben.«

»Schalten Sie lieber zur laufenden Auszählung!« sagte Vicki.

Es war 9 Uhr 17. Jackson fand die Grafik auf dem Regierungskanal, eine schmucklose Tafel ohne begleitende Worte:

LAUFENDE STIMMENZÄHLUNG
SONDERWAHL DISTRIKTSLEITER
DISTRIKT WILLOUGHBY
SUSANNAH WELLS LIVINGSTON: 3
DONALD THOMAS SERRANO: 192
SHOCKEY TOOR: 2

Während sie lasen, kamen noch zwei Stimmen für Donald Thomas Serrano hinzu.

»Schiebung!« schrie Lizzie. »Is' 'ne Schiebung, das! Grade haben wir gesehen, wie die Leute alle für Shockey stimmten!«

»Wir haben gesehen«, sagte Vicki, »daß die Leute ihre Stimme abgaben. Aber für wen, das können wir nicht sehen.«

Jackson überlegte rasch. Die Zahlen ergaben keinen Sinn. Aber Vicki hatte wahrscheinlich recht; der Computer betrog niemanden. Keiner würde das wagen, denn ein System, das man gegen einen Nutzer-Kandidaten manipulieren konnte, konnte man das nächste

Mal gegen einen Macher-Kandidaten manipulieren. Und die Nachrichtensender würden Spitzenleute einsetzen, um herauszufinden, an welcher Stelle die Manipulation stattgefunden hatte. Nein. Irgend etwas war hier im Gange.

Aber was? Und warum?

»Fliegen Sie uns heim!« sagte Lizzie. »Schnell!«

Jackson tauschte einen Blick mit Vicki, hob den Wagen und flog zurück zum Lager. Während des kurzen Fluges konnten sie verfolgen, wie Donald Thomas Serrano jede einzelne eintreffende Stimme auf sein Konto verbuchen konnte. Als pflichtbewußte Staatsbürger gingen alle früh zur Wahl. Jackson landete den Wagen neben denen der Reporter; keiner schenkte ihm Aufmerksamkeit, bis Lizzie aus dem Wagen stieg. Sie ignorierte alle Fragen und Kommentare und lief auf den Eingang zu. Jackson und Vicki folgten ihr mit steinerner Miene.

Das Tor war verschlossen.

Lizzie sprach den Überbrückungscode und stürzte durch die Tür.

»Lizzie!« rief Annie. »Was rennst du denn so, du? Was is'n passiert, he?« Heftig preßte sie Dirk an sich, der daraufhin zu greinen begann.

»Was *passiert* is'?« schrie Lizzie. »Shockey verliert! Keiner wählt ihn!«

Annie machte einen Schritt zurück und schlug die Augen nieder. *Annie,* die Unbotmäßigkeit stets mit gerunzelter Stirn und im Befehlston entgegentrat! Sie schob sich Dirk aufrecht zur Schulter. Der Kleine sah seine Mutter und Vicki und beruhigte sich, bis er Jackson erblickte. Umgehend begann er wieder zu weinen und vergrub den Kopf in Annies Schulter.

»Annie, haben Sie gewählt?« fragte Vicki mit ruhiger Stimme.

Annie schrumpfte ein wenig und murmelte: »Ja.«

»Haben Sie Shockey gewählt?«

Stumm und unglücklich schüttelte Annie den Kopf.

»Warum nicht!« rief Lizzie, während Dirk jedesmal aufheulte, wenn er den Kopf von der Schulter seiner Großmutter hob und Jackson von neuem erblickte.

Annie hielt Dirk fester an sich gedrückt. »Dachte nich', ich … Shockey, der is' nich' … Tut mir leid, Kleines, aber es is' einfach zu … Sin' besser dran, wir alle, mit wem, der weiß, wo's langgeht.«

Jackson rührte sich nicht. Annies Verhalten erinnerte ihn an etwas Bestimmtes, aber er war zu bestürzt, um sich darauf zu konzentrieren. In einer Minute würde es ihm einfallen. Auf der anderen Seite des Gemeinschaftsraums tauchte Billy Washington aus seinem und Annies Verschlag auf. Der stattliche alte Herr machte ein paar zögerliche Schritte, blieb stehen, blickte hinüber zu Annie, machte ein paar weitere Schritte und sah zu Boden. Jackson merkte, wie seine Hand zitterte, merkte, wie er sich zum Weitergehen überwinden mußte.

Theresa! Sie benahmen sich alle – Billy, Annie, selbst Dirk – wie Theresa!

Sogar Shockey. Heute zusammengekrümmt in seinem Liegestuhl, nervös und ängstlich. Und gestern noch voll großspuriger, einfältiger Verdorbenheit beim Vögeln mit dem Macher-Mädchen im Wald …

Mit dem Macher-Mädchen, das sogar beim Sex am Inhalator gesogen hatte.

»Raus hier!« sagte er schroff zu Vicki und Lizzie. »Sofort! Raus aus dem Gebäude! Sofort! Vicki, nehmen Sie Annie mit!«

Sie sah verblüfft aus, machte aber keinen Einwand. Es mußte an seinem Tonfall gelegen haben. Vicki packte Annie am Arm und riß sie mit sich zur Tür. »Nein, nein!« wimmerte Annie. »Nein, bitte nich'! Ich will nich' da raus, nein …!«

»Kommt schon!« rief Jackson, packte Annies anderen Arm und zog sie weiter.

Draußen im Freien sah Dirk über Annies Schulter und schrie lauter. Lizzie nahm ihn an sich. Jackson trieb sie alle – Annie ohne Jacke – durch den Regen zu seinem Wagen. RoboKameras senkten sich herab, und Reporter in ihren Wagen, die die Wahlergebnisse verfolgten, sahen auf von ihren Bildschirmen. Jackson schob Annie in den Flugwagen und hob ab.

»Okay«, sagte Vicki. »Und was war das?«

»Ich bin mir nicht sicher«, sagte Jackson. »Ein Neuropharm, denke ich. Gasförmig. Ein Aerosol … Nur …« Nur sollte Annies Zellreiniger jetzt, da sie es nicht mehr einatmete, bereits auf Hochtouren arbeiten und ihren Körper von allen fremden Molekülen säubern. Statt dessen fuhr Annie fort, immer mehr in sich zusammenzusinken und zu zittern, und Dirk brüllte nach wie vor und klammerte sich an seine Mutter.

Aber wenn sich das Neuropharm im Gebäude befunden hatte, dann hätten auch er und Lizzie und Vicki es einatmen müssen. Doch Lizzie war fuchsteufelswild, Vicki hellwach und Jackson selbst fühlte sich auch keineswegs zittrig oder ängstlich. Wenn es aber nicht im Gebäude gewesen war …

Er landete den Wagen und drehte sich um. »Annie, waren Sie heute schon auf dem Nährplatz?«

Annie schüttelte den Kopf und krampfte eine Hand um die andere. Ihre Augen schossen von einer Seite zur anderen, und ihre Brust hob und senkte sich heftig.

»Und Billy? Hat er den Nährplatz benutzt?«

»Er … er brachte uns frische Erde von dort … wir wollten allein sein …«

»Sie waren heute also noch nicht auf dem Nährplatz?«

Annie holte tief Atem. »Ich … doch, später dann. Als die Reporter weg waren un' alle anderen drinnen … da kam die Sonne 'n bißchen raus un' ... Dirk, der braucht die Sonne. Saßen bloß dort, wir, hatten die Kleider an ... un' haben gar nich' ...« Sie verstummte und sah zum Fenster hinaus; ihr hübsches rundes Gesicht war angstverzerrt. »Bitte, Herr Doktor, bringen ... bringen Sie mich wieder heim ...«

Wie Theresa, dachte Jackson. »Versuchen Sie ruhiger zu atmen, Annie«, sagte er. »Hier, kleben Sie das auf.«

»Nein, ich ... Was is'n das?« Annie schüttelte den Kopf.

»Vicki, legen Sie ihr das Pflaster an«, sagte Jackson. Er sah ihr dabei zu. Annie – Annie! – wehrte sich nicht!

Sie duckte sich gegen das Wagenfenster und hob nur eine Hand in einer kraftlosen Abwehrgebärde, die Vicki ignorierte. Sie klebte das Pflaster auf Annies Hals; Annie wimmerte.

Nach ein paar Minuten richtete sie sich ein wenig auf, doch ihre Hände waren immer noch ineinander verkrampft, und ihre Körperhaltung verriet Angst. »Können wir jetz' heim? Was geht'n hier vor, Doktor? Bitte ... bringen Sie uns heim!«

Jackson schloß die Augen. Das Pflaster war eines von denen, die er immer für Theresa bei sich hatte und die Theresa nicht verwenden wollte. Es löste den Ausstoß biogener Aminosäuren aus, die den Körper dazu brachten, zehn verschiedene Neurotransmitter zu bilden. Diese Neurotransmitter dämpften Ängste, hervorgerufen von Reizen, die als bedrohlich empfunden wurden; zugleich senkten sie die Inhibitionen gegen diese Reize. Das Pflaster milderte Annies Symptome ein wenig – aber es neutralisierte sie nicht.

Er sagte: »Vicki, legen Sie auch Dirk ein Pflaster an. Nein, warten Sie ...!« Dirks Blut und Gehirn hätten zu diesem Zeitpunkt bereits frei sein sollen von allem, was er im Lager eingeatmet hatte; nichtsdestoweniger benahm er sich wie ein schwer verängstigtes Kind mit einer ausgewachsenen Fremdenfurcht. Aber Dirk war normalerweise nicht scheu. Warum ließ die Wirkung des Neuropharms nicht nach?

»Es war im Nährplatz, nicht wahr?« fragte Vicki. »Lizzie, bist du heute morgen dort gewesen?«

»Was redest denn da, du?« fuhr Lizzie auf. »Hat wer *Dirk* was angetan?«

Vicki sagte: »Ich bin auch bei dem anderen Stamm nicht auf dem Nährplatz gewesen. Zu aufgeregt. Aber warum neutralisiert der Zellreiniger den Effekt bei Dirk nicht?«

»Ich weiß es nicht«, sagte Jackson im selben Augenblick, als Lizzie schrie: »Was für 'n Effekt? Was is' mit meinem Baby passiert?« und Annie hinüberlangte, Jackson an die Schulter tippte und mit zitternder Stimme sagte: »Wenn irgendwer dem Kleinen da was angetan hat, dann ...«

Vicki ignorierte alle und stellte das Terminal an.

LAUFENDE STIMMENZÄHLUNG
SONDERWAHL DISTRIKTSLEITER
DISTRIKT WILLOUGHBY
SUSANNAH WELLS LIVINGSTON: 104
DONALD THOMAS SERRANO: 1681
SHOCKEY TOOR: 32

»Donald Serrano«, sagte Vicki. »Er hat einen Weg gefunden, die Wahl zu gewinnen, ohne daß jemand denkt, der Sieg wäre durch etwas anderes zustandegekommen als durch das Bestechungsmaterial, das er verteilt hat.«

»Nein«, antwortete Jackson. »Niemand würde wissen, wie man das macht.«

»Was macht?« schluchzte Lizzie.

Er hob die Stimme, um Annies Angst, Lizzies Besorgnis und Dirks Geschrei zu übertönen: »Neuropharms zu produzieren, die nicht sofort vom Zellreiniger neutralisiert werden. Die medizinischen Zeitschriften, meine Freunde von der Universität, die in die Forschung gingen – alle suchen fieberhaft danach. Nach einem patentierbaren Halluzinogen oder synthetischen Endorphin oder irgendeiner anderen Glücksdroge, die nicht alle paar Minuten inhaliert werden muß... Gott im Himmel, Vicki, kommen Sie raus, hier drin kann ich ja meine eigenen Gedanken nicht hören!«

Jackson und Vicki kletterten aus dem Wagen. Jackson versperrte die Tür, um Annies ängstlichen Fragen und Lizzies Versuchen, ihnen zu folgen, zu entfliehen. Er stand im Regen und bemühte sich, seine Gedankengänge zu ordnen, während ihm das Wasser über den Nacken lief.

»Nirgendwo in der anerkannten medizinischen Forschung ist man auch nur in der Nähe eines solchen Durchbruchs. Und wenn, dann würde man eine derartige Sache nicht für politisches Kleingeld wie diese Wahl einsetzen. So etwas wäre Milliarden wert.«

»Woher stammt es dann?« fragte Vicki. »Von Miranda Sharifi?«

»Aber *warum*? Warum sollten die SuperS so etwas tun?«

»Keine Ahnung.«

Der Luftwagen fing an zu schaukeln. Jackson sah, daß Lizzie wütend gegen die Innenseite des regennassen Fensters hämmerte. Er sah Annie, die ihre Toleranz für eine neue Situation halbwegs wiedererlangt hatte – wenigstens solange die Wirkung des Pflasters anhielt. Er sah das Baby, das sich verhielt wie eine winzigkleine Theresa, mit Theresas Scheu und Angst vor allem Neuen, allem Riskanten, jeder Abweichung vom Gewohnten.

Wie etwa der Wahl eines Nutzers in ein politisches Amt.

»Wer dann, Jackson?« drang Vicki in ihn. »Wer ist fähig, das zu tun, und zwar an verschiedenen Orten zugleich? Und wie?«

»Ich weiß es nicht«, sagte Jackson. Aber es mußte Miranda sein, denn niemand sonst verfügte über eine derart hochentwickelte Neurobiologie … aber es konnte nicht Miranda sein. Sie machte doch die Menschen nicht *weniger* lebenstüchtig!

Oder?

Es mußte Miranda sein. Es konnte nicht Miranda sein.

Ein ganzes Volk aus lauter Theresas.

»Ich … weiß es nicht.«

12

Lizzie drückte Dirk fest an sich und versuchte sich einzureden, es wäre zum Besten des Kleinen. Noch nie hatte sie etwas dergleichen gesehen. Doktor Aranow hatte sie in die Enklave Manhattan-Ost gebracht – war einfach durch den Y-Schild geflogen, als hätte der nicht existiert, und auf dem Dach seines Wohnblocks gelandet. Nur handelte es sich nicht um einen Wohnblock, den Lizzie, aufgewachsen in der Nutzer-Stadt East Oleanta und danach auf der Landstraße, je als solchen erkannt hätte. Sie erkannte nicht einmal, daß das Dach ein Dach war. Es war *schön*! Leuchtendgrünes GenMod-Gras, Beete mit zarten Blumen, Bänke, seltsame Statuen und noch seltsamere Robs, bei deren Anblick es sie juckte, sie zu zerlegen. Aber sie würde sie nicht zerlegen. Sie würde sie nicht einmal berühren. Sie war nicht hell genug dazu. Sie war bloß eine blöde Nutzerin, die Mist gebaut hatte: die Wahl verloren, ihren Stamm enttäuscht und Leid, das sie nicht verstand, über ihr Baby gebracht.

»Hier entlang«, sagte Doktor Aranow und führte sie über das Dach, das keines war. Es war warm und wolkenlos hier.

»Ach, wie köstlich ist ein Junitag«, rief Vicki, was keinen Sinn ergab, denn es war April. Vicki lächelte zwar nicht, aber sie sah bei weitem nicht so verwirrt aus, wie Lizzie sich fühlte. Doch Vicki hatte natürlich früher einmal auch so gelebt. Wieso hatte sie dieses Leben bloß aufgeben können, um nach East Oleanta zu kommen? Lizzie fühlte sich irgendwie beschämt; nie hätte sie sich vorgestellt, daß Vicki *so etwas* hinter sich gelassen hatte. Lizzie fielen die vielen Gelegenheiten ein, bei denen sie Vicki erklärt hatte, wie die Welt *wirk-*

lich lief, und jetzt wand sie sich bei der Erinnerung daran. Sie wußte nicht genug, um Macher zu belehren. Sie wußte überhaupt nichts.

Und gestern noch hatte sie alles gewußt. Erst gestern.

Doktor Aranow hatte Annie ins Lager zurückgebracht, und nun führte er Lizzie, Dirk und Vicki zum Lift, der sagte: »Guten Tag, Doktor Aranow.«

»Hallo. Zu meinem Apartment, bitte. Ist meine Schwester zu Hause?«

»Ja«, sagte der Lift. »Miss Aranow ist zu Hause.« Er blieb stehen, und die Tür öffnete sich direkt in den herrlichsten Raum, den Lizzie je gesehen hatte. Er war lang und schmal, hatte glatte weiße Wände, einen Boden aus glänzendem silbergrauem Stein, der mit Teppichen belegt war, und ein perfekt passendes kleines Tischchen mit Rosen darauf – nur waren die Rosen keine richtigen Rosen, denn sie hatten sonderbare silbergraue Blätter und strömten einen betörenden Duft aus. Ein Bild an der Wand wurde von einer unsichtbaren Lichtquelle beleuchtet. Lizzie wußte nicht, was sie von dem Bild halten sollte: zwei nackte Frauen, die im Gras liegend Nahrung aufnahmen, und zwei Männer in steifen, altmodischen, nicht konsumierbaren Kleidern. Die Männer waren offenbar nicht hungrig.

»Manet«, stellte Vicki fest. »Das Original natürlich.« Aber Doktor Aranow antwortete nicht. Er schritt weiter, und als sie ihm folgten, merkte Lizzie, daß der wunderschöne weiße Raum mit den Rosen nur ein Korridor gewesen war.

Denn innerhalb der Wohnung gab es einen weiteren Korridor, und dann erst kam ein wirkliches Zimmer. Sein Anblick ließ sie auf der Stelle erstarren. Eine Wand wurde von einem Y-Schild gebildet, durch den man auf einen grünen, grünen Park sehen konnte. Die anderen Wände schimmerten in fast unmerklich wechselnden Weiß- und Grautönen – programmierte Bildschirme, das mußten sie sein. War der Park auch ein Programm? Die Sessel waren weich und weiß, die Tischchen alle auf Hochglanz poliert, und in den Tischen wuchsen fremdartige Pflanzen ... und auf einem harten Holzstuhl saß ein Mädchen und aß Mundnahrung von der flachen Oberseite eines Robs, der aussah wie eines der anderen glänzenden Tischchen.

»Theresa!« sagte Doktor Aranow, und selbst durch Lizzies mißmutige Versunkenheit in ihre neue Umgebung – sie wußte nichts, gar nichts! – klang die schonungsvolle Wärme in seiner Stimme hindurch. »Theresa, erschrick nicht! Ich habe nur ein paar Freunde zu einer geschäftlichen Besprechung mitgebracht.«

Das Mädchen zuckte zurück und sank in sich zusammen. Sie sah nicht älter aus als Lizzie, wirkte aber ängstlich und unsicher. Fürchtete sie sich etwa vor Lizzie und Vicki? Das ergab keinen Sinn. Eine Wolke silberblonden Haares umgab das Gesicht des Mädchens. Es war sehr mager und trug ein seltsames, loses geblümtes Kleid; Lizzie hätte geschworen, daß das Kleid konsumierbar war. Wie konnte das sein? Das Kleid hatte keine Löcher!

»Das ist Vicki Turner«, sagte Doktor Aranow, »und das hier Lizzie Francy und ihr kleiner Sohn Dirk. Dies ist meine Schwester, Theresa Aranow.«

Theresa schwieg.

Lizzie stellte fest, daß das Mädchen zitterte und daß ihr Atem immer schneller ging. Das hier war doch eine Macherin – aber im Gegensatz zu Vicki, im Gegensatz zu den Reportern, im Gegensatz zu den Macher-Gören, die sich von Shockey vögeln ließen, als er ein Kandidat gewesen war, im Gegensatz zu ihnen allen sah Theresa aus ... sah Theresa aus ...

Sah Theresa so aus, wie Shockey, Annie und Billy jetzt aussahen.

Vicki und Doktor Aranow tauschten einen Blick, den Lizzie nicht interpretieren konnte, und Vicki sagte leise: »Miss Aranow, möchten Sie sich vielleicht das Baby ansehen?«

Theresas unerklärliche Angst schien ein wenig zu schwinden. »Oh, ein Baby … ja … ja, bitte!«

Doktor Aranow übernahm Dirk von Lizzie – glücklicherweise schlief der Kleine jetzt –, und legte ihn in Theresas Arme. Theresa blickte ihn mit grenzenlosem Entzücken an und fing dann zu Lizzies Verblüffung an zu weinen. Sie schluchzte nicht, nein, nur wasserhelle Tränen rollten über ihre blassen Wangen.

»Könnte ich … Jackson, könnte ich … ihn halten, während ihr eure Besprechung habt?«

»Natürlich«, sagte Vicki, und Lizzie spürte einen Anflug von Unwillen. Dirk war *ihr* Kind, und dieses Mädchen, diese Theresa, die im Überfluß lebte und jetzt auch noch Lizzies Baby haben wollte – diese Macherin hatte nicht einmal *Lizzie* gefragt, ob sie Dirk halten durfte! Und so, wie sie aussah, war diese Theresa ein Schwächling. Würde es keine drei Minuten schaffen, ihre ganze Grütze so aufs Datenfischen zu konzentrieren, daß es reichte, um einen ganzen Stamm mit Sachen zu versorgen!

»Wir sind drüben im Eßzimmer, Theresa«, sagte Doktor Aranow und griff nach Vickis und Lizzies Ellbogen.

Das Eßzimmer war kein Nährplatz, sondern ein Tisch mit zwölf hochlehnigen Stühlen, reglos dastehenden ServierRobs und riesigen, fremdartig aussehenden Pflanzen – zweifellos GenMods. Eine Wand war ein Wasserfall – kein programmierter, sondern echtes Wasser. Der lange, glänzende Tisch war leer. Plötzlich fing Lizzies Magen an zu knurren.

Sie sagte, und irgendwie kam es aggressiv heraus: »Habt ihr hier nicht mal einen Nährplatz?«

»O doch«, antwortete Doktor Aranow geistesabwesend, »aber wir sollten besser ... Bist du hungrig? Jones, Frühstück für drei, bitte. Das, was Theresa hatte.«

»Sofort, Doktor Aranow«, sagte das Zimmer.

»Caroline, anstellen!«

Lizzie sah kein Terminal, aber eine andere Stimme sagte: »Ja, Doktor Aranow?«

»Sie haben ein Caroline VIII-System«, stellte Vicki fest. »Ich bin beeindruckt.«

»Caroline, ruf Thurmond Rogers von Kelvin-Castner an. Sag ihm, es ist ein dringendes Gespräch.«

»Ja, Doktor Aranow.«

Er wandte sich an Vicki. »Thurmond ist ein alter Freund. Wir haben unseren Studienabschluß zusammen gemacht. Er führt jetzt die Forschungsabteilung bei Kelvin-Castner-Pharmazeutik; seine Abteilung vollbringt wahre Wunder. Er wird uns helfen.«

»Uns helfen? Wobei?« fragte Vicki, aber Lizzie hörte die Antwort nicht, denn im Nebenzimmer begann Dirk zu weinen.

Lizzie rannte hinüber. Hilflos schaukelte Theresa den Kleinen und sang ihm vor, während Dirk angstvoll schrie und versuchte, von ihrem Schoß zu kommen.

Lizzie nahm ihn hoch; mit einemmal Theresa gegenüber versöhnlich gestimmt, sagte Lizzie: »Sie brauchen kein schlechtes Gewissen zu haben. Das macht er bloß, weil er Sie nicht kennt.«

»Fürchtet ... er sich ... vor Fremden?«

»Erst seit heute morgen.«

Die beiden blickten einander an, und Lizzie wurde plötzlich klar, wie sie in den Augen eines Dritten aussehen mußten: Theresa mit ihren GenMods, schön und elegant in ihrem hübschen Kleid, und Lizzie mit Schlammspritzern und nassen Blättern auf ihrem verdreckten Overall, in den Haaren und auf dem Gesicht.

Aber Theresa war diejenige, die Angst hatte. Lizzie zog ein Zweiglein aus Dirks Haar.

»Irgend etwas ist heute morgen passiert«, erklärte sie aus einem Impuls heraus. »Doktor Aranow sagte, möglicherweise hat man ein Neuropharm auf unserem Nährplatz deponiert. Und das hatte die Wirkung, daß sich die Leute jetzt vor allem Neuen fürchten. Selbst davor, Shockey zu wählen! Und wir haben so hart daran gearbeitet! Gottverdammte Scheiße!«

Theresa zuckte zusammen, aber sie sagte: »Sie fürchten sich vor allem Neuen? Sie meinen, so wie ... wie ich?«

Also das hatte es auf sich mit diesem Mädchen! Sie hatte ein Neuropharm eingeatmet wie das, das Annie und Billy eingeatmet hatten! Aber ... Doktor Aranow meinte doch, er hätte keine Ahnung, worum es sich bei dem Neuropharm handelte, es war etwas, das Schläfer nicht erfinden konnten, also wie konnte Theresa dann ...

»Ich muß wieder rüber«, sagte sie abrupt. »Doktor Aranow ruft gerade einen Forschungsmenschen an.« Sie nahm Dirk mit ins Eßzimmer.

Jetzt standen Teller mit Lebensmitteln auf dem Tisch, obwohl Lizzie keinen Rob hatte vorbeikommen sehen. Erdbeeren, riesiggroß und frisch, helles Brot mit Früchten und Nüssen daraufgebacken, lockeres Rührei: Lizzie hatte seit letztem Sommer kein Ei mehr gegessen; ihr Mund füllte sich mit Wasser. Doch in der nächsten Sekunde vergaß sie all die guten Sachen.

Ein Teil der programmierten Wand hatte sich während Lizzies Abwesenheit zu einer Nische gekrümmt, in der eine Holobühne entstanden war. Eine solche Technik hätte Lizzie nie für möglich gehalten. Ein Mann, der etwa so alt war wie Doktor Aranow und ein fein geschnittenes Gesicht und hellbraunes Haar hatte, sagte auf der Holobühne: »Das klingt fast unglaublich, Jackson!«

»Ich weiß, Thurmond, ich weiß. Aber glaub mir, ich kannte diese Leute vorher, die Veränderung in ihrem Verhalten ist radikal und schlagartig eingetreten ...«

»Wie kommt es, daß du Nutzer so gut kennst? Das sind doch keine Patienten von dir, oder? Sind sie nicht *umgestellt*?«

»O doch. Aber wieso ich diese Leute kenne, ist momentan nicht von Belang. Ich sage dir, diese Veränderung scheint mir von einem Neuropharmazeutikum verursacht zu sein, sie vergeht nicht, wenn die Inhalation gestoppt wird, und es gibt keine Begleiterscheinungen wie gastrointestinale Störungen oder Bewußtlosigkeit. Du mußt dir das ansehen, Thurmond. Ich möchte, daß du das unbedingt siehst!«

Das Holo trommelte mit den Fingern auf einen Schreibtisch. »Also gut. Ich werde die Sache Castner unterbreiten – wenn es geht. Bring mir zwei Exemplare her, das Baby und einen Erwachsenen.«

Exemplare?

»Wann?« fragte Doktor Aranow.

»Na ja, ich kann nicht ... ach was, heute nachmittag. Bist du wirklich sicher, Jackson, daß die Verhaltensänderung nicht zurückgeht, wenn die Inhalation stoppt? Denn sonst ist es nur Zeitverschwendung, wenn ich ...«

»Ich bin ganz sicher«, sagte Aranow. »Das ganze könnte sich als wertvoll für euch erweisen, Thurmond.«

»Soll ich einen Vertrag für dich aufsetzen lassen, der deine prozentuelle Beteiligung regelt, falls eine kommerzielle Nutzung erfolgt? Unsere Standardformel für diesen Fall ...«

»Das hat Zeit. Wir sind in ein paar Stunden bei dir. Gib eine Vorwarnung an euer Sicherheitssystem. Ich und drei Nutzer, die ...«

»Drei?«

»Die Mutter des Kindes muß natürlich mitkommen, aber sie hat das Neuropharm nicht eingeatmet, also werden es zwei Erwachsene sein.«

»Na gut. Aber sieh zu, daß sie vorher ein Bad nehmen.«

Jackson warf einen Seitenblick auf Vicki. Dieser Thurmond Rogers – dieser blöde Macher-Scheißer, der dachte, Nutzer würden sich nicht einmal waschen – sagte mit scharfer Stimme: »Sind diese Leute jetzt bei dir, Jackson? In deinem *Heim*?«

Vicki trat vor die Holobühne, eine Erdbeere zwischen Daumen und Zeigefinger, die restlichen Finger geziert weggespreizt. Ihre Latzhose war ebenso schmutzbespritzt wie die von Lizzie, nur älter. Ihre violetten GenMod-Augen funkelten. »Ja, Thurmond, wir sind jetzt hier. Aber das geht schon in Ordnung, wir sind entlaust.«

Thurmond sagte: »Wer sind Sie?«

Vicki lächelte süß und knabberte an ihrer Erdbeere. »Sie erinnern sich nicht an mich, Thurmond? Bei Cazie Sanders' Gartenparty? Letztes Jahr?«

»Jackson, was geht da vor? Das ist eine Macherin, wieso ist sie …«

»Wir werden zu fünft sein bei Kelvin-Castner«, sagte Vicki. »Ich bin die Kinderfrau. Bis später, Thurmond.« Sie trat zur Seite.

Thurmond sagte: »Jackson …«

»Wir kommen um die Mittagszeit«, unterbrach ihn Doktor Aranow hastig. »Vielen Dank, Thurmond. Caroline, das war's.«

Die Holobühne erlosch. Lizzie verfolgte, wie Vicki und Doktor Aranow einander ansahen; sie verlegte Dirk auf den anderen Arm – er wurde schon schwer – und wartete darauf, daß Vicki auf Doktor Aranow losfuhr, weil er Thurmond Rogers die »Exemplare« hatte durchgehen lassen, oder daß Doktor Aranow auf Vicki losfuhr, weil sie sich in sein Gespräch mit Rogers eingemischt hatte. Doch alles, was Doktor Aranow sagte, war: »Sie haben Thurmond Rogers bei Cazie kennengelernt?«

»Nein«, antwortete Vicki. »Ich habe ihn noch nie im Leben gesehen. Aber jetzt zermartert er sich das Hirn, wo diese Gartenparty stattgefunden haben mag.«

»Das bezweifle ich.«

»Ich nicht«, sagte Vicki. »Sie wissen wirklich nicht, wie so etwas gespielt wird, nicht wahr, Jackson?«

»Ich halte das für kein Spiel.«

»Nein, die Sache mit dem Neuropharm ganz gewiß nicht. Apropos – wer ist eigentlich Ihr erwachsenes Exemplar? Lizzie, steh da nicht sabbernd herum! Wenn du hungrig bist, iß ein paar Erdbeeren. GenMod und ganz köstlich.«

Lizzie hätte gern nein gesagt – wie kam es eigentlich, daß Vicki immer noch alle herumkommandierte, selbst hier in Doktor Aranows Wohnung? –, aber sie war einfach zu hungrig. Mürrisch setzte sie sich auf einen der wunderschönen geschnitzten Stühle, schob sich Dirk auf die Schulter und stopfte alles in sich hinein, was in Reichweite war.

Doktor Aranow sagte: »Wir fliegen ins Lager zurück und holen Shockey.«

»Warum Shockey?« fragte Vicki. »Billy hat das Neuropharm auch eingeatmet, und der wird weitaus kooperativer sein. Oder sogar Annie.«

»Nein. Billy ist zu alt. Und Annie hat schon ein Pflaster bekommen, wodurch ihr ursprünglicher Zustand verändert wurde. Thurmond würde die beiden nicht als ideale Objekte ansehen. Außerdem scheinen mir die Symptome bei Shockey am ausgeprägtesten ... Es muß irgendwie von den Amygdalae ausgehen.«

»Von den was?« fragte Lizzie, um den anderen beiden in Erinnerung zu rufen, daß sie auch noch da war. Dirk zappelte, und sie ließ ihn auf den Schoß sinken, um ihm eine Erdbeere zu füttern.

Doktor Aranow sagte: »Das ist ein Teil des Gehirns, von dem Ängste und Beklemmungen … was hat denn der Kleine?«

Dirk brüllte auf Lizzies Schoß. Er stieß mit den Beinchen um sich, preßte die prallen Ärmchen über sein verzerrtes Gesicht und wand und krümmte sich in dem krampfhaften Versuch, der Bedrohung zu entfliehen. Reine animalische Furcht klang in seinem Geschrei mit, während Lizzie ihm etwas Neues hinhielt, etwas, das er noch nie zuvor gesehen hatte: eine rote, reife, vollkommene Erdbeere.

»Er schläft«, sagte Vicki, »komm, Lizzie.«

»Wohin?« Sie wollte Dirk nicht alleinlassen. Er lag auf einer weichen bunten Decke, die Vicki von einem der weißen Sofas genommen hatte, auf Doktor Aranows Wohnzimmerboden. Dirk hatte so verzweifelt geschrien und um sich getreten, daß Doktor Aranow ihm schließlich ein kleines Pflaster an den Hals geklebt hatte. Nur um Dirk das Einschlafen zu erleichtern, hatte Doktor Aranow gesagt. Lizzie saß auf dem Sofa, das sich höchst angenehm um ihren Hintern schmiegte, und sah Vicki finster an. Doktor Aranow hatte Shockey nicht allein holen wollen, und Lizzie wußte nicht, wie es Vicki gelungen war, ihn doch dazu zu bringen, oder warum Vicki unbedingt hierbleiben wollte oder wie sie selbst für den Rest ihres Lebens mit einem Kind zurechtkommen sollte, das sich vor einer Erdbeere fürchtete. Sie war erschöpft.

»Ich möchte mit Theresa reden«, sagte Vicki. »Hast du keine Lust, dich in die Systeme hier einzuklinken und dich ein bißchen darin umzusehen? Aranow hat ein Caroline VIII.«

Ein Caroline VIII. Lizzie hatte davon gehört. Plötzlich wünschte sie sich, in dieses System hineinzukommen, wie sie sich noch niemals etwas gewünscht hatte. Sie konnte in diesem System fischen; sie konnte es verstehen – im Gegensatz zu allem anderen, was plötzlich in ihrem Leben aufgetaucht war.

»Dirk geht's jetzt gut, das Pflaster wird noch stundenlang wirken. Komm, Lizzie, wir wollen uns einen Brückenkopf schaffen.«

Lizzie hatte keine Ahnung, was ein Brückenkopf war, und fragte auch nicht. Aber sie folgte Vicki bis ins Wohnzimmer, wo sie Dirk noch hören konnte. Der Tisch bog sich nach wie vor unter all der Mundnahrung, die darauf stand.

»Jacksons System wird sprachgesteuert sein«, sagte Vicki, und Lizzie lachte und griff nach einem Teller: »Denkst du wirklich, daß mich das zurückhalten kann?«

»Anscheinend nicht. Bis später, dann. Ich gehe auf die Suche nach Theresa.«

Gierig stürzte Lizzie sich auf das Essen. Alles schmeckte so gut! Sogar die Teller und Schüsseln waren wunderschön; sie bestanden aus irgendeinem dünnen Material und hatten Goldränder. Und erst die Gläser! Und das Silberzeug! Nachdem Lizzie alles in sich hineingestopft hatte, was ihr Magen behalten konnte, sah sie sich rasch um und ließ dann behende einen Silberlöffel in der Hosentasche verschwinden.

Dann begann sie mit Jones, dem Haussystem. Wie erwartet enthielt es einen direkten, lächerlich schwach geschützten Zugriff auf Jacksons persönliches System. Amateure. Jacksons Leben lag vor Lizzie wie ein aufgeschlagenes Buch.

Und dazu auch noch Theresas Leben. Lizzies Augen glänzten. Falls Vicki das Mädchen nicht finden oder nicht zum Reden bringen konnte, dann würde Lizzie bei ihrer Rückkehr bereits alles über Theresa aus deren persönlichem System wissen. Und dann, wenn Vicki sagte, es wäre ihr nicht möglich gewesen, dies oder das zu erfahren, dann konnte ihr Lizzie die gewünschte Information lässig hinwerfen; sie würde mehr über die ganze Situation wissen als Vicki.

Theresas persönliches System Thomas enthielt Verzeichnisse, medizinische Unterlagen (hatte Theresa als Kind tatsächlich all diese Arzneien bekommen? Und worum handelte es sich dabei?), Abrechnungen von Bankkonten – Lizzie notierte sich die Nummern und die Zugriffscodes –, eine Auswahl von Wandprogrammen, die Liste der Bibliotheksanfragen und der Com-Link-Anrufe (kaum welche – hatte Theresa keine Freunde?), Aufträge für Jones, Kleiderentwürfe ... hatte sie keine Termindatei? Nein, aber dafür ein Buch, das sie gerade sprach.

Lizzie schnaubte verächtlich. Die Macher-Netze waren überschwemmt von Büchern. Von allen Nutzungsmöglichkeiten eines Systems schien ihr diese die stumpfsinnigste. Wer wollte schon von Krempel hören, der nie passiert war oder vor langer, langer Zeit passiert und längst vorbei war? So wie die Dinge lagen, gab es in der Gegenwart schon überreichlich Krempel, den man in sich aufnehmen mußte! Lizzie überflog die Datei, bis sie auf das Wort *Umstellungs*-Spritze stieß.

Sie stoppte. »Thomas, lies mir diesen Abschnitt vor.«

Das System las: »Leisha Camden bekam die *Umstellungs*-Spritzen, die Miranda herstellte, nie zu Gesicht. Denn da war Leisha schon tot. Aber alle glauben, daß die *Umstellungs*-Spritzen Leisha gefallen hätten, denn sie sagte einmal zu Tony Indivino, daß sie den armen Bettlern in Spanien viel Geld geben würde. Alle glauben, daß Leisha alles gefallen hätte, was armen Bettlern wie den Nutzern die Ernährung sichert. Aber ich glaube nicht, daß die *Umstellungs*-Spritzen Leisha gefallen hätten, denn sie wußte, daß die Menschen zwar Nahrung brauchen, daß sie aber andere Dinge noch dringender brauchen, wie zum Beispiel einen Sinn im Leben.«

Armen Bettlern – wie den Nutzern? Lizzie hatte im ganzen Leben noch um nichts gebettelt! Wenn sie etwas haben wollte, dann ging sie hin und holte es sich! Oder sie fischte danach im Netz und holte es dann. »Thomas, Zusammenfassung des Dateiinhalts!«

»Diese Datei ist ein Buch, gesprochen von Theresa Aranow. Sie begann die Datei am 19. August 2118. Das Buch ist eine Lebensgeschichte von Leisha Camden, 2008 bis 2114, der einundzwanzigsten Schlaflosen, die in den Vereinigten Staaten nach gentechnischen Veränderungen am Erbgut das Licht der Welt erblickte. Das Buch behandelt Leisha Camdens ganzes Leben, beginnend mit ihrer Geburt in Chicago, Illinois, im ...«

»Genug. Referenzen zu anderen Dateien?«

»Eine. Zur Nachrichtendatei 65. Zugriff beschränkt.«

Beschränkter Zugriff? Auf eine Nachrichtendatei? Aber diese waren doch alle frei verfügbar! »Von wo aus ist der Zugriff möglich?«

»Vom Drucker in Theresa Aranows Arbeitszimmer.«

Lizzie benötigte drei Minuten, um die Datei zu öffnen. »Display auf den nächsten Schirm.«

Die Farben der Eßzimmerwand lösten sich auf. An ihre Stelle traten Bilder mit Erläuterungen darunter – gräßliche Bilder, eines nach dem anderen, jedes davon dreißig Sekunden andauernd, ehe es ins nächste überging. Lizzie konnte die Texte darunter nicht lesen, aber sie erkannte die Bilder wieder. Sie hatte nur noch nie so viele auf einmal gesehen.

Babies mit geschwollenen Bäuchen und fleckiger Haut. Babies, denen das Blut aus den Augen rann. Still daliegende Babies mit glasigen Augen und mageren, schlaffen Ärmchen. Babies, verschrumpelt wie alte

Äpfel, mit offenen Mündern, in denen man das geschwollene Zahnfleisch sah. *Nicht umgestellte* Babies, ungeschützt vor Krankheiten und Hunger… so *viele nicht umgestellte* Babies…!

Lizzie stolperte zurück ins Wohnzimmer. Aber Dirk schlief immer noch auf der bunten Decke, an der sich, wie Lizzie bemerkte, seine runden Beinchen gütlich taten. Sein rosiger Mund machte leise schmatzende Geräusche im Schlaf.

Sie ging wieder ins Eßzimmer und betrachtete weitere Bilder. *Nicht umgestellte* Babies, die krank waren. *Nicht umgestellte* Babies, die starben. *Nicht umgestellte* Babies, die tot waren… alles Nutzer-Babies. Lizzie schloß die Augen. Wie viele *nicht umgestellte* Babies gab es eigentlich in den Vereinigten Staaten? Und warum *unternahm* denn niemand etwas dagegen?

Und warum machte sich Theresa Aranow – ein reiches, gesichertes, beschütztes GenMod-Mädchen – Gedanken um diese Nutzer-Babies?

Lizzie erriet die Antwort auf diese Frage: Theresas Angst vor allem Neuen; ihre wenigen Freunde; die Mundnahrung; die Decke, die Dirk gerade konsumierte: Theresa war selbst nicht *umgestellt*!

Aber wie konnte das sein? Theresa war eine Macherin. Und sie war in Lizzies Alter. Noch vor zwei Jahren hatte es reichlich *Umstellungs*-Spritzen gegeben! Gab es immer noch reichlich davon für Macher? Vielleicht an manchen Orten. Lizzie wußte es nicht. Nichts davon ergab Sinn.

Mit Jones' förmlicher Stimme sagte das System: »Miss Aranow, Doktor Aranow ist im Lift.« Und zugleich hörte Lizzie Vicki ins Eßzimmer zurückkommen.

Augenblicklich schaltete Lizzie das System aus – sie wußte nicht, warum. Aber Vicki sollte diese Bilder nicht sehen. Was dumm war, denn Vicki war ihre beste

Freundin auf der ganzen Welt, Lizzie verdankte ihr alles, und außerdem war Vicki stets auf dem laufenden, was Nachrichten betraf, und kannte die Bilder sicher schon. Aber Vicki war und blieb eine Macherin, und Lizzie wollte nicht, daß sie diese elenden, entsetzlichen *nicht umgestellten* Nutzer-Babies sah. Nicht in diesem reichen Macher-Haus.

»Ich konnte Theresa nicht finden«, sagte Vicki ärgerlich. »Das heißt, ich nehme an, sie versteckt sich in einem Zimmer im Oberstock, aber ich konnte das Schloß nicht knacken. Warum bist du nicht mitgekommen? Und was ist das für ein Geräusch?«

»Doktor Aranow ist zurück.«

»Allein? Wo ist Shockey? Hast du die Zugriffscodes?«

»Ja.«

»Dann wollen wir den Rittern auf den gepolsterten Zinnen unseren Gruß entbieten.«

»Eine Minute noch.« Lizzie zögerte. »Ich ... ich möchte nur noch etwas von dem Brot.«

»Du metabolisch vielseitiger Vielfraß«, sagte Vicki und verließ das Zimmer.

»Thomas«, flüsterte Lizzie, »persönliche Botschaft an Theresa Aranow. Dringend.«

»Bitte fortfahren.«

»Ich habe die Bilder von den Nutzer-Babies gesehen. Sie müssen Miranda Sharifi finden und sie dazu bringen, uns mehr *Umstellungs*-Spritzen zu geben! Sie sind 'ne Macherin, Sie haben soviel Geld, Sie können an Miranda rankommen, weil Sie nämlich Möglichkeiten haben, die wo wir nich' haben ...« Lizzie verstummte. Wie sollte sie unterzeichnen? Wozu überhaupt unterzeichnen? Was, zum Teufel, machte sie da überhaupt? Wollte sie um Hilfe betteln bei einem Macher-Gör, das sogar zu feige war, die eigene Wohnung zu verlassen!

»Thomas, dringende persönliche Botschaft löschen.«

»Persönlicher Löschcode bitte.«

Keine Zeit. Sie hörte Jackson und Vicki Richtung Tür kommen.

»Thomas, aus.« Die Wand war leer.

»Komm, wir gehen, Lizzie«, sagte Doktor Aranow müde. »Es wird nicht unangenehm, ich verspreche es. Ein paar Verhaltensaufzeichnungen, ein Hirnscan, und dann legen sie dich kurz schlafen, um Gewebeproben zu nehmen. Wird nicht weh tun.«

»Wo ist Shockey?«

»Im Wagen. Er wollte nicht aussteigen, nicht einmal mit einem Beruhigungspflaster auf dem Hals. Hol den Kleinen, und wir gehen.«

»Geht es Billy und meiner Mutter gut?«

»Ja. Nein. Sie haben sich nicht verändert, seit du sie gesehen hast.«

»Wie haben Sie Shockey dazu gebracht, mit Ihnen zu kommen?« erkundigte sich Vicki.

»War nicht einfach. Er hat geweint.«

Lizzie versuchte, sich Shockey vorzustellen, wenn er weinte. Den großen, harten Shockey mit dem aufsässigen Blick. »Hat niemand probiert, sich Ihnen in den Weg zu stellen?«

»Doch. Ein bißchen. Billy, zusammen mit ein paar anderen. Aber ich habe mich einfach ganz sonderbar benommen, und dann fürchteten sich alle noch mehr und wichen zurück. Also griff ich mir Shockey, gab ihm das Beruhigungsmittel und zog ihn hinter mir her. Während er plärrte.« Doktor Aranow fuhr sich mit den Fingern durchs Haar. Lizzie hatte nicht gewußt, daß ein Macher so geschafft aussehen konnte und so… nun ja, *aus dem Gleichgewicht.*

Vicki sagte – mit sanfterer Stimme, als Lizzie sie je zu irgend jemandem hatte sprechen hören, wenn man von ihr selbst und Dirk absah: »Jackson, Sie sollten schlafen.«

Er lachte kurz auf. »Ach ja. Das würde alle Probleme lösen. Komm, Lizzie, Thurmond Rogers wartet auf uns.«

»Erst wenn ich gebadet habe. Und Dirk auch«, sagte Lizzie, noch ehe es ihr bewußt wurde.

»Du kannst jetzt nicht ...«

»O doch, ich kann. Und ich werde.«

Vicki lächelte ihr zu. Lizzie brauchte eine Sekunde, um zu begreifen, warum. Vicki dachte, sie wollte Doktor Aranow Zeit für das Schläfchen lassen, das er so dringend brauchte. Denkste! Sie wollte ein Bad, bevor sie Thurmond Rogers und seiner großkotzigen Firma entgegentrat! Für sich und ihren Dirk. Vicki konnte dort auftauchen und aussehen wie ein morsches Stück Holz aus dem Wald, aber das war etwas anderes. Vicki war eine Macherin.

Plötzlich schien es Lizzie, als hätte sie noch nie zuvor wirklich erkannt, was das hieß.

»Gut, gut, gut!« sagte Doktor Aranow. »Nimm ein Bad. Aber bitte beeil dich!«

»Mach ich«, versprach Lizzie. Das würde sie auch tun, denn sie machte sich wegen Annie und Billy ebenso große Sorgen wie alle anderen. Sie würde sich und Dirk so rasch wie möglich waschen.

Und sich vielleicht ein wenig in dem Teil des Systems umsehen, das sich im Bad befand.

SENDEDATUM: 3. April 2121
GEHT AN: Mondbasis Selene
VIA: Bodenstation Chicago 2, GEO-Satellit 342
[alte Zulassung] (USA)
NACHRICHT - ART: nicht verschlüsselt
NACHRICHT - KLASSE: Klasse D, allgemeiner Zugriff
laut Kongreßverordnung 4892-18 vom Mai 2118
AUSGEHEND VON: Amerikanische Ärztevereinigung
NACHRICHT LAUTET:

Offener Brief an Miranda Sharifi:

Wir, die Mitglieder der Amerikanischen Ärztevereinigung, ersuchen Sie hiemit erneut, als eine humanitäre Geste den Völkern der Erde das von Ihnen entwickelte Heilmittel ›Zellreiniger‹ zur Verfügung zu stellen. Als Ärzte müssen wir Tag für Tag zusehen, welches Leid und welche soziale Zerrüttung durch das abrupte Fehlen dieses Pharmazeutikums hervorgerufen werden. Mit gutem Gewissen kann man es eine Tragödie nennen. Die langfristigen Folgen für unser Land - welches auch das Ihre ist - sind im höchsten Maße besorgniserregend.

Bitte überdenken Sie Ihren Entschluß, uns das Mittel zur Linderung dieses enormen Leides vorzuenthalten!

Margaret Ruth Streibel
Präsidentin
Amerikanische Ärztevereinigung

Ryan Arthur Anderson
Vizepräsident

Theodore George Milgate
Sekretär

sowie die 114.822 ordentlichen Mitglieder der Amerikanischen Ärztevereinigung

BESTÄTIGUNG: keine

13

Das ferngesteuerte Fluggerät kam dicht über den Bäumen näher, nicht schneller als ein Vogel und mit vergleichbarer Masse. Der winzige Camcorder auf seiner Vorderseite zeigte die Enklave, die nach und nach größer wurde. Jennifer Sharifi, allein in ihrem Büro auf *Sanctuary*, beugte sich näher zum Schirm.

Sie hatte die Wand, durch die man in die Tiefen des Weltraums sah, verdunkelt. In diesem Augenblick wollte sie keine Konkurrenz von den Sternen. Ebensowenig wie irgendeine andere Art von Gesellschaft, nicht einmal die ihres Ehemannes Will. Ganz besonders nicht die ihres Ehemanns Will. Und der Rest des Teams verfolgte den Test in den Sharifi-Labors. Es schien Jennifer, als hätte sie sich diesen persönlichen Luxus verdient.

Näher und immer näher kam die kalifornische Enklave. Sechzehn Nutzer-Lager bis jetzt, aber das waren nur Versuche gewesen. Dies würde die erste Macher-Enklave sein, in die Strukows Virus eingeschleust werden sollte, und die erste, um das von Jennifers peruanischem Lieferanten entworfene, entsprechend raffiniertere Fluggerät zu seiner Freisetzung zu testen. Um Nutzer zu infizieren, brauchte man nicht mehr zu tun als ein Plastikzelt zu durchbohren. Von Y-Schilden geschützte Enklaven waren ein weitaus schwierigeres Problem. Und die kalifornische Enklave bedeutete einen vergleichsweise leichten ersten Schritt.

»Achtundfünfzig Minuten«, sagte eine ausdruckslose Stimme von einem Terminal in der gegenüberliegenden Ecke des Raums. Jennifer drehte sich nicht um.

Die nordkalifornische Enklave war klein – ursprünglich eine Ferienkolonie, die sich an die Pazifikküste klammerte. Vierhundertsiebzig Macher lebten dort unter einem Y-Schild, der sich vierhundert Meter auf das Meer hinaus erstreckte und tief in die Erde reichte. Unter der unsichtbaren Kuppel befanden sich üppige GenMod-Gärten, ein blendend heller, künstlich angelegter Strand, nanogebaute, verschwenderisch ausgestattete Häuser phantastischer Dimensionen und nur leichte Waffen. Während der *Umstellungs*-Kriege waren die Sicherheitsvorkehrungen verstärkt worden, aber nicht die Verteidigungsmittel. Warum sollte es je einen massiven Angriff auf eine kleine Ferienenklave geben, in der zumeist Pensionäre lebten? Diebe konnten den Y-Schild nicht überwinden; und sonst war nichts vonnöten.

Aber die Enklave hatte etwas für Vögel übrig: Möwen, Kondore, Spechte, Schwalben und etwas ausgefallenere, gentechnisch veränderte Seevögel. Und es gab keinen Grund, Vögel zu fürchten: Nutzer verfügten nicht über die Technik für die Entwicklung biologischer Waffen oder über die Möglichkeiten, sie zu stehlen – oder über die geistigen Fähigkeiten, sie zu verstehen, falls es ihnen doch gelang. Das wußte jeder. Also erlaubte der Sicherheitsschild zwanzig Meter über dem Erdboden den Vögeln freien Zutritt.

Das ferngesteuerte Fluggerät flog langsam durch den Schild – so langsam wie ein Vogel. Keinem der Enklavebewohner fiel es auf. Es sank langsam tiefer, wobei die Zoomkamera mehr und mehr Details zeigte. Das letzte übertragene Bild kam aus zwölf Meter Höhe über einem eleganten lila Garten: ein Pool mit violettem Wasser, Massen violetter Blumen, von denen selbst die Stengel und Blätter in sanft ineinander übergehenden Schattierungen von Lavendel, Lila, Purpur, Malvenfarbig und Heliotrop gehalten waren. Ein pflaumenfarbiges GenMod-Häschen wandte die violetten Augen zum Himmel. Die Kamera zeigte die dunklen Pupillen wie Tintenpunkte auf rauchfarbenem Satin.

Lautlos explodierte das Fluggerät. Ein feiner Nebel breitete sich auf einer weitaus größeren Fläche aus, als man für möglich gehalten hätte. Im selben Moment lösten sich sämtliche Reste des Gerätes in ihre atomaren Bestandteile auf. Künstliche Luftströmungen innerhalb der Enklave verteilten mit Hilfe der natürlichen, die vom Meer her kamen, den Nebel weiter. In der Enklave hatte es konstante zweiundzwanzig Grad Celsius; die Fenster der luxuriösen Häuser standen offen, um die blütenduftende Luft einzulassen. Auf einem Bildschirm zu Jennifers Rechten ertönte ein Signal.

»Miss Sharifi, ein Anruf für Sie von Doktor Strukow.«

Jennifer wandte sich dem Schirm zu, doch noch ehe sie sagen konnte, sie wolle den Anruf entgegennehmen, erschien schon Doktor Strukows Holo, um ihr ohne Worte zu beweisen, wie mühelos seine Überbrückungscodes mit allen Sperren fertigwurden. Jennifer ließ nicht zu, daß sich irgendeine Reaktion in ihr Gesicht stahl.

»Guten Morgen, Madame Sharifi. Natürlich Sie haben verfolgt die Übermittlung?«

»Ja.«

»Ohne Fehl und Tadel, ist es nicht? Ich nehme an, mittlerweile die Zahlung ist in Singapur eingetroffen?«

»Das ist sie.«

»Gut, gut. Und Chronologie der Freisetzungen bleibt wie besprochen?«

»Ja.« Weitere Testenklaven, diesmal besser abgeschirmte, und dann das langsame Heranarbeiten an militärische und regierungsnahe Ziele. Das Eindringen in diese würde sich selbstverständlich am schwierigsten gestalten, jedoch die Feuerprobe für das Unternehmen darstellen, denn wenn Strukow die Bundesenklaven von Brookhaven, Cold Harbor, Bethesda, New York, der Mall in Washington und dazu die Militärbasen in Kalifornien, Colorado, Texas und Florida infizieren konnte, dann konnte er alles infizieren.

Die Tür ihres Büros ging auf und wieder zu. Entgegen ihrem ausdrücklichen Wunsch! Will sagte zu Strukows Hologramm: »Sehr gut, soweit. Aber natürlich haben wir noch keinen Beweis, daß diese Version Ihres Virus auch wirklich funktioniert.«

Es wollte ihr einfach nicht gelingen, Will beizubringen, daß es ein taktischer Vorteil war, Rivalität nicht erkennen zu lassen.

Strukow sagte: »Aber ganz gewiß es wird funktionieren.« Sein Lächeln entblößte perfekte Zähne. »Oder vielleicht Sie haben Zweifel an den Mechanismen der Freisetzung. Doch dies fällt nicht in meinen Verantwortungsbereich, sondern in den Ihrer peruanischen Ingenieure. Möglicherweise sollten Sie diskutieren Ihre Bedenken wegen dieser Technik mit Ihrer so brillanten Enkeltochter Miranda Sharifi.«

»Das ist alles, Doktor Strukow«, sagte Jennifer.

»À bientôt, madame.«

»Ich traue ihm nicht«, stellte Will fest, nachdem die Verbindung beendet war.

»Es gibt keinen Grund, es nicht zu tun«, sagte Jennifer ruhig. Sie würde erneut über Will Sandaleros als Ehemann und Partner nachdenken müssen. Wenn er seine Abneigung und Eifersucht nicht im Zaum halten konnte …

»Er will den Sharifi-Labors immer noch keine Virusprobe zur Analyse überlassen. Und unsere Genetiker schaffen es nicht, ein entsprechendes theoretisches Modell zu präsentieren. Die Biochemie ist so verdammt indirekt …«

»Wir wollten indirekte Effekte«, sagte Jennifer. Dann

wandte sie sich an ihren Bildschirm: »Nachrichtenmodus. Kanal 164.« Es war die verläßlichste der Macher-Stationen und sendete von New York aus.

»Ich traue ihm einfach nicht«, wiederholte Will.

»Fünfzig Minuten«, sagte das Terminal in der Ecke.

»... Ausbruch von Kämpfen unter den Nutzern in Iowa«, sagte der Nachrichtensprecher. »Sicherheitsbeamte haben allen Sendern versichert, daß keine Gefahr für die Enklave Peoria oder für die abgeschirmten Agri-Zonen im Süden von Illinois besteht. RoboKamera-Aufnahmen der Kämpfe zeigen, daß etliche Nutzer-Stämme – die sich möglicherweise zusammengerottet haben – darin verwickelt sind. Die Ursache scheint, wie überall sonst im Land auch, das Fehlen von *Umstellungs*-Spritzen zu sein, die in diesen bedauernswerten Nutzer-Lagern ...«

Jennifer konzentrierte sich auf den visuellen Teil, der – abgesehen vom raschen Wechsel von einer Kamera zur anderen – nicht manipulierte Originalbilder lieferte. Ein Angriff bei Tageslicht – gestern? – von dreißig oder vierzig Nutzern auf eines ihrer elenden kleinen ›Lager‹. Die Bewohner des Lagers saßen nackt unter der durchsichtigen Plane, mit der sie ihre Nährplätze abdeckten. Warum waren sie nicht den Winter über nach Süden gezogen wie so viele andere? Bedeutungslos. Die zweite Gruppe Nutzer, gekleidet in alte staatlich ausgegebene Synthetiksachen und eine bizarre Auswahl selbstgewebter konsumierbarer Stoffe, stürmte ins Bild und eröffnete das Feuer. Menschen schrien, Blut spritzte gegen die niedrig gespannte Plane. Ein Baby greinte, bevor es in Fetzen geschossen wurde.

Jennifer stoppte das Bild und studierte es. Die Angreifer waren mit AL-72ern ausgerüstet, einer militärischen Angriffswaffe. Das hieß, daß sie entweder Macher-Verbündete hatten oder sich über das Computersystem Zugang zu einem staatlichen Waffenlager verschafften – vermutlich das letztere. Die Datenfischer der Nutzer wurden immer frecher. Und je mehr Wissen und Waffen sie sich aneigneten, desto potentiell gefährlicher wurden sie – nicht nur für die Macher, sondern auch für *Sanctuarys* finanzielle Beteiligungen in den Vereinigten Staaten und, denkbar, für *Sanctuary* selbst.

»...eine weitere Gruppe ›Ärzte der Nächstenliebe‹ hat sich bereits in das Gebiet der drei Distrikte begeben ...«

»Vierzig Minuten«, sagte das Terminal in der Ecke.

Jennifer wechselte die Nachrichtenkanäle mit metronomischer Regelmäßigkeit; zwei Minuten für jeden. Selbstverständlich stellten Suchprogramme stündlich Resümees für sie zusammen, aber es war wichtig, sich dazu auch direkt zu informieren, um jene Nuancen im Tonfall nicht zu versäumen, die eine gedrängte Übersicht nicht liefern konnte.

Ein Nutzer-Überfall auf die Enklave Miami; dreißig *Umstellungs*-Spritzen gestohlen, zweiundfünfzig Tote. Wiederum Bilder *nicht umgestellter* Kinder in Texas, die an irgendeinem namenlosen Virus oder Toxin starben. Präsident Garrison, der den Notstand ausrief, der von den fast unabhängigen, selbstverwalteten Enklaven ignoriert werden würde. Weitere flehentliche Bitten um zusätzliche *Umstellungs*-Spritzen an Miranda Sharifi auf Selene. Eine neue bizarre religiöse Sekte in Virginia, bemerkenswert deswegen, weil sie diesmal aus Machern bestand und nicht aus Nutzern wie sonst. Die Sekte glaubte daran, daß Jesus Christus die Erde auf die Rückkehr der Engel vom Orionnebel vorbereitete.

Jennifer verfolgte alles gelassen und gestattete ihren Emotionen nicht, sich in ihrer Miene zu zeigen. Was hatte Miranda vor? Miranda hatte dem Feind die *Um-*

stellung geschenkt – warum nahm sie sie ihm jetzt wieder weg?

Wankelmütige, inkonsequente Menschen waren gefährlich. Man konnte ihre Handlungsweise nicht im voraus blockieren.

»Dreißig Minuten«, sagte das Terminal in der Ecke.

»Jennifer, es ist Zeit für das zweite Eindringen«, sagte Will. Seine Stimme klang hoch und gepreßt. Jennifer schaltete die Nachrichtenkanäle ab.

Diesmal war das Ziel eine reiche Enklave außerhalb der Hauptkuppel von St. Paul, Minnesota. Die Enklave wurde in erster Linie von Techs bewohnt, die dafür sorgten, daß der Maschinenpark der Stadt funktionsfähig und ordnungsgemäß programmiert blieb. Techs, GenMods mit höchstem fachlichem Können, waren Teil der Macher-Ökonomie, doch nie Entscheidungsträger. Die Kamera am ferngesteuerten Fluggerät zeigte Reihen kleiner, schmucker Häuser unter einer Energiekuppel, GenMod-Rasen und GenMod-Blumen, einen Spielplatz, eine Kirche und ein Gemeindezentrum. Der Y-Schild ließ Vögel nicht durch. Techs interessierten sich nicht sonderlich für Vögel.

Nichtsdestoweniger durchflog das zweite Fluggerät den Schild genauso mühelos, wie das erste in die wohlhabende Pensionärsenklave am Pazifik eingedrungen war. Lautlos löste sich das Fluggerät auf, und lautlos legte sich der Virusnebel über Häuser und Spielplatz.

Techs arbeiteten für ihren Lebensunterhalt. Man konnte sie nicht so ängstlich machen wie Nutzer, sonst würden sie sich weigern, ihre kleine Enklave zu verlassen, und nicht zur Arbeit erscheinen. Doch Strukow hatte aus den sechzehn Nutzer-Tests gelernt und sein Produkt verfeinert. Diese Version hier war raffinierter.

Aber genauso schwer nachzuweisen in der biochemischen Analyse. Nicht einmal den Sharifi-Labors war das gelungen. Das Virus löste die Produktion und den Ausstoß einer biogenen, im Gehirn natürlich vorkommenden Aminosäure aus, die wiederum die Produktion und den Ausstoß einer anderen verursachte, welche auf unterschiedliche Rezeptoren einwirkte und weitere elektrochemische Reaktionen hervorrief ... es war eine lange und wirre Kette zerebraler Vorgänge. Das Endresultat würde dergestalt ausfallen, daß die Techs, ohne es direkt wahrzunehmen, dem Altbekannten schließlich einfach den Vorzug gaben: Routinetätigkeiten, die sie beherrschten, Gesichter, die sie täglich sahen, Aufgaben, die sie schon tausendmal gemacht hatten. Der alte Freund, der ausgetretene Gedankenpfad, die konventionelle Einstellung, der amtierende Politiker. Es würde einfach zu beunruhigend sein, etwas in Gang zu setzen oder zu lernen oder sich zu ändern.

Und dann würden Jennifer Sharifi und ihre Getreuen in Sicherheit sein. *Besser der Teufel, den du kennst, als der, den du nicht kennst.*

In Sicherheit. War das wirklich möglich? Es hatte Zeiten gegeben, damals im Bundesgefängnis von Allendale, als sie die Hoffnung aufgegeben hatte, sich je wieder sicher fühlen zu können – oder die Ihren in Sicherheit zu wissen. Ihre vorangegangenen Bemühungen, die Schlaflosen zu schützen, waren nicht genügend durchdacht und zu naiv gewesen: *Sanctuary* war zwar losgelöst von der Erde, aber verwundbar, wie alle Orbitalstationen; die finanzielle Kraft war vorhanden, aber nicht ausreichend für einen wirksamen Schutz; und letztlich die Abtrennung von einer korrupten Regierung, die zwar gelang, jedoch mit Hilfe von terroristischen Akten, die so offenkundig Aufmerksamkeit auf sich zogen, daß sie zum Scheitern verurteilt waren.

Diesmal würde es anders sein. Keine Drohungen mit biologischen Waffen. Keine Forderungen nach Freiheit. Keine weltweite Ausstrahlung von Sendungen in dem Versuch, den Feind zu einer Einsicht zu bringen, zu der er nicht fähig war. Nein. Diesmal heimliches Vorgehen und Stagnation. Lassen wir die Welt in biologischer Inhibition erstarren, aber so sachte, daß niemand das geringste merkte. Will hatte recht – sie würden nie erfahren, was über sie gekommen war.

Ausgenommen siebenundzwanzig Menschen.

Diese siebenundzwanzig konnten Jennifer Einhalt gebieten, wenn sie es wollten. So wie sie es bereits einmal gewollt hatten. Daß sie noch nicht eingegriffen hatten, bedeutete vielleicht, daß ihre eigenen komplexen und listigen Pläne mit jenen Jennifers bis zu einem gewissen Punkt konform gingen … konnte das wahr sein? *Was hatte Miranda vor?*

Was es auch immer war, Jennifer würde nicht zulassen, daß es ihre eigenen Pläne zerschlug. Sie konnte es nicht zulassen.

Das war der schmerzlichste Part für Jennifer: keine Wahlmöglichkeiten zu haben. Miranda war ihre Enkelin, Toshio Ohmura ihr Großneffe, Nikos und Christina waren die Enkel ihres ältesten Freundes; Jennifer konnte ihnen einfach nicht den Rücken zukehren, ohne dabei Schmerz zu empfinden. Das war es doch, was die Schläfer taten: sie zerstörten die Bande der Verwandtschaft, zerstörten die Gemeinschaft selbst, ohne dabei ein Gefühl des Verlustes zu empfinden. Und dieses abgetötete Ich war es, gegen das Jennifer ankämpfte.

Wie auch immer – sie hatte keine Wahl. Nicht, wenn sie die Ihren in Sicherheit wissen wollte.

Sie spürte Wills Hände auf ihren Schultern. »Jenny – es ist Zeit«, sagte er, und sie dachte, er hätte das schon einmal gesagt, aber plötzlich war sie sich nicht mehr sicher. Sie hatte das Terminal in der Ecke nicht gehört. Einen Moment lang verschwamm der Raum vor ihr. Sie schloß die Augen.

»Dreißig Sekunden«, sagte das Terminal.

Jennifer zwang sich, die Augen wieder zu öffnen. Der Bildschirm war hell. Keine Kamera auf einem Fluggerät, diesmal. Die versteckte Überwachungskamera befand sich in anderthalb Kilometern Entfernung und zeigte nur eine leere, öde Landschaft – und dann, herangezoomt, den schwachen Schimmer eines Y-Schildes. Nein, kein Y-Schild, sondern etwas völlig anderes, entworfen von einem genialen Geist, dem es niemand gleichtun konnte. Etwas, das kein Fluggerät je durchdringen konnte.

»Zwanzig Sekunden.«

Wills Finger gruben sich in ihre Schultern. Jennifer dachte daran, die Hände abzuschütteln, aber sie konnte sich nicht bewegen. Sie konnte nicht denken. Ihr Geist, dieses Präzisionswerkzeug, war verstopft mit konfusen Dämpfen, die von den neuen Daten über Selene hochstiegen, welche Caroline Renleigh Jennifer gebracht hatte. Selene, wo sich die Verräterin Miranda Sharifi vor der Welt versteckte.

Ihre Enkeltochter Miranda. Richards Tochter. Richard, ihr Sohn, der damals den Entschluß gefaßt hatte, sich Miranda bei dem Verrat an seiner eigenen Mutter zur Seite zu stellen. Richard, der jetzt zusammen mit Miranda dort war.

»Zehn Sekunden.«

Sie konnte sich nicht an Richard als Baby erinnern. Sie war so jung gewesen und so beschäftigt damit, *Sanctuary* zu erschaffen, und sie war noch nicht bewandert in der Disziplin, sich an alles zu erinnern. Doch an Mirandas Kindheit erinnerte sie sich. Miranda mit ihren dunklen Augen und dem widerspenstigen schwarzen Haar, wie sie hinauslachte zu den Sternen, als Jennifer sie in eben diesem Raum zum Fenster hochhob … Miranda.

Miri …

»Nein!« schrie Jennifer, und ihr Schrei übertönte die ausdruckslose Stimme des Terminals in der Ecke.

»Es ist vorbei, Jenny«, sagte Will leise. »Es ist vorbei.« Aber Jennifer weinte, schluchzte so heftig, daß sie kaum hörte, wie das System hinzufügte: »Operation in New Mexico beendet.« Später würde sie sich ihr Schluchzen übelnehmen, und sie würde Will übelnehmen, daß er es gesehen hatte. Es war ein Schlag für ihre Selbstdisziplin, aber nun weinte sie wie eine Zweijährige, weil es so nicht hätte sein dürfen, weil die Wahlmöglichkeiten nicht so schmerzhaft hätten sein dürfen. Die gräßlichen Wahlmöglichkeiten des Krieges.

Miri …

Will hielt sie fest wie ein verängstigtes Kind, und noch durch ihr Schluchzen und ihre Verärgerung und ihre unentschuldbare Schwachheit hindurch wußte sie, daß sie Will Sandaleros, so lange er in seiner verachtenswerten Zärtlichkeit dies hier für sie tat, um sich haben wollte.

14

Der Lichtschein auf dem Gesicht weckte Theresa, und sie schrie auf.

Einen Augenblick später entsann sie sich, wo sie war: zusammengesunken auf der Fensterbank am Ende des Korridors in der oberen Etage – seit letzter Nacht? Sie hatte die ganze Nacht hier verbracht? Eigentlich wollte sie sich nur für eine Minute hier niederlassen und hinaussehen auf den Park, um ihrem Arbeitszimmer kurz zu entfliehen …

Ihr ganzer Körper war verkrampft, und ihn aufzurichten tat weh. Der Rücken schmerzte sie, ihr Nacken fühlte sich steif an, und sie hatte einen gräßlichen Geschmack im Mund. Wie lange hatte sie nicht geschlafen vor letzter Nacht? Wie lange nicht gegessen? Sie konnte sich nicht erinnern. Jackson war seit Tagen nicht nach Hause gekommen, und Theresa war allein gewesen, eingeschlossen in ihrem Arbeitszimmer, wo sie die Nachrichten verfolgte und Bilder für die Wände ausdruckte. Bilder von sterbenden, *nicht umgestellten* Babies, von Erwachsenen, die einander wegen nicht vorhandener *Umstellungs*-Spritzen bekämpften, von geplünderten Y-Kegel-Fabriken, von Raubzügen um Möbel und Terminals in Enklaven, deren Sicherheitscodes geknackt worden waren, Bilder aus New Jersey, Wisconsin … Theresa hatte alles gesehen.

Ich bin gekommen, um Zeugnis abzulegen von der Zerstörung der Welten. Thomas hatte das Zitat für sie gefunden. Theresa hatte es angestarrt, bis die Schrift vor ihren Augen verschwamm. Dann war sie wieder zu den Bildern in den Nachrichtensendungen zurückgekehrt. Und dann hatte sie die Botschaft auf dem Bildschirm angestarrt, die Botschaft, die nicht hätte da sein dürfen:

»Ich habe die Bilder von den Nutzer-Babies gesehen. Sie müssen Miranda Sharifi finden und sie dazu bringen, uns mehr *Umstellungs*-Spritzen zu geben! Sie sin' doch 'ne Macherin, un' Sie haben das viele Geld, Sie! Sie können auch an Miranda rankommen, weil Sie nämlich Möglichkeiten haben, die wo wir nich' haben ...«

Es war natürlich eine gesprochene Botschaft, aber Theresa hatte Thomas gebeten, sie niederzuschreiben. Und dann hatte Theresa die Botschaft angestarrt – tagelang, ohne zu schlafen, seit Jackson weg war. Zuerst hatte sie versucht sich einzureden, daß die Botschaft ein Irrtum war, ein Zufall – eine jener Tausenden Botschaften, die die Menschen im ganzen Land verfaßten, um sie hinauf zu Selene zu strahlen, und daß sie infolge irgendeines Fehlers im Netz in Theresas persönliches System gesickert war. Doch noch während sie sich das vorsagte, wußte sie, daß sie nicht verrückt genug war, um das auch zu glauben.

Schade.

Die Botschaft stammte von dem Mädchen, das Jackson mitgebracht hatte, dem Nutzer-Mädchen mit dem Baby, das von Neuropharms ängstlich gemacht worden war, und die Botschaft war für Theresa bestimmt. Jackson wollte immer, daß sie den Tatsachen ins Auge blickte; dies war eine Tatsache: Die Botschaft richtete sich an sie.

Was natürlich nicht bedeutete, daß sie deswegen etwas unternehmen mußte.

Sie hatte die Botschaft angestarrt, hatte weggestarrt, hatte die Nachrichtenholos der sterbenden Babies angestarrt, hatte weggestarrt, hatte die Wände des Arbeitszimmers angestarrt und wieder weggestarrt – seit zwei Tagen. Oder drei. Bis sie letzten Abend plötzlich gewußt hatte, wenn sie nicht sofort aus diesem Raum käme, würde sie tatsächlich verrückt werden. Noch verrückter. Und so war sie hinausgestolpert zu dieser Fensterbank, hatte hinabgeblickt auf den nächtlich beleuchteten Park und hinauf durch die Kuppel der Enklave zu den Sternen, und dann hatte sie zu weinen begonnen, bis sie gar nicht mehr aufhören konnte. Ohne jeden Grund …

Nimm ein Neuropharm, sagte Jackson in ihrem Kopf. *Tessie, es ist eine biochemische Sache, du brauchst dich nicht so zu fühlen …*

»Hau ab!« sagte Theresa laut – zum ersten mal in ihrem Leben – und weinte weiter.

Nein. Genug. Sie mußte sich zusammenreißen, ein Bad nehmen, etwas essen … Sie mußte ins Arbeitszimmer zurück. Babies starben, kleine Kinder, verunstaltet von schrecklichen Krankheiten, und Mütter wie dieses Mädchen Lizzie hielten Babies auf dem Arm, die sich vor Schmerzen krümmten … Warum konnte sie es nicht vergessen? Andere Leute konnten es! Sie mußte es einfach aus ihren Gedanken verdrängen, sie mußte wegbleiben von ihrem dummen Arbeitszimmer …

Nimm ein Neuropharm, Tessie.

»Miss Aranow«, sagte Jones, »ein Gespräch für Sie. Priorität eins.«

»Sag, ich bin tot.«

»Miss Aranow?«

Es konnte nur Jackson sein. Sie durfte ihm keine Sorgen machen. Sie durfte nicht … sollte nicht … konnte nicht …

»Miss Aranow?«

»Sag, ich komme schon, Jones.«

Theresa kletterte von der Fensterbank. In ihrem Kopf drehte sich alles. Sie lehnte sich an die Wand, bis sie wieder klar sehen konnte, und spürte, wie weich ihre Knie waren. Sie streckte sie energisch und übernahm den Anruf im Bad, von wo aus sie die visuelle Übermittlung unterlassen konnte. Es war nicht Jackson.

»Tess? Wo ist dein Bild?« Cazie, forsch und feurig in einem strengen schwarzen Kostüm.

»Ich komme gerade aus der Dusche.« Cazie wußte, daß Theresa ihren Körper nicht gern zur Schau stellte.

»Ach so. Hör mal, wo ist Jackson?«

»Ist er nicht bei dir?« fragte Theresa,

»Du weißt genau, daß er nicht bei mir ist, ich höre es aus deiner Stimme. Spiel keine Spielchen mit mir, Tess. Wo hat er diese Nutzer hingebracht?«

»Ich habe keine … welche Nutzer?«

Cazies Gesicht veränderte sich; dies, dachte Theresa, war wohl das Gesicht, in das Jackson sah, wenn er und Cazie einen Streit hatten: hohe, scharfe Backenknochen sprangen plötzlich aus ihrer weichen Haut, und die Augen wurden so hart wie der Marmorboden unter Theresas nackten Füßen. Theresa zuckte ein wenig zurück und lehnte sich an die Waschmuschel.

»Sag. Mir. Theresa. Wo. Jackson. Ist.«

Theresa drückte fest die Augen zu.

»Du willst es mir nicht sagen. Na gut, dann komme ich hinüber zu dir.«

»Nein! Ich … ich will gerade ausgehen!«

»Ach ja? Wann bist du zum letzten Mal ausgegangen? In zehn Minuten, Tess.« Der Schirm erlosch.

Theresa wurde von Panik erfaßt. Cazie würde es rauskriegen aus ihr, Cazie konnte alles aus ihr rauskriegen, sie würde Cazie verraten, daß Jackson Lizzie und die anderen zu Kelvin-Castner in Boston gebracht hatte … und Jackson hatte ihr aufgetragen, niemandem etwas davon zu erzählen. Besonders Cazie nicht. Aber Cazie war auf dem Weg hierher … Theresa würde Jones beauftragen, Cazie nicht einzulassen.

Aber Cazie würde die Überbrückungscodes kennen. Für das Gebäude, für das Apartment. Für Theresas Hirn.

Nun gut, dann würde Theresa eben nicht hier sein, wenn Cazie eintraf.

In dem Moment, als ihr der Gedanke kam, wußte Theresa, daß es der richtige war. Sie mußte aus dem Haus sein, wenn Cazie eintraf. Außerdem mußte sie tun, was die Botschaft auf ihrem Bildschirm ihr auftrug; an Miranda Sharifi herankommen und sie dazu bringen, weitere *Umstellungs*-Spritzen zu verteilen. *Sie sin' doch 'ne Macherin, un' Sie haben das viele Geld, Sie! Sie können auch an Miranda rankommen, weil sie nämlich Möglichkeiten haben, die wo wir nich' haben!* Theresa hatte zwei Tage (oder drei?) damit verbracht, das zu verdrängen, was sie, das sah sie jetzt ein, einfach tun mußte! Und das Verdrängen hatte nicht funktioniert. Das tat es nie. Den Ruf des Schmerzes zu ignorieren machte den Schmerz nur noch schlimmer. Der Ruf war eine Gabe, das hatte sie irgendwie übersehen, und nicht entsprechend dieser Gabe zu reagieren hatte sie nur verrückt gemacht.

Noch verrückter.

Aber jetzt nicht mehr.

Mit einer Gewandtheit, die sie selbst überraschte, schoß Theresa aus dem Bad. Keine Zeit mehr für eine Dusche. Aber Schuhe – sie brauchte Schuhe. Und eine Jacke. Es war April da draußen, außerhalb der Enklave – war es kalt im April? Sie packte Schuhe und Jacke.

»Zum Dach«, sagte sie zum Lift. »Bitte.«

Und es waren nicht nur ihre Muskeln, die mit einemmal so mühelos arbeiteten. Auch ihr Kopf arbeitete plötzlich und erstaunlicherweise an eigenständigen Plänen. Um an Miranda Sharifi heranzukommen, mußte Theresa an jenem Ort auf der Erde anfangen, an dem Miranda zuletzt gesehen worden war. Und das war das Nutzer-Lager, wo die Leute sich zu Dreiergruppen verbanden, wo Patty, Josh und Mike nie mehr allein sein konnten, weil sie gezwungen waren, ihr Leben zusammen mit den anderen beiden zu verbringen. Dort war Miranda gewesen, denn sie hatte eine Aufzeichnung zurückgelassen, in der sie die neuen roten Spritzen erklärte. Um die neuen Spritzen verwenden zu können, mußte man *umgestellt* sein. Das hatte Josh gesagt. Also hatte Miranda möglicherweise dort mehr *Umstellungs*-Spritzen zurückgelassen als irgendwo sonst. Oder sie war vielleicht wiedergekommen und hatte welche gebracht. Oder jemand anderen geschickt, um den Leuten Nachschub zu bringen, nachdem die Kämpfe um die letzten Spritzen ausgebrochen waren. Wenn die Bindung zu Dreiergruppen Mirandas neuester Plan für die Menschheit war, dann würde Miranda doch gewiß den Ort (die Orte?) überwachen, die sie testete. Selbst Theresa wußte soviel über das Vorgehen von Wissenschaftlern.

Auf dem Dach blinzelte sie in den hellen, warmen Sonnenschein. Ihr Herz schlug schneller, und der Atem blieb ihr in der Kehle stecken. Als sie sich zum letztenmal aus der Enklave gewagt hatte, war ihr schwarz vor den Augen geworden, die Panikattacke war so schlimm gewesen – Anfall um Anfall um Anfall…

Aber Cazie war auf dem Weg hierher. Wenn Theresa nicht vorher verschwand, würde sie Cazie konfrontieren müssen.

Sie schloß die Augen, beugte sich hinab, bis ihre Stirn die Knie berührte, und holte tief Atem. Nach einigen Sekunden ließ die Panik nach. Oder vielleicht auch nicht, vielleicht schien es nur so, weil die Aussicht, einem Lager voller wilder, miteinander für immer verbundener Nutzer gegenüberzutreten, weniger furchteinflößend war als die Aussicht, einer zornbebenden Cazie Sanders gegenüberzutreten.

Vielleicht war das die Art und Weise, wie die Menschen sich dazu brachten, sich gefährlichen Dingen zu stellen: indem sie vor noch gefährlicheren Dingen davonrannten.

Leise wimmernd ging Theresa im hellen Sonnenschein durch den Dachgarten zu den abgestellten Luftwagen. Sie kletterte in den ihren und holte aus seinen Aufzeichnungen die genauen Koordinaten des Lagers der biochemisch miteinander verbundenen Nutzer, während sie sich bemühte, gleichmäßig und tief zu atmen und sich der Chemie ihres eigenen Hirns nicht geschlagen zu geben.

Die Nutzer hatten ihr Lager nicht verlegt. Theresa hatte gefürchtet, sie könnten weitergezogen sein – das machten die Nutzer andauernd –, aber aus der Luft sah sie schon die kleinen menschlichen Gestalten, die sich in Dreiergruppen fortbewegten. Wie weit konnten sich die drei Mitglieder einer Gruppe jeweils voneinander entfernen, bevor sie starben? Theresa konnte sich der genauen Distanz nicht entsinnen.

Sie landete, bemühte sich, tief und gleichmäßig zu atmen, aber diesmal rannte niemand auf den Wagen zu, sondern alle Dreiergruppen verschwanden augenblicklich im Gebäude, und die Tür wurde verschlossen.

Theresa zwang sich auszusteigen, zum Gebäude hinüberzugehen und es dann zu umrunden. Unter der Plastikplane des Nährplatzes saßen drei nackte Personen, die den Luftwagen nicht bemerkt hatten: zwei Frauen und ein Mann. Als sie Theresa erblickten, erstarrten ihre Gesichter, und Theresa sah jenen Ausdruck, den sie normalerweise nur im Spiegel sah.

Sie fürchteten sich. Vor *ihr*. Wie Lizzies Baby sich gefürchtet hatte. Dieses Lager war ebenso infiziert wie das von Lizzie!

»Hallo! Ist Josh hier?« Josh, das war der Mann, der freundlich zu ihr gewesen war.

Die drei standen auf, schmiegten sich aneinander und hielten sich an den Händen. Als ein nacktes Knäuel aus Gliedmaßen und Körpern bewegten sie sich auf die Plastikklappe zu, die als Tür diente. Theresa trat vor die Klappe, und die drei hielten inne.

»Ich möchte mit Josh sprechen. Und mit Patty und Mike.«

Die Nennung der Namen schien zumindest einen der drei zu beruhigen. Die ältere der beiden Frauen machte einen Schritt vor, ohne die Hände der anderen loszulassen, und fragte ängstlich: »Kennen Sie Jomp? Sie?«

Jomp. Theresa brauchte eine Sekunde, um daraufzukommen, daß damit Josh-Mike-Patty gemeint war. Sie verspürte einen Anflug von Ekel. »Ja. Ich kenne Josh und bin hergekommen, um mit ihm zu sprechen. Bringt mich bitte zu ihm.«

Ungeachtet des Pochens in ihrer Brust wunderte Theresa sich über sich selbst. Sie klang wie Cazie. Also, das vielleicht doch nicht. Aber zumindest wie Jackson.

Die Frau zögerte. Sie war etwa dreißig, klein und hellhäutig und hatte knochige Gesichtszüge und kurzes Haar, das so blond war wie das Theresas. »Jomp, die sin' drinnen. Geh mal rein, ich, un' hol sie.«

»Dann kommen Sie vielleicht nicht zurück!« sagte Theresa. »Ich gehe mit Ihnen.«

»Nee! Ne, ne, Sie bleiben schön da!«

Theresa trat zur Seite. Das Dreierknäuel drückte sich an ihr vorbei; als sie die Wärme des sonnenbestrahlten Zeltes verließen, zeigte sich Gänsehaut auf ihren nackten Körpern. Theresa wartete ab, bis sie die Overalls angezogen hatten, die in einem Haufen auf einem Holzbrett lagen, bevor sie vor die blonde Frau trat, die augenblicklich zurückzuckte.

»Keine Sorge, ich werde keinem von euch etwas tun. Ich möchte nur … Josh sehen. Er wird sich an mich erinnern.« Würde er? »Wie heißen Sie?«

»Wir sin' Peranla, wir drei.« Es kam nur als Flüstern heraus. Peranla. Percy-Annie-Laura. Oder Pearl-Andy-Lateesha. Oder … Es war egal.

Doch das sollte es nicht sein!

»Peranla, ich komme mit euch zu Josh.«

Die Dreiergruppe blieb reglos stehen. Fast sah es so aus, als hätte sie sogar aufgehört zu atmen. Und was würde sein, wenn die drei nun einen krampfartigen Anfall von Panik bekämen, so wie es Theresa passierte, wenn sie sich zu sehr fürchtete? Was würde Theresa dann tun? Aber ihre Sorge war unnötig. Nach einer Minute druckste sich das Knäuel an ihr vorbei, um nach ein paar Metern in einen unbeholfenen Laufschritt zu verfallen und um die Ecke des ausgedienten Fabriksgebäudes zu verschwinden. Theresa rannte hinter ihnen her.

»Macht auf! Wir sind's, Peranla! Macht auf!«

Die Tür öffnete sich, und Peranla stürzten ins Gebäude. Verblüfft über sich selbst quetschte Theresa sich hinterdrein.

Ihre Augen brauchten eine Minute, um sich an das Halbdunkel zu gewöhnen. Über hundert Menschen, alle in Gruppen von drei Personen, starrten sie an. Die Gruppen drängten sich dichter aneinander und sahen beunruhigt aus, aber niemand wirkte verängstigt. Selbst Peranla sahen hier drin weniger furchtsam aus als draußen im Freien. Natürlich. Wenn Theresa zu Hause war, zusammen mit vertrauten Menschen unter vertrauten Dingen, dann fühlte sie sich auch weniger ängstlich. Sicherer.

Ihr Herzschlag beschleunigte sich, und es wurde ihr eng in der Kehle. »Ist … Josh hier? Josh?«

»Wär besser, Sie würden jetz' gehen, Sie!« sagte ein alter Mann, und ein paar Leute nickten dazu.

»Josh? Jomp?«

Er kam langsam vor, Patty und Mike an der Hand hinter sich herziehend. Mike hatte einen leicht finsteren Gesichtsausdruck aufgesetzt, Patty hingegen, die Theresa als bissiges Luder in Erinnerung hatte, zitterte und bebte und versteckte das Gesicht an Mikes Schulter. Das hatte eine glättende Wirkung auf Theresas stockenden Atem.

Vielleicht war es beinahe gleichbedeutend, ob man die am wenigsten ängstliche Person in einer Gruppe war oder sich überhaupt nicht ängstigte? »Josh, ich bin Theresa Aranow. Ich war im letzten Herbst hier und brachte euch Kleider und Y-Kegel. Sie haben mir von den … Bindungen hier erzählt und von den roten Spritzen.«

Josh nickte, ohne ihr in die Augen zu sehen.

»Und das Holo, Josh. Sie zeigten mir ein Holo von Miranda Sharifi. Sie erklärte darin die neuen Spritzen, die sie für euch bestimmt hatte und die die Bindungen verursachten.«

»Geht Sie gar nichts an«, knurrte Mike.

»Ich möchte das Holo noch einmal sehen, Josh. Bitte. Ihr habt es alle schon oft gesehen, nicht wahr?«

Josh nickte wieder. Patty hob das Gesicht von Mikes Schulter und sah auf.

»Nun«, fuhr Theresa mit aller Bestimmtheit fort, die sie aufbringen konnte, »dann könntet ihr es euch doch wiederum ansehen. Genau so wie immer. Und ich sehe auch zu.«

»Okay«, sagte Josh. »He, ihr alle! Zeit für Miranda! Wir sin' das Leben un' das Blut, wir alle!«

»Wir sin' das Leben un' das Blut«, wiederholte ein

holpriger Chor, und Theresa spürte die Erleichterung, die durch die Menge lief wie eine Woge aus klarem Wasser. Das war etwas Wohlbekanntes: tröstliche, beruhigende Sicherheit. Die Dreiergruppen setzten sich unbeholfen in Bewegung und ließen sich vor einer alten Holobühne nieder – auf den identischen Plätzen, hätte Theresa gewettet, auf denen sie immer saßen. Sie setzte sich zu Josh, direkt neben der Tür.

»Holo an!« sagte Mike. »Zeit für Miranda.«

Die Holobühne erwachte zu Leben. Ein hübscher, bedeutungsloser Farbwirbel, und dann erschien Miranda – nur Kopf und Schultern vor dem Hintergrund einer dunklen Aufnahmekabine, die die Anonymität der Umgebung wahren sollte. Miranda trug eine ärmellose weiße Bluse; ein rotes Band hielt ihr wirres schwarzes Haar zusammen.

»Ich bin Miranda Sharifi und ich spreche zu euch von der Mondbasis Selene. Ihr werdet sicher wissen wollen, wozu diese neue Spritze dienen soll. Sie ist ein wunderbares Geschenk, speziell für euch gemacht. Ein Geschenk, das noch großartiger ist als die *Umstellungs*-Spritzen, die euch zwar biologisch unabhängig machten, doch auch in die menschliche Isolation führten, weil ihr nicht mehr aufeinander angewiesen wart für die Nahrungsbeschaffung und das Überleben im allgemeinen. Es ist jedoch nicht gut, daß der Mensch allein sei. Also wird euch diese Spritze, diese verheißungsvolle Gabe …«

Etwas stimmte nicht mit dem Holo.

Seit ihrem ersten Besuch in diesem Lager vor fünf Monaten hatte Theresa Wochen, ja Monate damit verbracht, Holos anzusehen, bis sie nachts hinter ihren Lidern abliefen. Mit diesem hier stimmte irgend etwas nicht. Die Stimme gehörte zwar Miranda, und die Worte ertönten synchron mit Mirandas Lippenbewegungen – nicht aber mit ihren Körperbewegungen.

Nein, das war es auch nicht. Ihr Körper bewegte sich überhaupt nicht viel. Das war es! Die steife Reglosigkeit bei einigen Wörtern und dazu die Bewegungen bei anderen… der Rhythmus stimmte nicht. Und der Rhythmus der Worte auch nicht. Theresa hatte ein absolutes Gehör. Sie hörte das schwache Absinken um einen Halbton an den falschen Stellen. Das Holo war künstlich hergestellt, keine echte Aufzeichnung!

Was hieß, daß Miranda diese Botschaft nicht geschickt hatte. Oder die roten Spritzen.

Theresa blickte sich um. Die Nutzer-Gesichter wirkten hingerissen, entrückt, als würden sie eine Darbietung des Lichten Träumers verfolgen. Das Holo mußte Sequenzen enthalten, die direkt ins Unterbewußtsein drangen. Theresa senkte die Augen und lauschte dem Rest der Botschaft, ohne den visuellen Teil zu verfolgen.

Wenn die Bindungs-Spritzen nicht von Miranda stammten – von wem dann?

Vielleicht von denselben Leuten, welche das Neuropharm herstellten, das diese Menschen hier eingeatmet hatten? Das Neuropharm, das so große Angst vor neuen Dingen verursachte? Aber warum?

Jackson hatte gesagt, daß niemand außer den Super-Schlaflosen solche Neuropharmaka entwickeln konnte. Niemand außer Miranda Sharifi kannte die Wirkungsweise des Zellreinigers genügend, um etwas zu schaffen, das nicht von den *Umstellungs*-Nanos in den Körpern der Menschen zerstört werden würde. In den Körpern aller Menschen – ausgenommen Theresa.

»…Zusammenleben auf eine neue Art und Weise, die Gemeinschaftsgefühl schafft und dieses Gemeinschaftsgefühl direkt in der Biologie des Menschen verankert…«

Theresa wurde von Zweifeln erfaßt. Was wußte sie schon über die ›Biologie des Menschen‹, über Gemeinschaftsgefühl oder SuperSchlaflose? Wer war sie schon, um zu entscheiden, daß diese Aufzeichnung nicht von Miranda stammte? Theresa war verrückt, ängstlich, nicht *umgestellt*, bekam Krämpfe, sobald irgend etwas zu fremdartig wurde, hatte ihre Wohnung letztes Jahr nur dreimal verlassen, und fürchtete sich vor dem Heimgehen, weil ihre Ex-Schwägerin, die zugleich ihre einzige Freundin war, ihren Besuch angesagt hatte. Theresa wußte gar nichts.

Mit Ausnahme jedweder verbuchten Einzelheit aus Leisha Camdens Leben.

Und bei dieser Erkenntnis wußte Theresa plötzlich, was sie zu tun hatte.

Sie erhob sich im selben Moment, in dem die Aufzeichnung endete. Rund um sie starrten Nutzer mit glasigem Blick und versonnen lächelnd auf die jeweils beiden anderen Partner ihrer Dreiergruppe. Ohne die sie sterben würden. Böse, böse. Das war keine Bindung, das war Gefangenschaft.

»Geben Sie mir die Holo-Patrone, Josh«, sagte Theresa so entschieden, wie sie konnte. Sie versuchte zu klingen wie Leisha Camden, wenn Leisha ihre Befehle gab. Niemand kannte Leishas Leben besser als Theresa; niemand kannte Leisha selbst besser.

Hundert benebelte Gesichter starrten sie an.

»Ich nehme die Patrone mit. Ich brauche sie. Und ich bringe sie auch wieder zurück.« Leisha, die Jennifer Sharifi mit fester Stimme erklärte, daß *Sanctuary* der falsche Weg war. Oder Leisha, die Calvin Hawke erklärte, daß seine Anti-Schlaflosen-Bewegung am Ende war. Leisha: ruhig, fest, kühl. Mit zitternden Knien setzte Theresa sich Richtung Holobühne in Bewegung.

»Laß unser Miranda-Holo bloß in Ruhe, du!« rief jemand.

»Tut mir leid, das kann ich nicht. Ich brauche es.« Theresa war am Terminal angelangt. Aber sie war nicht Theresa, sie war Leisha. Das war der Trick! Sei Leisha, fühle so wie sie! Wenn Theresa bei einer Nachrichtensendung fühlen konnte, was die Mutter eines sterbenden, *nicht umgestellten* Babies fühlte – wenn sie so fühlen konnte, als *wäre* sie die Mutter –, dann konnte sie auch Leisha Camden sein! Es war genau das gleiche. Genau das gleiche …

Jetzt standen ein paar Leute auf und taumelten in ihren Dreiergruppen ziellos umher, und einige von ihnen hielten schließlich auf Theresa zu. Mike zögerte, und dann taten er und Josh dasselbe, wobei sie Patty hinter sich herzogen. Mike hatte den Schädel tief zwischen die Schultern gezogen, und aus seinen Augen sprach nackte Angst, als er und die beiden anderen dicht vor Theresa stehenblieben. Eine Sekunde lang sah Theresa sich und die anderen so, wie sie für einen Fremden aussehen mußten: vier groteske Gestalten mit weit aufgerissenen Augen, die umeinander herumzappelten und nach Panik stanken. *Nein, denk nicht so, sieh dich nicht von irgendwo außerhalb, sondern sieh dich als Leisha!* Sie war Leisha Camden.

»Versucht nicht, mich aufzuhalten«, krächzte Theresa. Mike hielt einen Moment lang inne und kam dann weiter auf sie zu.

»Es ist mein Ernst!«

»Mike!« wimmerte Patty, »nein …! Du kannst nich' …!«

»Die kann nich' einfach unser Holo mitnehmen, die!« flüsterte Mike. »Wir geben's nich' her, nee!« Er packte Theresa am Arm.

Der Schwindelanfall begann, und Schwärze ergoß sich in ihr Gehirn. Zusammen mit Mikes Hand versuchte Theresa, auch den Anfall wegzustoßen – Leisha war nie in Ohnmacht gefallen! –, aber es ging nicht. Sie war eben nicht Leisha, ruhig und fest und kühl, sie konnte nie Leisha sein, dazu bräuchte sie mehr Selbstkontrolle, als sie je haben würde! Auch wenn es ein paar Minuten lang so geschienen hatte, als würde das Leisha-Sein funktionieren, war Theresa eben nicht Leisha …

Dann sei jemand, der nicht ruhig und kühl ist!

»Gebt jetzt dieses gottverdammte Holo her, oder ich mache Seemannsknoten aus euch allen!« schrie Theresa, und die Worte waren Cazies Worte.

Mike ließ ihren Arm los und starrte sie an.

»Geht mir aus dem Weg, habt ihr nicht verstanden?«

Ein Teil der Menge zog sich zurück, der Rest rückte furchtsam voran. Gemurmel erhob sich, innerhalb der Dreiergruppen und zwischen ihnen: »Sollten nich' zulassen, wir, daß sie's uns wegnimmt …«, »Halt sie auf, du …«, »Was für 'n Recht hat die eigentlich …«

In einer Minute würden sie die Angst überwinden und wieder auf Theresa eindringen. Nein – auf *Cazie* eindringen! Sie war ja Cazie. Und die Chemie in den Hirnen dieser Leute machte ihnen jetzt Angst vor allem Unbekannten, vor allem Ungewohnten.

»Ich werde schreien!« brüllte Theresa aus vollem Hals. »Ich lasse den Erdboden unter euch schmelzen! Ich kann dafür Nano-Tech einsetzen, von der ihr keine Ahnung habt! Ich brauche nur zu singen!« Sie begann zu singen – irgendein Lied, das ihre Kinderfrau ihr einst vorgesungen hatte, aber das Lied war zu sanftmütig, also fing Theresa an, zu hüpfen und sich zu drehen und den Text des Liedes zu brüllen, ehe sie ihn durch jene Obszönitäten ersetzte, die Cazie gebrauchte, wenn sie auf Jackson wütend war, weil er nicht das tat, was sie wollte. »Du jämmerlicher, eingebildeter Hurensohn, deine Vorstellung von der Realität ist so beschränkt, daß du nicht mal ein winziges, beschissenes Fragment davon kapierst – geschweige denn von mir! Dir geht jegliche Ironie ab, Jackson, kannst du denn nicht mal das kapieren, zum Geier! Zur stinkenden Nutzer-Hölle mit dir, du verweichlichter Waschlappen, man könnte glauben, du … *Und jetzt geht mir verdammt noch mal aus dem Weg!*«

Das taten sie auch. Die Menge wich zurück, und ein paar Kinder fingen an zu weinen. Dreiergruppen hielten sich fest umschlungen. Kreischend, singend, hüpfend, fluchend und rundum schlagend bewegte Theresa sich auf die Tür zu, die Patrone in der Hand, während hundert Menschen – aber vermutlich waren es neunundneunzig oder vielleicht hundertzwei – sie mit dem gleichen angstvollen Grauen ansahen, das Theresa jeden Tag im Spiegel erblickte.

Sie schaffte es bis nach draußen, ehe ihre angespannten Nerven rissen.

Und sie war auch noch in der Lage, zum Luftwagen zu stolpern. »Hoch!« keuchte sie, »nach Hause …«, doch dann blieb ihr der Atem in der Kehle stecken, und der Anfall setzte ein, und sie konnte nicht mehr tun, als sich bemühen zu atmen, während der Wagen ohne ihr Zutun von dem Nutzer-Lager abhob, wo keine einzige Gestalt aus dem Gebäude rannte, um Theresa nachzusehen.

Kurz bevor sie Manhattan-Ost erreichte, erlangte Theresa wieder Kontrolle über ihren Körper. Sie lehnte sich zurück und versuchte zu denken.

Sie konnte nicht nach Hause, denn Cazie mochte immer noch da sein. Also ließ sie den Wagen zum ersten großen freien Areal fliegen, welches, wie sich herausstellte, ein verlassener Rollerrennplatz war. Dort, an einer Stelle, von wo aus sie die ganze Gegend überblicken konnte, landete der Wagen. Theresa blieb sitzen, die Patrone von Mirandas Holo in der Faust, und atmete so tief und gleichmäßig wie möglich.

Was war soeben geschehen?

Sie war Cazie gewesen. Selbstverständlich hatte sie nur vorgegeben, Cazie zu sein, aber sie war dabei zu einer solchen Intensität fähig gewesen, daß es ausgereicht hatte, ihre Ängste für ein Weilchen hintanzuhalten und sich auf eine Weise zu verhalten, wie sie es sonst nie geschafft hätte. Aber wie war das zustande gekommen? Holoschauspieler gaben natürlich immerzu vor, jemand anders zu sein als sie selbst, um möglichst realistische Darstellungen zu erreichen… aber Theresa war keine Holoschauspielerin! Und ganz gewiß hatte sie nichts mit Cazie gemein. Die Chemie ihres Gehirns arbeitete anders als die anderer Menschen, war irgendwie fehlerhaft, so daß sie dauernd an Ängsten und Unruhe litt und an dem, was Jackson ›ernsthafte Inhibitionen gegenüber Neuerungen‹ nannte… Hatte das Schlüpfen in eine fremde Rolle die chemischen Vorgänge in ihrem Gehirn tatsächlich für einige Minuten verändert? Aber wie konnte das sein?

Sie würde Thomas bitten, es herauszufinden.

Doch im Moment mußte sie sich entscheiden, welches ihr nächstes Ziel sein sollte, wenn sie nicht nach Hause flog. Nur – sie wollte doch so gern nach Hause! Sie wußte nicht, wie lange diese unheimliche geliehene Chemie in ihrem Hirn funktionieren würde, und sie wollte ihre eigenen Dinge um sich haben, ihr rosa Schlafzimmer und die gehäkelte Decke und Thomas. Aber wenn Cazie noch dort war…

Falls Cazie noch dort war, würde Theresa eben zu jemandem werden, der Cazie klarmachte, daß dies kein guter Zeitpunkt zum Reden war. Zu jemandem, der sagen konnte: »Tut mir leid, aber ich bin jetzt müde und möchte schlafen.« Auch wenn Theresa es nur eine Minute lang durchhielt, so zu tun, als wäre sie eine andere Person! Eine Minute mochte durchaus reichen, und gewiß konnte sie es schaffen, eine Minute lang irgend jemand anders zu sein…! Leisha Camden. Leisha war immer ruhig und fest gewesen. Theresa würde Leisha Camden sein, so wie sie vor all diesen

Anwälten ihr Anliegen für die Rechte der Schlaflosen ruhig vorgetragen hatte … und Cazie würde …

Cazie würde den Überbrückungscode eingeben und Theresa in kleine Stückchen zerfetzen.

Theresa konnte nicht Leisha Camden sein, wenn sie Cazie gegenüberstand! Es wäre so, als wollte man sich an Strohhalme klammern, wenn ein Hurrikan nahte. Aber vielleicht konnte sie vor sich selbst Leisha Camden sein? Jetzt eine Minute lang so zu tun, als hätte sie Leishas Verstand, während sie überlegte, wohin sie fliegen und was sie tun sollte. Als wäre sie Leisha, die ihren Problemen ins Auge sah und sich bemühte, sie mit Logik zu lösen …

Hätte Leisha herausfinden wollen, was über das gefälschte Holo von Miranda bekannt war, hätte sie sich wohl an jenen Ort gewandt, wo man aller Wahrscheinlichkeit nach etwas darüber wußte. Wo immer das auch war. Auch an Selene. Aber Selene beantwortete keine Botschaften, und selbst wenn Theresa den Mut zu einer Weltraumreise aufgebracht hätte … Aber das schaffte sie nicht. Das wußte sie. Doch vielleicht mußte sie gar nicht so weit reisen …

Theresas Finger krampften sich noch fester um die Holopatrone. Konnte sie das wirklich tun, auch wenn sie vorgab, Leisha zu sein? Zu einem Flughafen fliegen, ganz allein ein Flugzeug chartern … nein, das war zu schwer. Schon wenn sie daran dachte, mußte sie nach Atem ringen.

Doch dann dachte sie daran, nach Hause zu kommen – und an den Versuch Cazie zu verheimlichen, wo Jackson sich befand.

Eine Minute lang vergrub Theresa das Gesicht in den Händen und richtete sich dann auf. Sie war nicht Theresa Aranow, sie war Leisha Camden. Und wenn sie sich das einbildete, würde sie sich völlig anders fühlen, und dann würden sich die chemischen Abläufe in ihrem Hirn ein ganz klein wenig verschieben ... Sie war Leisha Camden. *Sie war Leisha Camden!*

»Flughafen Manhattan-Ost. Automatische Koordinaten«, sagte sie zum Wagen, und selbst in ihren eigenen entsetzten Ohren klang ihre Stimme ein wenig anders als sonst.

Als der Wagen in die Luft stieg, hatte Theresa einen anderen Gedanken. *Nimm ein Neuropharm!* sagte Jackson immer. Und das wollte Theresa nie, weil sie fürchtete, ihre besondere Gabe des Schmerzes zu verlieren und damit das Ziel, an das diese Gabe sie führen sollte. Sie hatte sich stets davor gefürchtet, Neuropharms zu verwenden, nur um jemand anderer zu werden.

Unwillkürlich mußte Theresa lachen; es kam als Wimmern heraus.

Sie fragte sich, wer sie tatsächlich sein würde – und wen sie vorfinden würde, drüben in New Mexico.

Das schwierigste an der ganzen Sache, so stellte sich heraus, war die Suche nach dem Piloten.

Theresa marschierte ins Flughafengebäude Manhattan-Ost auf der Lexington Avenue, ein glattes altmodisches Gebäude, dessen Wandprogramme ausschließlich aus wechselnden Metalloberflächen bestand. Die Menschen liefen an Theresa vorbei, entweder zu den Kundenschaltern oder zu den Türen. Eine lachende, scherzende Gruppe Männer und Frauen in eleganten Sarongs. Ein Mann in einem schwarzen Holoanzug, der eine Fernbedienung und einen Stapel Ausdrucke trug. Eine ältere Dame mit freundlichem Gesicht, die allein reiste. Theresa hatte gerade ihren ganzen Mut zusammengenommen, um die alte Dame anzusprechen, als eine runde, kopfgroße RoboKamera auf sie zuschwebte.

»Sie stehen seit zwei Minuten still, Madam. Kann ich Ihnen helfen?«

»O ja!« platzte Theresa heraus. »Ich brauche ... ich möchte ein Privatflugzeug chartern. Mit einem Piloten. Für einen Flug nach ... nach New Mexico.«

»Unser Buchungsdienst für Charterflüge kann von jedem Kundenterminal aus kontaktiert werden, Madam. Wenn ich Ihnen sonst noch behilflich ...«

»Aber ich weiß nicht, wie das geht!«

»Entschuldigen Sie mich bitte, Madam, während ich eine Selbstdiagnose durchführe.« Die RoboKam surrte leise. »Mein Diagnoseprogramm zeigt keinen Fehler in den sensorischen Funktionen. Sie sind ein GenMod-Erwachsener, Madam?«

»Ja. Ich ... ich bin erwachsen. Aber ich weiß dennoch nicht, wie man ein Kundenterminal bedient.« Sie spürte, wie ihr die Farbe ins Gesicht stieg.

»Möchten Sie, daß ich die Funktionsweise des Systems demonstriere, Madam?«

»O ja, bitte!«

Die RoboKamera führte sie zu einer Reihe Terminals; Theresa konnte wenigstens den Netzhautscanner für die Bezahlung erkennen. Sie stellte sich geduldig vor den Bildschirm, bis eine angenehme, tiefe Stimme sagte: »Willkommen auf dem Flughafen Manhattan-Ost, Miss Aranow. Geben Sie bitte die gewünschte Flugnummer an.«

»Charterflugdienst«, sagte die RoboKamera.

»Einen Augenblick bitte«, sagte das System.

Zeile um Zeile erschien auf dem Terminal, und Theresa spürte, wie die Röte in ihre Wangen zurückkehrte; sie war eine so langsame Leserin! Aber die RoboKam sagte: »Wohin möchten Sie reisen, Miss Aranow? Und zu welchem Zeitpunkt?«

»Nach New Mexico. In die Nähe von Taos. Und ich will jetzt gleich fliegen. Mit ... mit einem ...« Wie verlangte man einen Piloten, der nicht allzu waghalsig war? Theresa machte einen hilflosen Schritt zurück.

»Dritte Angabe für den Flug nicht verstanden«, sagte das Kundenterminal. »Bitte wiederholen Sie.«

»Ich möchte einen sicheren Piloten haben!«

»Drei Piloten mit Sicherheitsbeurteilung dreifach A stehen innerhalb der nächsten dreißig Minuten für einen Inlands-Charterflug zur Verfügung. Eilgebühr wird verrechnet. Flugbeurteilung der Piloten auf Display. Wünschen Sie ComLink-Kontakt mit einer der Personen?«

Die Flugbeurteilungen bedeuteten weiteres Kleingedruckte. Aber es waren auch Bilder dabei: drei GenMod-attraktive Gesichter. Aber irgendwie nicht ganz nach Machern aussehend. Nein, natürlich nicht, das waren ja Techs. »Diese hier, die Frau! Ein ComLink, ja bitte.«

Die Pilotin war augenblicklich on-line. Sie war Ende dreißig und hatte ein Charaktergesicht ohne Make-up; all seine Schönheit lag in den strengen, herben Zügen. Auch ihre Stimme klang streng und herb. »Miss Aranow? Sie wünschen einen Piloten für einen sofortigen Flug nach New Mexico?«

»Ja. Nein. Ich … ich weiß nicht.«

Die Pilotin beugte sich vor und betrachtete Theresa eingehend. »Sie wissen es nicht?«

»Nein. Ja, ich meine, ich weiß es schon! Ich fliege nicht, ich brauche keinen Piloten. Es war ein Irrtum.« Sie stolperte rückwärts, weg vom Bildschirm. Die ruhige, kräftige Stimme ließ sie innehalten.

»Miss Aranow, die RoboKam neben Ihnen wird Sie direkt zu meinem Flugzeug führen. Wir können sofort starten. Wenn Sie sich nicht wohl fühlen, kann ich Ihnen einen TransportRob schicken.«

»Nein, ich … in Ordnung. Ich komme.«

Theresa fixierte die RoboKamera und zwang sich, nur sie zu sehen und nichts anderes. Ist bloß eine runde, graue Kugel, nichts Furchteinflößendes daran, geh einfach hinterher, denk nicht nach… genau wie Cazie es machen würde.

Nein, Cazie würde es nicht so machen; Cazie würde ihr eigenes Flugzeug nach New Mexico fliegen.

Also gut, vergiß Cazie; sie konnte nicht Cazie sein, aber sie mußte irgend jemand anderer sein, weil sie, Theresa, das allein nicht schaffte, weil sie schon spürte, wie sie in Panik geriet – aber wer sonst konnte sie sein, sie kannte ja kaum jemanden außer Leisha und Cazie…

Und Jackson. *Nimm ein Neuropharm, Tessie.* Also gut, sie war Theresa, die ein Neuropharm genommen hatte. Sie war jemand, der chemisch ruhiggestellt war, jemand, der an die Sinnhaftigkeit der Welt glaubte…

»Guten Tag, Miss Aranow. Ich bin Jane Martha Olivetti, Pilotin erster Klasse.«

Da war es ja schon! Das Flugzeug ragte neben den beiden Frauen auf, obwohl Theresa sich nicht entsinnen konnte, die Flughafen-Magnetbahn von Manhattan-Ost hierher genommen oder auch nur die Landebahn überquert zu haben. Und erst jetzt bemerkte sie, daß der Flughafen keinen Schild hatte – oder nur einen peripheren. Dies hier war echtes Wetter! Ein kalter Aprilwind. Sie schauderte, als sie in Pilotin Olivettis Flugzeug kletterte.

»In dem grünen Kästchen dort finden Sie Beruhigungspflaster«, sagte die Pilotin mit ihrer ruhigen Stimme. »EndorKiss ist im roten, LustGenuß im gelben und SchlafWohl im braunen.«

Theresa warf einen sehnsüchtigen Blick auf das braune Kästchen, aber die meisten Pflaster, sagte Jackson, waren für *umgestellte* Körper gedacht; er hatte Theresa wiederholt davor gewarnt, etwas zu verwenden, was nicht auf ihre *nicht umgestellte* Körperchemie ausgelegt war.

»Nein, vielen Dank. Nur … nur eine Decke.« Sie zitterte, obwohl das Flugzeug geheizt war.

Irgendwo über Hügeln, die noch mit Schnee bedeckt waren, schlief Theresa ganz ohne künstliche Hilfe ein. Sie wachte auf, als die Pilotin sagte: »Miss Aranow, wir sind über Taos. Möchten Sie, daß ich hier lande oder wollen Sie zu einem privaten Flugplatz?«

»Wissen Sie, wo der Flugplatz für … La Solana liegt? Wo Leisha Camden gelebt hat.«

Pilotin Olivetti drehte sich um und starrte Theresa an. »Natürlich. Dorthin zog es doch immerzu ganze Heerscharen von Reportern und Touristen. Und in letzter Zeit wollen die Leute mit Richard Sharifi reden, um ihn dazu zu bewegen, Botschaften an seine Tochter zu überbringen. Aber es wird Ihnen nichts nützen, dorthin zu gehen, Richard Sharifi kommt nie heraus. Das äußerste, was Sie haben können, ist die Standardbotschaft aus der Konserve.«

Theresa schloß die Augen. Was hatte sie denn gedacht? Natürlich war sie nicht die erste, die versuchte, Miranda über La Solana zu erreichen. Wahrscheinlich hatte es die ganze Welt schon versucht – Politiker und ähnlich wichtige Persönlichkeiten. Und wenn Richard Sharifi all diese Menschen nicht empfing, dann gab es keinen Grund, weshalb er Theresa Aranow empfangen sollte. Sie war ein Dummkopf.

Was würde Cazie tun?

»Jetzt sind wir schon hier«, sagte sie zur Pilotin, »also landen Sie bei La Solana.«

Pilotin Olivetti zuckte die Achseln und sprach mit ihrem Flugzeug.

Theresa erblickte das Anwesen lange, bevor sie es erreichten. Ein blaßblaues Halb-Ovoid auf dem Wüstenboden, so glänzend, glatt und vollkommen wie ein Rotkehlchenei. Terry Mwakambe, Miranda Sharifis größtes Talent auf dem Gebiet der praxisbezogenen

Physik, hatte den Schild für Leisha entworfen. Er hatte nicht seinesgleichen auf der Erde – mit Ausnahme von Huevos Verdes, der verlassenen Insel, auf der Miranda und ihre Getreuen die *Umstellungs*-Spritzen entwickelt hatten.

Der Schild bestand nicht aus Y-Energie, sondern aus etwas anderem, aber Theresa wußte nicht, was es war. Er reichte so tief in den Untergrund, wie er in die Luft ragte. Nichts, was DNA enthielt, die nicht in den Sicherheitsdaten gespeichert war, konnte die blaue Kuppel durchdringen: keine Vögel, keine Würmer, keine Mikroben. Ebensowenig wie alles, was keine DNA enthielt, jedoch sehr wohl in den Datenbanken gespeichert war: Roboter, Geschoße, Steine. Der Schild schützte auch vor jedweder Strahlung mit Ausnahme eines schmalen Bandes von Wellenlängen, die er durchließ. Und außer einer Atombombe konnte nichts den Schild zerstören.

Theresa ging vom Flugzeug zu dem halbversenkten Rotkehlchenei. Die Wüstensonne senkte sich schwer auf ihren unbedeckten Kopf, und ein leichter Wind fing sich in den unglaublichen Mengen von Abfall, der sich an der glänzendblauen Wand anhäufte. Stapel von Holopatronen. Eine Puppe. Eine zerfetzte amerikanische Fahne. Plastikblumen, blutige Taschentücher, der ausgebleichte Schädel eines Tiers, Brechstangen – alle verbogen oder geknickt. Und ein versiegelter, winziger Sarg. Theresa begann zu würgen; sollte der Sarg nur ein Symbol sein oder enthielt er ein *nicht umgestelltes* Baby, das an einer Krankheit gestorben war, die mit einer *Umstellungs*-Spritze hätte geheilt werden können?

Ein Abschnitt der blauen Wand schimmerte und wurde zu einem riesigen Bildschirm. Er zeigte einen etwa vierzigjährigen Mann, der, wie Theresa wußte, bereits siebenundsiebzig war. Die dunklen Augen über dem dichten schwarzen Bart wirkten müde.

»Ich bin Richard Sharifi, Miranda Sharifis Vater. Der Zutritt zu La Solana ist verboten. Wenn Sie eine Botschaft für Miranda Sharifi hinterlassen möchten, geben Sie dem Aufzeichnungsgerät den Startbefehl. Sämtliche Botschaften für Miranda werden täglich nach Selene gestrahlt. Kein Gegenstand, den Sie außerhalb dieser Wand zurücklassen, wird je abgeholt oder untersucht werden. Vielen Dank.« Das Bild verschwand.

Das war es. Theresa verschränkte die Finger ihrer Hände. »Aufzeichnung-Start.«

»Aufzeichnung startet.«

»Mein Name ist Theresa Aranow. Sie kennen mich nicht. Ich bin ... niemand. Aber so viele Babies müssen sterben, weil sie nicht *umgestellt* sind ...«

Sie brach ab; Richard und Miranda Sharifi wußten das bereits. Was konnte sie sagen, um das Interesse der beiden zu wecken, um sie zu überzeugen ... wovon? Daß die Menschen Hilfe brauchten? Wer war sie denn, um anzunehmen, ausgerechnet sie könnte irgend jemandem Hilfe bringen? An manchen Tagen schaffte sie es kaum, morgens aus dem Bett zu kommen!

Aber nicht heute. Sie versuchte es noch einmal.

»Ich bin niemand. Ich bin nicht einmal *umgestellt*. Ich wollte ... Ich mußte das behalten, was ich bin, weil ich für eine Macherin nicht normal bin, und wenn ich das verliere, dann verliere ich Theresa. Ich verliere ... das, was ich sein soll, um das zu finden ... wonach ich suche.«

Etwas ging in ihr vor. Das Gefühl von Kompetenz, das sie überkommen hatte, als sie Cazie gewesen war, kehrte zurück, aber nicht deshalb, weil sie wieder jemand anderer wurde. Sondern weil sie die zutiefst echte, felsenfest reale Theresa war. Die Worte sprudelten genauso mühelos wie damals, als sie im Kloster der Schwestern des barmherzigen Himmels mit Schwester Anne gesprochen hatte.

»Ich könnte mich *umstellen* lassen, und vielleicht würde es keinen Unterschied machen. Ich weiß, daß ich so, wie ich bin, recht teuer komme. Ich muß richtiges Essen haben. Ein Heim, das frei von Krankheitskeimen ist. Sauberes Wasser. All diese Dinge kosten Geld, und wenn ich nicht so viel Geld hätte, und wenn mein Bruder nicht Arzt wäre, dann wäre es unrecht von mir, mich nicht *umstellen* zu lassen, weil ich eine solche Last für meine Umgebung wäre. Aber ich *habe* Geld, und ich *habe* Jackson, und so wäre es unrecht von mir, alles so einzurichten, daß mir nichts weh tut. Ich muß leiden. Alle Menschen müssen in irgendeiner Form leiden, sonst werden sie … nachlässig. Nein, das ist nicht das richtige Wort. Miranda …«

Sie sprach direkt zu Miranda, die nicht einmal auf der Erde war, aber das machte nichts. Theresa redete weiter.

»Miranda, ich weiß nicht das richtige Wort dafür, wie Menschen werden, wenn sie kein Gefühl mehr haben für Leid und Alleinsein. Aber irgend etwas geschieht mit ihnen. Wenn sie immerzu diese Neuropharms nehmen, dann können sie sich nicht mehr *selbst* spüren, und sehr bald können sie andere Menschen auch nicht mehr spüren. Sie werden so wie Cazies Freunde und vielleicht so wie Cazie selbst … Ich weiß nicht. Im Innersten ist Cazie gut. Aber sie verbrauchte so viele Inhalatoren, um ihr Leid zuzudecken, daß sie sehr bald Jacksons Leid nicht mehr sehen konnte und sehr bald danach konnte sie Jackson auch nicht mehr sehen. Er ist einfach ein Möbelstück in ihrem Leben, ein Rob mehr.

Die Menschen *müssen* leiden! Sie *müssen* es auf sich nehmen, daß sie das Leid spüren. Sie *müssen* sich dazu zwingen, es zu erdulden und dürfen es nicht mit EndorKiss oder Neuropharms oder Sex oder Geldverdienen zupflastern ... Nur so können wir merken, daß wir etwas anders machen müssen! Daß wir genauer hinsehen sollten, in uns selbst hinein und in alle anderen auch ... Man kann nicht einfach um das Leid *herumgehen*, man muß durch es *hindurchgehen*, um auf die andere Seite zu gelangen, dorthin, wo unsere Seele ist ... ach, ich weiß nicht! Ich bin einfach nicht klug genug! Mit meinen embryonischen GenMods ist irgend etwas schief gelaufen, und so bin ich nicht klug wie Jackson oder Cazie ... aber ich weiß, daß Sie uns mehr *Umstellungs*-Spritzen geben müssen, damit die Babies lange genug leben, um ihr eigenes Leid zu erleben und daraus zu lernen! Vielleicht hätten Sie uns die Spritzen überhaupt nicht geben sollen. Aber Sie haben es getan, und jetzt können die Nutzer ohne sie nicht mehr überleben, weil wir Macher, die über alle Ressourcen verfügen, diese armen Leute fallengelassen haben. Also müssen Sie uns neue *Umstellungs*-Spritzen geben, damit diese Kinder lang genug leben, um das zu suchen, was wirklich von Bedeutung ist!

Aber noch etwas stimmt nicht. In New York – im Staat New York, nicht in der Stadt – gibt es ein Lager von Nutzern, die eine neue Art von *Umstellungs*-Spritzen haben. Rote. Die wirken so, daß sie durch Pheromone oder irgendwas anderes zu Dreiergruppen verbunden werden. Und wenn sich die drei weiter als eine bestimmte zulässige Distanz voneinander entfernen, dann sterben sie. Sie sterben wirklich! Die Spritzen kamen mit einer Holopatrone, in der Sie auftreten und erklären, daß diese Spritzen ein neues Geschenk von Miranda Sharifi seien. Die Nutzer glauben das. Bloß stimmt es nicht. Das Holo ist eine Fälschung, und die neuen Spritzen machen es den Leuten noch schwerer, ihr eigenes individuelles Leid zu spüren und einander zu erkennen. Die drei Personen werden durch diese Bindung zu einem einzigen Klecks, das sind keine Einzelpersonen mehr; sie haben zwar den Trost, sich nie mehr allein zu fühlen, aber wenn sie sich nicht mehr allein fühlen können, wie sollen sie je ihr eigenes Leid spüren und hindurchgehen …«

»Was für neue Spritzen?« fragte Richard Sharifi.

Theresa blinzelte. Das Bild auf der schimmernden blauen Wand war keine Aufzeichnung! Richard Sharifis traurige dunkle Augen starrten Theresa an und warteten auf eine Antwort.

»Die … die neuen Spritzen, die jemand in dem … dem Lager in den Bergen von New York zurückgelassen hat, auf … auf …« Sie erinnerte sich nicht an die Koordinaten. »Rote Spritzen, und da war ein Holo von Miranda, bloß war das nicht Miranda …«

Richard Sharifi runzelte die Stirn, drehte sich um und sagte: »Nein …« Sein riesiges Bild schrumpfte abrupt, bis Theresa auf einen Schirm blickte, der nur mehr etwa handtellergroß war. Auf dem Schirm machte Richard Sharifi einer Frau Platz, deren wildes schwarzes Haar von einem roten Band gebändigt wurde.

»Theresa. Hier spricht Miranda Sharifi.«

Theresa schnappte nach Luft. »Sind Sie … Sprechen Sie von Selene aus?«

»Bitte erzählen Sie mir alles, was Sie über diese neue Spritze und die Holopatrone wissen, die Sie bei dem Nutzer-Stamm gesehen haben. Erzählen Sie von Anfang an, sprechen Sie langsam und lassen Sie nichts aus. Es ist sehr wichtig.«

Ein zweiter handtellergroßer Bildschirm erschien – wieder Richard Sharifi, diesmal mit äußerst finsterem Gesicht. Er sagte: »Ich setze Sie davon in Kenntnis, daß wir Sie, Ihr Flugzeug und die ganze Umgebung nach Aufzeichnungsgeräten abgetastet haben. Ihre Pilotin sieht nicht her, doch wäre in jedem Fall dieser Schirm auch für die stärkste Zoomlinse zu klein, um auf diese Entfernung etwas darauf zu erkennen. Sollten Sie je erwähnen, daß dieses Gespräch stattgefunden hat, dann sind die Chancen, daß man Ihnen Glauben schenkt, äußerst gering. Ihre Krankengeschichte weist darauf hin…«

»Unnötig, Papa«, sagte Miranda, und nun machte sie auch ein finsteres Gesicht. Das winzige Bild von Richard Sharifi verschwand.

»Sie sind ja gar nicht auf Selene, nicht wahr?« platzte Theresa hervor. »Sie sind *hier*…«

»Erzählen Sie mir alles über die neuen Spritzen, Theresa. Fangen Sie damit an, wie Sie überhaupt in dieses Nutzer-Lager kamen. Nein, keine Panik! Ich kann Ihnen keine Hilfe hinausschicken. Atmen Sie tief und ruhig und sehen Sie diesen Bildschirm an, Theresa, *sehen Sie den Schirm an…!*«

Sie gehorchte und rang nach Luft, während Wogen panischer Schwärze über sie hinwegrollten. Rund um Miranda bemerkte sie ein schwaches Schimmern von Formen und Farben – was war das? Sie fühlte sich plötzlich ein wenig ruhiger… Unterschwellige Befehle?

Theresa atmete tief ein. »Das… das ist wie in einer Drew-Arlen-Vorstellung!«

Ein schmerzlicher Ausdruck, kompliziert und in die Tiefe gehend, huschte über Mirandas Gesicht. »Erzählen Sie mir von den neuen Spritzen.«

Theresa fing an, und je länger sie sprach, desto ruhiger wurde sie. Miranda hörte zu ohne einen einzigen Wimpernschlag. Ihre Augen waren so dunkel wie die ihres Vaters. Dunkler als Cazies Augen… Aber Theresa gab ja nicht vor, Cazie zu sein. Sie gab nicht einmal vor, Leisha Camden zu sein. Sie war Theresa Aranow.

»Miranda… schalten Sie die unterschwelligen Befehle aus, ich kann… ich kann das auch so. Glaube ich.«

Zum ersten und letzten Mal sah Theresa Miranda Sharifi lächeln.

Zum Abschluß fragte Theresa: »Aber wenn nicht Sie die neuen Spritzen gemacht haben, wer war es dann? Jackson sagt, wir Macher haben keine Biotech, die Voraussetzung wäre, um so etwas Hochgezüchtetes ...«

»Hören Sie zu, Theresa, ich möchte, daß Sie das folgende tun: Ich möchte, daß Sie nach Hause zurückkehren und niemandem von den neuen Spritzen berichten oder von Ihrem Besuch hier, nicht einmal Jackson. Und – das ist sehr wichtig! – sprechen Sie auch nichts davon in ein Terminal. Auch nicht, wenn Sie überzeugt davon sind, es wäre nicht vernetzt!«

Theresa streckte die Hand aus, hielt jedoch kurz vor dem winzigen Bild auf der blauen Wand inne. Ihre Finger blieben in der Luft hängen. Heißer Wind fuhr durch die verwitterten Opfergaben zu ihren Füßen. »Miranda, warum ... haben Sie aufgehört, die *Umstellungs*-Spritzen zu schicken?«

»Wir haben einen Fehler gemacht. Wir hatten nicht vor ... unser Ziel war es, die Nutzer von der Vorherrschaft der Macher zu befreien. Sie autotrop zu machen. Wir ahnten nicht, daß sie – ihr alle – so rasch in eine ... infantile Abhängigkeit geraten würdet. Und nun weiß niemand von uns, wie unser nächster Schritt aussehen soll, weil wir keinerlei Berechnungsmöglichkeit haben, um die Folgen mit einem gewissen Grad an Genauigkeit vorauszusagen. Wir geben uns alle solche Mühe ...« Das Bild erzitterte. Miranda hob die Hände und ließ sie hilflos wieder fallen. »Ein enormer Fehler. Wenn ich die Berichte von den sterbenden Babies sehe, von *nicht umgestellten* Kindern, die leiden, wenn all diese flehentlichen Bitten von Selene hierher zurückgestrahlt werden ... Wir dachten, wir könnten alles für euch in die Hand nehmen. Sozusagen als eure ›Götter‹. Wir nahmen an ... wir haben vergessen ...«

»Ihr habt vergessen, lange genug in euch selbst hineinzusehen«, beendete Theresa den Satz.

»Ja«, flüsterte Miranda. »Genau das. Und wir haben ein Chaos geschaffen.«

»Aber ihr wolltet doch nur …«

»Und nun sind wir alle hier und versuchen verzweifelt, einen Weg aus diesem Chaos zu finden, eine wissenschaftliche Lösung dafür, daß ihr selbst, ohne uns, die richtige Substanz herstellen könnt… jedoch eine Lösung, bei der es euch nicht gelingt, sie zu pervertieren. Aber, Theresa, wir denken nicht wie ihr, wir reagieren nicht wie ihr, wir fühlen nicht wie ihr.«

Es war eine Klage. Theresa sah, daß Miranda – *Miranda Sharifi!* – so tiefe Qualen litt, daß es kaum vorstellbar war. Theresa hielt den Atem an. Die beiden Frauen starrten einander an, und dabei begab sich etwas zwischen ihnen beiden, das sie, so schien es Theresa, noch nie mit jemandem durchlebt hatte, nicht einmal mit Jackson.

»O doch«, sagte sie leise, »Sie fühlen genauso wie ich.«

Miranda lächelte nicht. »Vielleicht. Gehen Sie jetzt, Theresa. Wir werden uns um die neuen Spritzen kümmern, die noch mehr Freiheit zerstören, als wir bereits zerstört haben.«

Die blau schimmernde Wand schloß sich über Mirandas Bild.

Benommen kehrte Theresa zum Flugzeug zurück. Während des Wartens hatte die Pilotin die Nachrichten verfolgt und nun schaltete sie den Schirm aus, als Theresa wieder ins Flugzeug kletterte. La Solana war schon außer Sicht, als Theresa schließlich sagte: »Wissen Sie, wie lange es dauert, zum Mond und wieder zurück zu senden? Auf schnellstem Weg?«

Die Pilotin sah sie seltsam an. »Sie meinen, wenn Sie

mit Luna-City sprechen, und man antwortet Ihnen dort umgehend?«

»Ja. Gibt es da nicht … eine … eine Verzögerung, wenn man miteinander spricht? Ein paar Sekunden zumindest?«

»Ja, sicher.«

»Danke.« Das galt natürlich für die normale menschliche Technik. Jackson sagte aber immer, daß die SuperS über allerlei technische Tricks verfügten, die den normalen Menschen vorenthalten waren. *Wir denken nicht wie ihr, wir reagieren nicht wie ihr …*

»O mein Gott!« rief Pilotin Olivetti.

»Was? Was ist denn?«

Das Flugzeug beschleunigte so rasant, daß es plötzlich einen Satz nach vorn machte und Theresa in die Rückenlehne des Sitzes gepreßt wurde. Und dann war der Himmel mit blendendem Licht erfüllt, und die Pilotin schrie auf.

Das Licht verblaßte langsam, und kurz darauf erzitterte das Flugzeug so heftig, als würde es auseinanderbrechen. Ohrenbetäubendes Dröhnen folgte. Das Flugzeug stabilisierte sich und setzte seinen Weg fort.

Die blendende Lichterscheinung hatte hinter ihnen stattgefunden; aber die Sonne stand im Südosten, vor ihnen … Wie konnte ein so helles Licht an einer Stelle aufleuchten, wo keine Sonne war? Theresa drehte sich um und sah aus dem Rückfenster; eine pilzförmige Wolke hob sich über den Horizont.

»Wir haben zweikommavierzig Gray abgekriegt«, japste Pilotin Olivetti und starrte ihre Bildschirme an. »Miss Aranow, machen Sie sich darauf gefaßt, daß Ihnen ziemlich übel werden wird.«

»Aber … was ist denn passiert?«

»Sie haben La Solana eliminiert. Mit einer Atomwaffe. Ein paar Minuten früher, und wir wären jetzt tot.«

»Aber … *warum*?«

»Wie soll ich das wissen? Meine Güte, wenn jetzt Selene Vergeltungsmaßnahmen ergreift …« Sie schaltete die Nachrichten ein.

Theresa legte den Kopf in die Hände. Selene konnte keine Vergeltungsmaßnahmen ergreifen. Niemand war dort oben! Miranda Sharifi und alle ihre SuperSchlaflosen waren in La Solana gewesen – *nun sind wir alle hier und versuchen verzweifelt, einen Weg zu finden* –, und jetzt waren sie tot. Sie würden nie mehr sterbenden Kindern *Umstellungs*-Spritzen geben oder einen Ausweg für die Abhängigkeit der Menschen von den Spritzen finden oder das neutralisieren, was Jomp und die anderen Dreiergruppen ängstlich und noch abhängiger machte. Jemand hatte La Solana bombardiert, um Richard Sharifi zu töten oder um Mirandas altes Zuhause zu zerstören oder um die öffentliche Aufmerksamkeit auf irgendein eigenes Anliegen zu lenken. Die SuperSchlaflosen waren alle tot.

Und Theresa war der einzige Mensch auf der Welt, der das wußte.

SENDEDATUM: 4. April 2121
GEHT AN: Mondbasis Selene
VIA: Bodenstation Enklave Lubbock, Satellit S-65 (Israel)
NACHRICHT - ART: nicht verschlüsselt
NACHRICHT - KLASSE: Klasse D, allgemein zugänglich laut Kongreßverordnung 4892-18 vom Mai 2118
AUSGEHEND VON: ›Carter-Stamm‹, Texas
NACHRICHT LAUTET:

An Miranda Sharifi:

250 Jahre lang hatte die Carter-Familie, wir nämlich, Vieh in West Texas gezüchtet. Wir halten zusammen, obwohl jetz' nichts mehr is' mit Viehzüchten. Aber wir bleiben trotzdem zusammen. Bin Molly Carter, ich. Habe sechs Kinder, siebzehn Enkel und zwanzig Urenkel. Nich' gezählt die, wo grade auf'm Weg sind. Aber wir haben keine *Umstellungs*-Nadeln nich' für die neuen Kleinen. Schicken uns doch bitte schön noch 'nen Schwung.

Mein Sohn Ray jr., der bringt diese Patrone zu 'ner Sendeanlage in Lubbock, damit die sie zu Ihnen in den Weltraum hochschicken.

BESTÄTIGUNG: keine

15

Nichts, dachte Jackson, ist je so, wie man es erwartet.

Als er mit Shockey, Lizzie, Dirk und Vicki zu Kelvin-Castner-Pharmazeutik geflogen war, hatte er eine schwere Nervenprobe erwartet. Er hatte Panik über Panik von den Nutzern erwartet, weil sie sich nun in einer Umgebung befanden, die schon *vor* dem Einatmen des unbekannten Neuropharms, das sie so ängstlich allem Neuen gegenüber machte, fremd und beunruhigend auf sie gewirkt hätte. Er hatte sich körperliche Ringkämpfe mit Shockey ausgemalt, um Gewebeproben von ihm nehmen zu können, und hysterischen Protest von Lizzie, wenn die Reihe an Dirk kam; dabei hatte er auf Vickis Hilfe bei diesen Kämpfen gezählt. Und dann, so hatte er erwartet, würden er und Thurmond Rogers ein langes, intensives Gespräch über die Implikationen einer Substanz führen, gegen die der Zellreiniger machtlos war. Die Gewebeanalyse würde von höchster Dringlichkeit für Rogers sein, also sollte das Ergebnis rasch vorliegen.

Nichts davon war eingetroffen.

Statt dessen war sein Luftwagen auf dem Dach von Kelvin-Castner in der Enklave Boston-Hafen von zwei erstklassigen SicherheitsRobs in Empfang genommen worden. Die Robs hatten ohne viel Federlesens alle außer Jackson gepackt und ihnen Atemmasken vorgehalten, die sie augenblicklich außer Gefecht setzten. Sogar Vicki. Die Robs hatten sodann die vier Ohnmächtigen auf Gleiter geladen und sie, ohne auf Jacksons Proteste zu achten, mit dem Lift in ein Labor geschafft. Dort hatten weitere Robs Shockey, Lizzie und das Baby entkleidet und Proben genommen: Speichel, Zerebrospinalflüssigkeit, Blut, Harn, Fäces und Zellen sämtlicher Organe. Die Proben wurden mit Hilfe nanotechnisch hergestellter, nur wenige Atome dicker Nadeln gezogen, die den neuesten Stand der Biopsie repräsentierten. Als nächstes kamen die Scans – alles, von der Leitfähigkeit der Haut bis zu Aufnahmen des Gehirns unter dem Einfluß der unterschiedlichsten Stimuli. Kein einziges menschliches Wesen tauchte auf, und Jackson wurde klar, daß diese Prozedur reine Routine war.

Wie lange nahm man bei Kelvin-Castner schon Nutzern, die nicht protestieren konnten oder wollten, gewaltsam Forschungsproben ab?

Jackson jedenfalls protestierte. »Thurmond, ich möchte mit dir reden!« Aber alles, was Jackson bekam, war ein nichtssagendes, vorab aufgezeichnetes Holo: »Hallo, Jack! Tut mir leid, daß ich mich nicht persönlich um euch kümmern kann, aber ich bin mitten in einer Sache, die keine Unterbrechung erlaubt. Wenn du etwas zu essen oder zu trinken willst, während die Proben genommen werden, dann sag es einfach dem Raumsystem. Ich rufe dich an, sobald ich etwas zu berichten habe. Schönen Gruß an deine Schwester.«

»Thurmond, verdammt noch mal … Raumsystem an!«

»Raumsystem bereit«, sagte das Zimmer. Nadeln, die so dünn waren, daß man sie mit bloßem Auge nicht sah, senkten sich gleichzeitig in die nackten Bäuche von Shockey, Lizzie und Dirk. Vicki lag angezogen auf ihrem Gleiter in einer Ecke und atmete friedlich das ein, womit ihre Maske sie versorgte.

»Eine Vorrangverbindung mit Thurmond Rogers!«

»Leider beschränken sich die Möglichkeiten dieses Systems auf Aufzeichnungen sowie die Weiterleitung von Bestellungen für Speisen und Getränke.«

»Dann eine Verbindung mit dem Gebäudesystem!«

»Leider beschränken sich die Möglichkeiten dieses

Systems auf Aufzeichnungen sowie die Weiterleitung von Bestellungen für Speisen und Getränke.«

»Das hier ist ein medizinischer Notfall! Gib mir das Notfallsystem!«

»Leider beschränken sich die Möglichkeiten …«

»System aus!«

Er konnte eine ätzende Botschaft an Rogers eingeben. Er konnte Vicki die Atemmaske abnehmen und hoffen, daß sie das System überlisten würde. Aber Lizzie war die Hackerin, nicht Vicki, und Lizzie hatte im Moment eine dünne flexible Nadel in der Kehle, die Zellproben ihres Bronchialbaums entnahm. Also tat Jackson gar nichts, lief nur eine Stunde lang schäumend auf und ab und lehnte es sogar ab, sich – aus Wut oder dem Drang nach einer Art absurder Selbstbestrafung – auf den einzigen bequemen Stuhl des Raums zu setzen.

Als alle menschlichen Proben, die Kelvin-Castner haben wollte, entnommen waren, brachten die SicherheitsRobs Shockey, Lizzie, Vicki und das Baby zurück aufs Dach, luden sie in Jacksons Luftwagen, nahmen ihnen die Atemmasken ab und schwebten davon. Eine Minute später wachten alle auf.

»Also«, fragte Lizzie, »Worauf warten wir noch? Gehen wir nicht hinein?«, und Dirk hatte die Nase bereits in ihrem Hals vergraben und wimmerte ängstlich, weil die Welt aus mehr bestand als nur seiner Mutter.

Jackson flog zum Lager zurück, und die drei Nutzer verschwanden im Gebäude. Vicki sagte: »Ich bin gar nicht glücklich über diesen Verlauf, Jackson. Sie hätten mich aufwecken sollen. Ich hatte eine Menge eigener Fragen.«

»Sie hätten keine Antworten bekommen.«

»Egal.« Sie blickte ihn finster an. »Versprechen Sie mir, daß Sie nicht zu Kelvin-Castner fliegen oder mit

Rogers sprechen, ohne mich dabeizuhaben. Lizzies System kann eine Mehrfachverbindung herstellen.«

»Ich denke nicht …«

»Ich denke schon. Versprechen Sie es!«

Und Jackson hatte es – aus Müdigkeit, Resignation oder Rücksichtnahme oder sonst einem Grund – versprochen.

Seit damals war nichts geschehen. Vier Tage waren vergangen, und Thurmond Rogers hatte Jackson weder kontaktiert, noch seine Anrufe entgegengenommen. Theresa verbrachte ihre Zeit in ihrem Arbeitszimmer in der oberen Etage, von dem Jackson eigentlich nichts wußte, und erschien nicht einmal zu den Mahlzeiten; sie hinterließ nur regelmäßig Botschaften, daß alles in Ordnung sei. Jackson lief unruhig in der Wohnung auf und ab, konnte keinen Moment stillsitzen und vergaß zu essen, bis sein Körper rebellierte, und er im Nährraum einschlief, während seine Haut alle Nährstoffe absorbierte, die er benötigte.

Am vierten Tag, sehr früh am Morgen, rief Cazie an. Jackson rührte sich nicht. Er drehte sich in seinem abgedunkelten Schlafzimmer auf die andere Seite, so daß er mit dem Rücken zum Wandschirm zu liegen kam, und ließ die Aufzeichnung laufen.

»Jackson, komm dran! Ich weiß, daß du da bist!«

Plötzlich war Jackson zutiefst verärgert. Warum glaubte sie immer, alles über ihn zu wissen?

»Hör zu«, sagte Cazie, »wir müssen reden. Ich bekam gerade eine persönliche Botschaft von einem alten Freund, Alexander Castner von Kelvin-Castner-Pharmazeutik. Ich glaube, ich habe euch einmal vorgestellt, bei irgendeiner Party. Erinnerst du dich an ihn?«

Langsam drehte Jackson sich zurück und starrte auf den Schirm. In der linken unteren Ecke, direkt unter Cazies Gesicht, leuchtete das Verschlüsselungssignal. Sie sendete in einem extrem gut geschützten Code.

»Alex ist dabei, sich sehr diskret mit potentiellen finanzkräftigen Investoren in Verbindung zu setzen, denn Kelvin-Castner ist auf eine wirklich heiße Sache gestoßen. Etwas, das sie sehr, sehr rasch vermarkten wollen ... Alex denkt, seine Firma kann als erste ein völlig neuartiges pharmazeutisches System in ein patentierbares Stadium bringen, und zwar, hör zu: *ein System, das den Zellreiniger umgehen kann, um permanente pharmakodynamische Prozesse hervorzurufen!* Allein auf dem Lustdrogenmarkt sind die Anwendungsmöglichkeiten phantastisch! Man könnte damit auf Inhalatoren völlig verzichten!

Aber Alex weiß nicht, ob noch jemand an dieser Sache arbeitet und wenn ja, wie dicht er vor einer Patentanmeldung steht. Also muß Alex so rasch wie möglich handeln. Er braucht Kapital, hochqualifizierte Fachkräfte und Computerzeit. Jack, TenTech sollte da einsteigen, umgehend und massiv. Das ist eine Gelegenheit, die uns mit einem Schlag in die ›Internationalen Fünfzig‹ katapultieren könnte! Ich habe vorsorglich ein wenig Zahlenmaterial für dich zusammengestellt – natürlich auch für Theresa. Aber wir müssen uns rasch entscheiden, am besten heute noch – verdammt, Jackson, antworte doch!«

Jackson kletterte langsam aus dem Bett. In der Dunkelheit schlüpfte er in die Kleider vom Vortag.

»Also gut«, sagte Cazie. »Vielleicht bist du wirklich nicht da. Aber wo bist du? Ich habe sogar schon dieses lächerliche Weib in deinem Lieblings-Nutzer-Lager angerufen, diese Vicki-Irgendwas. Sie sagte, du wärst nicht da. Wenn du die Nacht mit irgend jemandem verbringst und deine Botschaften abrufst, dann setz dich über eine abgeschirmte Leitung mit mir in Verbindung. Ich bin in meinem Büro bei TenTech. Auch wenn du dich nicht meldest ...«

»... ich krieg dich schon!« vollendete Jackson.

»… ich krieg dich schon, Liebling! Dieses Ding ist einfach zu groß, um daran vorbeizugehen.«

Jackson verließ das Apartment. Im Osten fing die Sonne gerade an, den Himmel rosarot zu färben. Die wirkliche, echte Sonne, denn im Moment war die Kuppel von Manhattan-Ost glasklar. Jackson durchschritt den Dachgarten mit seinen Trompetenlilien und Purpurwinden, die sich theatralisch zu entfalten begannen, und ging zu seinem Wagen. Er konnte sich nicht entsinnen, je in seinem Leben so wütend gewesen zu sein.

Vicki wartete bereits vor dem Stammesgebäude auf ihn, eine einsame Gestalt in der perlenden Aprilkälte.

»Die reizende Cazie hat ja schon angerufen«, erklärte sie, als sie zu ihm in den Wagen stieg, »also war mir klar, daß irgend etwas vor sich geht. Und ich wußte, Sie würden Ihr Versprechen halten, mich zu Kelvin-Castner mitzunehmen.«

»Wieso haben Sie das gewußt?« fragte Jackson mit grimmiger Miene.

»Weil ich auch wußte, daß Sie tief in Ihrem Innersten dazu fähig sind, so dreinzuschauen, wie Sie jetzt dreinschauen. Wollen Sie mir verraten, was vorgeht?«

»Kelvin-Castner versucht, aus dem, was man dort aus Shockeys und Dirks Gehirnscans und Gewebeproben erfahren hat, ein patentierbares Verabreichungssystem für Drogen zu entwickeln. Man hat weniger Interesse an einem Gegenmittel für die Inhibitionsängste als an der kommerziellen Verwertbarkeit einer Möglichkeit, den Zellreiniger zu umgehen – in erster Linie für den Lustdrogenmarkt. Kelvin-Castner hat TenTech eingeladen, sich mit einer größeren Investition zu beteiligen.«

»Donnerwetter!« rief Vicki, fast Bewunderung in der Stimme. »Ihre Ex nimmt die Fährte aber flott auf! Findet sich ein Bluthund unter ihren Altvorderen?«

»Sollten wir Lizzie mitnehmen? Was denken Sie?« fragte Jackson, ohne auf Vickis Bemerkung einzugehen. »Wenn sie uns den Zutritt verweigern, kann ich nicht in ihr Sicherheitssystem eindringen, und Sie können es auch nicht.«

»Und Lizzie kann es auch nicht, in der halben Sekunde, bevor die SicherheitsRobs sie zu fassen kriegen. Seien Sie realistisch, Jackson, sie ist keine SuperSchlaflose.«

Jackson startete den Wagen. Vicki sagte: »Wollen Sie nicht einmal wissen, was ich Cazie sagte, als sie anrief?«

»Nein.«

»Ich sagte ihr, soweit ich wüßte, würden Sie in diesem Moment Jennifer Sharifi vögeln, weil sie jetzt doch wieder aus dem Knast ist und immer schon vom selben Schlag war wie Cazie.«

Unwillkürlich mußte Jackson grinsen.

Niemand hinderte den Luftwagen daran, auf dem Dach von Kelvin-Castner zu landen. Zu Jacksons Überraschung hinderte auch keiner ihn und Vicki daran, mit dem Lift in die Empfangshalle im obersten Stockwerk zu fahren. Die Halle bestand praktisch aus endlosen prunkvollen Variationen eines Doppelhelix-Motives – genau einen Zentimeter über der Grenze ins Vulgäre. Jackson dachte an Ellie Lester.

Einen Meter vor ihm flimmerte das Holo einer Empfangsdame auf, einer Blondine mittleren Alters mit kaffeebrauner Haut – attraktiv, aber so seriös aussehend, daß sie kompetent wirkte. »Willkommen bei Kelvin-Castner. Was kann ich für Sie tun?«

»Jackson Aranow für Thurmond Rogers«, sagte Jackson.

»Leider ist Doktor Rogers heute nicht im Haus. Möchten Sie eine Botschaft aufzeichnen?«

»Dann möchte ich Alexander Castner sprechen.«
»Haben Sie einen Termin?«
»Nein.«
»Ich fürchte, Mister Castners Terminkalender läßt ihm keine Zeit für außerplanmäßige Besprechungen. Möchten Sie eine Botschaft aufzeichnen?«
Jackson sagte zu Vicki: »Wir hätten Lizzie doch mitbringen sollen.«
»Würde nichts helfen. In dem Moment, in dem sie sich irgendwo Zugriff verschaffen will, vernebelt uns das Sicherheitssystem. Ich meine – es ist doch eine Neuropharm-Firma, oder?«
Natürlich. Jackson dachte nicht mehr klar. Das machte die Wut. Er mußte sich zusammennehmen.
Freundlich sagte Vicki zu dem Empfangsdamen-Holo: »Ich möchte gern eine Botschaft für Mister Castner aufzeichnen. Oder vielleicht möchte er das hier gleich mithören. Bitte sagen Sie Mister Castner also, daß Doktor Jackson Aranow von TenTech, Cazie Sanders' Firma, hier ist. Also: ›Aranow‹, ›TenTech‹, ›Sanders‹ – ich bin sicher, einer dieser Namen scheint seit gestern an prominenter Stelle im Verzeichnis Ihres Suchprogrammes auf. Informieren sie Mister Castner des weiteren, daß Doktor Aranow einen Rechtsanwalt beauftragt hat, die Herausgabe der Gewebeproben, die ohne das Beisein eines Rechtsbeistandes von Shockey Toor und Dirk Francy genommen wurden, und die Eigentümerschaft an allen daraus resultierenden Patentrechten einzuklagen. Der Rechtsanwalt verfügt in dieser Sache bereits über beeidete Zeugenaussagen und er ist über unseren gegenwärtigen Besuch voll informiert. Ein bundesrichterlicher Befehl gegen K-C, die Arbeiten an diesem Projekt augenblicklich einzustellen, ist zu erwarten, ebenso wie die ungeteilte Aufmerksamkeit der gesamten Branche, was für Mister Castner möglicherweise etwas verfrüht kommen könnte. Außerdem

setzen Sie Mister Castner davon in Kenntnis, daß Doktor Aranow und seine Schwester über die Mehrheit von TenTech verfügen, und daß ohne ihrer beider Zustimmung keinerlei finanzielles Engagement denkbar ist. Habe ich damit Ihr Suchprogramm in Gang gesetzt?«

Das Holo bedachte Vicki mit einem strahlenden Lächeln. »Jawohl, mein Suchprogramm läuft und sendet. Darf ich Ihnen Kaffee anbieten?«

»Nein, vielen Dank. Wir warten nur auf Mister Castners Antwort. Oder die von Doktor Rogers.«

»Leider ist Doktor Rogers heute nicht im Haus«, sagte die Empfangsdame. Sie strahlte immer noch.

»Selbstverständlich ist er das«, widersprach Vicki. Sie ließ sich auf ein Sofa sinken, dessen Paisleymuster aus Doppelhelices gewunden war, und tätschelte den Sitz neben sich. »Kommen Sie, setzen Sie sich hin, Jackson. Wir müssen ihnen ein Weilchen zugestehen, damit sie rasch einen Kriegsrat abhalten und herausfinden können, wer Scheiße gebaut hat, indem er Cazie kontaktierte, als Rogers gerade dabei war, Sie so herrlich aufs Kreuz zu legen.«

»Wir werden wahrscheinlich abgehört«, warnte Jackson.

»Das hoffe ich doch sehr.«

Er setzte sich neben sie und sagte mit leiser Stimme: »Wo haben Sie das gelernt?«

Vicki sah plötzlich mißmutig drein. »Das wird Sie sicher nicht interessieren.«

»O doch.«

»Ein andermal. Sieh an, welch eine prompte Antwort! Fünf Punkte für leistungsorientierte Arbeitsweise.«

Ein Wandschirm wurde hell, und Thurmond Rogers' krampfhaft lächelndes Gesicht erschien. »Jackson! Wie geht's denn so? Ich kam gerade rein, als das Haussystem mir sagte, du wärst hier, und es hätte irgendein Mißverständnis gegeben, so daß du denken könntest, man würde nicht mit dir reden wollen. Tut mir leid.«

»Ach ja, immer diese ungeschickten Computer…«, bemerkte Vicki.

»Ich wollte dich heute vormittag ohnehin anrufen«, fuhr Rogers fort. Ein fleischiger Wulst über dem Kragen seines Labormantels wanderte auf und ab. »Wir haben jetzt einen ersten Vorbericht über die Veränderungen in den Gehirnen deiner Objekte.«

»Dann komm raus und gib ihn mir«, sagte Jackson. »Persönlich. Ich beiße nicht, Thurmond.«

Das Gesicht an der Wand lachte gezwungen. »Natürlich nicht. Aber ich habe mir das Kreuz verrissen, als ich aus dem Wagen stieg, und ich würde mich lieber nicht viel bewegen, ehe der Zellreiniger das wieder in Ordnung bringt.«

»Dann kommen wir eben zu dir«, sagte Jackson gleichmütig.

»Laß mich zuerst einmal erklären, welche Tests wir bisher durchführten und wie die Resultate aussehen. Wir fanden zunächst heraus… Ist das wirklich notwendig?«

Aus der Tasche ihres Overalls hatte Vicki ein Aufnahmegerät hervorgeholt und richtete es auf das Bild von Thurmond Rogers. Sie sagte: »Durchaus. Für das Protokoll: Doktor Rogers befindet sich in einem versiegelten Raum in den Hochsicherheitslabors von Kelvin-Castner, weil er etwas wahrhaft Alarmierendes über dieses neuartige Neuropharm herausgefunden hat und nicht das geringste Risiko eingehen möchte, daß es ihm möglicherweise in sein eigenes überaus kostbares und hochgebildetes Hirn steigt. Habe ich recht, Doktor Rogers?«

Mit tiefem Abscheu blickte Rogers sie an. »Wie ich soeben ausführen wollte, haben wir die medizinischen

Scans und Gewebeproben der Versuchsobjekte umfassenden Tests unterzogen. Die erhaltenen Resultate sind zwar vorläufig, jedoch ganz außergewöhnlich, Jackson. Die Objekte haben offenbar ein GenMod-Molekül eingeatmet, vermutlich über ein gentechnisch verändertes Virus. Das Molekül selbst ist für eine Analyse nicht verfügbar, weil es sich irgendwann, nachdem es das Gehirn erreicht hatte, aufgelöst hat. Doch wir waren in der Lage, den Weg nachzuvollziehen, den es genommen hat, und von den pharmakodynamischen Wirkungen ausgehend teilweise Rückschlüsse auf seine annähernde Zusammensetzung zu ziehen.«

Rogers holte tief Atem, was ihn etwas zu beruhigen schien, obwohl der Fleischwulst über seinem Kragen immer noch auf und ab wanderte. Jackson fragte sich, was er wohl in die Luft seines Büros gemischt hatte. »Das Molekül, von dem wir hier sprechen, war offenbar dazu ausersehen, sowohl als Agonist als auch als Antagonist verschiedene Neuralpunkte anzugreifen, mit dem Ziel …«

»Und in einfacher, dem durchschnittlich gebildeten Anwalt verständlicher Sprache hieße das?« unterbrach ihn Vicki.

»Jackson, ist das *notwendig*?«

»Offensichtlich«, sagte Jackson.

Mit steinerner Miene starrte Rogers Vicki an. »Ein ›Agonist‹ aktiviert bestimmte Nervenrezeptoren und bringt sie dazu, ihre Biochemie zu verändern. Ein ›Antagonist‹ blockiert andere Untertypen von Rezeptoren.«

»Vielen Dank«, sagte Vicki zuckersüß. Jackson hatte plötzlich den Eindruck, das alles wäre ihr wohlbekannt, und sie ließ Rogers nur zu ihrem eigenen Vergnügen durch Reifen springen.

»Das Molekül scheint eine hohe Bindungsaffinität für einen oder mehrere Rezeptoren im Amygdaloidkomplex zu haben. Scans zeigen dort sowie in anderen Gebieten des limbischen Systems und in der rechten Schläfengegend der Gehirnrinde eine jüngst stattgefundene hohe Durchblutungsaktivität. Offenbar löste das Molekül einen sehr komplexen Kaskadeneffekt aus, bei dem die Ausschüttung gewisser biogener Aminosäuren die Ausschüttung anderer chemischer Stoffe auslöste und so weiter. Wir haben bereits Veränderungen in der räumlichen Struktur zwölf verschiedener Peptide identifiziert, und das ist vermutlich erst der Anfang. Es sind auch Abweichungen in der zeitlichen Koordinierung synchroner Nervenreize feststellbar.«

»Weist die Summe all dessen auf permanente Veränderungen in den NMDA-Rezeptoren hin?« fragte Jackson.

»Ich fürchte, ja. Die Veränderungen scheinen eine Umstellung in der Erzeugung von Aminosäuren einzuleiten, einschließlich jener Aminosäuren, die nur unter pathologischen Bedingungen auftreten. Dazu kommen Änderungen bei den Neurotransmitterprozessen in den Synapsen, in der Zusammensetzung von Rezeptoren und sogar bei den Reaktionen im Zellinnern. Doch ganz besonders diese Erkenntnisse sind noch nicht als definitiv zu betrachten. Darüber hinaus kommt es zu einem signifikanten Absterben von Zellen in der Art, wie wir sie bei Traumata oder prolongierten Stress-Zuständen kennen. Das gesamte Nervennetz wurde neu verdrahtet.«

Ohne sich dessen gewahr zu werden, sprang Jackson auf und begann auf und ab zu laufen. »Welche Vergleichsdaten habt ihr in dieser Richtung erhalten?«

»Dazu komme ich gerade. Beide Objekte zeigten einen dauernd erhöhten Pulsschlag, selbst im Schlaf. Hohe Leitfähigkeit der Haut. Signifikante Stress-Symptome auf Zellniveau. Zerebrospinalflüssigkeit, Harn, Speichel, Blut – alle Resultate weisen auf einen Neurotransmitterzusammenbruch hin. Das Allgemeinbild zeigt eine niedrige limbisch-hypothalamische Erregungsschwelle, einen chronisch hohen Stress-Zustand und schwere Inhibitionen, die in den permanenten Veränderungen in den von den Amygdalae ausgehenden Pfaden wurzeln.«

»Allgemeinverständlich bitte«, sagte Vicki.

Es war Jackson, der ihr antwortete. »Das Neuropharm – worum immer es sich handelt – hat Shockey und Dirk die Biochemie von jemandem gegeben, der mit tiefgreifenden Inhibitionen geboren wurde: Angst gegenüber allem Neuen, Furcht vor einer Trennung von den vertrauten Personen und ein Widerstreben vor einer Veränderung von Routinevorgängen, weil das qualvolle Ängste hervorruft.«

Vicki sagte: »Sharons Baby ... die kleine Callie ...«

»Ja. Es ist ganz normal, daß Babies im Alter von sechs bis neun Monaten Angst vor unbekannten Personen und Neuem haben, aber dann verringert sich nach und nach die Furcht vor Fremden, sobald komplexere Gehirnfunktionen die primitiveren unterdrücken. Dies hingegen ... das ist eine Regression zu den Inhibitionen eines ganz besonders verängstigten Kleinkindes! *Für immer!* Und zwar ohne eine Veränderung der DNA oder die Einwirkung von körperfremden chemischen Substanzen, welche der Zellreiniger beide neutralisieren würde. Eine natürliche starke Angst vor allem Neuen und Unbekannten.«

Wie Theresa, dachte Jackson, sprach es aber nicht aus. Ein ganzes Lager voller Theresas. Ein ganzes Land voller Theresas! Waren noch weitere Stämme infiziert?

»Aber *wozu?*« fragte Vicki.

Rogers sah sie angewidert an. »Die Rolle des Nervensystems ist es, ein bestimmtes Verhalten hervorzurufen. Offenbar experimentiert jemand mit dieser Art von Verhalten.«

»Das ist keine Antwort.«

»Ich habe keine andere«, sagte Rogers. »Was erwarten Sie in vier Tagen? Jedes Neuron im Gehirn kann bis zu hunderttausend Kontakte zu anderen Neuronen halten. Dazu kommen Rezeptoren in Organen außerhalb des Gehirns; es gibt immense individuelle Variationen im neuronalen Aufbau und in der Reaktion auf Pharmaka, es gibt …«

»Schon gut, schon gut«, unterbrach ihn Vicki. »Die grundlegende Frage ist, was können Sie unternehmen? Können Sie ein Neuropharm herstellen, das diese Effekte umkehrt?«

»Jackson«, sagte Rodgers, »sag deiner Freundin, daß es bei weitem einfacher ist, einen lebenden Organismus zu schädigen als den Schaden wieder gutzumachen. Sag ihr …«

»… daß Sie keine Schwierigkeit hatten, einen raschen Weg zu finden, um aus dem sogenannten Schaden Kapital zu schlagen«, warf Vicki ein. »Man studiert, wie die neuronale Architektur auf Dauer so abgeändert werden kann, daß sie den Zellreiniger umgeht, und dann legt man den Mechanismus auf gewinnträchtige Lustdrogen um. Ist das nicht genau das, was Sie Cazie Sanders sagten, hmmmm? Also müssen Sie zumindest die Möglichkeit sehen, irgendwo ein Schlupfloch in dieser angeblich unabänderlichen Biochemie zu finden.«

Jackson sagte: »Sie hat recht, Thurmond, und du weißt es. Kelvin-Castner sollte nach Wegen suchen, diesen Vorgängen entgegenzuwirken.«

»Das werden wir natürlich«, sagte Rogers. »Aber die Enklaven verfügen über Abwehrsysteme gegen Raketen mit Biochemikalien. Und einzelstehende Gebäude kann man mit einem geschlossenen Luftkreislauf ausrüsten. Und mit Gasmasken. Wir wollen die Arbeit an einem entsprechenden Gegenmittel nicht überhasten. Zum Wohle der Allgemeinheit.«

Das verschlug Jackson den Atem. Was Rogers sagen wollte, war also, daß den Machern, wenn sie Vorsicht walten ließen, von dem neuen Neuropharm keine Gefahr drohte. Nur den Nutzern. Und Nutzer, die furchtsam waren, die Angst hatten vor allem Neuen und vor einer Trennung vom Gewohnten – solche Nutzer wären eine sehr viel geringere Gefahr als selbstbewußte. Sie würden nicht Enklaven attackieren auf ihrer Suche nach *Umstellungs*-Spritzen. Sie würden überhaupt keine Enklaven attackieren. Sie würden – aus den Augen und aus dem Sinn der Macher – einfach ihr furchtsames, ängstliches Leben in stiller Verzweiflung führen, bis die Anfälligkeit für Krankheiten der *nicht umgestellten* nächsten Generation die meisten von ihnen umbrachte.

»Sie Dreckschwein«, sagte Vicki leise.

Rogers verzog das Gesicht; Jackson nahm an, er hatte seine Wut mit sich durchgehen lassen und nun bereute er es. »Selbstverständlich«, sagte Rogers, »spreche ich nicht in irgendeiner offiziellen Eigenschaft für Kelvin-Castner. Dazu bin ich nicht autorisiert.«

In demselben weichen tödlichen Tonfall von vorhin sagte Vicki: »Und ich bin überzeugt davon, daß Kelvin-Castner …«

»Einen Moment!« sagte Jackson. *»Moment!«*

Sie sahen ihn beide an: eine reale Person und ein Hologramm. Jackson versuchte zu denken. »Die einzig relevante Frage hier ist: *wer? Wer* hat dieses Neuropharm hergestellt? Aus welchem Grund?«

»Das sollte wohl klar sein«, sagte Rogers. »Es verkörpert eine unendlich hochentwickelte Biochemie. Daher kämen als die wahrscheinlichsten Kandidaten wohl nur die SuperSchlaflosen in Frage. Miranda Sharifi hat bereits den menschlichen Körper neu angelegt; und jetzt hat sie es auf den menschlichen Geist abgesehen.«

»Und aus welchem Grund?«

»Wie sollen wir das wissen?« fragte Rogers ärgerlich. »Das sind Übermenschen!«

Jackson ignorierte das. »Warte mal. Du sagtest, diese Biochemie ist sehr hoch entwickelt. So hoch entwickelt, daß es die SuperS sein *müssen*? Oder bloß weiter entwickelt als alles, was die anerkannte Wissenschaft der Gegenwart zustande bringen kann, ohne daß sie deshalb unbedingt eine geistige Kapazität erfordert, die über jene normaler Menschen hinausgeht?«

Das Hologramm schwieg.

»Antworte mit Bedacht, Thurmond. Das ist von äußerster Wichtigkeit.«

»In Anbetracht all dessen, was uns über die Funktionsweise des Gehirns bereits bekannt ist«, sagte Rogers widerstrebend, »würde eine solche Entwicklungsarbeit nicht unbedingt über die geistige Kapazität normaler Menschen hinausgehen. Aber Voraussetzung wäre eine Kombination aus Genie, Glück und unerschöpflichen Geldquellen. Die einfachere Erklärung wäre Miranda Sharifi. Okhams Rasiermesser.«

»... ist nicht die einzige Möglichkeit, sich den Bart zu scheren«, sagte Vicki. »Also gut, Sie haben uns alles Grundlegende erklärt. Und nun hätten wir gern Ausdrucke Ihrer tatsächlichen Daten.«

»Die Daten sind geistiges Eigentum von Kelvin-Castner«, sagte Rogers.

»Wenn wir ...«

Jackson unterbrach sie: »Nein. Ist schon in Ordnung, Thurmond. Wir brauchen deine Daten nicht. Jedes Mitglied von Lizzies Stamm kann sie uns liefern. Oder – zu diesem Zeitpunkt – vielleicht auch schon Mitglieder anderer Stämme.«

Stämme aus lauter Theresas. Voll Angst vor dem Ungewohnten, voll Widerstreben, sich mit fremden Menschen abzugeben, nicht gewillt, irgend etwas anders zu machen als so, wie es seit dem Einatmen des Neuropharms gemacht wurde. Nicht gewillt, sich oder ihre Umgebung zu ändern. Wer würde wollen, daß ein solches Neuropharm existiert? Jede potente Macher-Gruppe – staatlich oder privat – mit einem begründeten Interesse an der Erhaltung des Status quo. Was beinahe auf jede potente Macher-Gruppe zutraf, die existierte. Lizzies Stamm war nur wegen ihres verrückten Versuches, eine Wahl zu gewinnen, der erste gewesen. Aber er würde nicht der letzte sein.

Thurmond Rogers' Holo sah Jackson durchdringend an. »Du hast natürlich ganz recht, Jackson. Jeder kann unsere Daten reproduzieren. Und eben deswegen müssen wir so rasch wie möglich vorankommen, um ein Molekül zur Patentierung zu bringen. Cazie trifft sich mit Alex Castner um 8 Uhr 30, zusammen mit ein paar anderen potentiellen Finanziers. Ich könnte dir eine Suite zur Verfügung stellen, wo du dich ein wenig frischmachen kannst und einen Anzug in deiner …«

»Ja, danke«, sagte Jackson. Vicki neben ihm verstummte. Er nahm ihre Hand. »Etwas für … meine Freundin auch. Obwohl sie in der Suite bleiben und auf mich warten wird.«

»Selbstverständlich«, sagte Rogers. Er wirkte mit einemmal viel glücklicher. Er hatte Vicki eingeordnet. Jackson konnte Rogers beinahe denken hören: *Zwar nicht mein Geschmack, doch recht hübsch auf den zweiten Blick … Jackson hatte ja immer schon was übrig für diesen herben Frauentyp, er hat ja auch Cazie Sanders geheiratet, oder …?* Vicki hielt dankenswerterweise den Mund, bis das Empfangsdamen-Holo sie beide zu einem diskreten Konferenzraum mit einem diskreten Schlafzimmer und Bad hinter einer diskreten Tür geleitet hatte.

»Das ist nicht der Hochsicherheitstrakt des Gebäudes, in dem Rogers sich befand«, kommentierte sie, während sie die Schränke öffnete, in denen sowohl elegante Anzüge als auch Bademäntel hingen. »Was wetten wir, daß Rogers nur als Holo an der Konferenz teilnimmt?«

»Könnte sein.«

»Immerhin ist das eine recht ordentliche Suite.« Sie drückte sich an Jackson und hauchte in sein Ohr, so daß keine Abhöranlage es verstehen konnte: »Was haben Sie vor?«

Auch wenn er die Monitore nicht sehen konnte, sie waren da. Und so legte er die Arme um sie und flüsterte zurück: »Ich lasse Cazie investieren.«

»Warum?«

»Die einzige Möglichkeit zu erfahren, was sie tun.«

Sie nickte an seiner Schulter. Es irritierte ihn, sie so in den Armen zu halten. Sie fühlte sich gar nicht an wie Cazie. Sie war größer und hatte weniger Rundungen. Ihre Haut fühlte sich kühler an. Sie roch anders. Jackson fühlte, wie er eine Erektion bekam.

Er ließ Vicki los, wandte sich ab und tat so, als würde er die Kleider prüfen, die im Schrank hingen. Als er sich wieder umdrehte, erwartete er ein sarkastisches Lächeln von ihr, gefolgt von einem messerscharfen Kommentar. Doch er irrte sich. Sie stand schweigend und irgendwie verloren mitten im Raum, und ihre Gesichtszüge hatten einen weichen Ausdruck angenommen, den er bei jedem anderen Menschen als geradezu wehmütig empfunden hätte.

»Vicki …?«

»Ja, Jackson?« Sie hob die Augen, blickte in die seinen, und er erschrak beinahe über das nackte Verlangen, das er darin sah.

»Vicki … ich …«

Sein MobiLink sagte: »Mondbeben von Theresa Aranow. Ich wiederhole, Mondbeben von Theresa Aranow.«

›Mondbeben‹ war der innerfamiliäre Code – ein Überbleibsel aus der Kindheit – für einen Notruf. Theresa hatte ihn noch nie zuvor benutzt. Jackson öffnete das MobiLink. Ihr Bild war da – in einer Art kleiner, offener Kabine... Es sah aus wie ein Flugzeug. Aber das war unmöglich! Theresa konnte kein Flugzeug fliegen!

»J-Jackson!« keuchte sie. »Sie sind tot!«

»Wer? Wer ist tot, Theresa?«

»Alle in La Solana! Richard Sharifi!« Plötzlich riß Theresa sich zusammen. »Richard Sharifi... Er war auf dem Anwesen, oder zumindest sein aufgezeichnetes Bild war noch dort... in La Solana...«

Hinter ihm sagte Vicki knapp: »Terminal an! Nachrichten! Kanal 35!« Ein Wandschirm leuchtete auf.

»... atomare Explosion in La Solana, dem hochgesicherten Anwesen in New Mexico, in dem Richard Keller Sharifi, Miranda Sharifis Vater, lebte. Bisher hat keine Gruppierung die Verantwortung für die Zündung der Bombe übernommen, die selbstverständlich eine Verletzung des nationalen und internationalen Atomwaffenabkommens darstellt. Aus dem Weißen Haus erreichte uns eine empörte Stellungnahme, und das Pentagon veranlaßte eine sofortige Entsendung von AbwehrRobs, deren Programmierung für eine detaillierte Analyse der radioaktiven Rückstände an der Explosionsstelle sorgen wird, um sowohl Hinweise auf die Bauart der Bombe als auch auf ihre Herkunft und die Methode, wie sie ins Zielgebiet gebracht wurde, zu erhalten. Der Energieschild über La Solana war eine Entwicklung von...«

»Ich fliege heim, Jackson«, sagte Theresa.

»Tess, warte noch! Du klingst so komisch, du klingst gar nicht wie du selbst...!«

»Das bin ich auch nicht«, sagte Theresa. Ihre Augen öffneten sich sehr weit, und eine Sekunde lang *lächelte* sie. Es war das verstörendste Erlebnis an einem verstörenden Tag.

In einer Stimme, die keine Ähnlichkeit hatte mit ihrer eigenen, fügte Theresa hinzu: »Die Pilotin sagte, wir haben zweikommavierzig Gray abgekriegt.« Und dann wurde der Schirm dunkel.

»Um Gottes willen«, sagte Vicki leise. »Wird sie … Reicht das aus, um sie umzubringen?«

»Wahrscheinlich nicht, aber sie wird sehr krank werden. Ich muß weg.«

»Und was ist mit Cazie?«

»Zum Teufel mit Cazie«, sagte Jackson, sah Vicki lächeln und wußte – genau wie Vicki –, daß es nicht sein Ernst war. Noch nicht. Doch eines Tages konnte das noch kommen. Und in der Zwischenzeit konnte Cazie ohne seine oder Theresas Zustimmung keine größeren Kapitalbindungen tätigen. Was besser war als gar nichts.

Jedoch nicht genug.

16

Als Lizzie aufwachte, war Vicki immer noch nicht zurück.

Es machte keinerlei Schwierigkeiten zu wissen, wer im Lager war und wer fehlte, denn alle versammelten sich zur selben Zeit zum Frühstück unter der Plane auf dem Nährplatz und jeder lag oder saß an seinem angestammten Ort. Manche – Norma Kroll, Oma Seifert und Sam Webster etwa – lagen sogar in immer gleicher Stellung da. Tag für Tag. Während der Nahrungsaufnahme sprachen die Leute leise miteinander und verließen dann den Nährplatz in immer gleicher Reihenfolge, um sich wieder ihren immer gleichen Beschäftigungen zuzuwenden: Sie brachten frische Erde, noch reich an ungenutzten Nährstoffen; sie machten das Gebäude sauber; sie kümmerten sich um die Kinder, die immerzu mit demselben Spielzeug an denselben Orten spielten; sie fertigten Dinge aus Holz oder Stoff an oder holten das Holz aus dem Wald und den Stoff aus dem WebRob. Tag für Tag.

Das Mittagessen immerzu zur exakt gleichen Zeit, an demselben Ort.

Nachmittagsschlaf für die Kinder, Basteleien, Holo-Schauen, Wasserholen, Kartenspielen oder Gymnastik für die Erwachsenen. Abendessen wie immer unter der Plane. Hinterher, wenn wegen des viel zu kalten Aprilwetters alle drinnen blieben, immerzu dieselben Geschichten. Würden sie auch im Juni oder im August drinnenbleiben, bloß weil es im April zur Gewohnheit geworden war?

»Ich halte es nicht mehr aus«, sagte Lizzie zu ihrer Mutter, und Annie antwortete: »Bis' immer schon so 'n unruhiges Ding gewesen, du! Solltest es zu schätzen wissen, wie sicher un' friedlich wir's hier haben. Willst denn nich' Frieden haben, du? Für dein Baby?«

»Aber doch nich' so!« schrie Lizzie, doch Annie schüttelte nur den Kopf und konzentrierte sich wieder auf ihren Wandbehang, den sie aus gewebtem Stoff, Steinchen und getrockneten Blumen bastelte. Und wenn der fertig ist, dachte Lizzie in ohnmächtiger Wut, dann fängt sie mit dem nächsten an. Um zehn Uhr nachts würden sie und Billy zu Bett gehen, weil zehn Uhr nachts Schlafenszeit für die beiden war. Wahrscheinlich gab es auch Sex immer am gleichen Tag jeder Woche, zur gleichen Stunde in immer genau der gleichen Stellung. Shockey und Sharon in ihrem Verschlag nebenan hielten es jedenfalls so. Dienstag und Samstag nachts und sonntags am Nachmittag. Man konnte die Uhr danach stellen.

Als Vicki im Lager gewesen war, hatte sie wenigstens jemanden gehabt, mit dem sie reden konnte. Vicki war nervös gewesen, aufgeregt, frustriert, unberechenbar: real. Sie war mit Lizzie über die Waldwege gestapft, Dreck an den Stiefeln, und hatte über ihre Ängste und Hoffnungen geredet. Und manchmal hatte es Lizzie geschienen, daß Vicki das eine vom anderen nicht trennte.

»Wir müssen uns an Jackson halten, Lizzie«, hatte Vicki gesagt und die Faust in die hohle Hand geklatscht, »so sehr es mir auch widerstrebt, aber er und dieser ausnehmend abstoßende Wissenschaftler-Freund von Jackson, Thurmond Rogers, sind die einzige Möglichkeit für uns, an die medizinische Wurzel unseres Problems zu kommen. Es *ist* ein medizinisches Problem, und daher kann es am besten mit medizinischen Mitteln bekämpft werden. Die chemischen Vorgänge im Gehirn wurden auf irgendeine Weise verändert, und wir ...«

»Warte!« rief Lizzie. »*Warte!*«

Vicki sah sie an.

»Is' nich' bloß 'n medizinisches Problem, das.« Sie hörte sich in den Nutzer-Slang abgleiten und haßte sich dafür. Würde sie den eigentlich nie wirklich ablegen? »Hat auch 'ne politische Seite. *Irgendwer* tut uns das doch an, oder? Passiert doch nich' von allein, das!«

»Ja, natürlich, du hast recht. Aber wir können die Ursache nicht direkt angehen – diesen Versuch haben wir schon bei den Wahlen gemacht, erinnerst du dich? Wir können nur darauf hoffen, die Resultate zu manipulieren ... Komm schon, Jackson, *ruf endlich an*!«

Und offenbar hatte Jackson genau das getan, denn nun war Vicki verschwunden. War sie in Jacksons wunderbarer Wohnung in Manhattan-Ost? Bei Kelvin-Castner in Boston? Lizzie wußte es nicht.

Aber das allerschlimmste war Dirk.

»Schau, Dirk, ein Eichhörnchen!«

An jenem Nachmittag hatte sie ihn ein Stück in den vorfrühlingshaften Wald hineingetragen, eingemummt in seine warmen Wintersachen; ein Büschel schwarzer Haare hing ihm unter der hellroten Kapuze hervor in die Stirn. Während des ganzen kurzen Spazierganges hatte Dirk das Gesicht in Lizzies Schulter vergraben und sich geweigert hochzusehen. Sanft brachte sie ihn schließlich dazu, die Augen zu öffnen.

»Schau das Eichhörnchen an! Es macht hopp! hopp! hopp!«

Das Tierchen hielt ein paar Schritte entfernt inne, hockte sich mit elegant geschwungenem, buschigem Schwanz auf die Hinterbeine und blickte Lizzie und Dirk unverwandt an. Dann hob es eine Haselnuß auf, hielt sie in den Vorderpfoten und begann daran zu knabbern, wobei es eifrig mit dem Köpfchen nickte. Dirk sah hin und brüllte entsetzt auf.

»Hör auf! Hör auf, verdammt!« brüllte Lizzie ihrerseits und erschrak: Was wollte sie denn damit erreichen? Dirk konnte doch gar nicht anders! Sie drückte ihn fest an sich und rannte zurück zum Stammesgebäude.

Annie blickte von ihrem Wandbehang auf. »Lizzie! Was haste denn mit dem Kleinen gemacht, du?«

»'nen gottverdammten Spaziergang!« Sie war wiederum wütend, jetzt, wo Dirk – zurück in seiner vertrauten Umgebung – aufhörte zu weinen. Auf dem Boden lagen die Klötzchen, die Billy für ihn gemacht hatte und mit denen er jeden Tag um diese Zeit spielte; ungeduldig strampelte er in Lizzies Armen, um abgesetzt zu werden.

»He, wie redest du denn, du!« sagte Annie. »Also, komm schon zu Oma, Dirk, is' jetz' Zeit für die Bauklötzchen, nich'? Komm zu Oma!«

Dirk stellte das Weinen ein und stapelte glücklich Klötzchen übereinander. Von ihrem Stuhl aus bedachte Annie ihn mit einem wohlgefälligen Lächeln.

Lizzie wurde von hilfloser Verzweiflung erfaßt.

»Wo gehste denn hin, Kind?« fragte Annie. »Setz dich her zu mir, du, un' erzähl mir was!«

»Ich geh' wieder nach draußen.«

Unruhe erfüllte Annies dunkle Augen. »Nee, du, bleib lieber hier, Lizzie, setz dich her zu Dirk un' zu mir ...!«

Lizzie stürzte aus der Tür.

Hinter den grauen Wolken war die Sonne hervorgekommen. Lizzie begann ziellos zu laufen, nur um wegzukommen von diesem friedlichen, selbstgenügsamen, ewiggleichen Trott, der Tag für Tag so weiterlaufen würde, bis alle tot waren.

Sie nahm den ansteigenden Weg den Berg hinauf und trat nach den dürren Zweigen, die der Winterwind abgebrochen hatte. Würde der Weg nach und nach überwachsen, wenn ihn keiner mehr regelmäßig benutzte? Würde sich das Neuropharm ausbreiten?

Vielleicht würde es ein zweitesmal freigesetzt werden und sie, Lizzie, auch infizieren... Das schlimmste daran war, daß es ihr egal wäre. Sie wäre dann eben wie Annie, dankbar für Sicherheit und Ruhe.

Sie blieb stehen und verabreichte einer jungen Birke einen wütenden Hieb. *Nein!* Sie war achtzehn Jahre alt und konnte nicht einfach aufgeben! Das hatte sie noch nie getan, in ihrem ganzen Leben nicht! Es mußte etwas geben, was sie unternehmen konnte! Es mußte!

Aber was?

Nach einem Gegenmittel für dieses Neuropharm brauchte sie gar nicht zu suchen, das taten schon Jackson und Vicki und Thurmond Rogers. Sie konnte auch keine neue Wahl veranstalten; außerdem gab es so, wie die Dinge jetzt lagen, noch weniger Chancen, je einen Nutzer an die Macht zu wählen. Die ganze Sache hatte sich für den Macher-Kandidaten wohl als äußerst nutzbringend erwiesen!

War sie am Ende überhaupt nur aus diesem Grund passiert? Hatte Donald Thomas Serrano für dieses ›Sicherheit ist alles!‹-Neuropharm gesorgt, damit ein Macher die Wahl gewinnen konnte? Aber Jackson hatte gesagt, hier handle es sich um ein komplett neuartiges Neuropharm, eines, das der Zellreiniger nicht eliminierte, weil es den Körper dazu brachte, die von ihm selbst erzeugten Proteine auf Dauer zu verändern! Und niemand würde eine so umwälzende Neuerung an eine unbedeutende Wahl im Distrikt Willoughby verschleudern!

Außer man wollte diese Neuerung erst einmal testen... man? *Wer?*

So kam sie nicht weiter. Sie war einfach zu dumm, um irgendeinen konstruktiven Gedanken zu fassen! Wer dachte sie denn, daß sie war? – Miranda Sharifi?

Sie war Lizzie Francy, immerhin. Die beste Hackerin

im ganzen Land! Und vielleicht sogar auf der ganzen beschissenen Welt!

Also, höhnte sie sich selbst, wenn sie schon so eine unvergleichliche Kanone beim Datenfischen war, warum fischte sie dann nicht? Warum hing sie hier im Wald herum und prügelte auf Babybäumchen ein, statt die einzige gottverdammte Sache zu tun, die sie wirklich konnte? Zuerst einmal sollte sie sich aber selbst vor einer möglichen Berührung mit dem Neuropharm schützen, indem sie sich vom Stamm trennte und sich ein isoliertes Plätzchen zum Leben suchte. Hier in den Bergen gab es jede Menge leerstehender Hütten, und solange es kühl blieb – was noch ein, zwei Monate dauern konnte –, würden keine anderen Stämme aus dem Süden zurückkehren. Solange sollte sie in Sicherheit sein. Sie konnte einen Y-Kegel und ihr Terminal mitnehmen und achtzehn Stunden täglich damit verbringen, im Netz nach Antworten zu suchen.

Ohne Dirk?

Lizzies Unternehmungslust ließ schlagartig nach. Sie konnte ihn nicht mitnehmen, denn er würde nicht aufhören, aus Angst vor der neuen Umgebung zu weinen und zu quengeln. Und sie, Lizzie, würde ihre ganze Zeit dafür aufwenden, ihn zu beruhigen. Niemand hatte ihr gesagt, damals, als sie sich so frohgemut schwängern ließ, wieviel *Zeit* ein Baby beanspruchte! Ganz besonders eines, das herumkrabbelte und alles in den Mund steckte. Sie konnte Dirk nicht mitnehmen. Sie würde ihn bei Annie und dem Stamm zurücklassen müssen – wo er hingehörte, solange es ihr nicht gelang herauszufinden, was ihn wieder gesund machen würde.

Und das würde sie herausfinden! Weil sie Lizzie Francy war. Es würde ihnen – wer auch immer sie waren – nicht gelingen, sie, Lizzie, soweit zu bringen, daß sie sich geschlagen gab.

Sie drehte sich um und stürmte zurück ins Lager.

Etwa drei Kilometer vom Lager entfernt fand sie eine SchaumStein-Hütte, die aussah, als hätte sie einst, vor den *Umstellungs*-Kriegen, einer Nutzer-Familie gehört – von jener eigensinnigen Sorte, die lieber allein an einem abgelegenen Berghang lebte, als in eine Stadt zu ziehen und sich vom Staat aushalten zu lassen. Als die Leute weggezogen waren, hatten sie entweder alles aus der Hütte mitgenommen oder verbrannt. Es gab keinerlei Möbel und weder fließendes Wasser noch Toilette. Aber Lizzie brauchte das alles nicht. Die Tür ließ sich immer noch fest verschließen, und die Plastikfenster waren intakt. Und im Wald gab es einen Bach.

Sie verscheuchte zuerst einmal sämtliches Getier, das in den Winkeln hauste: einen Waschbär, eine Schlange, frisch geschlüpfte Spinnen. Dann trug sie den Y-Kegel in die Hütte, ihr Bettzeug und einen Wasserkrug aus Plastik. Und dann hockte sie sich im Türkensitz auf ihren Schlafplatz, lehnte sich an die glatte SchaumStein-Wand und sprach zu ihrem Terminal.

Sie begann – weil sie irgendwo beginnen mußte – mit Donald Serrano. Der neue Distriktsleiter von Willoughby bekleidete sein Amt auf die gleiche Art und Weise wie der verstorbene Harold Winthrop Wayland. Und selbst bei genauester Erforschung von Serranos finanziellem Hintergrund führte absolut nichts, auch nicht indirekt, zu einer Pharmafabrik. Falls es doch eine solche Verbindung gab, dann hatte Serrano sie besser getarnt, als Lizzie herausfinden konnte. Sie selbst glaubte nicht, daß diese Verbindung existierte.

Als nächstes versuchte sie es bei den größten Bio-Tech-Firmen. Das war schon weitaus kniffliger. Sie wollte nicht, daß ihre Datenfischerei bis zu ihr zurückverfolgt werden konnte, und so kostete es sie Wochen zeitaufwendiger, sorgfältiger Arbeit, alle Sicherheitscodes zu durchbrechen und in die DeBes zu gelangen.

Sie konstruierte getarnte Suchprogramme in den Systemen anderer Leute, die sie nach dem Zufallsprinzip auswählte. Diese Programme wiederum erzeugten ausgefeilte Unterprogramme für Klone, Würmer, Sackgassen und Verschlüsselungen. Die auf solche Art gekaperten Dateien versteckte Lizzie in weiteren zufällig ausgewählten Systemen und wickelte den Zugriff auf sie nur über abgesicherte Verbindungen ab. Sie war sehr, sehr vorsichtig.

Doch sobald sie die gewünschte Information hatte, ergab sich ein weiteres Problem: Sie verfügte nicht über den nötigen wissenschaftlichen Hintergrund, um zu erkennen, was sie vor sich hatte. Aber sie wußte wenigstens, wonach sie *suchte*: jede Art von Entwicklung auf dem Neuropharmaka-Markt, die in der Lage war, die Reaktionen des Gehirns bleibend in Richtung Angst zu lenken. Einige Firmen arbeiteten an Lustdrogen mit anhaltender Wirksamkeit, die also in der Lage sein mußten, den Zellreiniger zu umgehen, doch soweit Lizzie es beurteilen konnte, hatte noch niemand so rechten Erfolg dabei gehabt.

Ihre besondere Aufmerksamkeit galt Kelvin-Castner. Die dortigen Datenbanken waren randvoll mit esoterischen Berichten über alles, was mit Dirks und Shockeys Gewebeproben angestellt wurde. Und täglich, so schien es, schlossen sich dem Team dort neue Forscher an. Weitere Geräte, für die bezahlt wurde, weitere Zwischenberichte, die abgespeichert wurden, weitere Labornotizen, mit denen Lizzie nichts anzufangen wußte. Die Gelehrten bei Kelvin-Castner waren an einer Sache dran, an etwas Großem, das in unverhältnismäßiger Weise wuchs. Von TenTech kam finanzielle Unterstützung für einen Teil davon. Aber ob es sich dabei nur wiederum um neue Lustdrogen-Forschungen handelte oder ob K-C versuchte, ein Gegenmittel für das Angst-Neuropharm zu finden, das konnte Lizzie einfach nicht feststellen. Dazu fehlte ihr das nötige Fachwissen.

Jeden Tag trottete sie von ihrem Berg hinunter, um ein paar Minuten mit Dirk zu verbringen. Niemals fand sie auf dem Lager-Terminal eine Botschaft von Doktor Aranow vor, die ihr erklärt hätte, wie die Sache lief.

Doch warum sollte er ihr das sagen? Sie war ein Niemand.

Als nächstes ging sie daran, in andere Nutzer-Lager einzudringen. Das war einerseits leichter, andererseits schwieriger. Die herumziehenden Stämme hatten für gewöhnlich ein, zwei junge Leute, die mit einem Terminal umgehen konnten, und etliche von ihnen fischten umtriebig in den Dateien fremder Stämme; manche wiederum begnügten sich damit, die Meldungen anderer Lager zu überfliegen. Es gab hier wenige Gesetzmäßigkeiten, nach denen Lizzie hätte Ausschau halten können. Andererseits wußte kaum ein Nutzer, wie man seine elektronischen Spuren verwischen konnte. Die Daten waren verworren und fehlerhaft, aber sie waren nicht codiert.

Sie schrieb Programme, um sich zu Dutzenden verschiedener Arten von Daten Zugriff zu verschaffen und sie zu analysieren, um nach – ja, *wonach* zu suchen? Wie konnte man das Netz dazu benutzen, um eine Furcht vor Neuem, Ungewohntem aufzuspüren? Wenn Menschen Angst vor neuen Dingen hatten, dann verschafften sie sich einfach keinen Zugriff auf Informationen darüber. Wie sollte man das Fehlen bestimmter Untergruppen auf einem ganzen Kontinent feststellen können?

Doch langsam begannen Lizzies Programme gewisse Gesetzmäßigkeiten zu liefern.

Ein Nutzer-Stamm an einem Ort namens Judith Falls in Iowa rief die Warenlisten naher Nutzer-Lagerhäuser jeden Tag exakt zur gleichen Uhrzeit für eine bestimmte, immer gleiche Dauer ab. Dieses monotone Muster hatte vor April nicht existiert.

Ein Stamm, der durch Texas zog, sandte stets am gleichen Tag jeder Woche im wesentlichen gleichlautende Grüße an dieselbe Liste entfernter Verwandter in exakt der gleichen Reihenfolge. Beginnend mit 3. April.

Eine Stadt im nördlichen Oregon – deren Bewohner auch nach den *Umstellungs*-Kriegen anscheinend dieselben geblieben waren – widmete sich ausschließlich an Donnerstagnachmittagen dem Datenfischen. Jeden Donnerstag brach ein Hacker – dessen Arbeitsweise gar nicht schlecht war, mußte Lizzie anerkennend feststellen – in dieselben Datenbanken einer BioTech-Fabrik in seiner Nähe ein. Soweit Lizzie den Spuren des Datenfischers folgen konnte, suchte er – oder sie – in den verschiedenen Inventarlisten nach *Umstellungs*-Spritzen. Es waren nie welche aufzufinden.

Mit untergeschlagenen Beinen auf ihrem Strohsack sitzend zupfte Lizzie an ihrem Haar herum. Die Hüttentür stand weit offen; das Frühjahr war einem frühen Sommer gewichen, der abrupt eingesetzt hatte, obwohl es erst Frühling war. Die warme Brise trug einen Duft nach wilder Minze zur Tür herein. In den frischen Blättern der Bäume sangen die Vögel und bauten ihre Nester. Lizzie ignorierte das alles.

Angenommen, daß diese Nutzer-Lager tatsächlich mit dem Neuropharm infiziert waren, genau wie Lizzies Stamm. Angenommen, das war der Grund dafür, daß sich ihre Handlungen deshalb immer wiederholten – gefahrlose, routinemäßige Handlungen. Angenommen, daß auch diese Lager Testgebiete darstellten. Was konnte Lizzie mit diesem Wissen schon anfangen? Sie konnte nicht nach Iowa oder Texas oder Oregon reisen, um in den Lagern Nachforschungen anzustellen. Und selbst wenn sie es könnte – was dann? Möglicherweise würde sie herausfinden, daß auch andere Nutzer Laborratten waren. Wie ihr Dirk. Aber das zu wissen würde nichts ändern.

Nacken und Rücken schmerzten sie vom langen Sitzen, und ihr linker Fuß war eingeschlafen.

Sie mußte das Problem von einer anderen Seite angehen. Also gut, dachte sie, vergessen wir die infizierten Nutzer und die Pharmafabriken, die die Droge hergestellt haben könnten. Was blieb? Wer wollte, daß alles beim alten blieb? Macher-Politiker, sicher. Shockeys Nicht-Wahl hatte das bewiesen. Aber wie sollte man herausfinden, welche Politiker eine solche politische Waffe erschaffen konnten? Kein Überwachungs- und Suchprogramm, keine Leland-Warner-Entscheidungsalgorithmen und keine Wahrscheinlichkeitsrechnung hatte irgend etwas Signifikantes ergeben. Was also nun?

Verfolge das Geld. Etwas, das Vicki immer sagte. Aber das hatte sie schon versucht, über die Investitionen der Pharmakonzerne, und war auf keinen grünen Zweig gelangt. Jedenfalls zu keinem Ergebnis, das sie verstehen konnte. Was also nun?

Fang nicht mit dem Endprodukt, dem Neuropharm, an und verfolge es zurück zum Geld. Fang mit dem Geld an und verfolge es zum Neuropharm.

Aber das war unmöglich. Lizzie war durchaus imstande, sich in die Unterlagen der weltgrößten Banken – oder zumindest der meisten von ihnen – einzuschleichen, aber sehr oft konnte sie den Transaktionen, die sie entdeckte, nicht folgen. Es fehlte ihr an Wissen auf dem Finanzsektor. Und nicht ein einziges Mal war es ihr gelungen, irgend etwas in irgendeiner Bankdatei zu verändern. Nun, das brauchte sie jetzt auch nicht zu tun. Das Problem lag woanders: in dem schieren Volumen der täglich transferierten Gelder zwischen

Erde, Mond, Mars und den Konten der Orbitalstationen. Wie hätte sie, Lizzie, sagen können, welche davon etwas zu tun hatten mit einem geheimen Neuropharm, das von weiß-Gott-wem weiß-Gott-wo entwickelt worden war? Unmöglich.

Sie konnte die Pharmaforschung nicht verfolgen. Sie konnte das Geld nicht verfolgen. Also gut, neuer Versuch. Falls diese Leute in Iowa, Texas und Oregon tatsächlich Versuchskaninchen für das Neuropharm waren, dann würden diejenigen, die den Test veranstalteten, wohl die Resultate erfahren wollen. Sie würden also die Testobjekte beobachten. Vermutlich mittels RoboKamera. Vielleicht mittels Spionagesatelliten in niedriger Umlaufbahn.

Was hieß, daß auch ihr, Lizzies, Stamm unter Beobachtung stand.

Es lief ihr kalt über den Rücken. Waren Überwachungssonden, getarnt von Y-Schilden, auf ihren ›Schlupfwinkel‹ in der Berghütte gerichtet? Sahen sie ihr zu, wenn sie jeden Tag zu Dirk und wieder zurück wanderte? Amüsierte irgend jemanden die Vorstellung, daß Lizzie Francy wohl dachte, sie könnte einer Infektion so einfach entgehen, wenn dieser Jemand beschloß, daß er sie infiziert haben wollte? Noch schlimmer: folgte trotz all ihrer Vorsicht jemand *ihren* elektronischen Spuren, während sie Tag und Nacht in fremden Datenbanken fischte?

Sie stand auf, stampfte mit dem eingeschlafenen Fuß auf und ging zur Tür. Benommen blickte sie hinauf in den strahlend blauen Himmel. Natürlich war dort nichts zu sehen! Der frische Duft der Minze erinnerte sie daran, daß sie seit Tagen nicht gebadet oder ihr Haar gewaschen hatte. Sie roch wie etwas, das sich auf die Trasse der Maglev-Bahn verirrt hatte …

Sie ging zurück, ließ sich auf ihrem dreckigen Strohsack nieder und starrte das Terminal an.

Es verfügte nicht über Radarkapazität, was ohnehin nichts geholfen hätte, wenn die Sonden tatsächlich im Orbit und tatsächlich getarnt waren. Eine visuelle Entdeckung war aussichtslos. Aber Lizzie stieß auf einen Datenfluß aus einer Bodenstation innerhalb eines Radius von etwa anderthalb Kilometern. Falls es versteckte Sensoren irgendeiner Art gab, die das Lager beobachteten, dann konnte sie sie finden, indem sie ihr Terminal einfach an verschiedene Stellen im Wald plazierte. Außer, natürlich, wenn die hypothetischen versteckten Sensoren sie zuerst entdeckten und aufhörten zu senden …

Am dritten Abend fand sie, was sie suchte. Ein steter Datenstrom, massiv verschlüsselt, aus einer Quelle in einer alten Kiefer, vierzig Meter vom Gemeinschaftsgebäude entfernt, von der aus man einen ungehinderten Blick auf den Nährplatz hatte. Lizzie hatte keine Ahnung, worum es bei den Daten ging; sie konnte sie nicht decodieren. Das allein war schon erschreckend.

Doch selbst wenn sich der Code nicht knacken ließ – und sie gab sich alle Mühe! –, konnte sie zumindest bestimmen, wohin der Datenstrom ging. Das Ziel war oben, zweifellos ein Relaissatellit im Orbit. Sein endgültiger Bestimmungsort von dort aus war so verschlüsselt, daß er nicht feststellbar war. In der Theorie. Für Lizzie waren Relaisdaten Schnee von gestern.

Einen ganzen Vormittag lang arbeitete sie an dem Problem, während warmer Regen auf das Dach trommelte und ihr Herz sich nach Dirk sehnte. Und schließlich enttarnte sie den Bestimmungsort für die gesendeten Daten.

Sie schnappte nach Luft und blickte mit einem wilden Ausdruck in den Augen um sich, obwohl es natürlich niemanden zu sehen gab. Und dann schaltete sie – mit einem Herzen, das so heftig klopfte wie das von Dirk, wann immer sie ihn von seinen Bauklötzen wegtrug – ihr gesamtes System aus. Sogar das Jansen-Sagura-Terminal. Und dann hockte sie mit untergeschlagenen Beinen da, starrte ins Leere und versuchte nachzudenken – über Implikationen, Bedeutungen und Sicherungen. Und es gelang ihr nicht.

Die Überwachungsdaten ihres Stammes wurden tatsächlich hinauf in den Orbit gesendet. Nach *Sanctuary.*

»Ich muß Doktor Aranow finden«, sagte Lizzie zu Billy Washington, weil sie es einfach irgend jemandem sagen mußte. Sie hatte Billy dort gefunden, wo er am frühen Nachmittag immer zu finden war: beim Angeln am Flüßchen.

»Nee, bleibst besser hier, du«, sagte Billy, aber weniger streng als Annie. *Individuelle biochemische Unterschiede,* hatte Doktor Aranow gesagt. Die Menschen reagierten unterschiedlich – und manchmal sehr unterschiedlich, auf jede Droge.

»Ich kann nicht hierbleiben, Billy. Ich *muß* Doktor Aranow und Vicki finden.«

»Red lauter, kann dich kaum verstehen.«

»Nein, ich rede nicht lauter, Billy.« Der Sensor war zwar vierhundert Meter weit weg, aber Lizzie wollte kein Risiko eingehen. »Wie kann ich zur Enklave Manhattan-Ost kommen?«

»*Manhattan?* Kannste nich'. Weißt es doch, du.«

»Das glaube ich nicht. Du weißt viel mehr, als du zugibst, Billy. Du hast doch dauernd mit Fremden gesprochen, ehe wir uns hier für den Winter niederließen.« Sie merkte, wie seine Augen bei der Erwähnung von Fremden unruhig wurden. »Gravbahn, die fährt nich'. Hab ich schon rausgekriegt, Billy. Aber es muß noch 'nen anderen Weg geben!«

Etwas zupfte an seiner Schnur, und Billy zog sie aus dem Wasser. Der Köder war weg, der Haken leer. Er steckte einen neuen Wurm auf. »Hast doch jetz' 'n

Baby, Lizzie. Jetz' haste andere Pflichten un' kannst nich' wegrennen irgendwohin, wo's gefährlich is', jetz' haste Dirk, um den mußt dich kümmern, du.«

»Wie komme ich nach Manhattan-Ost?«

»Dort kannste nich' hin, du.«

Aber Billy war schon vor dem Neuropharm stur gewesen.

Als Lizzie schwieg, sagte der Alte nach einer Weile: »Wennste mit Doktor Aranow reden mußt, dann ruf ihn eben an.«

»Kann ich nicht.«

»Warum nich'?«

Weil alles, was ihr Terminal verließ, von Sanctuary mitgehört wurde! Das konnte sie ihm nicht sagen. Billy – Billy mit dem Neuropharm – wäre auf der Stelle tot umgefallen. »Ich kann es eben nicht, Billy. Stell keine Fragen.«

Wiederum die ängstliche Unruhe in seinem Blick. Er riß die Leine hoch, obwohl nichts daran gezogen hatte, und besah sich seinen Wurm. Dann warf er den Haken wieder aus.

»Billy, ich weiß, daß du es weißt! Wie komme ich nach Manhattan-Ost?«

»Hast nichts damit zu schaffen, du, auch wenn ...«

»Wie?«

Ein leichter Schweißfilm überzog Billys Wangen. Lizzie unterdrückte ihre Ungeduld. Zu diesem Zeitpunkt wäre Annie schon in voller Panik. Und Shockey auch, das Ex-Großmaul. Individuelle chemische Unterschiede.

Schließlich sagte Billy: »'n Mann letzten Herbst, der hat gemeint, daß die Gravbahntrasse östlich vom Fluß gradewegs nach Manhattan-Ost reinführt. Aber durch den Enklave-Schild, durch den kommste nich' durch, Lizzie. Weißte doch, du!«

»Was für ein Fluß? Wo?«

»Was für 'n Fluß? Na wir haben doch bloß einen! Der, wo der Bach da reinfließt!«

Wir haben doch bloß einen. Was seit dem Neuropharm in Billys Welt nicht vorkam, das existierte einfach nicht. Und doch war er vermutlich der einzige im Lager, der früher einmal im Land herumgekommen war.

»Wie viele Tagesmärsche?« fragte Lizzie.

Und nun geriet er wirklich in Panik. Er legte eine zitternde Hand auf Lizzies Arm. »Lizzie, Mädchen, du kannst nich' gehen, du! Is' zu gefährlich, 'n junges Ding, ganz allein, un' außerdem haste Dirk ...!«

Er fing an, schneller zu atmen, und plötzlich erinnerte sich Lizzie an den Billy ihrer Kindheit, vor der *Umstellung,* als Billys Herz schwach und krank gewesen war. Da hatte er auch immer wieder gekeucht und gejapst, genau wie jetzt. Liebevolle Zärtlichkeit überkam sie, und Mitleid und Gereiztheit. »Okay, Billy, okay.«

»Versprich mir ... versprich mir, daß ... versprich mir, daß du nich' allein gehen wirst!«

»Ich verspreche es.« Nun, sie würde nicht allein gehen. Sie würde ihr Terminal mitnehmen und dazu den Personenschild, den ihr Vicki dagelassen hatte.

»Na gut«, sagte Billy. Sein Atem normalisierte sich langsam. Er hatte sich immer auf ihr Wort verlassen können. Ein paar Minuten später war er wieder vollauf mit seiner Angel beschäftigt.

Lizzie sah ihn an. Seine dunklen Augen blickten hellwach aus dem eingefallenen Gesicht und beobachteten das Wasser. Er hatte die Kappe abgenommen, damit sein nunmehr fast kahler Kopf mit den grauen Löckchen hinter den Ohren die sanften Sonnenstrahlen besser aufnehmen konnte. Die Kappe hing an einem Ast. Jeden Tag um diese Zeit mußte er zu dem Entschluß kommen, die Kappe aufzulassen oder sie abzunehmen. Jeden Tag mußte er den Plastikeimer für die Fische auf exakt denselben Platz ins Gras stellen. Jeden Tag mußte er die gleiche Anzahl von Würmern ausgraben und den Haken methodisch auf die gleiche Art damit bestücken, bis alle Würmer verbraucht waren. Jeden Tag.

Was *bezweckte* Jennifer Sharifi eigentlich?!

Lizzie hatte keine Ahnung. Sie konnte besser Daten fischen als alle anderen Menschen im Land, aber Jennifer Sharifi war eine Schlaflose. Keine Super wie Miranda, aber dennoch eine Schlaflose. Und sie hatte alles Geld der Welt. Sie veränderte die Menschen, die Lizzie liebte, nagelte sie fest auf einen Ort und einen Trott wie programmierte Roboter. Lizzie war nicht so dumm zu glauben, sie könnte ergründen, weshalb, oder was man dagegen unternehmen konnte. Jennifer Sharifi hatte einst den Versuch gemacht, die Vereinigten Staaten zu zwingen, *Sanctuary* freizugeben, indem sie fünf Städte auf Terroristenart mit einem Virus bedrohte, das alles Leben in diesen Städten hätte auslöschen können. Dafür hatte Jennifer weit mehr Jahre im Gefängnis verbracht als Lizzie auf dieser Welt. Lizzie wußte, wann sie am Ende ihrer Weisheit war. Sie brauchte Hilfe.

Es war beinahe eine Erleichterung, als sie es sich endlich eingestand. Beinahe.

Sie machte sich noch in derselben Nacht auf den Weg den Berg hinab, wobei sie einen weiten Bogen um den verborgenen Sender schlug. Sie hielt sich von den alten, ramponierten Straßen fern – denn dort vermutete *Sanctuary* wahrscheinlich doch gelegentliche Wanderer, oder? Und dorthin würden sie ihre Sensoren richten …

In der Dunkelheit immer in Sichtweite des Baches durch den Wald zu marschieren, war nicht leicht.

Lizzie hatte ihr Terminal im Rucksack und kam nur langsam voran. Hätte der Vollmond nicht so hell geschienen, wäre Lizzies Vorhaben überhaupt nicht zu schaffen gewesen, doch so kämpfte sie sich stolpernd durchs Unterholz und bemühte sich, unter den Bäumen zu bleiben, nur für den Fall, daß *Sanctuary* hoch auflösende Satellitenkameras verwendete.

Später dann würde sie Vickis Personenschild aktivieren und sich in den durchsichtigen Schutzschild aus Energie hüllen lassen, der sie davor bewahrte, von Dornen zerkratzt, von Insekten gestochen und von jeglichem Geräusch im Gebüsch zu Tode geängstigt zu werden. Doch jetzt noch nicht. Erst wenn sie weiter weg war vom Lager. Personenschilde erzeugten ein feststellbares Feld.

Aber *Sanctuary* konnte ja nicht den ganzen Staat überwachen, oder?

Am Morgen hatte Lizzie die Stelle erreicht, wo der Bach in den Fluß mündete. Sie war erschöpft. Sie kroch unter einen vom Wind umgewehten Busch, dessen Blattwerk sie nach oben schützte und doch die schrägen Strahlen der Morgensonne einließ. Dort entledigte sie sich ihrer Kleider und legte sich zur Nahrungsaufnahme hin, ehe sie dankbar den Personenschild anstellte und bis zum Abend schlief.

Als sie in der Dämmerung erwachte, war sie nicht mehr allein. Es war fast Sommer, und Nutzer-Stämme, die den Winter im warmen Süden verbracht hatten, zogen jetzt allenthalben wieder zurück in den Norden. Dieser Stamm hier schien klein zu sein und familiär; Lizzie hörte Babygeschrei. *Umgestellt* oder *nicht umgestellt*? Sie verließ ihr Versteck nicht, um das herauszufinden. Die größte Gefahr drohte ihr weder von Hunger, noch von Krankheit oder Unfällen, sondern von ihresgleichen. Nicht alle Stämme waren klein oder familiär.

Nachts machte sie sich wieder auf den Weg. Jetzt, mit dem Personenschild, war alles viel einfacher. Billy hatte ihr eine Menge beigebracht, wenn es darum ging, sich im Wald – oder außerhalb – unauffällig fortzubewegen, und das würde ihr auch Hilfe sein.

Über Manhattan-Ost würde sie sich erst Gedanken machen, wenn sie dort war.

SENDEDATUM: 20. April 2121
GEHT AN: Mondbasis Selene
VIA: Mall-Enklave-Bodenstation, GEO-Satellit C-1494 (USA)
NACHRICHT - ART: verschlüsselt
NACHRICHT - KLASSE: Klasse A, behördliche Übermittlung
AUSGEHEND VON: Bundesfinanzbehörde
NACHRICHT LAUTET:

Sehr geehrte Miss Sharifi!

Die Bundesfinanzbehörde bestätigt hiemit den Erhalt Ihrer Einkommensteuererklärung für 2020, welche auf elektronischem Weg von der Mondbasis Selene eingegangen ist. Diese Einkommensteuererklärung ist nicht unterzeichnet. Bei elektronisch eingereichten Steuererklärungen ist jedoch von Gesetzes wegen eine eigenhändige Unterschrift mittels Digitalschreiber oder äquivalenter Technik erforderlich. Zu diesem Zweck erhalten Sie in der Anlage das elektronische Formular 1987-A.

Die Behörde dankt im voraus für eine umgehende Erledigung.

Mit freundlichen Grüßen

Madeleine E. Miller
(Madeleine Elizabeth Miller)
Amtsleiterin, Bundesfinanzbehörde

BESTÄTIGUNG: keine

17

Jennifer Sharifi folgte Chad Manning in den Konferenzraum der Sharifi-Labors auf *Sanctuary.* Ein großer U-förmiger Tisch zog sich an drei Wänden entlang, begleitet von achtzehn Stühlen. Im Zentrum des U war ein durchsichtiges Plastikfeld in den Boden der Orbitalstation eingelassen, das zu zerbrechen schon eine Atomexplosion vonnöten gewesen wäre. Während *Sanctuary* sich drehte, fiel der Blick durch das Fenster im Boden entweder auf den schwarzen Weltraum, in dem die Sterne hell funkelten, oder auf das riesige blau-weiße Auge der Erde. Das Plastikfeld verdunkelte sich automatisch, sobald das Sonnenlicht zu blendend wurde. Umgeben wurde das Feld von einem dekorativen Band arabischer Motive – kompliziert ineinander verschlungene geometrische Muster, kopiert von antiken Webarbeiten in Kaschmir. Der Rand des Fensters war so programmiert, daß er die Farbe dem Ausblick entsprechend veränderte. Er machte das ganze Sonnensystem zu einem Teppich unter *Sanctuarys* Füßen.

»Tür zu«, sagte Doktor Manning. Seine Stimme verursachte ein leichtes Echo in dem großen, leeren Raum. »Setzen Sie sich, Jennifer.«

»Danke, aber ich stehe lieber. Sie möchten mir etwas zeigen? Um was handelt es sich?«

Chad zog ein Bündel Papiere aus der Tasche. Das allein war schon vielsagend: seine Information – worum immer es sich handelte – befand sich nicht on-line, nicht einmal in den massiv abgesicherten Programmen des Neuropharm-Projekts. Dabei gehörte Chad Manning, wie Jennifer wußte, keineswegs zu den besonders mißtrauischen Menschen. Jennifer wußte alles, was es über Doktor Chad Parker Manning zu wissen gab.

Als wissenschaftlicher Chef der Sharifi-Labors war er das einzige Mitglied des Projektteams, das nicht zugleich mit Jennifer wegen des lange zurückliegenden Versuches, *Sanctuary* zu schützen, ins Gefängnis gewandert war. Die Aufnahme eines Außenseiters ins Team hatte sich von Anfang an als unvermeidlich herausgestellt: Die wegen Hochverrats verurteilten Genetiker hatten durch ihre Haftstrafe zuviel Zeit verloren – und das auf einem Forschungsgebiet, das immer noch ohne Unterlaß tiefgreifenden Veränderungen unterworfen war. Doch das Projekt mußte von den Sharifi-Labors aus geleitet werden, denn nur hier existierten die Voraussetzungen, um Strukows Behauptungen zu überprüfen und die Resultate detaillierten Analysen zu unterziehen, bevor Jennifer dem Schläfer-Renegaten einen weiteren riesigen Teil ihres Vermögens überließ. Es gab einfach keine Möglichkeit, den Chefwissenschaftler der Sharifi-Labors aus dem Geheimteam auszuklammern.

Robert Day, *Sanctuarys* kaufmännischer Leiter und ein weiterer – mit Gefängnis dafür bestrafter – Hauptteilnehmer des einstigen Versuches, *Sanctuary* zu befreien, hatte Manning aus der großen Schar der Schlaflosen-Wissenschaftler ausgesucht. Robert war zehn Jahre vor Jennifer aus der Haft entlassen worden. Er hatte Zeit gehabt, sorgfältige Nachforschungen anzustellen, mit Bedacht auszuwählen, sich seiner Sache völlig sicher zu sein. Doktor Chad Manning war kein wissenschaftliches Genie wie Serge Strukow. Eine Generation brachte wohl jeweils nur ein einziges Talent dieses Kalibers hervor. Doch als Wissenschaftler besaß Chad solide Kenntnisse, war methodisch in seinem Vorgehen und absolut in der Lage, in fachlicher Hinsicht Strukow auf den Fersen zu bleiben – obwohl

Chad von sich aus diese Wege niemals als erster beschritten hätte. Und ebenso wichtig: auch für ihn war die Sicherung *Sanctuarys* oberstes Gebot – und zwar mit allen dazu notwendigen Mitteln. Jennifer vertraute ihm.

»Ich habe ein bißchen mit Strukows Viren herumgespielt«, sagte Chad. »In der Simulation natürlich. Und ich bin auf etwas gestoßen.«

»Ja? Worauf? Und gibt es einen Grund, weshalb wir Ihre Simulationen jetzt nicht vor uns haben?«

»Ich habe sie gelöscht. Das hier sind die Ausdrucke. Obwohl ich natürlich die Simulationen jederzeit wiederholen kann, wenn Sie sie sehen wollen.«

Er schlug die Mappe mit den Papieren auf. Chad Mannings Eltern hatten ihm ein einigermaßen ungewöhnliches GenMod-Aussehen beschert: feinfühlig zarte, empfindsame Gesichtszüge in einem schmalen, schönen Gesicht, hohe, scharf gezeichnete Backenknochen, helle Haut und die langen, biegsamen Finger eines Violinvirtuosen. Die Finger zitterten, als er Jennifer die Papiere reichte.

»Die ersten Seiten sind biochemische Berechnungen und Modelle … ich kann sie nachher einzeln durchgehen, wenn Sie möchten. Aber jetzt sehen Sie sich bitte die letzte Seite an.«

Jennifer sah nach: zwei identische, vom Computer entworfene Zeichnungen von Proteinstrukturen. Darunter eine Wahrscheinlichkeitsrechnung. Die Variablen waren händisch eingesetzt.

»Der Unterschied ist ein sehr feiner«, sagte Chad, und Jennifer hörte die nervliche Anspannung aus seiner Stimme heraus. »Sehen Sie, hier, bei dem Segment ganz links. Der chromosomale Unterschied besteht nur in ein paar Aminosäuren.«

Erst jetzt bemerkte Jennifer, daß die beiden Zeichnungen nicht identisch waren. Doch nur eine kleine

Stelle einer einzigen Seitenkette machte den ganzen Unterschied aus.

»Was dabei besonders auffällt, ist der Umstand, daß man einen völlig unwahrscheinlichen Simulationsweg gehen muß, um das zu entdecken«, sagte Chad. Seine Erregung wuchs. »Ich muß zugeben, auch ich bin eigentlich nur zufällig darüber gestolpert. Es handelt sich um keine gewöhnliche Mutation, und es findet an einem von Strukows Proteinen statt, an dem man es nicht erwarten würde ... aber, Jennifer, *sehen Sie sich die Gleichungen an*!«

Die Proteinstrukturen sagten Jennifer wenig – sie war keine Mikrobiologin. Aber die Mathematik bestand in einer ganz normalen Wahrscheinlichkeitsberechnung. Die Wahrscheinlichkeit, daß die Mutation der Proteinstruktur spontan innerhalb eines Jahres erfolgte, war – unter Berücksichtigung von Chads Variablen für Vermehrung und Infektionsgeschwindigkeit – 38,72 Prozent.

Beherrscht sagte Jennifer: »Welchen Effekt würde diese Veränderung der Proteinstruktur auf das Virus haben?«

»Sie würde es auch außerhalb des menschlichen Körpers lebensfähig machen. Und damit übertragbar.«

»Mit anderen Worten, statt das Virus einatmen zu müssen, das dann zwar vom Zellreiniger zerstört wird, aber erst, nachdem es im Körper eine Kaskade von Reaktionen der natürlichen Aminosäuren auslöst ...«

»Statt eingeatmet werden zu müssen, wäre das Virus von Mensch zu Mensch übertragbar. Es könnte auf der Haut, der Kleidung, im Haar, in Körperfalten überleben ...«

»Wie lange?« fragte Jennifer.

»Keine Ahnung. Aber sicherlich ein paar Tage. Und in dieser Form kann es über Hautverletzungen oder Körperöffnungen eindringen ... eine infizierte Person kann andere infizieren. Zumindest ein paar Tage lang. Mit den ursprünglichen Proteinen konnte das nicht passieren. Jedes Virus, das nicht augenblicklich eingeatmet wurde, ging ein paar Minuten später zugrunde. Und wenn es eingeatmet wurde, zerstörte es der Zellreiniger.«

Jennifer ließ nicht zu, daß ihr Gesichtsausdruck ihre Verständnislosigkeit verriet. »Aber, Chad – das ist doch genau das, worauf wir die ganze Zeit abgezielt haben, oder? Es ist jener zweite Übertragungsweg, den wir von Strukow haben wollten: übertragbar durch zwischenmenschliche Kontakte. Weshalb sehen Sie das als Problem?«

»Wenn das Virus auf natürlichem Weg mutiert, bevor Strukow soweit ist, es in seiner übertragbaren Form herzustellen, dann hat er es nicht mehr unter Kontrolle.«

Jennifer wartete. Sie begriff Chads Aufregung immer noch nicht recht, aber sie enthielt sich einer entsprechenden Bemerkung: nie preisgeben, wieviel du nicht verstehst, nicht einmal deinen Verbündeten gegenüber. Sie wartete ab.

»Zwei Probleme«, sagte Chad. »Nein, drei. Wenn das Virus mutiert, ehe wir bereit sind, dann können wir seine Ausbreitung nicht mehr unter Kontrolle halten. Der Zeitplan für den Einsatz der ferngesteuerten Kapseln war ja – wie Sie am besten wissen! – sorgfältig dahingehend abgestimmt, daß die Aufmerksamkeit der Wissenschaftsgemeinde und des Militärs so lange wie möglich vermieden wurde. Das wird in Zukunft nicht mehr unserer Kontrolle unterliegen.«

»Das ist auch jetzt nicht mehr der Fall«, sagte Jennifer. »Kelvin-Castner-Pharmazeutik ist zufällig über ein Nutzer-Testgebiet gestolpert. Das wiederum wissen *Sie* am besten.«

»Richtig. Aber sie schalten weder die Gesundheitsbehörde ein, noch Brookhaven. Zumindest noch nicht. Zum zweiten: in dem Moment, in dem ein Virus außerhalb des Körpers überleben kann, können Leute wie Kelvin-Castner die Originalproteine studieren und nicht nur die sekundären Effekte auf das Gehirn. Damit würden sie einen großen Sprung vorwärts Richtung Impfstoff tun. Oder sogar Richtung Umkehrung der Auswirkungen.«

»Aber Sie sagten doch, das würde äußerst schwierig sein, auch nachdem das Virus auf direktem Weg übertragbar gemacht wurde ...«

»O ja, das wird es auch! Aber wir wollen den Schläfern auch nicht die geringste Chance einräumen, oder? Drittens, wenn das Virus mit einer 38,72prozentigen Wahrscheinlichkeit auf solche Art mutieren kann und ich nur durch Zufall auf diesen Umstand gestoßen bin ... was könnte es *sonst noch* anstellen? Und weiß Strukow Bescheid?«

»Sagen Sie ihm nichts!« antwortete Jennifer rasch. »Und fragen Sie ihn nicht danach. Wir würden nicht wissen, ob er die Wahrheit sagt.«

Chad nickte.

Nachdenklich blickte Jennifer durch die glasklare Platte zu ihren Füßen. Sterne, kalt und fern und scharf umrissen – doch aus der Nähe betrachtet, fand sie, waren es äußerst unordentliche Anhäufungen brutaler Kollisionen.

»Ich möchte, daß der Rest des Teams von all dem in Kenntnis gesetzt wird, Chad. Obwohl es selbstverständlich richtig war, mich zuerst zu informieren und die Simulationen zu löschen.« Auch *Sanctuary* hatte seine hochtalentierten Datenfischer im Teenageralter, und für gewöhnlich fand Jennifer das sehr erfreulich; es war immerhin die nächste Generation der Systementwickler, und je raffinierter ihre Techniken, umso besser. Doch diesmal nicht. »Wir müssen einen neuen Zeitplan für die Freisetzungen erarbeiten. Es muß schneller gehen.«

»Werden die Peruaner in der Lage sein, die Herstellung der Hardware zu beschleunigen?«

»Das ist die wahre Schwierigkeit. Ich weiß es nicht.« Strukow, dessen war Jennifer ganz sicher, konnte von seiner Seite aus mit jeglicher Verschiebung in der Planung fertigwerden. »Ich lasse Robert und Khalid daran arbeiten.«

»Gut.« Jennifer merkte, daß Chad sich etwas beruhigt hatte. Ihre Gelassenheit hatte ihn angesteckt. Was durchaus in ihrer Absicht lag.

Er hielt ihr die Tür des Konferenzraums auf, aber Jennifer schüttelte den Kopf. »Ich bleibe noch ein wenig.«

Chad nickte und schloß die Tür hinter sich.

Jennifer starrte durch das Fenster im Boden. Die Erde glitt in Sicht. Wolken über dem Pazifik. So schön. So trügerisch, so moralisch krank. Aber so schön.

Plötzlich überkam sie der Wunsch, Tony Indivinos Grab in den Allegheny Mountains im Staat New York wiederzusehen. Tony Indivino, den sie geliebt hatte, als sie jung war, so, wie sie seither nie mehr geliebt hatte. Tony, getötet von den Schläfern, doch erst, nachdem er *Sanctuary* ersonnen hatte, den sicheren Zufluchtsort für sie alle …

Jennifer löschte den Gedanken. Tony war tot. Was tot war, existierte nicht mehr. Was nicht mehr existierte, dem durfte nicht gestattet werden, das Lebende zu kontrollieren – auch nicht vorübergehend. Das zu gestatten hieße, Rührseligkeit und fruchtlose Sentimentalität zu riskieren.

Tony war tot. Niemand, der tot war, hatte für Jennifer noch Bedeutung.

Niemand.

»Ich denke, du solltest die Berichte lesen«, meinte Will. »Wenigstens einmal.«

»Nein«, sagte Jennifer. In ihrem gemeinsamen Bett rückte sie ein wenig ab von seinem Körper. »Und ich habe dich gebeten, das Thema nicht mehr anzuschneiden.«

»Ich weiß, worum du gebeten hast«, sagte Will mit ausdrucksloser Stimme.

»Dann halte dich bitte daran.«

Will stützte sich auf einen Ellbogen und sah sie an. »Du leitest das Neuropharm-Projekt, Jennifer. Das heißt, daß du über alle Faktoren Bescheid wissen solltest. Die Nachwirkungen von La Solana sind ein Faktor. Wie erwartet hat das FBI-CIA-Team festgestellt, daß die Bombe auf einer Flugbahn von der Abschußstelle in den Rocky Mountains kam. Sie analysieren jedes Molekül dort oben. Du solltest zumindest die Berichte verfolgen, in die wir uns eingeklinkt haben ...«

Jennifer stieg aus dem Bett. Sie schlüpfte in einen hellen, schmucklosen Morgenmantel und verließ das Schlafzimmer.

»Jennifer!« rief Will ihr nach, und nun hörte sie den Zorn aus seiner Stimme, diesen bedauerlichen Zorn, der Will als Mitglied des Projekts ebenso schwächte wie als Verbündeten. Und als Mann. »Jennifer! Du kannst nicht immerzu so tun, als ob La Solana keine Realität gewesen wäre! Es ist geschehen!«

Ja, es ist geschehen, dachte Jennifer und schloß die Tür des Schlafzimmers. Es ist geschehen – Vergangenheit. Es war vorbei. Es gab keinen Grund mehr, darüber nachzudenken. Was vorbei war, war jetzt nicht realer als etwas, das nie existiert hatte. Es gab keinen Unterschied.

Der kleine Salon – alle Privatwohnräume auf *Sanctuary* waren klein – lag im Dunkel. »Licht an!« sagte

Jennifer. In letzter Zeit mochte sie das Dunkel nicht so sehr. Manchmal glaubte sie am Rand der Dunkelheit eine Gestalt zu sehen – einen gedrungenen, plumpen Körper mit einem Kopf voll widerspenstiger dunkler Haare, zusammengehalten von einem roten Band. Die Gestalt war natürlich nicht real. Sie existierte nicht.

Daher hatte sie nie existiert.

18

Theresa ging es sehr schlecht. Doch wäre sie *umgestellt* gewesen, wäre es ihr noch schlechter ergangen. Jackson wußte die Ironie nicht so recht zu schätzen.

Theresa hatte sich einer Strahlung von 2,4 Gray ausgesetzt. Jackson kehrte auf schnellstem Weg von Kelvin-Castner in das Apartment zurück und schwemmte soviel wie möglich davon aus ihrem Organismus. Er brachte sie nicht ins Krankenhaus; die Enklaven besaßen keine Krankenhäuser, die den Namen verdient hätten. Nicht mehr nötig.

Jackson bestellte das Rüstzeug, das er brauchte, per Notruf; es traf zur selben Zeit wie er im Apartment ein. Theresa war hysterisch.

»Schschsch, Tessie, es wird alles wieder gut! Halt durch, Liebes, du mußt nur ein bißchen mithelfen!«

»Tot!« schrie Theresa immer wieder. »Tot … tot … tot!«

»Nein, du wirst nicht sterben! Schschsch, Tessie, ganz ruhig!« Aber sie ließ sich nicht besänftigen.

»Geben Sie ihr ein Schlafmittel«, sagte Vicki und kämpfte mit Theresas fuchtelnden Armen. »Jackson …! Es ist besser für sie!«

Er befolgte ihren Rat. Und dann gingen er und Vicki an die Arbeit. Er pumpte Theresa den Magen aus und setzte schlauchförmige Spezialroboter zum Spülen der Speiseröhre, des Bronchialbaums, der Nase, der Ohren, des Rektums und der Vagina ein und reinigte die Augen. Zusammen mit Vicki schrubbte er jeden Zoll von Theresas Haut mit einer chemischen Lösung, und Vicki schnitt Theresas langes blondes Haar ab und rasierte die verbleibenden Stoppeln. Jackson ging währenddessen aus dem Zimmer; er stand im Flur und hieb mit den Fäusten gegen die Wand.

Als er wieder eintrat, war Vicki mitfühlend genug, ihm nicht direkt ins Gesicht zu schauen.

Er nahm eine endotracheale Intubation vor, denn die Innenwand der Luftröhre würde anschwellen und sich ablösen, und Theresa würde mechanische Hilfe beim Atmen brauchen. Als nächstes kam eine Injektion, um sie so stark wie möglich zum Schwitzen zu bringen, und dann eine Infusion mit Nährstoffen und Elektrolyten. Als Jackson und Vicki fertig waren, standen sie einen Moment lang neben dem Bett, auf dem Theresas schlaffer, mit einem Baumwollaken bedeckter Körper lag. Invasive Monitoren, unterstützt von Gewebemonitoren in Form von Hautpflastern, schickten ihre Werte an ein zentrales Terminal. Sie sah aus, dachte Jackson verzweifelt, wie ein dürrer, blasser, gerupfter Spatz.

»Ich bleibe hier, Jackson«, sagte Vicki. »Sie können Ihre Schwester nicht ganz allein gesundpflegen.«

»Ich habe schon einen PflegeRob mit der Software für Strahlenkrankheit angefordert. Er wird demnächst eintreffen. Mußte aus Atlanta geschickt werden.«

»Kein Ersatz für Menschen.«

»Wissen Sie irgend etwas über Strahlenkrankheit?« fragte er schroffer als beabsichtigt.

»Sie werden es mir schon beibringen.«

»Aber Lizzie und Dirk ...«

»... brauchen mich nicht«, beendete sie den Satz. »Lizzie kommt sehr gut allein zurecht. Und es wird ganz gewiß nichts Neues und Umwerfendes im Lager geschehen.«

Jackson lächelte nicht. Er hatte sie kaum gehört. »Wäre Theresa *umgestellt* ...«

»Hab ich mir schon gedacht, daß sie nicht *umgestellt* ist«, bemerkte Vicki. »Aber warum nicht?«

Er ignorierte die Frage. »Wäre sie *umgestellt*, wäre

das alles noch viel schlimmer. Als Miranda Sharifi den Zellreiniger schuf, da berücksichtigte sie die Strahlenkrankheit nicht. Nun, sie konnte nicht alles einbeziehen. Der Zellreiniger merzt anomale DNA aus. Daher kommt es auch, daß er Tumoren so früh erwischt. Und Theresa...« Er konnte nicht weitersprechen.

Vicki tat es an seiner Stelle. »Theresa wird zu einer Masse mutierter anomaler DNA. Jackson, es tut mir so leid! Aber was ist eigentlich mit der Tech-Pilotin?«

»Ist nach Hause gegangen, denke ich.«

»Dann ist nur zu hoffen, daß sie auch einen Arzt in ihrer Verwandtschaft hat.«

Er sah Vicki ärgerlich an. »Ich bin doch kein wandelnder Humanitätsapostel, zum Teufel! Die Pilotin gehört nicht zu meinen Patienten!«

Vicki antwortete nicht. Aber sie legte ihm kurz die Hand auf die Schulter, ehe sie sagte: »Ich werfe mich für eine Weile aufs Ohr. Bleiben Sie jetzt bei ihr, und ich löse Sie in ein paar Stunden ab.«

»Tragen Sie dem Haussystem auf, Sie zu wecken. Es heißt Jones, und der Zugangscode für das Gästeprogramm lautet ›Michelangelo‹.«

»Ich weiß«, sagte Vicki, und Jackson kam gar nicht auf die Idee, sie zu fragen, woher sie es wußte.

Eine Stunde später rief er beim Flughafen Manhattan-Ost an und schickte eine Botschaft an die Tech-Pilotin, die Theresa Aranow geflogen hatte. Er fügte eine Anleitung für die Behandlung von Strahlenkrankheit hinzu.

Dann zog er sich einen Sessel zum Bett seiner Schwester und betrachtete ihr schlafendes Gesicht, solange es noch ganz war.

Mitten in der Nacht schlich Vicki ins Zimmer und sagte leise: »Lassen Sie mich jetzt bei ihr sitzen.«

Jackson hatte leicht gedöst, verfolgt von unruhigen

Träumen: Riesige unförmige Klumpen attackierten ihn und versuchten, seinen Kopf zu verschlingen... er erkannte, daß es Theresas T-Zellen waren, die sich zum Kampf gegen ihren eigenen Körper aufgemacht hatten.

Er richtete sich auf und sagte verschlafen: »Nein... Ich bleibe hier.«

»Jackson, Sie sehen beschissen aus. Gehen Sie zu Bett. Nichts wird sich vor morgen früh ändern.«

Aber Theresa veränderte sich unentwegt. Verbrennungen erschienen auf ihrer blassen Haut, wunde Stellen in ihrer Mundhöhle und auf der Zunge.

»Jackson...«

»Ich bleibe hier.«

Sie zog sich einen Stuhl heran und setzte sich neben ihn. Ein paar Minuten – Stunden? – später wachte er auf, als er merkte, daß er, geschleppt von Vicki, durch den Korridor auf seine Schlafzimmertür zustolperte. Er entsann sich nicht, eingeschlafen oder aufgewacht zu sein.

Sie ließ ihn vollständig bekleidet auf das Bett fallen, und er versank augenblicklich in weitere rastlose Träume.

Als er das nächste Mal erwachte, stand Cazie über ihn gebeugt wie eine griechische Furie und schüttelte ihn an der Schulter. »Jackson! Ich habe dir ein Dutzend höchst dringliche Botschaften von K-C geschickt! Was ist bloß *los* mit dir? Ist dir eigentlich klar, wie wichtig dieses Geschäft ist? Und selbst wenn es dir nicht klar ist – kannst du nicht wenigstens den Anstand aufbringen, mir einmal in sechsunddreißig Stunden zu antworten? Auch wenn du schmollst? Mein Gott, ich kann nicht glauben, daß du...«

»Es wäre besser, Sie würden Jackson nicht stören«, sagte Vicki mit zuckersüßer Stimme von der Tür her.

Cazie drehte sich langsam um. Ihre honigfarbene Haut wurde blaß, was die Sprenkel in ihren Augen noch um eine Idee leuchtendgrüner machte.

»Jackson braucht seinen Schlaf«, fuhr Vicki mit derselben geduldigen Stimme fort, mit der man ein Kind durch vernünftige Argumente zu überzeugen versucht. »Also wäre es besser, wenn Sie jetzt wieder gingen.«

Cazie hatte sich gefangen – immer ein gefährlicher Augenblick. »Das glaube ich nicht… Diana, nicht wahr? Oder Victoria? Stimmt, Jackson sieht ziemlich geschafft aus – Sie müssen ihm ein beachtliches Konditionstraining verpaßt haben! Ich bin sicher, es hat ihm gefallen. Aber jetzt müssen wir beide Erwachsenengespräche führen. Also – wenn er Sie schon bezahlt hat, dann kann Ihnen das Haussystem einen GehRob rufen. Und jetzt, Jack, warte ich in deinem Arbeitszimmer, während du dich duschst.«

Vicki lächelte nur.

Plötzlich hatte Jackson sie beide satt. Er hievte sich mühsam aus dem Bett. »Sei nicht so verdammt dumm, Cazie! Theresa ist krank! Ich habe keine Zeit, über Kelvin-Castner nachzudenken, solange sie nicht außer Gefahr ist.«

Cazies Gesichtsausdruck verwandelte sich. »Krank? Ernsthaft? Was hat sie? Jackson, eine *Umstellungs*-Spritze…«

»Nein, diesmal nicht. Es ist Strahlenkrankheit.« Er rempelte sie im Vorbeigehen an und schritt weiter zu Theresas Zimmer. Cazie rannte ihm nach.

Seine Schwester schlief ruhig; keine Veränderungen bei den Werten auf dem Monitor. Als Cazie Theresa erblickte, schnappte sie nach Luft. »Was… Jack!«

»Sie war in Reichweite der Atomexplosion, die La Solana zerstörte.« Zu diesem Zeitpunkt mußte es bereits auf allen Nachrichtenkanälen laufen. Cazie verfolgte die aktuellen Meldungen stets aufmerksam.

»*Tess?* In New Mexico? Unmöglich!«

»Das hätte ich auch gedacht.«

»O mein Gott! Jack... Ich bleibe hier und helfe dir, sie zu pflegen!«

Das war Cazie in ihren aufrichtigsten Momenten, Cazie, wie sie am liebenswertesten war. Voll Zuneigung und Schmerz sah sie auf Theresa hinab. Jackson sagte: »Vicki erledigt das ganz wunderbar«, und war viel zu unglücklich und deprimiert, um diesmal seine Grausamkeit zu genießen.

»Na gut«, sagte Cazie bedrückt. Zögernd legte sie eine Hand auf den äußersten Rand von Theresas Bett.

Jackson schloß die Augen. »Also, was willst du wegen Kelvin-Castner unternehmen?«

»Das kann warten«, sagte Cazie mit gedämpfter Stimme.

»Nein, kann es nicht. Und außerdem gibt es ohnehin nichts, was ich in diesem Augenblick für Theresa tun könnte.«

»Wenn du... also gut. Ich möchte für den Anfang fünfhundert Millionen Dollar Kapital binden, später mehr, je nach Betriebserfordernis und Zielsetzungen. Ich habe dir die Vorschläge für die geplanten Zielsetzungen geschickt. Fünfzehn Prozent des Bruttogewinns gehören allein bei diesem Projekt uns, bei, im großen und ganzen, Standardverpflichtungen und üblichem Risiko. Die Höhe des Bruttogewinns und die langfristigen Verflechtungen...«

»Nein, das nicht! Erzähl mir nichts von diesen Dingen! Ich möchte wissen, was wird man bei Kelvin-Castner *tun*?«

»Ausgehend von den Gewebeproben und den Veränderungen im Gehirn der Nutzer fieberhaft an einem patentfähigen Transportmolekül arbeiten. Die ersten Computermodelle laufen bereits. Aber es gibt natürlich Hunderte von Möglichkeiten, die zu überprüfen sind, vielleicht sogar Tausende. Aber wenn wir ein patentfähiges Molekül erhalten, können wir es als Basis einer unglaublichen Anzahl von Reiniger-resistenten Pharmaka verwenden. Den Anwendungsfachleuten rauchen bei ihren ersten Vorarbeiten schon die Köpfe.«

Reiniger-resistent. Den Ausdruck hatte Jackson noch nie gehört. Vielleicht hatten ihn die Anwendungsfachleute aus ihren rauchenden Köpfen gezaubert.

Mit einem letzten Blick auf Theresas Werte führte er Cazie aus dem Zimmer. Der PflegeRob schwebte an Theresas Seite.

Auf dem Korridor sagte Jackson: »Ich bin bereit, auch in Theresas Namen für die Investition zu stimmen – unter einer Bedingung: Das oberste Ziel der Forschungen – das *oberste Ziel,* Cazie, mit dem Hauptkontingent an Fachwissen und Ressourcen – muß es sein, ein Gegenmittel für das Neuropharm zu finden, das die Nutzer infiziert hat. Ein Mittel zur Umkehrung des Prozesses, das der Biochemie ihrer Gehirne ihre frühere Funktion wiedergibt. Ohne Fremdenfurcht und der Angst vor Ungewohntem und dem Rest ihrer verdammten Inhibitionen. Ist das klar?«

Cazie zögerte nur eine Sekunde lang. »Klar.«

»Kannst du Alex Castner soweit bringen, daß er damit einverstanden ist?«

»Ja.« Sie klang sehr überzeugt.

Plötzlich kam Jackson der Gedanke, ob sie wohl mit Castner schlief. Oder mit Thurmond Rogers. Er sagte: »Bring es in Vertragsform und schick es mir. Und ich wünsche laufend aufgezeichnete Berichte über die Fortschritte bei der Suche nach dem Gegenmittel zu bekommen. Einschließlich der Laboraufzeichnungen.«

»Kein Problem.«

»In dem Vertrag möchte ich auch haben, daß ich umgehend von jeglichem signifikantem Durchbruch – in irgendeiner Hinsicht – bei dem gesamten Projekt zu informieren bin.«

»Wird gemacht. Der Vertrag wird morgen früh hier

in deinem Apartment sein. Wir können die Absichtserklärung gleich jetzt aufnehmen. Deine persönlich, und Theresas in Vertretung. Aber Jack…« Ihre Stimme bebte. »Wie schlimm steht es um Tessie? Wird sie… wird sie…?«

»Sie wird nicht sterben.« Jackson sah Cazie an. Ihre Augen, die zu ihm aufblickten, hatten sich mit Tränen gefüllt. »Tess wird wieder gesund. Das kann lange dauern, aber sie wird wieder gesund.«

»Und die Spätfolgen?«

»Als Spätfolge wird sie wohl oder übel die *Umstellungs*-Spritze akzeptieren müssen. Die einzige Möglichkeit, sie vor zu erwartenden Krebserkrankungen zu bewahren.«

»Aber es gibt doch keine Spritzen mehr! Außer du…«

»Natürlich habe ich eine für Theresa. Im Privatsafe meines Vaters. Ich habe immer schon eine für Theresa aufgehoben.«

Cazies Miene verriet plötzliches Verstehen. Mit einemmal wurde ihr klar, was es ihn als Arzt gekostet hatte, das zu tun, während die Krise im öffentlichen Gesundheitswesen sich zuspitzte – zuzusehen, wie Babies starben, und zu wissen, eines davon retten zu können… Sie machte einen Schritt auf ihn zu und legte die Arme um ihn. Er ließ es zu. Ihr voller Busen preßte sich weich an seinen Körper; ihr Scheitel paßte wie immer perfekt unter sein Kinn. Er war so müde…

Am Rand seines Gesichtsfeldes sah er Vicki um die Ecke verschwinden.

Theresa bekam nässende Wunden auf dem Kopf, im Gesicht und auf dem Körper. Das Gewebe schwoll so an, daß der Druck des weichen Bettes ihr unerträgliche Qualen bereitet hätte, wäre sie nicht vollgepumpt mit Schmerzmitteln gewesen. Ihre kleinen, festen Brüste verwandelten sich in Beutel voller Geschwüre mit blutenden, aufgesprungenen Warzen.

Sie konnte nicht sprechen. Ihr Mund, die Zunge und der Gaumen wurden ebenso zu einer Ansammlung von Geschwüren wie der Rest ihres strahlenverbrannten Körpers. Manchmal, wenn sie kurz aus ihrer Bewußtlosigkeit auftauchte, bemühte sie sich, dem Tubus in ihrer Luftröhre zum Trotz, etwas zu murmeln, während ihre verschwollenen Augen Jacksons Blick festhielten. »Ennh ... de-de ...« Dann gab er ihr jedesmal sofort ein Schlafmittel. Er konnte es nicht ertragen.

»Fortschritte des Patienten innerhalb normaler Grenzen«, sagte der PflegeRob freundlich ein paarmal am Tag. »Wünschen Sie detaillierte Werte?«

»Um Himmels willen, Jackson, legen Sie sich schlafen!« sagte Vicki ebenso oft. »Sie sehen aus wie etwas, das Miranda Sharifis Labor weggeschmissen hat!«

»M-M-M-M ... de ... de«, versuchte Theresa. Jackson erhöhte die Dosis des Sedativums.

Wie im Vertrag festgehalten, trafen zweimal täglich die Laborberichte von Kelvin-Castner ein, endlose Listen unbearbeiteter Daten. Jackson hörte nur die von Thurmond Rogers hastig gesprochenen Zusammenfassungen ab. »Jack, wir haben Computermodelle der wahrscheinlichsten Proteinstrukturen des Ausgangsmoleküls entwickelt, basierend auf den wahrscheinlichsten Reaktionen der Rezeptoren. Bedauerlicherweise gibt es sechshundertdreiundvierzig mögliche primäre Molekülfaltungen, also werden die Tests einige Zeit in Anspruch nehmen, und so dachten wir daran ...«

»Das reicht, Caroline«, sagte Jackson zum System. »Leg den Bericht unter dem heutigen Datum, dem Sprecher und ... nach allen Kriterien ab, die eine Wiederauffindung vereinfachen.« *Und laß mich zufrieden damit!*

»Ja, Doktor Aranow«, sagte Caroline.

»Jack, wie geht's Tess?« fragte Cazies Bild täglich – öfter als täglich, aber er wußte nicht, wie oft, weil er sich nie direkt mit ihren Anrufen verbinden ließ. Einmal hörte er Cazies Stimme in einem anderen Raum, wo sie mit Vicki sprach. Mit *Vicki?* Wortgefecht? Nahkampf? Duell? Er ging nicht hin.

Theresa verlor Gewicht, das zu verlieren sie sich einfach nicht leisten konnte. Ihr ohnedies schon magerer Körper wurde zu einem Skelett, die Arme und Beine dürr wie Drahthänger, die Knie und Ellbogen scharfkantig wie Meißel. Ihre Wunden näßten und bluteten.

Der Fortschritt bei Kelvin-Castner, berichtete Thurmond Rogers täglich, schien nicht stattzufinden. Die Computermodelle schienen einfach nicht zu klappen. Die Algorithmen ließen sich, nach eingehender Untersuchung, nicht anwenden. Es gab nur Wahrscheinlichkeiten, Hypothesen, die sich später als unhaltbar herausstellten, und unbefriedigende Resultate bei den Tierversuchen. Man wartete dringend auf einen Durchbruch, erklärte Thurmond Rogers in seinen Botschaften, denen Jackson nur solange zuhörte, bis er an ihrem Kern angelangt war. Der Durchbruch würde kommen, sagte Rogers. Noch war er aber nicht da. »Schließlich sind wir nicht Miranda Sharifi und Jonathan Markowitz«, fügte Rogers unwirsch hinzu.

»Fortschritte des Patienten innerhalb normaler Grenzen«, sagte der PflegeRob.

»Gehen Sie schlafen!« sagte Vicki. »Ihre geistige Gesundheit unterliegt auch der Abnützung.«

»Möglicherweise ein Dekapeptid zur Auslösung der Zellreaktion bei …«

»De … ded … mmmm …«

»Wie geht's ihr, Jack? Wie geht's *dir*? Antworte mir doch endlich, verdammt noch mal!«

Nach einem Monat hatte Theresa immer noch Strahlenverbrennungen im Gesicht und am Körper. Ihre Muskeln waren geschwunden. Doch die Wunden hörten auf zu nässen. Jackson wollte sie zum Essen bringen, auch wenn sie noch wochenlang keinen echten Appetit verspüren würde. Aber um zu essen, mußte sie erst aufwachen.

Zusammen mit Vicki schob er Theresa Kissen unter den Rücken. Neben dem Bett stellte Vicki einen riesigen Strauß aus GenMod-Blumen auf – rosa und gelb und tief orange. Und dann verließ sie taktvoll den Raum.

Der PflegeRob bereitete ein flüssiges Protein zu, das nach Himbeeren schmeckte. Theresa hatte Himbeeren immer gern gemocht.

»Jack … son.«

»Versuch nicht zu sprechen, Tessie, wenn es weh tut. Du bist sehr krank gewesen, aber bald wird es dir viel besser gehen. Ich bin bei dir.«

Sie starrte mit verschwommenem Blick in seine Richtung. Ihr Kopf war völlig kahl, bedeckt mit Schorf und Krusten. Aber langsam wurden ihre hellblauen Augen wieder klar. »M-M-Mir …«

»Ich sagte, sprich nicht, Liebes!«

»M-Mir …«

Er gab nach. »Warte, ich helfe dir. ›Miranda Sharifi‹, ja? Du hast dich nach New Mexico bringen lassen, um Nachforschungen für dein Buch anzustellen, richtig? Um in La Solana mit Mirandas Vater zu sprechen, weil er Leisha persönlich gekannt hat?«

Theresa zögerte. Ihr ergreifend nackter Kopf nickte leicht, und sie zuckte zusammen, als die schorfige Haut über das weiche Kissen kratzte. »To … ot.«

»Richard Sharifi ist tot. Man hat La Solana bombardiert, und er wurde getötet.« Jackson sah die Frage in ihren Augen. »Nein, die Regierung weiß nicht, wer die Bombe gezündet hat. Sie wurde vermutlich in den

Bergen von New Mexico vom Boden aus abgefeuert. Keine Gruppierung hat sich dazu bekannt, niemand wurde verhaftet, und falls das FBI irgendwelche Spuren verfolgt, dann hüllt es sich in Schweigen. Und die Basis Selene hat keinen Vergeltungsschlag geführt oder auch nur einen öffentlichen Kommentar abgegeben.«

»Nicht … in … Selene.«

»Was ist nicht in Selene? Tess, Liebes, versuch nicht weiterzusprechen, ich sehe, daß es dir Schmerzen bereitet. All das kann warten, bis du …«

»To-ot. Miranda.«

Sanft hielt Jackson Theresas Hand in der seinen. »Miranda Sharifi ist tot? Das kannst du nicht wissen, Kleines.«

»Sprach … mit ihr. Ich. Sah … sie.«

»Du bist Miranda Sharifi *begegnet*?« Er warf einen kurzen Blick auf den Monitor. Theresas Körpertemperatur, Hautleitfähigkeit und Hirnscan waren normal; sie hatte keine Halluzinationen. »Liebes, du kannst ihr nicht begegnet sein. Miranda ist in Selene. Auf dem Mond.«

»Nein!«

»Nein? Sie war in La Solana? Tess – das gibt es nicht!«

Theresa funkelte ihn an mit ihren wäßrigen blauen Augen in dem gräßlich entstellten Kopf. Dann begannen die Tränen herauszuquellen. Jackson sah, wie sie zusammenzuckte, als die salzige Flüssigkeit mit ihrer Haut in Berührung kam. »Tot! Tot!«

»Tess, bitte, nicht …!«

»Wenn sie sagt, daß sie Miranda begegnet ist und daß Miranda tot ist, dann ist es vermutlich wahr«, sagte Vickis Stimme hinter ihm. »Sie weiß, was sie sah. Und das wäre das einzige Motiv, das die Bombardierung von La Solana sinnvoll erscheinen läßt, ohne daß sich jemand dazu bekennt oder Forderungen stellt.«

Theresa blickte an Jackson vorbei zu Vicki, die in der Tür stand. Theresa nickte – eine furchtbare Anstrengung. Dann schloß sie die Augen und schlief wieder ein.

Jackson fuhr herum. »Ist Ihnen klar, was Sie da sagen?«

»Wahrscheinlich klarer als Ihnen.« Vickis Gesicht verzerrte sich, und sie verließ den Raum.

Jackson folgte ihr nicht. Er blickte hinab auf Theresa, die immer noch halb sitzend dalag, den gequälten Mund leicht geöffnet. Sanft zog Jackson die Kissen unter ihren Schultern hervor und legte sie wieder flach hin.

Dann ging er durch das ganze Apartment und durch den Y-Schild auf die Terrasse. Es war offenbar Abenddämmerung; Jackson hatte jeglichen Zeitbegriff für Stunden und Tage verloren. Die Bäume und Blumenbeete unten im Park blühten in frühsommerlicher GenMod-Pracht. Daraus schloß er, daß wohl Mai sein müßte.

Theresa hatte gesagt, daß Miranda Sharifi tot war.

Und die übrigen SuperSchlaflosen auch? Für gewöhnlich waren sie immer beisammen geblieben – ein Rudel ganz eigener Art. Vielleicht war das ihr einziger Weg, jemanden zu finden, der sie verstand. Oder vielleicht aus einfachem Schutzbedürfnis. Jedenfalls waren sie beisammengeblieben und hatten sich versteckt und dann ihr ganzes technisches Wissen darauf verwendet, die Welt glauben zu machen, daß sie sich anderswo versteckten – offenbar als weitere Schutzmaßnahme.

Und wenn es stimmte, was Theresa behauptete, dann hatte nichts davon geholfen. Sie waren den Hassern dennoch nicht entkommen.

Die Baumwipfel unten tanzten in einer plötzlichen Brise. Am äußersten Rand der Terrasse, wo er stand, konnte Jackson die Blätter rascheln hören und ihre kühle Feuchtigkeit riechen. Im Südosten, direkt unter dem Mond, stand ein heller Planet am Himmel. Vermutlich Jupiter. Oder ein Holo von Jupiter, einstimmig beschlossen vom Wetterkomitee der Enklave. *Wie wär's, wenn wir in diesem Monat der Kuppelprogrammierung einen Planeten hinzufügen? Die Kinder können lernen, die Himmelskunde-Software zu benutzen!*

Jackson sah wieder die Ausdrucke der *nicht umgestellten* Nutzer-Kinder an der Wand von Theresas Arbeitszimmer vor sich. Wie sie aufgedunsen und in Fäulnis dahinstarben – mangels Hygiene, die kein Mensch mehr für nötig hielt, mangels *Umstellungs*-Spritzen oder mangels medizinischer Betreuung.

Und jetzt würde es nie mehr weitere *Umstellungs*-Spritzen geben. Die Menschen würden – einzeln oder in Gruppen oder in Gestalt ganzer Regierungen – endlose Botschaften oder sogar Expeditionen nach Selene schicken, und es würde nichts nützen. Wenn die SuperS nicht irgendwo ein riesiges Vorratslager an Spritzen für eine posthume Entdeckung zurückgelassen hatten, dann würde es für die soeben geborene Generation keine *Umstellung* mehr geben. Und für die nächste. Und die übernächste. Nicht einmal für Macher-Kinder mit Himmelskunde-Software. Die Nanotechnik dahinter ging einfach über jegliches Begriffsvermögen der normalen Menschheit hinaus – selbst über das einer GenMod-Menschheit. Man konnte nicht an die industrielle Revolution herangehen, wenn man gerade erst das Rad erfunden hatte.

Jackson stützte die Hände auf das Terrassengeländer und beugte sich vor. Von der Straße vier Stockwerke weiter unten stieg das leise Lachen einer Frau herauf, gefolgt vom weichen Tenor eines Mannes. Jackson sah keinen von beiden. Die Luft roch nach Minze und frisch gemähtem Gras und Rosen.

Paradies hatte Theresa einst, in ihrer religiösen Phase,

den Central Park genannt. Da war sie zwölf gewesen und wollte Nonne werden.

Paradies. Für wie lange?

Wahrscheinlich gab es da und dort noch gehortete Spritzen, in den Familien, in den Enklaven – eine, zwei hier, ein paar weitere dort. Damit konnte man die Neugeborenen *umstellen,* – heimlich, noch bevor ein Außenseiter erfuhr, daß die Spritzen existierten, und sie stehlen konnte. Doch sobald die gehorteten Spritzen verbraucht waren, würde die Geburtenrate noch weiter als bisher fallen, wenn potentielle Eltern es sich aus der Sicherheit ihrer *umgestellten* Existenz heraus zweimal überlegten, Kinder in die Welt zu setzen, die ungewohnte Nahrungsbedürfnisse hatten und krank werden konnten. Schließlich und endlich würden die Menschen ihre Kinder dennoch bekommen – das taten Menschen wohl immer. Dann würde die Medizin aus ihrem Koma der fieberhaften Lustdrogenforschung zu neuem Leben erwachen, und die Macher würden wie immer zurechtkommen hinter ihren Y-Schilden, die mit jedem Jahr vergrößert werden müßten – in dem Ausmaß, als das Bedürfnis nach Ackerland, nach Molkereien, nach SoySynth-Fabriken wuchs. Und die Schilde mußten noch widerstandsfähiger werden. Aber die Enklaven würden sich anpassen. Sie verfügten über alle Techniken dafür. Dort würde es keine Vertreibung aus dem Paradies geben.

Und die Nutzer? Die Frage, was dort geschehen würde, stellte sich gar nicht – es geschah bereits. Hunger, Krankheit, Krieg, Tod. Und schließlich würden sie wieder die grundlegenden Fähigkeiten zum Überleben erlernen. Oder auch nicht, falls sich das Neuropharm ausbreitete, das die Akzeptanz von Neuartigem, Fremden, verhinderte. Dann würden sie einfach an ihren alten Gewohnheiten festhalten, die auf *umgestellte* Organismen ausgerichtet waren, über die die neue Generation nicht verfügte. Und die Macher, immer noch verbittert über die *Umstellungs*-Kriege und sich der Tatsache nur allzu bewußt, daß die Nutzer bereits seit mindestens drei Generationen keinerlei wirtschaftliche Notwendigkeit mehr darstellten, würden gar nichts tun.

Genozid durch allgemeine Untätigkeit. Der Herr hilft nicht jenen, die zerebrochemisch unfähig sind, sich selbst zu helfen. Die zuviel Angst haben vor irgendeiner Veränderung, um jemanden an sich heranzulassen. Und die gerade ihre letzte Schutzmacht verloren hatten.

Jackson nahm einen tiefen Atemzug von dieser süßen, künstlichen Luft und schloß die Augen.

»Jackson«, sagte Vicki hinter ihm. »Theresa ruft nach Ihnen.«

»Einen Moment.«

Zu seiner Verblüffung spürte er, wie Vickis Arme sich von hinten um seine Mitte schmiegten. Ihre Wange lag an seinem Rücken, und sein Hemd wurde feucht. Da entsann er sich, daß Vicki irgendeine nicht näher erklärte persönliche Erfahrung mit den SuperSchlaflosen hatte, während er in seinen Gedanken die toten SuperS in erster Linie als eine Quelle für *Umstellungs*-Spritzen betrachtete.

Er sagte, ohne sich umzudrehen. »Sie sind Miranda Sharifi begegnet?«

»Ja. Zweimal.«

»Was für ein Wahnsinniger hat diese Menschen umgebracht?«

»Zu viele Kandidaten, um sie aufzuzählen. Die Welt ist voll von verbitterten und angewiderten Menschen.«

»Ja. Alle Spielarten von Verlierern, denen die Gewinner ein Dorn im Auge sind.«

»Ich bin gar nicht sicher, ob Miranda je zu den Gewinnern gehörte«, sagte Vicki. »Aber sie und die Ihren waren unsere einzige Chance auf eine erzwungene radikale Evolution. Nur *Sanctuary* war in der Lage, sie zu erschaffen, und *Sanctuary* wird es nie wieder tun.«

Und da plötzlich sah es Jackson ganz klar vor Augen; seine Hände packten das Geländer fester. Die Luft roch mit einemmal widerlich. »Jennifer Sharifi hat sie alle getötet. Aus Rache, weil Miranda sie und ihre Mitverschwörer vor fast dreißig Jahren ins Gefängnis gebracht hat.«

»Ja«, nickte Vicki. »Gut möglich. Aber das Justizministerium wird nie in der Lage sein, es zu beweisen.«

Sie ließ Jackson los und trat einen Schritt zurück. »Es hängt von Ihnen ab, Jackson.«

Er drehte sich um und sah sie an. »Von *mir*? Wovon, zum Teufel, reden Sie eigentlich?«

»Sie glauben doch nicht wirklich, daß die Forschungen bei Kelvin-Castner sich ernstlich mit einer Suche nach einem Mittel gegen das Neuropharm beschäftigen? Niemand erwartet, daß es in die Enklaven eindringt, weil man weiß, daß es nur von einer anderen Macher-Gruppe hergestellt worden sein kann. Und zwar mit dem Ziel, die Nutzer für alle Zeiten als politische oder physische Bedrohung auszuschalten, ohne sich mit ihrer effektiven Ausrottung die Finger schmutzig zu machen. Wenn Sie K-C nicht auf die Finger schauen, wird man sich dort einfach auf die kommerziellen Anwendungsmöglichkeiten stürzen und sich mit dem Gegenmittel, für das Sie einen Vertrag haben, Zeit lassen.«

»Aber die täglichen Laborberichte ...«

»Haben Sie sorgfältigst studiert, nicht wahr? Quatsch! Sie haben sie doch kaum angesehen!«

Er schwieg und versuchte zu schlucken, was sie sagte.

»*Ich* habe sie mir angesehen«, sagte Vicki, »so wenig ich auch damit anfangen konnte. Ich habe keine

Ahnung von diesen Dingen. Für mich sind es bloß endlose Reihen von Diagrammen, ein Kauderwelsch von Gleichungen und Modelle unfaßbarer Substanzen. Jackson, Sie werden Kelvin-Castner schon auf den Pelz rücken müssen, wenn es Ihnen wirklich um ein Gegenmittel geht. *Sie!*«

»Aber Theresa ...«

»... mit ihr geht's bergauf. Mit Dirk und Billy und Shockey nicht. Schließlich ...« – sie hob die Hände, die Handflächen nach oben gedreht, in einer demütig-bittenden Geste, die Jackson bei ihr nie vermutet hätte – »... sind Sie doch Arzt, oder?«

»Aber ich beschäftige mich nicht mit medizinischer Forschung!«

»Von nun an schon«, stellte Vicki fest. Und dann lächelte sie plötzlich. »Ich gratuliere zur persönlichen Evolution!«

Die Berichte von Wochen waren zu studieren. Und mit jedem Tag wuchs die Zahl der Forscher, die mit den Vorarbeiten betraut waren; sie begann bei siebzehn und vervielfachte sich auf unglaubliche zweihunderteinundvierzig an zehn verschiedenen Orten im ganzen Land. Und jeder einzelne sandte seine Kopien von allem und jedem an Jackson: von jeder aufgezeichneten Konferenz, jedem Verfahren, jeder Spekulation, jeder Version jedes virtuellen Modells. Abweichungen in der Absorptionsgeschwindigkeit, Grad der biologischen Verfügbarkeit, Proteinbindung, Mechanismen der verschiedenen Untertypen von Rezeptoren, Erregungsfaktoren der efferenten Nerven, Meldrum-Modelle, Gangloid-Ionisation, Proteinsynthese der Ribosomen, Wechselwirkungsgrade des Zellreinigers – keine Einzelperson hätte das alles je allein bearbeiten können! Doch noch während er es versuchte, kam Jackson der Verdacht, daß genau das beabsichtigt war.

Außerdem kam ihm der Verdacht, daß es sich bei einigem von dem, was man ihm gesandt hatte, um wertlose Füllsel handelte. Doch was genau – das festzustellen hatte er weder die Zeit, noch das Fachwissen oder die Geduld.

Als er so vor dem Terminal in seinem Arbeitszimmer saß und Ausdrucke überflog, wurde ihm klar, daß der einzige Weg, sich durch all dies hindurchzuwühlen, über die Verwendung von Programmen führte, die für die Suche nach spezifischen Mustern, spezifischen Methoden von Forschungen erstellt waren. Oder möglicher Forschungen. Oder vielleicht für Richtungen, in die diese Forschungen gehen konnten. Aber derart maßgeschneiderte Programme existierten nicht. Und Jackson, der kein Software-Experte war, konnte sie nicht erstellen. Geschweige denn die Unterlagen anzapfen, die er, wie er vermutete, von Kelvin-Castner nicht bekam.

»Lassen Sie Lizzie kommen«, sagte er müde zu Vicki.

»*Lizzie?* Sie hat keine Ahnung von der Biochemie des Gehirns und den entsprechenden Forschungen!«

»Nun, ich auch nicht. Zumindest nicht genug. Rufen Sie sie an und sagen Sie ihr, ich schicke einen Wagen, der sie holt. Sie muß mir helfen, eine spezialisierte Software zu erstellen. Wenn sie das nicht kann, dann kann sie mir wenigstens die gesperrten Aufzeichnungen von K-C öffnen. Sie ist, weiß Gott, ein talentiertes Kind. Und ich möchte keinen Außenseiter ins Spiel bringen, der möglicherweise seine Informationen weiterverkauft. Zumindest jetzt noch nicht.«

Vickis Augen glänzten. »Wird erledigt. Apropos Informationen: Jones sagt, Cazie ist auf dem Weg herauf und will Sie sprechen.«

Jackson hob den Blick von den windschiefen Stapeln

von Ausdrucken auf seinem antiken Aubusson-Schreibtisch. Vickis Gesichtszüge waren von sorgsamer Emotionslosigkeit. Wiederum spürte er ihre Arme um sich, warm und fest, damals am Terrassengeländer.

Vielleicht war Lizzies Hilfe nicht der einzige Weg, um ans Ziel zu kommen.

»Cazie«, sagte er mit ruhiger Stimme. »Sie war regelmäßig hier, nicht wahr? Um Theresa zu besuchen.«

»Diesmal möchte sie aber mit Ihnen sprechen.«

»Und wieso sind Sie dessen so sicher?«

Vicki lächelte säuerlich. »Ich weiß es.«

Und dann war Cazie da. Sie schritt in sein Arbeitszimmer, als würde es ihr gehören; ihr stahlblaues Kleid raschelte, die dunklen Locken wirbelten, und ihre vitale Gegenwart brachte das dämmrige Zimmer zu einem gefährlichen Glühen, das imstande schien, selbst die nichtbrennbaren Plastikausdrucke zu verbrennen. »Jack!« rief sie. »Könnte ich dich einen Moment allein sprechen?«

»Nur wenn Ihnen Ihr eigenes Ego nicht die Sicht verstellt«, murmelte Vicki und ging aus dem Zimmer.

Jackson stand auf – des kleinen Vorteils wegen, den ihm seine Körpergröße brachte.

»Wie geht's dir, Jack?«

»Gut, danke.« Er wartete. Das würde *die* Gelegenheit sein. Tatsächlich! Er fragte sich, ob Cazie es ahnte.

»Und Tessie?«

»Es geht planmäßig voran mit ihr.«

Cazies Lächeln war aufrichtig. »Das freut mich wirklich! Unsere Tessie… Erinnerst du dich daran, wie wir sie als unser Kind betrachteten, das sie sein sollte, solange wir noch kein eigenes hatten? Ein unverdientes Gefühl zwar, aber nicht völlig falsch.« Sie machte einen Schritt auf ihn zu. Er roch ihr Parfum – wie Blüten in animalischer Hitze.

Er sagte: »Bei Kelvin-Castner denkt man nicht

daran, das Gegenmittel zu entwickeln. Und ich kann beweisen, daß du das weißt.«

Es war sein einziger wahrer Schuß – er mußte sie überrumpeln und sich auf den Umstand verlassen, daß sie von ihm keine Arglist erwartete, keine unbegründeten Beschuldigungen, keine Lügen. Sie vertraute ihm, obwohl sie ihn immer hatte wissen lassen, daß er ihr nicht vertrauen konnte. Er war Jackson: ehrlich, standfest, hingerissen von ihr. Leicht hinters Licht zu führen. Leicht zu kontrollieren.

Er sah sie genau an. Sie war gut – nur ein leichtes Weiten der großen grün-goldenen Augen, eine unwillkürliche Veränderung der glänzenden Pupillen. Es reichte. Plötzlich hatte Jackson das Gefühl, einen Schlag in den Magen abbekommen zu haben.

»Das ist nicht wahr, Jack«, sagte Cazie mit ruhiger Stimme. »Du bekommst täglich die Laborberichte.«

»Sie sind nichts als Schwindel. Alle Bestrebungen, den Permanenzfaktor zu verstehen, gehen Richtung Verwendung als Basis für eine Lustdroge.«

»Du hattest nicht die Zeit für derartig eingehende Analysen. Und selbst wenn du sie gehabt hättest, würdest du dich irren. Komm doch einfach zu K-C und überzeug dich selbst! Sicher zeigt Thurmond dir ...«

»... tatsächliche Experimente. Ja, das bezweifle ich nicht. Ein paar, die man zum Herzeigen auf Lager hat. Cazie – wie konntest du nur? Du weißt doch, was dieses neue Neuropharm bei den Nutzern in Vickis Lager bewirkt hat! Was es überall sonst bewirken könnte! Niemand wäre mehr fähig, sich anzupassen, seine alltäglichen Verrichtungen abzuwandeln! Wenn es keine *Umstellungs*-Spritzen mehr gibt und die Kinder nicht mehr damit rechnen können, daß der Zellreiniger jeden schädlichen Organismus eliminiert, den sie irgendwo einfangen! Wenn sie keine trophoblastischen Röhrchen mehr haben, durch die sie sich ernähren!

Dann wird niemand mehr in der Lage sein, etwas zu erneuern und neu zu erlernen! Innerhalb einer Generation …«

»Ach Gott, Jack, du wirst dich niemals ändern, nicht wahr? Du fixierst immerzu dein winziges Spezialgebiet, die geheiligte medizinische Ethik, und vergißt dabei, einen Blick auf das größere Bild zu werfen. Schau dich um – im Sinn des Wortes! Die Nutzer existieren doch nicht ganz für sich allein, wie irgendeine gefährdete kleine Eidechsenart irgendwo in einer trostlosen Wüste! Sie haben doch Miranda Sharifi als Schutzengel! Mit einer ganzen Meute von SuperSchlaflosen als Seraphim und Cherubim. Wenn sie es für angebracht und an der Zeit hält, wird Miranda von Selene herabfliegen, ein paar Büsche in Brand stecken und ein Gegenmittel herunterreichen. Und damit hat sich's dann. K-C braucht für die Nutzer nichts zu tun. Und es gibt keinen Grund, warum wir es sollten.«

»Nun, da ist zum Beispiel der belanglose Umstand, daß du es mir versprochen hast.«

Cazie sah ihn an. Gott, war sie schön! Die begehrenswerteste Frau, die er je kennengelernt hatte. Schön, klug, zärtlich, wenn sie sich danach fühlte. Seine Frau – ex, zumindest – mit allem, was das Wort einst für Jackson bedeutet hatte. Etwas unter seinen Rippen krampfte sich unversehens zusammen. Das Wissen, sie nie wieder in den Armen halten zu können, verursachte ihm einen körperlichen Schmerz.

»Jack …«

»Sag Thurmond Rogers, meinem alten Uni-Kumpel, daß ich bei Kelvin-Castner einziehe. Und zwar sofort. Zusammen mit einem Datenfischer und einem Anwalt. Ich werde mir jeden Bericht persönlich vornehmen, jedes Labor im Hochsicherheitskomplex überprüfen und ihm meine Fachberater an den Hals schikken! Und wenn …«

»Du kannst keine Außenstehenden zu K-C mitbringen! Die Vertraulichkeit der …«

»… und wenn ich nicht *täglich* wesentliche, wissenschaftlich fundierte Fortschritte in Richtung auf ein Gegenmittel für das zur Debatte stehende Neuropharm erkennen kann, werde ich K-C bis obenhin mit Klagen wegen Vertragsbruchs eindecken, und dann kann Alex sein Patent in den Kamin schreiben! Das werde ich tun, auch wenn TenTech dabei vor die Hunde geht!«

Cazie starrte ihn an. Plötzlich hatte Jackson den Eindruck, als würde sie hinter einem Y-Schild stehen, einem unsichtbaren, unzerstörbaren Schild. Sein Schild oder der ihre? Trübselig stellte er fest, daß das nicht mehr von Bedeutung war.

Sie war immer schon schnell von Begriff gewesen. Leise sagte sie: »Diesmal bist du fertig mit mir, nicht wahr, Jack? Ein für allemal.«

»Richte Rogers aus, was ich gesagt habe.«

»Irgend etwas an dir ist verändert. Du würdest tatsächlich TenTech für diese weltfremd-idealistische Geste opfern! Wieso?«

»Weil du unfähig bist zu erkennen, daß es keine Geste ist.«

Ohne sich zu rühren sagte sie: »Ich habe noch nie vorgegeben, etwas zu sein, das ich nicht bin, Jack.«

»Nein«, flüsterte er gequält. »Das hast du nie getan.«

Plötzlich warf sie den Kopf zurück und lachte – ein volles, helles Lachen ohne den geringsten Anflug von Hysterie. Da spürte Jackson etwas, ein blitzartiges Aufzucken der alten Angst – *ich kann sie nicht gehen lassen!* –, und spürte ebenso deutlich den Moment, in dem das Gefühl wieder verging und eine innere Leere zurückließ.

»Ich gehe jetzt zu Theresa«, sagte Cazie leichthin.

Er blieb stehen, nachdem sie gegangen war, und

wartete. Gleich würde Vicki hereinkommen und eine zynische, provokante Bemerkung fallenlassen. So war es immer: Er hatte Streit mit Cazie, Vicki lauschte an der Tür, und dann kam sie herein und stocherte in der Wunde herum. So war es immer.

Aber dies war nicht irgendein routinemäßiger Streit mit Cazie gewesen. Und so kam Vicki nach ein paar Minuten herein und unterließ das Herumstochern in der Wunde. Sie zog sich einen Pullover über den Kopf, zerraufte sich mit ihren ungestümen Bewegungen das Haar, und sah ihn nicht einmal richtig an. »Ich nehme Ihren Wagen, Jack. Lizzie ist weg.«

»Lizzie? Weg? Wohin?«

»Annie weiß es nicht. Lizzie hat vor einer Woche das Lager verlassen und sich seither nicht mehr gemeldet. Aber kurz nachdem sie gegangen war, kamen zwei Fremde, GenMods, und fragten nach ihr. Annie ist klarerweise fast übergeschnappt vor Angst.«

»Eine Woche ... hören Sie, Vicki, ich kann Sie nicht begleiten, ich muß zu Kelvin-Castner ...«

Das lenkte sie eine Sekunde lang ab; die kalte Entschlossenheit wich aus ihrem Gesicht, und ihre Augen blitzten. Nur eine Sekunde lang.

»... aber ich kann Ihnen eine Waffe mitgeben«, fuhr Jackson fort. »Einen Larsen-Lasercolt, der ...«

»Sie besitzen keine Waffe, die sich mit dem vergleichen könnte, was ich bekommen kann«, sagte Vicki in dem gleichen kalten, entschlossenen Tonfall. Verblüfft starrte Jackson ihr nach, als sie aus dem Arbeitszimmer ging und ihn mit seinen Bergen von ungelesenen Computerausdrucken alleinließ.

SENDEDATUM: 13: Mai 2121
GEHT AN: Mondbasis Selene
VIA: Bodenstation Enklave Dallas, GEO-Satellit C-1867 (USA), Satellit E-643 (Brasilien)
NACHRICHT - ART: verschlüsselt
NACHRICHT - KLASSE: Klasse C, privat bezahlte Übermittlung
AUSGEHEND VON: Gregory Ross Elmsworth
NACHRICHT LAUTET:

Miss Sharifi!

Zweifellos wissen Sie, wer ich bin; es wäre eine Beleidigung Ihres Intellekts, würde ich das nicht voraussetzen.

Das Volk der Vereinigten Staaten hat sich zwar entschieden, meine Bewerbung um die Präsidentschaft abzulehnen, doch das heißt nicht, daß ich nicht weiterhin gewillt wäre, unserem großartigen Land auf jede mir mögliche Weise zu dienen. Aus diesem Grund bin ich bereit, Ihnen im Gegenzug gegen eine komplette, für eine kommerzielle Massenherstellung ausreichende wissenschaftliche Beschreibung Ihrer *Umstellungs*-Spritzen eine Milliarde Dollar - ein Drittel meines Privatvermögens - anzubieten. Ich werde die von Ihnen erhaltenen Informationen allen pharmazeutischen Unternehmen in den Vereinigten Staaten kostenlos zugänglich machen. Ich bin mir des Umfangs Ihres eigenen Vermögens selbstverständlich bewußt, denke jedoch, daß mein Angebot dennoch von einigem Interesse für Sie sein könnte.

Die Adressen und Verschlüsselungscodes meiner Anwälte schließe ich bei.

Möge die Geschichte uns beide in freundlicher Erinnerung behalten.

Mit besten Grüßen
Gregory Ross Elmsworth
Gregory Ross Elmsworth
Elmsworth Enterprises International, Inc.

BESTÄTIGUNG: keine

Buch III

MAI 2121

Es ist einem Geschöpf wie dem Menschen unmöglich, der guten oder schlechten Befindlichkeit seiner Mitmenschen völlig gleichgültig gegenüber zustehen und nicht von sich aus – seine Unbefangenheit vorausgesetzt – zu erklären, daß das, was Glück und Zufriedenheit fördert, gut ist, und daß das, was zu Unglück und Elend beiträgt, schlecht ist.

David Hume,
Eine Untersuchung, betreffend
die Grundsätze der Ethik

19

Lizzie wich noch tiefer in den Schatten des Gebäudes zurück, denn der Stamm befand sich gleich um die Ecke. Nein, es war kein ›Stamm‹ – bei einem Stamm gab es Regeln und Ordnung und Freundlichkeit. Das war bloß ein … ein … sie wußte nicht, was.

Der Abschaum der Menschheit, tönte es in ihrem Kopf, und die Stimme gehörte ihrer Mutter. Über wen hatte Annie da gesprochen? Sicher nicht über jemanden wie diese Leute – so was wie die hier hatte es in East Oleanta, ja im ganzen Distrikt Willoughby, nicht gegeben. Lizzie erinnerte sich nicht, wen Annie damals Abschaum der Menschheit genannt hatte; sie erinnerte sich an gar nichts. Sie hatte zuviel Angst.

»Jetz' bin ich dran!« sagte eine Männerstimme. »Geh runter von ihr, du!«

»Wart mal! Wart noch … Ah … Jetz' … Jetz' kannstsee haben.«

Eine dritte Stimme lachte. »Hast nich' viel übriggelassen, wie, Ed? Hoffentlich mag Cal nich' bloß Hitzige!«

»Scheiße, die atmet nich' mal mehr!«

»Klar doch. Mach schon, Cal. Hast'n drin?«

»Du meine Güte!«

»Du bist der letzte, du! Wir ham'se dir naßgeschrubbt!«

Lizzie tastete nach der beruhigenden leichten Ausbuchtung des Personenschildes an ihrem Gürtel. Der Schild war aktiviert. Der schwache Schimmer rund um ihre Hände war deutlich zu sehen. Die Männer dort konnten ihr nichts anhaben, selbst wenn sie sie einfangen sollten. Äußerstenfalls konnten sie den Schild ein

Weilchen herumschubsen, mit ihr darin gefangen wie ein Würstchen in der Haut. Lizzie erinnerte sich an Würstchen. Annie hatte sie immer selbst gemacht. Würstchen ... wie kam sie denn jetzt bloß auf *Würstchen*? Das Mädchen dort um die Ecke wurde gerade ... und es gab nichts, was Lizzie für sie hätte tun können! Sie konnte sich nicht einmal selbst helfen, indem sie im Innern des Gebäudes, hinter dem sie sich versteckte, Zuflucht suchte, denn das Gebäude war – wie alle anderen in dem aufgelassenen Gravbahn-Verschiebebahnhof – mit einem Y-Schild versehen. Sie preßte ihren eigenen Schild fest an den des Hauses.

Das Mädchen schrie.

Lizzie machte die Augen fest zu, aber sie konnte das Mädchen dennoch hinter ihren geschlossenen Lidern sehen. Sie konnte alles sehen: das Mädchen, nackt und an Pflöcken festgebunden auf dem Boden liegend, die vier Männer und den Rest des Stammes in einiger Entfernung. Und andere Frauen, die das Geschehen ignorierten, weil das Mädchen von einem anderen Stamm geraubt und nicht eine von ihnen war. Und Kinder, die den vier Männern neugierig zusahen ...

Wie konnten sie nur? *Wie konnten sie nur!*

»Jetz' haste genug!« sagte einer der Männer. »Komm hoch, müssen weiter, wir. Jetz' spürt se dich eh nich' mehr, Cal.«

»Gib ihm noch 'ne Minute, Ed! Alte Knacker, die brauchen ihre Zeit!«

Wieherndes Gelächter.

Und was, wenn eines dieser neugierigen Kinder um die Ecke kam und Lizzie sah? Sie konnte es packen und ihm eins über den Schädel geben, bevor es die anderen rief.

Nein, das konnte sie nicht. Ein kleiner Junge, so wie Dirk in ein paar Jahren sein würde ... sie würde es nicht über sich bringen. Wie undurchdringlich war so ein Personenschild eigentlich? Sie trug den von Vicki nun seit zwei Wochen, und sie wußte es immer noch nicht. Er hielt jedenfalls Insekten, Waschbären, Regen und Dornen ab. Das waren die einzigen Tests, denen sie ihn unterzogen hatte.

»Komm jetz' Cal!« schrie einer der Männer. »Wir ziehen alle los!«

Lizzie hörte, wie der Stamm hinter dem Gebäude vorbeizog. Siebzehn, zwanzig, fünfundzwanzig. Sie trugen zerfetzte Overalls und schleppten Planen und Wasserkanister. Keine Y-Kegel, keine Terminals, soweit Lizzie sehen konnte. Vier dreckige, *umgestellte* kleine Kinder, aber keine Babies. Sobald sie alle außer Sicht und Hörweite waren, wagte Lizzie sich hinter dem Gebäude hervor.

Das Mädchen war tot. Blut aus ihrer durchschnittenen Kehle sickerte in die Erde. Ihre Augen standen weit offen, und ihre Gesichtzüge waren schreckverzerrt. Sie war etwa so alt wie Lizzie, nur kleiner und mit hellerem Haar. An einem Ohrläppchen hing ein kleiner herzförmiger Ohrring aus Blech.

Ich kann sie nicht einmal begraben, dachte Lizzie. Das Erdreich war hart, denn es hatte seit einer Woche nicht geregnet, und Lizzie hatte nichts bei sich, womit sie hätte graben können. Und wenn sie noch lange hier herumstand, würde sie den Mut für die Brücke verlieren. O Gott, und was, wenn diese Leute auch über die Brücke wollten? Wenn sie sie dort zu fassen bekamen?

Nein, das würde sie verhindern. Sie war nicht so hilflos wie dieses Mädchen. Und es wäre ohnehin keine gute Idee gewesen, sie zu beerdigen, selbst wenn Lizzie es gekonnt hätte: Der Stamm des Mädchens mochte sie suchen, und dann war es besser, man wußte dort, was mit ihr geschehen war, denn sonst würden sich diese Leute ewig fragen, ob sie wohl noch lebte oder nicht. Das wäre viel grausamer, fand Lizzie, und wenn es sich um Dirk handelte …

Sie schob den widerlichen Gedanken weit von sich, kniete sich auf den blutdurchtränkten Boden, band Füße und Hände des Mädchens los und zog die Holzpflöcke aus dem Erdreich. Wenigstens das konnte sie ihren Leuten ersparen … Dankbar für den Schild, der sie vor dem Kontakt mit dem strömenden Blut schützte, hob Lizzie das tote Mädchen hoch und stolperte damit in den Schatten des Gebäudes. Sie rollte den Leichnam dicht an den Y-Schild heran und bedeckte den Körper mit einem Hemd aus ihrem Rucksack; die Ärmel verknotete sie leicht um die Mitte der Toten, damit der Wind es nicht wegwehen konnte.

Und dann machte sie sich auf den Weg zur Brücke – bevor es dunkel oder sie selbst zu ängstlich wurde.

Sie wußte genau, wo sie sich befand. Obwohl sie es nicht wagte, ihr Terminal zu benutzen und aktiv im Netz herumzuwerken, was auf ihre Spur führen mochte, konnte sie es doch einsetzen, um sich auf die Informationen – inklusive das detaillierte Kartenmaterial – in ihrer Kristallbibliothek Zugriff zu verschaffen. Danach war dies hier also der Tech-Verschiebebahnhof von New Jersey der Senator-Thomas-James-Corbett-Gravbahn. Klarerweise hatte die Gravbahn schon während der *Umstellungs*-Kriege den Betrieb eingestellt. Aber die mit Energieschilden geschützten Gebäude standen immer noch da, wahrscheinlich komplett mit allen Zügen in ihrem Innern, und die Maglev-Gleise selbst konnte nichts zerstören. Ihre glänzende Doppelspur aus einem Material, das Lizzie nicht identifizieren konnte, hatte sie vom Distrikt Willoughby bis hierher begleitet. Und die Spur lief weiter über die Brücke, die den Hudson-River querte, bis nach Manhattan; dort würde sie – wie Lizzies Landkarten ihr verrieten – in nördlicher Richtung zum Central-Park weiterführen und von da direkt zu einem Eingangstor der Enklave Manhattan-Ost.

Und was dann?

Erst einmal hinkommen.

Lizzie starrte die Brücke an und dann den Himmel. Etwa drei Stunden bis Sonnenuntergang. Sie konnte die Brücke im Schutz der Dunkelheit überqueren und sich auf der anderen Seite verstecken. Die Trägerbrücke selbst bot nur wenig Deckung. Sie war schmal, nicht breiter als drei Meter, und hatte keine sichtbaren Vorsprünge oder Aufbauten. Wieso war sie nicht längst eingestürzt? Vermutlich aus dem gleichen Grund, aus dem die Gleise der Gravbahn weiterexistierten. Aber Lizzie interessierten weder Physik noch Technik – nur Computer. Dennoch sollte sie möglichst viele Informationen einholen, ehe sie die Brücke querte...

Hell schimmerte der Hudson in der Sonne. Dicht am Fluß, halb verborgen hinter einem Erddamm, fand Lizzie einen mit frischem Unkraut bewachsenen Flekken Erdreich. Dort stellte sie den Schild ab und trank vom Wasser des Hudson, ehe sie sich ihrer Kleider entledigte. Während sie flach dalag, um Nahrung aufzunehmen, hob sie alle paar Sekunden den Kopf und überzeugte sich, daß niemand in der Nähe war. Die Sonnenstrahlen fühlten sich gut an auf ihrer nackten Haut, aber sie konnte es sich nicht leisten, sie so richtig zu genießen. Sobald ihre *umgestellte* Körperchemie ihr Sattheit signalisierte, sprang sie auf, zog sich an und schaltete den Personenschild wieder ein. Dann begann sie mit der Arbeit am Computer. Als die Sonne unterging, wußte sie alles, was ihre Kristallbibliothek über die Gouverneur-Samantha-Deborah-Velez-Gravbahn-Gedächtnisbrücke enthielt.

An der Westseite der Brücke, im tiefen Schatten eines Gebäudes, blieb Lizzie stehen und horchte angestrengt ins Nichts. Eine Stunde zuvor hatte sie gehört, wie Menschen die Brücke betraten. Doch nun war niemand zu sehen, und alles, was sie vernahm, waren die Schreie kreisender Möwen und das leise Plätschern der Wellen am Ufer. Sie ließ sich auf Hände und Knie fallen, um eine so unauffällige Silhouette wie möglich zu bieten, und begann über die Brücke zu kriechen.

Die Brücke war 2,369 Kilometer lang.

Es wurde rascher finster, als Lizzie erwartet hatte. Die Dunkelheit bot natürlich eine gute Deckung, aber Lizzie hatte Angst, über die unbeleuchtete Brücke zu kriechen. Nicht vor dem Hinunterfallen, sondern vor … was? Sie hatte eben Angst. Vor allem und jedem.

Nein, hatte sie *nicht*! Sie war Lizzie Francy, die beste Datenfischerin im ganzen Land! Die einzige Nutzerin, die je auch nur den Versuch gemacht hatte, die politische Macht von den Machern zurückzufordern! Sie fürchtete sich nicht! Nur Menschen wie ihre Mutter fürchteten sich vor allem – und das war schon vor dem Neuropharm so gewesen.

Bleib lieber hier, Kind, wo du hingehörst. Wiederum Annies Stimme. O Gott, würde sie froh sein, wenn sie dereinst zu alt sein würde, um die Stimme ihrer Mutter im Kopf zu hören! Wie alt war das? Doch nicht am Ende dreißig oder mehr?

Und dann hörte sie etwas anderes: Menschen, die von Manhattan aus über die Brücke näherkamen.

Lizzie kroch noch rascher weiter. Jetzt konnte sie schon ihr Licht sehen, eine helle Y-Fackel, die in der Ferne auf und ab tanzte. Wie weit entfernt? Der Wind mußte in Lizzies Richtung wehen, denn sie hörte das Gelächter. Das Gelächter von Männerstimmen.

Gleich sollte er kommen, *gleich*! Es war schon eine Weile her seit dem letzten …

Sie spürte ihn in der Finsternis, den kleinen dunklen Vorsprung am Rand der Brücke, der benutzt wurde, wenn Reparaturen anstanden. Hier machten die Techs ihre Gleiter fest und aktivierten dann den Energieschild, der vorübergehend die Brücke verbreiterte, um mehr Platz für die Arbeit zu haben. Die Schilde konnten bei Bedarf mehrere Tonnen Rüstzeug tragen. Und man konnte sie in jede gewünschte Richtung biegen. Lizzie hatte alles darüber in ihrer Kristallbibliothek gelesen – in der die Aktivierungscodes jedoch nicht aufschienen. Und sie hatte es nicht gewagt, ein SatLink zu öffnen, um sich die Information aus den DeBes der Gravbahn-Firma zu holen.

Jetzt hatte sie keine andere Wahl.

»System an!« flüsterte sie. »O Gott – *System an*! Minimallautstärke!«

»Terminal an«, flüsterte der Computer zurück.

Sie arbeitete, so schnell es ging, und murmelte fieberhaft zu ihrem Terminal, während sie immerzu den Lichtschein der Fackel im Auge behielt. Er schien jetzt angehalten zu haben. Gelegentlich trug der Wind einen Wortfetzen herüber. Erhobene Stimmen – ein Streit? Gut. Sollten sie nur streiten, sollten sie raufen, sollten sie einander von der Brücke werfen... Und was, wenn sie Lizzie von der Brücke warfen? Sie konnte nicht einmal schwimmen!

Bleib hier, du, wo du hingehörst.

»Pfad 74, Code J«, probierte Lizzie. *Komm schon! So komm schon ...!* Es mußte sich um einen einfachen Code handeln, vielleicht sogar um einen Standard-Industriecode, den sich alle Techs im turnusmäßigen Dienst leicht merken konnten. Nicht zu viele Möglichkeiten oder automatische Abänderungen; das wäre in einem Notfall hinderlich. Der Code mußte ziemlich einfach sein, nicht allzu gründlich gesichert...

Sie hatte ihn!

Die Fackel bewegte sich wieder voran. Lizzie packte das Terminal und den Rucksack, legte eine Hand auf den schwarzen Vorsprung und sagte den Code. Lautlos – Gott sei Dank lautlos! – verbreiterte sich die Brücke über das Wasser hinaus, eine durchsichtige Plattform aus Energie, die in der Finsternis endete.

Lizzie zögerte. Es sah so substanzlos aus! Wenn sie nun da hinauskrabbelte, und das Ding ließ sie einfach in den Fluß dort unten fallen? Aber das würde nicht passieren. Y-Energie war nicht substanzlos. Y-Energie war so ungefähr das Sicherste und Verläßlichste, was übrigblieb aus der alten Zeit vor den *Umstellungs*-Kriegen, als das Leben noch nicht voller Gefahren gewesen war.

Die Stimmen kristallisierten zu Worten. *Macht schon ...! Wo is'n ...? Die kann einfach nie ...! He! Janey, Mädchen ...!*

Sie mochten ganz in Ordnung sein; vielleicht waren es völlig normale Leute, die eben gerade über eine Brücke zogen. Oder es waren Bestien wie die Männer im Verschiebebahnhof. Lizzie starrte wieder den fast unsichtbaren Schild an, schloß die Augen und rollte sich hinaus. Sie flüsterte einen Code und spürte, wie sich der Schild bog, senkte und sie zu Inspektions- und Reparaturarbeiten unter die Brücke schwang.

Vorsichtig öffnete sie die Augen. Sie lag ein paar Handbreit unter den Trägern, deren Unterseiten übersät waren mit Ausbuchtungen und Schalttafeln. Vermutlich waren etliche davon Terminals, doch diesmal hatte Lizzie ausnahmsweise keine Lust zum Datenfischen. Sie tastete sich mit einer Hand am Rand des Energieschildes entlang, auf dem sie sich befand, und versuchte, die Stelle zu finden, wo Schild und Brücke zusammentrafen. Doch soweit sie es feststellen konnte, hatte sich der ganze Schild unter die Brücke gesenkt und war von oben nur dann erkennbar, wenn man in der Dunkelheit nach einem Brückenanbau Ausschau hielt, der aus einem Energiefeld bestand.

Über Lizzie stolperten Menschen vorbei.

Nachdem die letzte Vibration verebbt war, wartete sie noch ein paar Minuten ab, und dann sagte sie den Code, der den Schild zurückschwang, gefolgt von jenem, der ihn abstellte.

Am Ostende der Brücke teilten sich die Gleise der Gravbahn. Eine Linie verlief nach Süden, auf einem schmalen Landstreifen zwischen dem Fluß und der Kuppel der Enklave Manhattan-West direkt am Ufer von Manhattan entlang. Die andere wandte sich nach Norden, um die Enklave herum und zum Central-Park. In dieser Richtung, das wußte Lizzie, lag das Nutzer-New York in Ruinen; es lebten nicht mehr viele Menschen dort, denn geborstene SchaumStein-Mauern und Schutt boten nicht viel Nahrung. Diejenigen, die dennoch geblieben waren, neigten zur Gewalttätigkeit.

Aber Lizzie hatte keine andere Wahl. Dies war der Weg zu Doktor Aranow.

Eingehüllt in ihren Personenschild, verkroch sich Lizzie bis zum Morgen unter einem dichten Gebüsch. Sie war ziemlich sicher, daß man sie nicht sehen konnte, dennoch konnte sie lange nicht einschlafen.

Bei Tageslicht betrachtet war New York noch schlimmer als erwartet.

Nie zuvor hatte Lizzie etwas derartiges gesehen. Doch, hatte sie: in diesen Geschichts-Holos der Unterrichts-Software, auf deren Studium Vicki bestanden hatte – bevor Lizzie alt genug war, um sich dagegen zu wehren und nur jene Software durchzunehmen, die sie interessierte. In den Holos waren Orte wie dieser zu sehen: Haufen verbrannten Schutts, aus dem Unkraut wucherte; Straßen, die von dem Schutt so blockiert wurden, daß man nicht mehr sagen konnte, in welcher Richtung sie einst verlaufen waren; dazwischen verbogene Metallstücke, zusammengehalten von schwarzen, glasigen Stellen, wo irgendeine Waffe alles glattgeschmolzen hatte. Lizzie war immer der Meinung gewesen, die Inhalte der Holos wären Kunstprodukte wie jene der Literatur-Software, die Vicki ihr vorgesetzt hatte. Und wenn schon nicht komplette Kunstprodukte, so doch computerverstärkt.

Aber diese zusammengefallene Stadt war *real*!

Vorsichtig bewegte sie sich durch die Ruinen voran und lauschte in die Stille. Ein paarmal hörte sie Stimmen, und da versteckte sie sich augenblicklich, bis die Männer außer Hörweite waren. Sie bekam sie nie zu Gesicht, und darüber war sie froh.

In manchen Ruinen wohnten Menschen. Sie sah eine Frau, die Wasser vom Fluß schleppte, einen Mann, der ein Seil flocht, und ein *umgestelltes* Kind, das einem Ball nachlief. Und dann ein *nicht umgestelltes* Baby, das von einem kleinen, etwa zehnjährigen Mädchen getragen wurde.

Das *umgestellte* Mädchen war schmutzig und halbnackt; ihr Haar war verfilzt und voller Dreck, aber sie strotzte vor Gesundheit, wie sie so über die Schutthalden kletterte, das Baby an die Brust gedrückt. Das Kleine war etwa ein Jahr alt – so wie Sharons Callie. Doch die Beinchen dieses Babies waren runzelig und sahen verkümmert aus, sein Bauch war aufgedunsen, die Ärmchen erinnerten an dürre Äste. Aus einer offenen Wunde an einem Bein sickerte Eiter. Als das Mädchen das Baby hinsetzen wollte, wimmerte es und hob die Arme hoch, die jedoch sofort wieder kraftlos herabfielen.

So würden wohl bald alle Babies aussehen, wenn Miranda Sharifi keine *Umstellungs*-Spritzen mehr herstellte und *Sanctuary* das Neuropharm weiter verbreitete. Genau so.

Das Mädchen ließ das Kleine los, und es fiel augenblicklich um. Seine Muskeln hatten keine Kraft.

Lizzie bewegte sich vorsichtig weg aus der Nähe der Kinder. Am besten wäre es wohl gewesen, abzuwarten, bis die beiden wieder verschwanden, aber Lizzie hielt das Warten nicht aus. Immer auf der Hut setzte sie ihren Weg durch Manhattan fort und hielt sich stets an die Gleise der Gravbahn, auch wenn sie sie kurzfristig aus den Augen verlor, als sie nach Norden ausweichen mußte, um eine Menschenansammlung zu umgehen. Im Süden, vor und hinter sich konnte sie die Türme von Manhattan-West und Manhattan-Ost sehen, und dazwischen die riesige Fläche des Central Parks. Die Türme glänzten im Sonnenschein, und auf den Terrassen unter den Y-Schilden der Enklaven blühten GenMod-Blumen in strahlend bunten Klecksen. Luftwagen flogen durch unsichtbare Tore hoch oben in der unsichtbaren Kuppel ein und aus.

Am Nachmittag kam Lizzie beim Nordtor der Enklave Manhattan-Ost an.

Die Enklave war umgeben von einer Art Ruinendorf innerhalb einer Ruinenstadt. Von den Gebäuden, von denen Lizzie annahm, daß es sich dabei um die ursprünglichen SchaumStein-Häuser handelte, war die Hälfte intakt und leer und immer noch umgeben von undurchdringlichen Schilden. Die andere Hälfte war nichts als Schutt, niedergebrannt, zerbombt oder in Trümmer gehackt durch schiere brutale Gewalt. Rundum und dazwischen hatten die Menschen Hütten aus Brettern, SchaumStein-Klumpen, Plastikplanen, ja sogar kaputten Robs gebaut. Nun, überall behalfen sich die Stämme mit dem, was sie unterwegs fanden, aber hier waren selbst diese armseligen Buden halb zerfallen – manche geflickt, manche nicht –, fast so, als hätte ein zweiter *Umstellungs*-Krieg stattgefunden. Und ein dritter und ein vierter.

Lizzie sah keine Menschen, aber sie wußte, es waren welche da. Ein erloschenes Lagerfeuer, der Haufen

Asche unberührt. Ein ausgetretener Pfad ohne jeglichen Bewuchs. Ein Sträußchen noch nicht verwelkte Blumen, zurückgelassen von spielenden Kindern. Und – ganz besonders rätselhaft – das gerahmte Bild eines Mannes in sehr altmodischen Kleidern mit steifen Rüschen am Hals und an den Handgelenken, ein edelsteingeschmücktes Buch in der Hand. Wie war *das* hierhergekommen? Lizzie hielt sich in Sichtweite des Enklavetores verborgen und wartete.

Plötzlich ertönte eine Klingel.

Augenblicklich tauchten Menschen aus ihren Verstecken hinter Schutthaufen auf, aus Hütten, ja sogar aus einem U-Bahn-Tunnel. Nutzer, aber in Kleidern, wie Lizzie sie noch nie an Nutzern gesehen hatte. Sie trugen Macher-Kleider: Stiefel, eng anliegende Hemden, verzierte Jacken, lose fallende Hosen. Doch jedermann trug nur das eine oder andere davon, keiner verfügte über die komplette Aufmachung. Die Leute – Frauen, Kinder, ein paar Männer – wirkten nicht gefährlich, als sie sich vor dem Enklavetor versammelten. Wieder ertönte die Klingel.

Wenn Lizzie sehen wollte, was da vor sich ging, mußte sie sich den Leuten anschließen. Langsam und unauffällig schlenderte sie an den Rand der Versammlung. Die Leute stanken. Niemand schenkte ihr besondere Aufmerksamkeit. Also handelte es sich nicht um einen Stamm, in dem die Leute beieinander blieben und wo jeder jeden kannte. Das hier war nur ein zusammengewürfelter Haufen komischer Gestalten. Lizzie drängte sich ans vordere Ende der Gruppe durch.

Die Kuppel der Enklave war bis in fünf Meter Höhe grau verdunkelt und darüber durchsichtig. Wahrscheinlich wollten die Bewohner nicht dauernd von Nutzern angestarrt werden, die ihnen die Aussicht über ihre hübschen Gärten verdarben.

Das Tor, ein schwarzer Umriß auf dem grauen Energiefeld, verschwand plötzlich, und die ganze Meute stürmte ins Innere der Enklave.

Es konnte doch nicht so einfach sein!

War es auch nicht. Im Innern befand sich eine weitere hermetisch abgeschlossene Kuppel, angefüllt mit… was? Mit Stapeln von Kleidern und Kisten voll unterschiedlichster Dinge. Lizzie sah eine Puppe mit eingedrücktem Kopf, etliche nicht zusammenpassende Schüsseln, eine zerkratzte Holzkassette, ein paar Dekken. Da wurde es ihr klar: Die Macher in Manhattan-Ost schenkten die Dinge her, die sie nicht mehr brauchten.

Und die Leute rissen die Sachen von den Stapeln, aus den Kisten, aus den Händen des Nachbarn. Es gab ein Gedränge und Geschiebe, aber keine wirklichen Kämpfe. Lizzie hatte die Augen überall; sie versuchte, einfach alles zu registrieren – sowohl die Struktur der Kuppel, als auch die abgelegten Dinge der Macher: Kleider, Bilder, Spielsachen, Bettlaken, Blumentöpfe, Plastikgegenstände – aber nichts Elektronisches, keine Y-Energie, nichts, was zu einer Waffe hätte werden können. In drei Minuten war die Kuppel leergefegt, und die Nutzer rannten mit ihren ergatterten Schätzen hinaus.

Lizzie wartete; ihr Herz hämmerte langsam und hart.

»Bitte verlassen Sie jetzt die Kuppel«, sagte eine strenge Roboterstimme. »Die Spendenabgabe ist für heute beendet. Bitte verlassen Sie jetzt die Kuppel.«

Lizzie blieb, wo sie war, und fingerte an ihrem Personenschild herum.

»Bitte verlassen Sie jetzt die Kuppel. Die Spendenabgabe ist für heute beendet. Bitte verlassen Sie jetzt die Kuppel.«

Draußen schrie jemand etwas Unverständliches. Die Nutzer, die sich noch vor der Kuppel befanden, erstarrten einen Moment lang und begannen dann zu rennen.

»Bitte verlassen Sie jetzt die Kuppel. Die Spendenabgabe ist für heute beendet. Bitte verlassen Sie jetzt die Kuppel.« Und dann war Lizzie plötzlich draußen. Die hintere Energiewand hatte sie ohne viel Federlesens einfach durch die Öffnung ins Freie gestoßen, so unvermutet, daß Lizzie auf dem Bauch im Staub landete. Zugleich hatte sich das Tor hinter ihr geschlossen.

Die Nutzer rannten immer noch schreiend in alle Himmelsrichtungen davon und verschwanden in ihren Verschlägen und Löchern. Doch manche waren nicht schnell genug; die Mitglieder der Straßenbande – in erster Linie Männer, aber auch ein paar Frauen – fielen über sie her, entrissen ihnen die Macher-Kostbarkeiten und schlugen die Menschen zu Boden, um johlend auf ihnen herumzutrampeln.

Lizzie rollte sich rasch zurück zur Kuppel, die sie gerade ausgespuckt hatte. Jetzt wußte sie, wieso man den Hütten ansah, daß sie nicht erst einmal niedergerissen und daraufhin wieder aufgebaut worden waren. Der Preis dafür, daß man in unmittelbarer Nähe der ausrangierten Enklave-Reichtümer lebte, war die Gefahr, daß andere sie einem wieder wegnahmen – unter Anwendung unterschiedlicher Stufen von Gewalt.

Lizzie richtete sich auf und tastete, sich an der Kuppel entlang. Sinnlos – sie war das auffälligste, am üppigsten beladene Opfer in weiter Sicht. Zwei Männer kamen auf sie zu.

»Den Rucksack! Pack ihn, Tish!«

Es waren nicht zwei Männer, sondern ein Mann und eine Frau. Eine Frau, so groß und breitschultrig wie ein Mann. Mit tiefvioletten Augen unter dichten Wimpern. *GenMod!*

Die schönen Macher-Augen starrten Lizzie boshaft entgegen, die Frau wollte zupacken und traf auf den

Personenschild. »Scheiße! Die hat 'nen Schild, die!« Lupenreines Nutzerisch.

Tish war zumindest um fünfzehn Kilogramm schwerer als Lizzie. Sie stieß Lizzie von der Seite an, und Lizzie spürte, wie sie an der Energiekuppel abprallte und daran hinabglitt. Sie kauerte sich zusammen und wimmerte leise, während sie unauffällig in ihren Stiefel langte.

Die violetten Augen der Frau funkelten voller sadistischer Vorfreude, als sie sich auf die Knie fallen ließ und Lizzie am Hals packte und schüttelte wie einen Hund. »Na gut, kann ich nich' rein, dann beutle ich eben die Scheiße raus aus dir, bis dir das Genick bricht, du, da drin in deinem dämlichen Sicherheitsschild …!«

Lizzie zog das Messer, mit dem Billy für gewöhnlich die Kaninchen abhäutete, aus dem Stiefelschaft und stieß es nach oben, direkt unter das Brustbein der Frau.

Jeden Tag, während der langen Stunden in ihren jeweiligen Verstecken, hatte Lizzie das Messer geschliffen, und dennoch verblüffte es sie jetzt, wie schwer es war, die Klinge durch Muskeln und Fleisch zu treiben. Sie drückte das Messer bis zum Griff in den Körper der Frau.

Die schönen Augen weiteten sich. Tish sackte nach vorn, bis sie auf Lizzie lag und ihre Arme Lizzie umfaßten wie in einer Umarmung.

Lizzie stieß sie von sich und sah sich mit wildem Blick um. Der Mann, der Tish befohlen hatte, Lizzie den Rucksack wegzunehmen, war auf der anderen Seite des offenen Platzes und kämpfte dort mit einem der wenigen Männer, die in der Nähe der Enklave noch am Leben waren. Tishs Partner schien die Oberhand zu behalten. Und rundum waren weitere Angreifer zu sehen, demnächst würde sich wieder einer auf sie stürzen … Lizzie hatte nur ein paar Sekunden.

Sie zauderte nicht. Wenn sie lange nachdachte,

würde sie es nie tun können! Doch Tish war zu schwer für Lizzie, sie konnte diesen muskulösen Körper nicht tragen… aber sie brauchte nicht den ganzen Körper.

Zitternd kniete sie sich neben Tish und zog den silbernen Teelöffel, den sie von Doktor Aranows Tisch gestohlen hatte, aus der Tasche; mit dem nebulosen Gedanken, ihn dem Haussystem zu zeigen und Jones auf diese Art zu beweisen, daß sie zum Haushalt gehörte, hatte sie ihn damals mitgenommen… Ein nicht sehr erfolgversprechendes Vorhaben. So packte sie nun Tishs rechtes Lid mit Daumen und Zeigefinger, zog es weit nach oben und schob das Löffelchen unter den Augapfel. Keuchend und nach Luft schnappend hob sie ihn aus der Höhle. Dann zog sie das Messer aus Tishs Brust; sofort spritzte ihr das Blut aus der Wunde entgegen und rann an ihrem Energieschild hinab. Entschlossen durchtrennte Lizzie die Nerven und Muskeln, die den Augapfel mit der leeren Höhle verbanden.

Sie drehte sich um und tastete nach der schwarzen Silhouette des Enklavetores. Blut schmierte sich zwischen die Außenseite des Y-Schildes der Kuppel und die ihres eigenen. Eingebettet in die Umrisse des Tores war ein Standard-Netzhaut-Scanner, der so eingestellt war, daß er jeder GenMod-Konfiguration Zutritt gewährte. Eine Maßnahme für den Notfall. Ein Tech konnte ausgesperrt bleiben; ein abenteuerlustiger Jung-Macher konnte den Code vergessen. Lizzie wußte alles darüber vom Datenfischen.

Lizzie drückte Tishs Augapfel gegen den Scanner, und das äußere Tor der Kuppel öffnete sich. Unmittelbar hinter ihr schloß es sich wieder, gerade rechtzeitig vor den Verfolgern, die es auf Lizzies Leben abgesehen hatten und brüllend heranstürmten.

Würgend brach sie zusammen und blieb auf dem Boden liegen; sie konnte nicht erbrechen, denn sie hatte seit Wochen keine Mundnahrung zu sich genommen. Außerdem hatte sie keine Zeit. Wie lange blieb ein toter Augapfel frisch genug, um einen Scanner hinters Licht zu führen? Solche Informationen fanden sich in keiner DeBe.

Schwankend kam sie auf die Füße und hielt Tishs violettes GenMod-Auge an den zweiten Scanner. Das innere Tor öffnete sich, und Lizzie taumelte hindurch.

Sie war im Innern der Enklave Manhattan-Ost.

Um genau zu sein, befand sie sich im Innern einer Art Lagerhaus, an dessen Wänden reglos aufgereiht HochleistungsRobs auf schwere Ladearbeiten warteten. Gut. Keine BullenRobs, bis sie das Gebäude wieder verlassen würde, das selbstverständlich durch einen Y-Schild geschützt und versperrt sein mußte. Doch das konnte warten. Sie blieb auf dem Boden liegen, bis ihre Atmung normal funktionierte.

Sobald sie wieder ohne Schwierigkeiten auf zwei Beinen stehen konnte, schaltete sie den Personenschild ab, und Tishs Blut glitt zu Boden. Als sie den Schild wieder aktivierte, bemerkte sie, daß sie immer noch den Augapfel in der Hand hielt. Er war nicht blutig; das ganze Blut stammte von der Wunde in Tishs Brust, aus der Lizzie das Messer gezogen hatte.

Tish hatte ihre GenMod-Augen nicht dazu benutzt, in die Enklave zu gelangen. Warum nicht? Sie mußte gewußt haben, was sie war, doch als sie versucht hatte, das Leben aus Lizzie herauszuschütteln, war Lizzie der Grund für Tishs Exil klargeworden: während ihre Hände sich um Lizzies Hals legten, war ihr Körper auf dem von Lizzie zu liegen gekommen, und durch Tishs Kleider hindurch hatte Lizzie die harten Höcker an den falschen Stellen gespürt, das mißgebildete Brustbein, die asymmetrischen Rippen. Mit Tishs Skelett mußte noch im Mutterleib etwas schiefgelaufen sein, und nackt war sie wohl ein grotesker Anblick gewesen. Lizzie dachte daran, welch ungeheuren Wert die Macher auf körperliche Vollkommenheit legten und wie lange Tish schon bei den Nutzern gelebt haben mußte, um Aussprache und Tonfall so perfekt zu beherrschen. Vicki sagte immer, die schlimmste Art von Haß sei der Haß auf sich selbst. Und bis zu diesem Moment hatte Lizzie nie verstanden, was sie damit meinte.

Schaudernd ließ sie das violette Auge fallen. Doch sie konnte es nicht einfach hier liegenlassen, denn früher oder später würde ein WartungsRob es finden. Das Würgen in der Kehle wurde noch schlimmer, als sie sich dazu zwang, das Auge wieder aufzuheben und in die Tasche zu stecken.

Und dann ging Lizzie geduldig daran, die Codes der inneren Sicherheitsschlösser des Lagerhauses zu entschlüsseln.

Das kostete sie beinahe eine halbe Stunde, doch als sie fertig war, trat sie hinaus in die Enklave Manhattan-Ost. Sie stand auf einer makellosen Straße, gesäumt von GenMod-Blumen – langen, biegsamen blauen Formen, die sich ihr entgegenneigten. Lizzie tat einen Satz zurück, aber die Blumen waren weich, schlaff und harmlos. Die Luft duftete nach wundervollen Dingen: nach Holzrauch und frisch gemähtem Gras und nach Gewürzen, deren Namen Lizzie nicht kannte. Die Türme von Manhattan leuchteten im Sonnenuntergang, und die Programmierung an den Außenwänden war raffiniert auf die Farben des Himmels abgestimmt. Von irgendwo her ertönte das leise (künstliche?) Gurren von Tauben.

Es gab tatsächlich Menschen, die in einer solchen Schönheit, einer solchen Ordnung lebten! Immer! Auf Dauer! Verängstigt und erschöpft und beeindruckt, wie sie war, hatte Lizzie das plötzliche Gefühl, weinen zu müssen.

Doch dazu blieb ihr keine Zeit. Ein BullenRob surrte auf sie zu.

Hektisch suchte sie in ihrer Tasche nach Tishs Auge. Es war mittlerweile ein bißchen matschig geworden. Das Würgen kehrte zurück. Lizzie hielt das unappetitliche Ding vor ihr eigenes rechtes Auge und drückte das linke zu, aber der Rob machte auch nicht ansatzweise den Versuch, an dem Auge einen Netzhautscan vorzunehmen. Er wußte bereits, daß Lizzie nicht nach Manhattan-Ost gehörte. Sie sah noch, wie der Sprühnebel auf ihr Gesicht zuspritzte, schrie auf und sank auch schon rückwärts in die hübschen GenMod-Blumen, die ihre weichen Blütenblätter zärtlich um Lizzies gelähmte Gliedmaßen wanden.

20

Jennifer Sharifi, gekleidet in eine weich fließende Abajeh, stand im Konferenzraum von Sharifi-Labors. Die anderen Mitglieder des Projektteams nannten dies das ›Kommandozentrum‹, aber Jennifer lehnte die Bezeichnung ab. Das Team war eine Gemeinschaft, keine Armee. Unter dem klaren Bodenfenster zu ihren Füßen funkelten die Sterne.

Doch Jennifer blickte nicht nach unten, sondern auf eine Anordnung von fünf Holobühnen. Der Konferenzraum hatte sich verändert: verschwunden waren der lange geschwungene Tisch und die achtzehn Stühle; jetzt füllten Reihen von Computern und Konsolen den großen Raum, und die Mitglieder des Teams bewegten sich schweigend zwischen den Geräten. Jennifer selbst regte sich nicht. Nur ihre Augen waren in steter Bewegung, zuckten von einem Schirm zum nächsten, nahmen alles auf und übersahen nichts.

Schirm Nummer eins: das ›Stammeslager‹ in Oregon, von einer versteckten Kamera aufgenommen, die ihre Bilder auf einer sicheren Frequenz sendete. Im Nachmittagsnebel wanderten Nutzer über einen steinigen Strandabschnitt, weil eben diese Nutzer im Nachmittagsnebel eben immer über eben diesen Strandabschnitt wanderten. Heute jedoch wirkten die grobschlächtigen, häßlichen Nutzer-Gesichter sichtlich aufgeregt und verängstigt. Drei Meter vom Wasser der Meeresbrandung entfernt drängten sich die Leute eng zusammen, während ihnen rundum Macher-Reporter Fragen zuschrien und RoboKameras alles aufzeichneten.

»Also haben die Nachrichtenleute doch endlich eines der Versuchsgelände entdeckt«, stellte Eric Hulden fest, als er neben Jennifer trat. »Hat eine ganze Weile gedauert, nicht wahr?« Eric war einer der Neuen, einer der wenigen jungen Leute, die Jennifer und Will dem Projekt im späten Stadium zugeteilt hatten. Ohne das rasche Hin- und Herwandern ihrer Blicke zu unterbrechen, lächelte Jennifer. Eric war hochgewachsen, stark und so perfekt wie alle Schlaflosen. Doch noch wichtiger: er war eiskalt, er verfügte über jene nüchterne Leidenschaftslosigkeit, die man brauchte, um die Welt zu verstehen und zu kontrollieren. Er war weitaus leidenschaftsloser als Will. Und doch – wenn Jennifer Eric ins Gesicht sah und lächelte, dann vertiefte sich das Blau seiner GenMod-Augen. Er war sechsundneunzig Jahre jünger als sie.

Aber all das konnte warten, bis das Projekt zu Ende geführt war.

Schirm zwei: eine Nachrichtensendung von der Erde. Auf der linken Seite des zweigeteilten Schirms lief das United Broadcast Network, der seriöseste aller Macher-Kanäle. Ein Ansager mit dem pompösen GenMod-Flair eines spanischen Granden sagte: »Infolge eines großangelegten Data-Atoll-Coups an der Börse von Singapur stieg der Kurs der in Brasilia ansässigen Stanton-Orbital-Corporation auf …« Kein Wort über ein unbekanntes Neuropharm, das das Verhalten der Nutzer veränderte. Und auch in dem Suchprogramm auf der rechten Seite des Schirms, das ohne Unterlaß die wichtigsten Nachrichtenkanäle in allen Sprachen der Welt überflog, fand sich keine Erwähnung. Bislang war das Glück mit dem Projekt: Strukows Virus war noch nicht von sich aus mutiert.

»Dann ist das Neuropharm bisher nicht mehr als eine Meldung auf Lokalebene in Oregon«, bemerkte Eric. »Diese blöden Macher.«

»Nicht unbedingt nur auf Lokalebene«, entgegnete

Jennifer ruhig. »Eher eine verdeckte Sache.« Sie deutete auf die nebenstehenden beiden Schirme.

Schirm drei: Chad Manning, Jennifers Chefwissenschaftler, bei einem von sechs Berichten, die er täglich über Kelvin-Castners Fortschritte bei der Reproduzierung von Strukows Neuropharm ablieferte. Kelvin-Castner wurde genauestens überwacht, und zwar auf eine Art und Weise, die die dummen Schläfer nie entdecken würden. Chad erhielt Unmengen von Daten, die er analysierte und so zusammenfaßte, daß sie auch für Schlaflose, die keine Mikrobiologen waren, verständlich wurden. Kelvin-Castner kam nur langsam voran – viel zu langsam, um für die Schläfer von Nutzen zu sein.

Schirm vier: die verdeckte Überwachung der Fortschritte des Staates. Das war schon problematischer. Die Bundesbehörden waren sorgfältiger und routinierter bei ihren Sicherheitsmaßnahmen als Firmen wie Kelvin-Castner. Und so wußten weder Jennifer noch ihre Kommunikationschefin Caroline Renleigh, wie komplett ihre Informationen tatsächlich waren. Doch soweit man auf *Sanctuary* feststellen konnte, war es den staatlichen Labors in Bethesda noch nicht gelungen, Strukows Virus zu reproduzieren oder ein Gegenmittel zu finden, obwohl man dort Nutzer ›in Schutzhaft‹ hatte, die damit infiziert waren. Und dem FBI war es nicht gelungen, handfestes Beweismaterial über die Bombardierung von La Solana zu erhalten. Soweit man auf *Sanctuary* feststellen konnte.

Miranda hätte es zweifelsfrei feststellen können.

Augenblicklich löschte Jennifer den Gedanken. Der Gedanke hatte nie existiert. Ihre Augen flogen von einem der fünf Schirme zum nächsten.

Eric Hulden legte Jennifer eine Hand auf die Schulter. »Ich bin eigentlich gekommen, um dir zu sagen, daß Strukow angerufen hat. Er möchte in einer Stunde Brookhaven infizieren. Ist dir das recht?«

»Natürlich. Ruf das ganze Team zusammen, wir wollen es gemeinsam ansehen.«

»Mach ich, Jennifer.«

Ein Winkel ihres Bewußtseins registrierte, wie er ihren Namen aussprach. Fest, kühl. Es gefiel ihr. Aber all das konnte warten.

Schirm fünf: leer. Er wurde für Mitteilungen von Jennifers Agenten auf der Erde verwendet. Es waren Schläfer, Informanten gegen ihre eigenen Leute, hoch bezahlt und wenig geachtet. Alles, was Jennifer wissen mußte, landete hier – augenblicklich.

Als Eric wegging, begann auch der fünfte Schirm matt zu leuchten. Nur Audio. Der persönliche Verschlüsselungscode des Absenders erschien am unteren Rand des Schirms. Die Sendung kam von einem ihrer Agenten in den Vereinigten Staaten. »Miss Sharifi, hier spricht Sondra Schneider. Wir haben Elizabeth Francy lokalisiert.«

»Sprechen Sie weiter«, sagte Jennifer beherrscht, aber sie spürte, wie ihr leicht ums Herz wurde.

Diese kleine Nutzerin war überraschend schwer aufzufinden gewesen. Nachdem Jennifers Leute sie dabei ertappt hatten, wie sie über *Sanctuarys* Datenstrahl aus dem Nutzer-Lager in Pennsylvania gestolpert war, hatte das Mädchen sich plötzlich in Luft aufgelöst. So unglaublich es schien, aber ein Mitglied der minderwertigsten Klasse von Schläfern hatte da anscheinend erkannt, worauf es gestoßen war. Das Francy-Mädchen wußte, daß *Sanctuary* irgendwie mit dem Neuropharm in Verbindung stand, das ihren elenden ›Stamm‹ infiziert hatte. Elizabeth Francy hatte anscheinend auch erkannt, daß *Sanctuary* sie lokalisieren würde, sobald sie ein ComLink über ein Satellitenrelais oder eine Bodenstation öffnete. Sie hatte sich vom Netz ferngehalten, ebenso wie von jeglicher visueller Überwachungseinrichtung, und sich irgendwo auf dem primitiven freien Land versteckt. Jennifer hatte gehofft, sie wäre tot.

»Elizabeth Francy wurde von den Sicherheitskräften der Enklave Manhattan-Ost in Gewahrsam genommen«, berichtete Sondra Schneider. »Offenbar hat sie sich bis nach New York durchgeschlagen und sich auf Straßenebene am Tor der Enklave Einlaß verschafft. Eine halbe Stunde vor ihrer Festnahme wurde das Tor mittels eines Netzhautscans, der sich nirgendwo in unseren Datenbanken findet, geöffnet. Dafür gibt es keine Erklärung. Ein Rob von Patterson Protect, der Firma, die über die Sicherheitslizenz für die Enklave verfügt, klassifizierte sie als verdächtig und sedierte sie, ehe er sie gefangennahm. Unser netzweites Suchprogramm fand den Namen des Mädchens in den routinemäßigen Anfragen der Polizeibehörden bei anderen Sicherheitsfirmen.«

»Wie lange ist das alles her?« fragte Jennifer rasch.

»Etwa zehn Minuten. Sie werden ihr gleich eine Wahrheitsdroge geben, wenn sie es nicht schon getan haben. Aber das läuft selbstverständlich nicht über das Netz, da kommen wir nicht ran.«

»Haben wir einen Agenten bei Patterson Protect?«

»Leider nein.«

Jennifer überlegte. Lizzie Francy mußte nach Manhattan-Ost gekommen sein, um entweder Victoria Turner, ihre Lehrmeisterin, aufzusuchen oder Jackson Aranow. Aber wozu? Natürlich um ihnen zu berichten, daß sie entdeckt hatte, wie *Sanctuary* ihren infizierten Stamm überwachte. Wenn die lokale Polizei es der Mühe wert fand, sie mit einem Wahrheitsserum auszufragen – und schon um festzustellen, wie eine Nutzerin überhaupt in Manhattan-Ost eindringen konnte, würde man das der Mühe wert finden! –, dann würde Lizzie Francy ihnen alles sagen, was sie wußte.

Auch alles über *Sanctuary.* Aber würde man ihr glauben? Der Haken bei Wahrheitsdrogen bestand darin, daß sie nichts als Lügen ans Licht brachten, wenn der Befragte davon überzeugt war, daß seine Lügen die Wahrheit waren! Würden die Schläfer annehmen, daß Elizabeth Francy sich etwas vormachte?

Vermutlich nicht. Jedenfalls nicht, wenn Jackson Aranow die Angaben des Nutzer-Mädchens bestätigte.

Verdammt, es blieb nicht einmal eine Stunde, bis Strukows wichtigster Versuch begann!

Jennifer stand sehr still, entsetzt über sich selbst: Wutanfälle wie diesen *hatte* sie einfach nicht! Es waren unproduktive Schwächen. Jennifer Sharifi wurde nicht wütend. Sie wurde eiskalt und somit stark und zielsicher.

Der Moment der Wut hatte nie existiert.

»Miss Schneider«, sagte sie mit ruhiger Stimme, »ich werde mich dieser Sache annehmen. Ziehen Sie in den nächsten fünfundvierzig Minuten unauffällig alle Ihre Agenten aus Manhattan-Ost ab. Überzeugen Sie sich persönlich davon, daß jeder einzelne die Enklave verläßt. Ich übernehme alles andere.« Strukow konnte mit dem Brookhaven-Test beginnen, aber Jennifer würde ihn anweisen, sich anstelle des zweiten Zieles Manhattan-Ost vorzunehmen. Das würde das Problem Elizabeth Francy erledigen.

»Verstanden«, sagte Sondra Schneider. Der fünfte Schirm erlosch, und Jennifers Blicke widmeten sich wieder den anderen vier:

Nutzer auf dem Pazifik-Strand, die sich aus Furcht vor den Macher-Reportern aneinanderdrängten …

Die UBN-Nachrichten und das Suchprogramm, beide ohne jeden Hinweis auf das Neuropharm …

Die Datenlawine von Kelvin-Castner – Daten, die sich zu langsam ansammelten, um die Konfusion von Strukows Molekülen zu entwirren …

Frustrierte Untersuchungsberichte des FBI im Hinblick auf die nukleare Explosion in La Solana …

Mirandas kaltes Gesicht auf dem Schirm Nummer fünf …

Jennifer zuckte schockiert zusammen. Da war nichts auf Schirm Nummer fünf! Und nichts war da gewesen, seit Sondra Schneider sich ausgeklinkt hatte! Miranda war tot! Ihr Bild hatte nie existiert!

»Da bist du ja«, sagte Will Sandaleros. »Jenny, sieh dir das an!«

Sie sah statt dessen Will an. Sein Gesicht war vor Aufregung gerötet, während er ihr ein tragbares Terminal mit dem CAD-Modell eines Robs auf dem Schirm hinhielt.

»Das peruanische Fernlenkflugzeug. Die Gauner haben uns endlich die detaillierten Konstruktionszeichnungen überlassen, was sie vertragsgemäß eigentlich schon vor Wochen hätten tun müssen. Sie sind recht interessant. Sie …«

»Ich habe sie schon gesehen«, unterbrach ihn Jennifer. »Vor Wochen.«

»Man hat sie dir gezeigt? Die detaillierte Version? Und du hast es mir nicht gesagt?«

Jennifer starrte ihn nur an. Sein Gesicht, das Sekunden zuvor noch vor Freude über den vermeintlichen Triumph über die peruanischen Auftragsnehmer gerötet gewesen war, wurde bleich angesichts dessen, was er als Düpierung seitens seiner Frau betrachtete. Immer öfter wurde Will von diesen kleinlichen Machtkämpfen in Anspruch genommen. Sie regten ihn auf, beeinträchtigten seine Objektivität und seine Konzentration. Sie verstellten ihm die Sicht auf den höheren, heiligen Zweck des Projekts.

»Entschuldige, Will, ich habe zu tun. Strukow startet in weniger als einer Stunde.«

»Du wußtest, daß ich diese Konstruktionspläne

sehen wollte, daß ich die Hundesöhne gelöchert habe…«

»Ein Schlafloser löchert nicht, Will.« Jennifer sah, daß Eric Hulden sie beide von der anderen Seite des Raums aus beobachtete.

»Aber du wußtest…«

»Bitte entschuldige mich.«

Wills Finger krampften sich um das Terminal. »Also gut, Jenny. Aber nach den heutigen Tests werden wir beide ein ausführliches Gespräch haben.«

»Ja, Will. Das werden wir. Aber erst nach den Tests.« Mit einer graziösen Bewegung verabschiedete sie sich.

Die restlichen Mitglieder des Teams kamen allein oder zu zweit in den Konferenzraum. Es herrschte eine schweigsame, gedämpfte Stimmung. Der Augenblick war zu bedeutsam für übermütige Vorfreude – oder für jene Art von unverantwortlicher Hitzköpfigkeit, die Will an den Tag legte. Dies hier war der Kulminationspunkt von Jennifers Leben.

Endlich würde sie *Sanctuary* zu einem wirklich sicheren Zufluchtsort für die Schlaflosen machen!

Man hatte sie mehr als hundert Jahre lang verachtet, verfolgt, verabscheut, gequält und sogar getötet (und immer, immer dachte sie dabei an Tony Indivino). Die Schläfer hatten Jennifer und die Ihren gehaßt, weil Schlaflose klüger, ausgeglichener und erfolgreicher waren. Die nächste Stufe in der Evolution des Menschen. Also hatte die verlierende Spezies versucht, die Schlaflosen all ihrer Möglichkeiten und Kräfte zu berauben. Und nur Jennifer Sharifi und Tony Indivino hatten diese unausweichlichen zähen Kämpfe kommen sehen. Jetzt war nur noch Jennifer übrig, um ihre Leute vor dem zahlenmäßig so übermächtigen Feind zu schützen.

Während alle Mitglieder des Projektteams sich versammelten, mischte Jennifer sich unter sie und sprach halblaute Worte des Dankes, des Lobes und der Ermutigung. Starke, kompetente, zielstrebige Menschen. Die besten und loyalsten im ganzen Sonnensystem.

Jennifer hatte sich gegen jede Art von Vortrag entschieden. Sie wollte die Vorgänge für sich selbst sprechen lassen. Und offensichtlich war Strukow derselben Meinung. Ohne lange Einleitung erhellte sich der Hauptschirm an der Wand, als die Kamera, die auf dem peruanischen Fluggerät montiert war, sich einschaltete.

Unter ihren Füßen, unter *Sanctuarys* durchsichtiger Bodenplatte, schob sich die Erde in Sicht.

Der winzige ferngelenkte Transporter flog niedrig und langsam über Long Island, New York, während in der Ferne die Kuppel der Enklave Brookhaven größer wurde und schließlich hoch über das frische Gras, die verlassenen Straßen und die verfallenen Nutzer-Städte von Long Island emporragte. Das kleine Flugzeug richtete seine Bahn nach oben, und nun konnte Jennifer durch die Kuppel direkt in die Enklave sehen. Einfache, hübsch proportionierte Gebäude. Häuser. Einkaufszentren. Sport- und Spielanlagen. Verwaltungsgebäude. Und die Staatlichen Labors von Brookhaven.

Brokhaven war das ideale Gelände für den ersten Test von Strukows Virus gegen Hochsicherheitsziele. Klein genug (im Gegensatz zur Luftwaffenbasis Taylor), isoliert genug (im Gegensatz zum Pentagon), unauffällig genug (im Gegensatz zur Enklave Washington-Mall). Und wegen der Staatlichen Labors war Brookhaven ebenso perfekt abgeschottet wie alle sonstigen staatlichen Installationen. Wenn Strukows ferngelenktes Flugzeug Brookhavens Y-Schilde durchdringen konnte, dann schaffte es das bei jedem anderen Schild auch.

Außer bei dem, der La Solana umgeben hatte … Jennifer löschte den Gedanken.

Der winzige ferngelenkte Transporter durchflog den dreifachen Y-Schild von Brookhaven so mühelos, als existierte er nicht. Er erhöhte schlagartig die Geschwindigkeit, sauste direkt unter den höchsten Punkt der Kuppel, und das Bild erlosch.

»Es ist drinnen!« hauchte Chad Manning. »Wir sind drinnen!«

»Der Transporter hat sich pulverisiert«, sagte Caroline Renleigh. »Aber Brookhaven ist natürlich gegen einen Angriff mit biologischen Waffen gerüstet. Es muß Sicherheitssysteme geben, die jetzt Alarm schlagen, die bereits die Spur aufgenommen haben, die darauf abzielen … Wie haben die Peruaner je …«

»Die Signale könnten direkt an der Quelle elektronisch verzögert worden sein«, bemerkte David O'Donnell von seiner Sicherheitskonsole aus.

Der Schirm erhellte sich wieder. Diesmal war das Bild verzerrt und unruhig. Jennifer sah, daß es mikrosekundenkurze Einbrüche in die Sicherheitscomputer von Brookhaven selbst zeigte, und zwar in unregelmäßigen Intervallen zur Vermeidung des Entdecktwerdens. Es gab keinen Ton. Dann spaltete sich der Schirm; die obere Hälfte zeigte Sicherheitstechniker mit grimmigen Mienen vor Reihen von Geräten. Über die untere Hälfte liefen Daten aus dem Enklavecomputer.

»Sie wissen bereits, daß etwas ihre Schilde durchdrungen hat«, sagte Will, der hinter Jennifer stand. »Es ist ihnen klar, daß möglicherweise ein biologischer Wirkstoff eingebracht wurde … sie versiegeln die Labors …«

»Zu spät«, sagte Jennifer, während sie die Daten auf der unteren Hälfte des Schirmes studierte. »Zumindest für all die, die sich nicht im Innern der versiegelten Labors befanden, als das Virus freigesetzt wurde.«

»Wir können es uns leisten, daß ein paar von ihnen

der Infektion entgehen!« rief Will triumphierend. »Es ist ja nicht so, daß sie jemals herausfinden könnten, was ihnen da auf den Kopf gefallen ist!« Seine Stimmung hatte sich hörbar gewandelt; sollte Jennifer sich umdrehen, würde sie Will freudig erregt sehen, mit fuchtelnden Händen und glänzenden Augen. Jennifer drehte sich nicht um.

Die Schrift auf der unteren Hälfte des Schirmes lautete:

STATUS - ZUSAMMENFASSUNG:
DURCHDRINGUNG DES SCHILDES
VON AUSSEN - 7C
BROOKHAVEN MECHANISCH VERSIEGELT
RF-765
LUFTPROBENENTNAHME FÜR ANALYSE -
PROGRAMM 5B
MEDIZINISCHER ALARM EMPFOHLEN

»Wird ihnen auch nichts nützen.« Will lachte vergnügt in sich hinein.

Jennifer verzog keine Miene. Will tendierte dazu, den Feind zu unterschätzen. Wenn man in Betracht zog, daß es Schläfer waren, gab es einige recht gute Leute in Brookhaven. Nicht so gut wie die Peruaner, aber immerhin kompetent. Sydney Goldsmith, Marianne Hansten, Ching Chung Wang, John Becker. Im Gegensatz zu den armseligen Nutzer-Lagern, die man für Testzwecke ausgewählt hatte, würde Brookhaven das frei in der Luft befindliche Virus in den automatischen Proben leicht auffinden, selbst unter Berücksichtigung der niedrigen Konzentration und der Kurzlebigkeit des Virus. Man würde es mit einem radioaktiven Marker versehen und auch von Labortieren einatmen lassen. Sobald es in den Blutkreislauf gelangte, würde es ein paar Minuten zirkulieren, bis es mit der

Atemluft wieder ausgestoßen oder vom Zellreiniger zerstört wurde.

Bevor das geschah, würden jene Teile des Gehirns, die zu diesem Zeitpunkt am aktivsten waren, den größten Zustrom von Blut erhalten. Der Marker mußte klarerweise auf die Amygdalae hinweisen. Dann würden die Wissenschaftler zu Gehirnscans und Zelltests übergehen. Und damit sollte eine langwierige Erforschung von Strukows Gewirr von Vorgängen im Gehirn ihren Anfang nehmen.

Doch lange bevor die Forscher in Brookhaven dieses Gewirr aufrollen konnten, würden sie es nicht mehr wollen. Die Neuartigkeit der Untersuchungen würde ihnen widerstreben. Sie wären nicht vertraut genug. Ängstlichkeit würde sie überkommen, so oft sie über die Neuartigkeit der Situation nachdachten. Eine gewisse Zeit sollten sie diese Ängstlichkeit überwinden können, aber dann würde sie stärker werden. Die Forscher in Brookhaven – und früher oder später alle von Kuppeln überdachten Enklaven in den Vereinigten Staaten – würden das Bekannte dem Unbekannten vorziehen. Es wäre einfach zu aufwühlend, seine Kräfte für eine neue Forschungsinitiative aufzubieten.

Und dann würden Jennifer Sharifi und die übrigen Schlaflosen tatsächlich in Sicherheit sein.

Will goß Champagner ein. Jennifer trank nie – Alkohol gab ihr das Gefühl, nicht mehr über ihre gewohnte, vollkommene, kühle Kontrolle zu verfügen –, doch diesmal konnte sie sich einfach nicht außerhalb des Kreises ihrer Freunde stellen. Sie hatten es geschafft. Sie waren endlich sicher.

Sie hob das Glas. Es wurde still im Raum. In ihrer ruhigen, melodiösen Stimme sagte Jennifer: »Dank der gemeinsamen Anstrengungen aller Anwesenden hier haben wir schließlich gesiegt: Die Körperchemie der Schläfer hat sich gegen sie selbst gestellt. Innerhalb der nächsten Stunde werden ferngelenkte Transportgeräte ins Pentagon, in die Washington-Mall, in den Kennedy-Raumhafen und in die Enklave Manhattan-Ost eindringen. Kein Schläfer wird sterben. Aber es wird auch keiner von ihnen mehr in der Lage sein, eine Bedrohung für uns darzustellen, außer in einer Art und Weise, die wir bereits verstehen und der wir begegnen können. Wir werden die Macht in der Hand haben – wenn auch nur deshalb, weil es nie wieder unbekannte Bestien geben wird, die man gegen uns hetzt. Laßt uns daher auf jene Bestien trinken, die wir kennen.«

Gelächter. Gläser wurden geleert. Und dann erschien Strukows Gesicht auf dem Hauptschirm.

»Miss Sharifi, Sie und Ihre Getreuen ohne Zweifel nun feiern das erfolgreiche Eindringen in Brookhaven. Auch ich bin erfreut. Mir war sehr gelegen daran zu sehen, ob wir können dies schaffen. Jedoch ich kann nicht erlauben ...«

»O mein Gott!« flüsterte David O'Donnell vor der Sicherheitskonsole. »Abschuß! Code sechzehn A! Ich wiederhole: *Abschuß!*«

»... Ihnen fortzufahren mit diesem Projekt. Ich bin auch Schläfer, natürlich. Und obwohl ich keine Loyalität empfinde meinen eigenen Artgenossen gegenüber, bin ich, Sie verstehen, ebenso auf meinen Selbstschutz bedacht wie diese. Oder wie Sie, Miss Sharifi. Daher ...«

Blendendes Licht explodierte unter ihren Füßen, irgendwo zwischen dem Fenster im Boden und dem rotierenden Planeten Hunderte Kilometer weiter unten.

»Das Antiraketensystem von *Sanctuary* ist zerstört!« rief David O'Connell. »Aktiviere Reservesystem!«

»... werden keine ferngelenkten Flugkörper mehr abgefeuert. Und da, wie wir beide wissen nach der Erfahrung mit La Solana, nur Nukleares kann zerstören komplett, fürchte ich, daß ich selbst gezwungen bin,

Nukleares einzusetzen. Sie kennen La Rochefoucauld? Was er sagte von Überlegenheit? ›*Le vrai moyen d'etre trompé* ...‹«

In Sicherheit! dachte Jennifer benommen. *Und ich dachte, wir wären endlich in Sicherheit.*

»›... *c'est de se croire plus fin que les autres.*‹«

»Antiraketensystem Nummer zwei zerstört«, würgte David O'Donnell hervor.

Jennifer machte einen Schritt vorwärts, denn einen unkontrollierten Moment lang hatte sie den Eindruck, daß Strukows Gesicht auf dem Wandschirm plötzlich von Miranda ersetzt wurde.

Und dann zerbarst die Orbitalstation *Sanctuary* in einer Explosion aus gleißendem, tödlichem Licht.

21

Lizzie erwachte in einem winzigen, fensterlosen Raum mit kahlen SchaumStein-Wänden, nicht viel breiter als einen Meter und etwa zweieinhalb lang. Drei Wände. Sie lag auf einer Art Bett – einem Sockel, der aus einer der drei Wände hervorragte. Sie setzte sich auf und hielt Ausschau nach der fehlenden vierten Wand. Eine Frau saß auf einem Stuhl und sah sie an. Hinter der Frau, die eine blaue Uniform trug, verlief ein langer, nichtssagender Korridor.

»Hallo!« sagte die Frau. Sie war schön, wie Vicki schön war: GenMod. Tiefschwarzes Haar, braune Augen, eine Haut wie frischgefallener Schnee. Die vierte Wand, sah Lizzie, war ein Y-Schild.

»Sie befinden sich in der Sicherheitszentrale der Patterson Protect Corporation, rechtmäßige Lizenznehmerin für Manhattan-Ost. Ich bin Inspektor Foster. Ihr Name ist Elizabeth Francy, und Sie wurden wegen Einbruchs und unbefugten Betretens der Enklave festgenommen. Würden Sie mir bitte erklären, wie Sie in die Enklave eingedrungen sind?«

Lizzie tätschelte die Außenseite ihrer Jackentasche. Der violette Augapfel war nicht mehr da, was bedeutete, daß Inspektor Foster bereits wußte, wie sie eingedrungen war. Lizzie starrte sie schweigend an.

»Miss Francy, Sie scheinen nicht zu verstehen. Manhattan-Ost befindet sich in Privatbesitz. Patterson Protect ist autorisiert, alle Polizeibelange im Innern der Enklave wahrzunehmen. Wir können aber auch die Polizeibehörde New York einschalten, wenn wir es für angebracht halten. Unbefugtes Eindringen ist ein schweres Vergehen. Und Mord ist ein Kapitalverbrechen.« Sie hielt Tishs Auge hoch. »Patterson Protect kann – und wird – entsprechend seiner gesetzlichen Befugnisse Wahrheitsdrogen anwenden.«

»Hab niemanden ermordet, ich! Un' ich muß hier unbedingt wen treffen! Doktor Jackson Aranow! Muß ihm was Wichtiges sagen!«

»Doktor Jackson Aranow«, sagte die Frau und schwieg dann. Lizzie nahm an, sie lauschte den Informationen, die ein Computersystem ihr direkt in einen Ohrhörer lieferte. Nach einer Minute sagte sie: »Und warum ...«

Irgendwo auf dem Korridor hinter ihr flog eine Tür auf. Eilige Schritte. Ein Junge, nicht älter als vierzehn, tauchte auf; er trug die gleiche Uniform wie die Frau, doch sein Kragen trug die Aufschrift PRAKTIKANT. Sein Gesichtsausdruck verriet Aufregung und Entsetzen. »Inspektor Foster! Kommen Sie schnell, in den Nachrichten ...«

»Daniel!« sagte die Frau tonlos.

»... heißt es ...«

»Daniel!«

»... daß *Sanctuary* mit einer Atombombe in die Luft gejagt wurde!«

Langsam stand Inspektor Foster auf. Sie folgte dem Jungen durch den Korridor, aber erst nachdem Lizzie den in rascher Aufeinanderfolge wechselnden Ausdruck ihres Gesichts gesehen hatte: Erschrecken, kurzes berechnendes Überlegen, Freude.

Sanctuary in die Luft gejagt!

Lizzie sprang von dem Schlafsockel. Die Knie wurden ihr nicht weich dabei – das Neuropharm, das der SicherheitsRob benutzt hatte, verursachte keinerlei Nachwirkungen. Lizzie tastete mit den flachen Händen über den Y-Schild, der die vierte Wand der Zelle bildete: keine Öffnung. Keine Bedienungselemente auf ihrer Seite des Schildes. Keine Möglichkeit hinauszukommen.

Sanctuary in die Luft gejagt! Wer? Warum? Zusammen mit allen Schlaflosen? Vielleicht Miranda Sharifi, im Kriegszustand mit ihrer Großmutter ... aber warum jetzt? Mochte es einen Zusammenhang mit dem Angst-Neuropharm geben?

Nichts davon ergab Sinn.

Aber Lizzie hatte einfach keine Lust mehr, sich darüber den Kopf zu zerbrechen. Sie hatte keine Lust, sie war wütend, sie hatte Angst. Sie war müde vom Marsch nach New York, um Vicki und Doktor Aranow zu finden. Sie hatte es satt, von Nutzern, Machern und Robs attackiert zu werden. Sie fürchtete sich davor, wegen Mordes verhaftet zu werden. Nicht einmal das Datenfischen reizte sie mehr. Sie war *Mutter*! Sie gehörte *nach Hause* zu ihrem Kind. Und sobald sie Vicki oder Doktor Aranow oder irgend jemand anderen gefunden hatte, dem sie diese ganze Bürde aufladen konnte, dann würde sie auf schnellstem Wege genau dorthin zurückgehen!

»Heee!« schrie sie versuchsweise. Niemand antwortete. Inspektor Foster kam nicht mehr.

Lizzie begann mit den gesprochenen Standardcodes, um zu sehen, ob sie irgendein System im Gebäude zu einer Reaktion bringen konnte, aber nichts geschah.

Sie machte sich auf eine längere Wartezeit gefaßt.

Eine Stunde verging. Kam denn niemand, um sie weiter zu verhören? War denn ganz New York ausgestorben? Und was, wenn derjenige, der *Sanctuary* atomisiert hatte, auch Manhattan-Ost bombardierte ...? Nun, dann würde sie tot sein, ehe sie es merkte. Was aber, wenn jemand das Angst-Neuropharm hier freigesetzt hatte? Waren die Bullen einfach nach Hause gegangen und rührten sich nicht mehr weg von dort, weil sie sich vor allem Neuen fürchteten? Und Lizzie würde in ihrer Zelle verfaulen?

Alles hier drin war synthetisch. Nichts davon konsumierbar.

Aber es mußte doch wenigstens einen Rob geben, der Nahrung brachte! Und Wasser. Und etwas zum Hineinpinkeln… Da erst fiel ihr das Loch im Boden auf.

Eine weitere Stunde zog sich dahin. Lizzie versuchte klar zu denken, zu planen. Also gut, falls niemand kam und nichts geschah, wenn sie bis hundert gezählt hatte … na ja, bis zweihundert.

Die Zeit war um.

»AaaaAaaaAaaa!« kreischte Lizzie. Sie faßte ein paar Härchen in ihrem rechten Nasenloch und riß daran. Es tat furchtbar weh, und augenblicklich begann die Nase zu rinnen. Ihr Herz klopfte heftig, und sie spürte, wie ihr die Hitze ins Gesicht stieg. Sie riß noch mal an den Härchen, während ihr die Tränen aus den Augen schossen und der Rotz aus der Nase floß. Dann hob sie an, mit raschen, flachen Atemzügen zu keuchen, bis sie hyperventilierte, und warf sich auf den schmalen Streifen SchaumStoff-Boden der Zelle.

»Medizinische Hilfe erforderlich«, sagte die Zelle. »Abnormer Atemrhythmus. Abrupte Blutdrucksteigerung um vierzig Punkte zu dreißig. Puls einhundertdreißig. Hirnscan zeigt …«

Ein MedRob schwebte durch den Y-Schild. Er war von einer Machart, der Lizzie nie zuvor begegnet war, auch damals nicht, als Nutzer-Städte noch MedRobs *gehabt* hatten. Ein kleiner Arm mit einem Arzneipflaster darauf schoß hervor: das nächste Beruhigungsmittel. Lizzie sprang auf den Schlafsockel, packte den MedRob, riß ihn hoch und drehte ihn mit der Oberseite nach unten. Sie hoffte inständig, daß keiner seiner dürren Roboterarme an sie herankam. Und daß der Alarm, den er zweifellos an das Gebäudesystem aussandte, keine menschlichen Mithörer hatte.

»Med-ComLink öffnen!« schrie sie und führte Doktor Aranows offiziellen Ärztecode an, den sie aus seinem persönlichen System gefischt hatte. O Gott, es mußte sich öffnen! Das Ding war doch ein MedRob, nicht wahr? Es mußte mit offiziellen Datenbanken vernetzt sein!

»Offizielles Med-Link offen«, sagte eine ruhige Frauenstimme. »Aufzeichnung läuft. Sprechen Sie, Doktor Aranow.«

»Verbindung mit meinem Haussystem!«

»Dazu ist diese Anlage außerstande. Sie haben einen Aufzeichnungskanal des offiziellen Med-Links geöffnet. Bitte fahren Sie fort.«

»Gottverdammte Scheiße!« schrie Lizzie. Und wenn nun die Anlage Abwehrmaßnahmen aktivierte? Lizzie sprudelte sämtliche Überbrückungscodes hervor, auf die sie bei ihren Fischzügen in die Sicherheitssysteme verschiedenster staatlicher Computeranlagen gestoßen war, in der Hoffnung, daß einer davon den Kanal öffnen würde – den es geben mußte, denn selbst offizielle Macher-Links hatten immer Hintertürchen, um eine Benutzung des Systems auch für andere als die vorgegebenen Zwecke zu ermöglichen …

»Link offen«, sagte die weibliche Stimme, und eine Sekunde darauf eine männliche: »Ja, Doktor Aranow?«

Jones. Doktor Aranows Haussystem. Lizzie holte tief Atem, um sich zu beruhigen.

»Jones, bitte sag Doktor Aranow, daß er einen Notruf von Lizzie Francy hat!« Sie fuhr fort, den MedRob so weit weg wie möglich von sich zu halten, auch wenn er nun seine Versuche, ihr das Beruhigungspflaster auf die Haut zu klatschen, eingestellt hatte. »Miss Lizzie Francy.«

»Doktor Aranow ist zur Zeit nicht erreichbar. Möchten Sie eine Botschaft hinterlassen?«

»Nein! Will ich nicht …! Ich meine, ich brauche ihn! Verbinde mich mit seinem persönlichen System!«

»Das ist diesem System auf einen Befehl von außen hin leider nicht möglich. Möchten Sie eine Botschaft hinterlassen?«

Lizzie hatte kein bevorrangtes Link, und dieser verdammte pflasterschwenkende Rob hier hatte gewiß nicht die Fähigkeit, eines zu erzeugen. Was jetzt?

»Bitte antworten Sie in den folgenden fünfzehn Sekunden. Möchten Sie eine Botschaft hinterlassen?«

»Nein!« rief Lizzie verzweifelt. »Laß mich mit der Schwester von Doktor Aranow reden!«

»Einen Moment bitte.«

Und dann eine schwache, furchtsame Stimme: »Hallo?«

»Miss Aranow?« Mit einemmal erinnerte Lizzie sich nicht mehr an den Namen von Doktor Aranows Schwester. Sie konnte sie vor sich sehen, schlank und elegant in ihrem geblümten Kleid, Dirk auf dem Arm, Tränen auf dem blassen, ängstlichen Gesicht. Lizzie erinnerte sich sogar an den Namen ihres persönlichen Systems – ›Thomas‹ –, und natürlich an alle Zugriffscodes. Aber der Vorname des Macher-Mädchen fiel ihr einfach nicht ein. »Miss Aranow, hier spricht Lizzie Francy, Doktor Aranows … Bekannte. Die mit dem Baby. Ich bin im Gefängnis in der Enklave Manhattan-Ost! Bitte sagen Sie Doktor Aranow und Vicki Turner, daß sie mich sofort hier rausholen sollen! Es ist furchtbar dringend!«

»Im … im Gefängnis? Mit … mit dem *Baby*?«

Plötzlich versuchte der MedRob wieder, an Lizzie heranzukommen – offenbar irgendein routinemäßig unternommener Zweitversuch –, und der Arm mit dem Beruhigungspflaster schnellte auf sie zu … »Sagen Sie's dem Doktor! Und Vicki auch! Sie sollen mich …!«

Von einem unerwartet heftigen Energieschub getrieben riß der MedRob sich von Lizzies hartem Griff los, und schon klebte das Pflaster an ihrem Handgelenk. Augenblicklich wurde es dunkel rundum, und Lizzie sah nicht einmal mehr, wie der MedRob neben ihr hinabschwebte und sich halb auf dem Sockel, halb auf dem Boden niederließ.

Zitternd lag Theresa im Bett. Dieses Nutzer-Mädchen war im Gefängnis! Mit ihrem *Baby*!

So klar und deutlich, als würde sie die Wände ihres Arbeitszimmers und nicht die rosaroten des Schlafzimmers betrachten, sah sie die Nachrichten-Holos von den Nutzer-Babies vor sich, von verkrüppelten, verschrumpelten, verhungernden, sterbenden Nutzer-Babies.

Nein. Sie übertrieb. Lizzies Baby starb nicht. Dieses Kind war *umgestellt*. Aber das Kleine war im Gefängnis, in einer engen Zelle, und um das ComLink so abreißen zu lassen, mußte seiner Mutter irgend etwas zugestoßen sein. Hatte jemand Lizzie Francy etwas angetan? Und dem Baby?

Theresa hatte noch nie ein Gefängnis gesehen. Aber sie kannte die historischen Holos und die alten Filme. Darin bestanden die Gefängnisse aus finsteren, schmutzigen Zellen, die schlecht rochen und gefährliche Menschen beherbergten, die anderen Menschen Böses antaten. Aber das stimmte sicherlich nicht mehr; gewiß waren Gefängnisse jetzt anders. Die PutzRobs würden dafür sorgen, daß sie nicht schmutzig blieben. Aber ansonsten …

Sie setzte sich auf, gegen die Kissen gestützt. Die Wunden an ihren Händen und auf dem Körper hatten sich geschlossen. Sie konnte essen, sprechen und sogar ein wenig herumgehen. Auf Krücken. Vorübergehend hatte sie sogar einen SchwebeRob gehabt, aber Jackson hatte ihn zurückgeschickt, weil, wie er sagte, die Benutzung des SchwebeRobs nichts zum Wiederaufbau ihrer Muskulatur beitrug. Zweimal täglich geleitete der PflegeRob Theresa durch die Rehabilitations-Software, aber schon das Aufstehen machte ihr große Mühe, und wenn sie ihren haarlosen Kopf berührte, mußte sie weinen. Deshalb hatte Jackson alle Spiegel aus Theresas Räumlichkeiten entfernen lassen. Und so lag sie zumeist im Bett und diktierte Thomas Betrachtungen – stundenlange, zwanghafte Betrachtungen. Über Leisha Camden. Über die Schlaflosen. Über Miranda Sharifi.

Doch jetzt sagte sie zu ihrem System: »Thomas, laß Jones einen dringenden Anruf zu meinem Bruder bei Kelvin-Castner durchstellen. Ein Notfall.«

»Wird sofort erledigt, Theresa.«

Aber es war Cazie, finster dreinblickend und zerknittert, die den Anruf entgegennahm. »Tess? Was ist los? Warum die Eile?«

»Ich muß mit Jackson sprechen.«

»Das habe ich schon gehört. Aber warum?« Cazie trommelte mit den Fingern auf einen unsichtbaren Tisch. Ihr schwarzes Haar benötigte dringend einen Kamm, und sie hatte dunkle Ringe unter den Augen. Sie sah zerstreut und nervös aus. Theresa sank in ihre Kissen zurück.

»Es ist… persönlich.«

»Persönlich? Ist bei dir alles in Ordnung?«

»Ja… ich… ja. Es handelt sich um jemand anderen.«

Plötzlich blickte Cazie sie scharf an. »Um wen? Hat Jackson eine Botschaft bekommen? Es geht doch dabei nicht um *Sanctuary*, oder?«

»*Sanctuary?* Warum sollte Jackson eine Botschaft über *Sanctuary* bekommen?«

Cazies Blick verlor seine durchdringende Schärfe. »Vergiß es. Also, von wem ist die Botschaft?«

»Was ist mit *Sanctuary*?«

»Gar nichts, Tessie. Hör mal, ich wollte dich nicht anschnauzen, noch dazu, wo du so krank bist. Schlaf jetzt wieder, Kleines. Jackson ist hier mitten in einer wichtigen Besprechung, und ich möchte ihn nicht stören, aber ich sage ihm, daß du angerufen hast. Doch wenn es etwas wirklich Wichtiges ist, dann kannst du es ja mir sagen, und ich leite es weiter.«

Theresa sah Cazie in die Augen. Cazie log. Theresa hatte keinen Zweifel. Wieso? Sie wußte es nicht. Doch, sie wußte es: Sie hatte schon des öfteren so getan, als wäre sie Cazie, und nun konnte sie genau erkennen, wann Cazie log. Eine leise Veränderung in ihrer Stimme, ein gewisser Ausdruck in ihren goldenen Augen… Jackson hatte gar keine Besprechung. Was bedeutete, daß Cazie Theresa von Jackson fernhalten wollte. Und auch von etwas, das *Sanctuary* betraf. Außerdem hatte Cazie es nie gern gesehen, daß Jackson diesem Mädchen Lizzie und ihrem Baby half…

»Nnnein«, stammelte sie kleinlaut. »Nichts… Wichtiges. Nur eine Botschaft von… Brett Carpenter. Der Mann, mit dem Jackson Tennis spielt. Wegen eines Matches.«

»Aber es hieß doch, es wäre ein ›Notfall‹?«

»Ich… ich wollte nur einfach mit Jackson sprechen. Ich fühle mich so einsam.«

Cazies Miene wurde gelöster. »Natürlich bist du das, Tessie. Sobald die Besprechung vorüber ist, wird Jackson dich anrufen. In derselben Minute noch. Und ich komme abends vorbei und besuche dich. Versprochen.«

»Also gut. Danke.«

»Und jetzt sei ein braves Mädchen, mach die Augen zu und schlaf schön.«

Das Link erlosch.

»Thomas«, sagte Theresa. »Suchprogramm Nachrichten, die letzten vierundzwanzig Stunden. Alles über *Sanctuary.*«

Das Suchprogramm war überflüssig. Auf dem Bildschirm flammte der neueste Bericht auf, und Theresa sah das Holo von der explodierenden Orbitalstation *Sanctuary,* lauschte dem geschockten Kommentator, sah die Simulation von der Flugbahn der Atomrakete und hörte Präsident Garrisons zornige Verurteilung der Terroristen, die sich noch nicht zu erkennen gegeben hatten.

»Wiederholung«, sagte Theresa zu Thomas; das Wort kam als halb ersticktes Flüstern heraus, und die salzigen Tränen schmerzten auf ihrer strahlenverbrannten Haut. Das Nachrichten-Holo wurde wiederholt.

Also waren sie alle tot. Miranda Sharifi – gestorben in La Solana, zusammen mit all den seltsamen, beinahe übermenschlichen SuperS, die die Menschheit von Grund auf verändert hatten. Jennifer Sharifi – gestorben auf *Sanctuary,* zusammen mit ihrem brillanten, übermächtigen Gefolge, das auf eine Weise, die Theresa nie verstanden hatte, einen Großteil der Weltfinanzen kontrollierte. Leisha Camden – gestorben vor sieben Jahren in einem Sumpf in Georgia. Alle tot. All die Menschen, deren Genom so verändert worden war, daß sie nie zu schlafen brauchten. All die Menschen, von denen Jackson sagte, sie wären einst dazu bestimmt gewesen, die nächste Sprosse auf der Leiter der Evolution darzustellen. Alle tot.

Aber Lizzie Francy und ihr Baby waren am Leben. In einem Gefängnis in der Enklave Manhattan-Ost. *Sagen Sie's dem Doktor! Und Vicki auch! Sie sollen …*

Theresa konnte es nicht tun. Sie war zu schwach, zu ängstlich.

Bitte sagen Sie Doktor Aranow und Vicki Turner, daß sie mich sofort hier rausholen sollen! Es ist furchtbar dringend!

Das konnte Theresa schaffen – wenn sie zu Cazie wurde.

Sie schloß die Augen. Die Tränen versiegten. Jackson ahnte nicht im entferntesten – niemand ahnte im entferntesten –, wie oft im letzten Monat Theresa zu Cazie geworden war. Während sie im Bett gelegen hatte, mit Schmerzen trotz der Medikamente, während sie sich durch das Rehabilitationsprogramm gekämpft und sich gezwungen hatte, ohne Panikattacke und Krampfanfall an die Explosion in La Solana zu denken – während all dieser Zeit hatte sie das Cazie-Sein intensiv geübt: jemand zu werden, der sich nicht fürchtete, jemand, der fähig war, zu entscheiden, was er zu tun hatte – und es dann auch zu tun.

Und nun wurde sie wieder zu Cazie.

Nach und nach kamen Theresas Atemzüge gleichmäßiger. Ihre Hände hörten auf zu zittern – und was noch wichtiger war: sie spürte den Unterschied im Kopf. Es war fast wie der Wechsel von einem Nachrichtenkanal zu anderen. Ihr *Hirn* fühlte sich verändert an! Konnte das denn sein? Aber so war es nun mal.

Theresa schwang die Beine aus dem Bett und griff nach den Krücken. Der PflegeRob schwebte heran. »Brauchen Sie Hilfe, Miss Aranow? Möchten Sie die Bettschüssel?«

»Nein. Deaktivierung«, sagte Theresa, und jener Teil von ihr, der immer noch Theresa war – es gab diesen Teil, doch wenn sie zu viel darüber nachdachte, dann würde sie jenen Teil verlieren, der nicht mehr Theresa war –, hörte die Entschlossenheit in ihrem Tonfall. Cazies Tonfall. In Theresas immer noch heiserer Stimme.

Denk nicht darüber nach!

Sie schälte sich aus dem Nachthemd und streifte ein Kleid über. Es hing schlaff an ihrem dünnen Körper. Schuhe, Jacke. Im Foyer erhaschte sie einen flüchtigen Blick ihres Spiegelbildes.

Nein! O Gott, nein…! Dieser kahle Schädel – das war sie? Die eingesunkenen Augen, die schuppige, rotfleckige Haut auf dem ganzen Kopf… sie? Die Tränen flossen erneut.

Nein. Cazie würde nicht weinen. Cazie würde wissen, daß das alles vorüberging, daß es besser und besser wurde, und Jackson sagte das auch… Cazie würde einen Hut aufsetzen. Theresa nahm eine von Jacksons Kopfbedeckungen und stülpte sie sich über bis an die Ohren.

»Gefängnis von Manhattan-Ost, genaue Koordinaten bitte«, sagte sie zum GehRob, den das Haus für sie gerufen hatte. Sie bemühte sich, so finster dreinzusehen wie Cazie, denn sie hatte beinahe fünfzehn Minuten auf den Rob warten müssen. Und sie war die ganze Zeit über Cazie geblieben.

»Ja, Miss Aranow«, sagte der GehRob. Theresa verdunkelte die Fenster und schloß die Augen, um nicht ihr eigenes Spiegelbild in der Scheibe sehen zu müssen.

Der GehRob setzte sie vor einem Gebäude nahe der Ostseite des Enklaveschildes ab. Ein paar Leute, die eilig unterwegs waren, blieben stehen und starrten sie an, aber Theresa ignorierte sie. Mit hocherhobenem Kinn und fest ineinander verschränkten Fingern sagte sie zum Netzhautscanner in der menschenleeren Vorhalle: »Ich bin Theresa Aranow und bin gekommen, um mit einer… Gefangenen zu sprechen. Lizzie Francy. Oder mit demjenigen, der hier zuständig ist.«

»Sie sind nicht als Rechtsanwältin registriert, Miss Aranow«, sagte das Gebäude. »Oder als enge Verwandte der Gefangenen.«

»Nein, ich bin… Könnte ich bitte mit einem Menschen sprechen?«

»Tut mir leid, aber wir befinden uns im Moment in einer Notsituation. Das gesamte Personal von Patterson Protect ist anderswo im Einsatz. Möchten Sie warten?«

Eine Notsituation, dachte sie. Natürlich. Der Angriff auf *Sanctuary*… Die Leute hatten wohl Angst davor, daß die nächste Bombe auf New York fallen könnte. Wären nicht die Fenster des GehRobs verdunkelt gewesen, hätte sie wahrscheinlich zahllose Menschen gesehen, die auf dem Luftweg die Enklave verließen… Kein Wunder, daß das Gebäude so lange gebraucht hatte, einen GehRob heranzuschaffen. Und vielleicht waren die Leute auf der Straße nicht so sehr vor ihrem, Theresas, Aussehen erschrocken, als vor ihrer eigenen Angst. Das stärkte ihr den Rücken.

»Ich möchte nicht warten«, erklärte sie. »Ich möchte Lizzie Francy hier herausholen. Was muß ich dazu tun?«

»Verlangen Sie Zugriff auf die öffentlichen Akten?«

»Ja.« Verlangte sie? Warum nicht.

»Öffentliche Akten«, sagte ein anderes System. »Wie kann ich Ihnen helfen?«

»Ich möchte… ich möchte Lizzie Francy mitnehmen. Zu mir nach Hause.«

»Francy Elizabeth, Identifikationsnummer CLM-03-9645-957«, zitierte das System. »Aufgegriffen am 18. Mai 2121 um 16 Uhr 45 vor dem Gebäude 96. Straße Nummer 349 von einem SicherheitsRob der Patterson Protect Corporation mit der Seriennummer 45296, zugeteilt der Enklave Manhattan-Ost für offizielle Operationen innerhalb der Enklavekuppel. Um 17 Uhr 01 wurde Elizabeth Francy in der Sicherheitszentrale von Patterson Protect in Haft genommen. Aufsichtsperson: Inspektor Karen Ellen Foster. Begründung für die Haft: Einbruch, unbefugtes Betreten der Enklave. Gegenwärtige legale Situation: rechtliche Schritte innerhalb der Enklave, keine Strafanzeige beim NYPD. Gegenwärtige Situation des Häftlings: in Sicherheitsgewahrsam; wach; kein registrierter Rechtsbeistand.«

Starrsinnig wiederholte Theresa, weil ihr nichts anderes einfiel: »Ich möchte sie mitnehmen.«

»Der Häftling wurde nicht in Polizeigewahrsam überstellt; ohne Strafanzeige beim NYPD verfügt Patterson Protect nicht über die Berechtigung, eine längerdauernde Anhaltung vorzunehmen. Für Francy Elizabeth, Identifikationsnummer CLM-03-9645-957 wurde keine Strafanzeige erstellt. Die noch in Gewahrsam befindliche Person ist jedoch nicht autorisiert, sich in der Enklave Manhattan-Ost aufzuhalten, es sei denn, ein registrierter Einwohner der Enklave verpflichtet sich, die Bürgschaft für sie zu übernehmen.«

»Sie ist … mein Gast.« Reichte das? Cazie würde meinen, daß es reichte. Energischer fügte sie hinzu: »Mein Gast. Der Gast von Theresa Aranow.«

»Es wird hiemit zu Protokoll gegeben, daß der Häftling Francy Elizabeth, Identifikationsnummer CLM-03-9645-957, mangels einer Strafanzeige beim NYPD in den Gewahrsam von Theresa Katherine Aranow, Identifikationsnummer CGC-02-8736-341, übergeben wurde. Wir danken für Ihr Vertrauen in Patterson Protect.«

Plötzlich geriet Theresa in Panik. »Und das Baby! Ich möchte auch das Baby mitnehmen! Lizzies Kind, ich weiß nicht mehr, wie es heißt! Das Baby!«

Aber das System reagierte nicht mehr.

Theresa schloß die Augen und kämpfte um Selbstbeherrschung. Cazie würde nicht in Panik geraten! Cazie würde abwarten, ob Lizzie mit dem Baby auf dem Arm aus einer dieser Türen kam. Cazie würde abwarten und dann erst entscheiden, was sie als nächstes tun sollte … *Sie war doch Cazie!*

»Miss Aranow?« sagte Lizzie. »*Theresa!*«

Theresa öffnete die Augen. Lizzie stand vor ihr –

ohne Baby. Sie starrte Theresa aus weit aufgerissenen, entsetzten Augen an, und da erinnerte Theresa sich, wie sie aussehen mußte. »Wo … wo ist das Baby?« fragte sie.

»Baby? Ach, mein Kleiner? Der? Der ist daheim bei meiner Mutter. Warum?«

»Ich dachte …«

»Was ist denn mit *Ihnen* geschehen?«

Und das brachte Theresas mühsam aufgebautes Gebäude zum Einsturz. Sie war nicht Cazie! Jetzt, wo jemand anderer hier war, jemand Stärkerer … jetzt, da Lizzie Theresa daran erinnert hatte, wie sie aussah … jetzt, wo es ihr gelungen war, Lizzie aus dem Gefängnis zu holen … jetzt war sie nicht mehr Cazie. Sie war Theresa Aranow, und sie spürte, wie ihre Atemzüge wieder holprig wurden, und sie sah, wie ihr dürrer Arm sich an das abgerissene Nutzer-Mädchen klammerte, das, soweit Theresa wußte, möglicherweise außer ihr selbst das einzige menschliche Wesen in einer Enklave war, die demnächst von einer Atombombe getroffen werden würde. Sie stöhnte auf.

»Nein, nicht hier!« sagte Lizzie von ganz weit weg. »Meine Güte, es ist gerade so wie bei Shockey, nicht wahr? Und dabei haben Sie das Neuropharm gar nie eingeatmet … Kommen Sie, stützen Sie sich auf mich, fallen Sie nicht hin … Nein, warten Sie! Ich muß erst mein Terminal wiederhaben! Gebäudesystem! Ich will den Rucksack zurück, mit dem ich hier reinkam!«

Theresas geschwächte Beine gaben nach. Ihre Krükken kippten zu Boden – und sie mit ihnen. Später – wieviel später? – spürte sie, wie sie halb getragen und halb hinausgezerrt wurde. Draußen setzte jemand sie in einen GehRob und hielt sie an den Schultern fest.

»He, komm schon, Mädchen, ist schon gut, he! Komm schon!« sagte Lizzie immer wieder. »Mach das nicht, das kannst du nicht machen! Ich brauche dich doch!«

Ich brauche dich. Das drang durch zu ihr. *Ich brauche dich.* Wie Cazie gebraucht wurde. Wie Jackson gebraucht wurde… Aber nicht Theresa. Theresa wurde nie gebraucht, weil immer sie die anderen brauchte.

Aber diesmal nicht.

Sie konzentrierte sich darauf, wiederum zu Cazie zu werden. Ihre Atemzüge wurden langsamer und regelmäßiger, die Straßen draußen waren wieder klar zu erkennen. Theresas Finger ließen Lizzie los, und es machte *klick* in ihrem Kopf.

Lizzie starrte sie an. »Wie haben Sie denn das gemacht?«

»Das… kann ich nicht erklären.«

»Na, dann eben nicht. Wir haben Wichtigeres zu tun. Kann uns dieses Ding irgendwohin bringen, wo wir reden können?«

»Nach Hause?«

»Nein. Wahrscheinlich überwacht. Was ist mit den vielen Bäumen dort?«

»Der Central Park. Aber wir können nicht…«

»Rob«, sagte Lizzie, »bring uns in den Central Park und bleib stehen, wenn du ein Plätzchen findest, wo wir ungestört sind!«

Der GehRob flitzte über die Straßen der Enklave und in den Park und hielt unter einem riesigen Ahornbaum in der Nähe der Ostwiese an. Mit einer Hand zog Lizzie Theresa weg vom GehRob, in der anderen trug sie ihren violetten Rucksack, den sie öffnete, als sie im Gras saßen. Der GehRob sauste davon.

»Ich wollte, daß er wartet!« rief Lizzie. »Na, macht nichts, werden wir eben einen anderen rufen. Theresa, ich muß sofort Doktor Aranow finden, auch wenn ich einen Anruf riskieren müßte…«

»Jackson ist bei Kelvin-Castner«, sagte Theresa. Sie

schlang die Arme um ihre Mitte; ihr geschwächter Körper fühlte sich kalt und völlig ausgepumpt an. »Aber Sie können ihn dort nicht erreichen. Cazie übernimmt alle Anrufe für ihn, auch die dringenden. Sie wollte nicht, daß ich es erfahre, aber ... *Sanctuary* wurde von einer Bombe zerstört.«

Lizzie antwortete nicht. Sie sah nicht sehr überrascht aus, als sie sagte: »Sind Sie sicher?«

»Ja.« Theresa spürte, wie ihr die Tränen wieder in die Augen stiegen. »Ich habe es ... in den Nachrichten gesehen.«

»Wer hat es getan?«

Aber Theresa konnte nur den Kopf schütteln.

»Warum weinen Sie denn?« fragte Lizzie. »Waren doch ohnehin nur Schlaflose auf *Sanctuary*, oder?«

»Leisha ... Miranda ...«

»Miranda Sharifi ist auf dem Mond. In Selene. Und wer ist Leisha? Egal, lassen Sie mich mal nachdenken.«

Lizzie saß schweigend über ihr nicht aktiviertes Terminal gebeugt, und Theresa kämpfte um ihre Selbstbeherrschung. Sie war Cazie ... sie war Cazie ... nein, war sie nicht! Sie war Theresa Aranow, krank und schwach und verloren im Central Park, und sie wollte nichts lieber als nach Hause gehen und schlafen.

»*Sanctuary* hat das Neuropharm hergestellt, mit dem mein Kind infiziert wurde«, sagte Lizzie langsam, »und meine Mutter und Billy und ... alle anderen. Zumindest glaube ich, daß es *Sanctuary* war. Sie haben hinterher meinen Stamm überwacht. Wie hätten sie wissen können, daß wir infiziert waren, wenn sie es nicht selbst getan haben? Nur ... wenn sie alle tot sind, all die Schlaflosen ... O Gott, Theresa, Sie dürfen jetzt nicht schlappmachen!«

»Ich will ... nach Hause!«

»Nein, geht noch nicht. Ich muß erst Doktor Aranow finden. Wenn ich ihn nicht anrufen kann, dann müssen wir hinfahren ... Hören Sie, ich lasse über mein Terminal einen GehRob kommen. Halten Sie bloß die Ohren steif!«

Das konnte Theresa nicht; aber sie geriet auch nicht in Panik. Sie war zu erschöpft dazu, erschöpft bis in ihre entkräfteten Knochen. Sie setzte an, Lizzie zu erklären, daß ein GehRob sie beide nicht zu Kelvin-Castner nach Boston bringen würde, weil GehRobs die Enklave nicht verlassen konnten, aber sie war zu ausgelaugt, um die Worte zu formulieren. Das letzte, woran sie sich erinnerte, war das Gras im Central Park, GenMod und duftend, in dem sie einschlief, während sie noch ermattet um die Schlaflosen weinte, die alle dahin waren und nie wiederkommen würden.

22

Jackson saß auf einer weißen Marmorbank im Atrium von Kelvin-Castner, umgeben von weißen Marmorsäulen, einem dekorativen Teich mit milchweißem Wasser und seinem Rechtsanwalt. Die Oberfläche des weißen Wassers wurde unentwegt von silbrigen GenMod-Fischen durchbrochen, die glitzernd daraus hervorschossen. Die weißen Säulen waren von zarten Silberfäden durchwirkt. Das letzte Mal, als Jackson hier gesessen hatte, war das Atrium ausschließlich mit Doppelhelices dekoriert gewesen. Offenbar hatte jemand das Programm geändert.

Jacksons Rechtsanwalt, gekleidet in strenges, geschäftliches Schwarz, zugeknöpft bis ans Kinn, kostete TenTech die dreifache Gebühr für seine ›sofort verfügbaren, exklusiven und uneingeschränkten Dienste‹. Jackson hatte ihn erst eine Stunde zuvor von Manhattans bestem Anwaltsbüro angefordert, wo etliche Fälle deswegen verschoben werden mußten. Für diese Situation hatte Jackson keinen der Firmenanwälte von TenTech gewollt. Der möglicherweise mit Cazie geschlafen hatte.

»Sie können uns doch hier nicht ewig warten lassen, oder?« fragte er.

»Nein«, sagte Evan Matthew Winterton vom Büro Cisneros, Linvill, Winterton und Adkins. Er verfügte über GenMods, die ihm ein gewisses Flair des achtzehnten Jahrhunderts verliehen: lange, schmale, aristokratische Gesichtszüge, scharfe, tiefliegende Augen, wohlgeformte, lange, kraftvolle Finger. Die Finger flogen über ein Handterminal im Schreibmodus. »Der Vertrag garantiert Ihnen, daß Ihnen nicht nur die Daten, sondern auch die Firmenräumlichkeiten jederzeit zugänglich gemacht werden. Was sich nicht auf das Büro von Alex Castner bezieht. Er muß Sie nicht empfangen.«

»Aber Thurmond Rogers schon.«

»Ja. Obwohl die Formulierung hier in Abschnitt fünf, Absatz vier in einigen Punkten nicht eindeutig ist... Warum sind Sie nicht von Anfang an zu mir gekommen, um das da aufsetzen zu lassen?«

»Ich wußte nicht, daß ich Sie brauchen würde. Oder jemanden wie Sie. Ich habe darauf vertraut, daß man bei Kelvin-Castner tun würde, was man versprochen hat.«

Der Anwalt sah ihn nur an.

»Also gut, ich war ein Idiot«, sagte Jackson und hoffte, das Gebäude zeichnete jedes seiner Worte auf. Cazie und Rogers sollten wissen, daß er es wußte! »Ich werde nie wieder ein Idiot sein. Und deshalb habe ich auch – auf derselben Basis wie Sie – einen Systemexperten angeheuert.«

»Sie können einen Systemexperten haben«, sagte Winterton mit der Geduld eines Mannes, der dieselbe Sache schon hundertmal gesagt hat. »Einen Systemexperten, um Suchprogramme, Datenorganisation und Algorithmen zu erstellen. Was Sie nicht haben können, ist ein Systemexperte, der in den Unterlagen einer Privatfirma herumschnüffelt, es sei denn, Sie haben ausreichende Beweise für einen Vertragsbruch seitens der Firma Kelvin-Castner, um einen Gerichtsbeschluß zu erwirken. Ich habe Ihnen schon erklärt, Jackson, daß Sie solche Beweise nicht haben.«

Nein. Alles, was er hatte, war der Ausdruck in Cazies Augen, für den er in all den Jahren der Beobachtung einen sechsten Sinn entwickelt hatte. Aber das gehörte nicht zu den Dingen, die zu einem Gerichtsbeschluß führten. Es führte nur zur Wahrheit.

»Sollte hingegen«, fuhr Winterton in seiner pedantischen Art fort, von der Jackson annahm, daß sich dahinter die Instinkte eines Weißen Hais verbargen, »Ihre fachliche Prüfung der angebotenen Daten im Verein mit jener des Systemexperten ausreichende Gründe für den Verdacht zutage fördern, daß Kelvin-Castner der vertraglich zugesicherten Offenlegung nicht nachkommt, dann liegt eine gerichtliche Aufforderung zur Vorlage der fraglichen Beweismittel durchaus im Bereich der Möglichkeiten.«

Also nahm auch Winterton an, daß das Gebäude das Gespräch aufzeichnete. Seine Worte waren eine Warnung an Castner.

Die Wand erhellte sich, und ein Holo von Thurmond Rogers erschien; er hatte ein liebenswürdiges Lächeln auf den Lippen. »Jackson! Welch eine Freude, daß du endlich vorbeigekommen bist, um dir ein persönliches Bild von unseren Fortschritten zu machen!«

»Ich glaube nicht, daß es bei der Freude bleibt«, erwiderte Jackson. »Das ist mein Rechtsanwalt Evan Winterton. Ein Systemexperte ist schon unterwegs von New York, zusammen mit zwei medizinischen Fachberatern. Wir werden uns deine Daten sehr sorgfältig ansehen, um uns zu versichern, daß alles hier vertragsgemäß abläuft.«

Rogers' blieb standhaft bei seinem Lächeln. »Aber gewiß, Jackson. Eine Routinesache, wenn so viel auf dem Spiel steht, nicht wahr? Du bist uns herzlich willkommen.«

»Dann laß uns rein.«

»Nun ja, Jackson, das hier ist eine Hochsicherheitsanlage der Bio-Gefahrenstufe vier. Es gibt hier einen geschlossenen Luftkreislauf, das weißt du, und wir haben uns an die U.S.-Dekontaminationsvorschriften für Betriebsanlagen der Gruppe A zu halten. Niemand vom Forschungspersonal hat seit Beginn des Projekts das Gebäude verlassen. Wenn man drin ist, bleibt man drin. Aber Alex Castner hat in einem offen zugänglichen Teil von Kelvin-Castner eine Abteilung mit kompletten Computeranlagen für dich reservieren lassen. Die Räume sind äußerst komfortabel. Wenn du jetzt also bitte meinem Holo folgen willst …«

»Nein«, sagte Jackson. »Mein Team wird die komfortablen Räume benutzen, aber ich komme rein. In die Labors.«

Thurmonds Gesichtszüge bekamen einen gewichtigen Ausdruck. »Jackson, das ist nicht empfehlenswert. Ganz besonders nicht, wo doch deine Schwester so krank ist und anfällig für Infektionen. Sie ist nicht *umgestellt*, oder? Cazie hat mich darauf aufmerksam gemacht. Das Neuropharm ist in seiner gegenwärtigen Form zwar nicht übertragbar, aber es gibt keine Garantie, daß eine Version davon nicht mutieren könnte oder sogar mit Absicht so beschaffen ist, daß sie durch direkten Kontakt übertragen wird.«

»Ich komme rein«, sagte Jackson. »Es steht in meinem Vertrag.«

»Dann kann ich dich nicht aufhalten«, sagte Rogers.

Aus dem Fehlen jeglichen Zögerns schloß Jackson, daß diese Möglichkeit bereits vor seiner Ankunft durchdiskutiert worden war. *Wenn er darauf besteht, dann müssen wir ihn dem Gesetz nach einlassen,* hatte irgend jemand entschieden: Castner oder die Firmenanwälte oder die entsprechende Software für Rechtsfragen.

»Aber du mußt natürlich die ganze Dekontaminationsprozedur auf dich nehmen und dazu die Quarantäne, bevor du das Gebäude wieder verlassen kannst. Wenn Sie beide jetzt dem Holo folgen wollen, dann werde ich Sie zu Ihren respektiven Korridoren führen …«

Das Holo erstarrte.

Im selben Moment klingelte Wintertons ComLink.

»Code-eins-Anruf, Mister Winterton, ich wiederhole, Code-eins-Anruf …«

»Sprechen Sie«, sagte Winterton. »Über Kabel, bitte.«

Erst da bemerkte Jackson den dünnen isolierten Draht, der sich diskret aus Wintertons Kragen zu seinem linken Ohr schlängelte. Die Code-eins-Anrufe seiner Firma mußten massiv verschlüsselt ankommen, doch sobald das Empfangsgerät in seiner Tasche sie dechiffriert hatte, waren die Daten nicht mehr vor dem Abgehörtwerden gefeit. Außer sie erreichten sein Hirn nicht in irgendeiner Form von Ausstrahlung, sondern über ein altmodisches abgeschirmtes Kabel. Manchmal, sinnierte Jackson nüchtern, war die altmodische Methode die beste. Wie etwa die persönliche Inspektion von K-Cs Experimenten.

Evan Wintertons langes, aristokratisches Gesicht begann mit einemmal zu beben. Die tiefliegenden Augen weiteten sich, schlossen sich. Da erkannte Jackson, daß er Zeuge einer extrem emotionalen Reaktion war. Thurmond Rogers' erstarrtes Holo verschwand abrupt.

»Was ist denn?« fragte Jackson. »Was ist passiert?«

Winterton zauderte eine Sekunde lang mit der Antwort, und dann klang seine Stimme heiser. »Irgend jemand hat *Sanctuary* in die Luft gejagt.«

»Sanctuary?«

»Atombombe. Angriff von außen, Raketenflugbahn ging von Afrika aus. Der Präsident hat einen landesweiten Alarmzustand ausgerufen.« Winterton stand auf, machte einen sinnlosen Schritt und begann hektisch auf seinem Empfangsgerät herumzuschalten, während er immer noch seinem Ohrhörer lauschte.

Jackson versuchte, die Neuigkeit zu verarbeiten. *Sanctuary* vernichtet. Und La Solana ebenso. Alle Schlaflosen – oder zumindest die meisten … aber nur Theresa, Vicki und er wußten das. Der Rest der Welt dachte, Miranda Sharifi befände sich sicher auf der Mondbasis Selene.

»Wer …?«

»Bedeutungslos«, sagte Winterton, und Jackson sah ein, daß es für den Anwalt tatsächlich keine Bedeutung hatte. Cisneros, Linville, Winterton und Adkins mußten zahlreiche Klienten haben, die direkte oder indirekte Geschäftsverbindungen zu *Sanctuary* unterhielten. Jennifer Sharifis Gewirr von Firmen, Lobbyisten, Investoren, Tochtergesellschaften und Datenatoll-Aktivitäten mußten natürlich eine Legion von Rechtsanwälten beschäftigen, sowohl Schlaflose wie Schläfer – letztere als Strohmänner. Jede Finanzinstitution auf der ganzen Welt mußte auf die Vernichtung von *Sanctuary* reagieren. Es würde Jahrzehnte dauern, die rechtlichen Implikationen zu entwirren.

Aber die Nutzer hatten keine Jahrzehnte. Nicht, wenn sich das Neuropharm verbreitete.

»Tut mir leid, Jackson, aber ich muß sofort weg«, sagte Winterton. »Dringende Aufgaben in der Firma.«

»Aber ich habe Sie bereits beauftragt!« rief Jackson. »Sie sind dazu verpflichtet hierzubleiben, bis wir …«

»Verzeihen Sie, das bin ich nicht«, entgegnete Winterton. »Noch wurde nichts Schriftliches vereinbart. Und wäre da nicht die dringende Erfordernis meiner Anwesenheit in der Firma … aber Sie sehen sicher ein, daß dieses Ereignis alles verändert. *Sanctuary* ist nicht mehr!«

Nicht einmal Evan Matthew Winterton, bemerkte Jackson bei sich, als der Anwalt davoneilte, konnte den ehrfürchtigen Unterton in seiner Stimme vermeiden.

Jackson starrte in den Teich mit seinem milchweißen Wasser, aus dem ohne Unterlaß die silbrigen Fische schossen. Um dieses Aktivitätsniveau halten zu können, mußte ihr Metabolismus gentechnisch beschleunigt sein. Jackson fragte sich, was sie wohl fraßen.

Sanctuary ist nicht mehr. Dieses Ereignis verändert alles. Und dann, mit Vickis Stimme: *Es hängt von Ihnen ab, Jackson.*

Er wollte nicht, daß es von ihm abhing. Er war ein Individuum, nicht besonders erfolgreich auf dieser Welt, und seine berufliche Ausbildung hatte nur seine Überzeugung erhärtet, daß keinem Einzelnen wirkliche Bedeutung zukam. Die Wissenschaft war anderer Ansicht. Aber die Evolution hatte sich noch nie für das Individuum interessiert, nur für das Überleben der Spezies. Einzig die chemischen Vorgänge im Gehirn umrissen die Handlungsmöglichkeiten des Individuums, egal, wie sehr diese Person auch an ihren freien Willen glauben mochte. Selbst die großen wissenschaftlichen Entdeckungen wären früher oder später von jemand anderem gemacht worden, anstelle jener Frauen und Männer, die sie tatsächlich gemacht hatten. Sobald die langsame Ansammlung von winzigen Wissensbrocken eine kritische Masse erreichte, entstanden eben Dampfschiffe, Relativitätstheorien oder Y-Energie. Für einen radikalen Wandel war das Individuum nicht wirklich wichtig. Vielleicht war da eine Miranda Sharifi die Ausnahme – aber Miranda Sharifi war kein normaler Mensch gewesen. Und nun gab es keine Miranda Sharifi mehr.

Jackson wollte das alles nicht. Er wollte ein ruhiges Leben mit Theresa, er wollte wieder fähig sein, Cazie zu lieben, als Arzt zu praktizieren – als konventioneller Arzt von der Sorte, für die er studiert hatte, bevor die Schlaflosen anfingen, die Welt umzukrempeln. Wie es aussah, konnte er nichts davon haben, aber dennoch war es genau das, was er wollte.

Oder etwa nicht?

Wäre ihm eine Arbeit als konventioneller Arzt wirklich lieber gewesen, hätte er den ›Ärzten für Menschlichkeit‹ beitreten, seine komfortable Enklave verlassen und bei den Nutzer-Kindern praktizieren können, die mangels medizinischer Versorgung starben. Hätte er Cazie wirklich zurückhaben wollen, hätte er sich nicht gegen sie gestellt, als es um die Rolle von TenTech bei der Entwicklung von neuen Anwendungsmöglichkeiten für die Übertragungsweise des Neuropharms ging. Wäre ihm ein ruhiges Leben mit Theresa erwünscht gewesen, warum war er dann jetzt nicht bei ihr in ihrer beider Wohnung mit der Aussicht auf den sorgsam bewachten Garten Eden des Central Parks?

Ich gratuliere zur persönlichen Evolution!

Er stand auf. Die silbernen Fische sprangen nach wie vor hektisch in ihrem weißen Teich; vielleicht erlaubte ihnen ihr GenMod-Metabolismus keine Pause.

»Gebäude«, sagte Jackson, »sag dem Sicherheitssystem, daß ich mit der Dekontamination für den Zutritt zu den Hochsicherheitslabors beginnen möchte.«

Ein Holo von Cazie erschien an seinem Ellbogen.

Jackson hatte soeben den Dekontaminationsraum verlassen; er trug einen Einmalanzug in Kelvin-Castner-Grün, der keinerlei Schutzfunktionen hatte. Aber vielleicht sorgte man sich bei K-C weniger um seine Gesundheit, als vielmehr darum, was er möglicherweise einschleppen könnte. Oder er würde noch weitere Dekontaminationsprozeduren durchlaufen müssen, ehe er die Labors inspizieren durfte, wo angeblich das Angst-Neuropharm nachgebaut wurde. Falls solche Labors überhaupt existierten.

Cazies Holo – projiziert von innerhalb des Firmengeländes oder von außerhalb? – sagte: »Hallo, Jackson. Trotz allem ist es nett, dich in Fleisch und Blut wiederzusehen.«

Ihr Verhalten war perfekt. Nicht verführerisch – sie spürte wohl, daß er über diese Anfälligkeit hinaus war. Nicht kühl, nicht anklagend, nicht schmeichlerisch und ohne falsche Freundlichkeit. Sie sprach ernst und ruhig, nur mit einem Anflug von Bedauern, daß die Dinge nicht anders lagen, einem Anflug von Respekt vor Jacksons Recht, das zu tun, was er tat. Perfekt.

»Hallo, Cazie.« Überraschenderweise überkam ihn ein jähes Gefühl von Mitleid für sie. Überraschend deshalb, weil er sonst nichts fühlte. »Fangen wir an?«

»Ja. Es gibt viel, was du sehen sollst, und demnächst kommt jemand, der dir alles zeigt. Aber während du in der Dekontamination warst, ist ein Problem eingetroffen.«

»›Eingetroffen‹?«

»Deine Freundin Victoria Turner. Zusammen mit diesem Nutzer-Mädchen, der Mutter der kindlichen Gewebeproben. Miss Turner verlangt, zu dir gelassen zu werden. Und sie verlangt es einigermaßen lautstark, wenn ich das hinzufügen darf.«

Die Cazie-Projektion sah Jackson bedeutungsvoll an, eine plötzliche Verwundbarkeit in den holographischen Augen. Geheuchelt oder echt? Bei Cazie hatte er das nie mit Sicherheit sagen können. Und nun war es bedeutungslos geworden.

Rasch überlegte er. »Schickt Vicki durch die Dekontamination. Sie kann mir bei meiner Inspektion zur Hand gehen. Und Lizzie soll draußen bei den Systemexperten aus New York bleiben – sind sie schon da?«

»Nein. Aber ich fürchte, deine Miss Turner kann nicht so einfach durch die Labors von Kelvin-Castner spazieren, nur weil du …«

»Ein Assistent bei der Inspektion ist in meinem Vertrag enthalten. Lies ihn noch mal durch.«

»Ein ausgebildeter Assistent, nicht irgendein Amateur …«

»Vicki arbeitete früher bei der Aufsichtsbehörde für die Einhaltung genetischer Standards. Sie ist ausgebildete Agentin. Und jetzt zeig mir augenblicklich, wo ich mich mit Lizzies Terminal in Verbindung setzen kann. Während Vicki in der Dekontamination ist.«

Cazie biß sich auf die Unterlippe, so heftig, daß ein einzelner hellroter Tropfen Blut hervortrat. Dann sagte sie mit kalter Stimme: »Geh den Korridor entlang und durch die letzte Tür links.« Jackson merkte, daß Cazie die Veränderungen zwischen ihnen beiden akzeptiert hatte, und zur Tagesordnung übergegangen war. Dieser eine Tropfen Blut war die einzige Bestätigung, die er je zu sehen bekommen würde. Oder die Cazie sich selbst spüren lassen würde.

Die Tür führte in einen Raum, nicht größer als ein Alkoven, in dem ein Standardterminal für das Gebäudesystem stand. Jackson sagte: »Verbindung mit Lizzie Francy, im Haus.«

»Doktor Aranow! Machen Sie sich keine Sorgen um Theresa, die ist wieder zu Hause und schläft!«

»Theresa? Wieder zu Hause? Wovon redest du?«

Lizzie grinste. Jackson sah, daß sie fast platzte vor Aufregung und Selbstzufriedenheit. Sie sah fürchterlich aus: Grashalme – sehr grün, sehr GenMod – im Haar, das Gesicht schmutzig, der grellgelbe Overall zerknitterter, als man es je bei einem Plastikoverall für möglich gehalten hätte. Sie war ein lebhafter, junger, unordentlicher Klecks in der sterilen K-C-Arbeitszelle, und Jackson spürte, wie sich seine Laune hob, wenn er sie nur ansah.

»Ich bin zu Fuß nach Manhattan-Ost gelaufen, weil ich Ihnen etwas Wichtiges sagen mußte, das ich nicht übers Link sagen konnte ...«

»Dann sag es auch hier nicht.«

»Wo denken Sie hin!« entgegnete Lizzie vorwurfsvoll. »Na, jedenfalls bin ich ganz allein nach Manhattan-Ost reingekommen, wie, das erzähle ich Ihnen später, aber dann hat mich ein SicherheitsRob außer Gefecht gesetzt und in den Bau gesteckt. Dort habe ich einen medizinischen Notfall gespielt und den MedRob dazu gebracht, ein Link zu Ihrem Apartment zu öffnen, bloß waren Sie nicht da, also habe ich mit Theresa gesprochen, und sie kam runter ins Gefängnis und holte mich raus …«

»*Theresa?* Wie konnte sie …?«

»Weiß ich nicht. Sie macht was Komisches in ihrem Kopf. Jedenfalls hab ich Theresa nach Hause gebracht, als sie anfing, sich zu sehr zu fürchten, und dann hab ich Ihr System benutzt, um Vicki anzurufen, die ohnehin schon nach mir gesucht hat. Sie hat mich hierher mitgenommen, weil sie meinte, Sie würden mich brauchen. Aber ich wollte Sie vorher noch wissen lassen, daß der PflegeRob sagte, Theresa wäre ganz in Ordnung. Und daß sie jetzt schläft. Und Dirk geht's auch gut. Ich habe meine Mutter angerufen.«

Jackson fühlte sich ein wenig schwindlig. Lizzie – eine Nutzerin, kaum älter als ein Kind – war mehr als dreihundert Kilometer nach New York gewandert, hatte einen angeblich undurchdringlichen Energieschild überwunden, hatte das Patterson-Protect-Sicherheitssystem hinters Licht geführt und saß jetzt voller Tatendrang da, um sich mit einem der größten Pharmakonzerne der Welt zu messen … *Das Individuum war nicht wirklich von Bedeutung für einen radikalen Wandel?*

»Hör zu, Lizzie. Ich brauche dich, damit du mir für die Kelvin-Castner-Dateien Suchprogramme für eine Liste von Schlüsselwortkombinationen erstellst. Die Liste werde ich dir noch geben. Kopiere alle Daten, die meine Suchworte enthalten, damit ich sie mir später ansehen kann, und vergiß nicht die Querverweise.«

Lizzie starrte ihn an; sie wirkte verblüfft. Was er von ihr verlangte, war etwas, das jedermann tun konnte, der mit Computersystemen einigermaßen vertraut war.

Jackson sprach die nächsten Worte sehr langsam

und deutlich, sah ihr dabei unverwandt in die Augen und zwang sie, zu verstehen. »Dies ist äußerst wichtig. Ich brauche dich, damit du das tust, was du am besten kannst.«

Sie verstand. Das merkte Jackson an ihrem Lächeln. Was sie am besten konnte, war so flott Daten fischen, daß man ihrer Spur nicht schnell genug folgen konnte, so daß selbst die K-C-Systemexperten, die jeden ihrer Schritte verfolgen würden, immerzu ein Stück hinterherhinkten. Sie würde die verborgenen Daten, die zu Jacksons Suchkombinationen paßten, rascher finden, als diese Leute erwarteten, und sie würde die Daten rascher in ihre Kristallbibliothek kopieren, als irgend jemand für möglich gehalten hätte. Zumindest nicht bei einem dreckigen Nutzer-Teenager.

Und wenn sie fertig war, würde Jackson ausreichende Gründe für eine gerichtlich beantragte Vorlage aller K-C-Dokumente haben.

»Okay, Doktor Aranow!« rief Lizzie frohgemut, und er hätte geschworen, sie sah nur deshalb so naiv und dümmlich drein, um den K-C-Beobachtern Sand in die Augen zu streuen. Sie *genoß* das richtiggehend, die kleine Hexe!

Jackson genoß es nicht. Er ließ sich von Cazie zum ersten Labor führen und mit dem untergeordneten Laboranten (was an eine offene Beleidigung grenzte) bekanntmachen, der dazu abkommandiert war, dem lästigen Eindringling die Vorgänge zu erklären. Jackson machte sich darauf gefaßt, einem Wust belangloser Überblicke zu lauschen, belanglose Experimente zu verfolgen und sich zu fragen, hinter welchen versiegelten Türen die wirkliche Arbeit voranging – und zwar in Richtungen, die nichts dazu beitragen würden, daß der kleine Dirk sich weniger vor den Bäumen fürchtete, die vor seiner Haustür wuchsen.

Mach's gut, Lizzie! Und mach es rasch!

Um Mitternacht bekam Jackson Kopfschmerzen. Seit Stunden konzentrierte er sich auf die Forschungsunterlagen, die man ihm zeigte, und versuchte, hinter den unscharfen Konturen das auszumachen, was man ihm *nicht* zeigte. Er hatte nichts gegessen. Er hatte kein Sonnenlicht aufgenommen. Hirn und Körper konnten einfach nicht mehr.

Und da fiel ihm zum erstenmal auf, daß Vicki nicht gekommen war.

»Diese spezielle Serie von Proteinstrukturen sah anfangs zwar vielversprechend aus«, sagte der Chefwissenschaftler, auf dessen Begleitung anstelle des Labortechnikers Jackson bestanden hatte, »aber wie Sie am Modell erkennen können, ist die Ionisation der Ganglien ...«

»Wo ist Victoria Turner? Meine Assistentin, die schon seit Stunden hier sein sollte?«

Doktor Keith Whitfield Closson, einer der führenden Mikrobiologen der Vereinigten Staaten, starrte Jackson mit frostigen Augen an. »Ich habe keine Ahnung, wo sich Ihre Leute aufhalten, Herr Doktor.«

»Natürlich nicht. Entschuldigen Sie. Ich danke Ihnen für Ihre Mühe, Doktor Closson, aber ich glaube, es wäre besser, morgen weiterzumachen. Wenn Sie mir nur zeigen könnten, in welcher Richtung meine Unterkunft liegt ...«

»Da werden Sie schon einen Holo-Führer vom Haussystem anfordern müssen«, sagte Closson mit noch frostigerer Stimme. »Gute Nacht, Herr Doktor.«

Das Holo führte ihn zu seinem Zimmer, einem gesichtslosen viereckigen Raum mit allem Komfort, jedoch ohne jede Ästhetik. Bett, Schrank, Schreibtisch, Sessel, Terminal. Jackson benutzte das Zimmerterminal, um Lizzie anzurufen.

Sie saß allein in demselben Raum wie vor Stunden, neben sich ein Tischchen, das übersät war von den

Überresten einer echten Mahlzeit. Das Haar stand ihr in allen Richtungen vom Kopf ab – eine offensichtliche Folge nervösen Herumgezupfes im Eifer des Gefechts –, und ihre schwarzen Augen glänzten. Sie sah auch nicht andeutungsweise müde aus. Plötzlich fühlte Jackson sich sehr alt.

»Lizzie, wie sieht's mit den Suchprogrammen aus?«

»Gut!« Sie grinste. »Bin schon ganz nah dran an einer wirklich guten Sache. Oh, und Vicki hat mir aufgetragen, Ihnen zu sagen, daß sie noch in der Dekontamination ist und demnächst bei Ihnen eintreffen wird.«

»Was hat sie denn so lange aufgehalten?«

»Das wird sie Ihnen selbst sagen. Tut mir leid, Jackson, aber jetzt muß ich weitermachen.«

Es war das erste Mal, daß Lizzie ihn beim Vornahmen genannt hatte. Unwillkürlich mußte Jackson wehmütig lächeln. Lizzie betrachtete sich und ihn jetzt als gleichgestellt. Wie schmeckte ihm das?

Er war zu müde, um sich darüber Gedanken zu machen.

Als er aus der Dusche kam, gekleidet in einen Kelvin-Castner-grünen Pyjama, saß Vicki in seinem einsamen K-C-grünen Sessel.

»Hallo, Jackson, ich bin einfach reingekommen.«

»Das sehe ich.« Wurde sein Zimmer abgehört? Selbstverständlich.

Vicki sah noch erschöpfter aus, als Jackson sich fühlte. Anstelle der Nutzer-Overalls, die sie sonst immer trug, hatte sie diesmal Hosen und Hemd in K-C-Grün an, wie sie nach der Dekontaminationsprozedur bereitlagen. Sie sagte: »Ich war bei dir zu Hause, deshalb bin ich nicht früher hergekommen. Schau mich nicht so erschrocken an, Theresa geht es gut. Aber ich muß dir eine Menge erzählen.«

»Aber vielleicht nicht …«

»… vom anderen Ende des Zimmers. Du hast ja so recht, Liebling.«

Sie stand auf und ging auf ihn zu – und blieb nicht stehen, sondern drückte ihn auf das Bett und streckte sich neben ihm aus. Sie legte den Mund dicht an sein Ohr und flüsterte: »Könnten Sie vielleicht so tun, als wäre es echt? Überwachungskameras!«

Jackson legte die Arme um sie. Vermutlich war sie geübt in dieser Art von Dingen; er jedenfalls nicht. Er war verlegen, albern, ausgepumpt und lüstern. Ihr Körper fühlte sich leicht und lang an in seinen Armen, völlig anders als Cazies sinnliche Üppigkeit. Sie roch nach Dekontaminationsflüssigkeit und nach sehr sauberem Frauenhaar.

Sie legte ihren Mund noch dichter an sein Ohr. »Lizzie hat ihren Stamm vor zwei Wochen verlassen, weil sie hochempfindliche Überwachungsgeräte dort entdeckt hat, deren Daten nach *Sanctuary* gingen. *Sanctuary* war für das Neuropharm verantwortlich. Nein, fahren Sie nicht hoch, Jackson! Bleiben Sie passiv und verliebt!«

Sanctuary. Verantwortlich für das Neuropharm. Warum? Um zu verhindern, daß sich die Macht zu den unberechenbaren Nutzern verlagerte?

»Noch was«, hauchte Vicki. »Merkwürdige Vorgänge in den Staatlichen Laboratorien von Brookhaven. Informationssperre. Nachdem *Sanctuary* explodiert war und Lizzie sich wieder sicher fühlte, ging sie in die staatlichen DeBes rein. Eine pure Vermutung meinerseits, aber ich denke, bevor es in die Luft gejagt wurde, machte *Sanctuary* noch den Versuch, das Neuropharm auf die Enklaven auszudehnen. Die Nachrichtensender sind ausnahmslos der Ansicht, daß die Bombe für *Sanctuary* von Selene stammte, aber wenn das, was Theresa behauptet, wahr ist, dann ist Selene leer, und Jennifer Sharifi brachte Miranda noch vor dem Angriff auf *Sanctuary* um. Also ist jemand anderer für die Zerstörung von *Sanctuary* verantwortlich. Nein, zeigen Sie keine Reaktion, Jackson! Benehmen Sie sich ganz natürlich!«

Sich natürlich benehmen! Wie, zum Teufel, ging das? Jackson wußte es nicht mehr. *Selene ist leer, und Jennifer brachte Miranda um, und irgend jemand zerstörte* Sanctuary. Seine Arme begannen zu zittern. Um sie ruhigzustellen, zog er Vicki enger an sich und drückte seine Lippen an ihren Hals. »Und ... und Theresa?«

»Machen Sie es sich bequem, Jackson. Es ist eine lange Geschichte. Irgend etwas ist mit Theresa geschehen, aber ich bin mir nicht im klaren, was. Oder wie.«

SENDEDATUM: 20. Mai 2121
GEHT AN: Mondbasis Selene
VIA: Bodenstation Enklave Denver, GEO-Satellit C-1663 (USA)
NACHRICHT - ART: nicht verschlüsselt
NACHRICHT - KLASSE: Klasse D, allgemeiner Zugriff laut Kongreßverordnung 4892-18 vom Mai 2118
AUSGEHEND VON: ›Stadt Crawford-Perez‹
NACHRICHT LAUTET:

Du, Miranda Sharifi, wir haben so auf dich gezählt!
Sollteset uns doch retten, du! Un' jetz' isses zu spät.
Drei von den Kleinen sin' schon krank, un' das is' deine Schuld!

Von wem sollen wir jetz' noch was erwarten?
Von wem?

BESTÄTIGUNG: keine

23

Theresa erwachte aus tiefem Schlaf und sah überrascht, daß sie in ihrem eigenen Bett lag, ohne zu wissen, wie sie da hingekommen war. Hatte Lizzie Francy sie nach Hause gebracht? In einem GehRob? So mußte es wohl gewesen sein.

Und sie, Theresa Aranow, hatte Lizzie aus dem Gefängnis befreit.

Sie blieb still liegen und wunderte sich. Ihr Rücken schmerzte, überall juckte es, die nackte Kopfhaut brannte. Und alle Muskeln fühlten sich an wie mit Wasser gefüllt. Dennoch hatte sie sich dazu gezwungen, das Apartment zu verlassen, zum Gefängnis zu gehen und ein Mädchen zu befreien, das sie zuvor erst einmal im Leben gesehen hatte. Ungeachtet ihrer Seelenängste, ihrer Selbstzweifel und ihrer Schmerzen, an denen sich nichts geändert hatte. Ihr Hirn war dasselbe geblieben. Außer wenn sie vorgab, Cazie Sanders zu sein. Dann war es *nicht* mehr dasselbe.

Nicht *vorgab,* Cazie zu sein. Wenn sie zu Cazie *wurde*! Für ein Weilchen wenigstens, und nur in ihrer eigenen Vorstellung.

Hieß das, wenn *sie* es konnte, dann konnte jedermann die Vorgänge in seinem Gehirn steuern? Ohne weitere Spritzen von den Schlaflosen, die nicht mehr existierten?

Der PflegeRob schwebte an ihr Bett. »Es ist Zeit für das körperliche Aufbautraining, Miss Aranow. Möchten Sie zuerst essen?«

»Ja. Nein. Laß mich nachdenken.«

Theresa starrte den Rob an. Sechs Wochen lang hatte sie zugehört, wenn Jackson oder Vicki ihm Instruktionen gaben. Sie kannte die Worte.

»Mach einen Hirnscan, bitte. Resultat ausdrucken.«

Der Rob bewegte sich in die richtige Position, streckte vier Arme aus, die sich um ihren Kopf legten, und surrte sanft. Theresa lag ruhig da und dachte an den Abend im letzten Herbst, als Cazie ihre Freunde mitgebracht hatte, diese schrecklichen eiskalten Männer, mit ihren Kleidern aus Lumpen und Bienenschwärmen und ihren Inhalatoren. Als der Ausdruck kam, legte sie ihn auf ihre rosa geblümte Bettdecke.

»Und in genau fünf Minuten mach wieder einen Hirnscan.«

»Es ist nicht üblich, zwei Scans so kurz nacheinander anzufertigen. Die Resultate ...«

»Mach ihn trotzdem. Bitte. Nur dieses eine Mal, ja?«

Sie bettelte einen Roboter an! Cazie würde nie einen Roboter anbetteln ... Theresa schloß die Augen und wurde zu Cazie. Mit energischem Schritt betrat sie das Gefängnis, bestand darauf, Lizzie mitzunehmen ... Sie war auf dem Flugplatz von Manhattan-Ost und arrangierte den Charterflug ... Sie stand Cazie gegenüber – Cazie, die Cazie gegenüberstand! – und legte ihr ans Herz, Jackson besser zu behandeln, sagte ihr, was für ein wirklich guter Mensch Jackson war, sagte ihr – *aus!*

Der PflegeRob surrte.

Theresa schloß die Augen. Als sie wieder Theresa war, studierte sie die beiden Ausdrucke und versuchte, sie zu vergleichen. Sie hatte keine Ahnung, was die Diagramme und Zahlen und die Symbole auf der einen Seite bedeuteten, die meisten Wörter waren beinahe zu schwierig, um sie auch nur zu lesen, aber sie konnte leicht feststellen, daß alles davon auf den beiden Papieren signifikante Unterschiede aufwies.

Also war es Tatsache.

Ihr Gehirn arbeitete anders, wenn sie Cazie war. Wenn sie *bestimmte,* daß es anders arbeiten sollte. Sie konnte bestimmen, ob es die chemischen oder elektrischen Vorgänge darin – oder was auch immer diese Scans maßen – verändern sollte oder nicht. Es war Realität.

Mit freundlicher Stimme sagte der PflegeRob: »Es ist Zeit für das körperliche Aufbautraining, Miss Aranow. Möchten Sie zuerst essen?«

»Nein. Deaktivieren. Bitte.«

Theresa stieg aus dem Bett. Die Beine fühlten sich zittrig an, doch sie konnte stehen. Aber keine Dusche – sie wollte ihre Kraft nicht vergeuden. Obwohl sie aussehen würde wie ein verwahrloster Bettler …

Sie hielt inne in ihren Gedanken. Ein Bettler. Jemand, der nicht die Macht hatte zu befehlen, nicht die Macht, sich zu verstecken, nicht die Macht, Macht abzugeben. Keine Macht, um andere damit zu schrecken.

Sie zog das Nachthemd aus und ging auf unsicheren Beinen in Jacksons Zimmer. Sie nahm Hosen und ein Hemd aus seinem Schrank und versah beides mit Hilfe einer Schere mit Rissen und Schnitten. Aus einem Topf mit GenMod-Blumen – großen, prachtvollen violetten Blüten, die Cazie ihm geschenkt haben mußte – nahm sie Erde und beschmierte damit die Kleider. Das Erdreich war vermutlich ein spezielles HiTech-Produkt, aber Jacksons Hose und Hemd wurden trotzdem schmutzig davon. Die Sachen waren Theresa viel zu groß; sie band sie mit einer Schnur fest.

Als sie sich im Spiegel ansah, hätte sie am liebsten geweint. Ein kahler Kopf voller Brandnarben, ein hageres Gesicht, schmutzige, zerfetzte Kleider, zittrige, schwache Gliedmaßen … Nein, nicht weinen – sich freuen! Das war ihre besondere Gabe, und endlich würde sie sie richtig einsetzen!

»Folgst du mir bitte?« sagte sie zum PflegeRob und war erleichtert, als er gehorchte.

Irgendwie schaffte sie es auf das Dach und zum Luftwagen und damit bis zum Hudson River, ohne

Cazie zu sein. Das wollte sie sich für später aufheben. Als der Wagen außer Sichtweite des Nutzer-Lagers gelandet war, holte sie tief Atem und begann.

»Miss Aranow«, sagte der PflegeRob auf dem Sitz neben ihr, »es ist jetzt wirklich Zeit für das körperliche Aufbautraining. Möchten Sie zuerst essen?«

Theresa ignorierte ihn. *Sie war eine Bettlerin, eine Bettlerin mit einer speziellen Gabe. Der Gabe, diese verängstigten Menschen dort drüben zu* brauchen. *Der Gabe, jemand zu brauchen, der ihren Hunger stillte, der sie einließ, der sie bei sich aufnahm. Sie war hungrig und schwach und sie brauchte diese Menschen. Sie brachte ihnen die Gabe, sie alle zu brauchen, um sie damit zu retten.*

»Miss Aranow, es ist jetzt wirklich …«

Sie war eine Bettlerin, eine Bettlerin mit einer speziellen Gabe. Der Gabe, diese verängstigten Menschen zu brauchen …

Der kurze Fußmarsch zum Lager gab ihr beinahe den Rest. Das Lager sah verlassen aus, aber die Bettlerin wußte es besser. Theresa hockte sich auf den Boden, direkt vor eines der Fenster, und begann zu weinen. »Ich bin so hungrig … ich bin so hungrig …« Und das war sie auch. Theresa war hungrig – die Bettlerin war hungrig. Theresa war die Bettlerin – mit der speziellen Gabe.

Schließlich ging die Tür auf, und eine alte Frau lugte ängstlich heraus, wobei sie sich am Türstock festhielt.

»Bitte, gute Frau! Ich habe schon so lange nicht gegessen und ich bin nicht *umgestellt*, ich bin krank und habe Hunger, bitte lassen sich mich nicht hier draußen …!«

Die Furcht der Alten lag schwer in der Luft; die Bettlerin konnte sie riechen. Aber das alte Gesicht legte sich in mitfühlende Falten, und die Bettlerin sah, daß die alte Frau in ihrem langen Leben erfahren hatte, was es hieß, hungrig und krank und allein zu sein.

Zögernd trat die Frau aus der Tür. Und zusammen mit ihr kamen die beiden Menschen, mit denen sie für immer verbunden war: eine zweite ältere Frau und ein junges Mädchen, dessen grobe Gesichtszüge denen der zweiten Frau ähnelten. Eine der beiden trug eine Schüssel, die zweite eine Decke und eine Plastiktasse. Drei Meter vor der Bettlerin blieben sie stehen, schwer atmend und starr vor Angst.

»Bitte! Bitte! Ich kann mich nicht mehr rühren ...!«

Die Angst kämpfte mit der Erinnerung. Die beiden alten Frauen, denen die Zeiten des Hungers und der Krankheiten vor der *Umstellung* noch gut in Erinnerung waren, wurden für ein paar kurze Momente zu den Menschen, die sie damals gewesen waren. Und sie kamen auf Theresa zu, auf die Fremde in Not.

»He, wieso biste nich' *umgestellt,* du? Komm, iß das, nu mach schon... Sieh dir mal ihre Arme an, Paula, nix als Haut un' Knochen, die ...«

Plastikschüssel, Plastiklöffel. Ein Häufchen klebriges Essen, das aussah wie Haferbrei, aber nach wilden Nüssen schmeckte; der bittere Geschmack wurde nur unzureichend von viel zu süßem Ahornsirup überdeckt. Die Bettlerin verschlang alles.

»Die is' ja völlig ausgehungert ...! Paula, die hält sich ja kaum auf den Beinen, die können wir doch nich' da draußen herumirren lassen ...«

Um den Türstock herum wanden sich Josh, Mike und Patty, einander fest an den Händen haltend, ins Freie. Jomp. Langsam hob die Bettlerin ihren kahlen, narbigen Kopf. Sie erkannten sie nicht wieder. »Nich' *umgestellt,* die? Du meine Güte ...!«

»Fängt schon an zu regnen, müssen sie reinnehmen, die kann da nich' draußen bleiben ...«

Mike hob sie hoch. Die Bettlerin zuckte zusammen und stöhnte, als seine Arme an ihrer schmerzempfindlichen Haut rieben. Er trug sie ins Haus, und die anderen folgten ihm.

Ein dämmriger Raum, fremde Gesichter, die sie mit ängstlich aufgerissenen Augen anstarrten … Ihre Kehle begann sich zusammenzuschnüren und das Herz zu rasen. Aber sie war nicht Theresa. Sie war die Bettlerin. Die Bettlerin mit der speziellen Gabe. Diese Leute brauchten die Bettlerin, um gebraucht zu werden.

Das *nicht umgestellte* Kind – dasselbe Kind, das sie schon einmal, in einem anderen Leben, gesehen hatte – starrte sie hinter den Beinen seiner Mutter hervor an. Also war es immer noch am Leben. Und größer geworden. Die Bettlerin sah jetzt, daß es ein kleiner Junge war. Seine Nase triefte, und sein verkrüppelter linker Arm, der kürzer war als der rechte, hing kraftlos von der Schulter herab.

»Vielen Dank«, sagte sie zu dem Kreis von Gesichtern. Einige davon zuckten zurück, aber die restlichen nickten und lächelten. »Darf ich euch jetzt etwas schenken, weil ihr mir geholfen habt?«

Alle waren augenblicklich auf der Hut. Etwas Ungewohntes, etwas Neues. Die Bettlerin fragte sich in einem Winkel ihres Gehirns, das einer anderen Person gehörte, wie sich durch ihre Worte wohl die Hirnscans dieser Menschen änderten.

»Ihr könnt es ruhig annehmen«, fuhr sie fort. »Es ist nur ein Rob. Ihr habt doch Robs schon oft gesehen, nicht wahr?«

Die Tür des Gebäudes war offen geblieben, und gemäß seinen Instruktionen folgte der PflegeRob nach einer Weile der Bettlerin. Das *nicht umgestellte* Kind, das noch nicht viele Robs zu Gesicht bekommen hatte, begann zu weinen.

»Es ist ein AmbulanzRob«, erklärte die Bettlerin hilflos. Vielleicht, wenn sie sprach wie diese Leute … »Is'n MedRob, das. Gab's überall, früher. Kann den Kleinen dort nich' *umstellen*, aber er kann ihm ein Medikament für die Nase geben. Un' seinen Arm in Ordnung bringen.« Und dann: »Ihr könnt das schaffen!«

»Was schaffen?« fragte Josh. Er war immer noch der Intelligenteste und der am wenigsten Ängstliche von allen. Die Bettlerin sprach direkt zu ihm.

»Was Neues zu machen, Josh. Ihr könnt es schaffen, wenn's 'ne gute Sache is', und wenn ihr's wirklich wollt. Kann's euch beibringen, ich, wie man's macht!«

Sie war zu hastig! Josh wurde blaß und machte einen Schritt rückwärts. Aber sie sah auch das kurze Aufglimmen von Interesse in seinen Augen, bevor es sich in Furcht auflöste. Er konnte es schaffen! Er konnte lernen, seine Hirnchemie zu verändern, indem er sich vorstellte, ein anderer Mensch zu sein! Vielleicht konnten das nicht alle diese Leute, aber gewiß einige von ihnen. Wie Josh. Und vielleicht würde das reichen …

Ein Mann rückte vom PflegeRob ab und zog seine beiden Partner mit. »Ne, ne, so was brauchen wir nich'. Nimm's weg, du!«

Aber die Mutter des verkrüppelten Jungen blieb tapfer stehen. Theresa streckte die Hand aus und schneuzte den Kleinen mit einem Zipfel ihres zerrissenen, schmutzigen Hemdes. Die Mutter ließ es zu, obwohl sich ihre Finger fester um die gesunde Schulter des kleinen Jungen legten. Doch sie ließ die Bettlerin, die ihre Hand naß und klebrig von der Nase des Jungen zurückzog, ihr Kind berühren. Sie hatte einen Grund, ihre Angst zu überwinden.

Nimm ein Neuropharm, Tessie. Es ist ein medizinisches Problem.

Und mit diesem Gedanken wurde sie wieder zu Theresa. Theresa, die Schwache, Theresa, die Ängstliche, Theresa an einem fremden Ort bei fremden Leuten. Sie spürte, wie ihre Atemzüge unregelmäßiger wurden. Aber sie war die Bettlerin gewesen, sie war hierhergekommen, sie hatte etwas bewirkt… und nächstes Mal würde sie länger Bettlerin sein. Und anderen zeigen, wie man es machte – doch nicht jetzt, jetzt war sie so schwach, sie hatte Angst… aber diese anderen verstanden die Angst, sie würden sich ihrer annehmen…

Sie hatte noch Zeit für einen einzigen Gedanken, ehe die Dunkelheit sie überkam. Theresas Gedanke, nicht der der Bettlerin: *Nur zum Teil ein medizinisches Problem, Jackson, nur zum Teil.*

Als sie wieder zu sich kam, lag sie im Dunkeln auf einem fremden Bett. Nein – kein Bett: es war ein Stapel Decken auf dem Boden, über Kiefernäste gebreitet. Theresa konnte sie riechen, und sie knackten leise unter ihr. Windschiefe Wände rundum. Das Nutzer-Lager.

Sie hatten sie in einer ihrer eigenen Schlafecken hingelegt. Theresa erinnerte sich an alles. Augenblicklich schloß sie die Augen wieder und bemühte sich, zu Cazie zu werden. Nur Cazie konnte sie hier herausbringen, ohne in Panik zu geraten. Sie *war* Cazie, sie war klein, furchtlos und leidenschaftlich, sie war Cazie… Sie spürte das nun schon vertraute *Klick* in ihrem Kopf.

Leise erhob sie sich und tastete sich die Wand entlang; sie kam zu einer schweren Decke, die als Vorhang diente. Als Cazie sie zur Seite schob, war es plötzlich heller. Das Licht stammte aus einem Y-Kegel in der Mitte des großen Raums. Es roch nach ungewaschenen schlafenden Menschen. Cazie durchquerte den Raum, so rasch ihr gepeinigter Körper es erlaubte. Auf halbem Wege zur Tür schwebte der PflegeRob an ihre Seite.

»Miss Aranow, Sie haben bereits zweimal das körperliche Aufbautraining vers…«

»Still!« zischte Cazie. »Sprich nicht! Du bleibst hier!«

Der Rob flüsterte: »Ich bin nicht programmiert für ein abgeändertes Aufgabengebiet, Miss Aranow. Ich muß bei Ihnen bleiben.«

Dieses dumme Ding klebte an ihr! Wie Josh an seinen beiden Partnern! Ungehalten furchte Cazie die Stirn. »Dann folge mir in einer halben Stunde. Wie vorhin.«

Sie schleppte sich zur Tür und öffnete sie leise. Der Mond stand voll und hoch am Himmel. Cazie machte sich den Fluß entlang auf den Weg zum Luftwagen. Es kostete Theresa jedes Quentchen Kraft – eigene und geborgte und schließlich die letzte Kraft, bei der es sich nur um eine Gabe handeln konnte –, um es zu schaffen.

»O Gott«, sagte eine Stimme. »O Gott, Theresa!«

Vicki Turner. Vickis Stimme. Aber was wollte Vicki auf dem Dach ihres Wohnhauses in dieser kalten Nacht? Theresa, die vor der Landung des Luftwagens tief geschlafen hatte, blinzelte und sank in ihren Sitz zurück.

»Wie sehen Sie denn aus, Theresa! Wo waren Sie? Diese Lumpen … Haben Sie keine Kopfbedeckung? Kommen Sie, ich helfe Ihnen …«

»Ich war Cazie«, murmelte Theresa, »und die Bettlerin.«

»Wie? Kommen Sie ins Haus, Sie zittern ja! Ich warte schon so lange hier, daß Sie nach Hause kommen, ich hatte ja keine Ahnung, wo ich nach Ihnen suchen sollte! Und den Mut, Jackson zu sagen, daß Sie verschwunden sind, den hatte ich auch nicht. Nein, Tessie, ich halte Sie fest, hier ist der Lift …«

Wieder schlief sie. Ein Traum – es mußte ein Traum sein! –, in dem seltsame Gestalten mit langen Zähnen Theresa durch einen GenMod-Garten jagten, in dem alle Bäume sie haßten; sie spürte, wie der Haß in Wellen über sie kam, und wußte nicht, was sie getan hatte, daß all die Bäume sie umbringen wollten …

»Theresa, wachen Sie auf, es ist nur ein Traum! Sie haben geschrien, Sie schlafen schon seit Stunden …«

Ihr ganzer Körper schien zu brennen. Die Gestalten hatten sie angezündet! Der Kopf tat ihr weh. »Ich … ich fühle mich nicht gut.«

Vicki, die neben dem Bett stand, eine Hand auf Theresas Schulter, erstarrte plötzlich. Theresa wandte den Kopf ab und erbrach sich auf das Kissen.

Vicki wartete, bis sie damit fertig war, und sagte dann: »Kommen Sie, Tessie, steigen Sie auf der anderen Seite aus dem Bett … Nein, Sie fallen nicht hin, ich halte Sie, wir gehen jetzt ins Bad … So … Hören Sie, Theresa, das ist sehr wichtig: Wo ist der PflegeRob?«

»Ich … habe ihn zurückgelassen.« Sie hielt still, als Vicki ihr mit einem kühlen Tuch das Gesicht abwischte. So kühl. Sie brannte innerlich, die Gestalten mit den langen Zähnen hatten ihre Arme und Beine angezündet, und jetzt tanzten darauf Flammen auf und ab. Trocken und heiß.

»Zurückgelassen? Wo, Tess?«

»Im … Lager.«

»In einem Lager? Einem Nutzer-Lager? Sie haben den PflegeRob einem Nutzer-Lager geschenkt?«

»Ich war … die Bettlerin.« Ihr Magen machte einen Satz, und sie erbrach sich wieder.

»Im Lager. Theresa, gab es in dem Lager Nutzer, die nicht *umgestellt* waren? Haben Sie jemanden berührt, der krank war?«

»Den Kleinen. Seine Nase …«

»Was war mit seiner Nase? Wie krank war er?«

Aber sie konnte nicht antworten. Das Bad hüpfte und drehte sich, und sie erbrach sich wieder – dünne Gallenflüssigkeit in einem bitteren Strahl.

Und dann war sie wieder im Bett, und das Bett war sauber. Vicki hielt ein Becken unter ihren Mund, wenn es sie erneut würgte. Inzwischen pochte es in ihrem Kopf so stark, daß sie nur noch in kurzen, blitzartigen Bildern sehen konnte. Die Blitze sandten glühende Lanzen durch ihre Augen. Sie sah, daß das Zimmer ein einziges Durcheinander war. Löcher in den Wänden, umgeworfene Möbel … Hatte Vicki das getan? Warum hatte sie es getan?

»Wo ist es, Tess? Denken Sie nach, Liebes. Es ist wichtig! Wo ist es?«

»Was?« fragte Theresa, weil Vickis Gesicht so entschlossen und eindringlich aussah. Wie Cazies Gesicht. Niemand konnte es mit Cazie aufnehmen. Nicht einmal Jackson. Bloß konnte Theresa nicht zu Cazie werden, weil sie so schwach war, weil ihr so heiß war und alles weh tat …

»Wo ist der Safe, Tess? Der Privatsafe Ihres Vaters! Ich weiß, daß er einen hatte, weil Jackson es einmal erwähnte … Kommen Sie, Tessie, bleiben Sie wach! Wo ist der Safe?«

Der Safe. Sie wollte auch einen privaten Safe haben, in dem sie sicher war. Schon ihr ganzes Leben lang wollte sie sich sicher fühlen und es war ihr nie gelungen … *Nimm ein Neuropharm, Tess!* Aber das würde ihr keine Sicherheit schenken, das hatte sie immer gewußt, sie brauchte mehr, etwas Größeres …

»Wo ist der Privatsafe Ihres Vaters?«

»Ich glaube … im großen Bad? In der Wand hinter der Toilette …?« Vicki rannte davon. Erst da fiel Theresa auf, daß das unordentliche Zimmer Jackson gehörte und nicht ihr. Sie lag in Jacksons Bett und nicht in ihrem eigenen! In Jacksons Zimmer, das einst das ihrer Eltern gewesen war.

Aus dem Bad drang ein fürchterliches Krachen. Jones sagte augenblicklich: »Miss Aranow, im großen

Bad ist etwas defekt an den Installationen. Möchten Sie, daß ich einen WartungsRob kommen lasse?«

»Ja … Nein …«

Noch mehr Krach. Etwas Schweres fiel auf etwas anderes – ein harter Aufprall. Theresa krümmte sich in Jacksons Bett.

Vicki kam zurück, naß von oben bis unten. »Also, es ist ein altmodisches mechanisches Schloß. Mit Elektronik absolut nicht aufzuspüren. Man öffnet es mit Zahlen. Wie lautet der Code, Theresa? Drei Ziffern … Theresa, nicht einschlafen!«

»Weiß nicht … Rufen Sie Jackson an …«

»Ich komme nicht durch. Bei Kelvin-Castner hat man ihn komplett von der Außenwelt abgeschnitten, und er weiß es vermutlich nicht einmal. Und ich kann auch Lizzie nicht erreichen, ich kenne mich mit Systemen nicht gut genug aus. Aber … Moment mal. *Systeme!*«

»Ich … muß ich … sterbe ich?«

»Nicht, wenn ich es verhindern kann!« entgegnete Vicki grimmig entschlossen. »Und nicht, wenn Ihr Bruder so sentimental und naiv ist, wie ich denke. Jones, Kalenderinformation.«

Theresa zuckte zusammen. Vicki klang genau wie Cazie. Aber wie konnte es das geben? *Theresa* war doch Cazie!

Jones fragte: »Welche Daten wünschen Sie, Miss Turner?«

Vicki rannte ins Bad und rief: »Jacksons Geburtstag, Theresas Geburtstag …!«

Theresa würde sterben. Aber sie konnte nicht sterben! Sie mußte doch zusammen mit Schwester Anne die Vesper singen! Die Vesper und die Frühmette und … was kam als nächstes? Noch etwas. Das *nicht umgestellte* Nutzer-Kind mit der Rotznase würde zusammen mit ihr singen. Sie hatte es ihm versprochen …

»Das Datum, an dem Jackson seinen Doktorhut bekam!« rief Vicki.

Wenn Theresa starb, würde der kleine Junge mit der rinnenden Nase auch sterben. *Du kannst mich nicht aufhalten, Jackson,* stritt sie mit seiner nicht vorhandenen Person an ihrem Bett, *du kannst es nicht! Ich kann ihnen beibringen, wie man es macht... Siehst du es denn nicht ein? Es ist eine Gabe! Es war immer schon meine einzige Gabe! Zu brauchen und gebraucht zu werden! Du brauchtest mich, damit du auch für mich sorgen konntest!*

Vicki stand neben ihr und hielt etwas in der Hand. Sie hatte aufgehört herumzuschreien. Eigentlich konnte Theresa kaum verstehen, was sie sagte, denn Vickis Stimme kam aus weiter Ferne – aber sie klang immer noch wie Cazie. »Der Code war sein Hochzeitstag, was für eine verdammte Hartnäckigkeit! Der Tag seiner Hochzeit mit diesem narzißtischen Gnom! Theresa, hören Sie mir zu.«

Das, was Vicki in der Hand hielt, war eine *Umstellungs*-Spritze.

»Hören Sie, Tess. Jackson sagte mir, daß er dies hier für Sie in seinem Safe aufbewahrte. Für den Tag, wenn Sie Ihre Meinung ändern und sich doch noch zur *Umstellung* entschließen sollten. Sie haben von diesem Kind im Nutzer-Lager irgendeine Krankheit mitgebracht; es muß sich um ein rasch mutierendes Virus handeln – es kommen jetzt, wo die Wirtspopulationen ohne Impfung sind, alle möglichen Erreger aus den Wäldern. Tess, ich habe Ihnen schon Antivirale aus Jacksons Medikamentenschrank gegeben, aber es sieht nicht so aus, als würden sie wirken. Ich weiß nicht weiter, der PflegeRob ist weg, und Jackson kann ich nicht erreichen. Es geht nicht anders, es bleibt wirklich nur die *Umstellungs*-Spritze ...«

Theresa schüttelte den Kopf. Tränen brannten in ihren Augen.

»Tessie, früher oder später würden Sie sie ohnehin brauchen, wegen der enormen Strahlung, die Sie in New Mexico abbekommen haben. Die Krebshäufigkeit... Ich werde Ihnen jetzt die Spritze geben, Theresa, ich muß es tun.«

»G-G-G...« Sie konnte das Wort nicht hervorbringen. Gabe. Ihre Gabe. Die verloren sein würde, wenn sie *umgestellt* war, und man mußte kämpfen, wenn man seine Seele retten wollte... alle sagten das, all die großen historischen Persönlichkeiten, die Thomas für sie zitierte...

»Tut mir leid, Tess.« Vicki ergriff Theresa Arm und hob die Spritze.

»Bettlerin«, keuchte Theresa. »Gabe...« Sie schloß die Augen, und die Fieberschauer tanzten über ihren Körper und brannten sich in ihre Seele. Verloren...

Sie fühlte nichts. Als sie die Augen wieder öffnete, hielt Vicki immer noch die Spritze über Theresas Arm.

»Tessie...«, flüsterte Vicki. »Möchten Sie wirklich lieber sterben? Ich kann Sie nicht zwingen... Doch, natürlich könnte ich Sie zwingen, aber ich darf es nicht, es müßte Ihre eigene Entscheidung sein... Verdammt, Jackson! Das sollte doch Ihr Problem sein!«

Theresa sagte: »*Mein*... Problem.«

Vicki starrte sie an. »Ja. Ihr Problem. Ihre Entscheidung. Ihr Leben... mein Gott, Tess, wie könnte ich es denn unterlassen... Also gut. Ihre Entscheidung. Soll ich Ihnen die Spritze geben? Wenn ich es nicht tue, könnten Sie sterben – Sie *könnten,* ich weiß es nicht sicher. Wenn ich Ihnen die Spritze gebe, könnte sich Ihre Hirnchemie verändern – möglicherweise, denn auch das weiß ich nicht genau, ich bin kein Arzt.«

Ihre Hirnchemie verändern. Aber das konnte Theresa doch schon! Sie konnte Cazie sein, konnte die Bettlerin sein, konnte selbst die Vorgänge in ihrem Gehirn steuern – wenigstens ein bißchen.

Genug, um Theresa zu sein.

Auch wenn ihr Körper *umgestellt* sein würde. Sie war mehr als nur ihr Körper. Hatte sie das denn nicht immer schon gewußt? War es nicht das, worüber sie mit Jackson so oft diskutiert hatte?

»Tess? Sie lächeln wie... Lieber Himmel, Kleines, Ihre Stirn ist ja glühend heiß... Ich weiß nicht, was ich tun soll!«

»Geben Sie mir die Spritze«, sagte Theresa und dachte, während die Nadel in ihre Haut drang und die Fieberschauer in ihr wirbelten, daß Vicki letzten Endes doch nicht so war wie Cazie: Cazie hätte nie zugegeben, daß sie nicht wußte, was sie tun sollte.

Der Inhalt der schlanken schwarzen Spritze entleerte sich in ihren dünnen Arm.

24

Als Vicki geendet hatte, blieb Jackson lange reglos liegen. Ihr Körper neben dem seinen auf dem schmalen Kelvin-Castner-Gästebett lenkte ihn längst nicht mehr ab von dem, was sie sagte, und der Schlaf war ihm gründlich vergangen.

Er glaubte ihr. Auch wenn ihm einiges von den Geschehnissen, die sie gerade in sein Ohr geflüstert hatte, unglaublich vorkam. Theresa – seine Theresa! –, die Lizzie Francy aus dem Gefängnis holte? Die allein in ein Nutzer-Lager ging, um den Menschen dort einen PflegeRob zu schenken? *Die sich freiwillig* umstellen *ließ?*

Und doch glaubte er Vicki jedes Wort. Andererseits hatte er auch Cazie jedes Wort geglaubt, bis zu dem Moment, als er bei Kelvin-Castner eintraf …

»Ich muß Ihnen etwas zeigen«, und nun war es ihre Stimme, die schläfrig klang. »Eine Art Beweis. Aber das kann bis morgen warten. Ich bin unvorstellbar müde. Ausgelaugt von Lizzie und Theresa, den Kindern der nächsten Ära …«

»Den was?« fragte Jackson schroffer als beabsichtigt, weil er so irritiert war. Theresa, die sich freiwillig *umstellen* ließ … Theresa, *umgestellt.* Würde sie ihn auch weiterhin brauchen?

»Kinder einer neuen Ära«, wiederholte Vicki undeutlich murmelnd. »Selbsternannte …« Sie war eingeschlafen.

Jackson löste sich vorsichtig von ihrem erschlafften Körper und stieg vom Bett. An Schlafen war jetzt nicht mehr zu denken. Aber das Zimmer – nicht größer als drei mal drei Meter – bot keinen Platz zum Auf- und Ablaufen. Und wenn er sein Terminal benutzte, würde das Vicki wecken. Er wollte nicht, daß Vicki aufwachte; sie würde ihn nur mit weiteren emotionalen rechten Haken traktieren – denn genau das tat sie! –, und er hatte heute schon zu viele Treffer abgekriegt.

Wie viele gehirn-erschütternde Schläge konnte man verkraften? Und warum, zum Geier, war immerzu *er* es, der sie einstecken mußte?

Lautlos öffnete Jackson die Zimmertür, schloß sie ebenso lautlos wieder hinter sich und tappte barfuß in seinem Firmenpyjama den an ein Krankenhaus gemahnenden Korridor hinab. An seinem Ende entdeckte Jackson einen kleinen, leeren Aufenthaltsraum. Natürlich war er leer – es war mitten in der Nacht! In dem Raum befanden sich ein Sofa und Sessel rund um einen Tisch, ein ServierRob – alles ebenso steril wie der Korridor – und ein Terminal mit flachem Schirm.

»System an!« sagte Jackson.

»Ja, wie kann ich Ihnen helfen?« Ein anonymes Programm für wartende Techniker oder gelangweilte Gäste, die nicht schlafen konnten. Zweifellos mit begrenzten Zugriffsmöglichkeiten. Aber es reichte.

»Nachrichten bitte. Kanal 35.«

»Gewiß. Und falls es noch etwas gibt, was Kelvin-Castner für Sie tun kann, bitte zögern Sie nicht, uns Ihre Wünsche mitzuteilen.«

»... im Osten von Kansas. Der Tornado streifte die Enklave Wichita, wo augenblicklich die Hochsicherheitsschilde aktiviert wurden. In Washington fuhr der Kongreß mit der Debatte über das umstrittene Vorschriftenpaket für Flughäfen fort; das Abstimmungsergebnis des Senates wird für den morgigen Vormittag erwartet. In der Enklave Sorbonne in Paris fand die erste Aufführung von Claude Guillaume Arnaults neuem Konzert, *Le Moindre,* statt. Der gefeierte, jedoch als äußerst reizbar bekannte Komponist hat nicht ...«

»Interne Kommunikation«, sagte Jackson. In den

Nachrichten gab es nichts Neues, betreffend die Zerstörung von *Sanctuary.* Und das Angst-Neuropharm war noch keine Schlagzeile wert, denn es handelte sich bisher nur um ein isoliertes Phänomen, eine lokale Kuriosität unter primitiven Nutzern.

Idioten. Die Enklaven bestanden aus Idioten.

»Ja, bitte?« sagte das Programm. »Mit welcher internen Abteilung möchten Sie verbunden werden?«

»Nicht mit einer Abteilung. Mit einer Person. Lizzie Francy. Sie ist Gast an einem Terminal irgendwo im Gebäude. Im nicht abgesicherten Teil.«

»Gewiß. Und falls es noch etwas gibt, was Kelvin-Castner für Sie tun kann, bitte zögern Sie nicht, uns Ihre Wünsche mitzuteilen.«

Lizzies Gesicht erschien auf dem Bildschirm. Ihr drahtiges schwarzes Haar stand ihr in zwanzig verschiedenen Richtungen vom Kopf ab wie struppige Antennen. Die schwarzen Augen glänzten vor freudiger Erregung, ungeachtet der tiefen Schatten darunter. »Ich habe gerade versucht, die Verbindung zu Ihrem Zimmer herzustellen.«

»Ich bin nicht im Zimmer«, sagte Jackson. »Nur Vicki. Sie kam von Theresa …«

»Ich weiß«, beeilte Lizzie sich zu sagen. Sie hob beide Hände an ihr Haar und erzeugte noch mehr zottige Antennen. »Hab sie grade aufgeweckt, ich. Un' jetz' muß ich zu Ihnen. Muß Sie persönlich sprechen. Dringend.«

»Lizzie, ich bin im Hochsicherheitstrakt! Wenn Sie hierherkommen, können Sie nicht mehr hinaus, bis …«

»Weiß ich, weiß ich! Aber ich muß rein. Jetz'!«

Jackson sah sie genauer an. Es war nicht die Erregung, die in ihren Augen glänzte, es war Furcht! Und ihre Sprache war in den Nutzer-Slang zurückgekippt.

»Lizzie, was …?«

»Noch nichts. Kann nich' rein in dieses System hier.

Is' zu schwierig. Aber ich mag nich' allein dableiben, ich will zu Vicki! Ich will reinkommen!«

Jackson merkte, daß Lizzie sich alle Mühe gab, weinerlich und verzagt zu wirken. Ein Teenager allein, mitten in der Nacht an einem fremden Ort, der nach seiner Ersatzmutter flennte. Nur war das da Lizzie Francy, die ganz allein auf sich gestellt nach New York marschiert war, sich in eine angeblich absolut unzugängliche Enklave Eintritt verschafft hatte und in die Computersysteme von mehr Macher-Firmen eingebrochen war, als Jackson namentlich aufzählen konnte. Die Verzagtheit war gespielt.

Die darunterliegende Furcht war es nicht.

Er sagte: »Dirk …«

»Ich weiß, wenn ich reinkomme, dann hocke ich 'n paar Wochen in der Quarantäne! Aber ich will nun mal zu Vicki! Un' in dieses beschissene System komm ich sowieso nich' rein!« Tränen stiegen in ihre schwarzen Augen.

Leicht verwirrt sagte Jackson: »Also gut! Ich schicke dir ein Holo, das dich zur Dekontamination bringt. Thurmond Rogers hat mir den Code gegeben. Die ganze Prozedur dauert etwa eine Stunde. Aber du kannst dein Terminal nicht mitnehmen, Lizzie.«

»Da is' aber mein Tagebuch drin! Un' Dirks Babyfotos!« Sie fing an zu weinen.

»Lizzie, Kleines …«

»Ich will zu Vicki!«

Und das wollte Jackson plötzlich auch. Vicki würde wissen, wie man mit unerwarteter Hysterie fertig wurde. Von allen Leuten ausgerechnet *Lizzie,* die heulte und eigensinnig nach ihrer Mutter verlangte! Dabei war Vicki nicht einmal ihre Mutter. Und Jackson konnte einfach nicht glauben, daß Lizzie nicht in das Kelvin-Castner-System hineingekommen war.

»Also komm schon, Lizzie«, sagte Vicki neben ihm,

»laß dein Terminal zurück. Sind die Informationen, um die du dich sorgst, nicht auf Jacksons System übertragen worden?«

»Nein! Wenn ich das versuche, könnten sie die Daten abfangen!«

»Dann trag dein Terminal – du hast es doch schon abgekoppelt von K-C, nicht wahr? Na klar hast du das! –, trag dein Terminal aus dem Gebäude. Geh durch die Tür hinter dir, am Ende des Korridors nach links und weiter zum Notausgang. Direkt davor wartet ein Kleinbus mit sieben Insassen. Gib ihnen dein System, sie werden es aufbewahren, während du zu mir hereinkommst.«

Jackson blinzelte verblüfft. *Ein Kleinbus?*

Augenblicklich teilte sich der Bildschirm in zwei Hälften, und Thurmond Rogers sagte aus einer davon: »Es ist nicht gestattet, Geschäftsunterlagen, die im Eigentum von Kelvin-Castner stehen, aus dem Firmengelände wegzuschaffen. Miss Francy hat sich mit der Analyse der K-C-Systeme beschäftigt und …«

»Zwei von den Leuten im Kleinbus sind auf Schutzschilde spezialisierte Sicherheitsagenten«, unterbrach ihn Vicki. »Sie haben alles Notwendige dabei, um Lizzies System so zu umschließen, daß es nur mittels Netzhautscans von ihr selbst, zusammen mit Jackson und zwei Kelvin-Castner-Repräsentanten geöffnet werden kann. Die beiden Repräsentanten werden beim Versiegeln zugegen sein; einer davon können gern auch Sie sein, Thurmond.«

»Nichtsdestoweniger ist es …«

»Einer der Leute im Kleinbus ist Rechtsanwalt. Er hat eine richterliche Verfügung bei sich, die ihn ermächtigt, all jene Kelvin-Castner-Firmenunterlagen sicherzustellen, die Bezug haben zu Doktor Aranows rechtsgültigem Vertrag mit Kelvin-Castner.«

»Aber das ist nur dann der Fall, wenn …«

»Eine weitere Person im Kleinbus ist Mikrobiologin. Sie ist bereit, Lizzies Daten vor der Versiegelung zu prüfen und kraft ihrer rechtsgültigen Sachverständigenmeinung die tatsächliche Relevanz dieser Daten für Doktor Aranows Vertrag zu bestätigen. Selbstverständlich nur dann, wenn Sie nicht ausdrücklich wünschen, daß diese Daten ungeprüft bleiben.«

Haßerfüllt starrte Thurmond Rogers Vicki an.

»Geh jetzt«, sagte Vicki zu Lizzie. »Es ist nicht weit, und niemand wird sich dir in den Weg stellen. An der Innenseite deines Overalls steckt ein Ortungssender; die Leute im Kleinbus verfolgen jeden deiner Schritte, sobald du außer Sichtweite der K-C-Monitore bist. Doktor Rogers wird das Gebäude beauftragen, die Tür für dich zu öffnen und dich wieder einzulassen. *Zusammen mit einem Zeugen aus dem Kleinbus,* der dich begleiten wird! Geh jetzt, Liebes.«

Mit glänzenden Augen packte Lizzie ihr Terminal und ihren häßlichen violetten Rucksack. Das Terminal fest an die Brust gepreßt verließ sie den Sichtwinkel des ComLinks.

Vicki holte tief Atem und hielt ihn an, bis ein fremdes Männergesicht auf dem Schirm erschien. Mitten in der Nacht schaffte es der Fremde, frisch, ordentlich gekämmt und ausgeruht auszusehen. »Elizabeth Francy ist bei uns draußen, Miss Covington. Zusammen mit dem System. Die Versiegelung kann beginnen, sobald das Team von Kelvin-Castner eintrifft. Außer man zieht bei Kelvin-Castner vor, daß Frau Doktor Seddley die Daten prüft.«

»Rogers?« fragte Vicki.

Thurmond Rogers Haß hatte sich noch nicht gelegt. Aber er hatte sich unter Kontrolle. »Keine Prüfung zu diesem Zeitpunkt. Ich komme sofort zum Notausgang an der Ostseite, zusammen mit einem Sicherheitsmann.«

»Gewiß«, sagte das wohlgepflegte Männergesicht, und Jackson mußte unwillkürlich an das anonyme Gästesystem denken, das die Nachrichtenkanäle für ihn eingeschaltet hatte. »Miss Francy, begleitet von Agent Addison, betritt wieder das Gebäude.« Beide Bildschirmhälften wurden dunkel.

Jackson sah Vicki an. Sie war barfuß, und ihr Haar war vom Schlaf zerzaust. Ein paar feine Strähnen klebten an ihrer linken Wange. Sie sah jung aus und wehrlos. »Wer ist Agent Addison?« fragte er. »Und wer sind die anderen Leute im Wagen?«

»Leibwächter.«

»Wieso wußtest du so genau, wie …«

»Das ist mein Beruf«, sagte sie. »Oder, besser, er war es einmal. Aber bezahlt habe ich nicht für das alles. Das hast du getan. «

»Wie …«

»Lizzie hat schon vor langer Zeit alle Nummern deiner Privatkonten herausbekommen. Aber sie ist, auf ihre Weise, ein grundanständiges Geschöpf. Ich würde schwören, sie hat sie noch nie benutzt.« Vicki grinste. »Von mir kann ich dasselbe natürlich nicht behaupten.«

Jackson legte die Hand auf Vickis Arm. Es war kein brutaler Griff, aber auch keine zärtliche Geste. »Was hat Lizzie herausgefunden?«

»Das werden wir erst wissen, wenn sie es uns verrät. Oder wenn das Siegel von ihrem Terminal entfernt wird. Aber mich interessiert viel mehr, warum sie unbedingt in den Sicherheitstrakt kommen wollte, um mit uns persönlich zu sprechen.«

»Wird der Agent – oder Leibwächter, oder was immer er ist – auch während der Dekontaminationsprozedur bei ihr bleiben?«

»Als wäre er verschweißt mit ihr.« Vicki sprach laut zur Luft. »Und der Agent verfügt über subkutane Dauersender. Unter anderen Annehmlichkeiten.«

»Also warten wir«, sagte Jackson, »bis Lizzie aus der Dekontamination kommt.«

»Wir warten.« Vicki nickte. »System, ein ServierRob soll uns Kaffee bringen.«

»Gewiß. Und falls es noch etwas gibt, was Kelvin-Castner für Sie tun kann, bitte zögern Sie nicht, uns Ihre Wünsche mitzuteilen.«

Vicki lächelte nur.

Es dauerte eine Stunde, bis Lizzie und Agent Addison die Dekontamination passiert hatten. Jackson trank zwei Tassen Kaffee und sah zu, wie Vicki sich bereitmachte, eine weitere Granate zu zünden. Jetzt kannte er die Anzeichen bereits. Sie trank ihren Kaffee langsam und genießerisch, während sie durch die Nachrichtenkanäle turnte. Schließlich fragte er: »Wartest du auf etwas Bestimmtes?«

»Auf irgend etwas aus Brookhaven.« Sie sprach mit normaler Lautstärke, was hieß, daß es ihr nichts ausmachte, wenn jemand mithörte. Sie wechselte ihre Stellung auf dem Sofa des Aufenthaltsraums und schlug die Beine unter sich.

»Aus den Staatlichen Laboratorien in Brookhaven? Was ist damit?«

»Das weiß ich nicht. Aber Lizzies Überwachungsprogramm ist auf eine Anomalie gestoßen. Das Programm kontrolliert die Übermittlungen ausgewählter staatlicher Einrichtungen, um auf Abweichungen in Umfang, Häufigkeit, Priorität oder Verschlüsselung hinzuweisen. Die Informationen, die Brookhaven verließen, zeigten eine Anomalie.« Vicki streckte die Beine wieder aus und legte sie übereinander.

»Eine Anomalie? Eine signifikante Abweichung?«

»Ein signifikantes Fehlen von Abweichungen. Umfang, Häufigkeit, Priorität und Verschlüsselung – identisch, Tag für Tag.«

»Du meinst …«

»Das Angst-Neuropharm hat einen Enklave-Schild überwunden. Und zwar nicht den irgendeiner Enklave, sondern den eines staatlichen Labors, das absolut sicher sein sollte.« Vicki verlagerte ihr Gewicht. »Natürlich weiß man das bei Kelvin-Castner schon. Verdammt, ich finde keinen Platz, der bequem ist!«

Sie stand auf, streckte sich, gähnte und lächelte Jackson zu. Und diesmal, dieses eine Mal, wußte er, was er zu tun hatte. Er sagte: »Komm, mach es dir bei mir bequem.«

Sie durchquerte den Raum und kuschelte sich auf seinen Schoß. Vom Bildschirm kamen Routinemeldungen, deren Lautstärke, das fiel Jackson plötzlich auf, etwas höher war als normal. Vickis Lippen knabberten an seinem Ohr. Sie sagte leise: »Ich möchte dir etwas zeigen«, und knöpfte sich die Bluse auf.

Ein unvermuteter Hormonausstoß schoß durch Jacksons Körper. Doch dann sah er die Zeichnungen auf ihrer Brust.

»Hier werden wir vermutlich weniger überwacht als in deinem Zimmer«, murmelte Vicki in sein Ohr. »Dreh dich trotzdem weiter nach links. Noch weiter. So.«

Ihre Körper formten ein enges Dreieck mit der gepolsterten Rückenlehne des Sessels. Vicki senkte den Kopf, und ihr Haar versperrte die Sicht von der Decke aus. Sie öffnete noch ein paar Knöpfe.

Ihre Brüste waren klein und hellhäutig. Kleiner als Cazies Brüste, aber fester, mit einem hübschen Schwung nach oben. Auf der oberen Hälfte jeder Brust befand sich eine Zeichnung in Kopiertinte – von der Art, die für die untilgbare Beschriftung und Datierung der Laboraufzeichnungen verwendet wurde. Solche

Füller lagen überall im Haus herum. Vicki mußte die Zeichnungen angefertigt haben, nachdem sie aus der Dekontamination gekommen war. Jackson starrte angestrengt hin; das Licht reichte kaum aus, um die dünnen Linien zu erkennen. Und Vickis Duft, der Geruch ihrer Haut und ihres Atems, umnebelte Jacksons Hirn.

Bis ihm klar wurde, was er da anstarrte.

Zwei hastige Zeichnungen von Hirnscans. Auf der linken Brust befand sich jener von Theresa; selbst verkehrt herum und flüchtig ausgeführt, wie er war, erkannte Jackson ihn wieder. Während ihrer Krankheit hatte er diese Kurven täglich betrachtet – und auch in den Jahren davor sehr häufig. Es war die grafische Darstellung eines chronischen zerebralen Übererregungszustandes, besonders in den primitiveren Arealen des Gehirns, denen die Kontrolle der Emotionen oblag. Das limbische System, der Hypothalamus, die Amygdalae, die Formatio reticularis, die rostrale ventrale Medulla – alle übermäßig erregt.

Das ARAS – das aufsteigende retikuläre aktivierende System –, das auf neurale Impulse aus vielen anderen Regionen des Gehirns reagiert, zeigte eine ganz besonders hektische Wellenaktivität: niedrige Amplitude, hohe Frequenz, starke Desynchronisation. Andauernd trafen alarmierende Signale in Theresas Großhirnrinde ein, worauf diese in der Folge die Welt als einen ständig bedrohlichen Ort betrachtete. Diese Information ging ihrerseits zurück an das ARAS, welches mit einer noch hektischeren elektrochemischen Aktivität reagierte: Elektrochemische Signale, welche Gedanken an Gefahr erzeugten, die ihrerseits erneut elektrochemische Stress-Reaktionen hervorriefen. Ein Teufelskreis, den mit Neuropharmaka zu durchbrechen Theresa Jackson nie erlaubt hatte.

Der zweite Satz Kurven unterschied sich deutlich vom ersten. Eigentlich ähnelte er keinem Hirnscan, den Jackson je zu Gesicht bekommen hatte. Das ARAS zeigte nur normale Erregungen von der Art, die auf dauernde sinnvolle, realistische Aktivität hinweist. Aber jene Impulse, die von der Großhirnrinde ausgehend das ARAS erreichten, waren sehr stark. Und Teile des Gehirns zeigten einen wahren elektrischen Sturm – jene Teile, die intensiver nicht körperlicher Aktivität zugeordnet werden: epileptischen Anfällen, religiösen Visionen, Halluzinationen, gewissen Arten von Kreativität. Solche Wellenbilder kannte man am besten aus geschlossenen Anstalten: von Menschen, die sich einbildeten, Jesus Christus oder Napoleon oder General Manheim zu sein. Aber dieses Wellenmuster, kombiniert mit der kontrollierten Klarheit der niederfrequenten Alphawellen mit hohen Amplituden, für gewöhnlich das Produkt von Biofeedback oder intensiver Konzentration …

»Von wem stammt der zweite Scan?« fragte Jackson.

»Von Theresa.«

»Unmöglich!«

»Nein, nicht unmöglich, sie stammen beide von Theresa. Einer von einem Zeitpunkt, bevor sie sich in einen geistigen Zustand versetzte, der ihr helfen sollte, etwas Schwieriges zu meistern, und einer von einem Zeitpunkt danach. Ich habe keine Ahnung, wie sie das fertigbringt.«

»Ich wollte, ich könnte die Werte der spinalen Segmente sehen!«

»Nun«, sagte Vicki eisig, »ich hatte nicht mehr Platz auf meinem Busen – im Unterschied zu anderen Leuten … Also habe ich mir nur jene Teile der beiden Ausdrucke gemerkt, wo es die meisten Unterschiede gab.«

»Aber wie konnte Tess …«

»Leiser, Jackson! Und tu so, als würdest du wirklich schmusen mit mir. Wir werden auch hier überwacht. Ich sagte doch, ich weiß nicht, wie Theresa das macht, aber ich weiß, was sie *glaubt* zu machen. Theresa verändert ihren Hirnscan, indem sie sich einbildet, Cazie zu sein.«

Jackson schwieg. Theresa. Bildete sich ein, Cazie zu sein. Und war fähig, wenigstens zeitweise willentlich jene Art von Hirnaktivitätsmuster herbeizuführen, die zu einem völlig andersgearteten Temperament gehörte! Und dazu die Aktivität einer starken imaginativen Kreativität, die ans Wahnhafte grenzte. Sie begann wohl mit einer Kontrolle ihrer Gedanken in der Großhirnrinde, was die Informationen veränderte, die in ihr vegetatives Nervensystem flossen ... Jedes Gefühlserlebnis war ja im Grunde genommen eine Geschichte, die das Gehirn schuf, um den physischen Reaktionen des Körpers einen Sinn zu geben; und Tess hatte einen Weg gefunden, diesen Prozeß umzukehren. Sie erzählte sich selbst irgendeine Geschichte – erzählte sie in ihrem bewußten Hirn –, die ihre physischen Reaktionen veränderte. Bis auf die neurochemische Ebene hinab. Sie kontrollierte ihre physische Welt durch nichts als Einbildungskraft und Willen.

Jackson hatte seine Schwester überhaupt nicht gekannt.

Zögernd sagte er: »Ich möchte das gern kopieren ...«

»Selbstverständlich. Aber nicht jetzt.« Vicki knöpfte sich die Bluse wieder zu, machte aber keine Anstalten aufzustehen. Ihr warmer Atem umwehte seinen Hals, als sie, zusammengekuschelt auf seinem Schoß, sagte: »Irgendwie habe ich ein bißchen Angst vor dir.«

»Ach, tatsächlich?«

»Du glaubst mir nicht. Du glaubst, du bist der einzige Mensch, der Angst hat davor, allzu viele Gefühle zu haben! Ach, vergiß es!«

Abrupt stand sie auf. Nach ihren Worten hätte Jackson einen wütenden Ausdruck auf ihrem Gesicht erwartet, doch statt dessen zeigte es nur Kränkung und

Unsicherheit. Und in diesem Moment erkannte Jackson, daß dies die Frau war, die Cazie in seinem Leben ersetzen könnte.

Und diese Erkenntnis erfüllte ihn augenblicklich mit Entsetzen: *noch* ein gehässiges, gemeines, herrisches Weib? Das ihn bei jeder Gelegenheit verspottete, keine Anstrengung scheute, um ihn zu unterdrücken und immerzu schon von vornherein wußte, was er im nächsten Moment sagen würde ...? Vickis Duft, der intensiver geworden war, seit sie nicht mehr so dicht vor seiner Nase saß, erfüllte seine Kehle. Sie hatte die untersten drei Knöpfe ihrer Bluse offen gelassen. Absicht? Natürlich. Unmut erfüllte ihn angesichts der versuchten Manipulation.

Doch Vickis Verwundbarkeit dauerte nur eine Sekunde. Dann sah sie wieder aus wie Victoria Turner, beherrscht und kompetent.

Victoria Turner. Nicht Cazie. *Er* hatte da etwas verwechselt, nicht *sie*! Theresa, nicht Victoria, war Cazie!

Jackson lachte laut auf. Er konnte nicht anders, er fand die ganze kritische, absurde Situation plötzlich unerträglich komisch. Oder vielleicht doch nur unerträglich ... Theresa. Brookhaven. Das heimtückische Neuropharm. Kelvin-Castner. *Sanctuary.* Die Welt explodierte – auf Mikro- wie auf Makroebene –, und er, Jackson, hatte sich als sein Objekt der Furcht eine Frau ausgesucht, die sagte, daß sie sich vor ihm ebenso fürchtete, wie er vor ihr. Nur hatte er zuviel Angst, um ihr zu glauben, und sie hatte zuviel Angst, um zu glauben, daß er zuviel Angst hatte ... »Vicki«, sagte er behutsam.

Ihre Augen trafen sich von einer Seite des freudlosen Zimmers zur anderen, während die aktuellen Meldungen durch den Raum plärrten. Der Moment zog sich in die Länge, bittersüß und schmelzend wie ein Schokoladebonbon.

»Vicki ...«

»Gäste für Sie auf dem Weg zu Ihnen«, verkündete das System fröhlich. »Miss Francy und Mister Addison werden in neunzig Sekunden eintreffen. Soll ich sie einlassen?«

»Ja«, sagte Jackson. Einerseits war ihm die Atempause nicht unwillkommen, andererseits fühlte er sich um etwas Kostbares betrogen.

»Gewiß. Und falls es sonst noch etwas gibt, was Kelvin-Castner für Sie tun kann, bitte zögern Sie nicht, uns Ihre Wünsche mitzuteilen.«

Addison war ein Tech; man hatte ihn sichtlich nicht nur deshalb ausgewählt, weil er bedrohlich war, sondern weil er auch so aussah. Sein Kopf streifte fast die Decke; die Arme hatten den doppelten Umfang von Jacksons Armen. Und wahrscheinlich war alles an ihm gentechnisch verbessert: Muskulatur, Sehkraft, Reaktionszeit. Sein professioneller Blick durchmaß den Raum.

Neben ihm sah Lizzie wie eine sehr kleine, sehr sauber geschrubbte, sehr ängstliche Puppe in Kelvin-Castner-grünen Wegwerfkleidern aus. Sie warf sich Vicki an den Hals und blieb dort hängen. Jackson erwartete jede Sekunde, von Vicki mütterliche Gluckentöne zu hören, aber er wartete vergebens.

»He, Kopf hoch, Lizzie!« sagte Vicki. »Komm wieder zu dir! Du kannst mir doch nicht erzählen, daß die alle Hindernisse bezwingende Computerhexe bei einer kleinen, tiefgehenden Waschung in Tränen ausbricht! Du hast dich tiefer in alle staatlichen Löcher gebohrt als die Dekontaminationsschrubber in die deinen!«

Lizzie lachte. Unsicher, aber sie lachte. Vickis vulgäre Anspielung hatte Lizzie aufgerichtet. Jackson würde die Frauen nie verstehen.

»Und jetzt«, fuhr Vicki fort, »setz dich hierher und erzähl uns, was du herausgefunden hast. Nein, die

Überwachungskameras kannst du ignorieren. Es ist schon in Ordnung, wenn man bei K-C erfährt, was wir wissen. Möchtest du Kaffee?«

»Ja, bitte«, sagte Lizzie; sie wirkte jetzt ruhiger. Da sie seit der Dekontaminationsprozedur noch keine Zeit gehabt hatte, daran herumzuzerren, lag ihr Haar glatt und sauber am Kopf an.

Addison beendete seine visuelle Kontrolle des Raums und stellte sich zwischen Lizzie und der offenen Tür auf.

»Also, was haben wir erfahren?« fragte Vicki.

Lizzie nahm einen Schluck Kaffee und verzog das Gesicht, was Jackson zu der Annahme brachte, daß sie an echten Kaffee wohl nicht gewöhnt war. Er setzte sich ihr gegenüber und sah sie schweigend an.

»Wir wissen, daß man bei Kelvin-Castner ein Wahrscheinlichkeitsmodell für die Forschungen an dem Angst-Neuropharm erstellt hat, das auch Dirk ...« Ihre Stimme schwankte nur für den Bruchteil einer Sekunde. »Das meiste davon verstehe ich nicht. Aber es sieht so aus, als würde ein Programm über einen im voraus festgelegten Pfad Daten an Doktor Aranow liefern. An einigen Stellen des Programmes befanden sich künstlich unterstützte Lehmann-Wagner-Berechnungen, die eine hohe Zuverlässigkeit vortäuschen sollten ... Je nachdem, wonach Doktor Aranow sich erkundigte, lieferte der Entscheidungsbaum die entsprechenden Daten. Denke ich. Aber *sicher* feststellen konnte ich, daß jeder Zweig des Baums in ergebnislosen Berechnungen endete.«

»Wie konntest du feststellen, daß es sich nicht um tatsächliche Werte handelte?« fragte Jackson mit ruhiger Stimme.

»Das Enddatum der Berechnungen lag zumeist in der Zukunft.«

»Geplante Experimente vielleicht ...«

»Keine Ahnung«, sagte Lizzie schonungslos. »Wie soll ich das wissen?« Jackson sah ein, daß er nicht anfangen sollte, mit ihr zu streiten; ihr Selbstvertrauen mochte ebenso rasch in sich zusammenfallen, wie es sich aufgebaut hatte.

»Keiner von uns wird das wissen«, schaltete Vicki sich besänftigend ein, »bevor das versiegelte Terminal nicht geöffnet wird und du die Daten direkt überprüfen kannst, Jackson. In jedem Fall aber sieht es mir nach einem Vertragsbruch aus, oder irre ich mich?«

»Du irrst dich nicht«, sagte Jackson. Langsam, wie schwarzes stilles Wasser, stieg eine enorme Woge kalter Wut in ihm auf. Hatte Cazie davon gewußt?

Lizzie sagte: »Das Wahrscheinlichkeitsmodell war garniert mit einer Unmenge von Querverweisen auf Sie, Doktor Aranow. Es war praktisch maßgeschneidert für Ihre Person.« Lizzies Gesicht wurde noch einen Hauch dunkler.

Also hatte Cazie davon gewußt.

Jackson sprang auf, aber als er auf den Füßen stand, wußte er nicht, wohin er rennen sollte. Lizzie war ganz offensichtlich noch nicht fertig mit ihren Ausführungen. Seine kalte schwarze Wut schwoll immer mehr an.

»Gute Arbeit, Lizzie«, sagte Vicki. »Aber das ist noch nicht alles, oder? Warum wolltest du unbedingt zu uns in den Sicherheitstrakt hereinkommen?«

Lizzies Hand begann so sehr zu zittern, daß sie ihren Kaffee verschüttete. »Vicki ...«

»Nein, sag es! Hier! Jetzt! Wir wollen alle erfahren, was man bei K-C weiß!«

Lizzie zitterte immer noch, aber ihre Stimme klang fest. »Es gab auch Wahrscheinlichkeitsmodelle in den echten Daten. Einfachere, die sogar ich verstehen konnte. Sie zeigten verschiedene Möglichkeiten für Mutationen des ursprünglichen Neuropharms. Oder vielleicht nicht des ursprünglichen, sondern von etwas, das es erzeugt. Der Teil war ziemlich schwierig. Aber die Modelle für die unterschiedlichen Pfade… die Modelle…«

»Gib mir den Tollers-Durchschnitt«, sagte Jackson grimmig. »Die Durchschnittswahrscheinlichkeit bezog sich auf eine direkte Übertragung der Krankheit, nicht wahr? Durch direkten Kontakt von einem Menschen zum anderen, über die Nielsen-Zellen in Körperflüssigkeiten. Wie hoch war die Toller-Wahrscheinlichkeit?«

Mit einer Stimme, die vor Überraschung eine ganze Oktave nach oben wanderte, fragte Vicki: »Du hast das gewußt?«

»Ich habe es vermutet. Und gehofft, daß ich mich irre. Aber diese Art von Übertragungsvektor ist bekannt instabil, er mutiert unentwegt… Lizzie, wie hoch ist die Toller-Wahrscheinlichkeit für die Mutation einer in der Luft vorhandenen Form, die unabhängig überleben kann – außerhalb von Laborkulturen oder des menschlichen Körpers?«

»Null Komma null drei Prozent.«

Niedrig. Der Erfinder – wer auch immer von den verdammten Schlaflosen es gewesen sein mochte – des ursprünglichen Trägers des Neuropharms hatte wenigstens alles in seiner Macht Stehende getan, um eine unkontrollierte, weltweite Ausbreitung zu verhindern. Wenigstens das hatte er getan. »Und für die Mutation zu einer unabhängigen Form, die zu einer direkten Übertragung von Mensch zu Mensch fähig ist?«

»Achtunddreißig Komma sieben Prozent«, flüsterte Lizzie.

Mehr als einer von dreien. Nun ja, dachte Jackson, jetzt wissen wir's. Es mochte soweit kommen, daß die Infektion mit dem Angst-Neuropharm von Mensch zu Mensch möglich wurde: mittels Blut, mittels Speichel, mittels Sperma. Mittels Urin? Möglich. Vermutlich. Mit neununddreißig Prozent Wahrscheinlichkeit. Um eine so hohe Wahrscheinlichkeit zu erreichen, mußten die Laborproben mutieren wie verrückt.

Vicki sah Lizzie an. »Du hattest da draußen Angst, dich selbst anzustecken. Dann würdest du nicht mehr in der Lage sein, Dirk zu helfen. Und deshalb bist du zu uns in den abgesicherten Teil gekommen.«

»Auch wenn die Mutation schon stattgefunden hat«, sagte Jackson, »was unwahrscheinlich ist, dann kann sich Lizzie nicht infiziert haben, wenn sie nicht mit anderen Menschen in Berührung kam. Dazu hätte sie in direkten Kontakt mit Blut kommen oder Sex haben müssen oder … Lizzie, was ist denn?«

»Oder Augäpfel berühren?« wisperte Lizzie.

»Augäpfel?«

»Tote Augäpfel, meine ich! O Gott, Doktor Aranow, ich hab, ich hab … o Gott, was ist, wenn ich es auch kriege! Dirk! Dirk! Gibt es einen Test, was ist, wenn ich es auch habe, was ist, wenn ich es auch habe!«

Sie war hart am Rande der Hysterie. Jackson dachte daran, daß Lizzie mit ihren achtzehn Jahren durch Horrorerlebnisse gegangen war, von denen er keine Vorstellung hatte. Sie schluchzte laut, und als Vicki sie an der Hand nahm und auf den Korridor führte, wo sich nach einer Weile hörbar eine Tür hinter den beiden schloß, war er dankbar für die plötzliche Stille.

Es dauerte lange, bis Vicki zurückkam – aber das schien ihm vielleicht nur so. Ihre violetten Augen sahen müde aus. Es mußte eine gottverdammt frühe Morgenstunde sein.

»Sie schläft.«

»Gut«, nickte Jackson.

Vicki blieb drei Schritte von ihm entfernt stehen. »Was geschieht also jetzt?«

»Kelvin-Castner eliminiert die gefälschten Daten

und fängt mit der echten Forschungsarbeit an.« Jackson warf einen Blick auf den leeren Bildschirm. »Hörst du das, du Mistkerl? Jetzt hast du eine Motivation! Es handelt sich nicht mehr bloß um Nutzer, die irgendein komisches Präparat einatmen. Jetzt hat es sich auch nach Brookhaven eingeschlichen, nicht wahr? Auch abgeschirmte Enklaven können infiziert werden. *Du* kannst infiziert werden! Es wäre ratsam, ein Mittel zu suchen, das die Sache umkehrt!«

Er hielt inne; er erwartete fast, Thurmond Rogers oder Alex Castner oder sogar Cazie zu sehen, aber der Bildschirm blieb dunkel.

Vicki sagte: »Jetzt stehen wir also alle auf derselben Seite mit denselben Zielsetzungen. Wie anheimelnd.«

»Allerdings«, fügte Jackson bitter hinzu.

»Nur daß wir«, fuhr Vicki fort, »du und ich und Theresa, etwas wissen, von dem der Rest der Welt keine Ahnung hat. Miranda Sharifi und die Schlaflosen können uns diesmal nicht aus der Patsche helfen. Diesmal gibt es keine Wunderspritzen von *Sanctuary* oder Selene. Die SuperS sind alle tot.«

Jackson starrte sie an.

»Nein, wir sollten das nicht geheimhalten, Jackson. Wir müssen K-C davon informieren. Wir müssen die Nachrichtenkanäle und die Regierung und alle anderen Menschen davon informieren, die verzweifelt darauf hoffen, daß Miranda Sharifi uns wieder einmal als rettender Engel erscheint. Denn K-C wird keine Hilfe vom Himmel bekommen. Und die Regierung muß sich erst Einlaß in Selene verschaffen, um auch dort nach verschollenen Personen zu suchen. Und die Menschen können ruhig aufhören, Botschaften nach Selene zu senden, weil diesmal keine *dea ex machina* auftauchen wird. Die *machina* ist kaputtgegangen, und die *dea* ist tot. Jackson … halt mich fest, bitte. Es ist mir egal, wer zusieht.«

Er nahm sie in die Arme. Und obwohl sie sich warm unter seinen Händen anfühlte, war ihm das kein Trost. Kein wirklicher Trost.

»Jack!« sagte Cazie mit grimmiger Miene vom Terminalschirm, »sag mir, was du über Miranda Sharifi und Selene zu wissen glaubst!«

Und so gab er Cazie mitten in der Nacht einen zusammenfassenden Bericht. Den Bericht gab er auch Alex Castner, ebenso mitten in der Nacht. Doch für das FBI und den CIA geschah das erst am nächsten Vormittag – am Vormittag deshalb, weil man, wie sich später herausstellte, bei Kelvin-Castner die Bundespolizei erst rief, nachdem man eine Aufsichtsratssitzung abgehalten hatte. Jackson war nicht undankbar für den langen Schlaf, denn für FBI und CIA mußte er weiter ausholen und vieles etliche Male wiederkäuen.

Hinterher gab er sich alle Mühe, nicht mehr an diese Untersuchungen zu denken. Er verbrachte seine Tage mit den Daten, die Kelvin-Castner ihm nun freigiebig überließ. Es gab ja keinen Grund mehr, es nicht zu tun. Wie Vicki festgestellt hatte: Sie standen jetzt alle auf derselben Seite.

Der einundzwanzigste Tag seiner Quarantäne war sein letzter Tag; er hatte sich durch alle Daten, über die K-C verfügte, hindurchgearbeitet. Die Labors selbst hatte er nicht betreten, er war kein Wissenschaftler. Er beschränkte sich auf die medizinischen Modelle, die jedoch noch keine Ergebnisse gezeitigt hatten. Vielleicht konnte ein Gegenmittel gefunden werden; aber niemand wußte, wo oder wie.

Oder wann.

Die kalte, schwarze Wut war noch immer in ihm. Nicht deshalb, weil es hoffnungslos war, nach einer Heilung zu suchen. Das war nicht hoffnungslos. Und die Wut war auch nicht da, weil irgend jemand dieses gefährliche, grausame Neuropharm, das in der Natur nicht vorkam, entwickelt hatte. Schon seit viertausend Jahren ersannen die Menschen nicht natürlich vorkommende Gifte, um einander aus dem Verkehr zu ziehen. Die Wut existierte auch nicht, weil Kelvin-Castner den eigenen Profit über das Gemeinwohl gestellt hatte – bis das Gemeinwohl plötzlich identisch wurde mit dem Firmenwohl. Nein, das war eben die Art und Weise, wie Unternehmen funktionierten.

Am einundzwanzigsten Tag, als Jackson K-C verlassen wollte, um Theresa einen kurzen Besuch abzustatten, trat Thurmond Rogers ihm unmittelbar vor der Sicherheitsbarriere zum unversiegelten Teil des Gebäudes in den Weg. Thurmond Rogers in Person, nicht als Holo oder aus einem ComLink heraus. »Jackson!«

»Ich denke, wir haben einander nichts zu sagen, Rogers. Oder spielst du den Botenjungen für Cazie?«

»Nein«, antwortete Rogers in einem Tonfall, der Jackson aufmerken ließ. Rogers' Haut, deren GenMod-Bräunung einen hübschen Kontrast zu dem goldblonden lockigen Haar abgeben sollte, sah fahl und fleckig aus. Die Pupillen seiner türkisblauen Augen waren geweitet, selbst in dem simulierten Sonnenschein des Korridors.

»Was ist los?« fragte Jackson, aber er wußte es bereits.

»Es ist zu direkter Ansteckung übergegangen.«

»Wo?«

»Die Enklave Chicago-Nordküste.«

Nicht einmal unter den Nutzern. Jemand hatte die Enklave verlassen – oder es war jemand hineingekommen –, der sich durch den Kontakt mit Blut, Sperma, Urin, Speichel oder Muttermilch mit dem Neuropharm infiziert hatte. Es war jetzt in einer Form, die nicht mehr eingeatmet werden mußte, um seine Wirksamkeit zu entfalten.

»Verhalten der Opfer?« fragte er Rogers barsch.

»Die gleichen schweren Inhibitionen. Panische Angst vor allem Ungewohnten.«

»Medizinische Modelle?«

»Alle entsprechen den bekannten Ergebnissen. Zerebrospinalflüssigkeit, Hirnscans, Puls, Amygdalae-Aktivität, Hormonwerte im Blut …«

»Gut«, sagte Jackson mechanisch, denn es war keineswegs gut. Aber mit einemmal wußte er, weshalb er so wütend war.

»Immer und immer wieder dasselbe«, sagte Jackson zu Vicki.

Sie saßen nebeneinander in seinem Luftwagen, der gerade vom Flughafen Boston abhob. In diesem Monat erblühten die öffentlichen Gärten unter ihnen ausschließlich in Gelb: Forsythien, Narzissen, gelbe Rosen und Stiefmütterchen in einem kunstvollen GenMod-Chaos. Die Kuppel des Parlamentsgebäudes glänzte golden in der Spätnachmittagssonne, und hinter der Kuppel brodelte graugrün das Meer. Nach einem ganzen, hauptsächlich vor Terminals verbrachten Monat fanden Jacksons Finger nur zögernd ihren Weg auf dem Instrumentenbrett. Er stellte die Automatik ein und preßte die Schultern gegen die Rückenlehne. Er war sehr müde.

»Was ist immer und immer wieder dasselbe?« fragte Vicki.

»Bei den Menschen. Sie machen immer und immer wieder dasselbe. Auch wenn nichts dabei herauskommt.«

»Und über welche Menschen im speziellen reden wir da?« Vicki legte die Hand auf Jacksons Schenkel. Er bedeckte sie mit seiner und dachte augenblicklich: *Wo sind die Überwachungskameras?* Einundzwanzig Tage der Zurückhaltung, des Bewußtseins, beobachtet zu werden… Aber in seinem Luftwagen gab es keine Überwachungskameras. Oder am Ende doch? Drei Wochen lang hatte der Wagen unter der K-C-Kuppel gestanden: natürlich waren Überwachungskameras darin! Aber er war ohnehin zu müde für Sex.

»Über alle Menschen«, sagte er. »Wir alle tun immerzu das, was wir immer getan haben, auch wenn es nicht funktioniert. Jennifer Sharifi hat immerzu versucht, alles, was eine Bedrohung für *Sanctuary* hätte werden können, zu bekämpfen. Miranda Sharifi hat immerzu auf eine verbesserte Technik gebaut, die uns arme beschränkte Bettler, die schlafen müssen, auf eine höhere Stufe emporheben sollte. Bei Kelvin-Castner verfolgt man immerzu den Weg des größten Profits, egal, wohin dieser Weg auch führt. Lizzie wird immerzu Daten fischen, egal, welches System sie vor sich hat. Cazie…« Er hielt inne.

»… wird immerzu ihre Vorstellungen geben, und zwar für jenes Publikum, das ihren Hunger nach Applaus am eifrigsten stillt«, ergänzte Vicki säuerlich. »Und was ist mit dir? Was wirst du immerzu tun, Jackson?«

Er schwieg.

»Hast du nicht daran gedacht, deine Theorie auch auf dich selbst anzuwenden? Na gut, dann werde ich es tun. Jackson wird immerzu voraussetzen, daß das medizinische Modell alles über Menschen erklären kann. Stell die Biochemie dar, und du verstehst das Individuum.«

Er warf einen Seitenblick auf Vicki. Ihre Augen waren geschlossen, und er vermißte den Anblick des herrlichen Violetts. Sie hatte ihre warmen Finger unter den seinen hervorgezogen. »Du hörst dich an wie Theresa«, sagte er.

»Theresa«, murmelte Vicki, ohne die Augen zu öffnen, »lernt gerade, etwas anderes zu tun. Etwas sehr anderes.«

»Es ist dennoch nichts anderes als eine Biofeedback-Kontrolle der Hirnchemie, die …«

»Du bist ein Idiot, Jackson«, unterbrach Vicki ihn. »Ich weiß wirklich nicht, wieso ich einen Mann so lieben kann, der ein solcher Idiot ist! Beobachte Theresa, wenn sie erfährt, daß das Angst-Neuropharm anstekkend ist. Beobachte sie nur einfach. Doch mittlerweile … Luftwagen, lande dort unten auf dieser Lichtung rechts vorne.«

Die Blumen auf der Lichtung waren keine Gen-Mods. Das Gras war hart, und alles roch nach wilder Minze. Die Luft war ein wenig zu kalt – zumindest für nackte Körper. Aber Jackson entdeckte, daß er nicht halb so müde war, wie er gedacht hatte.

Hinterher schmiegte Vicki sich an ihn; ihr langer, schlanker Körper trug die Abdrücke von Gras und Kräutern, und sie roch nach zerquetschter Minze. Jackson strich über ihre Gänsehaut. An seiner Schulter spürte er, wie ihre Lippen sich zu einem Lächeln formten.

»Einzig und allein Biochemie, Jackson?«

Er lachte; er fühlte sich viel zu gut, um ihr zu widersprechen. »Du gibst wohl nie auf, wie?«

»Ich würde dir nicht gefallen, wenn ich es täte. Also: nur Biochemie?«

Er schlang die Arme um sie. Sie mußten zum Wagen zurückkehren; diese naturbelassene Wiese war ein zu hartes Lager. Und außerdem zu leicht einzusehen. Und dazu mit bissigen Insekten übersät. Und darüber hinaus mußte er Theresa besuchen, dann wieder zurückfliegen zu Kelvin-Castner, den Rechtsstreit in Gang bringen, der K-C zwingen sollte, jetzt, da das Neuropharm von einzelnen Attacken zu einer allgemeinen Gesundheitsbedrohung angewachsen war, sämtliche

Daten dem Zentrum für Seuchenkontrolle zur Verfügung zu stellen …

In Vickis Stimme schwang plötzlich Unsicherheit mit – diese unerwartete Eigenschaft, die zu unerwarteten Zeitpunkten zutage trat: »Jackson? Biochemie?«

Er drückte sie fester an sich. »Nicht Biochemie. Liebe.«

Und beides war – und war nicht – die Wahrheit. Wie alles andere auch.

EPILOG

NOVEMBER 2128

Alle Fremden und Bettler sind von Zeus
und eine Gabe,
auch wenn sie klein ist, kostbar.

Homer, Ilias

Jackson wartete vor der häßlichen Silhouette eines zerstörten Gebäudes, sein Rüstzeug tief im Schatten. Die übliche Vorgangsweise.

Das Gebäude hatte aus SchaumStein bestanden, was hieß, daß es nicht niedergebrannt war, aber alles andere hatte man ihm angetan. Man hatte es beschossen, seine Wände zertrümmert, Fenster und Türen eingetreten und es ausgeplündert. Die Zerstörung war schon eine Weile her, denn inzwischen war es fast völlig von jener mutierten Form von Kudzu bedeckt, die auch den Rest von St. Louis überwucherte, dem häßlichsten Ort, den Jackson je gesehen hatte.

Und in den letzten sieben Jahren hatte er eine Menge häßlicher Orte gesehen.

Theresa und Dirk hatten ihre Vorbereitung beendet und setzten sich in Gang. Dirk, acht Jahre alt und ein Neuling bei der Vorbereitung, klammerte sich fest an die Finger seiner Mutter. Lizzie hatte sich natürlich nicht vorbereiten müssen; sie war nie mit dem Angstvirus infiziert worden. Aber sie führte Dirk an der Hand, der während des letzten Jahres enorme Fortschritte in der Annahme einer zweiten Persönlichkeit gemacht hatte – er nannte die seine ›Treeboy‹. Dirk hatte mit typisch kindlicher Anpassungsfähigkeit – die anscheinend unter den panischen, künstlich in seine Amygdalae eingepflanzten Ängsten immer noch vorhanden war – gelernt, sich vorzubereiten. ›Treeboy‹, geschaffen mit Hilfe der Phantasie, aber neurochemisch real, war tapferer und freier als Dirk. Jackson hatte die Hirnscans, die das bewiesen.

Theresa ging voran. Theresa, die von den dreien in die schäbigsten Lumpen gehüllt war. Theresa, deren helles, inzwischen nachgewachsenes Haar verfilzter war als das der anderen beiden. Theresa, mit den absolut leeren Händen, für die diese Aufgabe noch schwerer war als für irgend jemand anderen.

Theresa, die endlich glücklich war.

Die drei Bettler näherten sich dem halbverfallenen Gebäude, in dem der infizierte Stamm lagerte. Selbstverständlich hatten sich alle Nutzer in sein Inneres geflüchtet. Theresa, Lizzie und Dirk hockten sich vor der geschlossenen Tür auf den Boden und begannen zu betteln.

»Bitte gebt uns warme Sachen! Wir bitten euch um warme Kleider, wenn ihr was entbehren könnt! Die Nächte sind so kalt…«

Sie würden tagelang dort bleiben, das wußte Jackson, wenn Tage notwendig waren. Doch diesmal hielt er es nicht für wahrscheinlich. Die Bettler hatten ein Kind dabei. Alle Ängstlichen, ob in den Enklaven oder außerhalb, tauten eher bei Frauen und Kindern auf. Der Orden des inspirierten Geistes – Jackson verabscheute den Namen, aber es war Theresas Entscheidung gewesen – hatte dreitausend Mitglieder über das ganze Land verstreut (ohne die angeschlossenen Ärzte und Firmensponsoren zu zählen), aber nur achtundzwanzig Prozent davon waren männlich. Die Mitglieder wurden immer mehr. Der Orden wuchs ständig.

Fast so rasch, wie sich die Ängste ausbreiteten.

Doch die großen Pharmakonzerne – Kelvin-Castner, Lilly, Genentech Neuropharm, Silverstone Martin – standen immer noch kurz vor der Entwicklung eines Gegenmittels. Sie hätten noch dichter davorgestanden, wäre die Angstseuche leichter übertragbar gewesen. Aber die menschliche Rasse hatte Glück im Unglück gehabt. Wenn eine Person in einem Lager oder einer Enklave die Krankheit bekam, dann bekamen sie alle, was auf die mangelnden sanitären Einrichtungen und die Art der Nahrungsaufnahme der *Umgestellten* zurückzuführen war. Aber die Ansteckung zwischen Lagern und Enklaven fand praktisch nicht statt, da die Angesteckten weder Besuche machten noch welche empfingen.

Theresa änderte das.

»Bitte, bitte, wenigstens eine warme Jacke …!« bettelte der kleine Dirk.

Manchmal öffnete sich an dieser Stelle ganz einfach die Tür, und irgend etwas flog heraus: Kleidung, ein Behälter mit Wasser, ein überzähliger Y-Kegel für die Wärme. Aber die Bettler gingen nicht weg. Das, was alle religiösen Orden verbindet, dachte Jack, der im Schatten auf seinen Auftritt wartete, ist ihre Hartnäckigkeit. Allesamt Verrückte, aber hartnäckig.

Und manchmal durchsetzungsfähig.

Die Tür des Nutzer-Gebäudes öffnete sich einen Spalt. Ein Mann zwängte sich hindurch, gefolgt von einem Kind. Jackson musterte es prüfend durch seine Zoomlinsen. Das kleine Mädchen war nicht *umgestellt.* Jackson betrachtete die kahlen entzündeten Stellen auf einer Seite ihres Kopfes: runde Läsionen, in der Mitte verkrustet und schuppig an den Rändern. Aller Wahrscheinlichkeit nach Kopfgrind. Ansonsten sah die Kleine gesund aus – wenngleich ängstlich. Aber nicht so ängstlich wie viele andere Menschen. Die Wirksamkeit des heimtückischen Neuropharms variierte von Individuum zu Individuum – wie jene zahlreicher anderer Drogen und Arzneien auch. Es gab sogar ein paar Fälle natürlicher Immunität, die selbstverständlich von den Pharmafirmen und dem Zentrum für Seuchenkontrolle eifrigst studiert wurden.

Das kleine Mädchen versteckte sich hinter den Beinen des Mannes, lugte aber doch dazwischen hervor und sah Dirk an.

Treeboy lächelte.

Vielleicht würde Jackson doch nicht allzu lang auf seinen Auftritt warten müssen.

Sein Rüstzeug stand bereit, geladen auf einen Gleiter. Arzneien, PflegeRob. Und das Wichtigste: Holo-Kassetten, die auf dem Terminal des Nutzer-Lagers abgespielt werden konnten – auf dem eigenen Terminal dieser Menschen, an das sie gewöhnt waren und das Teil der täglichen Routine war. Zur Einstimmung würde Theresa mit den Holos über die medizinische Versorgung der *nicht umgestellten* Kinder beginnen. Selbst die Ängstlichsten unter diesen Leuten würden sich dazu durchringen, etwas Neues zu probieren, wenn es um das Leben ihrer Kinder ging. Je mehr *nicht umgestellte* Kinder geboren wurden, desto verzweifelter wurden die Verängstigten – und das war der Schlüssel, um in ihr Leben einzudringen.

Sobald Theresa sie soweit hatte, würde sie sie langsam mit den Holos über die ›Vorbereitung‹ bekanntmachen: Sie, die selbst immerzu unter Furcht litt, würde diese Menschen lehren, ihre Ängste zu überwinden, indem sie sich ein zweites, anderes Ich zurechtzimmerten. Und später dann würden sie jene Biofeedback-Techniken erlernen, die dieses andere Ich neurochemisch real machten. Zwar nur vorübergehend real – aber real. Und abrufbereit, wann immer man es brauchte.

Bis jemand eine medizinische Lösung des Problems fand.

Eine medizinische Lösung würde natürlich einfacher, leichter, rascher wirksam sein. Nimm einfach ein Neuropharm! Mit dem richtigen Neuropharm könntest du weniger ängstlich werden – oder noch ängstlicher oder fröhlicher oder hoffnungsvoller oder weniger aufbrausend oder lethargischer … was du möchtest. Aber Theresa und ihre Anhänger verwendeten keine Neuropharms. Und daher lautete die Frage nicht, wie Jackson immer angenommen hatte: *Inwieweit werden Menschen von ihrer Neurochemie getrieben?* Die Frage lautete: *Wieso wurden sie überhaupt je von etwas anderem als ihrer Neurochemie getrieben?* Wieso – und *wie* – konnten Männer und Frauen sich für oder gegen ihre eigene Angst, Fröhlichkeit, Hoffnung, Wut oder Gleichgültigkeit entscheiden? Denn sie konnten es ganz offensichtlich – Theresa bewies es ihm, unmittelbar vor seinen Augen. Also nicht: *Ist der Mensch bloß ein Haufen Chemikalien?*, sondern: *Wie kann der Mensch je etwas anderes sein?*

Jackson wußte keine Antworten darauf. Selbst nach sieben Jahren waren ihm die Fragen noch unangenehm.

Er blies sich in die Hände; es wurde kälter. Jackson schaltete die Y-Wärmefasern ein, die in seine Kleider gewebt waren. Theresa, Dirk und Lizzie verschwanden im Innern des verfallenen Gebäudes – sehr beruhigend, denn Bettlerlumpen hatten keine eingewebten Wärmefasern. Und auch keine Personenschilde. Die Bettler trugen Minisender bei sich, die dauernd von den mithelfenden Ärzten und Krankenschwestern – ihrerseits wiederum unterstützt von sorgfältig getarnten, für alles gerüsteten SicherheitsRobs – abgehört wurden. In den sieben Jahren, die Theresas Orden des inspirierten Geistes bereits bestand, hatte man die SicherheitsRobs nur dreimal gebraucht. Zutiefst verängstigte Menschen waren nicht unbedingt Kämpfernaturen.

Hinter den Schutthalden von St. Louis ging die Sonne unter. Die nächste Nachtwache. Jackson seufzte, aktivierte das Y-Schild-Zelt und lenkte den Gleiter in sein Inneres. Dann rief er Vicki an.

»Hallo, Jackson! Wie steht's mit der Belagerung? Ist Troja schon gefallen?«

Jackson grinste. »Wir haben gerade das hölzerne

Pferd hineingerollt. Aber nenne es ja nicht so, wenn Lizzie mithört!«

»Wer sich vorübergehend in den Klauen religiöser Leidenschaft befindet, hat keinen Sinn für Humor. Auch wenn das ›vorübergehend‹ hier schon sieben Jahre dauert. Wie geht's dir, Lieber?«

»Ich fühle mich einsam.« Jackson betrachtete Vickis Gesicht auf dem kleinen tragbaren Schirm genauer. »Und wie geht's *dir*? Du siehst... Es ist etwas passiert!«

»Ja.« Vicki nickte. Ihre violetten Augen reflektierten das Licht wie dunkler Wein.

»Jemand hat ein Gegenmittel gefunden!« rief Jackson.

»Nein. Das nicht. Obwohl man bei K-C immerzu versichert, knapp vor einem Erfolg zu stehen. Es handelt sich um etwas anderes – ich merke, du hast die aktuellen Nachrichten nicht gesehen. Die medizinische Fakultät der Universität Chicago hat ein Bulletin herausgegeben.«

»Ein Bulletin? Worüber?«

»Über Eizellen und Sperma. Tiefgefroren seit sieben Jahren, bis sie letzte Woche per zeitaktiviertem Rob in Chicago ankamen.«

Ein langsames Dröhnen erfüllte Jacksons Ohren. Drüben, jenseits der Schatten, öffnete sich die Tür des Nutzer-Gebäudes erneut. »Eizellen und Sperma. Wessen?«

»Rate mal, Jackson. Von allen SuperSchlaflosen. Miranda Sharifi, Terry Mwakambe, Christina Demetrios, Jonathan Markowitz... von all den toten Genies, die wir Normalos einfach nicht nachbauen konnten.«

Jackson sagte nichts. Eine kleine Gestalt glitt aus der Tür und in die langen Schatten der Abenddämmerung.

»In Chicago«, fuhr Vicki fort, »wurden vor hundertfünfundzwanzig Jahren die ersten Schlaflosen entwickelt. Leisha Camden, Kevin Baker, Richard Keller… Miranda Sharifi muß im Grunde doch eine sentimentale Ader gehabt haben.«

»Also beginnt alles von neuem.«

»Wenn die Eizellen befruchtet werden, beginnt alles von neuem. Und die Diskussionen werden hitzig sein. Brauchen wir wirklich diese *dei* aus wiederentdeckten *machinae*? Oder sind wir besser dran, wenn wir allein weiterwursteln?«

Die kleine Gestalt war Dirk. Durch seine Zoomlinsen konnte Jackson sehen, daß der Junge völlig verängstigt war, aber zugleich auch voller Freude, voller Stolz auf sich selbst, und darauf brannte, wieder hineinzulaufen. Mit wilden Gesten bedeutete er Jackson, ins Gebäude zu kommen.

»Vicki, ich muß gehen. Sie sind bereit, mich einzulassen.«

»So bald schon?«

»So bald schon. Theresa kann es immer besser.«

»Die heilige Theresa… Also gut, Jackson, geh und laß dich von ihr bekehren. Ich liebe dich.« Das Bild erlosch.

Dirk winkte jetzt schon mit beiden Händen. Jackson steckte das ComLink weg, winkte zurück und holte den Gleiter. Das Rüstzeug, das die Menschen lehren sollte, ihr eigenes Leben wieder in die Hand zu nehmen, stand bereit: Arzneien, Lernholos, PflegeRobs, Saatgut, Kristallbibliothek. Das alles folgte auf dem Gleiter dem gehemmten, angsterfüllten Dirk, der sich in Treeboy verwandelt hatte und zum Bettler geworden war, weil nur mit leeren, offenen Händen einer den anderen erreichen konnte.

Doktor Jackson Aranow setzte sich mit seinen Gaben in Bewegung.

NACHWORT

von
Earl G. Ingersoll

FALLS ES INTELLIGENTES LEBEN AUF DIESEM PLANETEN GIBT, KANN ES ÜBERLEBEN?

Die *Bettler*-Romane von
Nancy Kress

Mit dem Erscheinen von *Bettlers Ritt* Ende 1996 hat Nancy Kress ihre provokative *Bettler*-Trilogie abgeschlossen. Ihren eigenen Worten nach beabsichtigte sie nie, ›eine Trilogie zu begehen‹, denn als sie ihre mit Hugo und Nebula-Award ausgezeichnete Novelle ›Bettler in Spanien‹ beendet hatte, meinte sie noch, am Ende ihres gemeinsamen Weges mit Leisha Camden und den Schlaflosen angekommen zu sein. Doch schon der erste Roman der Trilogie, *Bettler in Spanien*, zeigte, daß sie sich geirrt hatte. Und dann, als sie wiederum annahm, die Auswirkungen und Verflechtungen dieser ›tapferen neuen Welt‹ ausgeschöpft zu haben, überzeugten ihre Leser sie bei SF-Cons und anderen Anlässen, daß sie nicht am Ende angelangt war, sondern nur innegehalten hatte: sie plante doch gewiß eine Fortsetzung, bekam sie da zu hören; in den letzten Kapiteln von *Bettler in Spanien* hätte sie so vieles in der Schwebe gelassen, daß sie einfach geplant haben *müsse*, die Geschichte weiterzuspinnen! Nach der Beendigung von *Bettler und Sucher* glaubte sie wiederum, das Buch über die SuperSchlaflosen und die ältere Generation der Schlaflosen nunmehr schließen zu können, und diesmal war es die Unberechenbarkeit des Verlagsgeschäftes, die ihr bewies, daß sie schon wieder im Irrtum war: Weil ihr SF-Roman/Thriller *Oaths and Miracles* (dt. *Verico Target*) von der Thematik her Neuland für sie war und somit ein gewisses Risiko für den Verlag darstellte, bot man ihr einen Vertrag dafür nur unter der Bedingung an, daß sie einen dritten Roman für die *Bettler*-Serie schreiben würde. Als sie vor kurzem gefragt wurde, ob *Bettlers Ritt* zu einem vierten und möglicherweise fünften Buch führen könnte, weigerte sie sich eisern, auch nur die Möglichkeit einer Serie in Betracht zu ziehen: Nicht erst einmal war es vorgekommen, daß der Autor einer SF- oder Fantasy-Serie schließlich alle Mühe hatte, sich aus der Gefangenschaft seiner eigenen Phantasiewelt zu befreien. Ohne den Schluß des dritten *Bettler*-Romanes – und damit der Trilogie als Ganzes – vorwegzunehmen, kann gesagt werden, daß Nancy Kress alles in ihrer Macht Stehende getan zu haben scheint, um sich die Möglichkeit einer nochmaligen Rückkehr in die zukünftige Welt ihrer *Bettler*-Romane zu verbauen. Und doch …

Bettler in Spanien setzt in der rasch näherkommenden Zukunft des Jahres 2008 ein, und die Fortsetzung *Bettler und Sucher* führt den Leser in die etwas fernere Zukunft des Jahres 2115. Der neue Roman, *Bettlers Ritt*, beginnt Ende 2120, nur ein paar Jahre später, und verabschiedet sich vom Leser des Epilogs im Jahr 2128. Bei etlichen Gelegenheiten hat Nancy Kress betont, daß es nicht Aufgabe der SF ist, die Zukunft vorauszusagen, dennoch hält sich diese Trilogie an die lange Tradition spekulativer Fiktion, die versucht, aus vorherrschenden Trends der Gegenwart mögliche Versionen einer Zukunft zu extrapolieren. In diesen drei Romanen legt Nancy Kress ihr Hauptaugenmerk auf die revolutionierenden Entdeckungen auf dem Gebiet der Mikrobiologie und deren Anwendungsmöglichkeiten in der Gentechnik, die versprechen und drohen, unsere Welt völlig umzukrempeln. Wie die Autorin kürzlich in einem Interview vermutete, wird das einundzwanzigste Jahrhundert, vergleichbar den umwälzenden Erkenntnissen auf dem Gebiet der Physik im zwanzigsten, unser Verständnis der Zellbiologie explosionsartig erweitern.

Nancy Kress hat angedeutet, daß ihr Interesse an der Schlaftheorie und der Möglichkeit eines Lebens ohne Schlaf in den achtziger Jahren seinen Anfang nahm. Obwohl man im allgemeinen zögert, aus fiktiven Werken biographische Züge herauslesen zu wollen, gibt Nancy Kress genügend Hinweise darauf, daß ihr Interesse am Auskommen ohne Schlaf seinen Ursprung im übervollen Stundenplan einer alleinerziehenden Mutter zweier Söhne im Teenageralter haben könnte, die sich als Werbetexterin bei Xerox und außerordentliche Dozentin ihren Lebensunterhalt verdiente, während ihre schriftstellerische Arbeit mit dem Hugo und dem Nebula-Award ausgezeichnet wurde. Ärgerlich über die stark eingeschränkte Zeit, die ihr zum Schreiben blieb, konzentrierte sie sich immer mehr auf das Drittel unseres Lebens, das wir schlafend zubringen – und das in ihren Augen eine wahre Goldmine für ein erweitertes Zeitpotential wäre. Nachdem sie das Konzept für eine solche Möglichkeit entworfen hatte, wandte sie sich den faszinierenden Konsequenzen zu, die diese fehlende ›Zeitverschwendung‹ in Form von Schlaf für ein Menschenleben haben würde. Was wäre die Folge, wenn gentechnisch mit hoher Intelligenz ausgestattete Menschen den Tag vierundzwanzig Stunden lang für die Entfaltung dieser Intelligenz verwenden könnten – ganz besonders während der entscheidenden ersten Lebensjahre, die das Fenster für die Entwicklung ohnehin nur so kurz offenhalten?

Diese Frage brachte Nancy Kress dazu, sich mit der Theorie des Schlafes zu beschäftigen, und sie kam dabei zu der Überzeugung, daß der Schlaf ein bloßes Relikt aus den primitiven Stadien unserer Entwicklung ist. Die Vermutung der Theoretiker geht in die Richtung, daß dem Schlaf eine Schutzfunktion zukam, durch die unsere frühen Vorfahren instinktiv dazu gebracht wurden, sich in ein Versteck zurückzuziehen, wo sie zwar dem Zugriff nächtlicher Räuber einigermaßen entzogen, jedoch nicht so völlig ohne Bewußtsein waren, daß ein tatsächlicher Angriff sie nicht wecken konnte. Die Theorie besagt außerdem, daß die frühen Menschen durch das Bombardement der Großhirnrinde mit elektrischen Reizen zur Erzeugung von Träumen vom allzu tiefen Schlaf abgehalten wurden, der sie zu einem Festmahl für, sagen wir, Säbelzahntiger hätte machen können. Dieser Sicherheitsmechanismus des Träumens verursacht jedoch Ängste während der wachen Stunden – eine gewisse Nervosität, die es uns Schläfern schwer macht, uns auf unsere jeweiligen Aufgaben zu konzentrieren. Wir müssen schlafen, erklären uns die Theoretiker, weil Schlaflosigkeit zu einer starken Zunahme einer bestimmten chemischen Substanz im Gehirn führt, und wenn diese Substanz nicht durch Schlaf reduziert wird, fällt der Mensch nach zwei bis fünf Tagen in einen psychisch gestörten Zustand.

Könnte man sich nicht – so spekuliert Nancy Kress in ihrer Trilogie – einen künftigen *Homo sapiens* vorstellen, der noch mehr *sapiens* wird, weil er diese zusätzliche tägliche Zeitspanne für seine Entwicklung in der Kindheit und für fortgesetzte Entfaltung im Erwachsenenalter zur Verfügung hat? Und dann, weil die Autorin ihre Hauptfigur Leisha Camden das ganze Buch hindurch behalten wollte, fand sie eine weitere Konsequenz für ihre Schlaflosen: sie scheinen aus einem noch unbekannten Grund das Potential für ein sehr langes Leben zu erwerben. Diese Langlebigkeit, erklärt Kress, ist ein »Asimovsches Maultier, das da reingeworfen wurde, weil ich es so haben wollte«. Wie die Schlaflosigkeit ist auch die Langlebigkeit ein kritischer Faktor in der Welt von Nancy Kress, und es läßt uns an eine ähnliche Sehnsucht nach einem langen Leben in den Werken von Schriftstellern wie George Bernard Shaw in *Zurück zu Methusalem* und Doris Lessing denken, die behauptet, daß wir uns nur deshalb die Langlebigkeit unserer Altvorderen wünschen, weil die üblichen siebzig Jahre eine viel zu kurze Zeit sind, um dafür eine Bewußtheit ins Leben zu rufen. Wie alle wahrhaft kreativen Menschen weiß auch Nancy Kress, daß uns nie genug Zeit gegönnt ist – weder an einem einzelnen Tag noch in einem ganzen Leben –, um all das zu tun, was es uns erlauben würde, geistig immer weiter zu wachsen.

Die Trilogie beschäftigt sich mit den Konsequenzen des Erscheinens jener etwa zwei Dutzend Schlaflosen, welche die erste Generation von ›Supermännern‹ – oder, besser, ›Superfrauen‹, da Frauen in der *Bettler*-Trilogie die stärkeren Charaktere sind – repräsentieren. Weil das gentechnische Verändern menschlicher Embryos anfangs äußerst kostspielig war, konnten es sich nur die sehr Wohlhabenden leisten, ihrem Nachwuchs durch solche Manipulationen am Erbgut zu hoher Intelligenz und Schlaflosigkeit verhelfen zu lassen. Leisha Camden, die zentrale Figur, wird Jennifer Sharifi gegenübergestellt, deren Vater, ein Scheich aus dem Nahen Osten, mehr als genug Petrodollars besitzt, um für seine Tochter Jennifer die neuesten Errungenschaften der Genmodifikation zu erwerben. Die Schlaflosen sind also in erster Linie Kinder von Reichen – aber dank ihrer überlegenen Denkfähigkeit und ihrer schöpferischen Talente werden die Schlaflosen selbst superreich.

Noch unermeßlicher erscheint dieser Reichtum im Kontrast zur wirtschaftlichen Stagnation unter den Schläfern – oder Nutzern oder Bettlern, wie sie auch genannt werden. Die Bettler als überwiegende Mehrheit der zukünftigen Amerikaner leben von der öffentlichen Wohlfahrt und werden betreut von den Schlaflosen, die als Denkwerkstatt für wissenschaftlichen und technischen Fortschritt fungieren, sowie von genmodifizierten, aber nicht so reichen und intelligenten Machern, die nur deshalb arbeiten, weil das Schreckgespenst des sozialen Abstiegs in die Nutzer-Untätigkeit ein Horror ist, dem keiner begegnen möchte. Mitte des nächsten Jahrhunderts werden die Schlaflosen ihrer hohen Intelligenz wegen bereits verfolgt – noch mehr aber wegen ihrer Langlebigkeit. Zuerst ziehen sie sich in ihre Zufluchtsstätte *Sanctuary* im Norden des Staates New York zurück und dann auf ihre Orbitalstation desselben Namens, wo sie in Sicherheit sind. Im großen und ganzen. Denn der sarkastische Humor der Autorin verleiht ihren Schlaflosen zwar Schutz vor dem Tod, aber nicht vor den Steuern!

Dieser Rückzug der Schlaflosen in ihr *Sanctuary*, weil sie nur so ihre kreativen Begabungen auf wissenschaftlichem und technischem Gebiet frei entfalten können, führt direkt ins Herz der Anklage, die Nancy Kress gegen die amerikanische Kultur erhebt. In einem Gespräch räumte Nancy Kress kürzlich ein, daß diese Romane sich im Grunde mit »der fest verankerten anti-intellektuellen Tradition im amerikanischen Alltagsleben« beschäftigen. Wie ihre Bettler im nächsten Jahrhundert wird auch dort die eigentlich egalitäre Vorstellung, daß »alle Menschen gleich geschaffen sind« – vor dem Gesetz, sollte man hinzufügen – insofern falsch ausgelegt, als man meint, nichts tun zu dürfen, um den ohnehin schon unguten Vorsprung der intellektuell Begabten, was den gesellschaftlichen Status angeht, nicht noch zu vergrößern. Unser Unterrichtssystem würde radikale Gleichmacherei etwa im Sport als absurd empfinden – man stelle sich nur die Baseballmannschaft einer Universität vor, bei der *alle* mitspielen möchten! –, und doch scheint es dieses System gegenwärtig darauf abgesehen zu haben, die intellektuell ›Benachteiligten‹ mit den Begabten über einen Kamm zu scheren. Wenn es von ›elitärem Denken‹ zeugt zu meinen, daß die intellektuell Begabten das gleiche Recht haben, ihre eigenen Talente verantwortungsbewußt zu pflegen und weiterzuentwickeln, wie die sportlich oder musikalisch Talentierten, dann gehört Nancy Kress in der Tat zu den unverbesserlich elitär denkenden Menschen.

Jenen von uns, die schon darauf warten zu erfahren, was mit den Hauptfiguren der ersten beiden *Bettler*-Romane weiter geschehen ist, bietet *Bettlers Ritt* die Bestätigung, daß wir ziemlich scharfsinnig in unserer Vorahnung waren, wie Nancy Kress die Themen der vorangegangenen Romane – besonders der letzten beiden Kapitel von *Bettler und Sucher* – weiterspinnen würde. Der zweite Roman endet bekanntlich mit bahnbrechenden Forschungsergebnissen der SuperSchlaflosen: Ein Zellreiniger hat es möglich gemacht, alle Krankheiten zu eliminieren, und die ›Veränderung‹ erlaubt den Menschen eine Nahrungsaufnahme durch die Haut, was ein Ende von Hunger und drohender Unterernährung bedeutet und die Landwirtschaft überflüssig macht. Das Abbrechen der Erzählung in dieser utopischen Zukunft erweckt beim Leser den Eindruck, daß Nancy Kress vielleicht einer positiven Grundhaltung nachgegeben hat, um mit der Vision in ihren anderen Werken in Einklang zu bleiben.

Außerdem ahnten die Leser des zweiten Romans, daß noch nicht das letzte Wort über Jennifer Sharifi gesprochen ist, die wegen ihrer supertechnischen Terroraktionen ins Gefängnis wanderte. In *Bettlers Ritt* läßt die Autorin Jennifer Sharifi wiederauferstehen, indem diese nach siebenundzwanzig Jahren aus dem Gefängnis entlassen wird. Während ihrer Haft hatte Jennifer genügend Zeit für das Schmieden von Plänen für ihre Rache sowie für die Taktik, durch die sie sicherzustellen hofft, daß *Sanctuarys* Unabhängigkeit – und ihre eigene – nie wieder bedroht werden. Mit der Beschreibung von Jennifer Sharifis Entlassung im Prolog zieht Nancy Kress uns voller Neugier, wie und wann Jennifer zuschlagen wird, in den Bann ihres dritten Romans. In den ersten beiden Bänden strahlte Jennifer eine gewisse Anziehungskraft als eine starke Frauengestalt aus, die fest entschlossen ist, ihre Gemeinde vor der Vernichtung durch die Schläfer zu retten. Doch leider übernimmt sie ab der zweiten Hälfte des zweiten Romans und im dritten die Rolle des erbarmungslosen Bösewichtes.

Außerdem hat Nancy Kress offenbar das Interesse an Miranda und den Superklugen verloren; es scheint fast, als hätte sie es vorgezogen, die SuperSchlaflosen in ihrem zweiten Roman zurückzulassen – ebenso wie, nebenbei bemerkt, Drew Arlen, Miris Geliebten, von dem manche Leser erwartet hätten, daß er und Miri wieder zusammenkommen. Als Verkörperung ihrer ›Generation‹ ist Miranda in diesem Roman nur durch ihre ostentative Abwesenheit gegenwärtig, was durch die endlosen, von Bettlern an sie gerichteten, jedoch unbeantwortet bleibenden Botschaften zum Ausdruck gebracht wird. Es gibt natürlich eine Rechtfertigung für diese Abwesenheit: Miri hat den Kalender stets im Auge behalten und weiß, daß sie das erste Objekt für die Rachegelüste ihrer Großmutter sein wird, sobald Jennifer freigeht. Doch jetzt, da Jennifer ihre Macht als die böse Hexe aus dem Weltraum wiedererlangt, hat dieser dritte Roman einiges von der dynamischen Kraft des ideologischen Konflikts zwischen den Generationen verloren. Nicht, daß Miranda und die SuperS ohne Fehl und Tadel wären: in klassischer Analogie sind sie es, die sich von ihrem Glauben an den technischen Fortschritt so verblenden ließen, daß sie die Katastrophe nicht sehen, die aus dem resultieren könnte, was sie als ›gut für die Menschheit‹ betrachten und dieser aufzwingen.

Doch noch bedeutsamer ist es, daß nunmehr die Verlagerung des Augenmerks auf die Macher – was schon im zweiten Roman offenkundig war – vollendet ist. Und so übernimmt Vicky, die zentrale Figur des zweiten Romans, in dem sie Diana Covington hieß, die Hauptrolle. Indem sie sich als Bettlerin tarnt, unterstützt Diana/Vicky die junge Bettlerin Lizzie Francy darin, sich mit ihrer Intelligenz und ihrem Verlangen, anderen zu helfen, zu einer Art Macherin zu entwikkeln. In Gestalt eines Macher-Arztes, der wenig zu tun findet, seit der Zellreiniger die Krankheiten im wesentlichen ausgerottet hat, fügt die Autorin ein wenig romantischen Reiz für Vicky hinzu. Darüber hinaus wird Dr. Aranows Schwester Theresa, die sich der ›Veränderung‹ nie unterzogen hat, zur Verkörperung eines Potentials für eine psychische Veränderung, die allein durch menschliche Willenskraft herbeigeführt werden kann. Es ist diese kleine Gruppe von Menschen – Macher und Nutzer –, die Schlaflose und SuperS übertreffen, indem sie sich der Aufgabe widmen, den Karren wieder aus dem Dreck zu ziehen, den die ihnen intellektuell so ›Überlegenen‹ bei ihren verfehlten Bemühungen, der Menschheit ›zu helfen‹, hineingefahren haben.

Im letzten Roman führt Nancy Kress den Leser zum anderen Ende eines Spektrums von Kettenreaktionen hin, die in der ursprünglichen Novelle ›Bettler in Spanien‹ ihren Anfang nahmen. Mit all ihren Möglichkeiten für wissenschaftlichen und technischen Fortschritt betrachten wir die menschliche Intelligenz als etwas so Aufregendes, daß die utopische Vision von Wesen, die sich in dieser Hinsicht die evolutionäre Leiter um eine oder mehr enorm hohe Sprossen hinaufbewegt haben, für viele von uns einen gewissen Reiz birgt. Zu Beginn neigen wir dazu, ihnen zuzugestehen, daß sie besondere Rücksichtnahme und Schutz brauchen vor den Mißgünstigen und Ängstlichen, die ihre Vernichtung wollen. Wir möchten gern glauben, daß solche Mirandas tatsächlich wissen, was gut ist für uns. Doch zugleich spüren wir, daß es für jede Miranda zumindest eine Jennifer geben würde – und daß diese Mirandas sehr leicht irregeleitet werden könnten. Dementsprechend ist bereits viel von der freudigen Erregung, die die SuperS in den ersten beiden Romanen hervorgerufen haben, verflogen, als Nancy Kress uns von ihnen wegführt und die Macher als ihre zentralen Charaktere wählt. Es liegt etwas irgendwie Beruhigendes in dem Augenmerk, das auf Macher wie Vicky und Dr. Aranow gerichtet wird; diese mögen zwar keine SuperS sein, aber sie übernehmen die Aufgabe, die Menschheit weiterzubringen, auch wenn das nun langsamer vonstatten geht.

In den kommenden Jahren werden die Leser der *Bettler*-Romane mit großem Interesse abwarten, ob Nancy Kress den Kräften widerstehen kann, die sie zu der in der Trilogie geschaffenen Zukunftswelt ziehen. Der Schluß von *Bettlers Ritt* verbaut den Weg für eine solche Rückkehr nicht endgültig, doch dieses Gefühl eines unvollständigen Abschlusses wird hier zum Teil von der Abneigung der Autorin hervorgerufen, ihre Geschichten mit einem eindeutigen Ende ohne ausstehende Fragen zu versehen. Sie spart gern etwas von dem auf, was sie ›die Unordentlichkeit des Lebens‹ nennt. Beim Lesen der Trilogie beschleicht die meisten von uns darüber hinaus das sonderbare Gefühl, daß wir keine Erzählung vor uns haben, die kapitel- oder romanweise im voraus entworfen wurde. Nancy Kress erklärt, daß sie auf diese Weise auch gar nicht arbeiten könnte, sondern daß sie schreibt, um herauszufinden, was geschehen wird; wenn sie das schon im vorhinein wüßte, würde sie das Interesse am Schreiben und an der Geschichte verlieren. Für den Leser hingegen kann eine solche Einstellung zum völlig Unerwarteten führen, wie etwa zum plötzlichen Tod von Leisha Camden (die Autorin sagt, sie hatte einfach genug von der ersten Zentralfigur ihrer Trilogie) und dem überraschenden Fehlen von Drew Arlen in *Bettlers Ritt*, wo er nicht einmal erwähnt wird, obwohl er doch immerhin das letzte Wort im vorangegangenen Roman hatte. Nancy Kress schafft eine Welt, die sehr ähnlich ist der manchmal grausamen, in der wir leben, eine Welt, in der Wünsche, wenn überhaupt, zeitweilig erfüllt und Erwartungen immer wieder enttäuscht werden, während wir in die Zukunft taumeln – und nicht irgendeinem ins Auge gefaßten erzählerischen ›Ende‹, sondern einem einfachen ›Aufhören‹ entgegen.

Originaltitel:
›If There Is Intelligent Life on this Planet,
Can It Survive? – The *Beggars* Novels of Nancy Kress‹

Erstmals erschienen in THE NEW YORK REVIEW
OF SCIENCE FICTION # 113, Januar 1997 (vol. 10, No. 5)
Mit freundlicher Genehmigung des Autors und
THE NEW YORK REVIEW OF SCIENCE FICTION

Aus dem Amerikanischen übersetzt von Biggy Winter